BASTEI
LÜBBE

Von Mara Volkers ist bei Bastei Lübbe Taschenbücher lieferbar:

15 520 Die Reliquie

Über die Autorin:

Mara Volkers Mutter ist Kölnerin, der Vater stammt aus dem sagenumwobenen Harz. Bereits dadurch waren die Grundlagen für eine reiche Phantasie gelegt, die sie schon als Kind in ferne Welten führte. Ihr Interesse für Geschichte brachte sie schließlich dazu, das Phantastische mit der Historie zu verbinden.

Mara Volkers

DIE BRAUT DES MAGIERS

Historischer Roman

BASTEI LÜBBE

BASTEI LÜBBE TASCHENBUCH
Band 15 765

1. Auflage: November 2007

Bastei Lübbe Taschenbücher in der Verlagsgruppe Lübbe

Titelillustration: The Consecration of the Emperor Napoleon (1769–1821)
and the Coronation of the Empress Josephine (1763–1814),
2nd December 1804, detail from the central panel, 1806–7 (oil on canvas),
David, Jacques Louis (1748–1825)/
Louvre, Paris, France, / Bridgeman Giraudon
Lektorat: Stefanie Heinen
Umschlaggestaltung: HildenDesign, München
Satz: Urban SatzKonzept, Düsseldorf
Druck und Verarbeitung: GGP Media GmbH, Pößneck
Printed in Germany
ISBN 978-3-404-15765-5

Erster Teil

Die Braut

1.

Gisela blieb vor dem Haus der Tettenwiesers stehen und spürte, wie ein Glücksgefühl in ihr aufstieg. Bald würde sie in diesen Mauern wohnen. Zwar war das Anwesen etwas kleiner als das ihres Vaters, aber mit seiner wuchtigen Straßenfront und den nach hinten anschließenden Gebäuden gehörte es zu den größten und schönsten der Stadt. Ihr zukünftiger Schwiegervater legte viel Wert darauf, ein gepflegtes Heim zu besitzen, das bewies die Anwesenheit zweier Handwerker, die ihr Gerüst mitten auf die Straße gesetzt hatten, um die Balken des Fachwerks im Obergeschoss zu streichen. Die beiden Männer kümmerten sich weder um das Geschimpfe der Leute, die sich an den ausladenden Stangen und Brettern vorbeidrücken mussten, noch um die städtischen Regeln, die es eigentlich untersagten, die Straßen auf diese Weise zu verengen. So etwas konnte sich nur ein einflussreicher Mann wie Tettenwieser erlauben, dachte Gisela stolz, und sie überlegte, ob sie eintreten und die Hausfrau nach ihrem Verlobten fragen sollte. Sonst hatte Bruno ihr mitgeteilt, dass er auf Reisen ging und wie lange er wegbleiben würde. Diesmal aber hatte er wohl so überraschend aufbrechen müssen, dass ihm dafür keine Zeit mehr geblieben war. Sie stellte sich vor, wie er den Weckruf überhört und von seinem Vater aus dem Bett geholt worden war. Derlei Szenen kannte sie von zuhause, denn ihr Vater musste ihren Bruder Hans nach einer durchzechten Nacht des Öfteren etwas handfest wecken.

Sie trat auf das offene Hoftor zu, blieb jedoch kurz davor stehen und zog die Schultern hoch. Zuhause wartete die Mutter auf ihre Einkäufe und würde zu Recht zornig werden, sollte sie sich bei einem Schwatz mit Frau Tettenwieser verspäten. Auch wollte sie nicht, dass ihre künftige Schwiegermutter glaubte, sie sei ein Mädchen, das nur seinen Launen folgte und seine Pflichten auf die leichte Schulter nahm.

Mit einem leisen Seufzer des Bedauerns kehrte sie dem Tettenwieserhaus den Rücken zu und befahl ihrer Magd, die die Handwerker hoch oben an dem kunstvoll verzierten Giebel anstarrte, ihr zu folgen. Gundi zuckte zusammen und eilte an ihre Seite. Kurz darauf betraten sie den gut besuchten Markt, und Gisela begann einzukaufen, ohne viel feilschen zu müssen, denn die Händler kannten sie gut. Die beiden Körbe, die die kleine Magd schleppte, waren bald so voll, dass Gisela selbst zugreifen musste, denn Gundi konnte die Last kaum noch bewältigen. Da ihr nur noch zwei Köpfe Kohl und etwas Kraut für die Suppe fehlten, ging sie auf den Stand von Frau Geißblatt zu. Dabei kam sie an einem Weinhändler vorbei, der auch becherweise ausschenkte und gern besucht wurde. Mehrere junge Frauen hatten sich um sein größtes Fass versammelt, hielten rot gebrannte Tonbecher in der Hand und schwatzten kichernd miteinander.

Als sie Gisela bemerkten, erstarb ihre Unterhaltung, und Trude Beckheimer, die Tochter eines der reichsten Handelsherren der Stadt, trat einen Schritt auf sie zu. Ihre Miene verzog sich hämisch, und ihre Stimme übertönte sogar die Rufe der Marktschreier ringsum. »Wen sehe ich denn da? Da kommt doch die Jungfer, deren Mitgift nicht einmal das Papier wert ist, auf dem sie geschrieben steht.«

Diese Bemerkung ließ beinahe jeden aufhorchen, und sofort erhob sich ein Getuschel. Gisela hätte taub sein müssen, um nicht die bissigen und mitleidigen Worte zu vernehmen, und blind dazu, denn die neugierigen und verächtlichen Blicke, in deren Mittelpunkt sie nun stand, waren kaum zu übersehen.

Mit bleichem Gesicht wandte sie sich Trude Beckheimer zu, die einen kräftigen Schluck aus ihrem Becher nahm und genüsslich an einem Pfefferkuchen zu knabbern begann. Es war wohl nicht der erste Becher, den Trude an diesem Morgen leer getrunken hatte, denn ihr rundliches Gesicht war stark gerötet und ihre Augen glänzten wie frisch polierte Glasmurmeln. Nüchtern hätte sie sich vielleicht noch gezügelt, doch jetzt schwelgte sie in dem Vergnügen, ihre Konkurrentin mit Hohn und Spott überschütten zu können.

»Bruno Tettenwieser ist ein kluger Mann, der genau weiß, welche Braut ihm eine reiche Mitgift zuführt. Daher wundert es wohl niemanden, dass er das Haus der Familie Güldener seit etlichen Tagen meidet, als sei dort die Pest ausgebrochen. Meinen Vater aber hat er gestern aufgesucht und ein sehr langes Gespräch mit ihm geführt.« Das boshafte Lächeln des plump aussehenden Mädchens, für das allein der Reichtum seines Vaters sprach, zeigte deutlich, aus welchem Grund der Kaufmannssohn Bruno Tettenwieser das Haus der Familie Beckheimer betreten hatte.

Für Gisela waren die Worte wie ein Schlag ins Gesicht, denn bis zu diesem Augenblick hatte sie geglaubt, die Braut des charmanten, gut aussehenden Bruno zu sein. Ihr fielen auf Anhieb etliche Antworten auf Trudes Worte ein, die gewiss nicht weniger verletzend gewesen wären. Aber der Gedanke an ihre Mutter hielt sie davon ab, Gleiches mit Gleichem zu vergelten, denn diese würde ihr lang und breit erklären, dass es sich für eine Tochter aus dem Hause Güldener nicht ziemte, wie ein Marktweib zu keifen. Eine Maid in ihrem Alter hatte sittsam zu sein und sollte Beleidigungen ebenso überhören wie jene derben Bemerkungen, welche die meisten Männer beim Anblick einer Jungfer von sich gaben. Eine kleine Revanche konnte sie sich jedoch nicht verkneifen.

»Meinen Sie nicht auch, Frau Geißblatt«, wandte sie sich an die Standfrau, bei der sie eben frisches Gemüse gekauft hatte, »dass der hochwürdige Vater Maternus recht hatte, uns Frauenzimmer in seiner letzten Predigt davor zu warnen, Wein zu trinken? Er trübt die Sinne und lässt manches Mädchen die gebotene Scham vergessen.«

Gisela brachte die Marktfrau mit ihrer Bemerkung in arge Verlegenheit. Zum einen gehörte es sich wirklich nicht, sich so aufzuführen wie Trude Beckheimer. Zum anderen aber zählte deren Vater zu den reichsten Männern der Stadt und konnte seine Tochter beinahe ebenso prunkvoll kleiden wie ein Edelfräulein. Giselas Vater, Otto Güldener, aber war in letzter Zeit wenig Erfolg beschieden. Früher hatte die Wirtschafterin der Familie auf dem Markt eingekauft, aber nun erledigte die Haustochter selbst die Besorgungen, und da sie nur von einem zwölfjährigen Mädchen begleitet wurde, musste sie den größten Teil der erworbenen Sachen wie eine Magd selbst nach Hause tragen.

Während die Marktfrau einer Antwort auswich, indem sie die nächste Kundin bediente, kam Trude Beckheimer auf Gisela zu und blieb mit herausforderndem Blick vor ihr stehen. »So eine Jungfer Habenichts wie du kann mich gar nicht beleidigen. Dafür ist meine Mitgift viel zu groß. Du wirst froh sein müssen, wenn ein so verkommener Kerl wie Korbflechter Landelin dich heiratet.«

Gisela fühlte sich weniger von Trudes Worten verletzt als durch das Gelächter der Marktfrauen und ihrer Kundinnen, und sie kämpfte vergeblich gegen die Tränen an. Am lautesten spotteten Trudes beste Freundinnen – dieselben Mädchen, die sich noch vor einem Jahr um sie geschart und über Trude gelästert hatten. Offensichtlich übte die Macht des Geldes eine stärkere Wirkung aus als alle Predigten des Pfarrers. Es war wohl angenehmer, Trude im Hause Beckheimer zu besuchen, in dem den Besucherinnen süße Kuchen und Wein aufgetischt wurden. In ihrem Elternhaus hingegen gab es inzwischen höchstens verdünnten Saft und Brot, das manchmal sogar mit Hafermehl gestreckt war.

Gisela war klar, dass die anderen auf ein falsches Wort von ihr warteten, um über sie herfallen zu können. So wandte sie ihnen mit einer heftigen Bewegung den Rücken zu, um den Marktplatz zu verlassen. Dabei übersah sie einen alten Mann, der hinter ihr stehen geblieben war, und stieß mit ihm zusammen. Als sie zu ihm aufschaute, um sich zu entschuldigen, durchfuhr es sie wie ein Blitzschlag: Die Augen des Greises wirkten trübe, und doch schienen sie bis in ihr Innerstes zu schauen, und in seiner rechten Hand hielt der Alte einen walnussgroßen Stein, in dem eine grüne Flamme zu spielen schien.

»Verzeiht, mein Herr!«, flüsterte sie und lief los.

»Jungfer Gisela, Ihr habt Euer Gemüse vergessen!«, rief die Magd ihr nach, die seit Lichtmess gegen Verpflegung und Unterkunft im Hause Güldener arbeitete. Gisela schien sie nicht zu hören, denn sie tauchte in einer der Gassen unter. Ihrer kleinen Magd blieb daher nichts anderes übrig, als sich zu all den anderen Einkäufen auch den Korb mit dem Gemüse aufzuladen und ihrer Herrin zu folgen.

Kaum war Gundi mit ihrer viel zu schweren Last in der Gasse verschwunden, trat der alte Mann auf Frau Geißblatt zu und wühlte achtlos in den Kohlköpfen, Sellerieknollen und Zwiebeln herum. »Wer war die Jungfer, die eben bei euch eingekauft hat?«, fragte er die Marktfrau mit angespannter Miene.

»Hedwig, die Tochter des Schusters Sachs«, antwortete Frau Geißblatt, da sie die Frage auf ihre letzte Kundin bezog.

Der Alte ließ die Zwiebel, die er gerade in der Hand hielt, überrascht fallen. »Wie eine Schusterstochter sah mir das Mädchen aber nicht aus. Ihr Kleid war aus gutem Tuch und wurde mit dem besten Waid gefärbt.«

»Ach so! Dann meint Ihr die Güldener Gisela. Sie ist die Tochter eines Kaufherrn, der sich gewiss freuen würde, wenn er mit Euch ein gutes Geschäft machen könnte. Seine eigenen sollen in letzter Zeit nicht gerade gut laufen. So heißt es jedenfalls.« Frau Geißblatt ärgerte sich über den Mann, der nur ihre Ware durcheinanderbrachte und nicht die Absicht zu haben schien, etwas zu kaufen. Doch als es zwischen seinen Fingern aufblitzte und eine große Silbermünze in ihre Hand fiel, war sie versöhnt, und sie erklärte dem Alten den Weg zu Otto Güldeners Haus. Dann beschrieb sie ihm sämtliche Mitglieder der Familie, die aus dem Kaufherrn, seiner Ehefrau, deren Tochter Gisela und dem Sohn Hans bestand, und hätte ihm wohl auch noch die Namen und Eigenarten aller Nachbarn der Güldeners aufgezählt. Der Greis hob jedoch dankend die Hand und schlurfte nachdenklich davon.

2.

Erst kurz vor dem Haus ihrer Familie erinnerte Gisela sich an ihre Magd und kehrte schuldbewusst um, damit Gundi die Einkäufe nicht den ganzen Weg nach Hause schleppen musste. Der Kleinen lief der Schweiß bereits in Strömen übers Gesicht, und sie war sichtlich froh, als Gisela ihr einen Teil der Last abnahm.

»Danke! Das war wirklich arg schwer. Ich kann verstehen, dass Ihr zornig geworden seid. Jungfer Trude ist eine äußerst unangenehme Person. Aber Ihr solltet nichts auf ihr dummes Geschwätz geben.«

Dieser gut gemeinte Rat lief ins Leere, denn Gisela erinnerte sich nur allzu gut an Bruno Tettenwiesers häufige Besuche. Mehr als ein halbes Jahr lang war er beinahe täglich in das Haus ihres Vaters gekommen, vor drei Monaten aber hatte er angefangen, sich rar zu machen, und sein letztes Auftauchen lag schon mehr als zwei Wochen zurück. Zunächst war ihr sein Fernbleiben nicht aufgefallen, denn Bruno war schon vor der Bewerbung um ihre Hand von seinem Vater häufig nach Schwabach, Nördlingen oder gar Augsburg geschickt worden, um dort Geschäfte zu tätigen. Sie war nur ein wenig verärgert gewesen, dass er ihr anders als zu Beginn ihrer Verlobung sein Reiseziel und die ungefähre Dauer seiner Abwesenheit nicht mitgeteilt hatte. Misstrauisch war sie erst am Vortag geworden, als Werner, der Türsteher des Nachbarhauses, steif und fest behauptet hatte, den jungen Tettenwieser am Sonntag in der Michaelikirche gesehen zu haben, obwohl seine Familie ebenso wie die Güldeners eigene Kirchenstühle in der Lorenzikirche besaßen. Nun wunderte sie sich nicht mehr, denn die Beckheimers gehörten zur Pfarre St. Michael. Offensichtlich hatte bereits jeder außer ihr gewusst, dass der schöne Bruno sie verworfen hatte wie einen abgelegten Schuh. Ihre Wut galt jedoch weniger Trude Beckheimer und ihrem Verlobten, als vielmehr dem Mann, der ihr zuhause über den Weg lief.

Otto Güldener warf seiner Tochter einen so gleichgültigen Blick zu, als wäre sie eine Küchenmagd, und wollte in sein Kontor treten. Giselas zorniger Ruf ließ ihn jedoch mitten in der Bewegung verharren. »Vater, ich muss mit Euch reden!«

Güldener drehte sich um und musterte seine Tochter mit zusammengekniffenen Augenbrauen, denn bisher hatte Gisela sich ihm gegenüber keinen solchen Ton erlaubt. Doch als er sie zurechtweisen wollte, ließ sie ihn nicht zu Wort kommen.

»Auf dem Markt bin ich Trude Beckheimer begegnet. Sie sprach von meinem Verlobten und breitete den Grund, weshalb er nicht mehr zu uns kommt, vor aller Ohren aus. Jetzt will ich von Euch wissen, ob es stimmt, was sie herumerzählt.«

Bei diesen Worten huschte ein Ausdruck über das Gesicht ihres Vaters, der Gisela unwillkürlich an einen kleinen Jungen mit einem sehr schlechten Gewissen erinnerte. Er versuchte, jovial zu lächeln, doch seine Stimme klang gepresst. »Ich weiß nicht, weshalb du dich aufregst, Kind. Bruno wird schon wiederkommen, und wenn nicht, gibt es noch andere junge Männer, die dich gerne heiraten würden.«

»Trude Beckheimer hat etwas über meine Mitgift gesagt, die ich angeblich nicht erhalten würde.«

Für einen Augenblick duckte Otto Güldener sich wie unter einem Schlag, hieb aber dann mit der flachen Hand durch die Luft und lachte mit einem falschen Unterton auf. »Das braucht dich nicht zu bekümmern! Sobald meine Geschäfte wieder besser laufen, werde ich dir das Doppelte von dem geben, was ich Bruno Tettenwieser versprochen habe. Ich schwöre dir, ich werde dich mit einem Mann vermählen, gegen den dieser Bursche ein jämmerliches Nichts ist.«

Gisela starrte ihren Vater entgeistert an und fragte sich, ob sie an seinem oder an ihrem Verstand zweifeln solle. Wie konnte er nur vor ihr stehen und ihr in einem Tonfall, als rede er über ein verlorenes Hufeisen, erzählen, dass die seit fast zwei Jahren zwischen ihm und Brunos Vater ausgehandelte Heirat nicht stattfinden würde. Also hatte auch er seit Tagen die Wahrheit gekannt! Für einen Augenblick wünschte sie sich, die Erde würde sich unter ihr auftun und sie verschlingen. Ein geplatztes Verlöbnis brachte Schande über die Braut, und die Leute würden noch monatelang mit Fingern auf sie zeigen. Da es nicht genug Dienstpersonal gab, konnte sie sich nicht einmal im Haus verkriechen, bis das Gerede abgeklungen war, sondern musste sich von nun an tagtäglich dem geheuchelten Mitleid und den verächtlichen Blicken der Leute aussetzen.

Auch war ihr auf einmal klar, wie schlecht es um ihren Vater stand. Als ihre Wirtschafterin das Haus verlassen hatte, um einen wohlhabenden Witwer zu heiraten, hatte ihr Vater der Mutter untersagt, sie zu ersetzen. Dennoch fehlte das Geld an allen Ecken und Enden. Während im Hause Güldener der Mangel immer spürbarer wurde, schien Trude Beckheimers Vater Goldmünzen im Überfluss zu besitzen. Noch vor zwei Jahren hatte Otto Güldener als weitaus reicher gegolten als der alte Beckheimer – und die anderen Bürger hatten vor ihm gebuckelt. In jener Zeit war Gisela beinahe ebenso zuvorkommend behandelt worden wie ein Edelfräulein.

»Otto! Was soll das heißen? Bist du etwa an die Mitgift unserer Tochter gegangen?«

Giselas Mutter war unbemerkt aus der Küche getreten und baute sich nun vor ihrem Mann auf. Trotz ihrer fünfundvierzig Jahre war Magda Güldener eine schöne Frau, die wie die ältere Schwester ihrer gerade zwanzig Jahre alt gewordenen Tochter wirkte. Sie besaß das gleiche honigblonde Haar wie Gisela, ein ebenmäßiges, etwas runderes Gesicht und eine Figur, die zur Üppigkeit neigte. Ihre sonst so friedlichen blauen Augen sprühten Feuer, und der Kochlöffel in ihrer Rechten zitterte so stark, dass Suppentropfen auf die Schürze sprühten.

Der Hausherr warf einen misstrauischen Blick auf das hölzerne Küchenutensil, das man durchaus als Keule hätte verwenden können, und zog sich ein Stück zurück. »Gisela wird ihre Mitgift erhalten, Frau. Aber es wäre eine Narretei gewesen, das Geld in der Truhe verstauben zu lassen, während es mir bei meinen Geschäften an allen Ecken und Enden gefehlt hat.«

Magda Güldener ließ den Kochlöffel fallen und schlug die Hände über dem Kopf zusammen. »Dann war es also kein erfolgreicher Geschäftsabschluss, der dir vor drei Wochen blanke Gulden in deine Kasse gespült hat, sondern der Griff nach Giselas Mitgift! Bei allen Heiligen im Himmel! Mann, wie konntest du das tun?«

»Ich sagte dir doch, dass ich das Geld dringend benötigt habe.« Güldener hasste es, von seiner Frau und seiner Tochter in die Zange genommen zu werden. Am liebsten hätte er beide gezüchtigt, damit sie den Mund hielten, aber das konnte er sich nicht leisten. Seit er den größten Teil des Gesindes auf die Straße gesetzt hatte, um deren Lohn und Verpflegung zu sparen, war die Herrschaft seiner Frau über Haus und Küche beinahe unumschränkt, und in den langen Jahren seiner Ehe hatte er gelernt, wie hartnäckig und nachtragend sie sein konnte, insbesondere wenn es um ihre Kinder ging.

Magda Güldener trat auf Gisela zu und zog sie an sich. »Du Arme! Man wird mit Fingern auf dich zeigen, obwohl du an alldem keine Schuld trägst.«

Sie ließ das Mädchen los und fuchtelte ihrem Mann mit dem Zeigefinger vor dem Gesicht herum. »Was bist du nur für ein Narr! Hättest du das Geld zu den üblichen Zinsen geliehen, hätte dir niemand etwas nachgesagt. Es aber aus der Mitgift deiner Tochter zu nehmen, hat das Fundament unseres Hauses zerstört! All deine Geschäftspartner werden sagen: ›Otto Güldener ist auf den Hund gekommen!‹«

Güldener lachte bitter auf. »Glaubst du, ich hätte das nicht versucht? Ich bin sogar vor dem alten Beckheimer gekrochen und habe ihn um ein Darlehen angefleht. Aber weder er noch ein anderer war bereit, mir noch einen Pfennig zu leihen.«

Gisela sah ihren Vater mit hängenden Schultern dastehen wie einen armen Sünder und begriff, dass er nicht nur finanziell am Ende war, sondern auch jegliches Selbstvertrauen verloren hatte. So etwas hätte sie sich niemals vorstellen können, denn seine Geschäfte waren früher so erfolgreich verlaufen, dass ihn die Nachbarn und die anderen Kaufleute beneidet hatten.

Güldener schienen die stummen Vorwürfe seiner Tochter mehr zu berühren als die verächtlichen Worte seiner Frau, denn er knickte unter ihrem Blick noch stärker ein und begann, mit ausschweifenden Worten die Gründe aufzuzählen, die zum Niedergang seines Handelshauses geführt hätten. Er sprach von Plünderungen seiner Handelszüge im Krieg, betrügerischen Lieferanten und bankrottgegangenen Geschäftspartnern, die nicht mehr hätten zahlen können.

Den Grund, der nach Ansicht seiner Frau am schwersten ins Gewicht fiel, nannte er jedoch nicht: sein eigenes Unvermögen, riskante Situationen richtig einzuschätzen. Er hatte Geschäfte abgeschlossen, vor denen Beckheimer und Tettenwieser zurückgeschreckt waren, und damit zu Beginn erstaunliche Erfolge erzielt. Doch seit einem guten Jahr hatten sich die Fehlschläge gehäuft und alle Reserven aufgefressen. Nun sah sich Magda Güldener am Rande eines Abgrunds stehen, der ihr schier grundlos dünkte.

Der Kaufherr nutzte die Tatsache, dass seine Frau entsetzt ins Leere starrte, und verschwand in seinem Kontor. Als er den Riegel vorschob, wurde ihm jedoch klar, dass die Sache mit der Mitgift seiner Tochter noch lange nicht ausgestanden war.

3.

Magda Güldener blickte auf die Kontortür, als wolle sie sie mit ihrem Blick durchbohren. Am liebsten wäre sie ihrem Mann gefolgt, um ihm die Leviten zu lesen, doch als sie das schabende Geräusch des Riegels vernahm, ließ sie die Schultern sinken, stieß die angehaltene Luft aus und musterte ihre Tochter, die kreidebleich an der Wand lehnte und so aussah, als würde sie jeden Augenblick zusammenbrechen.

»Komm, mein Kind, gehen wir in die Küche! Dort kannst du dich ein wenig hinsetzen, während ich mich mit Gundi und Trina um das Essen kümmere.« Ohne auf eine Antwort zu warten, schob sie Gisela in den raucherfüllten Raum, in dem Gundi eifrig das Gemüse putzte, während Trina, eine alte, knochendürre Frau, in einem großen Topf rührte, in dem die Suppe für das Mittagessen vor sich hin köchelte. Ihre Blicke verrieten, dass sie das nicht gerade leise geführte Gespräch im Flur mitbekommen hatten. Während Gundi verschreckt wirkte, sah Trina aus, als würde sie am liebsten wortreich zum Besten geben, was sie von einem Vater hielt, der das ihm anvertraute Geld seiner Tochter verschleuderte.

Die Alte befand sich seit fast fünf Jahrzehnten in den Diensten der Familie Güldener und wusste wahrscheinlich mehr über das jetzige Familienoberhaupt zu erzählen als dieses selbst. Doch bevor sie etwas sagen konnte, klang im oberen Stockwerk ein fröhliches Lied auf, und dann hörten sie den Sänger geräuschvoll die Treppe herablaufen. Kurz darauf schwang die Küchentür auf und

Giselas Bruder Hans kam herein. Er war zwei Jahre älter als seine Schwester und ein ungewöhnlich gut aussehender Jüngling, der sogar seine Schwester in den Schatten stellte.

Hans Güldener war nicht nur der hübscheste Jüngling in der Stadt, sondern auch der am besten gekleidete. An diesem Tag trug er ein kurzes rotes Wams mit geschlitzten Ärmeln über einem cremefarbenen Hemd und eine rosa und hellgrün gestreifte, eng anliegende Hose, die nur bis zu den Oberschenkeln reichte und eine derart provozierende Schamkapsel aufwies, dass Trina das Zeichen gegen böse Geister machte. Die Beine des jungen Mannes steckten in hautengen roten Strümpfen, die in flachen, vorne abgerundeten Schuhen endeten, und auf seinem Kopf thronte ein kleiner Hut mit einer Bommel in den Farben der Hose.

»Na, gefalle ich euch?«, fragte er munter, als er die Augen der vier in der Küche auf sich gerichtet sah.

»Entsetzlich!«, murmelte die Mutter und zog dann die Stirn kraus. »Dieses …, äh, Gewand kenne ich noch gar nicht.«

»Das ist der neueste Schick aus Italien. Reinhold Tucher hat mir die Bilder von seiner letzten Venedigreise mitgebracht. Als ich sie sah, wusste ich, dass ich mir dieses Wams und die Hosen machen lassen muss. Der gute Meister Schnippel ist zum Glück rechtzeitig damit fertig geworden, sodass ich es heute tragen kann.« Hans' Gesicht glänzte vor Stolz, und er sah seine Mutter so auffordernd an, als wartete er auf ein Lob.

Magda Güldeners Gesicht aber färbte sich dunkel vor Zorn. »Sag bloß, du hast dieses … dieses Ding da jetzt erst machen lassen? Du weißt doch, dass wir derzeit das Geld zusammenhalten müssen und uns keine überflüssigen Ausgaben leisten können!«

»Eine neue Garderobe ist nie überflüssig«, tat Hans ihren Einwand ab. »Ich würde mich schämen, müsste ich in einem alten Wams und unmodischen Hosen vor meinen Freunden erscheinen. Aber gut, dass du gerade von Geld sprichst: Ich brauche ein paar Gulden, denn wir werden bei Tettenwiesers gewiss würfeln und Karten spielen.«

Die Miene seiner Mutter wurde noch eisiger. »Hast du etwa das Taschengeld, welches der Vater dir gegeben hat, schon durchgebracht? Wenn ja, wirst du auf das Spiel verzichten müssen. Ich kann dir nichts geben.« Magda Güldener wandte ihrem Sohn den Rücken zu und glaubte, sie habe alles gesagt.

Hans trat jedoch seelenruhig an den Schrank, in dem die eiserne Kassette mit dem Haushaltsgeld stand, nahm sie heraus und schüttete ihren Inhalt auf den Tisch, sodass die Münzen im Licht der durch das Küchenfenster scheinenden Sonne aufblitzten. Dann sortierte er die wertvollsten Stücke aus und steckte sie in die Geldbörse, die er aus modischen Gründen unter dem Wams trug.

»Bist du verrückt geworden?«, fuhr seine Mutter ihn an. »Gib mir sofort das Geld zurück! Oder willst du, dass wir in den nächsten Wochen von Wasser und Haferbrot leben müssen wie die ärmsten Bauern?«

Hans winkte lachend ab. »Heute Abend werde ich einigen dieser Gimpel das Fell über die Ohren ziehen, und dann bekommst du es mit Zins und Zinseszins zurück!«

Gisela hatte zunächst wie erstarrt dagestanden und zugehört, doch als ihr Bruder sich der Tür zuwandte, kam Leben in sie. »Habe ich richtig gehört? Du gehst zu der Feier bei Tettenwiesers, obwohl Bruno und sein Vater ein solch übles Spiel mit mir getrieben haben?«

»Du meinst die geplatzte Verlobung? Da würde ich mir an deiner Stelle keinen Kopf machen! Bestimmt wird Vater nach dem nächsten erfolgreichen Geschäft dem alten Tettenwieser genug Geld auf den Tisch legen, sodass der die Abmachung einhält. Bruno nimmt dich doch viel lieber als diese fette Kuh Trude. Die würde ich auch nicht besteigen wollen, selbst wenn sie goldene Berge mit in die Ehe brächte!« Hans ignorierte die tadelnden Blicke seiner Mutter und seiner Schwester ob der derben Sprache und lachte schallend auf, als er aus der Küche tänzelte.

Während Magda Güldener schimpfend die von ihrem Sohn verschmähten Münzen in die Kassette füllte, schüttelte die alte Trina mit verkniffener Miene den Kopf.

»Der junge Herr ist ein noch unverantwortlicherer Tollkopf, als es sein Vater in der Jugend war! Dabei dachte ich damals, schlimmer könne sich ein Haussohn nicht aufführen.«

4.

Der alte Mann, der die Gemüseverkäuferin nach Gisela gefragt hatte, verließ humpelnd den Markt und bat einen der herumlungernden Jungen, ihm den Weg zum Haus des Kaufherrn Güldener zu weisen. Ein Kreuzer wechselte den Besitzer, und kurz darauf stand der Alte vor dem großen Gebäude, das sowohl im Erdgeschoss wie auch im Speicher viel Platz für Waren bot. Derzeit waren jedoch keine Knechte bei der Arbeit, und Spinnweben am Tor der Hofeinfahrt verrieten, dass es seit etlichen Tagen nicht mehr geöffnet worden war. Während bei den anderen Handelshäusern kräftig gearbeitet wurde, wirkte die Fläche zwischen dem Haus und der Remise hier sauber gekehrt und war so leer wie am heiligen Sonntag. Dieser Anblick schien die Gerüchte über den Niedergang von Otto Güldeners Handelshaus zu bestätigen.

Noch während der Alte überlegte, wie er diese Tatsache zu seinen Gunsten verwenden könnte, öffnete sich die Tür des Hauses, und ein junger Mann in stutzerhafter Kleidung trat heraus. Die Ähnlichkeit mit der jungen Gisela war so groß, dass der Greis in eine der Taschen seines weiten Talars griff, der ihn als Gelehrten auswies, und den grünen Stein herausholte. Das Mineral leuchtete auf, wenn auch bei Weitem nicht so stark wie vorhin auf dem Markt.

»Es wird wohl die Jungfer sein müssen«, murmelte er leicht enttäuscht, während sein Blick Hans Güldener folgte, der raschen Schrittes die Straße entlangeilte und dabei fröhlich vor sich hin pfiff. Als der junge Mann zwischen anderen Passanten untergetaucht war, warf der Gelehrte einen letzten Blick auf das beeindruckende Gebäude, welches jedoch bereits die ersten Spuren des Verfalls aufwies, und trottete mit kraftlosen Schritten den Weg zurück, den er gekommen war. Kurz vor dem Marktplatz bog er in eine Seitengasse ab, in der einige kleinere Handwerker ihre Läden besaßen. Nur wenige von ihnen gehörten einer der großen Zünfte an, denn es handelte sich zumeist um Flickschuster, Störschneider und Kesselflicker, die im Sommer über Land zogen und im Winter für die Leute in der Stadt arbeiteten. An der nächsten Ecke befand sich ein krumm gezogenes Fachwerkhäuschen, das kaum mehr als eine Armspanne breit war. Ein etwa dreißig Jahre alter Mann saß auf den Stufen vor der geöffneten Tür und flocht einen Korb. Neben ihm auf dem Boden stand eine tönerne Flasche, und just in dem Moment, in dem der Gelehrte vorbeiging, genehmigte der Mann sich einen Schluck.

Der Alte hatte den Korbflechter zunächst nicht beachtet, aber als er an ihm vorbeiging, fühlte er, dass seine Handfläche warm wurde, und er starrte verwundert auf den grünen Stein, den er immer noch festhielt. Das Mineral leuchtete noch ein wenig heller als bei dem jungen Mann vor dem Haus der Güldeners. Kurz entschlossen blieb der Gelehrte stehen und blickte auf den Korbflechter herab.

»He, Bursche, kannst du mir heute noch einen Korb fertigen und in den Gasthof zum Adler bringen?«

Der Korbmacher stellte seine Flasche ab und verzog das Gesicht. »Ich heiße Landelin und nicht Bursche. Aber wenn Ihr einen Korb braucht, müsst Ihr mir sagen, wie groß und von welcher Art er sein soll.«

Da es dem Alten nicht um einen Korb ging, sondern darum, sich den Handwerker noch einmal in Ruhe anzusehen, hatte er sich darüber keine Gedanken gemacht, und er bedauerte nun, den Mann angesprochen zu haben. Die Stimme des Korbmachers verriet ihm nämlich ebenso wie dessen Fahne, dass der Kerl betrunken und zudem aufbrausend war. Dennoch zeigte er auf das halbfertige Werk, dem man den Zustand seines Schöpfers nicht ansah. »Einen solchen, wie du ihn da machst«, erklärte er und warf Landelin eine Münze zu, die dieser wohl sofort in Wein umsetzen würde.

»Es wird die Jungfer sein müssen«, wiederholte der Alte nach ein paar Schritten. Es klang bedauernd. Doch wirkten seine Bewegungen nicht mehr ganz so kraftlos, und als er den Gasthof zum Adler erreichte, eilte er die Treppe beinahe so rasch hoch wie ein Jüngling.

Ehe er an die Tür des hintersten Zimmers klopfen konnte, öffnete ihm ein Mann mittleren Alters mit einer rundlichen Gestalt und einem offenen, ehrlichen Gesicht. Der Diener atmete sichtlich auf, als der Greis ins Zimmer trat. »Es ist gut, dass Ihr zurück seid, Herr! Magister Alban hat heute wieder eine Laune, dass einer Sau die Borsten abfallen würden.«

»Schon gut, Ludwig. Sie wird sich heben, wenn er meine Nachricht vernimmt.« Der Gelehrte nickte dem Bediensteten aufmunternd zu und humpelte ins Zimmer. Während dieser leise die Tür schloss und die beiden Riegel vorlegte, ging der alte Mann zu dem Bewohner des Zimmers hinüber, der in einen weiten Kapuzenmantel gehüllt im dunkelsten Winkel der Kammer saß.

»Gott hat uns nicht vergessen, mein lieber Alban.«

Der Kopf des anderen fuhr herum. »Könntest du tatsächlich Erfolg gehabt haben, mein Freund? Wir haben in den letzten Monaten etliche Städte aufgesucht, und jedes Mal war es vergebens.«

»Wir hätten sofort hierherkommen sollen!«, rief der Alte mit einer Stimme, die so gar nicht zu seinem verfallenen Äußeren passte. »Ich habe auf Anhieb drei Leute entdeckt, welche die Gabe in sich tragen: eine hübsche Jungfer, einen jungen Stutzer und einen Korbflechter, der jedoch dem Wein verfallen ist.«

»Gleich drei Leute? Gaudentius, irrst du dich auch nicht?« Albans Stimme klang undeutlich, und doch konnte man seine Verblüffung deutlich wahrnehmen. Als er aufstand und auf seinen Freund zutrat, überragte er Gaudentius um mehr als Haupteslänge. Seine Schultern waren so breit, dass er sich oft seitlich drehen musste, um durch die Türen der Herbergen zu kommen, und selbst der Umhang vermochte die muskelbepackten Arme und den breiten Stiernacken nicht zu verbergen. Für einen Augenblick zeichnete sich im Licht der Sonne ein grob geschnittenes, behaartes Gesicht mit kleinen, rot funkelnden Augen und einem mit Eckzähnen bewehrten Kiefer ab. Er glich mehr dem Rachen eines Raubtieres als dem Mund eines Menschen.

Der monströse Mann blickte dem Greis direkt in die Augen, als wolle er sich der Wahrhaftigkeit seiner Aussage versichern, und ein Beben durchlief seinen massigen Körper. »Sollten wir hier tatsächlich den Schlüssel zu unserer Rettung finden?«

Da Gaudentius nicht sofort antwortete, starrte Alban auf seine behaarten Pranken, die in krallenartige Nägel ausliefen. Seine Hände waren stark genug, Hufeisen in zwei Teile zu brechen, doch er konnte kaum eine Feder führen und erst recht keinen zerbrechlichen Gegenstand anfassen.

Gaudentius legte seinem monströsen Freund die Hand auf die Schulter. »Ja! Es wird uns gelingen, mein Schüler! Davon bin ich fest überzeugt. Nur werden wir sehr bedachtsam vorgehen müssen, denn das Mädchen, von dem ich mir am meisten erhoffe, ist die Tochter eines Kaufherrn und keine Magd, die man ihrer Herrschaft für ein paar Gulden abkaufen kann.«

»Die Tochter eines reichen Mannes? Bei Gott, dann könnte sie genauso gut ein Kind Kaiser Maximilians oder gar des Sultans der Osmanen sein. So eine schwebt so unerreichbar wie ein Stern über uns.« Alban senkte mit einem enttäuschten Laut den Kopf.

Gaudentius aber kicherte boshaft. »Sie ist zwar die Tochter eines Kaufherrn, jedoch nicht die eines reichen Mannes. Ihr Vater ist Otto Güldener, dessen Geschäfte in letzter Zeit sehr schlecht gelaufen sein sollen. Den Gerüchten zufolge hat er sogar die seiner Tochter zugeschriebene Mitgift vergeudet! Aus diesem Grund ist deren Bräutigam von seiner Bewerbung zurückgetreten und hat sich mit einer anderen verlobt.«

»Und das soll uns helfen?«, fragte Alban mit einem bitteren Lachen.

Gaudentius ließ ihn los und schlurfte zu einer mit drei Schlössern gesicherten Reisetruhe, die in einer Ecke stand, öffnete sie mit den Schlüsseln, die um seinen Hals hingen, und stellte mehrere prall gefüllte Beutel auf den Tisch. »Äußerlich mögen wir nicht mehr dieselben Männer sein wie vor einem guten Jahr, doch unseren Verstand konnte der Feind uns nicht rauben. Dank deiner Klugheit sind wir wohlhabender denn je. Ich sehe viel zu alt aus, als dass ich mit Erfolg um die Jungfer werben könnte, doch du strotzt vor Kraft ...«

»... und sehe aus wie ein Ungeheuer, das die Hölle nicht schlimmer hätte erschaffen können!«, fiel Alban ihm ins Wort.

Gaudentius hob besänftigend die Hand. »Mit der entsprechenden Kleidung und Ludwigs Fähigkeiten als Barbier sowie meinem Wissen über die Zauberkunst, das mir trotz Cajetans Fluch verblieben ist, werden wir die Leute täuschen können.«

Alban packte seinen Freund und stieß ihn unbeherrscht gegen die Wand. »Nenne diesen Namen nicht in meiner Gegenwart! Mich packt die Wut, wenn ich ihn höre, und ich wünsche mir nichts sehnlicher, als ihn mit meinen Pranken zermalmen und in Stücke reißen zu können.«

5.

Fahlgraue Augen wandten sich von der Szene ab, die die spiegelnde Wasserfläche in der Alabasterschüssel zeigte, und die Flügel der schmalen Nase, die wie der Schnabel eines Falken vorsprang, zuckten spöttisch. »So, so! Du würdest mich am liebsten in Stücke reißen, mein guter Alban. Dazu aber wirst du niemals Gelegenheit erhalten!«

Cajetan, Erzmagier, Bewahrer vieler Geheimnisse und Todfeind des Gaudentius, lachte schallend, während seine Rechte über die Schüssel strich und das Bild verlöschen ließ. Sichtlich zufrieden deckte er ein Tuch über das Gefäß und wandte sich dem Wesen zu, das in seiner Nähe stand. Es glich einem Menschen, war aber nur halb so groß wie der Magier und von zartem Körperbau, der nichts von den Kräften verriet, die in ihm steckten. Bekleidet war das Geschöpf mit einem dunkel schillernden Hemd, das ihm bis zu den Hüften reichte, aber nicht sein enorm großes Glied verdeckte.

»Du solltest Hosen anziehen oder einen längeren Kittel, Fulvian!« Cajetan versuchte, seine Stimme tadelnd klingen zu lassen.

»Als ich dich gemacht habe, muss ich wohl mehr an körperliche Freuden als an die Wohltaten der Magie gedacht haben, denn sonst hätte ich dich anders ausgestattet.« Der Magier zügelte seine Zunge in Gegenwart seines Homunkulus nicht, denn er liebte es, sein Kunstgeschöpf zu quälen. Als er die Erregung des kleinen Wesens bemerkte, nahm er einen Stab und schlug ein paar Mal auf ihn ein.

»Mir sollst du dienen, nicht nur deiner Lust!« Wieder stieg Ärger in dem Magier hoch, denn anders als er musste der Homunkulus seinen beiden Mägden nicht erst befehlen, sich für ihn bereitzulegen.

Fulvian stieß ein gepresstes Stöhnen aus, als ihn der Stock des Magiers traf, und er maß Cajetan für den Bruchteil eines Herzschlages mit einem tückischen Blick. Aber er hatte sich sofort wieder in der Gewalt und verneigte sich vor dem Magier, als wäre dieser ein Fürst oder gar der Kaiser. »Es ist nicht nett von Euch, meine Dienste anzuzweifeln, hoher Herr Cajetan. Habe ich Euch nicht diesen Gimpel Gaudentius an die Hand gegeben und mit ihm seinen Schüler, der sich jetzt Alban nennt, weil selbst seine Mutter bei seinem Anblick voller Grauen vor ihm zurückweichen würde? Und nicht nur das! Die beiden sorgen nun auch für weitere Opfer, indem sie Menschen mit der Gabe ausfindig machen, die unserer Suche bislang entgangen sind. Für die drei, die sie gerade gefunden haben, wird der große Herr Euch in seiner Gnade ein weiteres Jahrhundert schenken.«

Wider Willen musste Cajetan nicken, und sein Geist glitt unwillkürlich in die Zeit zurück, in der er der jüngste, zugleich aber auch der mächtigste Spross einer einflussreichen Zauberersippe gewesen war. Damals hatte man in diesem Landstrich noch Dolmengräber errichtet, um die großen Anführer darin zur ewigen Ruhe zu betten, und er hatte einen hohen, aus Gold geschlagenen und mit Sonnen- und Mondsymbolen geschmückten Hut getragen. Dieser befand sich jetzt in seiner Schatzkammer und war nur noch ein Erinnerungsstück an jene Zeit, in der er als Zeichen ultimativer Kraft gegolten hatte.

Cajetans Gesicht verzog sich geringschätzig, als er an seine bedauernswerten Verwandten dachte, die zu schwach gewesen waren, um die wahre Erkenntnis zu erlangen. Sie hatten armseligen Göttern Feldfrüchte und gelegentlich ein Zicklein geopfert und dabei ganz übersehen, um wie viel mächtiger ein Magier werden konnte, wenn er dem richtigen Gott menschliches Blut opferte. Anders als seine unwissenden Verwandten konnte Cajetan nun mit jedem Mann und jeder Frau, die er dem wahren Herrn der Welt opferte, sein eigenes Leben um dreiunddreißig Jahre und das Drittel eines weiteren verlängern.

Allerdings gab sein Gott sich nicht mit beliebigen Opfern zufrieden, sondern verlangte Menschen mit besonderen Eigenschaften. Cajetan vermochte diejenigen, die die Flamme magischer Begabung in sich trugen und für ihn gestorben waren, schon lange nicht mehr zu zählen. Gewiss waren es weit mehr als hundert, die mit ihrem frühen Tod dafür gesorgt hatten, dass er zusehen konnte, wie die Generationen kamen und gingen. Ganze Völker waren groß geworden und wieder geschwunden, angefangen von seinem eigenen über Kelten, Römer und Germanen bis hin zu den Franken und Bajuwaren, und während all dieser Zeitläufe war er stets der vertraute Freund der Mächtigen gewesen. Nun waren es die Herzöge des Bayernlandes, die Markgrafen von Brandenburg-Ansbach und sogar der hochehrwürdige Bischof von Eichstätt, die ihn baten, ihre Träume und Vorzeichen zu deuten und ihnen jene Pülverchen und Säfte zu geben, die ihre Macht erhöhen und die ihrer Feinde vermindern konnten.

Der Homunkulus konnte die Gedanken seines Herrn lesen wie die Seiten eines aufgeschlagenen Buches. Auch wenn Cajetan nicht mehr zu wissen schien, wie viel von seiner Macht er seinem angeblichen Geschöpf zu verdanken hatte, war Fulvian sich dessen durchaus bewusst. Eine Weile wartete er, ob sein Herr antworten würde. Als er aber spürte, dass Cajetan sich in seinen Erinnerungen verlor, schlich er sich beinahe lautlos aus dem Raum.

Er lenkte seinen Schritt in die Küche. Hier arbeiteten zwei junge Mägde, die beide nicht gerade schön zu nennen waren, aber genug magisches Talent besaßen, um ihrem Herrn zu einer weiteren Lebensspanne zu verhelfen. Fulvian bedauerte das Schicksal der beiden nicht, denn nach ihnen würden andere Weiber kommen, die er benutzen konnte. In den vielen Jahrhunderten, in denen er Cajetan gedient hatte, waren so viele von ihnen eingefangen und nach einer gewissen Zeit geopfert worden, dass er sich kaum noch an ein Gesicht erinnern konnte.

Einige Augenblicke lang betrachtete er die beiden in lange

Röcke und straff sitzende Mieder gekleideten Frauen, die ohne Eile das Essen für den Magier und die wenigen anderen Burgbewohner zubereiteten, und stolzierte dann sichtlich erregt vor ihnen auf und ab.

Sein Zauber wirkte sofort. Mine, die ältere der zwei Mägde, stieß einen keuchenden Laut aus und warf sich in freudiger Erwartung vor ihm in Pose: »Du willst wohl eine Speise ganz besonderer Art, mein kleiner Großer.«

Fulvian bewegte anzüglich das Becken vor und zurück. Auf einen Wink von ihm zog Mine ihren Rock bis zur Hüfte hoch, legte sich auf einer Bank zurecht und feuerte das zwergenhafte Geschöpf an, alles mit ihr zu tun, wonach ihm der Sinn stand.

Lina warf den beiden nur einen beiläufigen Blick zu und arbeitete gelassen weiter. Sie wusste, dass auch sie nicht zu kurz kommen würde.

5.

Seit jenem Tag, an dem Gisela von ihrer geplatzten Verlobung erfahren hatte, hing bei Güldeners der Haussegen schief. Ihr Bruder hatte das gesamte Geld aus der Kasse seiner Mutter beim Würfelspiel verloren und auf Kredit weitergespielt, ohne auch nur den Zipfel einer Glückssträhne zu erhaschen. Zu den Spielschulden kam die drückende Forderung des Schneiders, der täglich ins Haus kam, um seinen Lohn für das modische Gewand einzufordern, und inzwischen wusste auch der letzte Tagelöhner aus den umliegenden Dörfern, dass Bruno Tettenwieser seine Bewerbung um Gisela zurückgezogen hatte und sich um die wenig ansehnliche, dafür aber umso reichere Trude Beckheimer bemühte.

Um dem Gezeter seiner Frau und den anklagenden Blicken seiner Tochter zu entgehen, schloss Otto Güldener sich tagsüber in seinem Kontor ein, auch wenn er dort nicht mehr tun konnte, als in den Kontobüchern zu blättern und den Summen nachzutrauern, die er in besseren Zeiten verdient hatte. Immer wieder rechnete er die Außenstände zusammen, auf die er ein Anrecht zu haben glaubte, doch die Beträge deckten nicht einmal die drängendsten Forderungen seiner Gläubiger. Zwischendurch klammerte er sich an aberwitzige Hoffnungen und summierte den Wert jener Waren, um die man ihn betrogen hatte. Dabei wurde ihm jedes Mal aufs Neue schmerzhaft bewusst, dass er bankrott war. Alle Versuche, den Hals aus der Schlinge zu ziehen, waren gescheitert, und seit er Giselas Mitgift verspekuliert hatte, war er gesellschaftlich überall geächtet. Nicht einmal ein Hund nahm noch einen Knochen von ihm an. Güldener wusste nicht, wie er den nächsten Monat überstehen sollte, und fragte sich in lichteren Augenblicken, ob ihn der Verkauf seines Anwesens wenigstens vor dem Schuldturm bewahren konnte.

Anders als Otto Güldener machte Hans sich keine Gedanken über die finanzielle Situation der Familie, denn in seinen Augen war es die Aufgabe des Vaters, ihm Geld zu beschaffen, damit er vor seinen Freunden glänzen konnte. Hans Güldener hielt es für sein Recht, mit den Söhnen der anderen Kaufleute in den Gasthäusern zu speisen, mit ihnen zu würfeln und jene Schenken aufzusuchen, in denen die Mägde und Wirtstöchter für einen Viertelgulden zu haben waren. Daher machte er ihn dafür verantwortlich, dass sich die Reihen seiner Freunde mehr und mehr lichteten.

Die jungen Männer, die ihn vor kurzem noch freudig begrüßt und in ihre Gespräche miteinbezogen hatten, drehten den Kopf weg oder bogen in eine Seitengasse ein, wenn sie ihm auf der Straße begegneten. Einladungen zu Festlichkeiten kamen nur noch spärlich und blieben in den letzten Wochen ganz aus, und als er ohne Aufforderung das Haus von Emanuel Tucher betreten wollte, in dem sein Freund Reinhold die glückliche Rückkehr von einer weiten Handelsreise feierte, wies der Türsteher ihn ab wie einen Bettler. Wütend stapfte Hans Güldner davon und achtete dabei nicht auf den alten Gelehrten, der stehen geblieben war und ihn musterte.

In seiner blinden Wut stieß er den ausgemergelten Mann zu Boden und schnaubte verärgert, als dieser anklagend zu ihm aufsah. »Pass doch auf, wo du hinläufst, Alter!«, fuhr er den Greis an und ging weiter.

Gaudentius, der an diesem Tag sehr unter der Gebrechlichkeit seines Körpers litt, versuchte vergebens, wieder auf die Beine zu kommen. Da fasste ihn jemand unter den Armen und zog ihn hoch. »Könnt Ihr alleine stehen?« Er erkannte den Korbflechter an der Stimme und dem ihn umgebenden Weindunst, drehte sich mit schmerzverzerrter Miene zu ihm um und nickte. »Ich danke dir! Meine Knochen wollen halt nicht mehr so, wie sie sollten.«

»Hat Euch der Korb gefallen, den ich Euch letztens gemacht habe?« Landelin erinnerte sich an die großzügige Entlohnung, die er für seine Arbeit erhalten hatte, und fand es nur gerecht, dass er dem Alten half. »Wenn Ihr wollt, bringe ich Euch nach Hause!«

Gaudentius schüttelte den Kopf. »Das ist sehr freundlich von dir, aber nun tragen meine Beine mich wieder. Nimm das und trink einen Schluck Wein auf mein Wohl.«

Er drückte dem überraschten Korbflechter eine Münze in die Hand und schlurfte in die Richtung, in die Hans Güldener gelaufen war. Nach einer Weile erreichte er das Anwesen der Güldeners, trat in einen Durchgang neben dem gegenüberliegenden Haus und ließ sich dort auf einem Mauervorsprung nieder.

6.

Gisela hörte ihren Bruder ins Haus kommen und dabei gegen die Türen treten. Offensichtlich hatte er schlechte Laune, und da sie nicht schon wieder mit ihm aneinandergeraten wollte, blieb sie in der Wäschekammer sitzen, nahm sich das nächste Leintuch vor und prüfte, ob es mit Nadel und Faden vielleicht noch zu retten war. Dabei bemühte sie sich, nur an ihre Arbeit zu denken und alles andere von sich wegzuschieben. Doch das Grausen, das die Situation ihrer Familie und vor allem ihre eigene in ihr auslösten, ließ sich nicht fernhalten. Daher klammerte sie sich verzweifelt an ihre Arbeit, bis die Uhr von St. Lorenz die nächste volle Stunde schlug. Sie merkte, dass ihr der Rücken von der intensiven Näharbeit weh tat, und legte das Tuch, das sie gerade ausbesserte, mit einem leisen Stöhnen beiseite. Dann maß sie den Stapel der bereits geflickten Teile mit einem kritischen Blick. Die durchaus respektable Anzahl und ihre zerstochenen Finger bewiesen ihr, dass sie an diesem Tag genug geleistet hatte.

Als sie auf den Flur trat, bemerkte sie, dass es auffallend still im Haus war. Ihre Mutter war nach dem Mittagessen eine Verwandte besuchen gegangen und würde so rasch nicht wiederkommen. In der Zeit, in der Gisela die Wäsche geflickt hatte, schien auch ihr Vater das Haus verlassen zu haben, und als sie in die Küche blickte, lag Trina vor dem Herd und schlief. Gundi war nirgends zu sehen, und niemand hatte Vorbereitungen für das Abendessen getroffen.

Gisela weckte die alte Magd, die nicht unwillig reagierte, sondern ihr einen seltsam verträumten, beinahe glücklichen Blick zuwarf. »Jetzt habe ich doch glatt geträumt, ein reicher Freier wäre ins Haus gekommen, um dich heimzuführen, Kind.«

Gisela setzte das Wasser für die Suppe auf und winkte dann ab. »Schön wäre es, Trina. Aber welcher junge Mann würde um ein Mädchen werben, das von seinem Bräutigam verworfen wurde wie ein löchriger Putzlumpen?«

»Es war nicht recht von deinem Vater, dir deine Mitgift wegzunehmen. Sie stand dir geschrieben, seit deine Großmutter gestorben ist, und er hat die Urkunde selbst noch einmal siegeln lassen!«

Trina schnäuzte sich empört, putzte ihre Hände an der Schürze ab und machte sich an die Arbeit.

»Wo steckt eigentlich Gundi?«, fragte sie nach einer Weile. »Sie sollte mir doch getrocknete Pilze vom Speicher holen.«

Gisela hob bedauernd die Hände. »Ich habe sie seit heute Mittag nicht mehr gesehen.«

»Dann werde ich halt selber die Treppen hochklettern, und das mit meinen alten Beinen.« Trina zog ein Gesicht, als müsse sie ins Fegefeuer steigen, und hinkte zur Küchentür.

Ehe sie sie öffnen konnte, hielt Gisela sie auf. »Die Pilze kann ich holen. Mach du hier weiter.« Sie lief aus der Küche und stieg leichtfüßig nach oben. Das Haus ihres Vaters besaß zur Straße hin einen großen Dachboden, der vor allem als Speicher für die wertvolleren Waren diente. Der rückwärtige Teil des gut zwei Stockwerke hohen Lagerraums wurde hingegen als Abstellplatz für all das benutzt, was im Haus nicht mehr benötigt wurde, aber noch einen gewissen Wert hatte. Dort befand sich auch ein Gestell, auf dem allerlei Pflanzen für die Küche getrocknet wurden.

Giselas Blick glitt durch den gähnend leeren Warenspeicher, der ihr mehr als alles andere den geschäftlichen Misserfolg ihres Vaters vor Augen führte, und sie schüttelte sich. Mit einer Geste, die Ärger und Verzweiflung gleichermaßen ausdrückte, schritt sie über die Dielen, auf denen nun jeder Schritt wie ein Trommelschlag hallte. Trotz dieses Geräuschs vernahm sie zwischen den alten Truhen ein Rascheln und einen Laut, der einem unterdrückten Stöhnen glich. Im ersten Augenblick zuckte sie erschrocken zusammen, nahm dann aber an, eine Katze sei über das Dach hereingekommen und auf der Jagd nach Mäusen.

Da es nur in der vorderen Wand Fenster gab, war der hintere Teil so düster, dass man kaum die Hand vor Augen sehen konnte. Um nirgendwo anzustoßen, blieb Gisela stehen, bis ihre Augen sich an die Dunkelheit gewöhnt hatten, und ging dann auf das Trockengestell zu, an dem neben allerlei Kräutern auch auf Fäden gezogene Pilze hingen. Sie hatte es noch nicht erreicht, als sie seitlich davon einen großen, hellen Fleck entdeckte, der sich heftig bewegte.

Als sie genauer hinsah, entpuppte sich der Fleck als der nackte Hintern ihres Bruders, der wie wild auf- und niederfuhr, und dann konnte sie erkennen, dass die kleine Gundi wimmernd unter ihm lag.

Gisela spürte heiße Wut in sich aufsteigen, fühlte sich aber gleichzeitig so hilflos, als habe der hässliche Anblick sie gelähmt. »Hans! Was fällt dir ein? Schämst du dich nicht?«

Ihr Bruder keuchte nur erregt und verstärkte seine Bemühungen, bis er mit tierischem Grunzen zur Erfüllung kam. Dann erst geruhte er, die Anwesenheit seiner Schwester zur Kenntnis zu nehmen.

»So etwas braucht ein Mann von Zeit zu Zeit.«

Gisela drehte angeekelt den Kopf weg und kniete neben der weinenden Magd nieder. »Bei Gott, Hans, du bist ein Tier! Gundi ist doch beinahe noch ein Kind.«

»Soll ich vielleicht die alte Trina nehmen? Da würde mir die Lust vergehen, noch bevor sie den Rock hebt. Eine andere Magd gibt es nun einmal nicht mehr im Haus, seit du und Mutter sie alle vertrieben habt.«

Seine unsinnige Beschuldigung ließ Giselas lange verdrängten Zorn auf ihren Bruder hochkochen. »Wir haben die Mägde nicht vertrieben, sondern konnten sie nicht mehr bezahlen! Daran bist du nicht gerade unschuldig, denn du wirfst das Geld mit vollen Händen zum Fenster hinaus, obwohl wir an allen Ecken und Enden sparen müssen. Ich habe seit einem halben Jahr kein neues Kleid mehr bekommen, während der Schneider bei dir beinahe jede Woche Maß nimmt!«

Mit einem verächtlichen Laut drehte sie Hans den Rücken zu und beugte sich über Gundi.

Die Magd bemerkte Giselas Verwunderung und schlug die

Hände vors Gesicht. »Es ist nicht das erste Mal, dass ich Herrn Hans auf diese Weise zu Diensten sein musste.«

Gisela fuhr zornig herum: »Du wirst Gundi in Zukunft in Ruhe lassen, du Schwein! Mutter wird entsetzt sein, wenn sie hört, was du getan hast.«

»Pah! Gundi ist nichts anderes passiert als den meisten anderen Mägden. Sogar unser Vater hat sich von Zeit zu Zeit ein besonders hübsches Ding ausgesucht und in seine Kammer gerufen – zumeist dann, wenn Mutter mit dir in der Kirche war. Ich habe ein paar Mal an seiner Tür gelauscht und gehört, wie wild er es getrieben hat. Als er mich dabei erwischt hat, bekam ich zuerst ein paar Ohrfeigen. Aber dann hat er gelacht und gesagt, mit sechzehn wäre es für mich an der Zeit zu lernen, ein Mann zu sein, und er hat mich aufgefordert, es mit Zenta zu versuchen. Es war ein tolles Gefühl, sage ich dir.«

Hans schwelgte in der Erinnerung, während Gisela gegen den Brechreiz kämpfte, den der Ekel vor ihrem Bruder in ihr auslöste. Nur das Wissen, dass Hans rücksichtslos zurückschlagen würde, hielt sie davon ab, mit den Fäusten auf ihn loszugehen. Jetzt begriff sie, warum ihre Mutter die sonst so beliebte Magd gehasst hatte, und es wurde ihr auch klar, wieso der Vater zu jener Zeit verboten hatte, das Mädchen zu entlassen.

»Alle Männer sind Schweine«, flüsterte sie, während sie Gundi auf die Beine half und mit ihr den Speicher verließ.

Kurz darauf hörte sie, wie Hans die Treppe hinunterstampfte, und kämpfte gegen den Wunsch an, ihn bei ihren Eltern anzuschwärzen. Er war jedoch der erklärte Liebling ihres Vaters, und die Mutter ließ ihm trotz aller Klagen seinen Willen. Während Gisela wegen jedes kleinen Fehlers und jedes Versäumnisses getadelt und oft auch bestraft wurde, konnte Hans trotz aller Not das Haushaltsgeld an sich nehmen, sodass sie am nächsten Morgen bei den Markthändlern und Standfrauen um Stundung betteln musste und dafür zumeist nur schäbige Reste bekam. Erführe die Mutter, was Hans Gundi antat, würde sie zwar zetern, dann aber sagen, es sei besser, wenn Hans sich bei Gundi bediente, statt das Geld ins Haus der gefälligen Mägde zu tragen.

»Es ist alles so ungerecht, Kleines«, sagte sie zu Gundi, die in die Waschkammer trat, um sich zu säubern.

Obwohl Gisela sichtlich betroffen war, glaubte die Magd, sich vor ihr rechtfertigen zu müssen. »Ich habe das nicht freiwillig gemacht, Jungfer Gisela, wirklich nicht! Aber Herr Hans kam gerade ins Haus, als ich nach oben ging. Er ist mir gefolgt und hat mich im Speicher gezwungen, mich für ihn bereitzulegen, wie schon ein paar Mal zuvor.«

Gisela versuchte, das weinende Mädchen zu trösten, aber ihr war klar, dass sie die Kleine nicht vor ihrem Bruder beschützen konnte. Wenn sie ihren Eltern erzählte, was Hans trieb, würde vielleicht auch noch ihr Vater Gefallen daran finden, Gundi für seine Gelüste zu benutzen.

Trinas Stimme unterbrach ihr Grübeln. »Gisela? Hast du die Pilze?«

Sie zuckte zusammen, denn sie durfte über das, was eben geschehen war, ihre normale Arbeit nicht vergessen. Sie reichte Gundi ein sauberes Tuch und eilte noch einmal nach oben. Als sie auf dem Speicher ankam, sah sie die eben erlebte Szene wieder vor sich und erschauderte. Ihr Bruder hatte sich benommen wie ein Rüde, der eine läufige Hündin besteigt. Bisher hatte sie gehofft, zwischen Mann und Frau würde es gesitteter zugehen, doch diesen Glauben hatte Hans ihr ein für alle Mal genommen.

Während sie die Pilze für Trina aussuchte, überlegte sie, ob sie eher glücklich darüber sein sollte, dass Bruno Tettenwieser die Verlobung mit ihr gelöst hatte. Allein der Gedanke, hilflos unter einem Mann zu liegen und dessen triebhafte Gier ertragen zu müssen, ließ erneut Ekel in ihr aufsteigen.

Als sie die Treppe hinabeilte, überkam sie das Gefühl einer nahenden Gefahr, und sie schaute unwillkürlich zum Fenster hinaus. Ihr Blick fiel auf die gegenüberliegende Straßenseite, und sie sah im Halbschatten des Durchgangs jenen alten Mann sitzen, mit dem sie vor einigen Tagen auf dem Markt zusammengestoßen war. Als sei der Greis ein Vorbote nahenden Unheils, kroch es ihr bei seinem Anblick kalt den Rücken hoch. Hastig schlug sie das Kreuz und sprach ein Gebet, in dem sie sich ihrer Schutzheiligen Katharina anvertraute.

7.

Gaudentius spürte einen kalten Hauch im Gesicht und entdeckte im selben Augenblick einen Schatten hinter einem der Fenster des Güldenerhauses. Obwohl er die Person nicht erkennen konnte, verrieten ihm seine magischen Sinne, dass es sich nur um Gisela handeln konnte, und er nickte zufrieden vor sich hin. Das Mädchen war stärker, als er erwartet hatte, und setzte seine Fähigkeiten bereits unbewusst ein. Nun war er sicher, dass sie Alban und ihn retten konnte. Dafür aber würde er sie sorgfältig ausbilden müssen. Lächelnd stellte er sich vor, wie sie sich unter seiner Anleitung zu einer fähigen Hexe entwickeln würde, und er rieb sich die Hände. Nun war es an der Zeit zu handeln.

Er erhob sich mühsam und trat auf die Gasse, als ihn ein Vorbeieilender zu Boden stieß. Diesmal entfloh der Schuldige jedoch nicht, sondern blieb stehen und half ihm aufzustehen. »Verzeiht mir, ehrwürdiger Magister. Ich war ganz in Gedanken und habe Euch übersehen.«

Gaudentius erkannte Martin Tettenwieser, den immer noch stattlich wirkenden Vater von Giselas früherem Verlobten. Das Ziel des Mannes war unzweifelhaft das Güldenerhaus, und das wunderte den Alten. Sollte der Kaufherr doch noch zu der Verlobung seines Sohnes stehen, würde dies das Ende seiner eigenen Pläne bedeuten. Trotz der Angst, die mit einem Mal sein Herz rasen ließ, bemühte er sich, verbindlich zu bleiben.

»Ihr müsst Euch nicht entschuldigen, denn es ist doch gar nichts geschehen.« Gaudentius hatte Tettenwieser vor ein paar Tagen im Gasthaus zum Adler kennengelernt, als dieser auf einen Geschäftsfreund wartete, und war mit ihm ins Gespräch gekommen. Da sein Freund Alban über ein nicht unbeträchtliches Vermögen verfügte und dieses auch jetzt noch klug zu mehren wusste, war er in der Lage, als wohlhabender Gelehrter aufzutreten, und hatte den Handelsherrn beeindrucken können.

Welche Hochachtung Tettenwieser vor ihm hegte, verrieten dessen nächste Worte. »Wollt Ihr heute Nachmittag mein Gast sein, Herr Magister? Es kommen etliche Honoratioren aus der Stadt, denn ich habe eine wichtige Verlautbarung zu machen.«

Gaudentius sah ihn erwartungsvoll an. »Wollt Ihr die Verlobung Eures Sohnes verkünden?«

Tettenwieser nickte selbstgefällig und zog ihn ein Stück zu sich heran. »Darauf kann auch nur ein so gelehrter Herr wie Ihr kommen! Verbreitet es aber nicht, denn es soll eine Überraschung werden – zumindest für einige Leute. Ganz im Vertrauen: Ich habe bereits den Ehekontrakt mit dem alten Beckheimer ausgehandelt, und bevor das Jahr sich neigt, werden wir meinen Bruno und seine Trude vermählen.«

Gaudentius fiel ein Stein vom Herzen. Mit der offiziellen Verlobungsfeier war Güldeners Ansehen endgültig vernichtet, und der ruinierte Kaufmann würde nach jedem Strohhalm greifen müssen, der sich ihm bot. Um seiner Sache ganz sicher zu sein, stellte der Magister noch eine Frage. »Gewiss seid Ihr gerade unterwegs, um dem Handelsherrn Güldener endgültig abzusagen?«

Tettenwieser schüttelte lachend den Kopf. »Oh, nein! Das habe ich schon längst getan. Dennoch will ich ihn und seinen Sohn zu der Feier einladen. Otto Güldener hat in der Vergangenheit oft heraushängen lassen, dass er sich für den besseren Geschäftsmann hält. Jetzt will ich sein Gesicht sehen, wenn Beckheimer und ich die Verlobung mit einem Handschlag besiegeln.«

Gaudentius lächelte verständnisvoll, auch wenn er diese Art der Rache für kindisch hielt. Ihm aber bot dieses Schauspiel die Chance, auf die er gewartet hatte. Daher versprach er wortreich, zu dem Fest zu kommen, und verabschiedete sich scheinbar herzlich von Tettenwieser. Er sah ihm nach, bis dieser an die Tür seines unglücklichen Konkurrenten klopfte, und humpelte dann auf seinen Stock gestützt so schnell, wie es ihm möglich war, zum Gasthof zurück. Zitternd und ganz außer Atem erreichte er die Kammer, die er mit seinem monströsen Freund teilte.

»Mein guter Alban, die Dinge stehen bestens! Heute noch werden wir die Hand nach dem Mädchen ausstrecken, das uns aus unserer Not erwecken wird.«

Sein Freund wandte ihm sein raubtierhaftes Antlitz zu. »Bist du sicher, dass dies der einzige Weg ist?«

»Vollkommen! Der Fluch, der über uns verhängt wurde, kann nur durch einen sorgfältig ausgebildeten Zauberer von großer Kraft oder – noch besser – von einer starken Hexe gelöst werden. Ich habe die drei Kandidaten mit allen mir zur Verfügung stehenden Mitteln geprüft und dabei einige meiner Bücher zu Rate gezogen. Es muss Gisela Güldener sein! Es dürfte zwar einige Zeit dauern, bis wir das Mädchen so weit geschult haben, dass es uns dienlich sein kann. Doch es ist unsere letzte Chance! Willst du sie fahren lassen und auf ewig in dieser Gestalt herumlaufen?«

Alban schüttelte das bärenhafte Haupt. »Gewiss nicht! Doch mir wäre es lieber gewesen, wir hätten einen jungen Burschen oder eine Magd gefunden, die wir in unsere Dienste nehmen könnten. Eine Heirat widerstrebt mir zutiefst.«

Bevor er weitersprechen konnte, hob Gaudentius beschwichtigend die Hände. »Jetzt fang nicht noch einmal damit an, dass ich um die Jungfer freien soll. Träte ich mit dem Klappergestell, in das Cajetan mich gebannt hat, vor Güldener, nähme dieser gewiss an, seine Tochter würde bereits vor der Heirat zur Witwe. Und selbst wenn er bereit wäre, meine Werbung ins Auge zu fassen, müsste er als treu sorgender Vater darauf bestehen, dass ich meine Manneskraft in einem Bordell bewiese. Das ist jedoch unmöglich, wie du weißt.«

Gaudentius' Stimme klang bitter, denn trotz seines Studiums der magischen Künste wäre er einer Balgerei mit einem hübschen Mädchen im Bett nicht abgeneigt gewesen. Der Verlust seiner Manneskraft schmerzte ihn daher mehr als die greisenhafte Gestalt, in die sein Feind ihn gebannt hatte.

Alban brummte etwas Unverständliches und lachte dann bitter auf. »Glaubst du, Güldener überlässt seine Tochter eher einem Ungeheuer als einem freundlichen älteren Herrn?«

»Jetzt mach dich nicht hässlicher, als du bist! Na gut, ich gebe zu: Du siehst schrecklich aus! Doch ich kenne Möglichkeiten, dich für ein paar Stunden halbwegs passabel erscheinen zu lassen. Deine Werbung musst du nicht persönlich vorbringen. Das übernehme ich für dich.«

Alban stieß einen gereizten Laut aus, der den Diener erzittern ließ, und schnaubte dann. »Güldener wird mich sehen wollen, bevor er sein Jawort gibt!«

»Das wird schon gehen, zumindest hier in diesem Raum und mit dem entsprechenden Licht. Ludwig und ich werden dich so gut herausputzen, wie es uns möglich ist.« Gaudentius ließ sich deutlich anmerken, dass ihn das zaudernde Wesen seines Freundes ärgerte.

»Es ist der Jungfer gegenüber nicht ehrlich«, erklärte Alban.

»Bei Gott! Steht vielleicht wieder Vollmond an, dass du dich so ritterlich gibst? Wir waren uns doch einig, jede Chance zu nützen, die sich uns bietet. Bei sämtlichen Heiligen im Himmel und allen Höllenteufeln, das werden wir auch tun, und wenn ich dich die Rute spüren lassen muss! Als dein Lehrer habe ich schließlich das Recht, dich zu züchtigen.«

Allein der Gedanke, sein ausgemergelter Freund könne versuchen, ihn über das Knie zu legen und wie einen faulen Knaben mit einem dünnen Stöckchen zu bestrafen, brachte Alban zum Lachen. »Bei der Schwarte, die ich Cajetan verdanke, würde ich deine Schläge nicht einmal spüren! Jetzt setz dich hierher und erzähle mir, warum ihr beiden euch so spinnefeind seid.«

Gaudentius griff sich theatralisch an die Stirn – diese Ereignisse hatte er seinem Schüler schon so oft berichtet, dass Alban sie bis in die kleinste Einzelheit nachbeten konnte. Gerade wollte er es ihm an den Kopf werfen, als er gerade noch rechtzeitig begriff, warum sein junger Freund die Geschichte noch einmal aus seinem Mund hören wollte. Offensichtlich brauchte Alban Zeit, sich an den Gedanken zu gewöhnen, dass sie ein unschuldiges junges Mädchen wie einen Gegenstand benutzen und in Lebensgefahr bringen mussten, um sich zu retten. Sein Bericht sollte ihm die Notwendigkeit ihres Tuns noch einmal vor Augen führen. Obwohl Gaudentius mit aller Macht danach strebte, Cajetans Fluch zu lösen, war er stolz, dass sein Schüler nicht bedenkenlos in das Schicksal eines bisher unbeteiligten Menschen eingreifen wollte.

Er lächelte wehmütig, als er die Hand auf Albans Schulter legte und zu erzählen begann. »Vor etwa zwanzig Jahren starb mein Vater und vererbte mir seine Burg und das kleine Stück Land um sie herum, welches meine Familie seit mehr als drei Jahrhunderten ihr Eigen nennt. Nun konnte ich mich stolz ›Herr auf Riebelsborn‹ nennen und hatte das Recht, vor den Kaiser zu treten. Doch das nützte mir nicht viel, denn in meinen Truhen war nicht einmal ein Viertelgulden zu finden. Wie viele unseres Standes waren meine Vorfahren nie reich gewesen, hatten aber zumindest anfangs ein gutes Auskommen gehabt. Doch während die Pfeffersäcke in den Städten immer feister wurden, ging es mit den Herren auf Riebelsborn bergab. Mein Vater geriet schließlich in solche Not, dass ich nicht einmal wusste, wie ich seinen Leichenschmaus bezahlen sollte. Da tauchte Cajetan auf meiner Burg auf.

Er äußerte großes Verständnis für meine Lage und deutete in geheimnisvollen Worten an, es würde sich alles für mich zum Besseren wenden. Aber dafür müsse ich mich ihm anvertrauen. Ich war jung, höchst beschämt über meine Armut und neidisch auf die wohlhabenden Kaufherren der umliegenden Städte. Daher fielen seine Worte auf wohl vorbereiteten Boden. Kurzerhand übertrug ich die Leitung meiner Burg meiner Tante und folgte Cajetan auf die Mellenburg hoch über der Altmühl. Zunächst war ich entsetzt, weil das Gemäuer von außen wie eine verfallene Ruine wirkte. Ich merkte jedoch rasch, dass dies eine Täuschung war, um Fremde fernzuhalten, denn in Wirklichkeit war der Herrensitz wohl ausgestattet und bot all jenen Luxus, den ich mir auf Riebelsborn ersehnt hatte.

Zunächst ging alles gut: Ich lebte wie eine Made im Speck, lernte geheime Künste, von denen ich vorher nicht einmal gewusst hatte, dass es sie gab, und amüsierte mich über Fulvian, den Homunkulus des Magiers, der es wild mit den Mägden auf der Burg trieb. Du musst ihn dir so vorstellen: klein wie ein sechsjähriges Kind, aber mit einem Knüppel ausgestattet, der jeden Mann vor Neid erblassen lassen würde. Die Mägde wussten dies zu schätzen und hoben ihren Rock, sobald er in ihre Nähe kam. Ich will mich nicht beklagen, denn auch mich haben sie das eine oder andere Mal an sich herangelassen.

Irgendwann war es jedoch aus mit meiner Zufriedenheit, denn ich begriff, dass Cajetan mich mit Talmi blendete und mir die wirklich mächtigen geheimen Künste vorenthielt. Ich fragte ihn natürlich danach, aber er gab mir nur ausweichende Antworten und versprach mir dies und das, ohne sein Wort zu halten. Daher spürte ich seinen Geheimnissen im Verborgenen nach. Wenn er abwesend oder unter den Drogen, die er häufig für seine Rituale benutzte, erschöpft eingeschlafen war, las ich in jenen Büchern, die er manchmal in seinen Räumen liegen ließ. So lernte ich in wenigen Wochen mehr als in den Jahren, die ich bereits auf seiner Burg verbracht hatte. Durch meine Studien gelang es mir, seine Schutzzauber zu umgehen und an jene Folianten zu kommen, die selbst er nur in einer durch Magie gesicherten Kammer las. Mich interessierte vor allem jener Zauber, durch den man reich und mächtig werden konnte. Aber gerade, als ich mich mit der theoretischen Herstellung des Steins der Weisen beschäftigte, mit dem man – wie du weißt – unedle Metalle in Gold verwandeln kann, ertappte mich Fulvian. Die kleine Kröte verriet mich natürlich sofort an ihren Herrn, und danach war es aus mit der Freundschaft. Cajetan wollte mich einsperren und schwer bestrafen, doch ich hatte nicht umsonst so viel aus seinen Büchern gelernt. Es gelang mir, ihm zu entkommen und nach Riebelsborn zurückzukehren.

Meine magischen Künste reichten aus, um einen Schutzzauber um meine Burg zu legen, aber leider hatte ich nicht gelernt, wie man reich wird. Cajetan versuchte, meinen Zauberwall zu durchdringen, scheiterte aber und sandte mir schließlich eine Botschaft, in der er unser Zerwürfnis bedauerte und mir Gold anbot, wenn ich die alte Freundschaft zu ihm wiederaufnehmen würde.«

Gaudentius schüttelte sich, denn während seiner Rede waren Bilder in ihm aufgestiegen, die ihn bedrückten, und sein Gesicht verzog sich zu einer totenkopfähnlichen Grimasse. Nach einigen Augenblicken seufzte er tief und sprach dann weiter. »Ich habe ihn nicht abgewiesen, bin aber auch nicht auf seinen Vorschlag eingegangen. Kurz darauf bist du auf meine Burg gekommen, weil du auf deiner Reise Zuflucht vor einem der Unwetter gesucht hast, mit denen Cajetan in seinem Zorn damals mein Land verwüstete.

Du hast sofort bemerkt, dass ich mit geheimen Kräften zu tun hatte, und warst wie besessen davon, sie zu erlernen.«

»Ich war jung und dumm, denn ich verachtete den Beruf meines Vaters und wollte etwas Besseres sein als er.« Albans Stimme klang rau, und es schwangen Selbstvorwürfe darin.

»Du warst nicht anders als die meisten jungen Männer. Nur in einem hast du dich von ihnen unterschieden, nämlich in deinem Gespür für die Kraft der Magie. Das habe ich sofort bemerkt und auch deswegen eingeschlagen, als du mir Geld angeboten hast, damit ich dein Lehrer würde. Es wäre besser gewesen, ich hätte dich damals weggeschickt. Doch meine Gier nach deinem Gold war zu groß, und so habe ich dich in mein Verderben mit hineingezogen. Im Grunde war ich selbst noch ein Schüler, habe ich doch meinem magischen Schutzwall blindlings vertraut, ohne zu ahnen, dass Cajetan längst eine Möglichkeit gefunden hatte, ihn zu umgehen. Daher hat sein Angriff uns völlig unvorbereitet getroffen und uns beide in jene Gestalt gebannt, die wir am meisten gefürchtet haben: mich in einen alten, klapprigen Leib und dich in ein Wesen, bei dessen Anblick selbst dem mutigsten Mann das Blut zu Eis gefriert.«

»Und an dieses Ungeheuer willst du nun ein junges, unschuldiges Menschenkind binden?« Albans rote Augen glühten zornig auf, doch der Alte schüttelte nur den Kopf.

»Was heißt hier ›binden‹? Diese Ehe darf auf keinen Fall vollzogen werden! Sonst würde Gisela einen großen Teil ihrer inneren Kraft verlieren und für uns wertlos werden. Außerdem wird sie mit Magister Alban vermählt – und wenn der Fluch gebrochen ist, gibt es diesen nicht mehr! Sind wir gerettet, wird sie als Witwe gelten und kann sich mit der Belohnung, die sie von dir erhält, einen wohlgestalteten Ehemann kaufen. Wir helfen ihr sogar, wenn wir sie mit uns nehmen, denn nach ihrer geplatzten Verlobung ist sie zum Gespött der ganzen Stadt geworden. Um sie werden nur noch

Männer freien, die in Wahrheit eine billige Hausmagd suchen, welche sie mit dem Segen der heiligen Kirche besteigen können.«

Gaudentius' Argumente verfehlten ihre Wirkung nicht. Zumindest nickte Alban widerwillig. »Also gut! Versuchen wir es. Doch wenn sie vor meinem Anblick zurückschreckt ...«

»... ist es umso besser für uns, denn dann wird sie nicht darauf drängen, das Bett mit dir zu teilen!«, fiel Gaudentius seinem Freund ins Wort.

Alban lachte auf. Es klang wie das Grollen eines Löwen und ließ die Gäste in den Nebenzimmern vor Schreck erblassen. Gaudentius blickte durch das Fenster zum Himmel und sah, dass es Zeit für ihn wurde, Tettenwiesers Haus aufzusuchen. Er befahl seinem Diener, ihm in seinen besten Gelehrtentalar zu helfen, steckte einen Beutel mit Gold in eine innen angebrachte Tasche und griff nach dem mannshohen Stab, der ihn nicht nur beim Gehen stützte, sondern ihm auch ein ehrwürdiges Auftreten verlieh. So gerüstet, machte er sich auf den Weg.

8.

Tettenwiesers Haus war kleiner als das, in dem Güldeners Familie lebte, doch man sah dem Gebäude auf den ersten Blick an, dass seine Besitzer nicht jeden Pfennig dreimal umdrehen mussten. Erst kürzlich waren die Balken des Fachwerks in einem hellen Rotbraun gestrichen worden, und der Bewurf zwischen ihnen schimmerte so weiß wie ein gut gebleichtes Leintuch. Sogar die Latten und Pfosten des Zauns, der den Hof abschloss, glänzten im Licht der tief stehenden Sonne. Dahinter wimmelte es von Knechten, die unter der Aufsicht eines Kommis' Ballen und Fässer stapelten oder mithilfe eines am Firstbalken angebrachten Flaschenzuges in den Speicher schafften. Auf Gaudentius wirkte die Szene wie gestellt. Offensichtlich wollte der Kaufherr seine Gäste mit der Geschäftigkeit und der Fülle der Waren in seinem Hof beeindrucken.

Der alte Gelehrte wurde vom Hausherrn persönlich empfangen, in das Prunkzimmer geführt und zu einem ehrenvollen Platz an der großen Tafel geleitet. Auch hier konnte man erkennen, dass Tettenwieser keine Kosten gescheut hatte, um seinen Reichtum zu präsentieren: Die Deckenbalken bestanden aus bestem Eichenholz, und die Wandverkleidung war aus rötlichem Kirschholz gefertigt und mit feinen Schnitzereien verziert. Auch hatte man der warmen Farbe des Holzes durch einen geschickten Anstrich nachgeholfen. Die beiden Bilder, die das Zimmer schmückten, entstammten der Hand eines bekannten Nürnberger Meisters. Auf dem einen waren Tettenwieser und seine Ehefrau in festlicher Tracht zu sehen, auf dem anderen der heilige Christophorus, der als Schutzherr der Reisenden bei Kaufleuten in besonderem Ansehen stand. Der Tisch und die Stühle waren gute Handwerksarbeit und wohl von einem einheimischen Tischler italienischen Skizzen nachempfunden worden.

Vor einigen Jahren noch hätte Gaudentius bitterer Neid auf den Reichtum des Gastgebers zerfressen. Doch jetzt vermochte er über Tettenwiesers protzige Art, die sich auch in der Auswahl der aufgetischten Speisen zeigte, zu lächeln.

Das Mahl eröffnete eine exotische Suppe, bei der weder an kostbarem Pfeffer noch an anderen Gewürzen gespart worden war. Ihr folgten gebratene Stücke von einem Donauwaller, der nach den Worten des Gastgebers in einem großen Fass lebend bis in seine Küche gebracht worden war, gefolgt von den Rippenstücken eines Spanferkels und einer gut abgehangenen Ochsenlende, die so zart war, dass einem das Fleisch auf der Zunge zerging. Für diejenigen, die immer noch nicht satt waren, wurden zum Abschluss Schinken, Käse und warmes Brot gereicht. Auch bei den Getränken ließ

Tettenwieser sich nicht lumpen, denn er tischte nicht nur Weine von Rhein, Mosel und Main auf, sondern auch schäumendes Bier aus der fernen Stadt Einbeck, das sonst nur Grafen und Herzöge tranken.

Gaudentius achtete weniger auf das reichliche Mahl und auch nicht auf die immer lustiger werdenden Gäste, die einen Trinkspruch und ein Lob nach dem anderen auf den Hausherrn ausbrachten, als vielmehr auf Otto Güldener, der ein Stück weiter unten an der Tafel saß und das Essen offensichtlich nicht genießen konnte. Wie es aussah, hatte Giselas Vater Tettenwiesers Einladung mit völlig falschen Erwartungen angenommen.

Mit seiner Vermutung hatte Gaudentius den Nagel auf den Kopf getroffen. Zum einen war Güldener überzeugt gewesen, man habe ihm mit dieser Einladung ein Zeichen gegeben, dass er im Kreise seiner Standesgenossen doch noch willkommen war. Diese aber schnitten ihn beinahe wie einen Aussätzigen und missachteten seine Versuche, sich an den lebhaften Gesprächen zu beteiligen. Zum anderen hatte er die leise Hoffnung gehegt, dass die zwischen seiner Tochter und Tettenwiesers Sohn geplante Hochzeit trotz aller gegenteiligen Anzeichen stattfinden könne. Das aber hatte sich bereits als Wunschdenken herausgestellt, als er – statt zu dem Ehrenplatz am Kopfende der Tafel geführt zu werden – weiter unten zwischen Männern Platz nehmen musste, die er in seiner besten Zeit keines zweiten Blickes gewürdigt hätte. Nun saß der alte Beckheimer neben dem Gastgeber und bekam von diesem die besten Bissen vorgelegt. Zu allem Überfluss musste Güldener sich die spöttischen Bemerkungen anhören, mit denen seine früheren Neider ihrer Befriedigung Ausdruck gaben, ihn von seinem hohen Ross gestürzt zu sehen.

Hans Güldener war ebenfalls eingeladen worden und hatte sich weder beim Essen noch beim Trinken zurückgehalten. Jetzt stand er zusammen mit einigen anderen jungen Männern auf, um in einem Nebenzimmer zu würfeln, und Güldener betete stumm zu seinen im Augenblick bevorzugten Heiligen, dass sein Sohn gewinnen möge. Seine Frau hatte eines ihrer letzten halbwegs wertvollen Schmuckstücke geopfert, damit Hans es versetzen und standesgemäß auftreten konnte. Diese Brosche war von der Großmutter ebenfalls als Giselas Erbe bestimmt worden, doch Magda Güldener hatte die Bitte ihres Sohnes nicht abschlagen können.

Gaudentius las in Güldeners Gesicht wie in einem Buch und lauschte gleichzeitig mit einem Ohr den Geräuschen, die aus dem Nebenzimmer drangen. Zunächst schien Hans Güldener zu gewinnen, denn er hörte mehrmals dessen triumphierende Rufe. Diese wurden jedoch bald leiser und mürrischer, und zuletzt machte der junge Mann sich durch einige derbe Flüche bemerkbar. Der alte Magier verzog das Gesicht über so viel Unbeherrschtheit. Hätte Hans seine Kraft eingesetzt, wären die Würfel allein durch seinen Willen weitaus stärker zu seinen Gunsten gefallen. Dazu aber hätte er ruhig und konzentriert an die Sache herangehen und vor allen Dingen nüchterner sein müssen. Stattdessen aber benahm er sich wie ein greinendes Kind und trank viel mehr, als ihm guttat.

Gaudentius' Gedanken waren eine Weile mit Giselas Bruder beschäftigt, und daher hätte er beinahe übersehen, dass der Gastgeber sich erhob und seinen Becher zur Hand nahm. »Es ist mir eine große Freude«, sprach Tettenwieser mit einer bedeutungsschweren Stimme, die vor Stolz vibrierte, »den verehrten Anwesenden an diesem Abend eine besondere Neuigkeit verkünden zu können. Mein Freund Anton Beckheimer und ich sind übereingekommen, unsere Familien enger zusammenzuschließen, und geben daher das Verlöbnis unserer Kinder Bruno und Trude bekannt.«

Für die meisten Gäste war diese Ankündigung keine Überraschung, denn sie hatten nichts anderes erwartet. Otto Güldener jedoch fühlte sich wie vernichtet. Er hörte das schadenfrohe Lachen jener Leute, die früher den Hut nicht schnell genug vor ihm hatten ziehen können, und spürte, wie das Blut in seinen Adern zu kochen begann. Tausend Flüche und Verwünschungen ballten sich in seiner Kehle. Doch als er sich Tettenwieser zuwandte, sah er, dass hinter diesem vier kräftige Knechte in Position gegangen waren, die ihn grinsend betrachteten und offensichtlich auf ein falsches Wort von ihm warteten. Nun wurde ihm klar, dass Tettenwieser ihn vor der ganzen Stadt lächerlich machen wollte, indem er ihn wie einen unliebsamen Bettler auf die Straße setzen ließ. Mit all der Selbstbeherrschung, die er noch aufbringen konnte, stand er auf und ging mit zitternden Beinen in den Nebenraum.

»Hans, wir gehen! In diesem Haus haben wir nichts mehr verloren.«

Sein Sohn blickte verwundert auf, nahm das aschgraue Gesicht seines Vaters und dessen flackernden Blick wahr und begriff, dass etwas Schlimmes geschehen sein musste. Doch so einfach konnte er seine Mitspieler nicht verlassen. »Vater, du musst mir zwanzig Gulden geben, damit ich meine Spielschulden bezahlen kann.«

Güldeners Börse war so leer wie der Magen eines Franziskanermönches nach zwei Wochen eisernen Fastens. Nicht einmal einen blanken Kreuzer hätte er seinem Sohn geben können, und er sah im Geist schon, wie man ihn und Hans in den Schuldturm schleppte.

Da stand plötzlich Gaudentius neben dem jungen Mann und zählte ihm etliche große Münzen in die Hand. »Hier, mein Guter, zahle deine Freunde aus, und komm dann mit uns. Ich habe mit deinem Vater und dir etwas Wichtiges zu besprechen.«

Hans starrte den kraftlos wirkenden Greis in seinem Gelehrtentalar nicht weniger verwirrt an als sein Vater. Die Guldenstücke in seiner Hand fühlten sich jedoch gut an, und er wandte sich mit einer verächtlichen Geste an die jungen Männer, die ihn gereizt und wohl auch nicht ehrlich gespielt hatten. »Hier, nehmt das! Wie ihr seht, kann ein Güldener seine Schulden bezahlen!«

Dann stand er auf und warf Gaudentius einen Blick zu, als frage er sich, wie er diesem Mann noch etliche weitere Goldfüchse aus der Tasche ziehen könne. »Nun, edler Herr, wo wünscht Ihr mit meinem Vater und mir zu sprechen?«

»In einem Zimmer im Gasthof Adler, wenn es genehm ist.«

Hans lächelte erfreut und sah seinen Vater auffordernd an. Dieser nickte nur müde und schlurfte hinaus. Hinter ihnen blieben die jungen Burschen mit langen Gesichtern zurück. Ihnen war von ihrem Gastgeber aufgetragen worden, Güldener und dessen Sohn mit Spottgesängen und notfalls auch mit Fausthieben zu verabschieden. Das überraschende Eingreifen des Gelehrten und die Selbstverständlichkeit, mit der dieser Hans zwanzig Gulden gegeben hatte, hatten sie jedoch so verblüfft, dass sie sich nur stumm ansehen konnten. Erst als Vater und Sohn Güldener das Haus verlassen hatten, erinnerten sie sich wieder an ihren Auftrag, doch da war es bereits zu spät.

9.

»Mein ungeratener Sohn und ich stehen in Eurer Schuld, alter Mann! Was verlangt Ihr nun von mir?« Güldener vermochte nicht zu warten, bis sie den Gasthof zum Adler erreicht hatten, sondern blieb mitten auf der Straße stehen und packte Gaudentius am Ärmel.

Gaudentius hätte lieber in einem Nebenraum des Adlers bei einem guten Becher Wein mit ihm gesprochen, doch Güldeners Gesicht war von Angst gezeichnet, und Geduld schien nicht oder nicht mehr zu seinen Stärken zu gehören. So holte der Gelehrte tief Luft und winkte Vater und Sohn näher zu sich heran, damit seine Stimme nicht bis an die Ohren neugieriger Lauscher dringen konnte. »Mein Name ist Gaudentius. Ich bin der Freund und Reisegefährte des Magisters Alban, eines ebenso reichen wie charakterlich angenehmen jungen Mannes. Mein Freund hat Eure Tochter Gisela auf dem Markt erblickt und sich unsterblich in sie verliebt. Sie muss die Seine werden, koste es, was es wolle.«

Kein Vater, der etwas auf sich hielt, hätte eine solche Werbung auch nur in Erwägung gezogen, doch Otto Güldener hatte an diesem Abend endgültig begriffen, dass er am Ende war. Die Schande, mit der Martin Tettenwieser ihn überschüttet hatte, würde ihn den letzten Rest Ansehen in der Stadt kosten. Daher griff er nach der ihm gebotenen Chance wie ein Ertrinkender nach einem Halm. Wenn er seine verschmähte Tochter mit einem passenden jungen Mann verheiraten konnte, war Tettenwieser der Blamierte, und diejenigen, die über den protzenden Kaufherrn die Nase rümpften, würden sich auf seine Seite schlagen.

Im Gegensatz zu seinem Vater hatte Hans auf Gaudentius' letzte Bemerkung geachtet. ›Koste es, was es wolle‹ hörte sich an, als wäre dieser seltsame Magister bereit, für Giselas Hand zu bezahlen. Zwar schoss ihm die Frage durch den Kopf, was hinter diesem mehr als ungewöhnlichen Angebot stecken mochte, aber für ihn zählte nur die Tatsache, dass der überraschend aufgetauchte Freier sich freiwillig melken lassen wollte. Das würde er mit beiden Händen tun. Sein Vater aber sah so aus, als wolle er diesen allen Sitten Hohn sprechenden Antrag empört ablehnen.

Ehe Otto Güldener den Mund öffnen konnte, redete Hans auf ihn ein. »Wir sollten uns diesen Magister wenigstens einmal ansehen, Vater! Wenn er wirklich so reich ist, wie unser Freund hier sagt, wird er sich gewiss an unseren Geschäften beteiligen. Wir könnten wieder Waren kaufen und Tettenwieser und Beckheimer zeigen, wer die besten Handelsherren in dieser Stadt sind.«

Gaudentius hätte den jungen Burschen umarmen können, denn ihm selbst wäre es nicht so schnell gelungen, die treffenden Worte zu finden. Giselas Vater starrte einen Augenblick nachdenklich vor sich hin, nickte dann und schlug den Weg zum Gasthof Adler ein. Nun schritt er so rasch aus, dass der Greis Mühe hatte, ihm zu folgen. Die Eile des Kaufmanns erschien Gaudentius jedoch als gutes Omen, und er betete stumm, dass Albans Anblick nicht allzu abschreckend wirken würde. Bisher hatte er sich auf seinen Diener Ludwig verlassen können, und dieser enttäuschte sein Vertrauen auch diesmal nicht.

Als Gaudentius mit seinen beiden Begleitern die Stube betrat, die er und Alban angemietet hatten, fand er die Fenster trotz der späten Stunde verhängt, und das Licht der Öllampe reichte kaum bis in die Ecke, in der Alban saß. Der junge Magierschüler trug einen Gelehrtentalar aus bestem flandrischen Tuch und hatte eine goldene Kette mit guldenstückgroßen Gliedern und einer wuchtigen Plakette umgelegt, die mit einer lateinischen Inschrift geschmückt war. Albans Kopf, Nacken und ein Teil der Wangen wurden durch eine Gelehrtenkappe verdeckt, und der sichtbare Teil seines Gesichtes war fein säuberlich rasiert. Überdies hatte Ludwig Schminke auf Albans Haut aufgetragen, sodass dieser, solange er den Mund geschlossen hielt und sich nicht ins helle Licht wagte, einem grobgesichtigen, vierschrötigen Menschen glich.

Otto Güldener zuckte dennoch ein wenig zusammen, als er den Umriss der wuchtigen Gestalt im Dämmerlicht wahrnahm. Hans aber schätzte als Erstes den Wert der Goldkette, atmete sehr zufrieden auf und nahm sofort Platz. Während sein Vater noch wie erstarrt dastand, ließ er sich von Ludwig einen Becher Wein reichen, schlürfte genießerisch und verkündete laut, dass dieser Tropfen von besserer Qualität sei als jener, den Tettenwieser hatte ausschenken lassen. Ludwig drückte auch Otto Güldener einen Becher in die Hand und nahm verblüfft wahr, dass dieser so hastig trank, als sei seine Kehle von der heißen Julisonne ausgedörrt worden.

»Dies hier ist mein Freund, der ehrenwerte Magister Alban.« Gaudentius wies kurz auf seinen Schüler und stellte sich dann so hin, dass er diesen halb verdeckte. »Verzeiht, dass er nicht viel spricht. Sonst ist er nicht so, doch seine Bewunderung für Eure Tochter hat ihm die Sprache verschlagen.«

»Ich hoffe, er ist der Sprache überhaupt mächtig«, antwortete Otto Güldener misstrauisch.

»Gewiss bin ich das!« Albans Worte füllten den Raum und schienen von den Wänden widerzuhallen. Er besaß eine harte, raue Stimme, doch hörte sie sich nicht direkt unangenehm an.

Güldener rutschte ein wenig auf seinem Stuhl herum, um an Gaudentius vorbei einen Blick auf den möglichen Bräutigam zu werfen. Da Alban sein Kinn auf die Hand stützte und seinen Mund dabei halb verdeckte, sah er nur die Umrisse eines grob geformten Kopfes mit leicht vorspringender Mundpartie und eine flache Nase unter zwei kleinen, wie glühende Kohlenstücke wirkenden Augen. Es grauste ihn, seine Tochter mit einem solchen Mann verheiraten zu müssen, doch sein Sohn machte ihm rasch klar, dass er bei diesem Handel nicht nur an Gisela denken durfte.

»Vater! Du weißt, dass uns das Wasser bis zum Hals steht – und nach dem heutigen Tag kann nur noch eines unsere Reputation retten: Gold – und zwar sehr viel Gold.«

»Daran soll es nicht scheitern«, erklärte Gaudentius sofort. »Mein Freund Alban würde sich freuen, Euch bei Euren Geschäften unter die Arme greifen zu dürfen.«

»Auf ein paar Tausend Gulden soll es mir nicht ankommen«, ergänzte Alban.

Hans' Augen glitzerten begehrlich auf, und da sein Vater immer noch ablehnend wirkte, packte er ihn bei den Schultern und schüttelte ihn. »Willst du dieses Angebot etwa ausschlagen? Es ist das Einzige, was unser Ansehen wiederherstellen kann!«

Otto Güldener wand sich wie ein Wurm. Ein letzter Rest Ehrgefühl sagte ihm, dass er Gisela, die er bereits um ihre Mitgift gebracht hatte, nicht auch noch verkaufen durfte, um seinen Hals zu retten. Gleichzeitig fürchtete er sich vor dem endgültigen Ruin, der Giselas Aussichten auf eine auch nur halbwegs annehmbare Verbindung ebenso zunichtemachen würde wie die Chancen seines Sohnes. Für einen Augenblick sah er seine Tochter als Magd in Tettenwiesers Küche arbeiten und seinen Sohn als ärmlich gekleideten Schreiber vor diesem Mann buckeln. Die Bilder verdrängten auch seine letzten Skrupel, und er wurde wieder zu dem ebenso kühlen wie risikobereiten Geschäftsmann, als den ihn seine Handelspartner kennengelernt hatten.

»Wenn Ihr meine Tochter heiraten wollt, müsst Ihr Euch mit zehntausend Gulden an meinen Geschäften beteiligen.« Die Forderung war so unverschämt, dass es selbst Hans den Atem verschlug.

Gaudentius zögerte jedoch keinen Augenblick. »Zehntausend Gulden? Es gilt!« Ehe Giselas Vater auch nur einen Gedanken fassen konnte, lagen Papier, Feder und Tintenfass bereit. »Setzt den Vertrag nach Eurem Willen auf!«, forderte der alte Gelehrte den Kaufmann auf. Güldener wechselte einen kurzen Blick mit Hans, sah diesen eifrig nicken und schrieb dann mit eigener Hand die Abmachung, die seine einzige Tochter an Magister Alban binden sollte. Plötzlich hielt er inne und sah Alban an.

»Ich muss auch auf der Geraden und dem Wittum meiner Tochter bestehen.«

Alban nickte zustimmend und entblößte dabei für einen Augenblick die Zähne. Zum Glück bemerkte es nur Hans, der sich zwar innerlich schüttelte, sich aber damit tröstete, dass nicht er dieses Monstrum heiraten musste.

»Was soll ich schreiben?«, fragte Güldener.

»Als Gerade soll deine Tochter alle Kleider, Haushaltsgegenstände und das, was sie sonst zum Leben benötigt, zum Eigentum erhalten. Dazu zweihundert Gulden im Jahr zur freien Verfügung! Als Wittum stellt mein Freund sich fünftausend Gulden vor sowie ein passendes Haus mit fünf Dienstboten. Ist Euch das so recht?« Gaudentius' Blick wanderte dabei von Güldener zu Alban und zurück.

Der junge Magier nickte heftig und brummte etwas, das wie eine Bestätigung klang. Giselas Vater starrte ihn einen Augenblick wie gebannt an, während die Gier und sein Gewissen einen sichtbaren Kampf auf seinem Gesicht austrugen. Dann beugte er sich über das Pergament und zeichnete auch diese Vereinbarung auf. Dabei kratzte seine Feder so hastig über das Papier, als hätte er mit einem Mal Angst, seine seltsamen Gastgeber könnten ihre Großzügigkeit bereuen, ehe die Vermählung stattfand. So gut würde selbst Trude Beckheimer nicht versorgt werden, tröstete er sich und pries den Himmel, der ihm diesen Freier ins Haus geschickt hatte. Ein leichter Zweifel blieb jedoch in ihm bestehen, und so sah er, bevor er den Vertrag unterschrieb, noch einmal auf und starrte Alban an.

»Es ist mein Wille, dass diese Heirat den Segen eines Priesters erhält!«

Alban zuckte leicht zusammen, denn es war etwas anderes, eine Frau per Vertrag zum Schein zu heiraten, als vor Gottes Angesicht eine Ehe einzugehen. Die Vereinbarung zwischen sich und Giselas Vater würde er lösen können, sobald der Fluch und damit auch die angenommene Identität als Magister Alban von ihm genommen war. Der Trausegen aber hatte Bestand vor Gott – und dessen Urteil entkam er nicht durch den Wechsel seiner Gestalt.

Bevor er jedoch Einwendungen machen konnte, stimmte Gaudentius, der seine Zweifel fühlte, scheinbar sehr erfreut zu. »Das ist doch selbstverständlich, werter Freund. Unser trefflicher Magister Alban würde nie ohne den Schutz der Heiligen Kirche die Ehe eingehen.«

Alban ärgerte sich über die Art, in der Gaudentius über ihn bestimmte, blieb aber stumm, denn im Grunde seines Herzens sehnte er sich nicht weniger als sein Freund danach, wieder er selbst zu sein. War erst alles vorbei, konnte diese Ehe, da sie nicht vollzogen würde, annulliert werden können.

Otto Güldener war nun beruhigt, denn wenn der Magister

seine Gisela mit dem Segen der Kirche heiraten wollte, so musste er trotz seines ungeschlachten Aussehens ein gläubiger Christ sein, der der Heiligen Mutter Kirche und ihren Vertretern die nötige Ehrerbietung entgegenbrachte. Nachdem er seine Unterschrift unter den Vertrag gesetzt hatte, schob er Papier und Feder aufatmend seinem zukünftigen Eidam zu.

Alban starrte darauf, als wären es seine schlimmsten Feinde. Gaudentius' mahnendes Hüsteln brachte ihn jedoch dazu, die Feder in die Hand zu nehmen, deren Spitze in die Tinte zu tauchen und seinen Namen unter den Kontrakt zu setzen. Die beiden Güldeners sahen, dass er an beiden Händen feste Handschuhe trug, die wahre Pranken verhüllten. Albans Schrift war krakelig, aber lesbar.

»Wer soll außer uns beiden diesen Vertrag beeiden?«, fragte Güldener, um alles nach Recht und Sitte zu handhaben.

»Euer Sohn und mein Freund Gaudentius sollten genügen«, erklärte Alban. Gaudentius aber schlug vor, den Wirt des Adlers zu holen. Güldener war sofort klar, dass dessen Zeugenschaft eine riesige Glocke in Bewegung setzen würde, welche die Kunde von der Heirat seiner Tochter in der ganzen Stadt verkünden würde. Der Stolz auf die vorteilhaften Rechte, die er für Gisela errungen hatte, ließen ihn zustimmen. Auf diese Weise erfuhren Martin Tettenwieser und sein Sohn ohne sein Zutun, dass seine Tochter einen Ehemann gefunden hatte, der Bruno an Reichtum und Großzügigkeit weit übertraf.

10.

Am Morgen nach diesen Ereignissen erfuhr Gisela, die von dem ihr zugedachten Schicksal noch nichts ahnte, von ihrer Magd, dass Bruno Tettenwiesers Verlobung mit Trude Beckheimer mit vielen Gästen gefeiert worden war.

Gundi hatte die Neuigkeiten von der geschwätzigen Magd eines Nachbarn erfahren und hielt sie natürlich nicht zurück, sondern erzählte sie bei ihrer Rückkehr auch Magda Güldener und Trina. Um den mitleidigen Blicken ihrer Mutter und der beiden Mägde zu entgehen, zog Gisela sich in die Wäschekammer zurück und begann, einige Kleidungsstücke zu flicken, die schon länger auf Ausbesserung warteten. In früheren Zeiten hätten sie die Teile für ein paar Pfennige der Altkleiderhändlerin übergeben und neue machen lassen, aber nun mussten sie ihre Kleidung auftragen, bis der Stoff zerfiel. Dabei malte sie sich ihre Zukunft in düsteren Bildern aus. Gisela sah sich zwar nicht als Näh- oder Spülmagd bei Tettenwieser oder einem anderen Kaufherrn, sondern als Pflegerin im Waisenhaus oder im neu erbauten Spital. Doch erwartete sie dort das Schicksal einer alternden Jungfer, die einst in einem jener Kämmerchen enden würde, in denen sie ihre Patienten versorgen musste. Am schlimmsten war die Aussicht auf das herablassende Mitleid der Bürger und das Getuschel, welches sie noch auf Schritt und Tritt verfolgen würde, wenn sie alt und unansehnlich geworden war.

Sie war so in ihre düsteren Gedanken vertieft, dass sie zunächst nicht mitbekam, wie ihr Bruder und ihr Vater, die erst spät in der Nacht nach Hause gekommen waren, ihre Schlafzimmer verließen. Daher erschrak sie, als die Stimme ihrer Mutter schrill durch das Haus drang, und sie stach sich tief in den Finger.

»Du bist wohl vollkommen übergeschnappt, Mann! Hast dich von Tettenwieser vorführen lassen wie ein sabbernder Narr! Wie mögen unsere Nachbarn und deine ehemaligen Geschäftsfreunde gelacht haben, als der Vater der verschmähten Braut bei der neuen Verlobung seinen Becher auf das Wohl des neuen Paares erheben musste.«

»Ich habe mich weder vorführen lassen noch auf Bruno und Trude getrunken!«, hörte Gisela ihren Vater antworten. Seine Stimme klang nicht verärgert, sondern seltsam fröhlich, beinahe übermütig, und er begann sogar zu lachen. Er hat zu viel Wein getrunken, um die Schande zu ersäufen, dachte Gisela, als sie einen Stoffstreifen um die Hand wickelte und sich wieder ihrem Wäschestück zuwenden wollte.

In dem Augenblick rief der Vater nach ihr. »Gisela, wo bist du? Ich muss dir etwas Wichtiges mitteilen!«

Sie legte seufzend den Rock beiseite, heftete die Nadel zu einigen anderen auf einen dafür vorgesehenen Stoffstreifen und verließ die Kammer. Ihren Vater fand sie im kleinen Speisezimmer neben der Küche, in dem die Familie zu essen pflegte, wenn keine Gäste zu bewirten waren. Er wirkte so zufrieden, als hätte er eben ein gutes Geschäft abgeschlossen, und Hans, der sich bei ihm befand, rieb sich immer wieder die Hände. Die Mutter aber starrte ihr völlig fassungslos entgegen. »Dein Vater hat zu Mittag Gäste eingeladen. Welche, mag er dir selber sagen.«

»Ich habe gestern Abend die Bekanntschaft eines trefflichen jungen Mannes gemacht. Er ist ein hochgelehrter Magister und reich wie keiner hier in der Stadt. Nun hat die Heilige Jungfrau es so gefügt, dass er dich auf dem Markt gesehen hat und sich nun nichts mehr wünscht, als deine Bekanntschaft zu machen.« Güldener wollte noch mehr sagen, aber er traute sich nicht, seiner Frau und seiner Tochter zu berichten, dass er Magister Albans Antrag bereits angenommen und den Heiratsvertrag unterzeichnet hatte. Das verschob er lieber auf später, denn die beiden Frauen sahen aus, als würden sie schon jetzt an seinem Verstand zweifeln.

»Magister Alban wird heute Mittag zusammen mit seinem väterlichen Freund Gaudentius bei uns speisen. Sorgt also dafür, dass etwas Anständiges auf den Tisch kommt, sodass wir uns vor unseren Gästen nicht zu schämen brauchen. Was den Wein angeht, werden wir das kleine Fässchen anstechen, das noch im Keller steht.«

Magda Güldener schüttelte empört den Kopf. »Es ist der letzte gute Wein, den wir noch besitzen, und er war für Giselas Hochzeitsfest bestimmt.«

Ihr Mann zuckte mit den Schultern. »Jetzt trinken wir ihn eben heute. Und wer weiß – vielleicht kommt unsere Tochter schneller unter die Haube, als du denkst. Es wäre doch ein Spaß, wenn Tettenwieser erfahren müsste, dass Gisela nicht als verschmähtes Mauerblümchen enden muss, sondern die Gattin eines Mannes geworden ist, der seinen Sohn in allen Dingen übertrifft.«

Diese eigenartige Bemerkung machte seine Frau misstrauisch, doch sie wollte ihn nicht vor den Ohren ihrer Kinder zur Rede stellen und damit einen Streit provozieren. Es war schon ärgerlich genug, dass bald Gäste erscheinen würden, auf die sie nicht vorbereitet war. Jetzt galt es zu überlegen, wie sie aus den Resten, die in ihrer Vorratskammer zu finden waren, ein Mahl auf den Tisch bringen konnte, wie ihr Mann es gefordert hatte.

»Wir werden noch ein paar Sachen kaufen müssen«, sagte sie und wandte sich ihrem Sohn zu. »Du wirst mir ein wenig von dem Geld geben müssen, das du für meine Brosche erhalten hast.«

Hans stieß einen keuchenden Laut aus. »Wie soll ich das? Die paar Kreuzer sind doch längst ausgegeben.«

Seine Mutter starrte ihn entsetzt an. »Sag bloß, du hast nichts mehr? Bei allen Heiligen, ich habe dir den Schmuck doch erst gestern Morgen gegeben.« Zum ersten Mal empfand Magda Güldener heftigen Zorn auf ihren Sohn. Sonst hatte sie seine Torheiten mit seiner Jugend entschuldigt, doch die Tatsache, dass er nicht bereit war, seinen Lebenswandel zu ändern, obwohl der Familie der Strick buchstäblich schon um den Hals lag, ließ ihr Gemüt mit einem Mal überkochen. Sie brachte es aber auch jetzt nicht fertig, Hans zurechtzuweisen, sondern drehte ihm nur brüsk den Rücken zu und nahm Giselas Rechte.

»Tochter, sehen wir nach, was wir noch in der Vorratskammer haben. Vielleicht kannst du noch einmal zum Markt laufen und ein paar Kleinigkeiten erstehen. Ein paar Pfennige habe ich noch.«

Als Magda und Gisela die Kammer verlassen hatten, atmeten Otto Güldener und sein Sohn erleichtert auf. »Besonders anstrengen müssen sich die Weiber beim Kochen nicht, denn dieses Ungetüm wird nicht merken, was es frisst«, spottete Hans.

Nun schäumte auch Otto Güldener die Galle über. Er holte aus und schlug seinem Sohn mit aller Kraft ins Gesicht. »Der Schlag ist für deine letzten Worte, und der . . .« – er gab Hans eine weitere Ohrfeige –, ». . . der ist dafür, dass du die Brosche, die eigentlich deiner Schwester zugestanden hätte, beim Spiel verjuxt hast. Bei Gott, ich war all die Jahre viel zu nachsichtig mit dir. Ich hätte dir die Rute geben sollen, um dich zu einem gottesfürchtigen Menschen zu erziehen. Doch noch ist es nicht zu spät, Freundchen. Ab morgen wirst du arbeiten, dass dir die Schwarte kracht! Du wirst den gleichen Lohn erhalten wie ein Handelskommis und damit auskommen, verstanden? Und lass dir ja nicht einfallen, Schulden zu machen. Ich würde dich grün und blau schlagen.«

Hans riss entsetzt die Augen auf. So grimmig hatte er seinen Vater noch nie erlebt, und er begriff, dass dieser jede seiner Drohungen todernst gemeint hatte.

11.

Alban betrat das Haus der Familie Güldener mit einem Gefühl, als würde er zur Schlachtbank geführt. Seit er ein Opfer des Fluchs geworden war, hatte er die Menschen gemieden und sich auf den Reisen, die Gaudentius und er unternommen hatten, um eine mit genügend magischer Kraft erfüllte Person zu finden, zumeist in den Kammern der Gasthöfe versteckt und die Suche seinem Freund überlassen. Doch nun blieb ihm nichts anderes übrig, als sich der

Welt und – was noch schlimmer war – seiner Braut und seiner zukünftigen Schwiegermutter zu stellen. Da die Haare im Gesicht wieder stark nachgewachsen waren, hatte Ludwig ihn erneut rasieren müssen. Trotzdem konnte er weder auf den weiten Umhang und die tief ins Gesicht ragende Kapuze verzichten, die er auf Reisen trug, noch auf die derben Lederhandschuhe.

Gaudentius bemerkte die Unsicherheit seines Schützlings und redete ihm zu wie einem kranken Gaul, damit er nicht im letzten Augenblick den Spieß ins Korn warf. »Bedenke, was für uns auf dem Spiel steht! Du darfst das Mädchen nicht als Frau oder Braut ansehen, sondern als eine Medizin, die uns heilen wird. Es gerät ihr ja auch nicht zum Nachteil, denn sie wird reich dafür belohnt werden und kann später unter vielen Bewerbern den richtigen wählen.«

»Ich würde mein ganzes Geld mit Freuden hingeben, wenn wir diesen Schritt nicht tun müssten«, antwortete Alban düster.

Gaudentius antwortete ihm nicht, sondern packte ihn am Ärmel und zog ihn hinter sich her. Alban hätte nur eine schwache Bewegung zur Abwehr machen müssen, um seinem humpelnden, vor Schwäche zitternden Freund zu entkommen, aber er brachte es nicht übers Herz, ihm weh zu tun. Stattdessen ließ er sich widerstandslos zum Güldenerhaus schleifen.

Ihr Gastgeber öffnete ihnen höchstpersönlich und bat sie unter einem Dutzend Bücklingen herein. Drinnen im Haus waren noch die Spuren einstigen Reichtums zu erkennen. Wuchtige Eichenbalken trugen die Decke des Raumes, in den man sie führte, und die Wände waren mit kunstvoll geschnitzten Paneelen verziert. Eine mitten auf dem großen Esstisch stehende Bronzestatue des römischen Gottes Merkur symbolisierte den Stand des Hausbesitzers als Fernhandelskaufmann, das Geschirr aber verriet, dass die Not in diesem Haus Einkehr gehalten hatte, denn es bestand aus Holz und Ton und nicht aus Zinn und Silber wie bei Tettenwieser. Der Wein, den Güldener in ledernen Bechern ausschenkte, schmeckte jedoch vorzüglich. Zwar bestand das einfache Mahl nur aus wenigen Gängen, aber die Hausherrin und vor allem die alte Trina hatten ihr Bestes gegeben. Gaudentius lobte das Essen, und ein heimlicher Fußtritt unter dem Tisch brachte Alban dazu, ebenfalls ein paar Worte zu brummen, die als Anerkennung ausgelegt werden konnten.

Es gab noch einen dritten Gast, einen älteren Mann in der dunklen Kutte eines Klerikers, der sich über die Einladung des Hausherrn nicht weniger gewundert hatte als Gisela und ihre Mutter. Weder der ehrwürdige Vater Maternus noch die beiden Frauen ahnten, dass Otto Güldener den Knoten noch an diesem Tag schürzen wollte. Wohl hatte er früher von einer großen Hochzeit geträumt, zu der er die halbe Stadt eingeladen hätte, aber das lag derzeit außerhalb seiner Möglichkeiten. Zudem war sein neuer Eidam nicht so präsentabel, wie er es sich gewünscht hätte. Zwar benahm Magister Alban sich sehr manierlich, denn er verschüttete keine Suppe und bekleckerte sich auch nicht mit Soße. Auch rann ihm kein Wein über die Weste, so wie Tettenwieser auf Brunos Verlobung. Aber seine vierschrötige Gestalt und das raubtierhafte Gesicht ließen es nicht ratsam erscheinen, ihn einem größeren Kreis vorzustellen. Güldener reichten bereits die entsetzten Blicke, mit denen Frau und Tochter den Gast begrüßt hatten.

Da Alban einsilbig blieb und Vater Maternus in sich selbst versunken schien, kam bei Tisch kein rechtes Gespräch auf. In der Küche aber wurde umso mehr geschwätzt. Magda Güldener war von dem Anblick der beiden Gäste so schockiert, dass sie sich nach notwendigsten Höflichkeiten mit der Behauptung zurückgezogen hatte, das Essen sei noch nicht fertig. Das war keine Lüge gewesen, doch hätte sie Gisela und den Mägden den Rest der Arbeit überlassen können. Jetzt aber stand sie selbst am Herd und schüttelte ein ums andere Mal den Kopf. Wie konnte ihr Mann einen solchen Gast ins Haus bringen und ihn sogar als möglichen Bewerber um

Giselas Hand in Erwägung ziehen? Selbst wenn dieser Magister Alban aus purem Gold bestanden hätte, wäre er ihr nicht über die Schwelle gekommen. Zwar war es das Recht ihres Mannes, über die Zukunft seiner Tochter zu bestimmen, doch sie schwor sich, alles zu tun, um eine Ehe mit diesem Ungeheuer zu verhindern.

Gisela schwebte am Rand einer Ohnmacht. Sie hatte gesehen, was ihr Bruder mit Gundi angestellt hatte, und konnte nur mit Grauen daran denken, wie es ihr ergehen würde, wenn so ein Monstrum wie dieser fremde Magister sein Recht als Ehemann einfordern würde. Allein bei der Vorstellung daran drehte sich ihr Magen um. Während sie das Bratenstück, das sie noch rasch gekauft hatte und das gerade für die Gäste ausreichen mochte, mit heißem Fett übergoss, damit es zart blieb, jammerte Trina vor sich hin.

»Was mag der Herr sich nur gedacht haben, einen solchen Unschlacht einzuladen? Da bleibt einem ja das Herz stehen, wenn man ihn nur ansieht! O Gott, o Gott! Was werden die Leute dazu sagen? Wir werden doch zum Gespött der ganzen Stadt!«

Magda Güldener fuhr auf. »Halt endlich den Mund, Trina! Die Verlobung des jungen Tettenwiesers mit Beckheimers Tochter hat unseren Ruf bereits restlos ruiniert. Da kommt es auf die Anwesenheit dieses Gastes auch nicht mehr an.«

»Als ich vorhin den Wein kredenzt habe, sagte der Herr, der Magister wolle sich an seinen Geschäften beteiligen«, meldete sich Gundi zu Wort. Sie hatte die Aufgabe übernommen, die Speisen aus der Küche zu holen, zu servieren und dabei die Ohren offen zu halten.

Trina atmete tief durch. »So ist das also! Der Herr will einen Kompagnon aufnehmen. Den muss unser armes Töchterchen nicht heiraten.«

Das hoffte auch die Hausherrin, aber nach dem, was Gundi zu berichten wusste, ging es um sehr viel Geld, und es gab keine Sicherheit, die ihr Mann dem fremden Magister dafür hätte bieten können. Ihre Angst verstärkte sich, als sie in das Gesicht ihrer Tochter blickte, das so weiß war wie frisch gebleichtes Linnen.

»Ehe ich den Magister heirate, gehe ich ins Wasser«, brach es aus Gisela heraus.

»Bei Gott, wäre das ein Unglück!« Trina schlug erschrocken das Kreuz, aber ihr Gesicht verriet, dass sie an Giselas Stelle das Gleiche tun würde.

Magda Güldener packte ihre Tochter bei den Schultern, drehte sie zu sich um und gab ihr eine schallende Ohrfeige. »Wage es nie wieder, so etwas zu sagen! Denkst du denn gar nicht an deine unsterbliche Seele, die sofort zur Hölle fahren würde?«

Sie holte noch einmal aus und musterte Gisela, um noch einmal zuzuschlagen, falls diese sich in einen hysterischen Anfall hineinsteigern würde.

Gisela war tiefgläubig und erschrak daher, als sie begriff, was sie gesagt hatte, denn diese Worte hatten ihr innerstes Empfinden widergespiegelt. Aber sie verstand ebenso wie ihre Mutter, dass sie das einzige Pfand war, welches ihr Vater bei diesem Handel einsetzen konnte, und ihr grauste vor dem Schicksal, das sie erwartete. Dennoch wollte sie keine Höllenstrafe auf sich nehmen, um den Schrecken dieses Lebens zu entkommen. Angsterfüllt flehte sie die Heilige Jungfrau und ihre Namenspatronin, die heilige Gisela, an, sie vor einer Ehe mit dem Magister zu bewahren.

12.

Als der letzte Tropfen Soße mit Brot aus dem Teller gewischt und der letzte Bissen gegessen war, bedankte Vater Maternus sich bei dem Hausherrn für das vorzügliche Mahl. Er war ein großer, breit gebauter Mann und der Einzige im Raum, den Alban nicht um Haupteslänge überragte. Aus seiner Jugend wurden Erzählungen über Kraftstücke überliefert, die mit der Würde eines Priesters eigentlich nicht vereinbar waren, ihn bei den ihm anvertrauten Schäfchen jedoch in einem Licht erstrahlen ließen, das beinahe dem eines Heiligen glich. Redlich wie wenige Kleriker kämpfte er unermüdlich für die Rechte der Armen und Geknechteten. Entsprechend war er Männern wie Tettenwieser und Beckheimer ein Dorn im Auge, da diese ihre Knechte und Mägde am liebsten an allen Sonn- und Feiertagen und auch während der Zeit der heiligen Messe arbeiten lassen würden. Auch Güldener hatte ihm bisher gerade nur die Achtung geschenkt, die er ihm als Pfarrherrn von St. Lorenz schuldig war. Jetzt aber umschmeichelte der Hausherr den Priester beinahe ebenso wie den Magister, denn Vater Maternus war der einzige Mensch in der Stadt, der seine Tochter zu dieser Heirat bewegen konnte.

»Hier, trinkt noch ein Schlückchen Wein!« Güldener schenkte dem Pfarrer ein und wollte dies auch bei Alban tun, doch der Magister verdeckte seinen Becher mit der rechten Pranke. »Der Wein, den ich bis jetzt getrunken habe, reicht. Wenn Ihr mir etwas Gutes tun wollt, dann lasst einen Krug voll kühlem Quellwasser für mich holen.«

Hans tippte sich von Alban unbemerkt an die Stirn. Für ihn war es pure Narretei, sich diesem ausgezeichneten Tropfen zu verweigern. Auffordernd streckte er seinem Vater den Becher hin, erntete aber nur ein Stirnrunzeln. »Du solltest dir ein Beispiel an unserem Gast nehmen und dir beim Trinken ebenfalls Zügel anlegen! Sonst endest du noch wie Korbflechter Landelin, der den ganzen Tag arbeiten muss, nur um seinen Wein bezahlen zu können.«

»Du wirst mich doch nicht mit diesem besoffenen Stinker vergleichen wollen!«, antwortete Hans patzig.

Vater Maternus blickte auf und maß ihn mit einem tadelnden Blick. »Du solltest Landelin nicht schmähen, Hans, denn abgesehen von seiner Trunksucht ist er ein frommer und fleißiger Mann.

Ohne seine Vorliebe für den Wein hätte er längst ein braves Weib gefunden und wäre ein Mann, wie Gott ihn sich besser nicht wünschen könnte.«

Es war eigentlich undenkbar, einem Pfarrer eine ungehörige Antwort zu geben, aber Hans hatte dem Wein schon zu stark zugesprochen. »Wollen wir hier über diesen armseligen Korbflechter sprechen oder meine Schwester verheiraten? Sprecht Euren Segen über diese Verbindung, und dann soll sie mit ihrem Ehemann im Brautbett verschwinden.«

Im selben Augenblick zerschellte die Schüssel am Boden, die Gundi eben in die Küche hatte tragen wollen. Die kleine Magd presste ihre Fäuste gegen den Mund, um nicht aufzuschreien, und stürzte hinaus. Güldener blickte ihr nach und drehte sich dann kopfschüttelnd zu seinem Sohn um. »Manchmal hege ich wirklich Zweifel an deinem Verstand, Hans. Die Nachricht von ihrer Heirat hätte deiner Schwester vorsichtig beigebracht werden müssen. Was meinst du, wie sie reagiert, wenn sie sie jetzt von Gundi erfährt?«

Hans winkte lachend ab. »Du bist der Vater, und sie ist dir Gehorsam schuldig.«

Güldener verspürte den Wunsch, seinen Sohn zum zweiten Mal innerhalb eines Tages zu ohrfeigen, sagte sich dann aber, dass es wichtiger war, sich um Gisela zu kümmern. Er warf dem Priester einen auffordernden Blick zu und wies zur Tür. »Wäret Ihr so gut, mit mir zu kommen, Vater Maternus? Meine Tochter ist im Allgemeinen ein vernünftiges Kind, doch mag es sein, dass man ihr Gottes Wort über die Pflicht, dem Vater zu gehorchen, noch einmal vortragen muss.«

Der Pfarrer erhob sich zögernd und streifte Alban mit einem abschätzenden Blick. »Versprecht Ihr, Gisela immer gut zu behandeln und sie nur dann zu verprügeln, wenn sie es auch wirklich verdient hat?«

Alban atmete tief durch und starrte dann auf seine behandschuhten Pranken. »Gott soll mich strafen, wenn dem Mädchen durch mich ein Leid geschieht.«

Vater Maternus besaß genug Menschenkenntnis, um diesen Worten Glauben zu schenken. Auch wenn es ihn erschütterte, dass sein liebstes Pfarrkind einen Mann heiraten sollte, der mehr einem Tier glich, winkte er Güldener, ihm zu folgen, und verließ den Raum.

Der Hausherr sah sich noch einmal kurz um. »Du sorgst für das Wohlergehen unserer Gäste, Hans!« Die Anweisung war sinnlos, denn der gierige Blick, den sein Sohn dem Weinkrug schenkte, zeigte deutlich, um was dieser sich während seiner Abwesenheit kümmern würde.

Als Güldener die Küche erreichte, hatte Gisela sich am Ornat des Pfarrers festgekrallt und schluchzte haltlos vor sich hin. Vater Maternus strich ihr über das Haar und versuchte, sie zu beruhigen. Giselas Mutter und die beiden Mägde standen daneben und rangen die Hände, wagten jedoch nicht, ihren Gefühlen freien Lauf zu lassen, um das Mädchen nicht noch mehr zu verschrecken. Dafür sah Güldener sich ihren empörten Blicken ausgesetzt, und er spürte ihre Verachtung beinahe körperlich. Am liebsten hätte er das Weibervolk gefragt, ob es glaubte, ihm würde es Freude machen, seine Tochter solch einem Freier zum Weib geben zu müssen. Er bezwang sich jedoch, winkte stattdessen seine Frau zu sich und führte sie ein wenig beiseite.

»Magda, du musst mit dem Kind reden. Wenn sie die Frau des Magisters geworden ist, wird dieser sich mit zehntausend Gulden an unserem Handel beteiligen. Zehntausend Gulden, stell dir das nur einmal vor! Kommt diese Ehe aber nicht zustande, werden wir unser Haus verkaufen, in eine Gasse am Stadtwall ziehen und dort unter Flickschustern und anderem Gesindel leben müssen. Welchen Ehemann könnten wir dort schon für Gisela finden und welche Braut für Hans? Du musst an unser Ansehen denken! All jene, die vor einem Jahr noch den Hut vor mir gezogen haben, würden auf uns herabsehen und uns verspotten. Jetzt aber liegt es in meiner Hand, unser Schicksal noch einmal zu wenden. Oder willst du Hans als armen Schreiber bei jenen Männern arbeiten sehen, die unseren Untergang beklatscht haben?«

Der Appell an ihre übergroße Liebe zu ihrem Sohn war die einzige Waffe, die Güldener noch besaß, und sie wirkte. Magda Güldener sann einen Augenblick vor sich hin und nickte unwillkürlich. »Nun gut! Aber Gisela muss sich ohne Zwang für diese Ehe entscheiden.«

In dem Augenblick gratulierte Güldener sich, den Pfarrer eingeladen zu haben, denn das Mädchen würde sich den Argumenten des vom ganzen Weibervolk verehrten Priesters nicht entziehen können. Trotzdem versprach er der Heiligen Jungfrau, ihr eine große Kerze zu stiften, wenn sie dafür sorgte, dass seine Tochter vernünftig wurde.

Gisela jedoch war weiter denn je davon entfernt, Vernunft anzunehmen. Sie schluchzte ihr ganzes Elend aus sich hinaus und achtete dabei weder auf Vater Maternus' beschwörende Worte noch auf die zwischen Hoffen und Bangen schwankenden Blicke ihrer Eltern. Sie erinnerte sich daran, wie glücklich sie bei der Verkündung ihres ersten Verlöbnisses gewesen war und wie sie davon geträumt hatte, mit Bruno Tettenwieser zusammenzuleben. Ihm hatte sie eine treu sorgende Ehefrau sein wollen; doch nun sollte sie statt des schmucken Bruno einen Mann heiraten, der aussah, als wäre er einem Albtraum entstiegen.

Jetzt mischte sich ein neuer Gedanke in ihre Verzweiflung: Ihr Bruder war ein gut aussehender junger Mann, inwendig aber ein haltloses, ja, sogar schmutziges Geschöpf. Konnte es da nicht sein, dass in dem ungeschlachten Leib ihres Freiers ein fürsorgliches Herz schlug? Dieser Gedanken ließ sie für Vater Maternus' eindringliche Worte empfänglich werden, der von der Pflicht der Frauen sprach, ihren Vätern zu gehorchen, ihren Männern zu dienen und alles Ungemach klaglos hinzunehmen, da Gott und Jesus Christus ihnen dies im anderen Leben tausendmal vergelten würden. Giselas Glaube an Gott und den Schutz der Heiligen Jungfrau gaben ihr die Kraft, ihre wirren Gedanken zu ordnen, und sie faltete die Hände zum Gebet. Der Pfarrer fiel in ihre Worte ein und füllte mit seiner angenehm tiefen Stimme die Küche und den Flur und sogar die Stube, in der Alban zwischen Gaudentius und Hans saß.

»Du wirst sehen, jetzt wird alles gut«, raunte der greisenhafte Magier seinem Schüler zu.

Alban schien nicht dieser Meinung zu sein, denn er fletschte die Zähne, sodass Gaudentius für einen Augenblick Angst vor ihm bekam.

Der alte Magier schüttelte sich, fasste sich sofort wieder und maß seinen jungen Freund mit einem tadelnden Blick. »Gib Acht! Wenn deine Braut dich so sieht, glaubt sie, du wolltest sie fressen, anstatt sie zu heiraten.«

Alban lachte nervös, sah dabei aber auch nicht harmloser aus. Schnell rief er sich zur Ordnung und schaffte es keinen Augenblick zu früh, seine Fangzähne zu verbergen, denn Vater Maternus führte Gisela herein. Das Mädchen begann zu zittern, als Alban aufstand und sie seine hünenhafte Gestalt im hellen Licht vor sich aufragen sah. Obwohl sie für eine Frau recht groß war, überragte Alban sie um doppelte Haupteslänge, und er war wohl dreimal so breit wie sie. Einen Augenblick lang fragte Gisela sich, ob es sie wohl umbringen würde, wenn er sein Recht als Ehemann einforderte. Sie schob diesen Gedanken rasch wieder von sich, denn sonst wäre sie in schierer Panik davongelaufen. Vater Maternus hatte ihr klargemacht, dass es nicht nur Gottes Wille, sondern auch zum Besten ihrer Familie war, wenn sie dem Vater gehorchte. Daher blieb ihr nichts anderes übrig, als diesen Bund einzugehen.

Hans hatte sich eben wieder Wein eingeschüttet, trank einen

Schluck und beobachtete über den Rand des Bechers hinweg das Brautpaar. »Das ist wirklich ein Spaß!«, rief er, nachdem er das Trinkgefäß wieder abgesetzt hatte. »Eine Braut, die nicht am Brautschmaus teilnimmt, sondern in der Küche arbeitet, ein Bräutigam, der die Zähne nicht auseinanderbringt, was übrigens gut ist, sonst könnte man meinen, er wolle einen fressen, und kein einziger Gast, der das junge Paar ins Brautgemach geleiten könnte. Bei Gott, bei diesem Beilager würde ich wirklich gerne Mäuschen spielen!«

Vater Maternus warf Hans einen strafenden Blick zu und hielt gleichzeitig Gisela fest, die eine Bewegung machte, als wolle sie wegrennen. Otto Güldener fluchte leise und wandte sich zu Gundi und Trina um, die ihnen vor Angst und Neugier zitternd gefolgt waren. »Räumt die Scherben der Schüssel weg, die Gundi hat fallen lassen, und macht die grüne Kammer bereit! Die soll meinem Eidam und meiner Tochter als Brautgemach dienen. Du, Gisela, setzt dich jetzt her und füllst deinem Bräutigam den Becher, wie es sich für eine künftige Gattin gehört.«

Auch wenn Güldener in letzter Zeit der Erfolg als Geschäftsmann versagt geblieben war, vermochte er immer noch zu befehlen. Ehe die Turmuhr von St. Lorenz die nächste Viertelstunde geschlagen hatte, kehrten die Mägde zurück und erklärten, dass alles bereit sei.

Gisela saß derweil zitternd neben ihrem Bräutigam und füllte seinen Becher auf sein Geheiß hin mit Wasser. Sie selbst trank schnell hintereinander mehrere Becher des berauschenden Getränks, denn sie hoffte, sie würde das, was auf sie zukam, auf diese Weise besser ertragen können. Der Wein verlieh ihr bereits am Tisch genügend Mut, denn als sie sah, dass ihr Bruder Gundi ungeniert vor allen Anwesenden in den Hintern kniff, blickte sie Alban direkt ins Gesicht. »Erlaubt Ihr mir, einen Wunsch zu äußern?«

Alban betrachtete sie stirnrunzelnd und nickte. »Nur zu!«

»Zuerst würde ich gerne erfahren, wo wir nach unserer Heirat leben werden.«

»Auf einem wohl ausgestatteten Herrensitz, einer Burg, die einem guten Freund Eures Gemahls gehört«, antwortete Gaudentius an Albans Stelle, ohne zu erwähnen, dass er selbst dieser besagte Freund war.

Gisela nickte erleichtert, denn diese Auskunft lieferte ihr einen guten Grund für ihre Bitte. »Ihr versteht gewiss, dass es mir widerstrebt, ohne ein vertrautes Gesicht um mich in die Fremde zu reisen. Daher bitte ich Euch, mir zu erlauben, Gundi als meine Magd mitnehmen zu dürfen.«

Gundi erschrak heftig, denn ihr graute davor, Gisela und diesem schrecklichen Magister auf eine ferne Burg folgen zu müssen. Auch um den Preis, alle paar Tage Hans' Übergriffe hinnehmen zu müssen, wäre sie lieber bei den Güldeners geblieben.

Otto Güldener betrachtete seine Tochter, atmete tief durch und klopfte mit der Hand auf den Tisch. »Es wäre wahrlich gegen Sitte und Brauch, wenn eine Güldenertochter ihr Vaterhaus ohne ihre Leibmagd verlässt. Gundi wird mit dir gehen.«

Hans stieß einen enttäuschten Ruf aus. Ein Blick auf seinen Vater verriet ihm jedoch, dass dieser sich nicht umstimmen lassen würde. So tröstete er sich damit, dass mit dem vielen Geld auch neue Mägde ins Haus kommen würden.

13.

Als Vater Maternus den Segen über das Brautpaar gesprochen hatte, kam der Augenblick, den Gisela so sehr fürchtete. Auf einen Wink ihres Vaters hin kamen die Mutter, Trina und Gundi auf sie zu, um sie ins Brautgemach zu geleiten. Normalerweise war dies ein Ereignis, bei dem die Gäste nicht mit anzüglichen Reden sparten und etlichen Schabernack trieben, um dem neu vermählten Paar die Angst und die Unsicherheit vor dem Kommenden zu nehmen. Gisela aber wurde mit betretenem Schweigen in die Kammer gebracht, in der sie zur Frau werden sollte. Während ihre Mutter und die Mägde sie entkleideten, wanderte ihr Blick durch den Raum, dem ein großer grüner Wandteppich den Namen gegeben hatte. Die beiden schweren Truhen, die am anderen Ende des Raumes standen, hätten ihre neuen Kleider und das Leinenzeug ihrer Mitgift aufnehmen sollen und waren auch schon halb gefüllt gewesen, doch das meiste war ihnen wieder entnommen und für den täglichen Gebrauch verwendet worden. Das größte Leinentuch aus den Truhen lag jedoch blendend weiß auf dem großen Bett, das inmitten des Raumes stand, um am nächsten Morgen den Vollzug der Ehe und die Jungfräulichkeit zu bekunden, mit der sie die Verbindung eingegangen war. Gisela schauderte, als sie das Laken erblickte. Von einigen ihrer Freundinnen, die bereits verheiratet waren, hatte sie erfahren, dass das Laken am nächsten Tag genau betrachtet und herumgereicht wurde, damit die Anverwandten erfuhren, wie viel Blut darauf zu finden war. In ihren Gedanken sah sie ihren Bräutigam vor sich, der viel größer und schwerer war als alle anderen Männer, die sie je gesehen hatte, und stellte sich vor, dass am nächsten Morgen wohl das ganze Tuch von ihrem Blut durchtränkt sein würde.

Eine leichte Berührung am Arm ließ sie aufmerksam werden. Man hatte sie ausgezogen wie eine Puppe, ohne dass sie es wahrgenommen hatte, und nun stand sie nackt vor ihrer Mutter. Diese nahm sie am Arm, führte sie feierlich zum Bett und hieß sie, sich hinzulegen. Gisela schauderte bei der Berührung des Lakens, denn es wirkte auf sie wie ein Leichentuch, und das Leinen, mit dem ihre Mutter sie zudeckte, fühlte sich so kalt an wie der Tod.

Magda Güldener rann eine Träne über die Wange, als sie sich

niederbeugte und ihre Tochter küsste. »Möge Gott dich beschützen, mein Kind!«

Danach wandte sie sich so abrupt um, als hätte sie eben etwas Unangenehmes erledigen müssen, und verließ den Raum. Die beiden Mägde, die wie erstarrt dagestanden hatten, folgten ihr hastig, während schwere Schritte auf der Treppe das Kommen des Bräutigams ankündeten.

Otto Güldener wirkte, als trage er seine Tochter zu Grabe, anstatt sie einem Schwiegersohn ins Brautgemach zu führen. Hans aber riss obszöne Witze und lachte dazu. Vater Maternus war der Gruppe ein wenig vorausgeeilt, um noch ein paar Worte mit Gisela wechseln zu können. Gaudentius, der als Letzter hinter Alban ging, nutzte die Gelegenheit und zupfte seinen Freund am Ärmel.

»Das Mädchen muss Jungfrau bleiben, sonst ist es wertlos für uns!«, raunte er ihm eindringlich zu.

Alban nickte verärgert, aber nicht wegen der unnötigen Ermahnung, sondern weil er gegen den Wunsch ankämpfte, die dummen Sprüche seines neuen Schwagers mit ein paar kräftigen Ohrfeigen zu beantworten.

Unterdessen hatte der Priester die Kammer erreicht und trat zu dem Mädchen, das nur mit einem dünnen Laken bedeckt auf dem Bett lag. Sein Blick wich ihren deutlich erkennbaren Formen aus und heftete sich auf ihr Gesicht. »Fasse Mut, meine Tochter! Dein Bräutigam hat mir in die Hand versprochen, dich gut zu behandeln, und ich bin überzeugt, er wird so sanft mit dir umgehen, wie es ihm nur möglich ist.«

Mehr konnte er nicht sagen, denn Hans torkelte herein und griff nach einem Zipfel der Zudecke, die Gisela verhüllte.

»Wollen wir unserem verehrten Magister Alban doch zeigen, auf was er sich freuen kann!«, rief er und wollte das Tuch vom Bett ziehen.

Der Pfarrer war jedoch schneller als er und packte sein Handgelenk mit einem schmerzhaften Griff. »Du wirst die Blöße deiner Schwester nicht aufdecken, Lümmel!«

Hans starrte Vater Maternus an, der plötzlich gar nichts Frommes mehr an sich hatte, sondern einem Wirtsknecht glich, der sich auf eine zünftige Rauferei freut. Es bedurfte der drohenden Haltung des Pfarrers jedoch nicht, denn Giselas Bruder begriff auch so, dass er eine gehörige Tracht Prügel erhalten würde, wenn er sich nicht schnellstens aus dem Staub machte. »Das ist aber eine traurige Hochzeit, bei der nicht einmal ein kleiner Scherz erlaubt ist. Da gehe ich lieber in die Wirtschaft, um mit Freunden zu trinken.«

Er ließ die Bettdecke los, wartete, bis Vater Maternus seinen Griff löste, und stürmte beleidigt zur Tür hinaus. Im Flur stieß er mit seinem Vater zusammen.

»Kannst du nicht achtgeben, du Narr«, fluchte Güldener und hob die Hand, um Hans eine Ohrfeige zu geben.

Sein Sohn wich ihm jedoch aus, rannte die Treppe hinab und riss die Küchentür auf. Kurz darauf verließ er grollend das Haus; seine Mutter hatte sich zum ersten Mal geweigert, ihm Geld zu geben. So blieb ihm nichts anderes übrig, als zu hoffen, von irgendjemandem zu einem Becher Wein eingeladen zu werden. Da er die Geschichte von dieser seltsamen Hochzeit zum Besten geben konnte, war er sicher, einen großzügigen Spender zu finden.

Unterdessen geleiteten Gaudentius und Güldener Alban ins Brautgemach. Der Hausherr wollte nach alter Sitte beginnen, seinen Schwiegersohn zu entkleiden. Alban schob jedoch seine Hand zurück und schüttelte den Kopf. »Das mache ich selbst! Bitte seid so gut, und lasst meine Braut und mich allein.«

Güldener schluckte bei dieser harschen Zurückweisung, war aber froh, als er die Tür der Brautkammer von außen schließen konnte.

Alban legte den Riegel vor und sah dann das Mädchen, das vor

Gott und der Welt sein Weib geworden war, zum ersten Mal richtig an. Vorher hatte er nicht daran gedacht, wie sie wohl aussehen mochte, denn für den Zweck, für den Gaudentius und er sie benötigten, hätte sie hässlich und schief gewachsen sein dürfen. Doch nun wurde ihm klar, dass er eine ansehnliche Braut gefunden hatte – und nicht nur das! Zwar hatte er weitaus schönere Frauen gesehen als Gisela, aber bei ihr spürte er etwas, das er noch bei keiner anderen wahrgenommen hatte. Sie besaß eine innere Kraft und Stärke, die ihr wohl selbst nicht bewusst war. Ohne es eigentlich zu wollen, ging er zum Bett und zog die Decke ab, sodass ihr nackter Körper vor ihm lag.

Gisela erstarrte und schloss die Augen in der Erwartung, ihr Ehemann würde sich sofort auf sie stürzen und mit ihr so verfahren wie ihr Bruder mit Gundi. Doch nichts dergleichen geschah. Als sie nach einer Weile die Augen wieder öffnete, stand der Magister noch immer angekleidet neben ihrem Bett und blickte düster auf sie herab.

»Du musst keine Angst haben. Ich werde dir nichts tun!« Albans Stimme klang rau, und er kämpfte mit der Leidenschaft, die in ihm wühlte und der er nicht nachgeben durfte, wenn er nicht auf ewig in diese grässliche Gestalt gebannt bleiben wollte. Seine Braut war einfach zu schön für den Zweck, für den sie ausgewählt worden war. Sein Blick glitt immer wieder über ihre wohlgeformten Glieder, den sanften Schwung ihrer Hüften, die festen Brüste mit ihren blassen, zitternden Spitzen und ihre Schenkel, die sie fest zusammengepresst hielt. Ihr Gesicht besaß die Form eines Herzens mit einem kleinen, aber festen Kinn, einem nicht zu großen Mund, einer kurzen, geraden Nase und großen dunkelblauen Augen, die jetzt angsterfüllt waren. Ihre zu Zöpfen geflochtenen Haare wiesen die Farbe köstlichen Lindenblütenhonigs auf.

Für einen Augenblick glitten Albans Gedanken zurück in eine Zeit, in der er noch nicht von Cajetans Fluch getroffen gewesen war, und er stellte sich vor, damals mit einer solchen Braut vermählt worden zu sein. In jenen Tagen wäre er wohl nicht steif wie ein Hackstock neben dem Bett stehen geblieben und hätte sich an den Gedanken klammern müssen, dass er das Mädchen auf keinen Fall berühren durfte.

»Rück ein wenig zur Seite und decke dich zu«, befahl er, als wäre er ein alter Ehemann, dessen Leidenschaft im Lauf der Jahrzehnte erloschen war. Er zog seinen Talar aus, der ihm mit jedem Tag widerwärtiger wurde, sah die Augen des Mädchens angstvoll auf sich gerichtet und blies mit einer heftigen Bewegung die Kerzen auf dem Leuchter aus, den Gundi auf eine Truhe gestellt hatte.

Die Dunkelheit machte es weder ihm noch Gisela leichter, denn in ihrer beider Gedanken formte sich der Anblick des anderen, als sei er mit magischen Farben in die Augen gemalt worden. Während Gisela sich vor Grauen schüttelte und am liebsten laut geschrien hätte, spürte Alban tief in sich eine Leidenschaft, die er sich nicht hatte vorstellen können. Um nicht davon überwältigt zu werden, behielt er den Rest seiner Kleidung an und legte sich neben seine Frau, ohne zu bemerken, dass er sie an den Rand des Bettes drückte.

»Schlaf ruhig! Ich werde dich heute nicht berühren«, sagte er und drehte ihr den Rücken zu.

Gisela glaubte, nicht recht gehört zu haben, und versteifte sich voller Misstrauen. Doch als er tatsächlich keine Anstalten machte, sich ihr zu nähern, atmete sie auf. Das Geräusch peinigte Albans Nerven, und er biss sich zuletzt in die Hand, um den unsinnigen Wunsch zu unterdrücken, sein Recht als Ehemann zu nutzen. Kurz darauf war Gisela trotz ihrer Angst und nervlichen Erregung eingeschlafen. Alban lauschte ihren regelmäßigen Atemzügen und versuchte, seine Gedanken auf die Zukunft zu richten. Wenn er nicht schwach werden und der Versuchung erliegen wollte, durfte er Gisela nicht als seine Frau ansehen, sondern nur als Werkzeug. Das würde ihm alles andere als leichtfallen, doch um seines und seines Freundes willen musste es sein.

14.

Als Gisela am nächsten Morgen die Augen aufschlug, wunderte sie sich zunächst, weshalb sie in der grünen Kammer geschlafen hatte, die sonst kaum benutzt wurde und nur für hoch geachtete Gäste bereitstand. Dann bemerkte sie neben dem Bett einen Schatten, erkannte den Magister und wurde sich ihres ganzen Elends bewusst.

»Du bist wach? Das ist gut, sonst hätte ich dich jetzt wecken müssen. Zieh dich an, denn ich will die Stadt heute noch verlassen.«

»Heute schon?«, fragte Gisela unglücklich.

Alban nickte und warf ihr ein Reisekleid zu, das er in einer der Truhen gefunden hatte. Gisela schlüpfte aus dem Bett und schlang die Decke um sich.

»Ich werde Gundi rufen, damit sie uns Wasser zum Waschen bringt.« Sie wollte zur Tür, doch Alban hielt sie auf.

»Halt! Oder willst du, dass sich alle das Maul über dich zerreißen?« Er zeigte dabei auf das Bettlaken, das in unbefleckter Reinheit glänzte.

Gisela erschrak, denn ohne das Blutmal ihrer Entjungferung würde man sie für eine pflichtvergessene Metze halten, die sich bereits einem anderen Mann hingegeben hatte. Dabei war es nicht ihre Schuld gewesen, dass kein roter Fleck das Leinen zierte. Der Magister ließ ihr jedoch keine Zeit, darüber nachzudenken, sondern zog eine Phiole aus den Taschen seines Gelehrtentalars, öffnete den Stöpsel und goss eine rote Flüssigkeit auf das Leinen. Es handelte sich um Hühnerblut, das durch einen kleinen magischen Trick daran gehindert worden war, zu gerinnen. Alban warf einen kurzen Blick auf den etwa handtellergroßen Fleck, steckte dann das Fläschchen wieder ein und nickte Gisela zu.

»Von mir aus kannst du die Magd rufen, denn jetzt wird keiner mehr an deiner Ehre zweifeln.«

Gisela hätte froh sein sollen, dass er so fürsorglich war, doch seltsamerweise erschien seine Handlung ihr als ein übles Omen für ihre Ehe, und ihr graute vor dem, was ihr bevorstehen mochte.

Zweiter Teil

Die Hexenschülerin

1.

Der Homunkulus trat ins Freie und warf einen prüfenden Blick auf den Verteidigungszauber der Magierburg. Wie immer war alles in bester Ordnung: Reisende, die den Pfad benutzten, der sich an der Altmühl entlangschlängelte, würden nichts anderes sehen als einen steil aufragenden Hügel, der von einem alten, längst zerfallenen Gemäuer gekrönt wurde. Wer es sich dennoch nicht nehmen ließ heraufzukommen, stand vor zerklüfteten Felsen und Schutt, der gefährlich locker wirkte und mit einem vorwitzigen Kletterer in die Tiefe stürzen konnte. Um den, der dann immer noch nicht aufgab, würden sich die Wachen kümmern.

Fulvian kicherte boshaft, denn im Grunde war die scheinbar in Trümmern liegende Burg eine Falle für besonders neugierige Leute. Nur Menschen mit magischer Begabung, die er – oder besser gesagt: sein Herr – gut gebrauchen konnte, empfanden den Wunsch, sich hier oben umzusehen. Je nach Laune wurden sie entweder gleich in den Kerker gesteckt oder scheinbar freundlich zu Gast geladen, sodass Cajetan sie einlullen, Schritt für Schritt unter seinen Bann zwingen und schließlich dazu benutzen konnte, seine eigene Lebensspanne zu verlängern, indem er sie seinem Gott weihte und opferte. Der Homunkulus hatte schon viele solche Narren kommen sehen, und bislang war nur einem Einzigen die Flucht gelungen. Der aber trug hart an der Last, die Cajetans Fluch über ihn geworfen hatte.

Natürlich hatten sie Vorkehrungen für all jene Besucher getroffen, die als Boten höherer Herren kamen oder mit einem persönlichen Anliegen, das nur der große Gelehrte und Alchimist Cajetan ihnen erfüllen konnte. Für diese Leute gab es unten im Tal eine Herberge, die von einem Wirt geführt wurde, der genau wusste, was er zu tun hatte. Er war keine Gefahr für den Magier, denn Fulvian hatte den Geist des Wirtes geformt, bis dieser selbst ein Element des magischen Ringes geworden war, der die Burg umgab. Dadurch musste der Mann nicht einmal ein Signal geben, wenn Fremde ankamen, denn der Homunkulus und sein Herr erfuhren es im gleichen Augenblick, in dem ihr Geschöpf die Ankömmlinge entdeckte.

Fulvian war sehr zufrieden mit sich und mit dem Zauber, der Cajetans Burg umhüllte und nicht nur das Auge täuschte, sondern den Gebäuden und ihren Bewohnern auch Schutz gegen magische Angriffe bot. Zwar hatte Gaudentius einen ähnlichen Schirm um Riebelsborn errichtet, doch war der Kerl ein Stümper, und sein armseliger Zauber hatte nicht verhindern können, dass Cajetans Rache ihn in seiner eigenen Burg erfasst hatte.

Der Homunkulus stieg auf einen Schutthaufen, der in Wirklichkeit eine feste Mauer war, und blickte nach Nordwesten. Dort lag, nicht ganz drei Tagesreisen entfernt, Gaudentius' Heimstatt, in der Cajetan und er bald reiche Ernte würden einfahren können. Fulvian grüßte spöttisch in die Richtung und wandte sich der nächsten Station seines Rundganges zu, der Kammer der Reisigen.

Cajetan besaß zwanzig ungewöhnlich muskulöse Waffenknechte, die einen guten Kopf größer waren als ein normal gewachsener Mann. Jeder von ihnen war dem Magier bedingungslos ergeben und würde sein Leben klaglos für ihn in die Waagschale werfen. Auf normale Menschen wirkten sie trotz ihrer Größe und der kantigen Köpfe mit den schweren Kiefern wie ihresgleichen. Doch in Wirklichkeit waren es Doggen, denen Cajetan mit Fulvians Hilfe menschliche Gestalt verliehen hatte. Abgesehen von Gaudentius' lächerlichem Schüler, der sich jetzt Magister Alban nannte, gab es kaum ein Wesen, das sich mit ihnen an Kraft und Kampfesmut messen konnte.

Fulvian winkte den Reisigen zu, die ihn mit treuen Hundeaugen anblickten und sogar ein wenig mit dem Hinterteil wackelten, als könnten sie immer noch mit dem Schwanz wedeln. Sie waren leicht zufrieden zu stellen, denn ihnen genügte ein Stück rohes Fleisch als Mahlzeit, und zum Schlafen legten sie sich auf einfache Strohschütten. Sie tranken Wasser anstelle von Wein, und sie stellten auch nicht den Frauen nach, da der Magier sie vor der Geschlechtsreife verwandelt hatte und sie daher nie erwachsen geworden waren.

Der Homunkulus vergaß die Kerle in dem Augenblick wieder, in dem er ihre Kammer verließ und in den unteren Teil der Burg hinabstieg. Für einen zufälligen Betrachter würde es aussehen, als versänke er in einem Schuttkegel. Fulvian sah jedoch die Burg so vor sich, wie sie in Wirklichkeit war, und wusste daher genau, wohin er seinen Fuß setzen musste. Er öffnete eine eisenbeschlagene Tür, die niemals abgeschlossen wurde, damit vom Zauber angelockte ungebetene Besucher genau diesen Weg nahmen. Hinter ihr führte ein Gang abwärts in die Tiefen der Burg. Wie von selbst fand Fulvians Hand die Laterne in einer Wandnische, und als er sie anhob, begann sie zu leuchten, als habe ein unsichtbarer Funke sie entzündet.

Ihr fahles Licht erhellte eine Umgebung, die aus kahlem Mauerwerk bestand. Fulvian stieg hinab und durchquerte eine kleine Halle, von der mehrere Türen abgingen. Diese ließ er links liegen; stattdessen wählte er eine Gangmündung, hinter der eine in die Tiefe führende Treppe begann. Diese endete an einer sehr massiven Tür, die ihm auf einen unhörbaren Befehl hin von einem Wächter aufgerissen wurde. Hinter ihr lag ein großer unterirdischer Saal, der auf der rechten Seite mit Gittern in ein gutes Dutzend Zellen unterteilt war. In der Nähe des Eingangs gab es eine

Nische in der linken Wand, in der zwei der drei Wachen an einem nicht gerade sauberen Tisch saßen und sich anschwiegen.

Die drei Wächter waren ebenfalls Hundemenschen, die aus einer weniger kämpferischen, aber dafür umso wachsameren Hunderasse geschaffen worden waren. Als Fulvian eintrat, starrten sie ihn erwartungsvoll an. Der Homunkulus warf jedem von ihnen ein Stück Fleisch hin und wandte sich dann seinem eigentlichen Ziel zu.

In früheren Zeiten waren die Gitterzellen gut gefüllt gewesen, doch mittlerweile gab es nicht mehr viele Menschen mit magischem Blut. Fulvian verzog amüsiert den Mund, als er daran dachte, wie viele dieser Begabten Cajetan in seine Hand gebracht hatte, ohne ihnen die Möglichkeit zu geben, sich vorher fortzupflanzen. Dieses Vorgehen war ganz im Sinne dessen, den der Magier als seinen Gott anbetete, machte es Cajetan jedoch immer schwerer, genügend Opfer für die Verlängerung seines Lebens zu finden. In nicht allzu ferner Zukunft würde er vor dem Problem stehen, dass es niemanden mehr gab, dessen Leben er gegen das seine tauschen konnte. Das würde Cajetan zwar nicht gefallen, dafür aber dem wahren Herrn der Welt, dem die Menschen mit der Gabe seit alters her ein Dorn im Auge waren und der nicht eher ruhen würde, bis der letzte von ihnen vernichtet worden war.

Fulvian bemühte sich, diese Aufgabe zu erfüllen, wollte dabei jedoch nicht auf seinen Spaß verzichten. Er grinste in sich hinein und trat auf die einzige Zelle zu, in der sich noch Gefangene befanden. Die zwei Frauen, die auf einer der beiden Pritschen gesessen und miteinander geredet hatten, wichen vor ihm an die hintere Wand zurück, an der der Eimer stand, der ihnen als Abtritt diente. Fulvian spürte ihre nur schwach ausgebildeten Kräfte und amüsierte sich über Cajetans Kurzsichtigkeit. Der Magier wusste genau, dass es im weiten Umkreis nur noch wenige Opfer für ihn gab, kam aber nicht auf den Gedanken, ein paar magisch begabte Männer einzufangen und diese so lange am Leben zu lassen, bis sie für den dringend benötigten Nachwuchs gesorgt hatten. Mine und Lina wären jedenfalls für die Zucht geeignet und könnten ihre Arbeit in der Küche auch mit dicken Bäuchen erledigen.

Der Gedanke an die beiden Mägde erregte den Homunkulus sichtlich, was die gefangenen Frauen jedoch nicht gerade freudig zur Kenntnis nahmen: Die jüngere drehte mit einer Geste des Abscheus den Kopf zur Seite, während die andere in Fulvians Richtung ausspie.

Ein hasserfüllter Ausdruck huschte über das Gesicht des Homunkulus, verlor sich aber sofort wieder und machte einer schmeichelnden Miene Platz. »Warum seid ihr denn so verstockt? Das Leben könnte doch viel schöner für euch sein. Ihr müsstet nur meinem Herrn eure Ergebenheit bekunden und könntet dieses schreckliche Kerkerloch auf der Stelle verlassen. Bedenkt es einmal ganz in Ruhe! Ein wenig Arbeit in Küche und Haushalt würde euch nicht weh tun, insbesondere, da es dort oben gutes Essen und besten Wein gibt, von dem ihr trinken könnt, so viel ihr wollt ...«

»... und dazu deine ständigen Übergriffe«, unterbrach ihn die ältere Gefangene mit einem verächtlichen Schnauben. »Wir wissen genau, was du mit den beiden Mägden treibst. Wenn sie uns das Essen bringen, reden sie von fast nichts anderem. Mit diesen dummen Dingern kannst du es machen, aber nicht mit mir!«

Fulvian spürte ihre Feindseligkeit und ihren Abscheu bis in die Haarspitzen und verzog sein Gesicht zu einer beleidigten Grimasse. Auf die meisten anderen Frauen hatte seine Mischung aus Drohungen und Versprechungen innerhalb von Tagen oder zumindest einigen Wochen gewirkt. Denn selbst die hartnäckigste Gefangene war von dem Schmutz, den Ratten und dem speziellen Zauber hier unten so abgestoßen, dass sie bald bereit gewesen war, den Magier als ihren Herrn anzuerkennen. Unwillkürlich musste Fulvian an die Äbtissin eines bedeutenden Frauenklosters denken, die im Streit um Macht und Besitz in ihre Hand geraten war. Auch diese sich so heilig gebende Frau hatte nach einem Mondlauf ihren Widerstand aufgegeben.

Hetta schien jedoch aus einem ungewöhnlich harten Holz geschnitzt zu sein, und daher würde Cajetan nichts anderes übrig bleiben, als sie mit einem mächtigen Zauber gefügig zu machen. Das war jedoch nicht dasselbe, als wenn sie sich freiwillig in seine Hände begeben würde. Zwar würde das Ritual, mit dem der Magier sie seinem Gott opferte, dessen Leben höchstwahrscheinlich ebenso verlängern wie die anderen Begabten, aber Fulvian würde auf seinen speziellen Spaß mit ihr verzichten müssen. Das ärgerte ihn maßlos, denn Hetta war eine hübsche Frau, knapp unter dreißig, mit einer guten Figur und einer sinnlichen Ausstrahlung, die ihn jedes Mal, wenn er sie sah, beinahe verrückt machte. Sie war die Witwe eines Reichsfreiherrn und von ihrem Stiefsohn, der sich ihren Besitz und das ihr zustehende Wittum angeeignet hatte, an Cajetan verkauft worden wie eine schlachtreife Kuh.

Noch mehr erbitterte es Fulvian, dass sich die andere Gefangene an Hetta klammerte und alle seine Verlockungen zurückwies; ohne die Adelshexe hätte sich das Mädchen zweifelsfrei längst in sein Schicksal gefügt. Fulvians nächste Worte waren daher mehr für Kezia bestimmt als für ihre Gefährtin. »Ihr solltet gut darüber nachdenken, ob ihr in diesem Drecksloch verkommen wollt, obwohl mein Herr euch leichten Dienst und guten Lohn verspricht. Wenn ihr euch weiterhin sträubt, könnte der edle Cajetan versucht sein, seinen Reisigen zu befehlen, euch aufzusuchen und mit euch zu tun, was ihnen gefällt.«

»Pah! Die Kerle sind keine Gefahr. Was du unten zu viel hast, haben die zu wenig.« Hetta spuckte noch einmal in Fulvians Richtung und nahm Kezia in ihre Arme. »Habe keine Angst, mein Kleines! Solange wir standhaft bleiben, kann dieser Schuft Cajetan unseren unsterblichen Seelen keinen Schaden zufügen.«

Fulvian zischte wütend. Zwar irrte Hetta, denn sein Herr besaß durchaus Mittel, sich der Seelen dieser beiden Frauen zu bemächtigen, aber dennoch erschreckte ihn die Leichtigkeit, mit der dieses Weib erfasst hatte, welches Schicksal sie hier erwartete. Auch schien sie nahe daran, die wahre Natur der Reisigen zu entdecken. Da er begriff, dass er auch diesmal keinen Erfolg haben würde, und keine Lust hatte, ein weiteres Rededuell mit dieser sturen Hexe zu verlieren, drehte er sich um, verließ den Kerker und schlug die Tür mit einer Kraft zu, die niemand in seiner kleinen, schmächtigen Gestalt vermutet hätte.

Innen zeichnete Hetta mehrfach das Kreuz in die Luft und eilte dann zu einem faustgroßen Loch in der Mauer, das ein wenig frische Luft in die Zelle strömen ließ. »Jetzt muss ich erst einmal durchatmen. Jedes Mal, wenn ich diese elende Kreatur sehe, habe ich das Gefühl, ersticken zu müssen.«

»Dabei sieht er doch gar nicht so schrecklich aus, meistens zumindest«, wandte ihre Gefährtin ein.

Hetta drehte sich zu ihr um und musterte sie verblüfft. »Sag bloß, du merkst nicht, wie abgrundtief böse dieses Geschöpf ist! So übel wie bei diesem kleinen Monster wird mir nicht einmal bei seinem Herrn – und der ist schon schlimm genug. Wenn ich Cajetan sehe, kommt es mir vor, als tropfe Menschenblut von seinen Händen.«

Kezia schüttelte verwirrt den Kopf. »Es ist alles ganz schrecklich, und ich wäre auch viel lieber woanders, aber das, was du zu sehen glaubst, habe ich nie bemerkt. Ich glaube, ich würde sogar dem Homunkulus gefällig sein, wenn ich danach meiner Wege ziehen könnte.«

»Du würdest vergebens auf deine Freiheit warten. Erinnere dich an Mines und Linas Lieblingsthema. Ihre Augen strahlen auf, wenn sie von Fulvians männlichen Heldentaten berichten, und sie haben keinen Blick mehr für die Wirklichkeit. Ich bin sicher, die beiden sind von diesem Teufelsgeschöpf verhext worden, sodass sie stärker an diese elende Burg gefesselt sind als wir! Uns halten Wachen und Eisentüren fest, die Mägde aber kleben mit Leib und Seele an dem unheilvollen Zauber, der hier herrscht, so wie Fliegen im Spinnennetz.«

Hetta trat an das vordere Gitter und rüttelte in der Hoffnung, die rostig wirkenden Angeln gäben endlich nach, an der darin eingelassenen Tür. Sofort eilten die Wachen herbei und schlugen mit Spießen nach ihren Händen. Hetta trat schnell zurück, ehe sie getroffen werden konnte, und seufzte auf. Natürlich hatte sie nicht erwartet, freizukommen, sondern nur ihrer Verzweiflung Ausdruck geben wollen. Anders als Kezia hatte sie längst begriffen, dass es für sie beide in diesem Leben keine Rettung mehr gab. Sie kämpfte nur noch um ihre unsterbliche Seele.

2.

Hatte Gisela sich schon in ihrem Elternhaus über ihren Ehemann gewundert, so verlief die Reise nicht weniger seltsam. Magister Alban saß zwar mit ihr, Gaudentius und Gundi zusammen in einem Wagen, doch hätte er genauso gut am anderen Ende der Welt weilen können. Er sprach sie kein einziges Mal an und ignorierte sie auch sonst in einer Art und Weise, die sie normalerweise empört hätte. Bei ihrem Angetrauten aber war sie nach einem kurzen Anflug von Ärger sogar erleichtert über die Missachtung, denn bisher hatte er von ihr auch nicht gefordert, ihre ehelichen Pflichten zu erfüllen. Sie hoffte, er würde auch weiterhin keinen Gefallen an ihr finden, denn dann geriet sie nicht in Gefahr, von ihm beim Ehewerk verletzt zu werden.

Gaudentius' zittrige dünne Stimme schreckte Gisela aus ihrem Grübeln. »Diese Burg wird in den nächsten Monaten deine Heimat sein.«

Sie hob den Kopf und entdeckte vor sich auf einer Anhöhe ein ziemlich heruntergekommenes Gemäuer. Es war kein sonderlich vertrauenerweckender Ort, und sie fragte sich, wie ein Mensch sich in so einer Ruine wohlfühlen konnte. Noch stärker als auf der Reise sehnte sie sich zurück in die Geborgenheit des schönen Patrizierhauses ihrer Familie, das alle erdenklichen Annehmlichkeiten – einschließlich eines auf der Hofseite eingebauten Abtrittes – aufwies. Auf diesen Luxus würde sie hier wohl verzichten müssen. Sie erinnerte sich an die Erzählungen einiger Gassenjungen, die behauptet hatten, auf den Burgen würden die Ritter und deren Frauen die Hintern zum Fenster hinausstrecken und auf diese Weise ihren Darm entleeren. Daher war sie froh, dass keines der Fenster, die sie vom Wagen aus sehen konnte, für diesen Zweck geeignet schien. Aber es mochte auf der anderen Seite der Burg größere Öffnungen geben.

Der kleine Reisezug, der aus den vier Insassen des Wagens und dem Kutscher Ludwig bestand, bog nun in ein kleines Dorf ein, das dem Anschein nach zur Burg gehörte. Gisela hatte erwartet, dass die Bevölkerung die Rückkehr ihres Herrn begrüßen würde, und wunderte sich über die abweisenden Blicke und die Frauen, die ihre Kinder beim Anblick des Wagens in die Hütten scheuchten, als hätten sie Angst, die Insassen besäßen den bösen Blick. Magister Gaudentius, der in Wirklichkeit einen weitaus weniger gelehrt klingenden Namen trug, schien bei seinen Bauern nicht sonderlich beliebt zu sein. Als Gisela zurückblickte, sah sie, wie die alten Frauen das Kreuz schlugen und einige jüngere das Zeichen gegen böse Geister machten.

Dieser Empfang war nicht geeignet, Giselas flatternde Nerven zu beruhigen, und auch auf dem restlichen Weg zur Burg wurde es nicht besser. Knechte, die ihnen begegneten, drückten sich lieber in den Wald, als ihren Burgherrn zu begrüßen, und als der Wagen den wuchtigen Torturm durchquerte, trafen sie zunächst nur auf

Wachen und Bedienstete mit versteinerten Gesichtern. Der Torwächter erstattete mit so knappen Worten Bericht, dass es eher wie eine Beleidigung klang. Er hatte aber auch nicht mehr zu sagen, als dass während der Abwesenheit des Herrn kein Besucher erschienen sei. Die Stallknechte kamen widerwillig heran, um die Pferde auszuschirren, und grüßten scheu, ohne Gaudentius oder Alban anzusehen. Dafür streiften sie Gisela mit so mitleidigen Blicken, dass diese noch Schlimmeres zu befürchten begann, als sie sich auf der Reise ohnehin ausgemalt hatte.

Alban stieg als Erster aus dem Wagen und half Gaudentius fürsorglich ins Freie. Gisela und Gundi aber blieben ängstlich sitzen. Als der alte Magister bemerkte, dass sie ihm nicht gefolgt waren, drehte er sich um und funkelte sie zornig an. »Wollt ihr jetzt endlich aussteigen, oder sollen euch die Knechte mitsamt dem Wagen in die Remise schieben?«

Das wäre Gisela zwar lieber gewesen, doch zwang sie ihre zitternden Knie zum Gehorsam, stieg unbeachtet von ihrem Ehemann aus und wäre wegen der Höhe des Schlages beinahe zu Boden gefallen. Ein Knecht fasste schnell genug zu, um sie vor dem Sturz zu bewahren, zog seine Hände aber dann so hastig zurück, als hätte er sich verbrannt.

»Ich frage mich, in was wir hier hineingeraten sind«, hörte Gisela Gundi wispern.

Das fragte sie sich mittlerweile auch. Jedenfalls entsprach die Wirklichkeit nicht im Geringsten den Vorstellungen, die sie sich früher von Heirat und Ehe gemacht hatte. Sie war erzogen worden, die fürsorgliche, liebevolle Ehefrau eines wohlhabenden Bürgers zu werden und ihn mit all ihren Kräften bei seinem Gewerbe zu unterstützen. Heimlich und verschämt hatte sie sich auch überlegt, wie es sein würde, wenn sie als Mann und Frau das Ehebett teilten. Trotz der Berichte ihrer Freundinnen hatte sie es als eine von Gott auferlegte Pflicht angesehen, dem Gatten ihren Körper zur Verfügung zu stellen, mochte es für sie auch noch so unangenehm sein. Doch es war alles anders gekommen. Sie stand auf dem Hof einer Ruine, deren Dach wohl jeden Augenblick über ihr zusammenbrechen konnte, und ...

In dem Augenblick fiel ihr auf, dass Burg Riebelsborn von Nahem betrachtet gut in Schuss und sogar gepflegt wirkte. Die Mauern waren fest gefügt, die Dächer sahen stabil und sorgfältig gedeckt aus, und der Hof schien gerade eben gekehrt worden zu sein, denn es lag nicht einmal ein Strohhalm herum. Gisela schüttelte verwirrt den Kopf und wunderte sich noch mehr, als Gundi sie verzweifelt anblickte.

»Bei Gott, ist das alles schmutzig hier! Der Gestank nimmt einem ja schier den Atem.«

Gisela schnupperte kurz und runzelte die Stirn. Sie roch nichts, was ihr den Atem verschlagen könnte, und die Umgebung war so sauber, wie fleißige Hände sie halten konnten. Auch die beiden jungen Knechte, die eben ihre Reisetruhe vom Wagen hoben, waren ordentlich gekleidet, obwohl Gundi sich über ihre schmutzige und zerrissene Kleidung erregte. Noch während Gisela über diese Diskrepanz nachsann, winkte Gaudentius ihr mit einer ärgerlichen Geste, ihm und Alban in den Palas, das Hauptgebäude der Burg, zu folgen.

»In diesen Schweinestall setze ich keinen Fuß!« Gundi blieb einen Augenblick mürrisch stehen, folgte dann aber ihrer Herrin, weil sie Angst bekam, in dieser abstoßenden Umgebung allein zurückbleiben zu müssen. Mit ein paar schnellen Schritten hatte sie zu Gisela aufgeschlossen und krallte sich mit beiden Händen an deren Kleid fest.

Alban sah es aus den Augenwinkeln und drehte sich ärgerlich zu der kleinen Magd um. »Du kannst mit dem Zittern aufhören, denn du wirst hier nicht gefressen. Zum einen wärst du mir viel zu mager, und zum anderen müsste ich eine neue Leibmagd für mein Weib besorgen.«

Er stößt das Wort Weib aus, als wäre es etwas Unanständiges, fuhr es Gisela durch den Kopf. Weshalb hatte dieser seltsame Mann sie eigentlich geheiratet? Nun überstieg die Neugier ihre Angst, und sie war gespannt auf das, was noch kommen würde.

Eine Treppe, die von zwei aus Stein gehauenen Löwen flankiert wurde, führte zum Eingang des Hauptgebäudes hoch. Gisela betrachtete die beiden wie in der Bewegung erstarrten Untiere mit heimlichem Schauern, erinnerten sie sie doch an ihren Gatten, der mehr einem Raubtier glich als einem Menschen. Sie schalt sich sofort wegen dieses Gedankens, der sich einer frommen Ehefrau nicht ziemte, und lenkte ihren Blick nach oben. Dort hatte sich die Eingangstür geöffnet, und eine groß gewachsene Frau trat heraus.

Die Dame mochte etwas jünger sein als Giselas Mutter, besaß aber im Gegensatz zu dieser ein herbes Gesicht mit einem kantigen Kinn, einer kräftigen Nase und zwei hellen Augen, die eine gewisse Ähnlichkeit mit denen des alten Magisters aufwiesen und spöttisch blitzten. Gekleidet war sie in ein unauffälliges braunes Gewand, wie es höhere Bedienstete zu tragen pflegten. Doch der Schnitt des Kleides verriet, dass sie keine Magd war, sondern eine Dame von Stand. Sie musterte die Ankömmlinge, verzog bei Giselas Anblick unwillig das Gesicht und nickte Gaudentius zu.

»Du bist also wieder zurück, Neffe. Dabei hegten wir schon die Hoffnung, dich nie wiedersehen zu müssen.« Es war die seltsamste Begrüßung, die Gisela je erlebt hatte, und sie wunderte sich noch mehr über die Tatsache, dass die Frau den Greis als Neffen bezeichnete. Dabei sah der Magister so aus, als wäre er bereits bei ihrer Geburt ein alter Mann gewesen.

Gaudentius starrte die Frau im braunen Kleid feindselig an. »Wie du siehst, sind wir wieder hier, meine Liebe. Also wirst du dich doch noch nicht als Herrin auf Riebelsborn bezeichnen können. Darf ich dir Albans Frau Gisela vorstellen?«

Eine Magd, die hinter seiner Tante aufgetaucht war, hauchte

»Armes Ding!«. Doch Gaudentius' Verwandte schenkte Gisela nur einen abschätzigen Blick, machte eine wegwerfende Geste und drehte sich zu der Dienerin um. »Die hat sich wohl vom Glanz des Goldes blenden lassen, mit dem Alban um sich werfen kann. Also spar dir dein Mitleid auf, bis du weißt, ob sie es verdient. Und nun rasch an die Arbeit! Richte die Kammern für den Herrn und seine Gäste her.«

Während die Magd im Innern des Palas verschwand, traten Gaudentius und Alban eher zögernd in die Vorhalle. Gisela und Gundi folgten ihnen eng aneinandergeklammert und sahen sich vorsichtig um. Der Raum wirkte kahl und unwohnlich, denn nirgends waren Möbel oder Wandteppiche zu sehen. Nur an der hinteren Wand lagen mehrere Strohmatten, auf denen drei große Hunde schliefen. Als Gaudentius auf sie zukam, wurden sie wach und eilten ihm winselnd und mit wedelnden Schwänzen entgegen.

»Na, meine Guten? Hat Anna euch auch ordentlich füttern lassen? Oder hat sie euch schlecht behandelt?«, fragte der Alte.

»Als wenn ich an armen Tieren auslassen würde, was ich von ihrem Herrn halte!«, warf seine Tante bissig ein.

Alban trat neben Gaudentius und streckte die Rechte nach den Hunden aus. Gisela erwartete, dass diese vor ihm zurückwichen, doch zu ihrer Überraschung drängten die Tiere sich an ihn und leckten ihm die Hand. Das erschien ihr so widersinnig, dass sie es zunächst nicht zu glauben vermochte. Unterwegs waren die Hunde nämlich mit eingeklemmten Schwänzen davongerannt, wenn sie nur die Witterung ihres Mannes in die Nase bekommen hatten.

Gaudentius tätschelte einer der Bracken den Kopf und wandte sich dann an Anna. »Sind die Arbeiten ausgeführt worden, die ich vor meiner Abreise angeordnet hatte?«

»Aber freilich. Dafür hatten die Knechte viel zu viel Angst, du könntest sie bei deiner Rückkehr in Fliegen oder Mäuse verwandeln«, kam es bissig zurück.

Der Alte warf Anna einen ärgerlichen Blick zu und zeigte dann auf Gisela. »Wenn das so ist, kannst du unseren Gast auf sein Zimmer bringen. Versorge die junge Frau gut. Uns ist viel an ihrem Wohlergehen gelegen.«

»Es ist eine Schande und eine Sünde dazu!« Anna brummte noch einige unverständliche Worte vor sich hin und wies Gisela mit einer unfreundlichen Geste an, ihr zu folgen. »Deine Kammer ist im nächsten Stock direkt neben der deines Ehemannes und der meines missratenen Neffen. Es führt nur diese eine Treppe hoch.« Sie ging voraus und machte dabei so lange Schritte, dass Gisela laufen musste, um ihr folgen zu können.

»Erlaube mir eine Frage«, keuchte sie. »Wieso nennst du Magister Gaudentius deinen Neffen? Er ist doch viel älter als du.«

»Das soll er dir selbst erzählen. Ich verbrenne mir nicht den Mund.« Anna blieb mitten auf der Treppe stehen und musterte Gisela mit einem scharfen Blick. »Wie es aussieht, hat man dir überhaupt nichts gesagt. Diese beiden Lumpen sollten sich schämen! Doch mich geht das alles nichts an.«

Die Schranken, hinter denen die Frau offensichtlich ihre Gefühle verbarg und die für einen Augenblick offen gewesen waren, klappten zu, und ihr Gesicht verwandelte sich wieder in eine undurchschaubare Maske. Sie stieg weiter, bis sie den höher gelegenen Flur erreichte, und zeigte auf mehrere Türen.

»Da liegt die Kammer meines Neffen, das hier ist die von Alban, und die Kammer dort hinten ist die deine.« Sie deutete auf eine eisenbeschlagene Tür mit zwei großen Riegeln, die eher dem Zugang zu einer Kerkerzelle glich.

Bei diesem Anblick fühlte Gisela sich noch beklommener, als es ohnehin seit Magister Albans Auftauchen der Fall war. Das Zimmer selbst aber überraschte sie. Zuerst fielen ihr die aufwendig gezimmerten Schränke auf, die an der rückwärtigen Wand standen und selbst der Garderobe einer anspruchsvollen Dame Platz boten. Solche Möbelstücke waren kostbar und selbst in hohen Adelshäusern nur selten zu finden. Dann wanderte ihr Blick in die Mitte des Raumes, die ein großer Tisch aus Kirschholz und vier wuchtige Stühle eingenommen hatten, deren Beine wunderbar gedrechselt waren und deren Holz wie frisch mit Bienenwachs poliert wirkte. Dabei waren die schönen Stücke so gearbeitet, dass sie das Gewicht ihres Ehemannes aushalten konnten. In der Nähe des Fensters befand sich ein allerliebster Schreibsekretär aus dunklem Holz mit einer hellen Einlegearbeit, die gemalten Bildern glich und die Symbole der vier Evangelisten Lukas, Matthäus, Markus und Johannes trug. Als sie eines der Fächer öffnete, entdeckte sie ein silbernes Tintenfass und ein dazu passendes Federetui; doch leider gab es keine Tinte und auch kein Papier.

»Dein Bett ist in der Kammer nebenan!« Anna schien nicht warten zu wollen, bis die junge Frau sich alles angesehen hatte, denn sie zupfte sie am Ärmel und deutete auf eine unauffällige Tür, die in den Nebenraum führte. Gisela nickte gehorsam und trat ein. Der Anblick des wuchtigen Bettes, das die Kammer beinahe ausfüllte, bereitete ihr Unbehagen. Es war groß genug, um eine Familie aufzunehmen, und wirkte so stabil, dass es auch das Gewicht ihres Ehemannes würde tragen können. Die Zudecke war mit Daunen gefüllt, und die Matratze bestand aus dicken Lagen Rosshaar, wie es sich eigentlich nur für eine Fürstin oder Königin schickte. Auch wenn Gisela von der Vorstellung gefangen genommen wurde, in diesem schönen Bett von ihrem massigen Ehemann erdrückt zu werden, war sie doch froh, nicht auf einem Strohsack schlafen zu müssen, wie sie es beim ersten Anblick der Burg befürchtet hatte.

Außer dem großen Bett gab es noch eine kleinere Lagerstatt, die wohl für ihre Leibmagd bestimmt war, sowie ein paar Truhen an der Wand, die Anna nun öffnete, um Gisela deren Inhalt zu präsentieren. Sie waren bis an den Rand mit Leintüchern bester Qualität, Decken und allerlei Wäschestücken gefüllt, wie sie in einem ehelichen Haushalt vonnöten waren.

»Früher haben wir nicht so gut gelebt«, gab Anna freimütig zu. »Doch Alban hat eine ungewöhnlich glückliche Hand für Handelsgeschäfte, auch wenn er sie wegen seines Aussehens nur über vertrauenswürdige Kommis und Partner abwickeln kann. Seit er Schüler meines Neffen geworden ist, wandern viele seiner Gulden in unseren Geldkasten. Gewiss hast du bereits bemerkt, dass du keinen armen Mann geheiratet hast.«

Gisela nickte unwillkürlich, denn zuhause hatte sie mitbekommen, wie großzügig ihr Vater für seine Bereitschaft belohnt worden war, sie Alban als Braut zu überlassen. Das Geld hatte sogar die Augen ihrer Mutter geblendet. Obwohl Gisela die Angst vor der Armut und den Sturz in die gesellschaftliche Bedeutungslosigkeit mit ihr geteilt hatte, erbitterte es sie, dass man sie geopfert hatte, während ihr Bruder, der ein gerüttelt Maß Schuld an dieser Entwicklung trug, nun sorglos leben und wohl weiterhin das Geld mit beiden Händen zum Fenster hinauswerfen durfte. Einen Augenblick lang durchzuckte sie die Frage, ob Hans wohl auch die vielen Tausend Gulden durchbringen würde oder ob der Vater ihm endlich Zügel anlegen konnte.

Anna hatte gehofft, mit Gisela plaudern und sie dabei aushorchen zu können. Doch die junge Frau reagierte auf keinen ihrer Versuche, ein Gespräch zu beginnen, und daher wurde sie der Sache allmählich leid. »Du und deine Magd werdet jetzt wohl allein fertig. Ich habe nämlich einen Haufen Pflichten zu erledigen.« Mit diesen Worten verließ sie Giselas Räume ohne Abschiedsgruß.

Gisela kehrte in den Wohntrakt ihrer Kemenate zurück und entdeckte dort einen Kachelofen, der jetzt im Sommer nicht geheizt wurde, aber für den Winter behagliche Wärme versprach. Unterdessen brachten mehrere Knechte ihre Reisetruhe herein und stellten sie wortlos ab. Den Rest ihrer Mitgift würde er später holen lassen, hatte Alban ihr bei ihrer Abreise erklärt. Nach dem eigenartigen Empfang hier war Gisela nicht sicher, ob es dazu kommen würde.

»Jetzt sei keine Närrin, die in ihrem eigenen Elend ertrinkt!«, rief sie sich zur Ordnung und erschreckte Gundi, die die heftigen Worte auf sich bezog.

Die Magd zupfte ihre Herrin am Kleid und zeigte mit zitternden Fingern zur Tür. »Seht Ihr? Man hat die Riegel entfernt, sodass Ihr die Kammer nicht zusperren könnt!«

Gisela blickte hin und sah, dass das Holz der Tür an zwei Stellen heller war und Löcher an jenen Stellen aufwies, an denen die Krampen der Riegel befestigt gewesen waren. Es gab damit keine Möglichkeit für sie, unliebsame Besucher fernzuhalten. Also gönnte man ihr nicht einmal einen Rest an Privatleben, und sie musste stets auf der Hut sein, weil jeder unaufgefordert hereinplatzen konnte.

Gundi seufzte, als bemitleide sie ihre Herrin. »Bestimmt fürchtet Euer Ehemann, Ihr würdet Eure Tür vor ihm versperren.«

Dies kann sehr wohl der Grund sein, dachte Gisela. Aber etwas gab ihr das Gefühl, es müsse noch mehr dahinterstecken.

3.

Zur selben Zeit befanden sich Gaudentius und Alban zwei Stockwerke höher in einem Zimmer, das in einem turmähnlichen Anbau lag und ebenfalls allein über die einzige Treppe des Palas erreicht werden konnte. Der Raum war recht groß, wirkte aber ungemütlich, da er mit wirr durcheinander stehenden Möbeln, einer Unzahl Schriftrollen und Folianten, Destillierkolben aus Kupfer, hölzernen Kästchen, gut verschlossenen Flaschen und anderen Behältern vollgestopft war.

Alban hob einen Stapel Bücher von einem Stuhl, legte sie achtlos auf den Boden und setzte sich mit leisem Stöhnen. Dabei fletschte er seine Zähne, die ebenso wie die roten, katzengleich aufleuchtenden Augen selbst dem mutigsten Mann das Herz erstarren ließen. Gaudentius hielt respektvollen Abstand zu seinem Schüler, auch wenn er wusste, dass Alban trotz seiner monströsen Gestalt ein friedliches Wesen besaß. Doch sein Freund vermochte nicht immer die Kraft einzuschätzen, die seine gewaltigen Muskeln entwickelten, und daher konnten auch harmlose Gesten einem normalen Menschen gefährlich werden. Wegen Albans ungeheurer Kraft konnten Gaudentius und sein Schüler auf ihren Reisen auf bewaffneten Begleitschutz verzichten, denn der Anblick des raubtierhaften Hünen hatte zumeist ausgereicht, um Wegelagerer in die Flucht zu schlagen. Nur einmal war es bislang ernst geworden; doch selbst die zehn gut bewaffneten Männer, die ein räuberischer Burgherr ausgeschickt hatte, um wohlhabende Reisende gefangen zu nehmen, waren Albans Kräften nicht gewachsen gewesen.

»Wie denkst du dir unser weiteres Vorgehen?« Albans Frage hallte wie ein Peitschenknall durch den Raum.

Da der Hüne mit seinen langen Beinen den Lehnstuhl des alten Magiers blockierte und keine andere Sitzgelegenheit vorhanden war, setzte Gaudentius sich auf einen Stapel großer, in Schweinsleder gebundener Folianten und blickte sinnend in den Raum. »Darüber haben wir doch schon so oft gesprochen: Wir werden Gisela erklären, was wir von ihr erwarten, und sie dann gemeinsam ausbilden. Sie besitzt viel Kraft und wird lernen, den Fluch zu lösen, mit dem Cajetan uns geschlagen hat.«

»Ich glaube kaum, dass sie dazu bereit ist! Wahrscheinlich wird sie alles, was wir tun, für Teufelswerk halten, vor dem sie ihre Seele bewahren muss.« Albans Einwand war berechtigt, denn die beiden Männer hatten Gisela als fromme Christin erlebt, die nie einen Bissen aß, ohne Gott dafür zu danken, und die in ihren Gebeten mehr als ein Dutzend Heilige um Hilfe und Schutz anrief.

Gaudentius hatte über dieses Problem bereits nachgedacht, ohne zu einem Ergebnis gelangt zu sein. Nun fuhr er ärgerlich auf. »Wenn es darauf ankommt, werden wir ihr drohen, dass du jede Nacht in ihre Kammer kommst und auf widerlichste Art deine Lust an ihr stillst.«

Es war mehr eine aus Wut geborene Idee als ein wirklicher Plan, und erst Albans zorniges Grollen machte den Alten darauf aufmerksam, dass er laut gedacht hatte. Schnell versuchte er, seinen Schüler zu beschwichtigen. »Es tut mir leid! Ich wollte dich nicht kränken, mein Freund. Aber ich will endlich wieder ich selbst sein, und Gisela ist der einzige Weg, der dorthin führt. In dieser Beziehung geht es dir doch genauso wie mir! Oder etwa nicht? Was würde dein Vater sagen, wenn statt des schmucken Sohnes, der ihn vor drei Jahren verließ, ein solch ungeschlachter Riese mit Raubtierzähnen vor ihm erschiene?«

Alban senkte betreten den Kopf, was Gaudentius mit einem Seufzer der Erleichterung und einem freundlichen Lächeln quittierte. »Dem Mädchen soll es doch nicht zum Schaden gereichen! Du bist reich genug, um es gut belohnen zu können. Sobald wir beide wieder frei sind, kann Gisela ihr Geld nehmen, und wir werden ihr helfen, sich eine neue Heimstatt zu schaffen.«

»Ich habe sie vor Gottes Angesicht zu meinem Weib genommen«, antwortete Alban düster.

»Ja, aber in einer Gestalt, die dann wie vom Erdboden verschwunden sein wird! Gisela wird als Witwe gelten und kann sich nach angemessener Zeit einen ihr genehmen Ehemann nehmen.«

Gaudentius glaubte, seinem jungen Freund die Gewissensbisse ausreden zu können, doch Alban regte sich nur noch mehr auf. »Gott wird dies für Erbsenzählerei halten! Auch wenn ich wieder meine frühere Gestalt zurückerhalte, bleibe ich der Mann, der Gisela ebenso die Treue gelobt hat wie sie ihm.«

»Dann behalte sie eben als Ehefrau, wenn dir so viel an Gottes

Gesetzen liegt!« Gaudentius ärgerte sich über den Kleinmut seines Freundes. Bei ihrer ersten Hexe, einer unbedeutenden Magd, und auch bei ihrer zweiten Suche nach einem geeigneten Menschen, die sie vor einigen Monaten angetreten hatten, war Alban noch Feuer und Flamme für die Idee gewesen, jemanden auszubilden, der sie von dem Fluch befreien konnte. Jetzt aber glich er mehr einem verzagten Kind als einem erwachsenen Mann.

»Ich habe mich gegen Gott versündigt!«, erklärte Alban mit Grabesstimme, ohne auf die letzte Bemerkung seines Freundes einzugehen.

»Wer sagt das? Gott selbst oder die Pfaffen, die keine Ahnung haben, wie die Welt wirklich ist?« Gaudentius' Stimme wurde schneidend. Dann stieg ein anderer Gedanke in ihm auf. Rasch zog er ein paar Tabellen unter einem Bücherstapel hervor, blätterte darin und lachte dann erleichtert auf.

»So ist das also! Der Vollmond nähert sich mit Riesenschritten – und das auch noch während einer astrologischen Konstellation, die dich besonders empfänglich für Stimmungen macht. Kein Wunder, dass dich so seltsame Anwandlungen überkommen! Ich glaube, es ist das Beste, wenn du dich diese und vor allem die nächste Nacht von deinem Weib fernhältst. Du könntest sie sonst womöglich erschrecken. Suche dir eine Kammer in einem der Türme und bleibe dort, bis du alles überstanden hast. Ich werde in der Zwischenzeit mit Gisela sprechen und sie davon überzeugen, dass es besser für sie ist, uns zu gehorchen.«

»Ich will dabei sein!«, antwortete Alban störrisch.

Gaudentius begriff, dass er ihn nicht würde umstimmen können, und gab seufzend nach. »Also gut. Dann aber sollten wir sofort mit ihr reden, bevor dich deine Vollmondgefühle vollends übermannen. Das Reden aber überlass mir, verstanden?«

Alban stieß einen grollenden Laut aus, nickte jedoch. Der Alte erhob sich und wollte die Kammer verlassen, verharrte dann aber mitten in der Bewegung und sah seinen Freund mit verkniffenem Gesichtsausdruck an. »Es ist besser, wenn du das Mädchen holst. Mir graut vor den Stufen, die ich hinab- und dann wieder hochsteigen müsste.«

Sofort erhob Alban sich und verließ wortlos das Studierzimmer. Auf dem Weg zu Giselas Gemächern versuchte er, seiner aufschäumenden Gedanken Herr zu werden. Gaudentius hat recht, beschwor er sich. Wir brauchen die Kraft des Mädchens! Wenn es Erfolg hat, ist der Eheschwur hinfällig, da er unter falschen Voraussetzungen geleistet wurde. Außerdem ist Gisela zwar hübsch, aber gewiss nicht das, was ich mir für mein Ehebett vorstelle.

Er stieß einen Fluch aus, der von den Wänden der Treppe widerhallte, und bog dann in den Korridor ein, der zu seinen und Giselas Wohnräumen führte. Angesichts der schweren Riegel, die außen an der Tür abgebracht waren, empfand er Mitleid mit dem jungen Geschöpf, das sich in dieser Umgebung wie eine Gefangene vorkommen musste, schob die wieder aufkeimenden Schuldgefühle aber schnell von sich. Für einen Augenblick blieb er stehen und holte tief Luft; dann trat er ohne anzuklopfen in die Räume seiner Frau.

4.

Als Alban so unvermittelt auf der Schwelle erschien, gelang es Gisela nicht, ihr Erschrecken zu verbergen. Noch mehr jedoch als sein plötzliches Erscheinen, versetzte sein grimmiger Gesichtsausdruck sie in Angst. Er wirkte, als hätte Alban nicht seine Ehefrau, sondern seine größte Feindin vor sich.

»Du sollst mitkommen!«, sagte er, bevor sie ein Wort herausbrachte.

»Wohin?« Noch während sie fragte, schalt Gisela sich deswegen.

Er war ihr Mann und konnte ihr befehlen, dorthin zu gehen, wohin er wollte, und war ihr keine Rechenschaft schuldig.

Beschämt senkte sie den Kopf und raffte ihr Schultertuch an sich. »Ich bin bereit, mein Herr!«

Alban entblößte die Zähne zu einer Furcht erregenden Grimasse und wies mit dem Kinn zur Tür. »Es geht nach oben!«, sagte er schnell, als sie ängstlich an ihm vorbeilief. Denn er wollte verhindern, dass sie vorne an der Treppe die falsche Richtung einschlug.

Gisela wandte sich gehorsam den nach oben führenden Stufen zu; aber im gleichen Augenblick kam es ihr vor, als geriete sie in einen kalten, klebrigen Nebel, der sich wie zäher Schleim um sie legte. Es kostete sie viel Kraft, einen Fuß vor den anderen zu setzen, und nach ein paar Stufen blieb sie stehen und drehte sich um.

Alban ärgerte sich so über ihr Zögern, dass er nicht nach dem Grund fragte, sondern sie packte, über die Schulter warf und kurzerhand nach oben trug. In Gaudentius' Magierzimmer setzte er seine wie zu einer Salzsäule erstarrte Frau ab. »Hier ist sie!«

Sein Mentor wunderte sich ein wenig über die raue Art, mit der sein Schüler Gisela behandelt hatte, doch es war ihm im Augenblick nicht wichtig, die schwankenden Stimmungen seines Freundes zu ergründen. Er stand auf, trat auf die junge Frau zu und befahl ihr, sich auf den Stuhl zu setzen, den Alban frei geräumt hatte.

Gisela bewegte sich, als sei sie in einem Albtraum gefangen. Als sie endlich saß, stieß Gaudentius seinen Zeigefinger wie eine Speerspitze in ihre Richtung. »Du bist vor Gott und der Welt den Bund mit meinem Freund eingegangen und hast geschworen, ihm beizustehen – in guten und in schlechten Zeiten! Nun, wir befinden uns in *sehr* schlechten Zeiten, und dein Ehemann hat deinen Beistand wahrlich nötiger als alles andere. Bist du bereit, deinen Schwur zu halten?«

Gisela nickte, denn bislang hatte er noch nichts von ihr gefordert, das den Lehren der Heiligen Kirche widersprach; Alban aber hätte seinen Meister am liebsten erwürgt. Indem Gaudentius seine Frau mit ihrem Eheschwur erpresste, goss er diesen in Erz. Damit waren ab diesem Augenblick nur noch Gott im Himmel oder dessen Stellvertreter, Papst Leo X. im fernen Rom, berechtigt, ihre Ehe aufzulösen oder zu annullieren.

»Du bist also dazu bereit, mein Kind!« Gaudentius' Stimme nahm einen salbungsvollen Ton an. »Dann höre mir jetzt genau zu ...«

Er berichtete in einem kurzen Abriss von dem Fluch, mit dem der Erzmagier Cajetan ihn und Alban geschlagen hatte, und kam dann auf das zu sprechen, was ihm am meisten am Herzen lag. »Dieser Zauber kann nur durch einen anderen großen Magier gebrochen werden! Aber wir kennen niemanden, dem wir vertrauen können und der mächtig genug wäre, uns zu erlösen. Es muss nämlich eine Person mit starken magischen Fähigkeiten sein, die entsprechend ausgebildet ist. Du besitzt zumindest jene geheimen Kräfte, die wir benötigen, und deine Ausbildung ist das kleinere Problem. Es ist ein gottgefälliges Werk, zu dem du befähigt und berufen bist: Du sollst deinen Ehemann und mich erlösen!«

Gisela hatte ihm mit wachsendem Entsetzen zugehört und musste ein paar Mal schlucken. Verlangte der alte Mann wirklich von ihr, sich mit Zauberdingen zu befassen, mit Hexenwerk, das von der Heiligen Kirche verflucht worden war und das jeden, der es betrieb, von der ewigen Seligkeit ausschloss?

Gaudentius' nächste Worte fegten den letzten Zweifel beiseite. »Ich werde dich ausbilden, bis du deine Aufgabe erfüllen kannst!«

Er erhielt keine Antwort, denn Giselas Kehle war wie zugeschnürt. Ihr verzweifelter Gesichtsausdruck sagte jedoch mehr als tausend Worte. Alban ließ ein leises Grollen hören, doch Gaudentius ignorierte ihn, denn er war gewohnt, dass sein Freund sich um den Vollmond herum ein wenig eigenartig benahm. War die Zeit vorbei, würde er wieder fest zu ihren gemeinsamen Plänen stehen.

Während der alte Magier seinem Schüler einen warnenden Blick zuwarf, löste sich Gisela aus ihrer Erstarrung und fand ihre Sprache wieder. Nun stellte sie die Frage, die ihr am meisten am Herzen lag. »Weshalb habt ihr mich ausgesucht?«

»Du bist einer der wenigen Menschen mit den inneren Kräften, die zu unserer Erlösung nötig sind. Natürlich hätten Alban und ich lieber einen jungen Mann genommen. Aber die Ausbildung eines Adepten benötigt viel Zeit, und bis ein Mann seine Magie in dem Maße beherrscht, die er für die Aufhebung des Fluches benötigt, ist es für mich zu spät. Die Zauberkraft eines Weibes lässt sich weitaus leichter und schneller freisetzen, auch wenn ihm der Verstand fehlt, um das, was aus seinem Inneren aufquillt, zu beherrschen und richtig einzusetzen. Doch mit unserer Hilfe und unter unserer Anleitung wirst du das Werk vollbringen.«

Gisela fühlte trotz ihrer Beklemmung eine heiße Wut in sich aufsteigen. »Wenn ich als Weib zu dumm bin, um zu lernen, was ich benötige, dann sucht Euch besser einen Mann!«

Gaudentius hob die Nase und runzelte die Stirn. »Ich sagte doch schon, dass es für meine Zwecke zu lange dauert, einen Mann weit genug auszubilden! Mein Körper ist durch den Fluch stark gealtert, und meine Lebensjahre verrinnen schneller als bei jedem anderen Menschen. Nur die instinktive Kraft einer Frau kann rasch genug geformt werden, um mir noch zu helfen.«

Gisela wehrte mit beiden Händen ab. »Dann nehmt eine andere Frau, und bringt nicht mich um mein Seelenheil! Irgendein armes Geschöpf, dem Euer Gold wichtiger ist als ihre Seligkeit, werdet Ihr schon finden!«

Ihre Ablehnung ließ Alban zusammenzucken, und er stieß ein wütendes Grollen aus. »Das haben wir bereits versucht. Eine junge

Magd namens Kezia besaß die Gabe, und sie zeigte sich gewillt, uns gegen Geld zu helfen.«

»Aber sie war nur eine schmutzige Diebin! Das kleine Miststück hat sich nach dem ersten Teil der Ausbildung einige Gulden gekrallt und sich spurlos aus dem Staub gemacht.« Gaudentius ballte beide Fäuste vor der Brust und stieß einen fremdländisch klingenden Fluch aus. Dann sah er Gisela an, als wolle er sie mit seinem Blick unterwerfen. »Du wirst verstehen, dass wir bei dir kein solches Risiko eingehen wollen.«

Gisela setzte eine kriegerische Miene auf. »Das heißt also, Ihr werdet mich einsperren und mit Hunger, Schlägen oder Ähnlichem zwingen, euer Hexenwerk zu lernen!«.

»Niemand wird dich einsperren oder schlagen«, knurrte Alban.

Gaudentius winkte ihm, still zu sein, und baute sich dann vor Gisela auf. »Wenn es sein muss, sperren wir dich ein – und ein wenig Hunger ist gut für die Konzentration! Doch es ist kein Teufelswerk, das du lernen wirst, sondern ein Teil der Geheimnisse der Alchemie und der ehrbaren Zauberkunst, die mit Hexen und ihrem Tun nicht das Geringste gemein haben. Hexerei ist ein durch weibliche Launen, Begierden und Gefühle beherrschtes Wirken und dadurch schädlich für Mensch und Tier. Unser männliches Streben nach Erkenntnis und Wissen aber ist bei den erhabenen Herren des Reiches und der Kirche hoch angesehen und wird sogar gefördert.«

»Und ausgerechnet in diese hohe Kunst wollt ihr mich, ein von seinen Begierden getriebenes Weib, einführen?« Giselas innere Erregung brach sich im Spott ihre Bahn.

Gaudentius setzte eine Miene selbstgerechter Überheblichkeit auf. »Du wirst lernen, was du brauchst, und ich will dafür sorgen, dass es ausreicht, um deine Triebe zu beherrschen. Daher wirst du nicht zu einem jener Weiber werden, die sich in der Freinacht den Besen zwischen die Beine klemmen und allerlei Unfug treiben.«

Allein die Art, wie er zu ihr sprach, war eine Beleidigung, und alles in Gisela schrie, ihm ins Gesicht zu schleudern, dass sie sich nicht für seine Pläne hergeben würde. In ihren Augen war aller Zauber gleichermaßen schlecht – ob nun eine Hexe eine Alraune ausgrub und sie besprach oder ein Magier nach dem Stein der Weisen strebte. Beides kostete das Himmelreich, und das wollte sie nicht riskieren. Andererseits hatte sie jedoch geschworen, ihrem Mann treu zu dienen und ihm in jeder Lebenslage beizustehen. Wenn sie diesen Schwur brach, würde ihr die Himmelspforte ebenfalls verschlossen bleiben. Wie sie es auch drehte und wendete, mit der Entscheidung, sie mit Alban zu vermählen, hatte ihr Vater sie der ewigen Verdammnis übereignet.

Giselas Blick streifte durch das unaufgeräumt und staubig wirkende Zimmer, ohne wirklich etwas wahrzunehmen. Plötzlich zuckte sie zusammen, denn aus einem Winkel quoll ihr eine widerwärtige Schwärze entgegen, die aus einem unauffälligen kleinen Gegenstand kam und mit tentakelartigen Fängen nach ihr zu greifen schien. Die Wolke fühlte sich so kalt an wie der Tod und gleichzeitig so heiß wie das Höllenfeuer. Was auch immer es war – es schien sie in seinen Bann schlagen und seinem Willen unterwerfen zu wollen. Mit letzter Kraft riss sie sich von dem Anblick los und drehte sich so auf ihrem Stuhl, dass sie in eine andere Ecke des Raumes blicken musste. Während sich ihr rasendes Herz wieder beruhigte, entdeckte sie dort ein sanftes, schmeichelndes Licht, das durch eine Decke hindurchschimmerte, die achtlos über mehrere Gegenstände geworfen worden war.

»Was liegt dort?«, fragte sie Gaudentius.

»Wo?« Der Magier wendete seinen Blick in die Richtung, in die Giselas Zeigefinger wies, und verzog dann spöttisch den Mund. Frauen sind doch alle gleich, dachte er. Das, was vor ihren Augen steht, interessiert sie nicht, aber sie sind neugierig auf alles, was geheimnisvoll oder auch nur versteckt zu sein scheint. »Ach, das sind nur ein oder zwei alte Bücher und ein paar Reliquien, die ich von einer Reise mitgebracht habe. Ich habe geglaubt, das Zeug würde mir helfen, den Fluch zu lösen, aber natürlich hat es nichts genützt. Um Cajetans Zauber zu brechen, braucht man ganz andere Waffen.«

Um Giselas Neugier zu befriedigen, zog er die Decke zurück. Die junge Frau sah zwei in rissiges Leder gebundene Bücher, ein kleines, mit religiösen Symbolen bemaltes Kästchen sowie ein silbernes Kruzifix mit einer Reliquienkapsel am Fuß. Genau von dieser ging das helle Licht aus.

Gisela widerstand nur mit Mühe dem Wunsch, aufzustehen, hinüberzugehen und das Kreuz zu berühren. Gaudentius deckte es wieder zu, als würde es sich nur um einen wertlosen Gegenstand handeln, humpelte zu dem Bücherstapel zurück, auf dem er gesessen hatte, und nahm wieder Platz.

»Jetzt weißt du alles, was du zu wissen benötigst. Morgen wird dein Unterricht beginnen. Also halte dich bereit.« Er gab Alban einen Wink, Gisela wieder hinauszubringen, und nahm einen der Folianten zur Hand, in denen jene Dinge verzeichnet waren, die er die junge Frau als Erstes lehren wollte.

Gisela überlegte kurz, ob sie nach der Quelle jener schmerzhaften Schwärze fragen sollte, schauderte dann jedoch davor zurück und stand auf. »Ich finde allein den Weg nach unten!«, rief sie Alban zu, der Anstalten machte, sie wieder zu packen. Bevor er darauf reagieren konnte, schlüpfte sie hinaus und schlug ihm die Tür vor der Nase zu.

5.

Cajetan löste seinen Blick von dem Bild, das ihm der Wasserspiegel in der Alabasterschale zeigte, und kräuselte belustigt die Lippen. »Fast könnte man den guten Gaudentius für die Ausdauer bewundern, mit der er an seinem Plan festhält! Meinst du das nicht auch, Fulvian?«

Er schien keine Antwort zu erwarten, denn er setzte seine Rede fast unmittelbar fort. »Gaudentius glaubt tatsächlich, die Magd, die er als Hexe ausbilden wollte, hätte ihn und Alban von sich aus im Stich gelassen. Dabei war es meine Hand, die sie ihm entzogen hat. Jetzt sitzt sie unten im Kerker, wo sie bleiben wird, bis ich sie für mich opfere. Eigentlich müsste ich diesem Dummkopf direkt dankbar sein, dass er so viele Menschen mit der Gabe für mich aufstöbert.«

Fulvian wiegte den Kopf, während er sich gedankenverloren kratzte. »Ich habe kein gutes Gefühl bei der Sache, Herr. An dieser Gisela ist mehr dran, als wir zu erkennen vermögen. Wir sollten sie rasch ausschalten, und Alban und Gaudentius dazu.«

»Aber warum denn? Dann hätten wir drei Gefangene mehr im Kerker, um die wir uns kümmern müssen – und eine Menge weniger Spaß. Soll Gaudentius doch einen Zipfel Hoffnung zu fassen bekommen! Umso stärker wird er nach anderen Begabten suchen, wenn auch das zweite Weib verschwindet, das er für seine Pläne einspannen will. Aber eines sage ich dir, mein kleiner, weibstoller Knecht: Wenn diese Gisela erst einmal in unserer Hand ist, will ich sie als Erster haben! Hast du mich verstanden?«

Fulvian nickte eilfertig und stellte sich dabei vor, wie sein Herr sich bemühte, die junge Frau für sich zu gewinnen. Er würde sie bedrohen oder gar Gewalt anwenden müssen, um an sein Ziel zu gelangen. Vielleicht würde er einen Zauber über sie werfen, der sie willenlos machte. Für einen Augenblick beneidete der Homunkulus den Magier um die Vielzahl der Möglichkeiten, die dieser besaß. Dann aber richtete er seine Gedanken auf ein anderes Problem.

»Wir sollten die beiden Hexen unten im Kerker trennen, Herr, und vielleicht doch einen Fluch über diese Hetta legen. Sie ist starrsinnig und widerspenstig wie kaum eine vor ihr und gibt

Kezia damit ein schlechtes Beispiel. Die würde mir – und natürlich auch Euch – in jeder Hinsicht gerne zu Diensten sein, um dem Loch zu entrinnen, in das wir sie gesperrt haben.«

Cajetan lachte in spöttischer Zufriedenheit auf. »Du bist wohl auch nicht mehr das, was du einmal warst, Kleiner? In früheren Zeiten hat es dich nur wenig Mühe gekostet, eine unserer Gefangenen davon zu überzeugen, dass die Betten in meinen Gemächern weicher sind als ein Strohhaufen auf dem Kerkerboden, und dann hast du sie zu bereitwilligen Mägden gemacht. Wenn ich nur an die Tochter jenes Rugierhäuptlings denke, die Attila mir als Dank für seine siegreiche Auseinandersetzung mit seinem Bruder Bleda zum Geschenk gemacht hat – oder an die hochedle Frau Äbtissin, die zunächst so hochnäsig tat und uns zuletzt angefleht hat, von uns beiden gemeinsam genommen zu werden!«

Der Magier schwelgte für einen Augenblick in Erinnerungen, kehrte aber schnell wieder in die Gegenwart zurück. »Du wirst deine Anstrengungen verstärken müssen, um Hetta und Kezia für uns zu gewinnen! Ich will nicht nur, dass sie mir zu einem längeren Leben verhelfen, sondern mir auch einen Teil dieser Zeit von ihnen versüßen lassen.«

Cajetan gab seinem Diener einen Stoß in Richtung Tür und wandte sich wieder seinem Zauberspiegel zu. Er sah jedoch nur noch die Seiten des Buches, in denen Gaudentius blätterte, und selbst das schlug sein ihm entkommenes Opfer nach einer Weile zu.

Fulvian hatte unterdessen die Gemächer des Magiers verlassen und schlurfte nach unten. Er wusste, dass sein Gang auch diesmal vergebens sein würde, und ärgerte sich über den Magier, der seinen Ratschlägen immer weniger Gehör schenkte. In seinen Augen war es ein Fehler, Gaudentius zu erlauben, mit Giselas Ausbildung zu beginnen. Das Mädchen besaß eine innere Kraft, die er von hier aus nicht ergründen konnte, und das machte sie gefährlich.

Es dauerte nicht lange, bis der Homunkulus sich mit näherliegenden Zielen beschäftigte, und obwohl es Hettas und Kezias Kerkertür war, die er jetzt öffnete, galten seine Gedanken nicht ihnen. Zwar bedachte er die beiden widerspenstigen Frauen gleichermaßen mit Lockungen und Drohungen und setzte sich prahlerisch in Positur. Doch innerlich war er bereits bei Mine und Lina, die ihn gleich mit offenen Armen empfangen würden. Daher blieb er auch nicht lange bei den beiden gefangenen Hexen, die ihn mit Flüchen belegten, welche aus Hettas umfangreichem Wortschatz stammten und die das Weib gewiss nicht von seinem Beichtvater gelernt hatte. Nach ein paar drohenden, aber schwächlich klingenden Bemerkungen schlich er auf Umwegen in die Küche und schmeichelte den Mägden, die sich bereitwillig zurechtlegten. Während diese abwechselnd mit ihm zugange waren, wartete Cajetan vergebens auf sein Mittagessen. Als er in seinen Zauberspiegel blickte und das Treiben in der Küche erblickte, ärgerte er sich über seinen Diener beinahe noch mehr als über den zähen Widerstand, den ihm sein einstiger Schüler Gaudentius entgegensetzte.

6.

Nach all dem Bedrückenden, das sie von dem alten Magister und ihrem monströsen Ehemann erfahren hatte, sehnte Gisela sich nach frischer Luft und dem offenen Himmel über sich. Sie kehrte daher nicht in ihre Kammer zurück, sondern eilte weiter die Treppe hinab, durchquerte den Rittersaal mit seiner riesigen Tafel und dem reichen Waffenschmuck an den Wänden, die von glorreicheren Zeiten des Geschlechts derer von Riebelsborn kündeten, und erreichte schließlich die Vorhalle. Das Eingangstor war jedoch geschlossen, und der Wächter erklärte ihr mit einer bedauernden Geste, dass er sie ohne Begleitung des Herrn Gaudentius oder des Herrn Alban nicht ins Freie lassen dürfte.

»Nichts für ungut, aber die beiden würden mich in einen Frosch oder eine Ratte verwandeln, wenn ich ihnen nicht gehorchte«, setzte er mit einem ängstlichen Blick nach oben hinzu.

Gisela begriff, dass der Mann sie eher mit Gewalt daran hindern würde, den Hauptbau der Burg zu verlassen, als sich dem Zorn seines Herrn auszusetzen, und wandte sich mit hängenden Schultern ab. Dabei blieb ihr Blick auf den Strohmatten der Hunde haften. Die drei Bracken, die sie vorhin gesehen hatte, drängten sich nun verängstigt in einer Ecke zusammen, während in der Mitte ein Tier lag, das Gisela im ersten Augenblick für einen Bären hielt, so groß und zottig wirkte es. Aber als das Wesen aufschaute und gähnend den Rachen aufriss, erkannte sie, dass es lediglich ein ungewöhnlich großer Hund war, der sie an die Bestien erinnerte, die in den Kindermärchen Schätze bewachten.

Zu Giselas nicht geringem Schrecken stand das Tier bei ihrem Anblick auf, streckte sich ein paar Mal und kam dann auf sie zu. Es war wirklich ein enorm großer Hund und alles andere als schön. Ein struppiges, graubraun gestromtes Fell bedeckte den gesamten Körper und den Kopf, der so aussah, als habe man ihn aus einem Holzklotz gehackt. Gisela blickte auf eine leicht eingedrückt wirkende Schnauze, die ihr große, scharf aussehende Zähne präsentierte, als das Tier die langen Lefzen zurückzog. Die braunen Augen blickten die neue Hausbewohnerin so abschätzend an, als überlegte der Hund, ob sie als Mahlzeit geeignet sei. Daher wich Gisela mit klopfendem Herzen zurück, bis sie die kalten Steine der Wand im Rücken spürte.

Der Hund folgte ihr, stellte sich, als Gisela nicht mehr ausweichen konnte, auf die Hinterbeine und legte ihr die Vorderläufe auf die Schultern. Die junge Frau spürte das nicht unbeträchtliche Gewicht, das auf ihr lastete, und blickte innerlich zitternd zu der Schnauze auf, die ein ganzes Stück über ihrem Kopf schwebte. Dass dies ein Fehler war, merkte sie, als ihr im selben Moment der

Hundekopf entgegenkam und ihr eine lange, raue Zunge quer durch das Gesicht fuhr.

Gisela schüttelte sich und schrie dann den Türwächter an. »Tu doch endlich was! Oder willst du warten, bis dieses Untier mich gefressen hat?«

Der Mann hob abwehrend die Hände und trat einen Schritt zurück. »Komm, Dagga! Sei brav und leg dich wieder hin. Du bekommst auch einen ganz großen Knochen dafür!« Seine Stimme klang wie die eines kleinen Kindes, das dem Hofhund sein Butterbrot verspricht, um nicht gebissen zu werden. Hilfe war von ihm nicht zu erwarten, das war Gisela nun klar. Zum Glück fiel ihr ein, was die Jungen aus ihrer Gasse ihr als Kind immer eingetrichtert hatten: Du darfst einem Hund niemals zeigen, dass du Angst vor ihm hast – egal, wie groß er ist! Kurz entschlossen packte sie die Vorderläufe des Tieres und wuchtete sie von ihren Schultern.

»Mach, dass du auf deinen Platz kommst!«, herrschte sie den Hund an, nachdem dieser wieder auf allen vier Pfoten stand. Das Tier legte den Kopf schräg, sah sie kurz an und rieb dann seine Schulter an ihrem Oberschenkel.

»Wenn du mir Flöhe vererbst, setzt es was«, drohte Gisela in hilflosem Zorn.

»Keine Sorge. Anders als die Bracken hält Dagga sich immer sehr sauber«, versuchte der Türwächter, sie zu beruhigen.

Gisela wies mit dem Kinn auf die Strohmatte. »Und wer sagt, dass die Bracken diesem Dagga keine Flöhe vererben?«

»Dagga ist kein dieser, sondern eine diese. Sie ist eine Hündin – wenn auch die größte, die mir je begegnet ist«, antwortete der Mann, ohne auf ihre Frage einzugehen.

Gisela schubste das Tier in Richtung Strohmatte und schlug alle Teile ihrer Kleidung aus, die es berührt hatte. Doch Dagga blieb stehen und starrte sie an, als würde sie auf etwas warten. Die junge

Frau seufzte und streichelte die Hündin. »Du bist schon ein braver Hund! Ja, komm schon, leg dich wieder hin.«

Dagga wandte sich seltsam enttäuscht um, stakste zu ihrer Matte zurück und drehte sich dort mehrfach um ihre eigene Achse, bevor sie sich niederließ. Gisela rieb sich mit dem Ärmel über ihr Gesicht, auf dem sie noch immer den feuchten Speichel der Hündin zu spürten glaubte, und kehrte der Vorhalle den Rücken, um sich in ihrer Kammer zu waschen und ihr Schicksal zu beweinen, das ihr immer bejammernswerter erschien, je länger sie darüber nachdachte.

Gundi erwartete sie mit verkniffener Miene und deutete auf den Tisch, bevor Gisela etwas sagen konnte. Gisela folgte dem Wink und sah etliche dampfende Schüsseln, einen Korb, in dem ein frisches Brot lag, sowie mehrere Bretter mit Käse, Wurst und Schinken vor sich. Butter fehlte ebenso wenig wie Salz, und es gab sogar jene teure Sorte Pfeffer, mit der ihr Vater früher gehandelt hatte. Die Teller und das Besteck waren ebenfalls einem vornehmen Haus angemessen.

»Das hat eine Magd vorhin gebracht«, erklärte Gundi. »Das arme Ding hat geheult und gejammert, wie leid ihr das alles tue. Bei Gott, Herrin, sagt mir, in welches Haus wir geraten sind!«

»Frage besser nicht«, seufzte Gisela, die wieder daran denken musste, was Gaudentius ihr erzählt hatte. Wie gerne hätte sie diese Last mit einem anderen Menschen geteilt! Doch sie wollte Gundis Gewissen nicht mit der Zauberei, die hier praktiziert wurde, und der Bedrohung durch einen teuflischen Feind belasten. Daher trat sie mit gekünstelter Munterkeit an den Tisch und zeigte auf die Vielzahl der aufgetragenen Speisen.

»Verhungern lässt man uns hier nicht, und es ist wahrhaftig kein Armeleuteessen.«

»Ich frage mich nur, wie hoch der Preis ist, den wir dafür zahlen müssen«, erwiderte Gundi bedrückt.

»Wenn, dann muss ich ihn bezahlen, meine Gute«, antwortete

Gisela scheinbar fröhlich und wies sie an, ihr einen Teller mit der köstlich duftenden Pilzsuppe zu füllen, bei der man weder an Pfifferlingen noch an Steinpilzen gespart hatte. Gundi bediente sie und nahm auch selbst ein wenig von der Suppe, auch wenn sie aussah, als würde sie ein Stück trockenes Brot und sogar Hans' unangenehme Aufmerksamkeiten diesem festlichen Mahl vorziehen.

Gisela hatte gerade ein paar Löffel von ihrer Suppe gegessen, als draußen jemand gegen die Tür stieß. Gundi fiel im ersten Schreck der Löffel aus der Hand. »Das wird wohl Euer Ehemann sein, der am Mahl teilnehmen will.« Gisela warf einen Blick auf den Tisch, der für zwei Personen gedeckt war, und fragte sich, ob Gundi nicht recht hatte. Ihre Magd hätte eigentlich unten in der Gesindeküche essen müssen.

Unterdessen schlug wieder jemand gegen die Tür, und dann ertönte ein nervenzerreißendes Kratzen. »Ich komme ja schon«, rief Gisela und eilte zur Tür, während Gundi den Rest ihrer Suppe wieder in die Terrine zurückschüttete und Teller und Löffel mit ihrer Schürze trocken rieb, damit Alban nicht merkte, dass beides bereits benutzt worden war.

Als Gisela öffnete, stand jedoch nicht ihr Ehemann vor der Tür, sondern Dagga, die sich sofort an ihr vorbei ins Zimmer zwängte. Gisela folgte der Hündin und wollte sie wieder hinaustreiben. Dagga sah sie nur mit schräg gelegtem Kopf an, stellte sich dann neben den Tisch, den sie mit Leichtigkeit überragte, und richtete ihr Augenmerk auf den großen Schinken, der dort lag. Sie schien jedoch wohlerzogen zu sein, denn sie schnappte nicht einfach zu, sondern winselte leise und warf Gisela, die sie offensichtlich als Herrin anerkannt hatte, Blicke zu, die selbst einen Stein gerührt hätten. Gundi, die vor Angst erstarrt neben dem Tisch stand, schien für die große Hündin nicht zu existieren. Gisela brachte es nicht übers Herz, diesen bettelnden braunen Augen zu widerstehen. Daher ging sie um die Hündin herum, setzte sich wieder auf ihren Platz und schnitt dann ein schönes Stück von dem Schinken ab.

»Hier hast du etwas! Aber dann gehst du brav wieder hinaus«, sagte sie und reichte es Dagga. Sie konnte gar nicht schnell genug schauen, so rasch war das Schinkenstück in dem riesigen Maul verschwunden. Dagga leckte sich genüsslich die Lefzen, dachte aber nicht im Geringsten daran, den Raum zu verlassen. Stattdessen kam sie näher und streckte den Kopf über Giselas Teller.

»Lass dass! Wie soll ich denn da essen?« Gisela versuchte, den Kopf der Hündin wegzuschieben, doch Dagga schien das für eine Aufforderung zum Spielen zu halten, denn sie schob ihre halbe Brust über den Tisch, wedelte mit dem kurzen, aber kräftigen Schwanz und stieß Laute aus, die man bei einer Katze wohl als Schnurren bezeichnet hätte.

»Mistvieh!« Gisela fluchte leise, doch Dagga schien es für ein Lob zu halten, presste sich mit ihrem vollen Gewicht gegen ihre neue Freundin und drehte ihren Kopf so, dass die junge Frau in ihre treuherzig zwinkernden Augen sehen musste.

»Ihr solltet dem Vieh noch ein Stück Schinken geben! Vielleicht lässt es Euch dann in Ruhe«, schlug Gundi vor, die sich inzwischen etwas beruhigt hatte. Gisela befolgte den Rat und brachte genau drei Löffel zum Mund, bis Dagga den Schinken verschlungen hatte. Dann begann das Spiel von Neuem. Einem kleinen Hund hätte Gisela vielleicht einen Schlag versetzt und versucht, ihn mit einem Besen oder einem Schürhaken hinauszutreiben. Dagga aber war so groß und kräftig, dass sie es selbst mit einem Bären aufnehmen konnte, und Gisela hatte Mühe, ihre Angst vor der Hündin zu unterdrücken. Daher steckte sie ihr nach und nach kleinere Schinkenstücke zu, die es ihr ermöglichten, immer wieder ein wenig von ihrer Suppe zu essen. Von den Schweinekoteletts musste sie zwei Teile Dagga geben, um selbst eines in den Mund zu bekommen. Die Hündin fraß auch noch ein Stück Brot und eine ganze Leberwurst, bevor sie die Belagerung aufgab und sich auf den Boden legte. Dabei behielt sie ihre freigiebige Freundin fest im Auge und ringelte sich schließlich sogar um deren Stuhl.

Gisela und Gundi aßen jetzt selbst von dem reichlich aufgetragenen Mahl, streiften dabei aber die sichtlich zufriedene Hündin mit misstrauischen Blicken. Plötzlich stellte Dagga die Ohren auf und gab einen leisen Laut von sich. Kurz darauf wurde die Tür geöffnet, und zwei Mägde kamen herein. Bei Daggas Anblick erstarrten sie, zogen lange Gesichter und machten unwillkürlich Bewegungen, als wollten sie sich in Sicherheit bringen.

»Wir sollen den Tisch abtragen«, erklärte eine von ihnen kleinlaut.

Gisela wechselte einen kurzen Blick mit Gundi, die sich mit den guten Sachen, die sie im Hause Güldener nicht einmal von ferne ansehen hatte dürfen, so vollgefuttert hatte, dass sie stöhnte, und nickte. »Wir sind fertig.«

Eine Magd wagte sich näher und atmete sichtlich auf, als Dagga brav bei Gisela liegen blieb. »Könnt Ihr die Hündin festhalten, Herrin? Sie stößt einen gerne um, wenn man etwas in die Küche zurücktragen will, und frisst dann die Sachen auf, die zu Boden gefallen sind.«

»Aber gewiss nicht die Scherben der Schüsseln.« Gundi gluckste vor Vergnügen und schien bereits vergessen zu haben, dass sie eben noch vor dem Hund gezittert hatte.

Auch Gisela bedachte Dagga mit einem Kopfschütteln. »Von dir hört man ja Sachen!«

Wie zur Antwort verzog die Hündin ihre Lefzen und schien zufrieden vor sich hin zu grinsen.

Gisela wandte sich an die beiden Mägde, die Schüsseln und Teller mit vorsichtigen Bewegungen auf ein Tablett luden, um Dagga nicht auf sich aufmerksam zu machen. »Wem gehört das Tier?«

»Sepp, der Jäger, hat Dagga als Welpen von einer der Nachbarburgen mitgebracht und aufgezogen. Doch er ist im letzten Jahr gestorben, und seitdem …« Die Magd brach ab, schluckte sichtlich und fuhr dann so leise fort, dass Gisela sie kaum noch verstehen konnte. »… seitdem gehört Dagga eigentlich nur noch sich selbst. Einige Leute behaupten sogar, der Geist des toten Jägers wäre in sie gefahren – als Strafe für eine frühere Untat! Sepp war nämlich ein aufbrausender Mann, und das Messer saß ihm sehr locker.« Sie bedachte Dagga mit einem Blick, als würde sie erwarten, dass diese jeden Augenblick aufspringen und sie fressen würde.

Gisela musste die Luft anhalten, um nicht lauthals hinauszuplatzen. Wenn ein Begriff auf Dagga nicht zutraf, so war es das Wort ›aufbrausend‹. Die Hündin wirkte so ruhig, dass Gisela sich nun über sich selbst wunderte, weil sie so viel Angst vor ihr gehabt hatte. Sie streckte die Hand aus und streichelte den von drahtigem Fell bedeckten Kopf des Tieres.

»Du bist ein braves Hundchen und wirst die beiden Frauen nicht beim Abtragen stören.« Dagga räkelte sich und stieß einen Laut aus, den Gisela als Aufforderung zum Weiterkraulen verstand. Sie kam dem Wunsch der Hündin denn auch nach, und die Mägde verließen aufatmend das Zimmer.

Gundi rieb sich nachdenklich die Nase. »Wir hätten sie fragen sollen, wie wir den Hund loswerden können.«

»Vielleicht schaffen wir es auch so.« Gisela stand auf, öffnete die Tür und zeigte hinaus. »Komm, Dagga! Geh nach unten!«

Die Hündin stand auf, machte einen Schritt auf Gisela zu, drehte sich dann aber um und wanderte gemütlich durch die offen stehende Tür in die Schlafkammer. Als Gisela ihr folgte, lag Dagga bereits mitten auf ihrem Bett und räkelte sich wohlig.

»Das ist zu viel!« Gisela versuchte, das Tier vom Bett zu scheuchen. Aber sie hätte genauso gut einen Felsblock auffordern können, beiseite zu treten. Giselas Bett gefiel der Hündin, und sie dachte offensichtlich nicht daran, es zu räumen. Nach etlichen vergeblichen Versuchen, Dagga vom Bett zu zerren, kehrte Gisela in die Wohnstube zurück und hob in einer verzweifelten Geste die Arme.

»Ich bekomme das Mistvieh nicht aus meinem Schlafgemach.«

Gundi kicherte, als sie dies hörte, zuckte dann aber unter dem bitterbösen Blick ihrer Herrin zusammen. »Vielleicht gelingt es uns zu zweit«, antwortete sie kleinlaut.

Doch als Gisela mit ihr in die Schlafkammer zurückkehrte, verließ beide angesichts des prachtvollen Gebisses, das Dagga beim Gähnen zeigte, der Mut.

»Ihr könnt in meinem Bett schlafen, Herrin. Ich rolle mich mit einer Decke dort auf der Truhe zusammen.« Aus Gundis Stimme sprach ein wenig Bedauern, denn im Güldnerhaus hatte sie nur auf einem am Boden liegenden Strohsack schlafen dürfen, und sie wäre gar zu gerne zwischen die Decken des kleinen Bettes geschlüpft.

Darauf wollte Gisela sich jedoch nicht einlassen. Sie drehte sich ärgerlich um, durchquerte den Wohnraum und öffnete die Tür zum Flur, die zu ihrer Erleichterung nicht von außen verriegelt worden war. Wenige Augenblicke später stand sie in der großen Halle, in der sich Anna und zwei Knechte aufhielten, und stemmte die Fäuste in die Hüften.

»In meinem Bett liegt ein großer Hund, der dort nicht hingehört. Ich wäre demjenigen sehr verbunden, der ihn wegschaffen kann!«

Einer der Männer sprang auf und machte Anstalten, nach oben zu gehen, blieb aber wie angewurzelt stehen, als er die Stimme seines Kameraden vernahm. »Das ist Dagga! Ich habe sie vorhin die Treppe hochgehen sehen.«

Der Knecht breitete hilflos die Arme aus, schlich mit gesenktem Kopf an seinen Platz zurück und überließ es Anna, die Situation zu erklären. »Du wirst hier niemanden finden, der sich mit diesem Teufelsbiest anlegt, Gisela. Es würde sogar auf deinen Mann losgehen, wenn er es versuchte.«

Obwohl Gisela eben noch voller Zorn auf Dagga gewesen war, empörte sie die Bezeichnung ›Teufelsbiest‹. »Dagga mag zwar ein besonders großes und starrsinniges Tier sein, aber sie ist gewiss kein Geschöpf der Hölle!«

»Die Leute glauben eben, dass der Geist des toten Jägers in Dagga gefahren ist. Und in Anbetracht ihres schlauen Verhaltens muss man Verständnis dafür haben.« Anna ließ sich deutlich anmerken, dass sie sich von Gisela in ihrer Autorität angegriffen fühlte und diese mit aller Macht verteidigen wollte.

Gisela begriff, dass sie von Anna und dem Gesinde keine Hilfe zu erwarten hatte, und fragte nach dem Burgherrn.

Annas Gesicht verzog sich zu einer verächtlichen Maske. »Mein Neffe schläft bereits. Die lange Reise hat an seinen Kräften gezehrt, und er wird einige Zeit brauchen, bis er sich wieder erholt hat.«

Auch gut, dachte Gisela. Wenn Gaudentius so erschöpft ist, habe ich noch eine Galgenfrist, bevor er mir sein Hexenzeug beibringen will. Ihr Mund sagte jedoch etwas anderes. »Und mein Gatte?«

»Der hat sich ebenfalls zurückgezogen und bittet dich, ihn für die nächsten zwei, drei Tage zu entschuldigen.«

Obwohl Gisela erleichtert hätte sein müssen, weil sie damit der unerwünschten Aufmerksamkeit ihres Ehemannes entging, fühlte sie sich ein wenig wie ein Gegenstand, den man zwar gekauft hat, ihn aber dann in eine Ecke stellt, weil man nicht genau weiß, wie man ihn verwenden soll. Außerdem erlöste sie diese Auskunft nicht von der Hündin, die sich in ihrem Zimmer breitmachte, als würden die Räume ihr gehören. Da Anna ihr jedoch deutlich genug erklärt hatte, dass niemand etwas gegen Dagga unternehmen würde, wünschte sie Gaudentius' Tante eine gute Nacht und kehrte in ihre Gemächer zurück.

Als sie durch die Tür trat, wies Gundi mit beredtem Schweigen auf den Eingang der Schlafkammer. Im ersten Augenblick glaubte

Gisela, ihr Ehemann wäre Annas Worten zum Trotz erschienen, um sein Recht einzufordern. Doch als sie vorsichtig um den Türpfosten blickte, erkannte sie mit einem erleichterten Aufatmen, dass Dagga einen Teil des Bettes geräumt hatte. Da es so breit war, dass eine ganze Familie darin hätte schlafen können, würde sie jetzt genug Platz darin finden, und sie sagte sich, dass sie lieber die Hündin neben sich im Bett liegen hatte als ihren nicht weniger haarigen Ehemann.

7.

Am nächsten Morgen wurde Gisela von einer kalten, feuchten Hundeschnauze geweckt, die durch ihr Gesicht fuhr. Sie schreckte hoch und sah Dagga neben dem Bett stehen. Die Hündin winselte leise und deutete mit dem Kopf auf die Tür. Als Gisela nicht sofort reagierte, packte sie die Zudecke mit den Zähnen und zog sie mit einem Ruck vom Bett.

»Was soll das?«, schimpfte Gisela, die in einem dünnen Leinenhemd geschlafen hatte und nun auf einmal fror. Da fasste die Hündin ihr Handgelenk, gerade so fest, dass die junge Frau ihre Zähne spüren konnte, und zerrte leicht daran.

»Ich glaube, sie will ins Freie«, sagte Gundi schaftrunken und gähnte ausgiebig.

Gisela wurde klar, dass ihre Magd recht hatte, und stieg aus dem Bett. Da Daggas Drängen stärker wurde, streifte sie nur ihr Kleid über und schlüpfte in ihre Pantoffeln. Als sie auf den Korridor trat, hörte sie das Gesinde tief unten in der Küche und den angrenzenden Räumen arbeiten, aber auf ihrem Weg in die große Halle begegnete ihr niemand. In der Vorhalle wichen die Bracken, die sich auf dem Strohteppich breitgemacht hatten, bei Daggas Anblick bis in den hintersten Winkel zurück. Gisela sah ihnen amüsiert zu, wurde von der großen Hündin jedoch auf den Eingang zugeschoben.

Der Torwächter war derselbe wie am Vortag, und er machte bereits Anstalten, Gisela auch dieses Mal zurückweisen. Doch als er einen Schritt in ihre Richtung trat, entblößte Dagga ihr Gebiss und stieß einen Laut aus, der die Bracken erschrocken aufspringen und mit eingeklemmten Schwänzen davonsausen ließ. Der Torwächter blickte Gisela entgeistert an, streifte Dagga mit einem scheuen Blick und schluckte. Offensichtlich entschied er, dass es seiner Gesundheit zuträglicher war, sich den Zorn seines Herrn zuzuziehen und als Molch oder Blindschleiche weiterleben zu können, als sein Leben zwischen den mächtigen Kiefern der Hündin auszuhauchen. So rasch wie diesmal hatte er wohl noch nie die Tür geöffnet. Aber seine Hoffnung, sie ebenso schnell wieder schließen zu können, wenn die Hündin hindurchgeschlüpft war, verflog sofort, denn Dagga forderte Gisela mit einem Stupser auf, ihr voranzugehen, und folgte erst, als diese die Schwelle überschritten hatte.

»Bleibt nicht zu lange aus!«, rief der Mann den beiden mit vor Angst schriller Stimme nach und zog die Tür wieder ins Schloss.

Dagga kannte ihren Weg, und Gisela musste laufen, um mit ihr Schritt halten zu können. Die Hündin steuerte auf eine Art Ausfallpforte im hintersten Winkel der Burg zu und wartete, bis Gisela den Riegel zurückgeschoben hatte, dann zwängte sie sich durch den sich öffnenden Spalt ins Freie. Gisela schob die Pforte ganz auf und folgte ihr. Vor ihr lag ein kleiner Anger, der zu den Außenwerken der Burg gehörte und von einer niedrigeren Mauer umgeben war. Das Gras war frisch gemäht und völlig ohne jedes Gestrüpp. Dagga war bereits dabei, sich zu erleichtern. Gisela spürte, wie sich ihre eigenen Eingeweide meldeten, doch sie mochte sich nicht mitten im Freien hinsetzen und drehte sich mit sehnsüchtigem Blick zur Burg um. Wenn sie schnell lief, würde sie den Abtritt noch erreichen. Allerdings würde sie die Pforte offen lassen müssen, damit Dagga nicht ausgeschlossen blieb. Die Überlegung, noch einmal herzukommen und sie zu schließen, gab sie rasch wieder auf, denn ohne Dagga würde der Türwächter sie gewiss kein zweites Mal aus dem Palas lassen.

Als das Ziehen in ihrem Bauch zu stark wurde, war Gisela auch das nicht mehr wichtig. Sollte die Hündin doch sehen, wie sie wieder in die Burg kam! Sie schlug die Pforte hinter sich zu, schob den Riegel vor und raffte ihre Röcke, um schneller laufen zu können. Sie erreichte den rettenden Ort gerade noch rechtzeitig. Als sie ihn erleichtert wieder verließ, stand Dagga vor ihr und grinste, als wolle sie sagen, dass ihr dieses Spiel gefallen hätte. Die Hündin hatte, wie Gisela später erfuhr, eine Pforte zu den Ställen mit ihrem Gewicht aufgedrückt und dabei das Schloss ruiniert. Jetzt folgte sie Gisela in die Schlafkammer, legte sich auf einen der Flickenteppiche und sah zu, wie Gisela sich wusch und umzog. Kurz darauf erschienen die beiden Mägde mit dem Frühstück. Die Blicke, mit denen sie Gisela musterten, wirkten beinahe ebenso ängstlich wie jene, die der Hündin galten. Anscheinend hatte es in der Burg bereits die Runde gemacht, dass Dagga eine besondere Vorliebe für Magister Albans Ehefrau zu entwickeln schien.

Gisela ließ sich durch die eigenartige Haltung der Mägde nicht stören und aß mit gutem Appetit, wobei sie überlegte, was sie mit dem Tag anfangen sollte. Noch während sie einige Möglichkeiten verwarf, klopfte jemand an die Tür. Auf ihre Aufforderung trat Anna herein, von der Gisela immer noch nicht wusste, ob sie hier die Hausherrin war oder nur die Wirtschafterin ihres um so viele Jahre älter aussehenden Neffen.

Die Frau warf Dagga einen misstrauischen Blick zu und wandte sich dann an Gisela. »Gaudentius wünscht, dass du in seiner Studierkammer erscheinst.«

Das klang nicht besonders freundlich. Anna schien weder ihren Verwandten noch dessen Gemächer besonders zu lieben. Vielleicht sprach aber auch nur die dort herrschende Unordnung ihren hausfraulichen Sinnen Hohn. Gisela lächelte bei dem Gedanken, während sie sich wortlos erhob, um dem Ruf des Magiers zu folgen. Dagga kam so selbstverständlich mit, als hätte die Einladung auch ihr gegolten.

Gaudentius blickte mit rot anlaufendem Gesicht auf die Hündin, die neugierig herumschnupperte und mit ihrer wedelnden Rute einige Bücher von ihrem Platz fegte. An der Stelle, die Gisela bereits am Vortag schwarz und unheimlich vorgekommen war, knurrte Dagga einmal laut und schnappte mit den Zähnen durch die Luft; dann zog sie sich in die Ecke zurück, in der Gisela das Kreuz gesehen hatte, und legte sich dort auf den Boden.

Giselas Blick war heute klarer als gestern. Daher erkannte sie, dass die Schwärze einem kleinen goldenen Gegenstand entströmte, der sie ebenso an eine Arzneidose wie an einen Reliquienbehälter erinnerte. Was auch immer darin verborgen sein mochte, hatte auf keinen Fall etwas Heiliges an sich.

»Es besteht wohl keine Möglichkeit, dieses Vieh hinauszutreiben?« Gaudentius bedachte Dagga mit einem zornigen Blick, den die Hündin mit einem Zucken ihrer Ohren beantwortete, und wies Gisela an, auf einem Stuhl Platz zu nehmen, um den sich am Vortag noch Folianten getürmt hatten. Jetzt lag eine Schiefertafel neben ihm, wie Gisela sie in der städtischen Mädchenschule benutzt hatte, in der man sie Lesen, Schreiben, das kleine Einmaleins und die für eine Bürgerstochter notwendige Sittlichkeit gelehrt hatte.

Gaudentius bückte sich und reichte ihr die Tafel. »Du kannst hoffentlich schreiben? Kezia konnte es nicht, und wir haben viel Zeit verloren, weil wir es ihr erst beibringen mussten. Über diese Zeit verfüge ich jedoch nicht mehr.«

Gisela rümpfte beleidigt die Nase. »Natürlich kann ich schreiben! Ich beherrsche alles, was ich benötige, um die Gefährtin eines ehrlichen Geschäftsmannes zu werden und seinen Haushalt und seine Bücher führen zu können. Mit Hexenwerk und Ähnlichem aber habe ich mich nie befasst.«

Gaudentius lachte meckernd und verzog seine schmalen Lippen zu einem spöttischen Grinsen. »Wenn du auf einen ehrlichen Geschäftsmann hättest warten müssen, wärst du bis ans Ende deiner Tage Jungfer geblieben. Ich kenne nämlich bloß unehrliche. Aber jetzt nimm die Kreide zur Hand und schreibe auf, was ich dir diktiere.« Er überschüttete sie ansatzlos mit eine Fülle fremdländisch klingender Worte, die sie weder verstand noch schnell genug auf die Tafel bringen konnte. Erst als er sich wieder zu ihr umdrehte, sah er, dass ihre Hände müßig im Schoß lagen.

»Was soll das? Ich sagte, du sollst schreiben.«

Gisela schüttelte wütend den Kopf. »Ich lerne kein Teufelswerk!«

Gaudentius' Gesicht wurde womöglich noch dunkler, und er schnappte so stark nach Luft, dass Gisela um sein Leben zu bangen begann. Schnell aber fasste er sich wieder, griff nach einem dünnen Stock, der neben ihm lag, und drohte ihr damit. »Wenn du willst, kann ich dich auch zur Arbeit antreiben. Bei Kezia hat sich diese Rute als äußerst nützlich erwiesen!«

Als er den Stock hob, um ihr einen leichten Hieb zu versetzen, ließ ihn Daggas Knurren erstarren. Er warf der Hündin einen kurzen Blick zu, begriff, dass sie bereit war, auf ihn loszugehen, und fluchte wie ein Söldner.

»Ich hätte dieses Biest längst totschlagen lassen sollen.«

»Tut es, und Ihr könnt Euren Fluch bis ans Ende Eurer Tage mit Euch herumschleppen.« Gisela lächelte der Hündin dankbar zu. Zwar hatte sie selber nur selten die Rute zu spüren bekommen, aber von einigen jüngeren Mägden aus der Nachbarschaft ihres Elternhauses hatte sie erfahren, wie schmerzhaft die Schläge sein konnten.

Gaudentius schien zu begreifen, dass es besser für ihn war, mit Dagga Frieden zu schließen, und legte die Rute weg. »Es geht nicht allein um mich, Weib, sondern auch um deinen Mann. Du hast vorhin gesagt, man hätte dich erzogen, ihm eine gute Gefährtin zu sein. Da muss dein Gewissen dich doch drängen, alles zu tun, damit er dieses Fluches ledig wird.«

Dieses Argument drängte Gisela in eine Ecke, aus der es keinen Ausweg gab. Sie nahm die Kreide und blickte dann ängstlich zu Gaudentius auf. »Schwört mir, dass mich das, was Ihr mich lehren wollt, nicht die ewige Seligkeit kostet.«

»Das schwöre ich, so wahr mir Gott helfe!«

Obwohl Gaudentius' Stimme ehrlich und sogar feierlich klang, nagten Zweifel an Gisela. Der schwarze Gegenstand verdüsterte mit einem Mal den Raum, und das Licht des Kruzifixes hatte Mühe, dagegen anzukämpfen. Gleichzeitig hatte sie den Eindruck, als sei Gaudentius sich der Tragweite seines Tuns nicht bewusst. Dennoch spürte sie eine ihr unnatürlich erscheinende Neugier in sich aufsteigen, die sie zwingen wollte, die Geheimnisse des greisenhaften Mannes zu ergründen.

Einige Augenblicke kämpfte sie mit sich selbst, dann senkte sie wie besiegt den Kopf. »Möge Eure Seele auf ewig in den heißesten Feuern der Hölle schmoren, wenn mir durch Euer Handeln das Himmelreich versagt bleiben sollte. Und nun sagt an, was ich aufschreiben soll.«

Gaudentius machte eine Handbewegung, als wolle er eine Fliege verscheuchen, sagte aber nichts zu ihrer giftig vorgebrachten Verwünschung, sondern diktierte erneut die Worte, die Gisela notieren sollte. »Diese Übung gilt in erster Linie der Stärkung deiner Konzentration. Frauen sind flatterhafte Wesen, deren Gedanken nie lange auf ein Werk gerichtet bleiben können. Diesen Teil von dir musst du zu beherrschen lernen, wenn du deinem Gatten und mir helfen willst«, fügte er mit belehrender Stimme hinzu und störte Gisela dabei mit seinem Gerede, sodass sie nach dem vierten Wort nicht mehr weiterwusste und nachfragen musste.

»Siehst du, da haben wir es schon!« Gaudentius machte ein Gesicht, als hätte er sie bei einer Übeltat erwischt, und hielt ihr einen längeren Vortrag über den Nutzen von Konzentration und Selbstbeherrschung, denen ihr weibliches, passives Geschlecht entgegenstehe. Gisela ertrug seine Belehrungen geduldig und sagte sich, dass sie viel besser lernen würde, wenn sich ihr Lehrmeister selbst an seine Lehren hielte.

8.

An diesem Tag bekam Gisela ihren Gatten nicht zu Gesicht. Obwohl ihr tausend Beschwerden auf der Zunge lagen, war sie froh darüber, denn sie hätte ihre Klagen wahrscheinlich nicht in einem dem ehelichen Zusammenleben gedeihlichen Ton vorbringen können. Gaudentius hatte sie stundenlang gezwiebelt und sich mit unzähligen kleinen Schikanen dafür gerächt, dass Daggas Anwesenheit es ihm unmöglich machte, seine Schülerin mit Schlägen und barschen Worten anzutreiben. So hatte er sie gezwungen, sich den Forderungen ihres Körpers zu widersetzen, und sie – vorgeblich zur Verbesserung ihrer Konzentrationsfähigkeit – mit zuletzt arg schmerzender Blase jene seltsamen, vermutlich lateinischen Worte aufschreiben lassen. Sie hatte auch dem Hunger und dem Durst widerstehen und sich dabei anhören müssen, um wie viel schlechter sie lerne als der unbegabteste Mann. Als sie an diesem Abend, von Dagga gefolgt, in ihre Kammer zurückkehrte und erst einmal einen Krug Quellwasser leerte, war Gisela sehr schlecht auf das männliche Geschlecht zu sprechen. Zu deutlich hatte Gaudentius sie spüren lassen, wie verächtlich viele Männer auf die Frauen herabsahen und für wie hirnlos sie sie erachteten. Hungrig sah sie sich in der Kammer um.

»Hat man uns nichts zu essen gebracht?«

Ihre kleine Magd schüttelte den Kopf. »Nein! Zu Mittag bin ich in die Gesindeküche gegangen und habe dort etwas erhalten. Vielleicht hat man uns aber nur gestern am Ankunftstag bedient und erwartet nun, dass ich Euer Mahl hole. Wartet, ich laufe schnell hinunter.« Aber bevor Gundi die Tür erreicht hatte, öffnete sich diese, und Anna trat mit einem Gesicht ein, das noch verkniffener wirkte als sonst. In respektvollem Abstand zu Dagga blieb sie stehen.

»Wir haben einen Gast auf der Burg. Es wäre daher angebracht, wenn du unten im Saal erschienest.« Ihre Stimme klang, als würde sie an ihren Worten ersticken.

Gisela fragte sich, um was für einen Gast es sich handeln musste, wenn die Frau sich so benahm, und beschloss, sich weder durch ein besonders hässliches Aussehen noch durch ein ebensolches Gemüt beeindrucken zu lassen. Bevor sie Anna folgte, drehte sie sich noch einmal zu Gundi um. »Geh in die Küche und sieh zu, dass man dir etwas zu Essen gibt.«

»Bei uns ist noch keiner verhungert!« Anna machte eine ärgerliche Handbewegung und scheuchte Gisela zur Tür hinaus.

Sofort quetschte Dagga sich an ihr vorbei und schloss sich ihrer neuen Herrin an. Anna streifte die Hündin mit einem irritierten Blick, winkte ab und schritt an Gisela vorbei zur Treppe. Die junge Frau folgte ihr trotz des nagenden Hungers nur zögernd. Als sie am Fenster an der Stirnseite des Flures vorbeikam, konnte sie durch die offene Lade hinaussehen. Sie blickte direkt in den vollen Mond, der wie eine riesige, rötlich glimmende Scheibe über dem Land stand. Ein unheimliches Licht erhellte die Umgebung und erinnerte Gisela an ihre Situation. Dennoch stellte sie fest, dass der Druck auf ihrer Brust, der sie seit dem Betreten der Burg gequält hatte, gewichen war und sie leichter atmen konnte.

Mit einem Mal freute sie sich, andere Gesichter zu sehen, und stieg beschwingt die Treppe hinab. Bei dem Versuch, von oben einen Blick in den Rittersaal zu werfen und zu erkunden, ob der angekündigte Gast schon bei Tisch saß, verrenkte sie sich beinahe den Kopf. Die mächtige Tafel bot Platz für mehr als fünfzig Leute, doch saßen nur drei Personen am vorderen Ende. Gaudentius hing auf dem Ehrensitz des Gastgebers, als habe er nicht die Kraft, aufrecht zu sitzen. Dabei wirkte er so säuerlich wie Wein, den man zu lange offen in der Sonne hatte stehen lassen, und der dunkle Gelehrtentalar hing wie eine faltige Haut an seinem dürren Leib herab.

Ihren Ehemann konnte Gisela nirgends entdecken. Statt seiner saß rechts von Gaudentius ein stämmig gebauter Mann, der ein grün und gold gemustertes Wams und gleichfarbige knielange Hosen trug, die beide mit kleinen, rot gefütterten Schlitzen übersät waren. Passend dazu hatte er rote Strümpfe angezogen. Die leichten Lederschuhe, das Gewand und die pelzverbrämte Kappe auf seinem Kopf wiesen ihn als einen Mann von Adel aus. Er mochte die vierzig bereits überschritten haben, bedachte Anna, die nun ihm gegenüber Platz nahm, jedoch mit Blicken, wie sie eindeutiger nicht hätten sein können. Seine Verehrung schien Gaudentius' Tante durchaus angenehm zu sein, denn als sie das Wort an ihn richtete, streckte sie die Hand aus und berührte die seine mit einer vertraulichen Geste.

»Das ist Herr Eckehard von Trelling, mein liebster Nachbar«, stellte ihn Gaudentius vor, als Gisela die letzten Stufen hinabstieg.

Sie schenkte Herrn Eckehard nur einen flüchtigen Blick, denn sie interessierte sich mehr für den Mann, der dem Ritter gegenüber saß. Er war höchstens fünf Jahre älter als sie und in eine knielange blaue Tunika gekleidet, die mit dunkelroten Borten verziert war. Dazu trug er helle Strümpfe und braune Riemenschuhe. Sein Hut war ebenfalls in Blau gehalten und an den Rändern aufgebogen. Zwar wirkte er weniger prachtvoll als der andere Gast, aber in Giselas Augen stellte er den ältlichen Ritter in den Schatten. Sein Gesicht war ebenmäßig, auch wenn seine Nase so scharf gebogen war wie ein Adlerschnabel, und er hatte sich im Gegensatz zu dem Edelmann sorgfältig rasiert, so als wäre ihm ein Bader zu Diensten gewesen.

Als Gisela näher kam, machte er eine Bewegung, als wolle er aufspringen und ihr entgegengehen, ließ sich aber dann auf seinen Stuhl zurücksinken und atmete tief durch. Gleichzeitig machte er Gaudentius ein Zeichen, das dieser zu verstehen, nicht aber gutzuheißen schien. Denn das Gesicht des alten Magiers verzerrte sich, und er wies das stumme Ansinnen seines Gastes mit einer heftigen Geste zurück.

Anna kümmerte sich nicht um die wortlose Zwiesprache, sondern stellte den jungen Mann Gisela vor. »Hier siehst du Herrn Georg Streller, den Sohn des Anton Streller aus Schwabach.«

Der Name Streller und der Bezug auf Schwabach weckten Erinnerungen in Gisela. Bei ihm handelte es sich nämlich um einen der Kaufherren, mit denen ihr Vater früher gute Geschäfte getätigt hatte. Vor zwei Jahren hatte Otto Güldener die gewinnbringende Partnerschaft jedoch aufgekündigt, um sich mit anderen Handelsleuten zusammenzutun, die ihm mehr Gewinn versprochen hatten. Deren Worte waren jedoch nicht einmal das Papier wert gewesen, auf das sie geschrieben worden waren, und ihr Vater hatte den Wechsel der Geschäftsbeziehungen mit seinem Ruin bezahlen müssen.

»Herr Streller stattet uns nur einen Kurzbesuch ab. Morgen früh ist er bereits wieder fort.« Gaudentius' Stimme klang keifend, als würde ihm die Anwesenheit des jungen Kaufherrn missfallen. Seine Ablehnung machte Gisela den Besucher noch sympathischer. Sie knickste vor Georg Streller, wie es einem wohlhabenden Herrn nichtadeligen Standes gegenüber angebracht war, und neigte vor Eckehard von Trellingen das Haupt.

»Ein hübsches Vögelchen habt Ihr Euch da eingefangen, Junker Matthias!«, sagte der Trellinger sichtlich anerkennend.

Irritiert blickte Gisela sich um. Sie kannte keine Person dieses Namens und fragte sich, wen der Ritter angesprochen hatte.

Anna klärte sie auf. »Er meint meinen Neffen, der auf den ehrlichen Namen Matthias von Riebelsborn getauft worden ist, aber glaubt, sich Magister Gaudentius nennen zu müssen.«

»Die ganze Magisterei hat zu nichts Gutem geführt!« Ritter Eckehard rümpfte die Nase und wurde dafür von Gaudentius mit einem zornigen Blick bedacht.

Dessen Versuch, mit der Faust auf den Tisch zu schlagen, endete jedoch in einem schwächlichen Klatschen. »Wird jetzt das Essen bald aufgetragen, Anna, oder müssen wir hier am Tisch verhungern?«

Seine Tante schien Gaudentius' schlechte Laune gewöhnt zu sein, denn sie lächelte nur überlegen und klatschte in die Hände. Sofort erschienen vier Knechte mit einer großen Platte, die kurze Beine hatte wie ein Tisch und wie eine Sänfte mit Tragestangen versehen war. Vorsichtig setzten die Männer ihre Last, die aus Dutzenden von überquellenden Schüsseln, Platten und Terrinen bestand, neben der großen Tafel ab. Mägde brachten feuchte Tücher, mit denen sich die fünf Leute am Tisch die Hände säubern konnten, und hingen ihnen große Servietten um. Der Wein, der nun gereicht wurde, kam aus einer durchaus angenehmen Lage, und dann servierten die Diener das üppige Mahl, an dem sich mindestens die doppelte Anzahl Gäste hätte satt essen können.

»Greift zu!«, forderte Eckehard Gisela auf, die neben ihn gesetzt worden war, und neigte sich ein wenig über ihren Ausschnitt.

Dies schien zwei der Anwesenden nicht zu gefallen. Anna räusperte sich durchdringend und stellte dem Trellinger eine völlig überflüssige Frage. Diesen Augenblick nutzte Georg Streller, um Gisela anzusprechen. »Ich habe gehört, Ihr wäret eine Tochter des

Kaufherrn Otto Güldener aus Nürnberg. Mein Vater hatte früher mit ihm zu tun, und ich bedaure, dass die Geschäftsbeziehung erkaltet ist, denn sonst hätte ich Euer Haus gewiss einmal aufgesucht und Euch dabei kennengelernt.«

»Das ist wirklich schade!« Die Worte entwichen Gisela wie Vögel, die sie nicht hatte festhalten können. Sofort schämte sie sich für den unbedachten Ausruf, war sie doch eine verheiratete Frau.

Georg Streller lächelte jedoch nur und wandte sich an die neben ihm sitzende Anna. »Wäre es nicht besser, wenn Ihr mit Jungfer Gisela die Plätze wechseln würdet? Dann könntet Ihr Herrn Eckehard vorlegen.«

»He, so haben wir nicht gewettet! Ihr wollt wohl die Junge für Euch haben, während mir ...«

»... der alte Besen bleibt? Das wolltest du doch hoffentlich nicht sagen, mein Lieber!« Annas Augen schleuderten Blitze, unter denen Herr Eckehard sichtlich schrumpfte.

»So etwas hätte ich nie zu sagen gewagt, meine Herzensdame! Bemühe ich mich doch seit zwei Jahren mit aller Kraft, dich davon zu überzeugen, den heiligen Bund der Ehe mit mir einzugehen.«

Eckehards Worte wirkten auf Gisela wie ein kalter Guss, denn sie begriff, dass es sich ebenfalls nicht gehörte, wenn sie sich ungeniert um einen jungen Mann kümmerte. Sie wandte den Blick von Georg ab und starrte trübsinnig vor sich hin. Anna ließ ihr jedoch keine Zeit, sich selbst zu bemitleiden, denn sie ging ungeachtet der zornigen Miene ihres Neffen um den Tisch herum und forderte Gisela auf, ihr den Platz neben Ritter Eckehard zu überlassen.

Der Edelmann blickte lachend zu ihr auf. »Setz dich doch an meine andere Seite, meine Liebe. Dann bin ich von zwei Schönen umgeben, während unserem guten Georg überhaupt nichts bleibt.«

»Wenn das Eure Ansicht von Freundschaft ist, muss ich mir

schwer überlegen, ob ich den Kredit, den ich Euch gewährt habe, nicht auf der Stelle kündigen soll.« Georg tat empört, doch in seinen Augen funkelten tausend kleine Teufelchen.

Da Gisela, die aufgestanden war, um Anna den Stuhl freizumachen, nun unschlüssig stehen blieb, eilte er um das Tischende herum, verbeugte sich geziert vor ihr und reichte ihr den Arm. »Kommt, meine Liebe, folgt mir und gebt meinem traurigen Herzen ein wenig Trost.«

»Lass dir von diesem Lümmel keinen Honig ums Maul schmieren, Gisela. Er ist es nicht wert.« Gaudentius hob ein Hühnerbein, das ihm ein Knecht vorgelegt hatte, und sah für einen Augenblick so aus, als wolle er es Georg Streller an den Kopf werfen. Dann aber ließ er es mit einem missbilligenden Schnauben sinken und zog die Hand zurück, damit sein Leibdiener Ludwig das Fleisch zerkleinern konnte.

Während Anna begann, Herrn Eckehard das Fleisch zu schneiden und seinen Becher zu füllen, führte Georg Gisela zu dem Platz an seiner Seite und erwies ihr denselben Dienst – ungeachtet der Tatsache, dass der Sitte nach die Dame den Herrn bedienen musste.

»Laffe!«, brummte Gaudentius und schimpfte dann mit seinem Speisenvorleger, der ihm das Fleisch nicht klein genug geschnitten hatte. »Wenn ich nur wieder mit meinen eigenen Zähnen kauen könnte!«

Sein Ausruf brachte Gisela zu Bewusstsein, aus welchem Grund Magister Alban um sie gefreit hatte, und sie konnte nur mühsam die Tränen zurückhalten. Während sie langsam aß und dabei trotz ihres Hungers Schwierigkeiten hatte, selbst kleine Bissen zu schlucken, musterte sie heimlich Georg. Ihr kam es vor, als habe sie noch keinen schmuckeren Jüngling gesehen, und sie verstieg sich zu der Vorstellung, was hätte sein können, wenn Anton Streller und ihr Vater Geschäftsfreunde geblieben wären. Vielleicht hätte Georg anstelle von Bruno Tettenwieser um sie geworben.

Unwillkürlich verglich sie die beiden jungen Männer, wobei der junge Streller in allen Punkten als Sieger hervorging. Kritisch fragte sie sich, ob sie Bruno den Bruch des Verlöbnisses so übel nahm, dass sie ihn nun als klein und hässlich empfand. Das aber war nicht der Fall, wie sie nach einer gründlichen Erforschung ihres Gewissens feststellte. Georg sah einfach besser aus und wirkte um einiges sympathischer. Ihr aber hatte das Schicksal so böse mitgespielt, dass sie nun die Ehefrau eines Wesens war, das man nur als Monster bezeichnen konnte.

»Ihr seid so still, meine Liebe.« Georg Strellers Stimme durchbrach den Gedankenwirbel in Giselas Kopf und ließ sie hochschrecken.

»Verzeiht, ich ...«

»Ich wollte Euch eben ein Wachtelbrüstchen anbieten. Sie schmecken vorzüglich!« Ohne auf eine Antwort zu warten, spießte Georg ein Stückchen Fleisch auf seine Messerspitze und steckte es Gisela in den Mund. Es war tatsächlich so zart, dass es ihr auf der Zunge zerging. Sie freute sich schon auf ein zweites Stück, doch hatten weder sie noch Georg mit Dagga gerechnet, die ungeduldig darauf wartete, ebenfalls gefüttert zu werden, und sich den Bissen schnappte.

Gaudentius lachte höhnisch auf. »Wenn du weiterhin so um Gisela herumscharwenzelst, Georg, wirst du es mit diesem Untier da zu tun bekommen! Das Biest sieht die junge Frau anscheinend als ihr Eigentum an.«

»In dem Fall darf ich mir die Hündin nicht zum Feind machen!« Georg griff lachend nach einem großen Stück Schweinebraten und warf es Dagga hin. Diese schnappte den Brocken noch im Flug und begann ihn unter den neidischen Blicken der Bracken, die sich mit den Knochen zufriedengeben mussten, genüsslich zu kauen. Georg aber hatte sich die Zeit erkauft, das Gespräch fortsetzen zu können, und bestach Dagga auch weiterhin mit wohlschmeckenden Happen, damit sie ihn in Ruhe mit Gisela reden ließ. Gaudentius' anfänglicher Spott über Georgs Schwierigkeiten mit Daggas Besitzansprüchen machte schließlich einer enttäuschten Miene Platz, und irgendwann packte der alte Magier einen großen Knochen, um ihn der Hündin an den Kopf zu werfen.

Anna griff über Eckehard hinweg und legte Gaudentius die Hand auf den Arm. »Das würde ich nicht tun, Neffe. Bei dem letzten Mann, der versucht hat, Dagga zu schlagen, mussten wir das Tier mit Stangen wegtreiben, sonst hätte es ihn zerfleischt.«

Der Ritter hob schnaubend seinen Becher, als wolle er Dagga zuprosten. »Der Kerl sah trotzdem nicht mehr besonders gut aus! Verstünde der hiesige Bader nicht so viel von seinem Geschäft, hätte er die Bisse nicht überlebt. Diese Dagga ist ein verdammt scharfer Hund. Wenn die mal Welpen bekommt, hätte ich gerne einen davon. Das gibt Bärenhunde, sage ich euch, wie man sie noch nicht gesehen hat!«

Mit diesen Worten leitete Eckehard einen längeren Monolog über die Jagd ein, der jeden außer ihm schon nach den ersten Worten zu langweilen begann. Anna hörte ihm jedoch mit scheinbarer Begeisterung zu, denn sie hielt es für besser, solchen Reden zu lauschen, denn als alte Jungfer zu enden. Sie hielt sich zwar nicht mehr für jung genug, noch eigene Kinder zu bekommen. Doch da Herr Eckehard drei putzmuntere Sprösslinge von seiner verstorbenen Frau sein Eigen nannte, würde er auch keinen Erben von ihr erwarten. Sie verstand sich ausgezeichnet mit den Söhnen und der Tochter des Ritters, die sie weitaus lieber als Stiefmutter sehen würden als jede andere heiratswillige Dame in der Umgebung. Doch solange ihr Neffe und sein bester Freund unter diesem widerwärtigen Fluch litten, wäre es ihr wie Verrat vorgekommen, die beiden und vor allen Dingen auch Riebelsborn im Stich zu lassen.

9.

Wie Gaudentius vorhergesagt hatte, weilte Georg Streller am nächsten Morgen nicht mehr in der Burg. Gisela tat das leid, da er sich als angenehmer Gast und Gesprächspartner erwiesen und sie ein paar Mal zum Lachen gebracht hatte. Allen Vorzeichen zum Trotz war es ein netter Abend geworden, dem selbst die unwirsche Miene des alten Magiers nicht lange hatte widerstehen können. Gaudentius oder – wie er richtiger heißen musste – Junker Matthias von Riebelsborn hatte zuletzt sogar einige recht derbe Witze erzählt, bei denen Gisela errötet war und die Anna zum Kopfschütteln gebracht hatten. Im Verlauf der Gespräche hatte Gisela zudem festgestellt, dass die angeregte Unterhaltung das Eis zwischen ihr und der Tante ihres Gastgebers gebrochen zu haben schien, und sie hoffte, dass ihr diese Tatsache das Leben in diesen Mauern etwas erleichtern würde.

Sie wurde nicht enttäuscht, denn am nächsten Morgen überwachte Anna persönlich das Auftragen des Frühstücks und setzte sich für eine kurze Zeit zu ihr an den Tisch. Während Gisela den nahrhaften Brei aus Fleischbrühe und altbackenem, fein geriebenem Haferbrot zu sich nahm, erzählte Gaudentius' Tante von den übrigen Nachbarn Riebelsborns, die sich seit der Sache mit dem Fluch nur noch selten auf der Burg sehen ließen. Es handelte sich zumeist um Familien des niederen Adels, die mehr schlecht als recht in ihren alten Festungen hausten und den Riebelsbornern das Geld neideten, das die Verbindung mit Georg Streller in deren Kästen spülte.

Gisela horchte auf, als Georgs Name fiel. »Ich wusste nicht, dass dein Nef…, äh Magister Gaudentius so eng mit Herrn Georg befreundet ist. Gestern Abend schien mir eher das Gegenteil der Fall zu sein.« Sie konnte Anna nicht als Tante des Burgherrn ansehen, könnte dieser doch von seiner Erscheinung her deren Vater oder gar Großvater sein!

»Gestern war Matthias ein wenig unleidlich. Wahrscheinlich hat es ihn in den Knochen gezwickt. Bei dem Alter, das ihm der Fluch aufzwingt, ist dies nur natürlich«, antwortete Anna mit einer wegwerfenden Handbewegung.

»Kannst du mir mehr über diesen Fluch erzählen?« Gisela blickte Anna hoffnungsvoll an und schnaufte enttäuscht, als diese bedauernd den Kopf schüttelte.

»Nein, nicht das Geringste! In der Hinsicht weißt du wahrscheinlich mehr als ich. Mir hat mein Neffe nicht einmal offenbart, wie er in diese Lage geraten konnte. Es hat mich auch nicht interessiert, denn das sind keine Dinge, mit denen sich ein ehrlicher Christenmensch beschäftigen sollte.«

Annas Worte trafen Gisela wie eine Ohrfeige. Auch sie hielt sich für einen ehrlichen Christenmenschen, wurde nun aber gezwungen, in das Labyrinth teuflischer Geheimnisse einzudringen, vor dem diese Frau zurückscheute. Gleichzeitig wunderte sie sich, dass Gaudentius sich an diesem Morgen so viel Zeit ließ, nach ihr zu rufen.

Kaum hatte sie an den greisenhaften Magier gedacht, spitzte Dagga die Ohren und gab einen leisen, warnenden Ton von sich. Wenig später schwang die Tür auf und Gaudentius humpelte herein. »Warum hast du noch nicht gegessen? Es ist Zeit zum Lernen!«, herrschte er Gisela an.

Mit diesem Verhalten kam er bei seiner Tante schlecht an. Anna stand auf und baute sich vor ihm auf. »Jetzt hör mir einmal gut zu, mein lieber Matthias. Das arme Ding kann nicht das Geringste für die Lage, in der du dich befindest! An der bist ganz allein du selbst schuld. Du wirst Gisela in Ruhe frühstücken lassen, auch wenn es dir noch so unter den Nägeln brennt – und du wirst auch nicht mehr den Ton der Mittagsglocke überhören! Wenn sie dir vor Schwäche und Entkräftung zusammenbricht, hast du nichts davon und musst dir ein neues Opfer suchen!«

Gaudentius ließ ihre geharnischte Rede ohne jede Regung über sich ergehen. »Bist du jetzt fertig?«, fragte er, als Anna innehielt. »Dann geh wieder nach unten und drangsaliere deine Knechte und Mägde. Gisela und mich aber lass tun, was nötig ist.«

Gleichwohl setzte er sich ächzend auf eine Truhe und starrte Dagga misstrauisch an. Die Hündin beachtete ihn jedoch nicht, sondern wandte sich Gisela zu, die gerade eine Portion Rührei mit gewürfeltem Brot verzehrte, und machte sie mit einem kurzen, aber deutlich vernehmlichen Laut darauf aufmerksam, dass es hier noch ein weiteres Maul zu stopfen gab.

Gisela und Anna überboten sich nun gegenseitig darin, die Hündin mit Leckerbissen zu füttern, und Gundi wagte es das erste Mal, ein Stück Brot in das große, weit geöffnete Maul zu schieben. Als sich die schweren Kiefer schlossen, zuckte sie jedoch erschrocken zurück und brachte ihre Hände hinter dem Rücken in Sicherheit. Gaudentius knetete unterdessen mit wachsendem Ärger seine Finger und murmelte etwas, das wie »Weiber, die nicht wissen, was wichtig im Leben ist« klang. Schließlich klopfte er mit dem Fuß auf den Boden.

»Komm endlich, Gisela! Oder soll dein Mann durch deine Schuld noch länger in diese schreckliche Gestalt gebannt bleiben?«

»Dir geht es doch weniger um Alban, als vielmehr um dich selbst!«, spottete seine Verwandte.

Sie erntete einen giftigen Blick. »Ich wüsste nicht, wieso dies ein Verbrechen sein sollte. Alban mag übel aussehen, aber sein Alter wurde nicht verändert, und er kann noch etliche Jahrzehnte leben. Ich hingegen werde kaum den nächsten Winter überstehen.«

Anna blickte ihn erstaunt an. »Mir hast du gesagt, es würde Jahre dauern, bis jemand so weit ausgebildet ist, dass er diesen Fluch brechen kann.«

»Das ist richtig! Deshalb dürfen wir ja auch keine Zeit verlieren. Wäre Gisela ein junger Mann, könnten wir schon viel weiter sein!«

Anna schüttelte lachend den Kopf. »Wäre sie ein junger Mann, hätte Alban sie nicht heiraten können. Also beschwere dich nicht! Kein vernünftiger Mensch wäre freiwillig mit dir gekommen. Ihr konntet euch also nur an ein Mädchen halten, das von seinem Vater zu diesem Irrsinn gezwungen wurde.«

Gisela tat so, als ginge sie das Gespräch nichts an, konnte aber nicht verhindern, dass sie errötete. Um sich abzulenken, wischte sie die Schüssel mit dem Rest ihres Brotes aus und steckte das Stück Dagga ins Maul, da sie selbst schon rundherum satt war. Als sie aufstehen wollte, fiel ihr etwas ein. »Eine Frage möchte ich jetzt beantwortet haben, Herr Gaudentius: Nach allem, was ich hier vernommen habe, scheint mein Gatte nicht in der Gestalt geboren zu sein, in der ich ihn geheiratet habe. Wie sah er denn früher aus?«

Anna wurde mit einem Mal von einem Hustenreiz geplagt, und Gaudentius machte eine Geste, als wolle er jemandem den Hals umdrehen. Doch er begnügte sich mit einem Schnauben und forderte Gisela barsch auf, sich zu beeilen.

Gisela verschränkte die Arme vor der Brust. »Ich habe ein Recht darauf zu wissen, wie mein Gatte aussieht und was für eine Art Mensch er ist.«

»Die Kleine hat vollkommen recht.« Anna machte es Spaß, ihren Verwandten zu ärgern, und sie beobachtete belustigt, wie Gaudentius' Gesicht zuerst fahl wurde und sich dann verdunkelte.

Der alte Magister hätte Gisela ihre Widerspenstigkeit am liebsten mit der Gerte ausgetrieben, doch Daggas Anwesenheit und die Tatsache, dass die junge Frau in jedem Fall schneller laufen konnte als er, zwangen ihn dazu, von diesem Mittel abzusehen. Er kniff seine Lippen zusammen, bis sie wie ein Strich wirkten, und sann kurz nach. Dann aber glätteten sich seine Gesichtszüge wieder, und er musterte Gisela mit einem Blick, mit dem man ein besonders niedliches Ferkel betrachtet, während man sich vorstellt, wie angenehm es einige Wochen später auf dem Teller duften würde.

»Du hast es so haben wollen, Weib! Der wirkliche Alban war früher eher in Wirtshäusern bei Wein und lockeren Weibern zu finden als bei ehrlicher Arbeit. Als er das Geld seines armen Vaters durchgebracht hatte und ihm das Wasser bis zum Hals stand, hat er mich angefleht, ihn in das Geheimnis des Goldmachens einzuweihen, damit er dem Schuldturm entgehen kann. Wenn er erlöst ist, wird er wohl sein liederliches Leben wiederaufnehmen.«

Gisela war über diese Enthüllung so schockiert, dass sie nicht bemerkte, wie Anna sich an die Stirn tippte. Mit einem Ruck stand sie auf, machte einen Schritt in Gaudentius' Richtung und deutete mit dem rechten Zeigefinger auf ihn. »Und warum sollte ich ihm dann helfen? Glaubt Ihr, ich wäre versessen darauf, einen solchen Menschen meinen Gatten zu nennen?«

»Du bist bereits seine Ehefrau, meine Liebe. Sei versichert, dass er in seiner jetzigen Gestalt noch viel unangenehmer ist als früher. Bis jetzt schützt dich allein mein striktes Wort vor seinen Ansprüchen als Ehemann, denn du musst Jungfrau bleiben, bis das Werk vollendet ist. Nur unberührt bist du in der Lage, deine Gedanken rein und ohne Befleckung durch weibliche Schwächen auf das zu richten, was ich dich lehre. Ein Weib, das bereits den Stachel der Lust verspürt hat, ist für heilige Werke ungeeignet und nur noch eine verachtenswerte Hexe.«

Gisela verstand nicht einmal die Hälfte dessen, was der Magier sagte, doch der Rest reichte, um ihr Angst zu machen. Selbst wenn sie Gaudentius gehorchte und jene geheimen Dinge lernte, die ihm und Alban ihre alte Gestalt wiedergeben konnten, würde sie später, wenn sie das Bett mit ihrem Mann geteilt hatte, nur eine Hexe und damit eines jener dem Teufel verfallenen Wesen sein, vor denen die Heilige Kirche die Gläubigen warnte. Dieses Opfer aber konnte niemand von ihr verlangen, selbst wenn die Errettung ihres Ehemanns davon abhing. Zudem sah sie nicht ein, dass sie sich für einen Mann opfern sollte, der es nicht wert war.

Gaudentius sah, wie Gisela kämpferisch das Kinn vorschob, und schalt sich einen Narren, weil er sich von seinem Ärger über dieses störrische Ding zu einer Lüge hatte hinreißen lassen. Nun würde es noch mühsamer werden, ihre Bedenken auszuräumen. Er konnte ihr ansehen, was sie dachte, und er spürte auch die magische Woge, die sie wie einen Schutzwall um sich aufbaute und die in die richtigen Bahnen gelenkt werden musste. Es würde ihm nichts anderes übrig bleiben, als seine nächsten Worte sehr sorgfältig zu wählen, um sie doch noch zu einer weiteren Zusammenarbeit zu bewegen.

»Du wirst auch nachher keine Hexe sein, da ich dich lehren werde, deine Kräfte zu beherrschen und als angesehene, gottesfürchtige Frau zu leben.«

Gisela runzelte die Stirn. »Mit einem verschwenderischen Wüstling als Ehemann?«

»Als die geachtete Witwe des Magisters, der dich im Haus deines Vaters zum Weib genommen hat und nicht mehr existieren wird, sobald der Fluch gebrochen ist. Du hast nur dem Untier Alban die Treue geschworen, nicht aber dem Lüstling, der er einmal gewesen ist.« Gaudentius sah so zufrieden aus, als hätten seine Worte alle Probleme der Welt gelöst. Gisela war zwar noch nicht überzeugt, besaß aber nicht die Kraft, sich noch länger mit dem Magier herumzustreiten. Erst einmal musste sie Zeit gewinnen, damit sie in Ruhe über alles nachdenken konnte. Das würde jedoch frühestens am Abend der Fall sein; vorher würde Gaudentius sie nicht aus seinen Klauen lassen.

Gisela war zwar nicht danach, wieder in das unaufgeräumte und seit langem nicht mehr gesäuberte Turmgemach des Magiers hochzusteigen, aber es blieb ihr nichts anderes übrig. Als sie mit innerem Widerstreben über die Schwelle trat, fing sich ihr Blick jedoch in dem hellen Licht, das von dem silbernen Kruzifix ausging, und es erschien ihr wie ein loderndes Feuer, das einem Schiff bei Sturm den Weg in den sicheren Hafen weist. Sie schob ihren Stuhl ein wenig in die Richtung der tröstlichen Kraft und setzte sich. Gaudentius versuchte währenddessen, die Tür zu schließen, ehe Dagga sich in den Raum drängen konnte, doch die Hündin war schneller und vor allen Dingen stärker als er. Mit einer Wucht, unter der wohl auch das dicke Holz der Tür hätte zerbersten können, zwängte sie sich in den Raum, legte sich Gisela zu Füßen und bettete den Kopf auf die Pfoten.

Der Magier beschloss, das Tier zu ignorieren, und forderte seine Schülerin auf, Schiefertafel und Schreibkreide zur Hand zu nehmen. Danach diktierte er ihr wieder eine endlose Reihe lateinischer Worte, die sie nicht nur aufschreiben, sondern nun auch vorlesen musste, und korrigierte dabei unbarmherzig ihre Aussprache.

»Das heißt *citus* mit *Ts* und nicht *Kitus*. Man sagt schließlich auch *Tsäsar* und nicht *Käsar*«, fuhr er ihr über den Mund.

Gisela biss die Zähne zusammen, bis die Wangenknochen weiß hervorstanden, und wiederholte das Wort so, wie Gaudentius es haben wollte. Es würde mir leichter fallen, wenn ich wüsste, was das alles bedeuten soll, dachte sie. Doch der Magier ließ sie weiterhin Worte aufschreiben und nachsprechen, ohne sie ihr zu erklären. Seine sichtliche Verachtung, was ihren Verstand betraf, ärgerte sie und trieb sie gleichzeitig dazu an, ihm zu zeigen, was sie wirklich konnte.

In ihre Konzentration eingesponnen war diesmal sie es, die das Läuten der Mittagsglocke überhörte. Während Gaudentius sich noch fragte, ob er den Unterricht tatsächlich unterbrechen sollte, stellte Dagga die Ohren auf, bellte kurz, aber vernehmlich und stieß Gisela mit der Schnauze an.

»Was hast du?«, fragte Gisela verwirrt, als hätte sie einen Menschen vor sich.

Dann hörte sie von unten Annas Stimme. »Kommt ihr jetzt endlich zum Essen, oder muss ich euch holen?«

Gisela bemerkte jetzt, wie hungrig sie war, und legte das Schreibzeug weg. Dagga lief bereits zur Tür, und Gaudentius folgte den beiden mit verkniffener Miene. Er sagte sich jedoch, dass die kurze Verzögerung durch das Mittagessen keinen Streit mit seiner Tante wert sei.

Da keine Gäste anwesend waren, hatte Anna den Tisch nicht in der großen Halle, sondern in einem Erkerzimmer des Palas decken lassen. Der Raum war sechseckig und besaß vier Fenster, durch die man weit über das hügelige, bewaldete Land schauen konnte. In einer Entfernung, die ein Fußgänger in gut zwei Stunden zurücklegen konnte, entdeckte Gisela auf der Kuppe eines Hügels eine Burg.

»Das ist Trelling, Herrn Eckehards Heim.« Annas Stimme klang so sehnsüchtig, als könne sie es kaum erwarten, dort als neue Herrin einziehen zu dürfen. In dem Moment begriff Gisela, dass die Erfüllung dieses Wunsches von ihrem Erfolg bei Gaudentius abhing, und sie bekam ein schlechtes Gewissen. Daher schmeckte ihr das Essen nicht so, wie es den ausgezeichnet zubereiteten Speisen angemessen gewesen wäre, und selbst der süße, mit frischem Quellwasser verdünnte Rotwein hinterließ einen bitteren Geschmack in ihrem Mund.

»Morgen wird Alban wieder mit uns speisen.« Erst bei Gaudentius' Bemerkung erkannte Gisela, dass sie ihren Ehemann, der auch an diesem Tag nicht bei Tisch saß, kein einziges Mal vermisst hatte. Doch nach alldem, was Gaudentius über ihn erzählt hatte, war sie sogar froh über seine Abwesenheit. Zum Glück würde sie seine Anwesenheit auch später nur bei den Mahlzeiten ertragen müssen. In ihrem Zimmer oder gar ihrem Bett hatte er Gaudentius' Worten zufolge nichts verloren.

10.

Gisela kam es vor, als hätte die Welt Riebelsborn vergessen. Die Tage glichen einander wie Grashalme und verstrichen ohne jenes Kommen und Gehen, das sie in besseren Zeiten im Hause ihres Vaters erlebt hatte. Gaudentius lud niemanden zu sich ein und verließ auch seinen Stammsitz nicht. Von den Nachbarn kam lediglich Eckehard von Trelling zu Besuch, der einmal in der Woche herüberritt und sichtlich froh war, wenn er den Burgherrn nicht antraf. Der Ritter gab sich dann doppelte Mühe, Anna dazu zu bringen, endlich in die Ehe mit ihm einzuwilligen und bei ihm auf Trelling zu leben. Gisela hatte zu der Frau inzwischen großes Vertrauen gefasst und hätte ihr dieses Glück gegönnt. Doch hoffte sie gleichzeitig, Gaudentius' Verwandte würde auf Riebelsborn bleiben, war sie doch die Einzige, die das Gesinde zusammenhalten konnte. Wenn sie ging, würden auch die Knechte und Mägde der Burg den Rücken kehren, selbst wenn sie außerhalb nur Bettler sein würden.

Gisela war es immer noch nicht gelungen, ein besseres Verhältnis zu den Bediensteten aufzubauen. Die Leute gingen ihr aus dem Weg oder wandten den Blick ab, wenn sie mit ihnen sprach. Dabei bemühten sie sich, Giselas Befehle so schnell wie möglich zu erfüllen, als hätten sie Angst, für jedes Zögern schwer bestraft zu werden. Für ihre persönliche Bedienung war Gundi zuständig, der trotz ihrer Jugend auf der Burg Rechte eingeräumt wurden, die manch altehrwürdige Dienerin vor Neid erblassen ließen. Doch keiner aus dem übrigen Gesinde wagte, der Kleinen ihren Platz streitig zu machen oder sie auch nur zu verärgern. Auf diese Weise lebten Herrin und Leibmagd inmitten der Burgbewohner wie Aussätzige, von denen sich alle anderen voll Schrecken fernhielten. Wie Gisela bald feststellte, umgab die gleiche unsichtbare Grenze auch Gaudentius und Alban. Sie gehörten zu jenen Zauberischen, die man fürchten musste, weil sie mit Dingen zu tun hatten, die jenseits der Vorstellungskraft einfacher Menschen lagen.

In den ersten Tagen hatte Gisela die Haltung der Leute, sie mit den beiden Verfluchten in einen Topf zu werfen, empörend gefunden. Nach einer Weile bemerkte sie jedoch, dass Gaudentius' harter Unterricht, den sie oft als Qual empfand, ihre Sinne schärfte wie eine Klinge auf dem Schleifstein. So hatte sie eine Magd gescholten, weil diese die heiße Suppe in einer Schüssel aufgetragen hatte, die für sie einen deutlichen Sprung aufwies. Aber als sie ihn der eingeschüchterten Frau hatte zeigen wollen, hatte sie festgestellt, dass der Riss für das Auge kaum wahrzunehmen war. Sie aber hatte ihn über mehr als zehn Ellen entdeckt.

Ihr Gehör wurde ebenfalls besser, und mit ihrer Nase konnte sie mittlerweile feinste Gerüche unterscheiden. Wenn sie zum Essen in die Erkerkammer hinunterstieg, wusste sie bereits an der Tür zu Gaudentius' Turmgemach, was an diesem Tag aufgetragen wurde, und zwar vom ersten bis zum letzten Gang. Am meisten aber wunderte sie sich darüber, dass Gaudentius diese Veränderung nicht zu bemerken schien. Er ließ sie immer noch endlose Reihen lateinischer Wörter aufschreiben und nachplappern, zeigte ihr aber zwischendurch auch die ersten Zaubermittel, die sie später einsetzen sollte, um den Fluch zu lösen. Gisela durfte nichts davon anfassen, und Gaudentius behandelte sie so unleidlich wie am ersten Tag. Alban unterstützte ihn nun beim Unterricht und führte sich dabei noch hektischer auf als der alte Magier. Ihr angetrauter Gatte schien sie nur als Mittel zum Zweck anzusehen, und zu ihrer eigenen Verwunderung ärgerte sich Gisela über ihn. Auch wenn es ihm in erster Linie darum gegangen war, ein übersinnlich begabtes Mädchen in die ihm als Ehemann zustehende Gewalt zu bekommen, hätte er ihr doch mit der ihr zustehenden Achtung begegnen können.

In dieser Zeit spendete ihr nur die wachsende Zuneigung zu Dagga Trost. In der Burg nannte man das Tier bereits ›den Hund‹

oder manchmal auch ›die Bestie der Magierbraut‹, weil die Hündin kaum einen Schritt von ihrer Seite wich und jeden anknurrte, der Gisela auch nur einen schiefen Blick zuwarf. Befehlen ließ sich die gewaltige Bärenhündin allerdings auch von ihr nichts. Dagga gefiel es, in Giselas Bett zu schlafen, sich von ihr bei Regen wie bei Sonnenschein ins Freie führen zu lassen – was selbst Gaudentius nicht mehr zu untersagen wagte –, und sie sah es als Giselas hauptsächliche Aufgabe an, sie bei den Mahlzeiten mit allerlei Leckerbissen zu füttern. Die junge Frau tat es gerne, denn die Hündin vermittelte ihr das Gefühl, wenigstens eine Freundin auf der Burg zu haben. Zwar behandelte auch Anna sie nun recht freundlich, aber Gaudentius' Tante war sehr in ihre Pflichten als Wirtschafterin eingespannt und konnte daher kaum Zeit für sie erübrigen. Gisela fand ebenfalls nur hie und da einmal die Zeit für einen kurzen Schwatz, da der Unterricht ihre ganze Kraft in Anspruch nahm.

Ehe sie sich versah, befand sie sich bereits einen ganzen Monat auf Riebelsborn und hatte sämtliche Vorstellungen aufgegeben, die das Zusammenleben mit ihrem Ehemann betraf. Es gab einfach keine Gemeinschaft zwischen ihr und Alban, nicht einmal kleine Gesten, die es ihr ermöglicht hätten, sich mit ihrem Schicksal auszusöhnen.

An einem Abend kurz vor Vollmond war Alban besonders unleidlich, und während Gisela noch nachsann, wie sie auf seine verletzenden Äußerungen reagieren sollte, stand er auf und verließ grußlos den Raum.

Anna beugte sich zu ihr hin und legte ihr die Hand auf den Arm. »Ärgere dich nicht über ihn, Kind! Die nächsten zwei Tage bist du ihn los.«

»Verreist er?«, fragte Gisela.

»So kann man es nennen.« Gaudentius verzog sein Gesicht und forderte seinen Diener Ludwig auf, ihm das Fleisch gefälligst kleiner zu schneiden.

Anna lachte ihn aus und wandte sich dann Gisela zu. »Ritter Eckehard wird morgen Abend wieder mit uns essen.«

Vor ihrer Heirat hätte Gisela den Trellinger für einen bärbeißigen Hinterwäldler gehalten und sich über ihn lustig gemacht. Nun aber freute sie sich, den Edelmann wiederzusehen. Nach dem harten Unterricht versprach sein Kommen Abwechslung, und in seiner Gegenwart fiel es selbst Gaudentius schwer, seine griesgrämige Miene beizubehalten.

11.

Gisela führte gerade Dagga nach draußen, als Eckehard von Trelling in den Hof ritt. Er trug ein ähnliches Gewand wie bei den letzten Besuchen, und von seinem Barett wehten drei Reiherfedern. Als er Gisela entdeckte, lenkte er sein Pferd in ihre Richtung und stieg keine fünf Schritte von ihr entfernt aus dem Sattel. Sein Gesicht war zu einem breiten Grinsen verzogen, und in seinen Augen saß der Schalk, als er auf Gisela zuging, sie in seine Arme schloss und ihr zwei schmatzende Küsse auf die Wangen gab. Dann ließ er sie los und drehte sich fröhlich zu Anna um, die aus dem Palas gekommen war, um ihn zu begrüßen, und ihn nun mit in die Hüften gestemmten Händen anstarrte.

Der Trellinger lachte schallend, als er ihr Gesicht sah. »Da bis jetzt alle Mittel versagt haben, dich zu der Meinen zu machen, dachte ich, ich könnte versuchen, deine Eifersucht zu schüren.«

Anna hatte schon den Mund zu einer heftigen Rede geöffnet, doch ließ sie sein freimütiges Bekenntnis verstummen. Sie betrachtete den Ritter aus zusammengekniffenen Augen und überlegte, ob sie ihm Glauben schenken sollte oder ob er nicht doch bei Gisela Feuer gefangen hatte – schließlich war Albans Ehefrau mehr als ein Jahrzehnt jünger als sie. Auch wenn Gisela nicht ungewöhnlich schön war, bot sie doch einen angenehmen Anblick, während Anna sich ihres Alters und dessen Spuren durchaus bewusst war. Sie mochte den Ritter, obwohl er in erster Linie darauf aus war, seinen drei unmündigen Kindern eine neue Mutter zu verschaffen, und war bereit, ihm zu folgen, sobald Gaudentius ihre Unterstützung nicht mehr benötigte.

Trotzdem wollte sie Eckehard nicht ungestraft davonkommen lassen. »Ich werde wohl meine Mägde anweisen müssen, dir nur trockenes Brot zu servieren, denn das Schmalz hast du ja bereits mitgebracht.«

Der Ritter ließ sich nicht so leicht aus dem Sattel stoßen. »Wenn es dein Wunsch ist, dass ich mich von Brot allein ernähren soll, dann soll es sein. Ich hoffe aber, dass du mir die Speisen großzügiger zumessen lässt, wenn wir erst einmal verheiratet sind. Ein Mann muss Kraft haben, um seiner Frau im Bett Freude bereiten zu können.«

Gegen ihren Willen errötete Anna wie ein junges Mädchen. »Über solche Dinge solltet Ihr nicht reden, Herr Ritter.«

Sie hob mahnend den Zeigefinger, doch Eckehard ignorierte ihn und grinste. »Das gehört nun einmal zum Zusammenleben von Mann und Frau dazu, meine Liebe. Wenn du dich mir noch lange verweigerst, werde ich mir doch noch eine meiner Mägde ins Bett holen müssen, damit sie mich über meine kalten und einsamen Nächte hinwegtröstet.«

Anna schnaubte empört, spürte aber, dass sie diesen Zweikampf der Worte verlieren würde, und drehte sich zu Gisela um. »Da behaupten die Männer, wir Frauen würden nur an unsere Leidenschaften und die Erfüllung unserer Lust denken! Dabei reden sie selber von nichts anderem.«

In diesem Augenblick ertönte hinter ihrem Rücken eine amüsiert klingende Stimme. »Du solltest nicht von einem Mann auf alle anderen schließen, liebste Anna!«

Die beiden Frauen wandten sich um und sahen Georg Streller vor sich, der sich wie bei seinem vorherigen Besuch in eine knielange Tunika aus Samt gekleidet hatte, die diesmal in den Farben des Herbstes leuchtete. Er trat auf Anna zu, zog sie an sich und küsste sie auf beide Wangen.

»Soll Herr Eckehard doch dieselbe Speise schmecken, die er dir auftischen wollte«, sagte er, als er sie wieder losließ.

»Sei froh, dass du nicht von ritterlichem Geblüt bist, du Lümmel, sonst müsste ich dich jetzt zum Zweikampf fordern, und ich würde nicht eher aufhören, bis ich deine Leber durchbohrt hätte!« Eckehard drohte Georg scherzhaft mit der Faust und schloss ihn dann ebenfalls in die Arme. »Es freut mich, dich zu sehen, mein Guter. Vielleicht kannst du Jungfer Anna heute davon überzeugen, dass sie mich in ihre Kammer einlädt, wenn sie mich schon nicht so rasch heiraten will.«

»Gott bewahre! Ich will doch nicht von der Bratpfanne geküsst werden«, antwortete Georg lachend und fasste ihn unter. »Kommt in den Saal! Das Essen steht bereit, und es ist unhöflich, den Gastgeber warten zu lassen.«

Während die beiden Männer in Richtung Palas verschwanden, zupfte Gisela Anna am Ärmel. »Ich wusste gar nicht, dass Herr Streller ebenfalls anwesend sein würde, und habe ihn nicht kommen gesehen.«

»Mein Neffe wird dir wohl kaum viel Zeit gelassen haben, durch das Fenster ins Freie zu schauen.« Anna gab Gisela einen leichten Nasenstüber und forderte sie auf, mit ihr zu kommen. Gisela wollte ihr bereits folgen, als Dagga sich mit einem mahnenden Laut bemerkbar machte.

»Ich muss die Gute vorher noch zum Anger begleiten, damit sie ein wenig herumtollen kann.« Gisela hob in einer bedauernden Geste die Arme und eilte davon. Dagga sprang bellend um sie herum und schnappte spielerisch nach ihren Händen.

»Willst du wohl!«, schimpfte Gisela. Doch die Hündin sah es nur als Aufforderung zu einem noch ausgelasseneren Spiel an. Erst hinter der Pforte ließ Dagga von Gisela ab und begann, wie wild von einem Ende der eingefriedeten Fläche zum anderen zu rennen, als habe sie sich wochenlang nicht mehr bewegt und müsse dies nun nachholen. Ausgerechnet jetzt, wo es Gisela in die Halle drängte, schien ihre vierbeinige Begleiterin außer Rand und Band zu sein. Dagga bellte munter und wälzte sich zwischendurch am Boden oder sprang in die Luft, um nach Vögeln zu schnappen. Erst als sich im Osten die ersten Vorboten der Dämmerung über das Land legten, schien die Hündin zufrieden zu sein und trabte so brav auf ihre Freundin zu, als könne sie kein Wässerchen trüben.

»Jetzt aber schnell! Ich habe Hunger.« Das war nicht die ganze Wahrheit, denn Gisela freute sich auf die Gäste und vor allen Dingen auf Georg Streller, der ihr als Kaufherrensohn inmitten der ihr fremden Umgebung wie ein Anker erschien, an dem sie sich festklammern konnte. Gisela wusste, dass ihre Gedanken für eine verheiratete Frau ungehörig waren. Doch wenn sie sich auch ein wenig schämte, so freute sie sich doch darauf, den Abend in angenehmer Gesellschaft verbringen zu können.

Kurz bevor sie die Angerpforte erreichte, blickte sie noch einmal zu dem sich grau färbenden Abendhimmel empor. Bleich, aber gut sichtbar stand der Vollmond als weiße Scheibe über den Hügelketten. In weniger als einer Stunde würde er in silberner Pracht erstrahlen und sein magisches Licht über das Land werfen. Gisela erinnerte sich daran, einmal gehört zu haben, dass das Licht des Vollmondes alles Böse bannen sollte, und dachte unwillkürlich an die kleine goldene Kapsel in Gaudentius' Studienzimmer. Doch als ihr Blick zum Fenster dieser Kammer hochwanderte, nahm sie einen faustgroßen, abgrundtief hässlichen schwarzen Klumpen wahr, der dem Licht des Mondes zu spotten schien.

Gisela schüttelte sich, schob das Ding jedoch in ihren Gedanken beiseite und ging weiter, bis sie den Palas erreichte. Im großen Saal saßen der Burgherr und seine Gäste bereits in geselliger Runde beisammen. Gisela bemerkte erfreut, dass Anna neben Ritter Eckehard saß und ihr den Platz neben Georg Streller freigelassen hatte, ging wie selbstverständlich dorthin, knickste kurz und setzte sich.

Georg Steller schenkte ihr ein strahlendes Lächeln. »Ihr seht erhitzt aus, meine Liebe!«

»Daran ist Dagga schuld. Sie hat mir keine Ruhe gelassen.« Da Gisela die große Hündin, die sich an sie presste, bei diesen Worten streichelte, hörte es sich nicht gerade wie ein Tadel an. Auch Georg streckte jetzt seine Hand aus und begann, die Hündin zu kraulen. Gisela wunderte sich, dass Dagga, die sich sonst von kaum einem Menschen berühren ließ, dies nicht nur hinnahm, sondern dabei sogar wohlige Laute ausstieß. Als Georg dann auch noch anfing, die Hündin zu füttern, drängte diese sich so verliebt an ihn, dass Gisela beinahe eifersüchtig wurde. Seit sie hier auf Riebelsborn lebte, war Dagga ihr Hund gewesen, und nun ging sie mit fliegenden Fahnen zu einem anderen Menschen über. Noch während ihr diese Gedanken durch den Kopf schossen, musste sie über sich selbst lachen. Georg war schon lange vor ihr ein gern gesehener Gast gewesen und mochte Dagga schon gekannt haben, als diese noch ein kleiner, tapsiger Welpe war.

»Ich würde hundert Gulden dafür geben, Eure Gedanken zu erfahren!«, wandte sich Georg über Dagga hinweg an Gisela.

Diese senkte den Kopf, damit er ihr Gesicht nicht sehen konnte. »Meine Gedanken wären gewiss keine hundert Gulden wert, Herr Streller.«

»Ihr seid zu bescheiden! Sie sind gewiss weitaus mehr wert.« Georg zwinkerte ihr fröhlich zu und reichte ihr dann die erste Speise, ein Stück eines in Kräutersud gesottenen Karpfens, obwohl ein Diener bereit stand, ihr aufzuwarten.

Gisela bedankte sich und begann zu essen. Auf der anderen Tischseite hielt Ritter Eckehard einen Vortrag über die Vorzüge von Bärenhunden bei der Jagd. Er schielte dabei immer wieder zu Dagga, als würde er ihr zum Vorwurf machen, dass sie noch immer keine Welpen zur Welt gebracht hatte. Gaudentius beteiligte sich für seine Verhältnisse mehr als lebhaft an dem Gespräch und erzählte einige Anekdoten über seinen früheren Jäger Sepp, der Dagga auf die Burg gebracht und erzogen hatte. Zuletzt wies er auf sein hageres und ausgemergeltes Gesicht.

»Wäre das nicht passiert, hätte ich mich nach Sepps Tod der Hündin angenommen. So aber bin ich nicht einmal mehr in der Lage, dem Schoßhund eines Frauenzimmers Gehorsam beizubringen – geschweige denn diesem Riesenbiest! Alban kann Dagga auch keine Manieren beibringen, obwohl sie ihn mag. Aber sie scheint ihn für einen übergroßen jungen Hund zu halten, der *ihr* gehorchen sollte.« Gaudentius schwieg einen Moment, trank einen Schluck Wein und wandte sich dann wieder an Eckehard.

»Wenn alles so läuft, wie ich es erwarte, wirst du noch vor Jahresfrist meine Tante als Gemahlin heimführen können. Ich suche mir dann eine eigene Ehefrau oder wenigstens eine Wirtschafterin mit den entsprechenden Fähigkeiten ...« Er konnte den angefangenen Satz nicht zu Ende führen, da Ritter Eckehard ihn grinsend unterbrach.

»... um dir die Ehefrau auch im Bett ersetzen zu können! Ich glaube, du und Alban, ihr werdet ganz schön Nachholbedarf haben. Nur ist dein Freund ja schon gut versorgt.« Der Trellinger streifte Gisela mit einem anzüglichen Blick.

Während Anna tadelnd die Nase rümpfte, lachte Georg Streller leise auf und fasste dann nach Giselas Hand. »Immer wenn ich Euch ansehe, vergesse ich ganz, dass Ihr mit einem anderen Mann verheiratet seid. Ich hoffe, er behandelt Euch gut, sonst müsste ich ihm Manieren beibringen.«

»Danke, ich kann nicht klagen!« Allein der Gedanke, Georg könnte ihren Mann erzürnen und sein Leben zwischen dessen mächtigen Pranken aushauchen, bereitete Gisela Übelkeit. Sie konnte sich der allgemeinen Fröhlichkeit am Tisch jedoch nicht lange entziehen und erfuhr durch aufgeschnappte Bemerkungen, dass Gaudentius, der ihr gegenüber immer den strengen Lehrer herauskehrte, mit ihren Fortschritten bislang sehr zufrieden war und hoffte, den Fluch tatsächlich innerhalb eines Jahres brechen zu können.

12.

Cajetan blickte von seinem Alabasterspiegel auf und drehte sich mit zuckenden Lippen zu seinem Homunkulus um. »Der gute Gaudentius glaubt also, meines Fluches in einem Jahr ledig zu sein. Dabei wird er nicht einmal mehr ein Viertel dieser Zeit leben. Dann gehört seine Seele mir und wird mein eigenes Leben verlängern.« Der Magier betrachtete wohlgefällig eine Sanduhr auf dem Kaminsims, aus deren fast leerer oberen Hälfte ein dünner schwarzer Faden nach unten lief.

Fulvian folgte dem Blick seines Herrn und runzelte die Stirn. »Läuft der Sand nicht langsamer als sonst?«

»Unsinn! Das kommt dir nur so vor. Sobald das letzte Sandkorn gefallen ist, ist es mit meinem einstigen Schüler und jetzigen Feind zu Ende, und wenn Gaudentius erst einmal tot ist, wird dieses Monstrum Alban so hilflos sein wie ein Kind in der Wiege und kann mir ebenfalls nicht mehr entgehen.«

»Sofern er nicht in einer Vollmondnacht stirbt«, stellte der Homunkulus spöttisch fest.

Cajetan wischte diesen Einwand mit einer heftigen Handbewegung beiseite und deckte seinen Zauberspiegel mit einem pechschwarzen Tuch zu.

Dritter Teil

Die Geisterfrau

1.

Gisela wachte zitternd auf und starrte die Zimmerdecke an, auf die das Mondlicht unheimliche Figuren malte. In ihren Gedanken hallte noch der Albtraum wider, aus dem sie hochgeschreckt war. Darin hatte sie in den tiefsten Grund der Hölle geblickt und Satan persönlich auf seinem Thron aus brennenden Menschenknochen hocken gesehen. Einer seiner Unterteufel – ein kleines, krummbeiniges Geschöpf mit gespaltenem Huf statt des rechten Fußes, einem in einer Quaste auslaufenden Schwanz und Bockshörnern – hatte sich vor dem Herrn der Finsternis in den Staub geworfen und ihm einen Korb mit gefangenen Seelen überreicht.

»Mit den besten Empfehlungen von deinem demütigen Diener Cajetan!«

Gisela schüttelte sich noch immer vor Entsetzen, denn sie hatte die meisten Seelen erkannt. Gaudentius war dabei gewesen und – was sie nicht ganz so tief berührt hatte – Alban. Doch ihr Bruder Hans war ebenfalls wie ein Wurm in dem Gefäß herumgekrochen, das inwendig mit Spinnweben verschlossen schien, und mit ihm der stets betrunkene Korbflechter Landelin und die Seelen zweier ihr unbekannter Frauen. Eine Stimme hatte ihr gesagt, dass sie dieses Schicksal bald teilen würde.

Es war nicht der erste Albtraum gewesen, der sie während ihres Aufenthalts auf dieser Burg heimgesucht hatte, aber der bisher schlimmste. Gisela atmete tief durch, um ihre flatternden Nerven zu beruhigen, und versuchte abzuschätzen, wie spät es sein konnte.

Noch war kein Widerschein der Morgenröte zu sehen oder zumindest jene kaum wahrnehmbare Helligkeit, mit der sich die Dämmerung ankündigte. Ihr war klar, dass sie sich bis zum Morgengrauen wach halten musste, denn wenn sie einschlief, würde sie erneut in diesen schrecklichen Traum fallen und ihr eigenes Ende erleben. Davor aber fürchtete sie sich zu sehr.

Da in der Burg alles still blieb, musste der neue Tag wohl noch sehr fern sein. Gisela überlegte, ob sie Gundi wecken und sich mit ihr unterhalten sollte, um selbst wach zu bleiben, aber sie wollte ihrer Magd nicht die dringend benötigte Nachtruhe rauben.

Daher stieg sie aus dem Bett und trat ans Fenster. Anhand der Stellung des Orion, der sich seit ein paar Tagen über den südlichen Horizont geschoben hatte, konnte sie erkennen, dass es kurz nach Mitternacht war. Wenn sie nicht wieder ins Bett zurückkehren wollte, würden lange, kalte Stunden vor ihr liegen. Früher hatte Gisela sich nie besonders für den Sternenhimmel interessiert, aber seit einigen Wochen führte Gaudentius sie in die Kunst der Astrologie ein, da sie auch die geeignete Stunde berechnen können musste, um den Fluch zu lösen. Um sich abzulenken, versuchte sie, anhand der Gestirne ihr eigenes Horoskop zu erstellen. Ohne langwierige Berechnungen, bei denen sie Notizen machen konnte, gelang es ihr jedoch nicht. Sie besaß zwar zwei hübsche Schreibfedern, aber weder Papier noch Tinte.

Bisher hatte Gisela das fehlende Schreibzeug nicht als Mangel empfunden, doch nun beschloss sie, den alten Magier am kommenden Tag darum zu bitten. Sie verwarf diesen Gedanken jedoch sofort wieder – wie sie ihn kannte, würde er ihr nur einen Vortrag über die Schwäche des weiblichen Wesens halten und sie zur Strafe einige besonders knifflige Wortreihen aufschreiben lassen. Mittlerweile durfte sie ab und zu Papier anstelle der gewohnten Schiefertafel verwenden, und sie empfand eine gewisse Lust dabei, die glatte Fläche mit ihrer zierlichen und gestochen scharfen Schrift zu bedecken. Im Gegensatz zu ihr besaß Gaudentius eine schreckliche Klaue und musste oft selbst darüber nachsinnen, was das eine oder andere von ihm geschriebene Wort bedeuten sollte. Ihn um Papier zu bitten, war also sinnlos. Aber sie konnte sich an Georg Streller wenden. Er würde ihr diesen kleinen Gefallen gewiss gerne tun. Um die Ankunft des jungen Kaufherrn zu bestimmen, benötigte Gisela weder Papier noch astrologische Tabellen, denn er erschien regelmäßig am späten Nachmittag oder frühen Abend der Vollmondnacht und verließ die Burg bereits vor Sonnenaufgang wieder. Gisela bedauerte, dass er immer nur so kurze Zeit blieb. Sie hätte sich gern länger mit ihm unterhalten, auch wenn sie Gaudentius und wohl auch ihren Ehemann mit ihrem Interesse für den jungen Kaufmann verärgern würde. Mittlerweile sah sie Georg trotz seiner kurzen Aufenthalte beinahe häufiger als Alban, der sich tagelang in seine Gemächer einsperrte und kaum noch zum Vorschein kam. Gisela hoffte von ganzem Herzen, dass sein Gewissen ihn quälte, weil er sie durch die Ehe mit ihm in diese Lage gebracht hatte.

Gaudentius hatte zwar stets eine Gefahr für ihre unsterbliche Seele verneint, aber der eben durchlebte Albtraum bewies Gisela, dass sie sich sehr wohl auf einem Weg befand, der zur Hölle führte. Wütend kniff sie die Lippen zusammen und kehrte dem Fenster den Rücken. Wenn sie nicht verrückt werden wollte, brauchte sie dringend Papier, um ihre geheimsten Gedanken aufschreiben zu können, denn es gab niemanden, mit dem sie über ihre Sorgen hätte reden können: Gundi würde sie mit ihren Überlegungen und Visionen höchstwahrscheinlich zu Tode erschrecken, und Dagga hörte ihr zwar geduldig zu, doch selbst das verständnisvollste Bellen war auf Dauer als Antwort etwas zu wenig.

»Warum holst du dir nicht selber Papier?« Im ersten Augenblick sah Gisela sich erschrocken um, begriff aber dann, dass sie selbst diese Worte ausgesprochen hatte, und zwar so laut, dass sie beinahe Gundi geweckt hätte. Die kleine Magd wälzte sich in ihrem

Bett, stöhnte und richtete sich sogar ein wenig auf. Dann aber fiel sie zurück und begann leise zu schnarchen. Vermutlich war sie in ein Traumreich geglitten, das angenehmer war als jenes, welches ihre Herrin eben durchmessen hatte.

Gisela schlich zur Tür und öffnete sie vorsichtig. Ein Schatten an ihrer Seite und tappende Pfoten zeigten ihr, dass Dagga wach geworden war und sie nicht allein gehen lassen wollte. Die Anwesenheit der großen Hündin, die jeder in der Burg zu fürchten schien, verlieh ihr den Mut, sich an der Wand entlang bis zur Treppe zu tasten und diese Stufe für Stufe hochzusteigen. Zwar war es stockdunkel, doch hatte Gisela diesen Weg so oft zurückgelegt, dass sie ihn mit geschlossenen Augen hätte finden können. Sie wusste sogar die Zahl der Schritte, die sie auf dem oberen Flur brauchte, um zur Studierkammer zu gelangen. Zu ihrer Erleichterung ließ die Tür sich öffnen. Gaudentius hielt nichts von besonderen Vorsichtsmaßnahmen, weil von dem Gesinde niemand wagte, sein Arbeitszimmer zu betreten, und er wohl auch nicht damit rechnete, dass seine Schülerin freiwillig hierher zurückkehren würde. Mit schief gezogenem Mund dachte Gisela daran, dass er, wenn er sie jetzt sehen könnte, wieder einen seiner Sprüche von sich geben würde, mit denen er die Neugier und Triebhaftigkeit des weiblichen Geschlechts anprangerte.

Mit einem rachsüchtigen Auflachen schob sie die Tür auf und trat ein. Sofort wallte ihr eine Schwärze entgegen, die ihr das Herz zu zerdrücken schien. Erschrocken wich sie einen Schritt zurück und wollte ihr Vorhaben aufgeben, als sie das Kruzifix durch die Dunkelheit leuchten sah. Obwohl sie wusste, dass es unter mehreren Decken verborgen in der am weitesten von ihr entfernten Ecke lag, schien es mitten im Raum zu schweben. Sein Licht wurde stärker und drängte die grauenvolle Schwärze zurück, bis diese Gisela den Weg freigab und schließlich als ineinanderwirbelndes Knäuel spinnenbeinähnlicher Schnüre auf der Anrichte lag.

Nun war es im Raum so hell wie am lichten Tag. Obwohl Gisela vor Furcht zitterte, war sie froh, keine Laterne anzünden zu müssen. Sie lief auf Zehenspitzen zu dem Bord hinüber, auf dem Gaudentius einen großen Stapel Papier vorrätig hielt, und nahm nach kurzem Zögern eine fingerdicke Lage an sich. Nun fehlten ihr noch Tinte und vielleicht auch eine normale Schreibfeder, da sie die silbernen in ihrem Schreibschrank nicht beschmutzen wollte. Andere aber konnte sie sich beschaffen, indem sie einen der Hähne, die im Vorwerk der Burg krähten, der prächtigen Schwanzfedern beraubte.

Nach kurzem Suchen entdeckte sie ein schmuckloses, längst eingetrocknetes Tintenfässchen aus Ton, das Gaudentius gewiss seit Jahren nicht mehr benutzt hatte. Gisela füllte es vorsichtig aus dem größeren Tintenfass auf und wollte das Zimmer wieder verlassen, als sie plötzlich zu spüren glaubte, dass jemand hinter ihr stand. Abrupt drehte sie sich um und riss den Arm hoch, um einen Schlag abwehren zu können. Doch da war kein Mensch, sondern nur ein Schatten mit den Umrissen einer weiblichen Gestalt, die direkt über dem leuchtenden Kruzifix zu schweben schien.

Obwohl sich ihre Konturen immer wieder auflösten und neu formten, sah Gisela, dass es sich um eine junge Frau in einem fremdartigen Gewand handelte, welches in kunstvollen Falten von ihren Schultern niederfiel und knapp über ihren in feinen Riemensandalen steckenden Füßen endeten. Als das Wesen den Mund öffnete und etwas sagte, konnte Gisela zunächst nichts verstehen. Da ihr der Klang der Worte jedoch bekannt vorkam, nahm sie an, dass es sich um Latein handeln musste.

»Ich spreche deine Sprache nicht«, sagte sie etwas hilflos.

Die Frau löste sich wieder auf, kehrte noch deutlicher geformt zurück und winkte Gisela, näher zu kommen.

Diese fühlte, wie ihr Magen sich vor Angst verkrampfte, folgte aber der stummen Bitte und zuckte nicht einmal zurück, als das Geisterwesen sie kurz an der Stirn berührte. Als es erneut zu sprechen begann, vernahm Gisela zwar immer noch die lateinischen Worte, doch ihr war, als spräche jemand die Worte in ihrer eigenen Sprache nach, sodass sie verstand, was die Geisterfrau ihr sagen wollte.

»Du musst mir helfen! Der Feind ist sehr mächtig, und ich bin zu schwach, um ihn noch länger aufhalten zu können.« Es klang, als schwebe die Sprecherin in höchster Not.

Gisela trat einen Schritt zurück und starrte die andere an. »Wer bist du?«

»Mein Name lautet Lavinia. Ich war eine der Schülerinnen des heiligen Sebastian, den Feinde der Christenheit mit Pfeilen durchbohrt haben, und bin nach meinem Tod im selben Grab beigesetzt worden wie er. Als fromme Leute Jahrzehnte später seine sterblichen Überreste sammelten, um sie als Reliquien zu ihren Kirchen zu bringen, hielt einer von ihnen einen Knochen meines Fußes für das Gebein des Heiligen und nahm ihn an sich. Er ließ ein Kruzifix mit einer Kapsel für mein Knöchelchen anfertigen, barg es darin und richtete seine Gebete an mich, damit ich ihn der Heiligen Jungfrau und dem Herrn Jesus Christus empfehle.«

»Dann bist du so etwas wie eine Heilige!«, rief Gisela aus.

»Ich mag ein Werkzeug des Herrn sein, bin aber gewiss keine Heilige«, wehrte Lavinia ab. »Doch jetzt hurtig ans Werk. Bevor der Hahn das erste Mal kräht, musst du den abscheulichen Inhalt der schwarzen Kapsel dort vernichtet haben!« Sie zeigte auf das schwarze Knäuel auf der Anrichte, das sich um ein kleines, goldenes Gefäß ballte.

Allein der Anblick war so entsetzlich, dass Gisela ihre Augen bedeckte. »Das kann ich nicht«, flüsterte sie mutlos.

»Doch, du kannst es!«, drängte Lavinia. »Ich habe so lange auf jemanden gewartet, der mehr sieht, als das menschliche Auge gewöhnlich zu sehen vermag, und auch mehr, als ein Alchemist und Magier sich aus seinen Büchern aneignen kann. In dir fließt das

Blut der alten Mütter, die mit ihren Kräften das Böse von ihren Völkern ferngehalten und den Menschen geholfen haben, bis fromme Männer, die von den Sendboten des Satans getäuscht und betrogen wurden, sie der Ketzerei und Häresie beschuldigten und grausam verfolgten.«

Gisela keuchte. »Willst du damit sagen, dass ich eine dieser von Gott verfluchten Hexen bin?«

»Verflucht von jenen, die behaupten, in Gottes Namen zu sprechen, in Wahrheit jedoch teuflischen Einflüsterungen folgen! Du, Gisela, bist eine Waffe wider den Feind, der uns alle mit Dunkelheit und schwarzem Feuer bedroht.«

Gisela wusste nicht, was sie von dieser Begegnung mit der Geisterfrau halten sollte. Am liebsten hätte sie mit ihrem Raubgut den Raum verlassen und alles als Hirngespinst abgetan. Doch etwas in ihr ließ sie glauben, dass Lavinia existierte und sie ihre Bitte erfüllen musste. Unwillkürlich glitt ihr Blick wieder zu dem schwarzen, ineinander verwobenen Knäuel, und nun konnte sie das goldene Gefäß ganz deutlich sehen. Daher nahm sie ihren ganzen Mut zusammen, trat auf die Anrichte zu, streckte die Finger aus und versuchte, das ekelerregende Ding zu packen. Sie hatte die Schwärze noch nicht ganz erreicht, als ihre Fingerspitzen aufglühten, als hätte sie in eine Schmiedeesse gegriffen. Gleichzeitig wurde ihr speiübel.

Jetzt packte Gisela die Wut. Sie sah sich um, ob sie eine Zange oder etwas Ähnliches fand, musste sich aber mit zwei Tüchern begnügen, die ihren bestickten Borten nach zu urteilen dazu dienen sollten, wertvolle Bücher einzuhüllen. Sie wickelte die Lappen um ihre Hände, griff durch die Schwärze und öffnete die Kapsel. Verblüfft lachte sie auf. In ihrer Angst hatte sie sich vorgestellt, es käme ein Dämon heraus, der sie packen und in die Hölle schleifen würde, aber es handelte sich nur um ein Büschel dunkler, krauser Haare, die genauso gut von einem Bären oder einem wilden Keiler hätten stammen können. Nur die von den Haaren ausgehende nebelhaft wabernde, abgrundtief böse wirkende Schwärze verriet ihr, dass ein böser Zauber an ihnen haftete.

»Berühre nichts davon mit bloßen Händen!«, warnte Lavinia.

Gisela schüttelte sich. »Das habe ich nicht vor. Aber wie soll ich sie vernichten? Haare kann man eigentlich nur verbrennen.«

»Das wird wohl das Beste sein«, stimmte Lavinia ihr zu.

Gisela sah sich zu dem Kruzifix um, dessen Licht jedoch weder heiß noch sengend war. Dann erinnerte sie sich an die Lampe, die samt Feuerstein und Zunder in einer Nische neben der Tür stand. Wenig später hatte sie einen Funken geschlagen und eine Flamme entzündet. Mit einer von Gaudentius' Pinzetten hielt sie eines der drahtigen Haare in die Flamme. Es knallte leise, und der scharfe Geruch von Schwefel zog durch den Raum. Das Haar aber begann nur leicht an der Spitze zu glimmen.«

»So klappt das nicht«, stöhnte Gisela enttäuscht.

Lavinia zeigte dann auf das Kruzifix. »Berühre die Lampe damit und sprich ein Gebet! Vielleicht hilft uns der Segen des Herrn.«

Gisela befolgte den Rat der Geisterfrau, und als sie nun das Haar in die Flamme hielt, flammte ein Licht auf und verzehrte es innerhalb weniger Sekunden. Gleichzeitig stank es im ganzen Raum nach Schwefel, sodass Gisela kaum noch Luft bekam. Sie wankte zu einem der Fenster, riss es auf und sog die kühle Nachtluft mit tiefen Zügen ein.

»Du musst weitermachen!«, drängte Lavinia.

Gisela nickte und kehrte zu ihrer Lampe zurück. Während sie ein Haar nach dem anderen dem Feuer preisgab, sah sie sich immer wieder zu Lavinia um.

»Darf ich dich etwas fragen? Warum weilst du als Geist hier auf Erden und nicht bei Gott und allen Heiligen im Himmelreich?«

Über Lavinias durchscheinendes Gesicht huschte ein Schatten. »Ich habe große Schuld auf mich geladen: Als unsere Feinde die Gemeinde nach dem Tod des heiligen Sebastian immer stärker bedrängten, floh ich mit drei Gefährtinnen zu einem Mann, der sich als unser Freund ausgab. Dieser nahm uns freundlich auf, obwohl er zweien meiner Begleiterinnen unheimlich war. Ich lachte über ihre Bedenken und verließ wenig später sein hoch über dem Fluss Altmühl gelegenes Refugium, um andere Freunde aufzusuchen und dorthin in Sicherheit zu bringen. Kurz darauf erschien mir eine meiner Gefährtinnen im Schlaf und klagte mich an, sie und die beiden anderen der Verdammnis preisgegeben zu haben. Unser Gastgeber, so behauptete sie, hätte sie in einem grausamen Ritual dem Satan geopfert und die Verlängerung seines eigenen Lebens damit erkauft. Sie verfluchte mich, nicht eher ins Himmelreich eingehen zu können, bis ihre Seele und die ihrer Gefährtinnen befreit seien.«

Lavinia senkte beschämt den Kopf. Gisela sah, dass eine Träne über ihre rechte Wange lief, und hätte sie am liebsten an sich gezogen und getröstet. Doch als sie eine Bewegung auf sie zu machte, bat Lavinia sie, mit der Verbrennung der teuflischen Haare weiterzumachen.

Kurz darauf hatte Gisela das letzte Haar aus dem Knäuel verbrannt und wollte schon erleichtert aufatmen, als ein leichter Schatten ihre Aufmerksamkeit anzog. Sie sah genauer hin und entdeckte ein halb unter einem Folianten verstecktes Haar. Auch dieses hielt sie über die Flamme, woraufhin sie prompt mit einem nach allen üblen Gerüchen der Hölle stinkenden Luftschwall überschüttet wurde. Sie rettete sich keuchend ans Fenster, und während sie nach Luft rang, vernahm sie plötzlich Geräusche auf dem Flur. Sie sauste zur Lampe und blies sie aus. Doch als sie zur Tür laufen wollte, hielt Lavinia sie auf. »Versteck dich unter der Decke, unter der das Kruzifix liegt!«

Gisela gehorchte ohne zu überlegen und zog die Decke über sich. Da wurde die Tür geöffnet, und eine grummelnde Stimme, die sie als Gaudentius' erkannte, erklang.

»Hier ist doch niemand! Dabei hätte ich schwören können, Schritte und eine Stimme gehört zu haben!« Den Geräuschen nach tappte der alte Magier durch den Raum und untersuchte jede Ecke. Gisela glaube sich bereits entdeckt, als er zum offenen Fenster ging und es wieder schloss.

»Es muss wohl der Wind gewesen sein. Eigenartig – ich habe noch nie vergessen, das Fenster zu schließen. Anscheinend macht sich mein Alter nun mit stärkerer Macht bemerkbar. Ich werde diese kleine Hexe antreiben müssen, damit sie den Fluch so bald wie möglich brechen kann.«

Dann kehrte Gaudentius dem Raum den Rücken. Gisela kroch aufatmend unter der Decke hervor und schüttelte verwundert den Kopf. Ihrer Ansicht nach hätte der Burgherr weder sie noch die offene, nun leere Kapsel übersehen dürfen, in der die Haare gelegen hatten. Außerdem stank es noch immer so ekelerregend nach Schwefel, dass es Gaudentius selbst bei einem schlimmen Schnupfen hätte merken müssen. Gisela wollte Lavinia fragen, ob sie eingegriffen hatte, doch der Geist war verschwunden und kehrte auch auf ihre Bitte hin nicht zurück.

2.

Cajetan schlüpfte in seinen weiten, mit Sternsymbolen geschmückten Mantel aus schwarzem Samt, setzte sich die spitz zulaufende Mütze auf den Kopf, die den hohen Goldhüten seiner Jugendzeit nachempfunden war, und trat vor den mannshohen Spiegel aus bestem venezianischen Glas. Diesen hatte er von einem bedeutenden Handelsherrn als Belohnung für den Rat erhalten, wie dieser noch reicher und mächtiger werden konnte. Cajetan verzog spöttisch die Lippen, als er an die guten Dienste dachte, die der Mann ihm noch würde leisten können. Denn die Verbindungen des Fernhandelskaufmanns reichten weit, und er machte einen nicht unbeträchtlichen Teil seines Gewinns mit dem Freikauf christlicher Sklaven bei den Ungläubigen in Afrika. Von jedem Golddukaten, den er von der christlichen Kirche und freiwilligen Spendern für diesen Zweck erhielt, blieb eine Hälfte bei ihm hängen.

Da Cajetan seinen Kerker zurzeit etwas zu schwach gefüllt fand, plante er, einen Stein für den Kaufmann zu schaffen, mit dem dieser und seine Gehilfen magisch Begabte unter den freigekauften Menschen erkennen und an ihn weiterleiten konnten. Hetta, Kezia, Gaudentius und Alban würden seinen eigenen Jahren gerade einmal zwei Menschenleben hinzufügen. Zwar würde er sich irgendwann auch um Albans Ehefrau, deren Bruder und den versoffenen Korbflechter kümmern, doch war das eine magere Ausbeute im Vergleich zu jenen Zeiten, in denen er auf einen Vorrat von gut fünfhundert Jahren hatte blicken können.

»Seid Ihr bald damit fertig, Euch selbst zu bewundern, Herr?«

Fulvians Bemerkung riss den Magier aus seinem Grübeln. Doch er reagierte nicht verärgert, sondern kräuselte nur verächtlich die Lippen. »Ich dachte gerade an jene Zeiten, in denen du mir besser gedient hast als heute.«

»Das ist kaum möglich, denn nie diente ich Euch besser als jetzt.«

Cajetan glaubte, Spott in der Stimme seines Kunstgeschöpfes zu vernehmen, lachte dann aber über sein Misstrauen. Nie würde Fulvian auf den Gedanken kommen, sich über ihn zu erheben. Schließlich war er sein Werk und hatte sich bis auf die in seinen Augen unerklärliche Gier nach Frauen seit der Zeit seiner Entstehung als nützlicher Diener erwiesen. Neuerdings aber schien der Homunkulus ein wenig nachzulassen.

»Hast du die beiden Hexen endlich so weit, dass sie mir dienen?«, fragte Cajetan.

Fulvian verdrehte die Augen. »Lange kann es nicht mehr dauern, Herr. Ich habe die beiden Weiber trennen lassen. Kezia erscheint mir wie ein reifer Apfel, der sich so leicht pflücken lassen wird wie jene Frucht, die einst Eva im Garten Eden an sich nahm, weil sie glaubte, Adam mit ihr erfreuen zu können. Nur tat sie genau das Falsche!« Der Homunkulus begann keckernd zu lachen und hüpfte wie ein Eichhörnchen durch den Raum.

Cajetan versetzte ihm einen Tritt. »Und was ist mit der anderen?«

»Hetta ist aus härterem Stoff gemacht, doch nehme ich an, die Einsamkeit wird sie mürbe machen.«

»Das will ich auch hoffen, denn ich benötige meine Zauberkraft für wichtigere Dinge als dafür, eine renitente Hexe meinem Willen zu unterwerfen. Im Reich gehen große Dinge vor! Kaiser Maximilian ist alt geworden, und wenn ich es geschickt anfange, wird es meine Hand sein, die den neuen Kaiser bestimmt. Es kamen schon Boten hoher Herren, die mich um meine Unterstützung baten. Ich werde mir überlegen müssen, welchen von ihnen ich auf den Thron setzen werde. Es ist bedauerlich, dass ich nicht zum geistlichen Stand zähle, sonst könnte ich die Stellung des Reichsinquisitors einnehmen und alle magisch Begabten verhaften lassen. Jene, die ich in dieser Stellung an mich bringen könnte, würden mein Leben nicht nur ein oder zwei Jahrhunderte, sondern um Jahrtausende verlängern.«

»Ich könnte Euch die Bekanntschaft einiger hoher Kirchenfürsten vermitteln, die Euch für einen geringen Preis dabei behilflich wären«, bot Fulvian an.

Cajetan sah ihn verwirrt an, da er so viel Eigeninitiative von seinem Homunkulus nicht gewöhnt war. Dann aber schlug er mit der rechten Hand durch die Luft, als wolle er diesen Gedanken wieder vertreiben. »Rede nicht solchen Unsinn und lass mich nachdenken! Um meinem Ziel näher zu kommen, muss ich im ersten Schritt die Vergabe der Kaiserwürde beeinflussen. Ich werde mir die Angebote sehr genau ansehen, bevor ich entscheide, wem ich zu dieser Machtfülle verhelfe. Zuerst aber will ich schauen, was mein lieber Freund Gaudentius treibt. Welche Verrenkungen wird er wohl heute anstellen, um aus dem Mädchen eine brauchbare Hexe zu machen?« Cajetan verließ sein Schafgemach und betrat kurz darauf seine Studierkammer.

Während er die Hand nach dem Tuch ausstreckte, das den Alabasterspiegel bedeckte, bleckte Fulvian zischelnd die Zähne. »Irgendetwas ist vorgefallen, Herr! Ich fühle es.«

Cajetan lachte wegwerfend, verstummte dann aber schlagartig. »Was ist das? Das Wasser in der Schüssel hat sich getrübt!«

Der Magier starrte mit weit aufgerissenen Augen in die Schüssel, deren Oberfläche statt der gewohnt scharfen Bilder nur graue Schlieren und ein paar Schatten zeigte, die ganz entfernt an Menschen erinnerten.

»Ich sagte doch, dass ich mit einem Mal ein schlechtes Gefühl bekommen habe!«, rief Fulvian.

Der Magier beachtete ihn nicht, sondern packte die Schüssel, trug sie zum Fenster und goss ihren Inhalt in den Hof, in dem eine gemauerte Rinne die Abwässer davontrug. Dann schüttete er frisches Wasser in die Alabasterschale und sprach einige magische Worte darüber, die er mit ausdrucksvollen Gesten begleitete. Die Oberfläche des Wassers glühte kurz auf, zeigte dann aber das gleiche schemenhafte Bild wie zuvor. Mühsam kämpfte Cajetan die Erregung nieder, die ihn gepackt hatte, und sprach eine andere Zauberformel. Der Wasserspiegel leuchtete kurz auf und zeigte dann das Gemach des Kaufherrn, der ihm den venezianischen Spiegel geschenkt hatte, und zwar so gestochen scharf, als würde der Magier selbst dort stehen. Er konnte sogar den Brief lesen, den der Handelsmann gerade schrieb und der gewiss nicht für fremde Augen gedacht war.

»Der Alabasterspiegel ist in Ordnung! Umso größer ist das Rätsel, warum ich nicht in Gaudentius' Burg hineinblicken kann. Sollte der alte Bock etwas entdeckt oder gar einen mächtigeren Zauber erlernt haben?« Cajetan versuchte erneut, sein geistiges Auge auf Gaudentius zu richten, aber er empfing wieder nur Schatten und Schemen.

»Das muss mit dem Mädchen zusammenhängen, mit dieser Gisela! Ich hatte ihretwegen von Anfang an ein schlechtes Gefühl. Ich ...« Ein heftiger Fußtritt ließ Fulvian erst empört aufschreien, dann verstummen.

»Unsinn! Das Mädchen verfügt zwar über natürliche Kräfte, doch es ist weder eine erfahrene Hexe, noch hat Gaudentius sie so ausbilden können, dass sie eine Gefahr für mich darstellt. Soweit ich es mitangesehen habe, hat er fast alles falsch gemacht. Wenn er etwas erreichen will, darf er eine Frau mit dieser Kraft nicht behandeln wie einen minderbegabten Adepten. Dieses zähe Stück Schuhleder von einem Riebelsborner muss in einem der Bücher, die er sich hat besorgen lassen, einen Spruch gefunden haben, der seinem stümperhaften Abwehrzauber neue Kraft verleiht.«

»Es gibt keinen Zauber zwischen Himmel und Hölle, der so stark ist wie die Kapsel mit meinen Haaren, die Ihr in Gaudentius' Burg habt schmuggeln lassen. Also muss sie zerstört worden sein. Das aber ginge nur mit geweihtem Feuer!« Fulvian bleckte die Zähne und rieb sich die Rippen, die vom Tritt seines Meisters schmerzten.

»Es ist mir gleich, aus welchen Gründen das Zeug nutzlos geworden ist! Ich werde Nägel mit Köpfen machen und Gaudentius einen schweren Schlag versetzen!« Der Magier wälzte bereits Pläne, wie er seinem einstigen Schüler schaden konnte. Dabei blickte er unwillkürlich auf die Sanduhr, die ihm Gaudentius' restliche Lebenszeit anzeigte, und zuckte zusammen, als hätte ihm jemand einen Schlag mit dem Ochsenziemer übergezogen: Der Sand floss auf einmal rückwärts und füllte langsam, aber stetig den oberen Teil des eingeschnürten Glases.

Zum ersten Mal in den mehr als dreitausend Jahren, die er inzwischen auf dieser Erde weilte, empfand Cajetan Furcht. Gaudentius war nur ein Scharlatan ohne nennenswerte Kraft, der niemals imstande gewesen wäre, sich gegen einen wahren Magier wie ihn zur Wehr zu setzen. Es musste jemand an seine Seite getreten sein, der weitaus stärker und mächtiger war als Matthias von Riebelsborn. Doch ein erkannter Feind war ein gebannter Feind! Er ballte die rechte Faust und drohte damit in Richtung der Burg seines Widersachers. Cajetan hatte nicht dreitausend Jahre lang über jeden Gegner triumphiert, um sich nun von so einem lächerlichen Nichtskönner ins Bockshorn jagen zu lassen.

3.

Gisela fiel es schwer zu sagen, wie lange sie bereits auf Riebelsborn weilte. Es mochte bereits ein halbes Jahr sein. Der Sommer war dem Herbst gewichen, und selbst dieser farbenprächtige Bursche schlug sich nun in die Büsche, um seinen Platz dem finsteren Gesellen Winter zu räumen, der das Land mit kalten Regenschauern und Schnee zu ersticken drohte. Um Gisela daran zu hindern, die Burg zu verlassen, hatte Gaudentius ihr zunächst warme Kleidung und Pelze versagt. Da Dagga jedoch nicht mehr ohne die junge Frau ins Freie ging, hatte diese die Hündin in einem viel zu dünnen Kleid begleitet und sich eine schwere Erkältung zugezogen.

Jetzt lag Gisela in ihrer Schlafkammer, schwitzte die Unmengen an Lindenblüten- und Kamillentee aus, die Anna ihr eingeflößt hatte, und kämpfte gegen den würgenden Hustenreiz. Ihr war übel, und sie fühlte sich so elend wie selten zuvor. Gleichzeitig empfand sie eine gewisse Schadenfreude. Gaudentius schimpfte und maulte, weil sie den Unterricht bei ihm versäumte, doch er erntete kein Verständnis, sondern bekam – wie Anna Gisela erzählte – jedes Mal von den anderen zu hören, dass er die Schuld an ihrer Krankheit trug. Seine Tante hatte ihn gleich am ersten Tag aus dem Zimmer gejagt und ihm erklärt, dass Gisela schneller gesunden würde, wenn er brav und friedlich in seinen eigenen Gemächern blieb. Daraufhin war der Magister grollend abgezogen und hatte sich nicht mehr blicken lassen. Alban mied Giselas Zimmer ebenfalls, sodass sie nicht wusste, ob er sich ihretwegen sorgte. Zwar wäre ihr seine Anwesenheit nicht sonderlich angenehm gewesen, doch sie verübelte ihm, dass er nicht einmal erschienen war, um nach ihr zu sehen. Immerhin war sie seine ihm vor Gott angetraute Ehefrau – auch wenn der Verspruch durch Lügen und Vortäuschung falscher Tatsachen erfolgt war.

Am Abend des Dezembervollmonds fühlte Gisela sich besonders schlecht. Zwar versuchte Gundi, sie dazu zu bewegen, wenigstens ein paar Löffel der warmen Gerstensuppe zu essen, die man aus der Burgküche gebracht hatte. Doch der Geruch bereitete Gisela Übelkeit, und sie drehte ihren Kopf weg. In dem Moment klopfte es an der Tür. Gisela versuchte, die Aufforderung zu ignorieren, doch Gundi eilte hin und machte auf.

»Herrin, Ihr habt Besuch!«, sagte sie dann mit einem seltsamen Ton in der Stimme.

»Ich will niemanden sehen!«

»Auch mich nicht?«, kam es leicht amüsiert zurück.

»Herr Streller!« Gisela fuhr erstaunlich kraftvoll hoch und sah den jungen Kaufherrn in der Tür stehen. Einen Augenblick lang dachte sie daran, wie ungehörig es war, ihn in ihr Schlafgemach zu lassen. Die Freude, ihn zu sehen, war jedoch größer als ihre Gewissensbisse, und daher sagte sie sich, dass Gundis Anwesenheit der Schicklichkeit wohl Genüge tat.

»Kommt doch herein! Gundi, ist noch etwas Wein hier?«

»Ich müsste ihn von unten holen«, antwortete die Magd.

Gisela überlegte, ob sie Streller bitten sollte, so lange vor der Tür zu warten, entschied sich jedoch dagegen. Schließlich war sie krank, und da würde wohl niemand annehmen, dass sie Gundis Abwesenheit für Dinge nutzte, an die eine gute Ehefrau nicht einmal denken durfte.

»Dann geh und hol welchen. Aber beeile dich bitte!« Das schien in Giselas Augen ein guter Kompromiss zu sein. Sie wies auf den Stuhl, den Gundi neben ihr Bett gestellt hatte, um sich neben sie setzen zu können, und bat Streller, dort Platz zu nehmen.

»Ich bedauere, dass Ihr krank seid, Frau ... Wie heißt eigentlich Euer Ehemann mit Zunamen? Ich kenne ihn nämlich nicht.« Bei dieser Frage funkelten Georg Strellers Augen seltsam übermütig.

Gisela versuchte, sich zu erinnern, fand jedoch keinen Widerhall in ihren Gedanken. »Ich vermag es Euch nicht zu sagen, denn ich kenne meinen Ehemann nur als Magister Alban. Und ich weiß, dass er sehr reich ist, weil er meinem Vater viele Tausend Gulden leihen konnte.«

»Reicher als ich kann er nicht sein.« In Georg Strellers Stimme schwang eine gehörige Portion Selbstbewusstsein mit.

Gisela hingegen war gerade ein Widerspruch aufgefallen, über den sie vorher nicht gestolpert war. »Das ist seltsam! Wieso konnte der Magister meinem Vater so viel Geld geben, obwohl er Gaudentius' Worten zufolge sein Vermögen durchgebracht hat?«

Streller lachte auf. »Vielleicht habe ich es ihm geliehen!«

»Ihr? Damit wärt Ihr schuld an meinem Elend!« Für einen Augenblick verfinsterte sich Giselas Blick, und ihre Hand griff zum Kissen, um es Streller an den Kopf zu werfen. Mitten in der Bewegung musste sie jedoch innehalten – teils aus Schwäche, teils wegen der Tränen, die ihr plötzlich über die Wangen liefen.

Georg Streller fasste nach ihrer Hand. »Euer Mann behandelt Euch nicht gut, nicht wahr?«

Damit brachte er Gisela in Bedrängnis, denn sie wusste nicht, was sie darauf hätte antworten können. Im Grunde genommen behandelte Magister Alban sie weder gut noch schlecht, sondern ignorierte ganz einfach ihre Existenz. Aber dies war nichts, das sie einem Fremden anvertrauen mochte. Sie entzog Streller ihre Hand, wischte sich mit dem Ärmel ihres Nachthemdes die Augen trocken und zuckte mit den Schultern.

»Es gibt gewiss viele Frauen, die mit ihren Männern weniger zufrieden sein können als ich. Wenigstens schlägt mich der meine nicht!«

»Das würde ich ihm auch nicht raten!«

Etwas in Georgs Stimme irritierte sie, und sie sah ihn mit großen Augen an. »Wie meint Ihr das?«

»Was?« Streller schien zu bemerken, dass er sich mit seiner Äußerung auf dünnes Eis gewagt hatte, und hob in einer unbestimmten Geste die Hände.

»Nun, ich könnte Euch zum Beispiel helfen, von hier zu fliehen. Es wäre das Beste für Euch, glaubt mir. Ich sehe doch, wie unglücklich Ihr hier seid. Wie könntet Ihr auch froh sein – mit solch einem Unschlacht als Ehemann. Man könnte beinahe an Gott verzweifeln, dass es so gekommen ist.«

Seine erregten Worte peinigten Giselas Nerven. Sie hatte schon ein paar Mal überlegt, von Riebelsborn wegzulaufen, doch bei ruhigerem Überlegen begriffen, dass dies kein Ausweg war, da es draußen niemanden gab, der sie aufnehmen würde. Ihr Elternhaus war der einzige Ort, an dem sie in Ehren Zuflucht suchen konnte, aber ihr Vater würde sie dem Magister aus Angst, dieser könnte sein Darlehen zurückfordern, sofort wieder ausliefern. Für einen Augenblick fragte sie sich, ob sie ihr Schicksal Georg Streller anvertrauen sollte. Dann aber schüttelte sie den Kopf: Dem eigenen Ehemann fortzulaufen war eine schwere Sünde, mindestens ebenso groß wie die, zu der Gaudentius sie zwang. Außerdem hatte sie sich eine Aufgabe aufgebürdet, die ihr zwar widerstrebte, der sie sich aus Gewissensgründen jedoch nicht entziehen konnte. Es ging ja längst nicht mehr allein darum, ihren Ehemann und Gaudentius von dem Fluch zu befreien, sondern auch um Lavinia und deren Freundinnen, die ohne ihre Hilfe auf ewig in der Hölle schmachten würden. Zwar hatte sie nicht die geringste Ahnung, wie sie das alles vollbringen sollte, doch wenn sie davonlief, würde sie gar nichts erreichen.

Sie lachte gezwungen auf. »Mein lieber Streller, Ihr tut ja gerade so, als befände ich mich hier bei Wasser und Brot hinter Kerkermauern! Dabei führe ich ein durchaus angenehmes Leben. Sprechen wir von etwas anderem! Ihr kommt doch weit in der Welt herum: Wäre es Euch da nicht möglich, auch einmal meine Eltern zu besuchen und ihnen Grüße von mir auszurichten? Ich wüsste zu gerne, wie es ihnen geht.« Es war als Notlüge gedacht, doch noch während sie es sagte, fühlte Gisela, dass es der Wahrheit entsprach. Ihr Vater hatte sie zwar wie eine Ware an Gaudentius verkauft, aber er war von blanker Not dazu gezwungen worden.

»Ich wollte, Tettenwieser und Beckheimer würden für all das bezahlen, was sie uns angetan haben!«, stieß sie zornig hervor. Sie sah nicht, wie Georgs Kiefer mahlten und sein Gesicht während ihrer Bitte bleich wurde. Auch fiel ihr nicht auf, wie verzweifelt er sie anblickte, da sie ein Rumpeln an der Tür ablenkte.

Es war Gundi, die einen großen Zinnkrug und zwei Becher hereinschleppte. »Mit den besten Grüßen von Frau Anna. Sie lässt Euch ausrichten, Herrin, dass auch Ihr einen Schluck Wein trinken sollt.«

Georg nahm ihr den Krug und einen der Becher ab, füllte diesen und reichte ihn Gisela. »Trinkt! Das wird Euch guttun!«

Gisela nahm den Becher gehorsam entgegen und nippte daran. Zum ersten Mal seit ihrer Erkrankung war es für sie nicht eine von ihrer Pflegerin auferlegte Pflicht, sondern ein Vergnügen. Sie nahm einen angenehm fruchtigen Geschmack auf der Zunge wahr und vermochte den Wein ohne Beschwerden zu schlucken. Gleichzeitig aber spürte sie, wie ihr das starke Getränk zu Kopf stieg, und sie sog erschrocken den Atem ein.

»Was ist mit Euch, Frau Gisela? Geht es Euch schlechter?« Georg beugte sich besorgt über sie.

Gisela schüttelte den Kopf. »Nein, ich bin nur ein wenig schwach. Verzeiht mir daher, wenn ich etwas schweigsam bin.« Es ist besser, ich sage nichts, dachte sie, denn sie wollte ihrem Gast nicht das Bild eines betrunkenen Weibes bieten. Gleichzeitig aber spürte sie, wie ihre Lebensgeister erwachten und sie Hunger bekam. Sie überlegte schon, Gundi in die Küche zu schicken um dafür zu sorgen, dass der Koch ihr eine Hühnerbrühe zubereitete. Da sie dann aber zum zweiten Mal mit Georg allein im Zimmer geblieben wäre, ließ sie es sein. Ihr Gast schenkte ihr noch etwas Wein ein und ergriff dann ihre Hand.

»Ihr habt mich vorhin gebeten, Euren Verwandten Nachricht von Euch zu senden. Ich verspreche Euch, es zu tun.«

Gisela hatte ihre Bitte zwar anders gemeint und gehofft, er würde in seiner Eigenschaft als Geschäftsmann selbst nach Nürnberg reisen, doch sie war zu krank und erschöpft, um darüber nachzudenken, und Annas Hereinkommen hinderte sie, ihrer Enttäuschung nachzuhängen.

»Es scheint dir besser zu gehen als vorhin, meine Liebe. Das freut mich, denn es gibt noch einen weiteren Besucher, der dir seine besten Wünsche zur baldigen Genesung überbringen will.« Sie trat zur Seite und machte Ritter Eckehard Platz, der fröhlich grinsend hereinkam und Gisela zuzwinkerte.

»Die gute Anna hat recht. Ihr seht gut aus, fast schon zu schön für ein einsames Männerherz, das vergebens hofft, von einer anderen erhört zu werden.«

Annas Rippenstoß traf ihn hart genug, um weh zu tun. »Wenn dein Herz so flatterhaft ist, muss ich mir wirklich überlegen, ob ich dich je erhören soll!«

Eckehard wandte sich ihr sofort zu. Dabei erfassten seine Hände die ihren, und er zog sie so nah an sich heran, dass ihre Leiber sich berührten.

»Du weißt doch, meine Liebe, dass es nur eine Frau gibt, die ich heimführen will. So ein junges Füllen wie Gisela wäre nichts. Sie zählt ja kaum mehr Jahre als mein ältester Sohn und würde dessen Sinne gewiss in eine falsche Richtung lenken.«

»Während ein so altes, hässliches Gehöckels wie ich gewiss keine Gefahr für den Jungen darstelle, willst du wohl sagen!« Obwohl Anna selbst wusste, dass sie nie eine Schönheit gewesen war, fühlte sie sich gekränkt.

Eckehard seufzte und sank dann vor ihr auf die Knie. »Du weißt, dass du eine durchaus stattliche Frau bist und einem Mann etliches zu bieten hast. Wenn du mich heiraten würdest, könnte ich es dir beweisen.«

»Ich finde, Ihr habt Euren treuen Verehrer lange genug auf die Folter gespannt, Frau Anna. Reicht ihm die Hand zum Bund, damit Euer Leben nicht verrinnt und Ihr später nicht einmal bereuen müsst, darauf verzichtet zu haben.« Georg Streller sprang dem Ritter bei und erntete einen seltsamen Blick der Dame.

»Das sagst ausgerechnet du?« Sie schüttelte sich kurz und lächelte dann zu Gisela hinüber. »Wer weiß, vielleicht kommt es doch noch zu dieser Hochzeit.«

»Noch seid Ihr jung genug, eigene Kinder zu bekommen«, drängte Georg.

Eckehard klopfte ihm dankbar auf die Schulter und erklärte, stets das Beste von ihm gehalten zu haben. »Nur einmal seid Ihr unbesonnen gewesen, leider. Aber ...« Er keuchte auf, denn jetzt traf ihn Georgs Ellenbogen in die Rippen, und dieser Stoß hatte etliches mehr an Wucht als der von Anna.

»Ich denke, wir sollten Frau Gisela nicht länger belästigen. Sie ist krank und wird noch Kopfschmerzen bekommen, wenn wir weiter so laut reden.«

»Das ist der erste gescheite Gedanke, den du heute hattest, Georg.« Anna scheuchte Eckehard resolut hinaus, winkte dann auch Georg, der seinen eigenen Worten zum Trotz noch immer neben Giselas Bett stand, dem Ritter zu folgen, und trat dann kurz zu der Kranken hin. »Der Wein scheint dir gutzutun, meine Liebe. Hast du Hunger? Du musst etwas essen, damit du wieder zu Kräften kommst. Auf ewig werde ich meinem nutzlosen Neffen nicht verbieten können, dich in Ruhe zu lassen. Wie du weißt, läuft ihm die Zeit davon.«

Gisela nickte. »Ich sähe meinen Tod auch nicht gerne unaufhaltsam näher kommen, obwohl es Mittel und Wege gibt, ihn aufzuhalten. Was Eure Frage betrifft: Ich habe zumindest Appetit. Wenn Ihr so gut sein könntet, der Köchin zu befehlen, mir einen Napf Hühnerbrühe zu machen, wäre ich Euch dankbar.«

»Das tue ich doch gerne, meine Liebe.« Anna strich Gisela kurz über die Wange und verließ dann die Kammer.

Gisela fühlte sich mit einem Mal allein und von aller Welt verlassen, obwohl Gundi still auf ihrem Lager saß und nähte. Mit der Magd ein Gespräch anzufangen, hatte sie keine Lust, denn die Kleine verstand kaum, was sie bewegte. Wie angenehm war es dagegen, mit Georg zu reden. Selbst Eckehards bärbeißige Art hatte ihr Vergnügen bereitet und sie ihren Zustand vergessen lassen. Kurz darauf klopfte es an der Tür, und eine Küchenmagd brachte ein Tablett herein, auf dem ein Napf heiße Hühnerbrühe, ein Teller mit fein zerteiltem Hühnerfleisch und ein Becher warme Milch mit Honig standen, die einem Gruß von Frau Anna zufolge ein gutes Mittel gegen ihre Erkältung sein sollte.

4.

Gaudentius erwartete seine Gäste im Erkerzimmer, da es ihm in der großen Halle zu sehr zog. Zum Schutz vor der Kälte hatte er sich in einen dicken pelzbesetzten Mantel gehüllt und saß dicht neben einem kleinen Kohlebecken, an dem er sich die Hände wärmen konnte.

Trotz seiner dicken Vermummung fiel Ritter Eckehard eine Veränderung an seinem Gastgeber auf. »Beim gütigen Heiland! Narrt mich ein Trugbild, oder seht Ihr wirklich besser aus als noch vor einem Monat?«

Georg Streller starrte Gaudentius verblüfft an, trat zu ihm und berührte sein Gesicht. Die Haut des Alten fühlte sich immer noch schlaff und faltig an, und doch war ein deutlicher Unterschied zu sehen. Der junge Mann zitterte fast, als er den Burgherrn mit bangem Blick fragte: »Kann es sein, dass der Fluch erloschen ist?«

Gaudentius hob seine Hände und musterte sie. Auch an ihnen konnte er eine deutliche Besserung feststellen. Es gelang ihm sogar, die Finger recht geschmeidig zu bewegen, und als er sich probeweise von seinem Stuhl erhob, glichen seine Bewegungen nicht mehr denen eines kraftlosen Greises.

Dennoch schüttelte er den Kopf. »Der Fluch wirkt noch, obwohl ich mich tatsächlich seit ein paar Tagen besser fühle. Es ist fast, als gewähre Gott der Herr mir in seiner Gnade einen Aufschub.«

»Dann könnte es also doch gelingen, dass die Jungfer oben Euch erlöst! Ich wäre froh darum, wenn Ihr wieder der Alte sein könntet, Freund Matthias. Dann würde endlich das Gerede aufhören, ich freite nur deshalb um Eure Verwandte, um nach Eurem Tod Euer Riebelsborn zu meinem Besitz hinzufügen zu können.«

»Ich hätte nichts dagegen, wenn ein Sohn von Euch und Anna meine Liegenschaften erben würde. Hauptsache, ich kann meinem Ende ohne Grauen entgegensehen!« Gaudentius schlug mit der flachen Hand auf den Tisch, entschuldigte sich aber sofort für seine Unbeherrschtheit. »Esst nun! Greift ordentlich zu, und lasst uns von etwas anderem reden.«

Der Ritter ließ sich das nicht zweimal sagen. Ehe jemand ein weiteres Wort sagen konnte, begann Eckehard mit einem Bericht über seine letzte Herbstjagd, bei der er ein Dutzend Hirsche und eine ganze Rotte Wildschweine erlegt haben wollte. Da er aber auch von den anderen Nachbarn Riebelsborns berichtete, mit denen die Bewohner der Burg kaum mehr Kontakt hatten, hörten Anna und Gaudentius ihm mit erkennbarem Interesse und Georg mit einer gewissen Nachsicht zu.

»Man redet über Euch in einer Art und Weise, die ich für ungut halte«, sagte der Ritter nach einer Weile. »Den Leuten ist aufgefallen, dass Ihr den Burgkaplan nicht ersetzt habt, nachdem Euch der letzte davongelaufen ist. Da kommt den Menschen leicht das Wort ›Teufelswerk‹ über den Mund, und das ist nicht gut, Freund Matthias. Ich weiß, Ihr seid ein genauso guter Christenmensch wie ich oder der junge Spund hier. Doch solange ihr keinen Prediger auf der Burg habt, werden die anderen zweifeln und Euch vielleicht sogar einen Exorzisten auf den Hals hetzen.«

Gaudentius lachte keuchend. »Wenn einer von denen diesen verdammten Fluch brechen könnte, wäre er mir mehr als willkommen. Doch habt Dank für Eure Warnung. Ich werde dafür sorgen, dass ein neuer Kaplan auf die Burg kommt. Hoffentlich bleibt dieser länger. Dem letzten ist nach einem Blick in Albans Gesicht schier das Blut in den Adern geronnen, und er konnte nicht schnell genug rennen, um von hier zu verschwinden.« Aus den Worten des Burgherrn sprach die Bitternis, dass er zu all seinem Unglück von den Menschen in der Nachbarschaft auch noch missverstanden und gefürchtet wurde, obwohl er keinem von ihnen je ein Leid zugefügt hatte.

»Bei Gott, hätte ich ein paar Nürnberger oder Schwabacher Pfeffersäcke auf meinem Grund abgefangen und um ihre Waren erleichtert, würden mich alle Standesherren in dieser Gegend für einen wackeren Kerl halten. So aber scheuen sie mich wie der Teufel das Weihwasser.« Gaudentius hieb mit der Faust auf den Tisch, dass es nur so knallte, und erschrak selbst bei dem Geräusch.

Gleichzeitig aber freute er sich über seine wieder erwachende Kraft. »Bei Gott, ich fühle mich um mindestens zehn Jahre jünger als noch vor einer Woche. Wenn das kein gutes Omen ist!«

»Das hoffe ich sehr, Nachbar.« Eckehard klopfte ihm aufmunternd auf die Schulter und wandte sich dann dem Braten zu, den Frau Anna ihm vorlegte. Auch Gaudentius begann zu essen und überraschte seinen Speisenvorleger damit, dass er plötzlich kauen konnte.

»Ich habe sogar wieder einige Zähne«, rief er mit vollem Mund.

»Prächtig!«, antwortete Eckehard, der sich jedoch weniger für das Gebiss seines Gastgebers, als vielmehr für Frau Annas Dekolleté interessierte. Diese trug ein langes grünes Kleid mit einem eingesetzten Schnürmieder und geschlitzten Puffärmeln und hatte sich gegen die Kälte in der Burg mit einem Schultertuch gewappnet. Da es in der Erkerkammer warm wurde, klaffte es vorne und gab den Ausblick auf etwas frei, das dem Ritter angenehme Freuden versprach.

Während Gaudentius sich munter mit seinem Gast unterhielt, schwieg Georg die meiste Zeit. Er kraulte Dagga, die ihm ins Erkerzimmer gefolgt war, gedankenverloren am Kopf und fütterte sie mit den besten Fleischstücken, die ihm aufgetragen wurden. Dabei seufzte er mehrmals und blickte nach oben, wo er Giselas Kammer wusste. Einmal erhob er sich schon halb, als wolle er die Runde verlassen und zu der Kranken gehen, sank dann aber mit einem weiteren tiefen Seufzer wieder auf seinen Stuhl zurück und sehnte das Ende der Geselligkeit herbei.

Es dauerte diesmal jedoch länger, bis Frau Anna hinter vorgehaltener Hand gähnte und erklärte, sich zurückziehen zu wollen.

»Ich komme gerne mit«, bot Ritter Eckehard ihr grinsend an.

Sie bedachte ihn mit einem strafenden Blick und schürzte dann spöttisch die Lippen. »Wenn es dir nur um die Erfüllung deiner Gelüste geht, wirst du nach Hause zurückkehren und mit einer deiner Mägde vorliebnehmen müssen. Mich erhältst du nicht ohne Eheschwur.«

»Wenn dir so daran liegt, könnten wir das noch heute erledigen. Ach so – das geht ja nicht ... ihr habt ja keinen Kaplan auf der Burg. Was für ein Pech aber auch!« Eckehard zwinkerte ihr lachend zu und stand auf. »Ich werde mich jetzt wohl auch hinlegen. Der Morgen kommt früh, und ich will fort sein, bevor ich Alban begegne. Ihr wisst, ich mag ihn, aber nach einer Vollmondnacht ist er immer besonders unleidlich, und ich will nicht im Streit von ihm scheiden.«

Er zwinkerte Georg zu, verbeugte sich dann vor Gaudentius und folgte Anna nach oben, wobei er ebenso laut wie falsch einen Gassenhauer pfiff, den er bei seinem letzten Besuch in Ingolstadt gehört hatte.

5.

Kaum waren Georg und er allein, sprang Gaudentius auf, als habe er bereits die Kraft seiner Jugend wiedererlangt, und winkte seinem Gast, ihm zu folgen. »Ich muss etwas nachsehen. Es ist wichtig!«

Georg rieb sich mit der rechten Hand über das Gesicht, wobei er sichtlich zitterte. »Was ist geschehen? Ich fühle mich anders als die letzten Tage.«

»Genau das will ich nachprüfen.« Gaudentius' Stimme klang angespannt und beinahe so ängstlich wie die eines Kindes im Dunkeln. Es schien, als erwarte er, doch wieder enttäuscht zu werden. Ungeduldig begann er, die Treppe hochzusteigen. Als sein Leibdiener ihm helfen wollte, scheuchte er ihn mit einer ärgerlichen Handbewegung fort. »Du kannst dich schlafen legen, Ludwig. Ich brauche dich heute nicht mehr.«

»Aber was ist, wenn Ihr einen Schwächeanfall bekommt, Herr?«

»Dann ist Freund Georg zur Stelle. Der kann ja auch einmal etwas tun.«

Georgs Mundwinkel zuckten. Auf ihn wirkte Gaudentius beinahe so wie früher, und kurz erfasste ihn die Hoffnung, der Fluch des Erzmagiers Cajetan sei tatsächlich dabei zu erlöschen. Er folgte dem Burgherrn in dessen Studierzimmer, das ihm ebenfalls anders erschien als in den letzten Tagen. Es war weitaus weniger düster und machte trotz aller Unordnung nicht den Eindruck, vollgestopft und verstaubt zu sein. Während Gaudentius Folianten und andere Zauberutensilien von einem Platz auf den anderen räumte, um etwas zu suchen, an das er sich selbst nicht erinnerte, setzte Georg sich auf den Stuhl, den Gisela während ihrer Unterrichtsstunden benutzte, und nahm die Schiefertafel in die Hand, auf der noch die letzten von ihr geschriebenen Zauberformeln standen. Als er die Buchstaben mit den Fingerspitzen berührte, traf ihn ein leichter Schlag. Gleichzeitig hörte er ein leises Knistern.

»Bei allen Heiligen, das Mädchen besitzt wirklich Kraft – wahrscheinlich mehr, als ich jemals hatte oder haben werde!«, rief er verblüfft.

Gaudentius hielt kurz inne und drehte sich zu ihm um. »Ich glaube, du überschätzt Gisela. Sie ist doch nur eine Frau und damit ein triebhaftes Wesen, das man straff an die Kandare nehmen muss, damit es keinen Unsinn treibt. Ich habe viel über solche Frauen gelesen: Entweder vergeuden sie ihre Kräfte, um ihr Aussehen zu verbessern und sich einen mächtigen Mann zu angeln, oder sie werden zu Hexen, die denen, welche sie nicht mögen, Schaden zufügen. Wir können weder das eine noch das andere brauchen.«

»Ich glaube nicht, dass Gisela ihre Schönheit durch magische Mittel vergrößern muss. Sie sieht auch so gut aus«, wandte Georg belustigt ein.

Gaudentius winkte verächtlich ab. »Papperlapapp! Weiber sind mit ihrem Aussehen nie zufrieden. Wenn ich da nur an Kleopatra denke! Sie besaß genug Kräfte, um sich ein mächtiges Reich zu schaffen, und was tat sie? Sie verschleuderte all ihr Talent und ihr Können, um sich zuerst Julius Caesar und danach Marcus Antonius hörig zu machen. Die beiden Männer kostete ihre Dummheit das Leben, und sie selbst ging schließlich ebenfalls daran zugrunde.«

»Du sprichst, als wärst du damals dabei gewesen.« Georgs Mundwinkel zuckten erneut. Er hatte während der letzten Monate ganz vergessen, wie aktiv sein Freund einmal gewesen war. Jetzt schien wenigstens ein Teil des alten Gaudentius oder – besser gesagt – des Matthias von Riebelsborn, zurückgekehrt zu sein.

Der Magier hatte einen uralten Folianten aus den Tiefen seiner Sammlung ausgegraben und schlug ihn nun auf. »Ich glaube, das ist er!«, sagte er, ohne auf Georgs Bemerkung einzugehen. »Oder doch nicht?« Für Augenblicke wirkte er unsicher, las dann laut die erste Zeile des Textes vor. Georg verstand kein Wort und stand daher auf, um seinem Freund über die Schulter zu schauen. Selbst die Schrift wirkte fremd und für ihn unverständlich.

»Was ist das für ein Buch?«

Gaudentius hielt inne und blickte zu ihm hoch. »Woher soll ich das wissen? Ich habe es vor etlichen Jahren, noch vor meiner Begegnung mit unserem Erzfeind, irgendwo erstanden. Ich kann mich nicht einmal mehr erinnern, wo und von wem. Aber irgendwie habe ich auf einmal das Gefühl, als würde in ihm die Lösung unseres Problems liegen.«

»Und was steht da? Die Buchstaben kommen mir wie Griechisch vor, aber diese Sprache habe ich nie gelernt.«

»Das hatte ich zu jener Zeit, in der ich das Buch gekauft habe, ebenfalls noch nicht. Inzwischen ist mein Wissen größer geworden, und ich vermag nun, den Inhalt zu entziffern.« Gaudentius kicherte leise, weil er seinem Freund wieder etwas voraushatte. Er las nun leise weiter, um seine Gedanken nicht durch den Klang seiner eigenen Stimme zu stören, und hielt nach einer Weile abrupt inne. »Man kann sich nicht wirklich auf sein Gefühl verlassen. Das Buch hat gar nichts mit unserem Fluch zu tun, sondern handelt von einem mächtigen Magier der altvorderen Zeit, der den Tod besiegt haben soll.«

Er wollte das Buch bereits wieder weglegen, als Georgs Hand sich in seine Schulter krallte. »Halt! Man sollte nie seinen Instinkten misstrauen! Meiner sagt mir, dass ich mehr über diesen alten Magier wissen will. Könnest du den Text beim Lesen für mich übersetzen?«

Gaudentius stieß heftig die Luft aus den Lungen. »Bei Gott und der heiligen Kunigunde! Bist du heute wieder lästig! Ich will unseren Problemen nachforschen, und da forderst du von mir, dir alte Geschichten zu erzählen, als wärst du ein kleiner Knabe und ich deine Magd. Mit dieser Haltung wirst du nie ein großer Magier und Alchemist werden.«

»Ich glaube nicht, dass ich das jetzt noch werden will – selbst wenn das schwarze Joch, unter das man uns beide gespannt hat, von uns genommen werden sollte.« Georg schüttelte sich, als hätte ihn ein eisiger Hauch gestreift, und wiederholte seine Forderung.

»Bei allen Heiligen der einzig rechtgläubigen Kirche! Nun gut: Ich werde deinem Willen nachgeben, denn anders bringe ich dich wohl nicht zum Schweigen. Also hör mir gut zu!« Gaudentius ließ sich den Ärger über seinen Freund deutlich anmerken, denn er leierte die einzelnen Sätze gelangweilt herunter. Nach einer Weile aber spürte er, wie der Bericht auch ihn in seinen Bann zu ziehen begann.

»›... er nennt sich Caidenos oder so ähnlich in seiner barbarischen Sprache und ist der oberste Priester des dortigen Zeus-der-aus-den-Wolken-spricht, wenn ich den Namen seines Gottes richtig verstanden habe. Er ist ein sehr mächtiger Mann, der die Kraft besitzen soll, das Schicksal eines Menschen nicht nur vorauszusagen, sondern auch zu verändern. Der hohe Herr Philipp sandte ihm hundert Talente in Gold und zwanzig Sklaven, die ein Bote Caidenos' ausgewählt hat, auf dass dieser Priester den ewigen Zeus beschwöre, ihn zum Herrn über ganz Griechenland zu machen. Wie es heißt, will Philipps Sohn Alexander ein weitaus großzügigeres Geschenk an den Priester schicken, um Herr über Asien zu werden. Doch er wird weniger auf Gold als auf jenen ganz besonderen Sklaven bestehen, von denen es heißt, Caidenos opfere sie seinem Gott, um selbst unsterblich zu werden.‹«

Gaudentius blickte auf. »Damit endet der erste Text. Wie es aussieht, wurde er auf mehrere Pergamentblätter geschrieben, die zuerst als Schriftrollen verwendet und später mit anderen zu diesem Buch zusammengebunden wurden. Was jetzt kommt, steht auf schlechterem Material und ist teilweise kaum leserlich.«

»Dieser Caidenos – könnte das unser Feind Cajetan sein?« Der Gedanke war Georg soeben gekommen, und als er die Namen aussprach, war ihm, als hätte ihn ein eisiger Hauch berührt.

Auch Gaudentius schüttelte sich unbewusst. »Das will ich nicht hoffen, denn dann wäre der Kerl wohl unbesiegbar. Nun, ich will versuchen, ein weiteres Stück zu übersetzen.« Er blickte wieder in das Buch, las die ersten Zeilen der neuen Seite und zog dabei ein Gesicht, als würden ihm sämtliche Backenzähne auf einmal ausgerissen.

»›Hoch im Norden lebt ein Hexer, der unsterblich sein soll. Doch damit er lebt, müssen andere Menschen ihm ihren Lebensfunken opfern. Obwohl ich dergleichen eigentlich nicht zu glauben gewillt bin, schreibe ich es zur Warnung an diejenigen auf, die dem wahren Gott im Himmel dienen. Dieser Hexer lässt alle Menschen, die unsere Gabe besitzen, fangen und einsperren. Bis jetzt ist noch keiner von ihm zurückgekehrt.‹«

»Bei Gott, das muss er sein!«, rief Georg.

Gaudentius achtete nicht auf seine Bemerkung, sondern schlug das Blatt um und las auf der nächsten Seite weiter. »›Er ist ein Geschöpf Satans, geschaffen, um die Rechtgläubigen zu quälen und ihre Seelen seinem Herrn in der Hölle zu übereignen. Er sucht jedoch nicht beliebige Menschen unter den Kindern Jesu, sondern jene mit der Flamme, jene, die die Kraft besitzen, mit Händen zu heilen und die Zweifelnden zu trösten. Heute wurden vierzig unserer Brüder und Schwestern in Castra Regina gefangen, um sie zu Märtyrern des wahren Glaubens zu machen. Publius Griffus, der im Gefängnis Dienst tut, ahnt nicht, dass mein Herz ebenfalls dem Gekreuzigten gehört, und daher hat er mir heute anvertraut, dass vier der Gefangenen nicht in der Arena sterben, sondern diesem Dämon des Bösen übergeben werden sollen. Seinen Worten zufolge wird dieser Cajetanus sich an ihrem Fleisch mästen, um noch mächtiger zu werden, was der Gekreuzigte verhindern möge. Ich werde mich morgen auf den Weg machen und versuchen, wenigstens diesen vier Brüdern und Schwestern in Christo zu helfen, wenn ich schon die übrigen Mitglieder unserer Gemeinde nicht retten kann. Dies schrieb Nicodemus aus Treverorum. Mögen Christus und Gott mir und allen Bedrängten beistehen.‹«

Als Gaudentius diesmal endete, senkte sich eine Stille über den Raum, in der nicht einmal die Flamme der Öllampe zu knistern wagte. Nach einer geraumen Weile rührte sich der alte Magier, und als er Georg sein Gesicht zuwandte, war es grau vor Angst. »Du hast recht: Er ist es! Er hat diesen Fluch auf uns geworfen, um uns mit den Ketten der Hölle an sich zu fesseln und unsere Seelen seiner Macht und der seines teuflischen Herrn zu unterwerfen. Wenn wir sterben, werden wir zu Luzifers Sklaven und verlängern Cajetans verfluchtes Leben durch den Verlust unserer ewigen Seligkeit.«

Georg versuchte zu lachen, doch es missriet ihm gründlich. »Bei

Gott, das hast du doch noch gar nicht gelesen! Wie kannst du dir da so sicher sein?«

»Ich habe mehr über Magie und Zauberei gelernt, als du dir vorstellen kannst! Außerdem konnte ich in einigen von Cajetans eigenen Werken lesen. Damals habe ich vieles nicht verstanden, aber nun fügen sich die einzelnen Teile wie von selbst zusammen: Unser Feind ist ein Dämon, der sich dem Teufel verschrieben hat und von diesem für jede Seele, die er ihm übereignet, mit weiteren Lebensjahren beschenkt wird.« Gaudentius sah plötzlich noch älter aus, als der Fluch seines Feindes ihn ohnehin hatte werden lassen, und er rang nach Luft, als wären seine Lunge und sein Herz kurz davor, ihm den Dienst zu versagen. Tränen rannen ihm über die Wangen, und er stieß einen Laut aus, der dem einer sterbenden Katze glich.

Georg spürte, dass sein Freund sich selbst aufgeben wollte, und schüttelte ihn. »Was soll das, Gaudentius? Willst du unserem Feind den Triumph so leicht machen? Ohne deine Hilfe bin auch ich verloren!«

»Ach, hätte ich mich doch nie auf Zauberwerk und ähnliche Dinge eingelassen. Es tut mir ja so leid, dass ich dich in diese Sache hineingezogen habe. Ich wünschte, du hättest nie meine Schwelle überschritten. Das wäre besser gewesen – für uns beide! Denn jetzt drückt mir die Last meiner Schuld schier das Herz ab.«

Der Burgherr wirkte so verzweifelt, dass Georg sich nicht mehr anders zu helfen wusste und ihm eine Ohrfeige verpasste. »Noch sind wir nicht verloren! Wir müssen einen Weg finden, diesen Fluch zu brechen und Cajetan zu vernichten.«

»Er ist zu mächtig!«, jammerte Gaudentius. »Hast du denn nicht zugehört? Dieser Dämon hat bereits Philipp von Mazedonien zum Herrn über Griechenland und Alexander den Großen zum mächtigsten Herrscher der Weltgeschichte gemacht. Wie sollen zwei so schwache Wesen wie wir ihm widerstehen?«

»Wahrscheinlich hätte Philipp bei Chaironeia auch ohne Cajetans Hilfe gesiegt und Alexander Darius und die Perser ohne sein Blabla bezwungen. Außerdem: Wie kann Cajetan ein Mann des Teufels sein? Seit der Geburt unseres Herrn Jesus Christus sind doch erst fünfzehnhundert Jahre vergangen, und unsere erhabene Religion hat erst nach seinem Tod am Kreuz ihren Siegeszug um die Welt angetreten.« Georg war so aufgebracht, dass er seinen Freund anschrie.

»Gott hat die Welt bereits vor fünftausend Jahren geschaffen, und der Teufel ist nur wenig jünger als die Welt. Also gab es ihn schon vor Christus!« Gaudentius wies Georg zurecht, als wäre dieser ein begriffsstutziger Student.

Dennoch konnte Streller zufrieden sein, denn der Burgherr wirkte nun wieder kämpferischer, und die Last seiner ihm von Cajetan auferlegten Jahre war zu einem weiteren Teil von ihm abgefallen. Er bleckte die wieder vorhandenen Zähne in Richtung der Burg seines Erzfeindes und stieß Georg in die Rippen.

»Mit Gottes Hilfe werden wir es diesem Teufelsknecht schon zeigen! Schließlich haben wir Gisela, die den Fluch brechen wird. Ich habe in Cajetans Burg sogar gelesen, auf welche Weise das geschehen kann, doch erinnere ich mich leider nicht mehr an alles. Es war von einer hellen Flamme die Rede, um die sich weitere Lichter versammeln. Aber ich werde das Ritual und die dazugehörenden Formeln ganz sicher wieder zusammenfügen können. Wofür besitze ich denn all die Bücher hier? Nun aber sollten wir schlafen gehen, denn es war ein sehr aufregender Tag.« Gaudentius wollte sein Studierzimmer verlassen, doch Georg hielt ihn auf.

»Ich will nicht, dass Gisela in diese Sache mit hineingezogen wird. Wenn es wirklich um unsere unsterblichen Seelen geht, soll die ihre bei einem Misserfolg nicht auch noch dem Teufel zum Opfer fallen.«

Gaudentius fuhr herum, als hätte ihn eine Viper gebissen.

»Welch ein Edelmut! Aber du kannst ihn dir ja auch leisten, weil du trotz des Fluches vielleicht noch lange genug leben wirst, um einen Magier zu finden, der dich vor Cajetan retten kann. Ich jedoch fürchte, dass nur der Vollmond mir einen Teil meiner Kraft zurückgegeben hat. Also sind mir weiterhin nur noch wenige Monate vergönnt, und ich habe keine Lust, wegen deiner Zimperlichkeit zur Hölle zu fahren!«

Als er sah, dass er seinen Freund mit diesen Worten nicht umstimmen konnte, fasste er nach dessen rechter Hand. »Außerdem ist es zu spät, Gisela herauszuhalten. Ich bin mir sicher, dass Cajetan bereits von ihrer Anwesenheit weiß. Also wird er versuchen, auch sie in seine Hand zu bekommen. In dem Fall wäre sie genauso verloren wie wir.«

»Dann müssen wir sie weit von hier fortschaffen! Irgendwohin, wo er sie nicht finden kann.«

»Gut, tun wir es! Aber was ist, wenn er sie trotzdem findet? Und wenn nicht sie, dann vielleicht ihre Tochter oder ihre Enkelin? Die magische Flamme in ihr brennt stark, und sie wird sie gewiss an ihre Töchter weitergeben, vielleicht auch an ihre Söhne. Sie alle wären potenzielle Opfer für Cajetan, der uns für diese Seelen gewiss sehr dankbar sein dürfte.« Gaudentius' Stimme nahm mit jedem Wort an Schärfe zu, bis sie Georgs Nerven wie eine gut geschliffene Klinge zerschliss.

Der junge Kaufherr sann kurz nach und senkte dann besiegt den Kopf. »Du hast recht! Wir müssen diesen Kampf durchstehen und dazu alle Mittel nutzen. Entweder gelingt es uns, diesen Dämon zu besiegen, oder er wird seinem Herrn weitere unschuldige Menschen opfern. Lass uns nachdenken, wie wir weiter vorgehen sollen.«

»Heute nicht mehr! Ich bin sehr müde und will ins Bett.« Gaudentius ließ keinen Zweifel daran, dass er an diesem Abend nichts mehr hören wollte. Auf Georgs Zunge ballten sich zwar ein paar

Hundert Fragen, aber er begriff, dass er bis zum nächsten Tag würde warten müssen, um sie zu stellen. Niedergeschlagen folgte er Gaudentius, der neben der Tür stehen geblieben war. Dabei entdeckte er mitten im Zimmer einen Fleck auf dem Boden, der wie eine große, hässliche Spinne aussah. Angeekelt hob er den Fuß und trat zu. Es knirschte unter seinen Sohlen, und als er nachschaute, hatte er eine goldene Kapsel zerquetscht, von der er gar nicht gewusst hatte, dass es sie hier gab. Auch Gaudentius wirkte ein wenig verblüfft. Er trat näher, stieß mit der Schuhspitze gegen das platt getretene Stück Gold und schob es dann achselzuckend in eine Ecke.

»Ich glaube, Anna hat recht. Ich sollte hier wirklich einmal aufräumen. Man stolpert über alles Mögliche.« Er lachte leise auf und verließ das Zimmer. Georg folgte ihm mit einem letzten Blick auf die zerstörte Goldkapsel, die auf ihn immer noch wie ein zerquetschtes Insekt wirkte.

Die beiden hatten kaum die Tür hinter sich geschlossen, als das Kruzifix in der anderen Raumecke aufstrahlte und Lavinias geisterhafter Leib Gestalt annahm und ein Stück auf die Kapsel zuschwebte. Obwohl Gisela den ekelerregenden Inhalt bereits vor Wochen vernichtet hatte, waren in dem Ding noch Kräfte gewesen, die es Lavinia fast unmöglich gemacht hatten, sich zu materialisieren. Nun aber war die Kapsel nur mehr ein Stück lebloses Metall, das jeder Goldschmied einschmelzen und im Feuer reinigen konnte. Für eine Weile wusste Lavinia nicht, was sie mit ihrer neu gewonnenen Freiheit anfangen konnte, dann aber schwebte sie zu dem Folianten, aus dem Gaudentius vorgelesen hatte, und studierte Seite für Seite. Ihre Augen blickten tiefer als die des Burgherrn und Magisters, da sie auch manche Gedanken wahrnahm, die sich beim Schreiben der Texte in das Pergament geprägt hatten. So begriff sie besser als der Hausherr und sein Freund, welch furchtbarem Feind sie, Gisela und die beiden von Cajetan Verfluchten gegenüberstanden.

6.

Cajetan tobte und schrie, dass es von der Gewölbedecke seines Labors widerhallte. Aus seiner Nase und den Ohren floss Blut, und aus den Augen quollen dicke rote Tränen. Die Schmerzen hatten sein Gesicht in die Fratze eines Dämons verwandelt, und er krümmte sich wie ein Wurm am Boden.

»Ich kann nichts mehr sehen!«, brüllte er.

Fulvian hüpfte aufgeregt um ihn herum. Seine sonst stets bereite Manneskraft war erschlafft und schrumpfte noch mehr, als der Magier wimmernd seinen Namen rief.

»Ich bin doch bei Euch, Herr!«

»So hilf mir doch!«

»Das will ich ja! Aber ich weiß nicht, wie.« Fulvian kniete nieder und wollte den sich in Krämpfen windenden Magier aufrichten, um wenigstens seinen Kopf weich zu betten, doch seine Berührung schien Cajetan noch mehr Schmerzen zuzufügen.

»Fass mich nicht an! Das halte ich nicht aus!«, heulte der Magier auf und schlug nach ihm.

Fulvian begriff, dass er in diesem Augenblick nichts für seinen Herrn tun konnte. Ein schadenfroher Ausdruck huschte über sein Kindergesicht, verlor sich aber rasch wieder und wich Sorgenfalten. Cajetan schien in höchster Not zu sein, und das, was den Magier getroffen hatte, mochte auch ihm selbst gefährlich werden. Der Homunkulus lief zur Tür und rief nach den beiden Mägden, denen es eigentlich bei Leibesstrafe verboten war, diesen Trakt der Burg zu betreten.

Einen Augenblick dachte Fulvian, die Mägde würden es nicht wagen, seinem Ruf Folge zu leisten, doch dann kamen Mine und Lina zitternd und mit abwehrend erhobenen Händen, als erwarteten sie, jeden Augenblick Schläge zu bekommen. Sie blieben einige Schritte vor der Tür stehen und starrten Fulvian fragend an.

Dieser winkte ihnen heftig. »Kommt herein! Der Herr braucht euch.«

»Dort hinein gehen wir nicht! Der Herr würde uns streng bestrafen«, antwortete Mine mit schriller Stimme.

»Der Herr hat sich verletzt!«, schimpfte der Homunkulus. »Ihr müsst sein Blut stillen und ihn in seine Kammer bringen. Das kann ich nicht allein.«

In seiner Stimme schwang genug Autorität, um die Furcht der Frauen zu besänftigen. Die beiden schlüpften mit verstörten Gesichtern in den saalartigen Raum und brachen beim Anblick ihres blutüberströmt am Boden liegenden Herrn in Wehklagen aus.

»Jammert nicht, sondern tut etwas! Sonst müsst ihr demnächst auf mich verzichten!«, schrie Fulvian sie an.

Die Drohung wirkte, denn wenn es etwas gab, für das Lina und Mine die ewige Seligkeit hergegeben hätten, so waren es die lustvollen Stunden, die ihnen der Homunkulus zu bereiten wusste. Lina und Mine hoben den immer noch wimmernden Magier so vorsichtig auf, wie sie es vermochten, und trugen ihn in sein Schlafgemach. Um die beiden Mägde nicht in die Versuchung zu führen, sich in diesem Teil der Burg umzusehen, verschloss Fulvian die Tür zu dem Trakt, der neben dem Labor auch die Bibliothek beherbergte, in der Cajetan allerlei geheimnisvolle Dinge aufbewahrte. Dann folgte er ihnen und sah zu, wie sie ihren Herrn mit zitternden Händen entkleideten.

Kurze Zeit später lag Cajetan auf seinem Bett; Mine legte ihm ein kühlendes Tuch auf die Augenhöhlen, und Lina verstopfte seine Ohren und Nasenlöcher mit Watte, um die Blutungen zu stillen. Inzwischen hatte der Magier sich so weit beruhigt, dass er die Behandlung durch die beiden Frauen ohne Regung über sich ergehen lassen konnte. Nur ab und zu verzog sich sein Mund zu einem harten, drohenden Ausdruck, der aber – wie Fulvian interessiert bemerkte – nicht frei von Furcht war.

»Was ist geschehen, Herr?«, fragte er neugierig.

Cajetan riss sich den nassen Lappen von den Augen, zwinkerte ein paar Mal und wandte sein Gesicht dem Homunkulus zu. Erst dann schien er die Mägde zu bemerken und runzelte die Stirn.

»Ich musste die beiden zu Hilfe rufen, denn allein wart Ihr mir zu schwer«, beantwortete Fulvian seine unausgesprochene Frage.

»Irgendwie hatte ich das Gefühl, als könne ich deine Berührung nicht ertragen.« In Cajetans Stimme schwang ein misstrauischer Ton, doch Fulvian sah ihn mit einem kindlich-naiven Gesichtsausdruck an und hob beschwichtigend die Arme.

»Das hatte gewiss nichts mit mir zu tun, Herr, sondern war eine Auswirkung des Zaubers, der Euch getroffen haben muss. Ich hoffe, es war kein Fluch, wie Ihr sie selbst zu sprechen pflegt.«

»Gewiss nicht!« Cajetan machte eine Geste des Abscheus und scheuchte die beiden Frauen hinaus. »Arbeitet in der Küche weiter, denn ich werde bald Hunger haben. Kocht aber gut, sonst muss ich euch streng bestrafen.«

»Wollt Ihr etwa dem lieben Fulvian verbieten, mit uns zu tun, was ihm und uns beliebt?« Die scheinbare Hilflosigkeit des Magiers verlieh Mine ungewohnten Mut.

Der Magier verzog sein Gesicht zu einer spöttischen Grimasse. »Vielleicht sollte ich es tatsächlich tun – du erinnerst mich daran, wie sehr ihr mich über ihm vernachlässigt habt. Aber ich könnte Euch auch Läuse und Flöhe, die so groß sind wie Frösche, auf den Leib zaubern.«

Mine und Lina sahen ihren Herrn entgeistert an und rannten dann, verfolgt von Cajetans Gelächter, kreischend aus seinem Gemach. Als sie die Küche erreicht haben mussten, wandte er sich Fulvian zu.

»Mich hat kein Fluch getroffen, sondern ein Fußtritt. Der Sud, mit dessen Hilfe ich mich in die Kapsel versetzt hatte, war wohl etwas zu stark. Alban – oder genauer gesagt: Georg Streller – hat etwas gemerkt und zugetreten. Das werde ich ihm noch gründlich heimzahlen.« Kurz gab der Magier sich seinen Rachegedanken hin, dann sprang er auf, zog die störenden Wattestöpsel aus Ohren und Nase und füllte einen Becher mit einer scharf riechenden Flüssigkeit, die er in vorsichtigen Schlucken zu sich nahm. Das Getränk schien ihm gutzutun, denn die Blutungen hörten auf, und sein fahles Gesicht nahm wieder etwas Farbe an. Sein Blick schweifte in die Ferne, heftete sich auf einen unsichtbaren Punkt und schien Mauern zu durchdringen.

»Gaudentius, dieser verfluchte Hund, ist dabei, hinter mein Geheimnis zu kommen!« Obwohl der Magier seine Lippen nicht bewegte, hallten die Worte wie ein Echo durch den Raum.

Fulvian fuhr hoch, als hätte ihn eine Tarantel gestochen. »Wie sollte das möglich sein? Es lebt keiner mehr, der einst von Euch wusste, und die meisten, die nach Eurem Geheimnis strebten, starben, um Euch das Leben zu ermöglichen.«

»Er hat einen alten Text in die Hand bekommen, der uns auf unserer Suche entgangen sein muss. Langsam frage ich mich, ob du den Preis wert bist, den ich für dich zahlen musste. Du bist in vielen Dingen arg nachlässig und bringst mich dadurch in Gefahr.« Cajetan begleitete seine Worte mit einem Rutenhieb.

Der Homunkulus warf ihm einen tückischen Blick zu, senkte aber schnell den Kopf, um ihn nicht noch mehr zu erzürnen. »Herr, Ihr tut mir Unrecht! Ich kann nur so sein, wie Ihr mich erschaffen habt!«

»Dabei habe ich gewiss nicht in erster Linie an Weiber gedacht und an das, was man mit ihnen anstellen kann. Ich brauche einen Diener, der mir bei meinem Werk hilft.«

»Tue ich denn das nicht?« Fulvian schob beleidigt die Unterlippe vor, merkte aber rasch, dass sein Herr derzeit keinen Sinn für Spielchen besaß.

Mit einer wütenden Geste wandte Cajetan sich ab und rieb sich mit den Fingerspitzen die Stirn, hinter der es brannte, als hätten ein Dutzend Teufel dort ein Lagerfeuer entzündet. Dabei fluchte er in seiner Muttersprache, die er seit Jahrhunderten nicht mehr verwendet hatte, bis ihm die Luft ausging. Zwei, drei Mal atmete er tief ein, um sich zu beruhigen, und schüttelte drohend die Fäuste in die Richtung der Heimstatt seines Gegners. »Im Augenblick sind wir blind und taub, was Riebelsborn und seine Bewohner betrifft, nachdem Georg, dieser Narr, mein Artefakt mit deinen Haaren zerstört hat. Wir konnten es zwar schon eine Weile nicht mehr richtig nutzen, aber ich habe doch noch das eine oder andere in Erfahrung gebracht. Ausgerechnet jetzt, wo es dringend notwendig geworden ist, Gaudentius' Pläne zu belauschen, haben wir jeden Kontakt verloren. Ich bin mir sicher, dass er gerade darüber brütet, wie er mir nachhaltig schaden kann.«

»Wie sollte ihm das gelingen?«, fragte Fulvian spöttisch.

Cajetan schnellte herum und schlug ihm mit der Rute ins Gesicht, sodass der Homunkulus aufjaulend zurückwich. Erst als seine erste Wut verraucht war, bequemte er sich zu einer Antwort. »Du kennst doch die hohen Herren auf ihren Thronen und Bischofssitzen, die sie nur ungern verlassen. Wenn Gaudentius zu ihnen geht und andeutet, ich besäße das Geheimnis des ewigen Lebens, würden sie in Scharen herbeiströmen und alles unternehmen, um mir dieses Wissen zu entreißen.«

Fulvian winkte lachend ab. »Pah! Sie würden nur ein paar zerfallene Steine sehen und ihn der Lüge zeihen. Dann wäre er schneller tot, als er denken kann. Wahrscheinlich würde er auf eine äußerst schmerzhafte Weise hingerichtet, und Ihr könntet seine Seele unserem großen Meister übergeben und dreiunddreißig weitere Lebensjahre aus seiner Hand entgegennehmen.«

Für einen Augenblick beruhigte Cajetan sich, und er schien aufzuatmen. Dann aber schüttelte er verärgert den Kopf. »Das darf gar nicht erst geschehen! Es würden zu viele Leute hier herumschnüffeln und meine Verbindungen zu den Mächtigen behindern. Wie sollen die Boten meiner Freunde und Verbündeten mit mir Kontakt aufnehmen, wenn sich alles mögliche Gesindel hier herumtreibt? Nein, ich darf kein Aufsehen riskieren. Nicht umsonst habe ich mich gegen eine nach außen hin sichtbare Macht entschieden, da diese nur allzu angreifbar ist. Es ist effektiver, im Verborgenen zu leben und von dort aus die Fäden zu ziehen.«

Cajetan goss sich einen weiteren Becher der scharfen Flüssigkeit ein, trank sie langsam und dachte nach. Nach einer Weile verzog sich sein längliches Gesicht zu einem hämischen Grinsen. »Bis jetzt habe ich mit Gaudentius und seinem lumpigen Schüler nur gespielt. Jetzt aber werde ich Ernst machen. Die beiden müssen vernichtet und die Hexe, die sie ausbilden wollen, unschädlich gemacht werden.«

»Vielleicht solltet Ihr mit dem Töten nicht so schnell bei der Hand sein, Herr! Wie Ihr wisst, wird es immer schwieriger, geeignete Opfer zu finden – zumindest in diesem Teil der Welt. Wäre es nicht besser, Ihr würdet Euch einige Opfer selbst heranziehen, damit Ihr wieder Vorrat habt? Nehmt Matthias von Riebelsborn und den jungen Streller gefangen und zwingt sie, Hetta, Kezia und auch unseren beiden Mägden dicke Bäuche zu machen. Diese Gisela eignet sich ebenfalls als Stammmutter von Nachkommen, die Euch ein paar Hundert Jahre bescheren können, bevor Ihr Euch in einer Gegend niedergelassen habt, in der es ausreichend zweibeiniges Jagdwild gibt.« Fulvian betrachtete den Magier lauernd.

Cajetan wiegte den Kopf. »Vielleicht sollte ich das ins Auge fassen. Doch wozu brauchen wir Gaudentius und andere Männer? Warum schwängern wir nicht selbst die Weiber? Du weißt, ich mag in meinen Kerkern keine Männer. Sie sind gewitzter als Frauen und immer bereit, einen Ausweg zu suchen.«

Fulvian senkte seinen Blick, damit Cajetan ihm nicht in die

Augen sehen konnte. »Verzeiht Herr, doch ich bin nur ein Geschöpf Eurer magischen Macht und daher nicht fähig, mich fortzupflanzen. Es sei denn …« Der Homunkulus schwieg und biss sich auf die Lippen, als hätte er eben fast zu viel verraten.

Cajetan hörte jedoch nicht hin, sondern beantwortete seine eigene Frage. »Ich bin ein großer Magier und müsste eigentlich in der Lage sein, jedes Weib zu dem Zeitpunkt zu schwängern, an dem ich es will.«

»Ihr könnt der Natur nur in einem gewissen Rahmen befehlen. Wenn ich mich recht erinnere, habt Ihr im Angesicht Eures barbarischen Gottes Eure Fähigkeit hergegeben, leibliche Nachkommen zu erzeugen, damit Euch die Gnade der Unsterblichkeit zuteil wird.«

»Habe ich das?« Cajetan wunderte sich, dass sein Homunkulus davon wusste, und kniff die Augenbrauen zusammen. Es gelang ihm jedoch nicht, die Erinnerungen seines ungewöhnlich langen Lebens in so kurzer Zeit zu durchforsten und die Szene von damals vor seinem inneren Auge wiederauferstehen zu lassen. Nach all den Jahrhunderten musste er einen Sud aus Mohn, Alraunen, Stechapfel und anderen, in diesen Landen nicht gebräuchlichen Zutaten zu sich nehmen und sich etliche Stunden in Trance versetzen, um die Tiefen seines Geistes zu durchwandern und seine Erinnerungen auffrischen zu können. Mit dem gleichen Mittel hatte er sich am Abend zuvor in die Lage versetzt, Gaudentius in Riebelsborn zu belauschen. Allzu oft durfte er diesen Trank nicht anwenden, weil ihm dessen Wirkung mit jedem Schluck kostbare Lebensjahre raubte. Zudem hatte er im Augenblick kein Interesse an der Frage, ob er seine Zeugungskraft geopfert hatte oder nicht.

»Wir werden sehen, was wir tun können. Doch als Erstes muss Gaudentius aus dem Weg geräumt werden. Ich weiß auch schon, wie! Ihm fehlt ein Pfaffe auf der Burg, und das führt schon zu übler Nachrede unter seinen Nachbarn. Wenn Gaudentius nicht riskieren will, Besuch von einem Inquisitor des Papstes zu bekommen, wird ihm nichts anderes übrig bleiben, als sich einen Burgkaplan zu suchen.«

»Wollt Ihr Euch etwa verkleiden und nach Riebelsborn gehen? Tut es lieber nicht – die junge Hexe würde Eure Maskerade durchschauen.« Fulvians Stimme enthielt genug Spott, um Cajetan herumfahren zu lassen.

»Du nimmst dir in letzter Zeit etwas arg viel heraus, mein Guter. Vielleicht sollte ich dich zerstören und durch einen folgsameren Diener ersetzen.«

»Wenn Ihr glaubt, dieser könnte Euch besser dienen, dann tut es.« Fulvian lächelte süffisant. Anders als der Magier, der sich für seinen Schöpfer hielt, kannte er die Geschichte seiner Entstehung und wusste, dass Cajetans Magie niemals ausgereicht hätte, ein lebendiges Geschöpf zu erzeugen, geschweige denn eines mit seinen Fähigkeiten. In vielen Dingen übertrafen seine Kräfte die des Magiers bei Weitem, doch Cajetan war so von sich eingenommen, dass er das Offensichtliche nicht zur Kenntnis nehmen wollte. Dennoch durfte Fulvian nicht riskieren, dass sein angeblicher Meister seine Drohung in einem Anfall schlechter Laune wahrmachte. Daher fuhr er mit dem Arm durch die Luft, als schwänge er einen unsichtbaren Mantel um sich.

Sofort stutzte Cajetan, der seinen Diener eben noch drohend angestarrt hatte, griff sich an die Stirn und lachte wie über einen guten Witz.

»Vielleicht tue ich es auch – später einmal. Jetzt habe ich nicht die Zeit für solche Experimente, denn ich muss mich um meine Feinde kümmern. Da mein magisches Artefakt zerstört worden ist, werde ich für neue Augen und Ohren auf Riebelsborn sorgen müssen, und ich weiß auch schon, wie sich das am einfachsten und wirkungsvollsten bewerkstelligen lässt. Doch nun komm mit in die Küche: Ich habe Hunger und will sehen, ob in mir bei dieser Gelegenheit nicht die Lust erwacht.«

Der Homunkulus lächelte erfreut und stellte sich in Positur. »Ich bin bereit, mein Herr, und ich glaube, Ihr seid es auch.« Kaum hatte er dies gesagt, spürte Cajetan in sich ein Verlangen, das er schon seit langem nicht mehr empfunden hatte. Während er dieses Gefühl wohlig stöhnend auskostete, sagte er sich, dass er mit diesem Diener doch mehr als zufrieden sein konnte.

7.

Als Lavinia sich in dieser Nacht aus dem Kruzifix löste, fielen einige Ängste von ihr ab. Gaudentius hatte die zerstörte Hülle des schwarzmagischen Artefaktes untertags entfernt und damit den letzten Schatten der schwarzen Macht beseitigt, die sie in ihre Reliquienhülle gebannt hatte. Mit Schaudern erinnerte sie sich daran, wie viel Kraft es sie gekostet hatte, Gisela zu sich zu locken und mit ihr trotz der bösen Ausstrahlung des feindlichen Dinges zu sprechen. Ohne die Hilfe, welche diese ihr unbewusst geboten hatte, wäre ihr dies wohl nicht gelungen. Lavinia hatte bereits versucht, mit der Magd Kezia Verbindung aufzunehmen, war damit aber ebenso gescheitert wie bei ihrem Bestreben, sich Gaudentius oder Alban zu zeigen.

Der Herr auf Riebelsborn bezeichnete sich zwar als Magier und besaß auch eine gewisse Kraft, doch trotz des Wissens, das er sich mittlerweile angeeignet hatte, reichte sein Blick nicht aus, um wirklich hinter die Dinge sehen zu können. Um diese Fähigkeit zu entwickeln, hätte er weniger seinem Verstand als seinem Gespür vertrauen müssen. Doch wie so vielen Männern galten ihm geschriebene Buchweisheiten mehr als die Lehren der Natur und das Talent, diese auch zu nutzen. Lavinia wusste, dass es viele Narren wie ihn gab, die sich Magier nannten, weil sie alte Folianten über Zauberkunst besaßen und deren Sprüche lesen konnten. Die Kraft, diesen Zauberformeln Leben einzuhauchen, fehlte den meisten aber völlig. Gaudentius besaß zwar einige der dazu notwendigen Fähigkeiten, aber er wusste sie nicht richtig zu nutzen.

Lavinia bemerkte, dass sie dabei war, sich in Erinnerungen zu verlieren, und versuchte, sich auf das Naheliegende zu konzentrieren. Es half ihr schließlich nicht weiter, wenn sie Fehlschlägen nachtrauerte. Sie musste die Zukunft im Auge behalten, und die sah trübe genug aus. Die Geisterfrau bewegte sich auf die Tür zu und streckte die Hand nach dem Griff aus. Ihre blass schimmernden Finger glitten durch ihn hindurch, als bestände der eiserne Bügel aus Nebelstreifen. Im ersten Augenblick erschrak sie, aber dann musste sie über sich selbst lachen. Die Zeit ihrer Stofflichkeit lag nun schon Jahrhunderte zurück. Jetzt war sie ein Schemen, sichtbar nur für jene, die besondere Kräfte besaßen und nicht so blind durch das Leben liefen wie Gaudentius. Verärgert, weil ihre Gedanken erneut zu dem Burgherrn zurückwanderten, den sie immer wieder zu erreichen versucht hatte, glitt Lavinia durch die dicke Holztür, die ihr ebenso wenig Widerstand entgegensetzte wie der Griff. Als sie auf dem Korridor stand und sich der Treppe näherte, schimpfte sie mit sich selbst, weil sie sich bewegte, als wäre sie an die Regeln fester Materie gebunden. Sie blickte auf den Boden und ließ ihre Füße darin versinken.

Die ausgetretenen Holzdielen des Flurs kamen näher und blieben hinter ihr zurück, und als Lavinia wieder mehr erkennen konnte, befand sie sich in Gaudentius' Schlafkammer. Der Magister lag in seinem großen bequemen Bett, dessen Vorhänge aufgeschlagen waren, wälzte sich unruhig und stöhnte, als sei er in einem schlimmen Albtraum gefangen. Die Geisterfrau vergaß ihre Abneigung gegen ihn und berührte ihn an der Stirn, als wolle sie ihn beruhigen. Sie zog die Hand aber rasch wieder zurück, denn ihre Finger schienen durch die Schädeldecke hindurch in das Gehirn des Burgherrn zu greifen. Der kurze Kontakt hatte Lavinia miterleben lassen, was Gaudentius quälte: Im Traum stand der Magier seinem Erzfeind gegenüber, der ihn bereits so geschwächt hatte, dass er winzig klein zu seinen Füßen kroch, während Cajetan nun einem Riesen glich und ihn wie eine Laus unter seinem Daumennagel zerknackte.

Lavinia wusste, dass dieser Albtraum eine Auswirkung des Fluches sein musste, mit dem Cajetan seinen einstigen Schüler belegt hatte. Die Bilder sollten Gaudentius' Ängste steigern und ihn unfähig machen, sich gegen seinen Feind zur Wehr zu setzen. Aber die magische Kraft des Riebelsborner Burgherrn untergrub zumindest teilweise die Wirkung des Zaubers. Andere Menschen wären Cajetans magischen Sprüchen längst erlegen, doch er vermochte, sich ihnen zu widersetzen, und nahm nun unbewusst auch Giselas Kräfte zur Hilfe. Lavinia hoffte, dass Gaudentius damit genug Zeit gewann, eine Schwäche seines Feindes zu entdecken und diesen doch noch zu besiegen. Das aber würde ihm nicht ohne Giselas tatkräftige Unterstützung gelingen.

Da die junge Frau ihr Ziel gewesen war, drehte sie Gaudentius den Rücken zu und schwebte weiter. In dem Raum, den sie nun durchquerte, befanden sich etliche schwere Truhen und andere persönliche Gegenstände des Burgherrn, darunter auch seine Turnierrüstung, die besser in der Waffenkammer aufgehoben gewesen wäre. Lavinia sah sich nicht weiter um, sondern drang in die nächste Kammer ein. Hier schlief Alban, der – wie sie mitbekommen hatte – eigentlich Georg Alban Streller hieß und durch den von Cajetan ausgesprochenen Fluch die meiste Zeit wie ein Untier aussah. In Lavinias Augen war er trotz einer gewissen Leichtfertigkeit ein besserer Mensch als Gaudentius. Denn obwohl er wusste, dass ihn der Fluch zu einem kurzen Leben in einer scheußlichen Hülle und später zu ewiger Verdammnis verurteilte, sträubte er sich instinktiv dagegen, Gisela in Gefahr zu bringen.

Lavinia schenkte der ungeschlachten Gestalt, die sich nicht weniger heftig auf ihrem Laken wälzte als Gaudentius, ein freundliches Lächeln, das ihn seltsamerweise zu beruhigen schien, und schwebte weiter, bis sie Giselas Schlafkammer fand. Die junge Frau schlief ebenfalls nicht gut. Schweiß lief ihr über die Stirn, sammelte sich unter ihrem Haupt und nässte das Laken. Sie gab jammernde Laute von sich und schrie sogar zwischendurch auf. Hatte es wenige Stunden zuvor noch ausgesehen, als wäre sie auf dem Weg der Genesung, schien sie nun kränker zu sein als jemals zuvor. Auch dies war eine Auswirkung des Fluches und der vielen Zauber, mit denen Cajetan die Burg belegt hatte. Sie entwickelten erst in den Nachtstunden, in denen kein gütiges Sonnenlicht die bösen Kräfte zu bannen vermochte, ihre zerstörerische Macht. Lavinia spürte, dass die Flüche auch nach ihr griffen, doch war sie auf eine ihr unerklärliche Weise gegen deren Wirkung gefeit. Wohl aus den gleichen Gründen konnte sie nichts gegen das Böse unternehmen, das die Mauern der Burg wie Spinnweben durchdrungen hatte – um handeln zu können, benötigte auch sie ein Medium wie Gisela.

Als sie dieses Mal die Hände ausstreckte, traf sie auf Widerstand. Es fühlte sich an wie eine dünne Hülle, die bei jedem harten Zugriff zerbrechen konnte. So sanft, wie es nur ging, beugte Lavinia sich über Giselas Gesicht und küsste die trockenen, rissigen Lippen.

Irgendwie schien die Kranke ihre Nähe zu spüren. Sie wurde ruhiger, atmete aber ein paar Mal scharf ein und schlug unversehens die Lider auf.

»Lavinia!«

»Ja, ich bin es. Dank deiner Hilfe und der Geistesgegenwart von Georg, der aus einem Instinkt heraus das Richtige getan hat, bin ich endlich in der Lage, mich für kurze Zeit aus meinem Reliquienbehälter zu lösen.«

»Georg hat dir geholfen? Er ist also noch da!« Giselas Blick war so hoffnungsvoll, dass Lavinia sich abwandte. Noch ahnte die junge Frau nichts vom Doppelleben ihres Ehemannes, der seine eigene Gestalt nur annehmen konnte, wenn der Vollmond hell vom Himmel schien. Heute war der Mond früh untergegangen, und so lag der junge Mann bereits wieder als ungeschlachter Magister Alban in seinem Bett. Dieses Geheimnis wollte Lavinia nicht ohne einen besonderen Grund enthüllen. Zu groß war die Gefahr, dass Gisela sich noch mehr, als ihr bisher bewusst war, zu Georg hingezogen fühlte und dabei Herz und Sinne über das stellte, was wirklich wichtig war. In diesem Fall handelte Gaudentius richtig: Gisela musste Jungfrau bleiben, damit sie ihre Kräfte voll entfalten konnte.

»Zu viel hängt davon ab!«, sagte Lavinia zu sich selbst.

»Was hängt von wem ab?« Gisela hatte Lavinias Worte vernommen.

»Von dir hängt sehr viel ab, meine Freundin. Nicht nur Gaudentius' und Albans Schicksal, sondern auch dein eigenes sowie das meine und das meiner Freundinnen, die ins Paradies gehören und doch gezwungen wurden, das Elend der Hölle auf sich zu nehmen.« Lavinia bedachte Gisela mit einem beschwörenden Blick. »Der Feind hat einen unerwarteten Rückschlag erlitten, der ihn gewiss zu einem weiteren Angriff reizen wird, und auf den müssen wir uns vorbereiten. Gaudentius und Georg glauben, das Geheimnis des Feindes gelüftet zu haben, aber ich fürchte, dass Gaudentius nun falschen Spuren folgen und dabei Cajetans wahren Absichten zu wenig Beachtung schenken wird.«

»Das soll ich ihm sagen? Er wird mich höchstens auslachen – in seinen Augen bin ich eine wertlose Frau ohne jeden Verstand!« Zorn funkelte in Giselas Augen, und die mit ihm verbundene Anstrengung erschütterte ihren Körper und ließ sie in krampfhaftes Husten ausbrechen.

Lavinia legte die Hände auf Giselas Brust, um den Schmerz zu lindern. »Ganz so schlimm ist es nicht. Eigentlich müsste ein Hinweis genügen, um ihm zu zeigen, dass Frauen nicht weniger Verstand aufweisen als Männer – manchmal sogar mehr. Denk doch nur an Anna, die die Burg und das dazu gehörende Land verwaltet. Ihr Neffe ist ihr dabei keine große Hilfe.«

»Das ist er wahrlich nicht.« Gisela lachte leise auf. Ihre Wut verlor sich, und als sie ihre Glieder streckte, fühlte sie sich wieder besser.

»Hast du das bewirkt?«, fragte sie überrascht.

Lavinia schüttelte den Kopf. »Nein, das haben deine eigenen Kräfte bewirkt. Du bist eine große Heilerin, aber du hast noch nicht gelernt, diese Gabe anzuwenden. Du solltest es später aber auch nur im Geheimen tun. Obwohl ich Jahrhunderte in meiner Reliquienkapsel eingesperrt war, habe ich ein wenig mehr Freiheit gehabt und einiges von der Welt erfahren, bevor ich hier in Cajetans teuflische Fänge geriet. Frauen mit deinen Fähigkeiten gelten leicht als Hexen. Die wahren Hexen aber sind jene Weiber, die sich vom Satan und seinen Buhlteufeln verführen lassen und den höllischen Lehren hingeben. Nur ganz wenige von ihnen vermögen ihre Macht bis ins hohe Alter zu behalten und sogar Könige und Fürsten zu beherrschen. Die Masse der Teufelshexen gerät jedoch rasch in die Hände der Inquisition und wird ertränkt oder kommt auf den Scheiterhaufen. Das hat der Satan so eingerichtet, weil er verhindern will, dass diese Frauen zur Vernunft kommen, ihm von ehrlichem Herzen entsagen und mit langen Bußübungen und Pilgerfahrten ihre Seelen retten.«

»Mit Hölle und Teufelswerk will ich nichts zu tun haben!« Giselas Stimme klang so scharf, dass Gundi unruhig wurde. Die kleine Magd schlug die Augen auf, erhob sich schlaftrunken und starrte ihre Herrin an, die gegen den Schein der Öllampe, die wegen Giselas Krankheit in einer Nische brannte, wie ein Schattenriss wirkte.

»Herrin, geht es Euch schlechter? Habt Ihr nach mir gerufen?«

Gisela schüttelte den Kopf, obwohl das Mädchen ihre Geste nicht sehen konnte. »Nein! Ich habe wohl im Schlaf gesprochen. Das tut mir leid. Leg dich hin und schlaf weiter.«

Es wunderte Gisela, dass die Magd die nächtliche Besucherin nicht zu bemerken schien, obwohl diese, von einem hellen Licht erfüllt, neben dem Bett stand.

»Ich bin fürchterlich müde.« Gundi gähnte, ließ sich zurückfallen und schien bereits zu schlafen, als ihr Kopf das Kissen berührte.

Lavinia nickte beeindruckt. »Du besitzt wirklich große Kräfte! Hast du es nicht mitbekommen? Du hast deiner Magd befohlen zu schlafen, und sie wurde im gleichen Augenblick so müde, dass sie sich kaum noch richtig hinlegen konnte.«

Gisela schauderte. »Über solche Kräfte will ich nicht verfügen!«

»Es liegt nicht in deiner Macht, sie zurückzuweisen, denn sie sind ein Erbe aus uralter Zeit. Aus einer Zeit, lange bevor unser Herr Jesus Christus sein Haupt beugte, um durch den heiligen Johannes die Taufe zu empfangen. Du bist die Nachfahrin weiser Frauen, die ihre Kräfte zum Wohle der ihnen anvertrauten Menschen benutzten. Früh in der Geschichte aber hat der Teufel die schwächeren von ihnen, die ihn nicht erkennen konnten, zum Bösen verführt. So haben seine Werke alle begabten Frauen in den Ruf gebracht, gottlose Hexen zu sein. Eifernde Kleriker, die von ihrer eigenen Wichtigkeit erfüllt das weibliche Geschlecht als schwach, dumm und unwert verleumdet haben, taten das ihre dazu, indem sie Frauen, die ihre Fähigkeiten nutzen wollten, umbringen ließen. Sie haben auch dafür gesorgt, dass die meisten Mädchen so erzogen werden, dass sie sich selbst für wertlos und schlecht halten. Um wie viel besser könnte die Welt sein, wenn die gelehrten Scholaren und Priester sich daran erinnern würden, wie hoch Christus, der Herr, die Frauen geschätzt hat. Er war es, der Maria Magdalena in seine Arme schloss und zu seiner Jüngerin machte, obwohl sie von allen wegen ihres Gewerbes verachtet wurde, und er hat es auch nie an der nötigen Ehrfurcht vor seiner Mutter Maria fehlen lassen, oder vor Elisabet, der Mutter des Täufers. Diese Frauen waren es, die sich unter dem Kreuz zu ihm bekannten, und nicht die Apostel, von denen einer den Herrn verraten hat, während die anderen mit Petrus an der Spitze ihn verleugneten.«

Lavinia hatte sich in Rage geredet, verstummte aber, als sie es bemerkte, und bat Gisela um Entschuldigung. Dann flehte sie sie an, alles zu tun, um schnell wieder gesund zu werden. »Magister Gaudentius und dein Ehemann werden deine Hilfe bald bitter nötig haben, und dafür musst du lernen, so viel du kannst – von Gaudentius und aus seinen Büchern, aber auch aus dir selbst.«

»Ich behalte nicht einmal die Hälfte dessen, was Gaudentius mich lehren will! Wie soll ich da aus mir selbst lernen? Damit kann ich doch nichts erreichen!« Gisela lachte bitter auf.

Lavinia wollte dies nicht so stehen lassen. »Du musst dich dem öffnen, was in dir ist, aber tue es heimlich. Weder Gaudentius noch unser Feind dürfen etwas davon merken. Der Magister würde dich schelten und mit der Rute züchtigen, weil er nichts von der Macht versteht, die aus den inneren Fähigkeiten erwächst, und wenn Cajetan begreift, welche Kräfte in dir schlummern, wird er nach deiner Vernichtung trachten. Die beiden müssen dich unterschätzen, verstehst du?«

Gisela lehnte sich wieder im Bett zurück und verschränkte die Hände hinter dem Kopf. »Ich begreife gar nichts. Du sagtest vorhin, Gaudentius und Georg seien dabei, hinter Cajetans Geheimnis zu kommen. Jetzt möchte ich wissen, was Georg Streller mit dieser ganzen Sache zu tun hat und welchem Geheimnis sie auf der Spur sind. Du wirst es mir erklären müssen, denn von Magister Gaudentius werde ich es gewiss nicht erfahren.«

»Das ist richtig! Also, es ist so ...« Lavinia fasste zusammen, was sie selbst von Cajetans Werdegang erfahren hatte, und hoffte, Gisela würde über ihrem Bericht die Frage nach der Rolle vergessen, die Georg in dem Ganzen spielte.

8.

Als Gisela erwachte, hielt sie die Ereignisse der Nacht zunächst für einen Traum. Sie hatte Lavinia seit der Nacht, in der sie die stinkenden Borsten verbrannt hatte, nicht wiedergesehen, und die Geisterfrau bereits für eine Erfindung ihrer eigenen überspannten Phantasie gehalten. Doch als sie ihre Hände hob und betrachtete, spürte sie eine Kraft darin, die sie überraschte. Sie berührte ihr Gesicht mit den Fingerspitzen und wusste, dass ihr Fieber und die Krankheit gebrochen waren. Eigentlich fühlte sie sich viel zu kräftig, um weiter im Bett liegen zu bleiben. Beinahe übermütig warf sie die Decke ab, schwang die Beine über den Rand und stand auf.

Die Bewegung weckte Gundi, die sie zunächst verständnislos anstarrte. »Aber Herrin, Ihr dürft nicht aufstehen! Ihr seid doch krank!«

»Krank? Ach ja, das war ich.« Gisela horchte in sich hinein und entdeckte Reste ihrer Schwäche, die gerade wie von einem kräftigen Guss frischen Wassers hinweggespült wurden. So schnell wie diesmal hatte sie sich noch nie erholt. Während sie ihr Hemd über den Kopf zog und Gundi aufforderte, ihr den Rücken zu waschen, wunderte sie sich über sich selbst. Dann erinnerte sie sich an Lavinia und deren Worte von einer geheimen Kraft, die sie besitzen sollte. Sie wurde nachdenklich. Könnte es wirklich so sein?, fragte sie sich. Wahrscheinlich nicht, denn dann hätte Gaudentius ihr etwas davon gesagt. Immerhin hatte er erkannt, dass sie magisch begabt war. Noch während sie darüber nachdachte, sagte sie sich, dass dies ein Rätsel war, das sich nicht von einem Augenblick zum anderen lösen lassen würde. Jetzt galt es erst einmal, den Hunger zu bekämpfen, der in ihrem Bauch wühlte.

»Mach schneller!«, forderte sie Gundi auf und nahm ihr zuletzt den Lappen aus der Hand. Obwohl sie es eilig hatte, beendete sie ihre Körperpflege sorgfältig. Ihre Nase war besonders empfindlich und krauste sich unwillkürlich, wenn ihre Haut oder ihre Kleidung nach vergossenem Schweiß roch. Sie reinigte auch eine besonders geruchsintensive Stelle ihres Körpers, obwohl Gundi sich abwandte und die Hände rang, weil eine anständige Frau sich dort nicht anfassen sollte. Gisela aber hatte von ihrer Mutter gelernt, sich vor allem dort sauber zu halten, ohne jedoch erklärt zu bekommen, warum das so wichtig war. Sie nahm an, dass es etwas mit dem Zusammenleben von Mann und Frau zu tun haben musste. Dabei rochen Männer meist auch nicht besonders gut. Ob dies bei ihrem eigenen Ehemann wohl anders war? Gisela konnte es sich nicht vorstellen, denn Alban war ein halbes Tier.

Noch während sie diesen Gedanken formte, bedauerte sie ihn. Ganz im Gegensatz zu seinem Freund Gaudentius hatte es Magister Alban in den Monaten hier auf der Burg nämlich nie an der nötigen Höflichkeit mangeln lassen. Es war recht angenehm, gut über den eigenen Gatten zu denken, fand sie, ließen sich doch damit ihre flatternden Gedanken, die sich um Georg Streller drehen wollten, rascher beiseiteschieben. Georg konnte ein guter Freund für sie sein, mehr aber nicht.

Mit diesem Vorsatz zog Gisela sich an und verließ ihre Schlafkammer. Als sie zwei Stockwerke tiefer in das Erkerzimmer trat, fand sie dort Frau Anna, den Burgherrn und Ritter Eckehard vor. Gaudentius saß bemerkenswert gerade auf seinem Stuhl und schien eben mit seinem Gast gescherzt zu haben, denn beide lachten fröhlich, während Anna sie mit jenem nachsichtigen Blick bedachte, den man sonst übermütigen Kindern schenkt.

Gerade als Gisela eintrat, kam Alban von der anderen Seite hinzu. »Gott zum Gruß!«, rief er und entdeckte dann seine Frau. »Was suchst du hier unten? Du holst dir noch den Tod. Mach, dass du in dein Bett kommst!«

Gisela richtete sich so hoch auf, dass sie ihm bis ans Brustbein reichte, und blickte direkt in seine kleinen, rötlichen Augen, die sie tadelnd, aber auch mit einem besorgten Ausdruck musterten. Zu ihrer Verwunderung wirkte Alban bei Weitem nicht so animalisch, wie sie ihn in Erinnerung hatte, sondern eher wie ein Mensch mit einem klobigen Gesicht. Auf der Straße hätte er höchstens wegen seiner unnatürlichen Größe Aufsehen erregt.

Unsicher geworden, knickste sie vor ihm. »Verzeiht, mein Herr, aber mir geht es bereits wieder sehr gut. Ich kann mein Bett verlassen und meine Studien bei Herrn Gaudentius fortsetzen. Darüber wird er sich gewiss freuen.«

»Das wäre nicht schlecht! Wir haben bereits einige Tage nutzlos verloren.« Gaudentius winkte Gisela energisch, sich zu setzen.

Seine Tante bedachte ihn mit einem ärgerlichen Blick. »Soweit ich mich erinnern kann, trägst du die Schuld an Giselas Erkrankung. Also schimpfe gefälligst nicht mit ihr, sonst bekommst du es mit mir zu tun!«

»Ho, ho!«, rief Eckehard. »Die gestrige Vollmondnacht scheint auf mehr Leute hier zu wirken als nur auf Alb…«

Ein heftiger Rippenstoß des Burgherrn ließ ihn verstummen. »Das hat nichts mit dem Mond oder den Gestirnen zu tun, sondern nur mit ein paar renitenten Weibern, die ihre Schnäbel wetzen wollen. Doch das wird ihnen schon noch vergehen. Ich werde Gisela antreiben, bis sie weint, als hätte sie einen ganzen Keller voll Zwiebeln geschnitten, und was meine Tante angeht, so werde ich …«

»… wirst du was?«, fragte Frau Anna mit einem sanften Lächeln, das ihm etliche Tage lang versalzene Mahlzeiten und ungemachte Betten versprach.

»Ach, nichts!« Gaudentius winkte ab und musterte Alban. »Was ist denn mit dir los? Du siehst ja direkt aus wie ein Mensch.«

»Er ist auch ein Mensch!« Gisela wusste nicht, was sie dazu trieb, ihren Gatten zu verteidigen.

Ein verwunderter Blick traf sie, und sie glaubte, in Albans Augen eine gewisse Dankbarkeit zu erkennen.

Jedoch war er weit davon entfernt, diese Gefühle zu offenbaren. Stattdessen ließ er ein Grollen hören, das auch ein Bär hätte ausstoßen können. »Ich mag einmal ein Mensch gewesen sein! Jetzt aber bin ich ein Ungeheuer, das der Wille eines Magiers geformt hat und das in den Vollmondnächten eingesperrt werden muss. Für dich ist es besser, Gisela, wenn du deine Gedanken auf die Aufgabe richtest, um derentwillen ich dich geheiratet habe. Wenn der Bann gebrochen ist und Magister Alban der Vergangenheit angehört, bist du aller Bande ledig und kannst gehen, wohin du willst.«

Frau Anna fuhr auf. »Bei Gott, bist du heute wieder unleidlich! Setz dich jetzt und iss! Oder soll ich dir einen Napf in deine Kammer bringen lassen?«

»Da müsstest du schon Ludwig schicken – von den übrigen Dienstboten wagt sich keiner in mein Zimmer.« In Albans Stimme mischten sich Spott und Trauer.

Das brachte Gisela dazu, die eben erhaltene Zurechtweisung zu vergessen. »Auf Ludwig wird Herr Gaudentius gewiss nicht verzichten wollen, denn dieser muss ihm das Fleisch klein schneiden, weil der andere Knecht so ungeschickt ist. Ich könnte Euch jedoch das Essen in Eure Kammer tragen.«

»Den Morgenbrei wird unser lieber Matthias gewiss auch ohne seinen treuen Diener schlucken können«, warf Eckehard lachend ein. »Doch bevor ihr jetzt allesamt mich als nächstes Opfer erwählt, solltet ihr zugreifen. Der Brei wird bald kalt sein, und dann schmeckt er nicht mehr.«

Wie zur Bekräftigung seiner Worte nahm der Ritter seinen Löffel und stach ihn in die graue Masse, die aus Getreide, klein gehackten Innereien und getrockneten Pflaumen bestand und zusammen mit einem Becher Bier als Morgenmahlzeit diente. Gaudentius warf ihm einen vernichtenden Blick zu, begann aber ebenfalls zu essen. Da sich auch Frau Anna ihrem Mahl widmete, blieb Gisela und Alban nichts anderes übrig, als sich dazuzusetzen und ihre Schalen an sich zu nehmen.

Für einige Zeit herrschte Schweigen. Doch schon bald wurde es Herrn Eckehard zu ruhig. »Also, man könnte fast glauben, ihr hättet alle ein Schweigegelübde abgelegt, weil euch die Mäuler so eingerostet sind. Dabei gibt es so viel zu besprechen! Weihnachten steht vor der Tür, und ihr habt noch immer keinen Kaplan.«

Gaudentius zuckte zusammen. »Stimmt, daran habe ich gar nicht mehr gedacht. Warum hast du mir nichts gesagt, Anna?«

Seine Tante hob abwehrend die Linke. »Schieb mir das nicht in die Schuhe! Ich habe dich ein paar Mal daran erinnert. Aber vor lauter Cajetan und Fluch hast du weder Augen noch Ohren für etwas anderes. Wenn ich Ritter Eckehards Antrag heute annähme, würdest du ab morgen selbst das Essen vergessen und wärest in ein paar Tagen verhungert.«

»Beim Heiland, was hat Gott sich nur gedacht, als er die Weiber mit solch scharfen Zungen schuf! Kann Adam ihn schon vorher so erzürnt haben, dass er diese Strafe erhielt?«

Die anderen am Tisch starrten Gaudentius weniger wegen dieser Worte an, als vielmehr wegen des Elans, mit dem er sie vorbrachte. Seine Tante streckte die rechte Hand aus und berührte sein Gesicht. »Bei der Jungfrau Maria und allen Heiligen, was ist mit dir geschehen? Du siehst mindestens zehn Jahre jünger aus als gestern.«

»Das sind immer noch über dreißig Jahre zu viel.« Noch während er in sich hineinhorchte, schüttelte Gaudentius verwirrt den

Kopf. »Anna hat recht! Ich fühle mich noch einmal jünger als in den letzten Tagen, und jünger als jemals zuvor, seit der Fluch mich traf. Auch Alban wirkt menschlicher als sonst. Himmel, der Fluch wird doch nicht etwa gebrochen sein?« Es klang so viel Hoffnung in seiner Stimme, dass es Gisela leidtat, ihn enttäuschen zu müssen.

»Das glaube ich nicht. Ich nehme eher an, dass er im Augenblick an Kraft verloren hat. Doch sobald Cajetan es bemerkt, wird er alles tun, um die Wirksamkeit wieder zu erhöhen.«

»Das Küken dünkt sich klüger als die Henne«, spottete Gaudentius.

»Eher als der Hahn«, sagte Gisela gelassen. »Fühlt in Euch hinein, und Ihr werdet spüren, dass ich recht habe!«

»Könnt ihr diesen elenden Magier und seinen Fluch nicht einmal für *einen* Augenblick vergessen? Weihnachten steht vor der Tür, die Zeit der Wunder und Märchen! Vielleicht wird Gott oder einer der Heiligen euch an diesen heiligen Tagen helfen oder euch wenigstens den richtigen Weg weisen. Bevor die Christtage begonnen haben, muss ein neuer Burgkaplan hier Einzug gehalten haben. Ich sagte euch letztens schon, dass die Nachbarn tuscheln. Würdet ihr die Geburt des Herrn ohne einen Priester feiern, könnten einige missliebige Leute das zum Anlass nehmen, den ehrwürdigen Bischof zu Eichstätt aufzusuchen und gegen euch aufzustacheln.«

Eckehards Worte hinterließen einen starken Eindruck. Gaudentius wischte sich über die Stirn und verzog grimmig den Mund. »Es wird wohl sein müssen! Ich verliere jedoch nur ungern Zeit für die Suche, da ich Gisela weiter ausbilden will. Alban, könntest du dich nicht darum kümmern? Zum einen siehst du im Augenblick fast manierlich aus, zum anderen könnte unser neuer Burgkaplan sich gleich an dein Aussehen gewöhnen.«

Alban starrte ihn düster an. »Das gefällt mir nicht.«

»Warum? Unser Freund Matthias hat recht. So wie du jetzt aussiehst, kannst du dich unter den Menschen sehen lassen. Außerdem wäre ein Besuch in Eichstätt so übel nicht – du könntest bei den dortigen Kaufleuten ein hübsches Geschenk für deine Ehefrau besorgen. Gisela weilt jetzt schon mehrere Monate in der Burg und hat gewiss in dieser Zeit noch nichts Gescheites von dir erhalten.«

Ritter Eckehards Worte fachten ein Gefühl in Gisela an, das sie nicht erwartet hatte: Heimweh. Sie war ein Kind der Stadt und gewöhnt, Nachbarn um sich zu haben und durch Gassen schlendern zu können. Hier auf Riebelsborn aber fühlte sie sich oft wie eine Gefangene. »Ich würde gerne einmal nach Eichstätt fahren.«

»Soll Alban dich doch mitnehmen!«, schlug Eckehard vor.

Gaudentius winkte mit beiden Händen ab. »Das geht nicht! Sie verliert zu viel Zeit zum Lernen!«

Alban knurrte wie ein missgelaunter Hund und zog sich damit Daggas Zorn zu. Weil sie Gisela in Gefahr wähnte, sprang die Hündin auf und ging bellend auf Alban los. Dieser hob die Hände zur Abwehr, und für Augenblicke schien es, als würde Blut fließen.

Ehe jedoch etwas Ernsthaftes passieren konnte, hatte Gisela ihre Hände in Daggas Nackenfell gekrallt und zerrte sie zurück. »Willst du wohl ruhig sein!«

Sie erschrak selbst über ihre Kühnheit, doch im gleichen Augenblick verwandelte Dagga sich von einem kampfbereiten Bärenjäger in einen übergroßen, bettelnden Welpen und stieß Giselas Napf mit der Schnauze an. Die junge Frau kannte die Geste, schöpfte einen Löffel voll Gerstenbrei und klatschte ihn Dagga ins weit aufgerissene Maul.

»Um das Vieh satt zu kriegen, wird dein Napf nicht reichen.« Anna rief nach einer Magd und befahl ihr, zuerst noch etwas Brei und dann einen Knochen zu bringen. Die Hündin hörte jedoch erst auf zu betteln, als sie den größten Teil von Giselas Frühstück gefressen hatte. Dann erst schenkte sie dem Knochen Beachtung, schnappte ihn sich und warf Alban einen Blick zu, als würde sie ihm zutrauen, ihr diese Beute streitig machen zu wollen. Da er sich nicht rührte, ringelte sie sich um Giselas Stuhl und schlug die Zähne in ihre Mahlzeit.

Gaudentius warf dem Tier einen scheelen Blick zu, forderte Gisela energisch auf, ihm zu folgen, und lief beinahe wie ein junger Mann die Treppe hinauf. Als sie Anstalten machte, in ihre Gemächer zurückzukehren, um Gundi ein paar Anweisungen zu erteilen, schnaubte er ungeduldig, schleppte sie in sein Studierzimmer und legte los, als wolle er die versäumten Stunden an einem einzigen Tag aufholen. Dagga hatte ihren Knochen gepackt und war den beiden gefolgt. Nun lag sie neben dem Kruzifix, in dessen Sockel sich Lavinias Knöchelchen befand. Der Platz schien ihr zu behagen, denn von Zeit zu Zeit stieß sie einen Laut höchsten Entzückens aus, und sie ließ sich auch nicht stören, als Alban kurz darauf in das Zimmer trat.

»Ritter Eckehard hat recht! Wir können Gisela nicht ständig hier einsperren.« Alban unterbrach damit eine längere Rede seines Freundes, mit der dieser Gisela die Bedeutung einer wichtigen Formel hatte nahebringen wollen.

»Bei Gott, welche Grillen haben dich jetzt übermannt? Deine Frau ist mitnichten eine Gefangene, sondern sie lebt in einer angenehmen Kemenate, besitzt hübsche Kleider, bekommt genug zu essen, und wenn sie will, soll sie sich mit einem Schmuckstück zieren, das du ihr aus Eichstätt mitbringst.« Gaudentius glaubte, damit alles gesagt zu haben, doch Alban blieb erstaunlich hartnäckig.

»Gisela sieht außer uns und Eckehard, der uns von Zeit zu Zeit besucht, keinen anderen Menschen.«

»Du hast Georg Streller vergessen! Der Kerl scharwenzelt mir eh viel zu viel um dein Weib herum, und ich bin schon fast so weit, die Tore vor ihm zu verschließen.«

»Herr Streller ist ein Ehrenmann, der weiß, was sich gehört«, fuhr Gisela den Burgherrn an.

Gaudentius winkte ab und wollte mit seinen Belehrungen fortfahren, doch Alban fiel ihm rüde ins Wort. »Wenn ich nach Eichstätt fahre, werde ich Gisela mitnehmen. Sie braucht Stoffe für wärmere Gewänder.«

Er ließ keinen Zweifel daran, dass es nach seinem Willen zu gehen hätte, und wurde von Giselas dankbarem Blick belohnt. Man konnte ihr ansehen, dass sie sich mit jeder Faser ihres Herzens danach sehnte, einmal etwas anderes zu sehen als die Burg, den Zwinger und den Ausblick, den ihr die Wehrgänge hinter den Zinnen boten.

»Alban, ich danke dir!«, sagte sie aufatmend und bemerkte erst dann, dass sie ihn so vertraulich angesprochen hatte, als wäre er tatsächlich ihr Gatte und nicht jemand, der sie für seine Zwecke für Gold von ihrem Vater erworben hatte.

Gaudentius merkte, dass er das mit vorwurfsvollen Blicken geführte Duell verloren hatte, und nickte schließlich zustimmend. »Also gut! Nimm sie mit, aber bring sie so zurück, wie sie vorher war, mein Lieber. Sonst geht deine Seele wirklich zum Teufel. Vergiss außerdem vor lauter Einkaufen nicht, nach einem passenden Kaplan zu schauen! Bislang können unsere Leute noch nach Trelling gehen und bei dem dortigen Prediger die Messe besuchen. Doch sobald die Kälte über das Land hereinbricht, wird das nicht mehr möglich sein. Und du, Gisela, wiederholst jetzt ...« Gaudentius sprach einige lateinische Begriffe aus, die Gisela aus Dank für die Erlaubnis, mit nach Eichstätt fahren zu dürfen, fehlerfrei aufsagte. Lob erntete sie dafür jedoch nicht, denn Gaudentius schien die Zusage, die er Alban gegeben hatte, bereits zu bereuen.

9.

So rasch, wie Gisela gehofft hatte, wurde nichts aus der Reise. Zwei Tage lang fand Gaudentius immer wieder neue Ausflüchte, um sie nicht gehen zu lassen, und dann regnete es eine Woche lang ununterbrochen. Während dieser Zeit wurde die Stimmung auf der Burg so trübe wie das Wetter. Selbst Dagga vermied es, länger ins Freie zu gehen, als unbedingt notwendig war. Doch im Gegensatz zu den Bracken wusste sie, was sich gehörte, und verschonte das Innere der Burg mit ihren Ausscheidungen.

Als Anna auf dem Weg von ihrer Schlafkammer zur Küche in die Hinterlassenschaft eines Hundes trat, kochte sie vor Zorn und befahl den Knechten, die Tiere in den Stall zu sperren.

»Aber doch nicht Dagga! Die bringt uns um, wenn wir es versuchen«, rief einer der Männer entsetzt.

Anna bedachte den Feigling mit einem verächtlichen Blick. »Wie kann ein so baumlanger Kerl wie du nur Angst vor einer Hündin haben?«

»Dagga ist kein normales Tier. In ihr steckt der Geist des Jägers Sepp. Das sieht man schon daran, dass sie bis jetzt noch keine Jungen geworfen hat.« Dem Knecht fielen noch etliche Gründe ein, die dafür sprachen, dass die riesige Hündin kein natürliches Geschöpf sein konnte, aber Anna schnitt ihm das Wort ab und scheuchte ihn und seinen Kameraden hinaus.

»So etwas! Da ist es kein Wunder, wenn die Nachbarn glauben, bei uns ginge es nicht mit rechten Dingen zu!«, schimpfte sie laut, als sie ihren Weg fortsetzte. Ihr war jedoch klar, dass es besser war, wenn den Leuten in der Umgebung von Riebelsborn das meiste von dem verborgen blieb, was auf der Burg geschah. Sie bedachte ihren Neffen, der das Unheil mit seinem Leichtsinn heraufbeschworen hatte, mit etlichen drastischen Ausdrücken und rief laut aus, dass er ihretwegen ruhig zugrunde gehen könne. Da Gaudentius jedoch mit Gisela zusammen in seinem Studierzimmer weilte, bekam er ihre Verwünschungen nicht mit, und so halfen all die bösen Worte Anna nur, sich ihren Unmut vom Herzen zu reden.

Unterdessen scheuchten die Knechte die Hunde hinaus, verschonten dabei aber Dagga, die aus der Küche kam, den Bracken mit verächtlich hochgezogenen Lefzen nachsah und sich dann auf den Weg nach oben machte, um Gisela daran zu erinnern, dass es Zeit für einen kleinen Spaziergang war.

Gaudentius versuchte, ihr forderndes Kratzen und Scharren zu ignorieren, aber Gisela nahm es als gute Gelegenheit, ihren rauchenden Kopf ein wenig zu kühlen. »Verzeiht, Herr Magister, doch wenn Ihr weiterhin Wert auf eine verschließbare Tür legt, sollten wir Dagga nicht länger warten lassen.«

»Verdammtes Mistvieh!«, brummte der Burgherr. »In die muss tatsächlich Sepps Geist gefahren sein.«

»Das glaubt Ihr doch selbst nicht!« Gisela spottete über die Bemerkung des Magisters, die ernst gemeint zu sein schien. Für sie war Dagga eine neugierige und ziemlich hartnäckige Hündin, die so gar nichts mit dem Wesen eines unwirschen Einzelgängers, zu denen der Jäger gezählt haben musste, gemein hatte. Nach allem, was sie gehört hatte, war der Mann mit keinem anderen Menschen ausgekommen – ganz anders als Dagga, die sie liebte und auch Georg Streller bei seinen regelmäßigen Besuchen umschwänzelte. Gisela legte die Schiefertafel beiseite und verabschiedete sich mit einem verstohlenen Lächeln von Lavinia, die, neben ihrem Kruzifix schwebend, den Unterricht verfolgt hatte, ohne von Gaudentius bemerkt worden zu sein.

Als Gisela den Raum verlassen wollte, schlüpfte Dagga hinein. Sie wuffte kurz, aber heftig wedelnd in Lavinias Richtung, zeigte Gaudentius die Zähne und fasste dann mit dem Maul nach der Hand ihrer Freundin. »Komm endlich mit!«, schien ihr Blick zu sagen.

»Vergiss nicht, dich warm anzuziehen. Es ist kalt, und wenn es nur ein wenig friert, wird es glatt werden. Sieh dich also vor. Ich will nicht wieder tagelang auf dich verzichten müssen.«

Gisela konnte nicht anders – sie musste über Gaudentius' Miesepetrigkeit lachen. »Keine Sorge, mein hoch gepriesener Herr Magister! Da Dagga auf mich aufpasst, wird mir schon nichts passieren.«

Sie wartete seine Antwort nicht ab, sondern lief aus dem Zimmer und eilte die Treppe hinunter. Im Vorraum schlüpfte sie in den ersten festen Mantel, der ihr unterkam, und befahl dem Wächter, das Tor zu öffnen. Mittlerweile war der Mann es gewöhnt, dass Gisela den Palas der Burg verließ, um die Bärenhündin auszuführen, und beeilte sich, dem Befehl zu gehorchen. Dagga stolzierte in einer Haltung an ihm vorbei, als amüsierte sie sich über seine Hast, und lief schwanzwedelnd auf die Pforte zu, die auf die Wiese hinausführte. Dort sah sie sich erwartungsvoll nach ihrer Freundin um.

Es regnete zwar im Augenblick nicht, aber der Himmel präsentierte sich grau in grau. Kein Wunder, dass die Stimmung auf der Burg so schlecht ist, dachte Gisela, als sie die Pforte öffnete und Dagga an sich vorbeistürmen ließ. Im weiten Rund um Burg Riebelsborn gab es nichts Aufheiterndes: Weder tranken die Männer ihren Wein oder ihr Bier in geselliger Runde, noch saßen die Frauen bei ihrer Arbeit fröhlich zusammen und stimmten die schönen Lieder an, die Gisela in glücklicheren Zeiten zuhause mitgesungen hatte.

Mit fast schmerzhafter Wucht überfiel sie die Sehnsucht nach den Abwechslungen, die die Stadt ihren Bürgern bot, und sie kämpfte mit dem Wunsch, wenigstens einen Blick in die Werkstatt eines Handwerkers oder den Laden eines Krämers tun zu können. Sie würde sogar viel darum geben, wie eine Magd mit dem Korb über den Markt zu laufen und Gemüse und Fleisch für den Mittag einzukaufen, selbst wenn die Nachbarinnen spöttisch tuschelten.

Sie stellte sich Frau Geißblatt vor, die jetzt getrocknete Pilze und Kräuter oder auch frische Steckrüben feilbieten würde. Steckrübenbrei hatte sie früher nie gemocht, doch jetzt empfand sie solch einen Heißhunger darauf, dass sie am liebsten in die Burg zurückgelaufen wäre, um Anna zu fragen, ob es welchen gab.

Sie wollte Dagga, die wie aufgelöst über die Wiese tollte, jedoch nicht hier draußen allein lassen. Zudem war die Pforte beim Stall bereits repariert, und das wilde Gebell der Hündin würde die Knechte erschrecken. Daher blieb Gisela stehen und ließ ihren Gedanken freien Lauf; sofort kehrten sie zu ihrem früheren Leben zurück, zu ihrer Familie, ihrem Elternhaus und den Menschen, die sie gekannt hatte. Da sie hoffte, Georg Streller würde erscheinen und ihr von ihren Eltern und ihrem Bruder berichten, glaubte sie, den nächsten Vollmond nicht mehr erwarten zu können. Sie sah die drei vor sich, wie sie in warme Gewänder gehüllt zur Kirche eilten, um am Sonntagmorgen am Hochamt teilzunehmen, und glaubte, Vater Maternus' Stimme in ihrem Kopf zu hören. Er hatte es verstanden, seinen Schäfchen sanft, aber doch eindringlich ins Gewissen zu reden, und sie waren jedes Mal getröstet nach Hause zurückgekehrt.

Der Gedanke an den Priester erinnerte Gisela schmerzlich daran, dass sie seit Monaten nicht mehr hatte beichten können. Bisher hatte Gaudentius es ihr untersagt, nach Trelling zu gehen, um ihr Gewissen bei Ritter Eckehards Kaplan zu erleichtern. Wahrscheinlich hatte er Angst, sie würde dem frommen Mann Dinge erzählen, die diesem nicht gefallen könnten. Mit dem festen Vorsatz, sich am nächsten Sonntag nicht daran hindern zu lassen, zur Kirche zu gehen, und Magister Alban an die versprochene Fahrt nach Eichstätt zu erinnern, rief sie Dagga zu sich und zeigte auf die Burg. »Ich will jetzt wieder hineingehen, verstanden? Mir ist kalt, und ich darf nicht noch einmal krank werden. Wenn Gaudentius zornig wird, lässt er mich nicht in die Stadt.«

Dagga legte den Kopf schief, als müsse sie nachdenken, trabte dann aber auf die Pforte zu. Gisela folgte ihr und öffnete ihr. Im selben Moment schoss die Hündin wie von der Sehne geschnellt davon, und kurz darauf hörte Gisela ihr lautes Bellen, in das die eingesperrten Bracken einstimmten.

Gisela rannte los und erreichte den Burghof beinahe gleichzeitig mit einem halben Dutzend Berittener, die durch das große Tor trabten. Einer der Reiter war seiner Tracht nach ein Edelmann, denn er trug einen pelzgesäumten Mantel, einen Hut mit wehenden Federn und ein Wehrgehänge mit einem langen Schwert. Sein Alter konnte Gisela aus der Entfernung schwer schätzen, aber er schien schon in die Jahre gekommen zu sein.

Der Mann ritt auf einem starken, großrahmigen Hengst, und das war wohl nötig, weil er selbst auf dem Pferd fast so breit wie hoch wirkte und einen starken Bauchansatz besaß. Ihm folgte ein Jüngling in einem schlichten Kapuzenumhang, wie ihn Mönche oder einfache Kleriker bei schlechtem Wetter trugen. Dieser Gast schien tatsächlich ein Geistlicher zu sein, denn als er vom Pferd stieg, war unter dem Umhang eine Kutte zu erkennen, die um seinen dürren Körper schlotterte. Bei den vier übrigen Reitern handelte es sich um Reisige, die zum Gefolge des adeligen Herrn gehörten. Das Wappen auf ihren Waffenröcken sagte Gisela nichts, aber der fremde Besucher schien sehr angesehen zu sein, da Anna und Gaudentius auf den Hof hinaustraten, um den Edelmann zu begrüßen.

Bis jetzt war Gisela unbemerkt geblieben, und daher wich sie in den Schatten eines Turmes zurück, um die Leute ungehindert beobachten zu können. Ihr gefiel der Standesherr nicht, obwohl sie nicht sagen konnte, was an ihm sie störte. Sein Lachen war zu laut, um wirklich fröhlich zu klingen, und der Blick seiner Augen zu forschend für einen Freund. Außerdem wirkte sein Äußeres abstoßend. Zwar war seine Kleidung durchaus prächtig, wenn nicht sogar protzig zu nennen, und nicht stärker mit Schmutz bedeckt als es ein Ritt bei diesem Wetter mit sich brachte. Aber ihr war, als hafte ein ekelhafter Schleim auf dem grünen Stoff und den goldenen Stickereien seines Wamses, sodass sie das Gewand wie durch rußbeschmutztes Glas wahrnahm.

Magister Gaudentius schien nichts zu bemerken, denn er grüßte den Besucher überschwänglich. »Seid mir willkommen auf Riebelsborn, Herr Heiner! Ich habe Euch schon über ein Jahr nicht mehr gesehen und freue mich daher doppelt über Euer Erscheinen.«

»Ist es wirklich schon so lange her? Mir kommt es vor, als seien es erst wenige Wochen gewesen. Allerdings war ich auch ziemlich beschäftigt. Wie Ihr wisst, gehöre ich zum engeren Gefolge des erlauchten Herzogs Wilhelm von Bayern und erfreue mich – wie ich gerne zugebe – seines Vertrauens. Einem so hohen Herrn zu dienen, bedeutet, viel auf Reisen zu sein. Doch zurzeit halte ich mich in Loipfing auf, und da wollte ich den Sohn meines guten alten Freundes Matthias besuchen, der ja den gleichen Namen trägt.« Heiner von Loipfing lachte schallend auf und winkte zwei Knechten, ihm vom Pferd zu helfen.

Anna wies auf den Palas. »Tretet ein, Herr Heiner, und folgt mir in die Halle. Dort brennt ein Feuer, und es gibt Würzwein, der die Kälte aus den Knochen treibt.«

»Da sag ich nicht nein, zumal ich ein Anliegen mitbringe.« Ritter Heiner lachte so falsch, dass es in Giselas Ohren weh tat.

Sie wartete, bis Gaudentius und Anna mit den Gästen im Palas verschwunden waren. Dann folgte sie ihnen und beobachtete die Fremden durch den offenen Eingang des Rittersaales. Dagga lief an ihr vorbei in die Halle, umrundete den Ritter und seinen geistlichen Begleiter und trottete zu Gisela zurück.

Das lenkte Annas Blick auf die offene Tür, und sie entdeckte Gisela. »Was stehst du da draußen in der Kälte herum, meine Liebe? Komm herein und setz dich zu uns! Das ist Ritter Heiner, ein alter Freund unserer Familie, und ...« Ein fragender Blick traf den jungen Kleriker.

»Mein Neffe Fortunatus, der sein Leben dem Herrgott geweiht hat«, erklärte Ritter Heiner und beäugte Gisela wie eine Kuh, die auf dem Viehmarkt zum Verkauf steht.

»Habt Ihr Euch eine Braut zugelegt?«, wandte er sich gewollt kameradschaftlich an Gaudentius.

»Frau Gisela ist die Gattin meines lieben Freundes, des Magisters Alban, von dem Ihr gewiss schon gehört habt.«

»In der Tat, das habe ich!« Er wandte sich dem jungen Kleriker zu. »Weißt du, Neffe, unser guter Matthias von Riebelsborn hält sich für einen großen Alchemisten und Schwarzkünstler und lässt sich als solcher ›Magister Gaudentius‹ nennen. Das Einzige, was er jedoch geschafft hat, war, sich selbst in einen alten Mann zu verzaubern und seinen Freund in die Gestalt eines Ungeheuers zu bannen. Daher wundert es mich, dass Alban trotz seines abstoßenden Äußeren um diese schöne Frau hat freien können!«

Dann wandte er sich an Gaudentius und schüttelte grinsend den Kopf. »Riebelsborn, Ihr wollt mich auf den Arm nehmen!«

Gisela ärgerte sich unwillkürlich und straffte die Schultern. »Warum sollte er, Herr Ritter? Ich bin Herrn Albans ehelich angetrautes Weib.«

»Ei der Daus! Sagt, vermögt Ihr seine Umarmungen überhaupt zu ertragen?« Ritter Heiners Blicke wirkten, als wolle er Gisela auf der Stelle ausziehen.

»Bis jetzt habe ich dies wohl. Wir Frauen sind nicht so schwächlich, wie ihr Männer euch das einbildet!« Gisela wusste selbst nicht zu sagen, weshalb sie dem Ritter in die Parade fuhr. Da der Edelmann Gast auf Riebelsborn war, kränkte sie mit ihren harschen Worten auch Anna und Gaudentius. Doch im Gegensatz zu Annas Freier Eckehard war Heiner von Loipfing ihr so zuwider, dass ihr seine Gegenwart Magenschmerzen bereitete.

»Die Bestimmung des Weibes ist es, dem Manne zu dienen und seinen Samen in sich aufzunehmen.« Es waren die ersten Worte, die Fortunatus sprach, und sie brachten Gisela und Anna dazu, einen belustigten Blick zu wechseln. Das Pfäfflein mochte kaum den Kinderschuhen entwachsen sein, spielte sich aber auf, als trüge es alle Weisheiten der Welt in sich.

Frau Anna blickte den jungen Mann spöttisch an. »Weshalb habt Ihr Euch für den Stand eines Geistlichen entschieden? Als solcher dürft Ihr Euch doch kein Weib nehmen, um Euren Samen in sie zu pflanzen!«

Der junge Kleriker wollte antworten, doch sein Onkel stieß ihm den Ellbogen in die Seite. »Es geht um die Pfründe, die meiner Familie zustehen. Sollen die etwa andere Pfaffen erhalten? Nein, sage ich! Aus diesem Grund wurde Fortunatus bereits bei seiner Geburt für die geistliche Laufbahn bestimmt. Und was die Weiber angeht, so wird er eine wackere Haushälterin und Köchin finden, die ihm in allem zu Diensten sein wird. Sollte diese ihm nicht zusagen, so gibt es genügend Hurenhäuser in der Stadt, die für die Leibesnöte von Mönchen und Priestern eingerichtet worden sind.«

Ritter Heiners Ansichten, was Frauen betraf, machten ihn Gisela noch unsympathischer, und sie hoffte, er würde seinen Besuch kurz halten. Zu ihrem Leidwesen erforderte es jedoch die Sitte, dass sie sich bei der nun aufgetischten Mahlzeit neben ihn setzte und ihm vorlegte. Statt sich um die Speisen oder seinen Gastgeber zu kümmern, ließ Herr Heiner seine Blicke über jeden Quadratzoll ihres Körpers wandern, sodass Gisela froh war, an diesem Tag ein besonders dickes und nicht sonderlich kleidsames Gewand gewählt zu haben, das züchtig bis zum Hals reichte. Diesen Mann würde sie in Zukunft meiden, schwor sie sich, als Heiners kurze, dicke Finger sich auf ihren Arm verirrten und von dort aus auf Wanderschaft gehen wollten.

»Verzeiht, mein Herr, doch lasst dies lieber. Mein Gemahl ist sehr eifersüchtig und sieht so etwas gar nicht gerne.«

Es war fast lächerlich, mitanzusehen, wie schnell Ritter Heiners Hand zurückzuckte und er sich mit dem Ausdruck höchsten Erschreckens umsah. »Alban ist doch hoffentlich nicht hier?«

»Oh, er kann jeden Moment eintreten!« Kaum hatte Gisela diese Behauptung aufgestellt, entdeckte sie einen schattenhaften Umriss im Dämmerlicht des Flures, der nur ihrem Ehemann gehören konnte. Für einen Augenblick sah sie im Schein des Feuers sein Gesicht und glaubte, einen seltsam amüsierten Ausdruck darin wahrzunehmen.

»Ich wollte auch gar nicht über Alban reden«, riss nun Ritter Heiner wieder das Wort an sich. »Wie ich vorhin schon sagte, haben wir Loipfinger Anspruch auf mehrere Pfarrstellen und deren Pfründe. Derzeit sind sie alle besetzt, auch wenn unser braver Vater Bertram es wohl nicht mehr sehr lange machen wird. Ich möchte aber nicht, dass der Junge warten muss, bis etwas frei wird, und da dachte ich, ich komme her und stelle ihn Euch vor. Da ihr hier auf Riebelsborn keinen Burgkaplan habt, könnte Fortunatus diese Stelle für eine gewisse Zeit ausfüllen.«

Jetzt war die Katze aus dem Sack. Gisela hätte Gaudentius am liebsten gebeten, diesen Vorschlag abzulehnen. Ihr war der Neffe kaum weniger unsympathisch als der Onkel, auch wenn Fortunatus' Ornat nicht jene ekelhaften Flecken aufwies, von denen sich eine ähnliche Schwärze ausbreitete wie von jenen Haaren aus der goldenen Kapsel. Der Priester betrachtete seinen Gastgeber jedoch mit einem so herablassenden Blick, dass Gisela an seiner Loyalität und Zuverlässigkeit zweifelte.

Gaudentius nickte sichtlich geschmeichelt. Für ihn bedeutete die Bitte seines Nachbarn, dass er wieder in den Kreis der Edelleute aufgenommen worden war. Er hob seinen Weinbecher, dessen Inhalt Ludwig diesmal nicht mit Wasser verdünnt hatte, und trank seinen Gästen zu. »Auf Euer Wohl, Herr Heiner, und natürlich auch auf das Eure, Vater Fortunatus. Ich freue mich sehr, dass wir wieder einen Mann Gottes in unserer Mitte haben werden. Euer Vorgänger hat die Burg aus Angst vor meinem Freund Alban verlassen. Der aber ist trotz seines grimmigen Aussehens eine Seele von einem Menschen und kann keiner Fliege etwas zuleide tun.«

»Das Gleiche habe ich schon zu meinem Neffen gesagt. Besser als bei Euch wird er es nirgends treffen, und er kann hier in aller Ruhe abwarten, bis sich eine ertragreiche Pfründe für ihn auftut.« Ritter Heiner stieß mit Gaudentius an und schüttete den Wein in sich hinein, als wäre er halb verdurstet. Als er den Becher wieder abgesetzt hatte, schnalzte er genießerisch mit der Zunge.

»Ihr besitzt einen guten Tropfen, fürwahr! So einen kann sich kaum einer unserer Nachbarn leisten.« Der Neid in seiner Stimme war unüberhörbar.

Früher hatte Matthias von Riebelsborn als einer der ärmsten Burgherren in dieser Gegend gegolten, doch seit er sich Magister Gaudentius nannte, schien er über fast unerschöpfliche Reichtümer zu verfügen. Der Ritter ahnte nicht, dass es Albans Kenntnisse und sein Können als Handelsmann waren, die seinem Nachbarn die Gulden in die Kassen spülten. Vielmehr nahm er wie etliche andere Nachbarn an, der Riebelsborner sei auf der Suche nach magischer Macht auf das Geheimnis gestoßen, wie Blei oder Eisen in Gold verwandelt werden kann, oder er habe sich gar mit dem Teufel verschworen, um reich zu werden.

»Bei Gott, ich kenne so manchen, der gerne mit Euch tauschen würde, Junker Matthias, auch wenn er dafür ein Jahrzehnt oder zwei seines Lebens opfern müsste. Es lässt sich gewiss angenehmer leben, wenn man nicht jeden Gulden fünfmal umdrehen muss, bevor man ihn ausgibt. Ich schüttle schon jeden meiner Bauern doppelt und dreifach, um wirklich jeden Kreuzer aus ihnen herauszuholen, doch das reicht nicht, um so leben zu können, wie ich es mir vorstelle. Am liebsten würde ich das Gesindel schockweise verkaufen, um an Geld zu kommen, doch sind sie einmal fort, so hat man niemanden mehr, der für einen arbeitet. Dabei maulen sie ständig herum, beschweren sich über jeden Frontag, und wenn man sie ruft, sind sie so faul, dass der Fronvogt und seine Leute die Peitschen benutzen müssen, um sie anzutreiben. Diese Sorgen habt Ihr wohl nicht?« Ritter Heiner beugte sich vor und musterte Gaudentius durchdringend.

Dieser schüttelte den Kopf. »Mir gehört ja nur dieses eine Dorf, und ich bin mit den Leuten bisher ganz gut zurechtgekommen. Bei mir fronen sie auch nicht so viel wie bei Euch oder den anderen Nachbarn, und ich fordere auch weniger Abgaben.«

»Ihr könnt es Euch leisten!« Erneut blitzte der Neid des Ritters auf. Er schien nun selbst zu merken, dass er sich im Ton vergriffen hatte, denn er wechselte das Thema. Gaudentius nahm ihm jedoch nichts übel, sondern ging mit zufriedener Miene auf das weitere Gespräch ein. Fortunatus beteiligte sich nicht daran, sondern ließ seine Blicke durch die Halle wandern.

Man konnte sehen, dass auf Riebelsborn kein armer Mann hauste, auch wenn Gaudentius – wie Gisela von Anna erfahren hatte – zu stolz war, mehr Geld von Alban anzunehmen, als er für nötig erachtete. Was er erhielt, reichte jedoch aus, um behaglich leben zu können. Das stellte Gisela, die Fortunatus' von Gier und Habsucht erfülltes Mienenspiel beobachtete, nicht ohne Stolz fest – und wunderte sich über sich selbst. Bislang hatte sie nämlich geglaubt, sich hier auf Riebelsborn äußerst unwohl zu fühlen. Doch das beklemmende Gefühl war irgendwann geschwunden. Sie kam nicht dazu, länger darüber nachzusinnen, da Ritter Heiner seinen Becher hob, der ihm zum vierten Mal gefüllt worden war, ihn leer trank und mit dem Boden nach oben auf den Tisch stellte.

»Euer Wein ist gut, doch werde ich ihn ein andermal genießen. Jetzt muss ich aufbrechen.«

Frau Anna, die froh war, dass ihr Neffe den Besuch sichtlich genoss, sah enttäuscht auf. »Es ist schon spät! Wollt Ihr nicht über Nacht hierbleiben? Gewiss gibt es noch viel zu bereden, und die Mägde können Euch eine Kammer richten.«

»Ich würde ja gerne, doch ich werde erwartet.« Es gelang dem Ritter, ein wenig bedauernd zu wirken. Als er sich erhob und verabschiedete, stand sein Neffe ebenfalls auf.

Da hob Heiner die Hand. »Mein guter Fortunatus kann hoffentlich gleich hierbleiben? Die Sachen, die er benötigt, lasse ich ihm von einem meiner Knechte bringen.«

»Aber freilich!«, sagte Gaudentius erfreut. Frau Anna nickte ebenfalls zustimmend, Gisela aber kämpfte mit einem unguten Gefühl. Ihr war, als zöge mit dem jungen Kleriker ein böser Geist auf Riebelsborn ein.

10.

Etwa zur selben Zeit saßen Magda und Otto Güldener in der guten Stube ihres Hauses, das nun einen ganz anderen Eindruck machte als noch bei Giselas Hochzeit: Auf dem Hof arbeiteten mehrere Knechte unter der Aufsicht eines Kommis, luden Kisten und Fässer auf Wägen oder verstauten sie auf dem dafür vorgesehenen Speicher; im Haus hielt ein Dutzend Mägde die Zimmer in Ordnung und arbeitete in der Küche, um für all die Leute zu kochen, die das große Haus nun bevölkerten. Man musste weder sparen noch darauf achten, nicht zu viel von diesem oder jenem zu verbrauchen, denn die Geschäfte des Handelsherrn hatten einen von allen unerwarteten Aufschwung genommen. Natürlich schlich der Neid um das Haus herum, und hinter vorgehaltener Hand wurden Vorwürfe laut, das alles sei nicht mit rechten Dingen zugegangen. Auch kolportierte man eifrig, der Kaufmann habe seine Tochter für einen

Kasten voll Gold an irgendein Ungeheuer verkauft, welches das Mädchen längst gefressen habe. Otto Güldener kümmerte sich nicht um das Geschwätz, sondern ging eifrig seinen Geschäften nach. An diesem Tag wirkte sein Gesicht zwar arg säuerlich, das jedoch hatte weder mit Gisela noch mit dem Handel zu tun.

Vater Maternus, der Priester der Pfarrei, zu der die Güldeners gehörten, war erschienen und hatte sich weder von dem guten Wein milder stimmen lassen, den Otto Güldener ihm eigenhändig eingeschenkt hatte, noch von dem Braten, dessen Reste auf einem Zinnteller vor ihm lagen. Wieder maß er Giselas Eltern mit mahnenden Blicken.

»Gott im Himmel sei mein Zeuge, dass ich nur ungern die Worte eines Beichtkindes nach außen trage, doch es muss sein! Eine Eurer Mägde hat mir berichtet, dass euer Sohn Dinge mit ihr treibt, die allein ein Ehemann mit seiner angetrauten Gattin tun darf. Er soll sich ihr gegenüber sogar gerühmt haben, dass sie nicht die erste Magd in diesem Haus sei, bei der er den Hengst spielen würde. Auch soll er ihr erzählt haben, er habe die kleine Gundi, die mit Eurer Tochter Gisela in die Ferne gezogen ist, in dieser Weise benutzt – und die war beinahe noch ein Kind!«

Obwohl der Priester seine Stimme nicht hob, hallten seine Worte wie ein Donnergrollen durch den Raum. Magda Güldener schlug die Hände vor das Gesicht und haderte still mit ihrem Sohn, während ihr Mann die Flüche, die ihm über die Lippen kommen wollten, in harmlose Anrufungen einiger Heiliger verwandelte. Im Gegensatz zu seiner Frau hatte er ein gewisses Verständnis für Hans, weil auch er es mit den Gesetzen der Heiligen Kirche nicht so genau genommen und die eine oder andere Magd zu einer trauten Zweisamkeit eingeladen hatte. Dabei hatte er jedoch immer darauf geachtet, dass er keine von jenen erwischte, die danach zum Pfaffen liefen, um diese Sünde zu beichten. Zum Glück gab es genug willige Mägde, die einem Mann für ein paar Kreuzer zu Diensten waren.

»Sollte mir so etwas noch einmal zu Ohren kommen, werde ich Hans' Verfehlung von der Kanzel verkünden und ihm die Teilnahme am Abendmahl verweigern, bis er die betreffende Magd zu seinem angetrauten Eheweib gemacht hat!«

Diese Drohung ließ die Mutter aufschluchzen. Otto Güldener hingegen schlug wütend auf den Tisch. »Verdammt soll er sein, diese Schande auf uns zu laden!«

»Wer ohne Sünde ist, der werfe den ersten Stein.« Vater Maternus kannte einige Geschichten über Güldener, die ihn vermuten ließen, dass der Apfel nicht weit vom Stamm gefallen war. Trotzdem versuchte er, verbindlich zu sein. »Ich verlange nicht, dass Euer Sohn keusch leben soll wie ein Priester oder Mönch ...«

»Die es meistens auch nicht tun«, warf Otto Güldener bissig ein.

Der Pfarrer beschloss, diese Bemerkung zu ignorieren. »Euer Sohn ist jung und voller Saft. Daher braucht er ein Weib. Am besten sucht Ihr ihm eine Braut und vermählt ihn noch vor dem Tag der Taufe unseres Herrn Jesus Christus oder spätestens bis zum Lichtmesstag.«

Trotz seiner Leibesfülle sprang Otto Güldener erregt auf. »Wie stellt Ihr Euch das vor, ehrwürdiger Vater? So schnell kann ich keine passende Braut für ihn finden. Ich habe schon bei etlichen Familien nachfragen lassen, doch alle, deren Töchter in Frage kommen, wollen warten, ob mein neuer geschäftlicher Erfolg von Dauer ist. Es wird noch ein, wahrscheinlich sogar zwei Jahre dauern, bis ich eine Ehe für Hans stiften kann.«

Vater Maternus' Lippen verzogen sich zu einem sanften Lächeln. Natürlich kannte er Güldeners Probleme, denn zu seiner Kirchengemeinde zählten viele der reichen Kaufherren der Stadt, und er ging in ihren Häusern ein und aus. Für deren Frauen und Töchter war er die wichtigste Vertrauensperson, und er bekam daher Dinge mitgeteilt, die diese nicht einmal dem eigenen Ehemann oder Vater anvertrauen durften. Doch so leicht wollte er Güldener nicht davonkommen lassen. »Wenn Euer Sohn seine Manneskraft nicht im von Gott gesegneten Ehewerk vollbringen kann, sollte er in eines der städtischen Hurenhäuser gehen, wie es sich für Jünglinge, unverheiratete Knechte und Männer des geistlichen Standes geziemt. Ich dulde nicht, dass er ein unbescholtenes Mädchen zu Dingen zwingt, die ihr Seelenheil gefährden.«

Magda Güldener schlug die Hände über dem Kopf zusammen. »O Gott, welche Schande! Was werden die Leute sagen, wenn es heißt, unser Sohn besäße nicht einmal genug Selbstbeherrschung, um den Anwandlungen des Fleisches widerstehen zu können?«

»Das ist immer noch besser, als sagte man ihm nach, er würde die Mägde Eures Hauses zur Unmoral verführen«, antwortete der Priester mit erhobenem Zeigefinger.

»Bei Gott, wenn das bekannt wird! Man würde mit Fingern auf uns zeigen und mich vielleicht sogar aus dem Kreis der hohen Kaufmannschaft unserer Stadt verstoßen. Außerdem würde der Magistrat genau wie Ihr, ehrwürdiger Vater, darauf dringen, dass er das Mädchen heiratet. Wir müssten eine einfache Magd ohne einen Kreuzer Mitgift unsere Tochter nennen, obwohl wir in der Lage gewesen wären, eine Verbindung mit einer der führenden Familien der Stadt einzugehen!« Otto Güldener war nicht weniger entsetzt als seine Frau. Er hatte bereits erlebt, wie ein reicher Witwer gezwungen worden war, die Kinderfrau seines Sohnes zu ehelichen, weil er Dienste von ihr verlangt hatte, die über die Pflege des Kindes hinausgingen.

»Gott und die Obrigkeit achten auf Zucht und Ordnung unter den Christenmenschen. Nur dadurch unterscheiden wir uns von den Heiden, die wie Tiere leben und keinen Gott und keine Gesetze kennen.«

Vater Maternus' Stimme brachte Güldener dazu, sich wie ein Wurm zu winden. Dabei durfte der Kaufherr froh sein, dass der

Priester nicht bereits jetzt darauf drang, dass sein Sohn die fragliche Magd zum Weibe nahm. Er fragte sich, welche es sein mochte, aber bis auf die alte Trina kamen alle in Frage. Auf die angebliche Seelenpein gab er nichts, da die vorgetäuscht sein konnte, um die Ehe mit seinem Sohn zu erzwingen. Otto Güldener war sich beinahe sicher, dass es so war und Vater Maternus ihn warnen wollte. Dennoch ärgerte es ihn, dass er die Haare auf solch heftige Weise gebürstet bekam und dafür noch dankbar sein musste. In diesem Augenblick hätte er seinen Sohn vor Wut erschlagen können.

»Ich werde mit Hans reden, ehrwürdiger Vater, und ich verspreche Euch, dass er von nun an die Hände von den Mägden lassen wird.«

»Vor allem soll er etwas anderes von ihnen lassen! Und noch etwas: Ich erwarte ihn morgen zur Beichte. Zeigt er sich verstockt, wird ihm am Sonntag die Hostie versagt bleiben.«

Jetzt war es um Magda Güldeners Selbstbeherrschung geschehen. Sie schluchzte auf und ließ ihren Tränen freien Lauf. Der Pfarrer empfand Mitleid für sie, hatte ihr aber diese Szene nicht ersparen können. Güldener musste seinen Sohn diesmal ebenso zurechtweisen wie kurz nach Giselas Abreise. Damals hatte Hans überall herumerzählt, sein Schwager sei ein Ungeheuer, das mehr einem Tier als einem Menschen gliche. Magister Alban hatte wirklich nicht wie ein schmucker Jüngling ausgesehen; Vater Maternus hatte jedoch den Eindruck gehabt, ihm vertrauen zu können. Nun war er sich dessen nicht mehr so sicher. »Habt ihr in der Zwischenzeit etwas von Eurer Tochter gehört?«

Giselas Mutter schluchzte halberstickt, und Otto Güldener schüttelte schuldbewusst den Kopf. »Nein, gar nichts! Ich habe alles Mögliche versucht, um sie zu finden. Doch bei der überstürzten Hochzeit habe ich vergessen, den Magister zu fragen, wo er wohnen wird, und mir auch niemanden nennen lassen, der uns Nachricht bringen kann.«

Für einen Augenblick zeichnete sich schiere Verachtung auf dem Gesicht des Priesters ab. Güldener war so begierig auf das Gold seines Eidams gewesen, dass er sich keine Gedanken über das weitere Schicksal seiner Tochter gemacht hatte, und nun kreisten hässliche Gerüchte in der Stadt, die von Hans' losen Bemerkungen kurz nach der Hochzeit in die Welt gesetzt worden waren. Sich selbst maß der Kirchenmann ebenfalls einen Teil der Schuld zu. Denn er hatte Gisela dazu aufgefordert, ihrem Vater zu gehorchen, und den Ehebund gesegnet, den das Mädchen nur mit Widerwillen eingegangen war.

»Seht zu, dass Ihr so bald wie möglich Nachricht von Eurer Tochter erhaltet. Der Magistrat wird wissen wollen, wo sie jetzt lebt, und interessiert sich auch dafür, wie Ihr zu Eurem neuen Reichtum gekommen seid.« Vater Maternus hasste es, so vorgehen zu müssen, doch er würde nur Klarheit über Giselas Schicksal gewinnen, wenn er Güldener unter Druck setzte.

Das Gespräch verstummte, denn die drei Personen im Raum hingen ihren eigenen, trüben Gedanken nach. Nach einer Weile erhob sich der Priester mit bedrückter Miene und wollte sich verabschieden. Da pochte es plötzlich an der Tür, und ehe Güldener zum Eintreten aufgefordert hatte, platzte Hans herein. Er schwenkte einen Papierumschlag und schien ganz aus dem Häuschen zu sein.

»Vater, Mutter, seht her! Wir haben Nachricht von Gisela! Sie lag einem Schreiben unseres Geschäftspartners Anton Streller bei. Sein Sohn Georg ist ihr begegnet und wurde von ihr gebeten, uns Grüße auszurichten.«

»Georg Streller, sagst du? Hieß es nicht, ihn habe eine ekelhafte Krankheit befallen, sodass er die Menschen meiden müsse?« Otto Güldeners Hand, die bereits nach dem Brief greifen wollte, stockte auf halbem Weg.

Vater Maternus kniff die Augen zusammen. »Georg Streller soll so krank sein, dass er nicht mehr unter Menschen geht? Ich habe ihn vor drei Jahren getroffen, als ich nach Salzburg gereist bin, um meinen Vetter Ludwig zu besuchen, der dort in den Diensten des allerhochwürdigsten Bischofs Leonhard von Keutschach steht. Ein angenehmer junger Mann – Streller, meine ich, nicht den Fürstbischof des Hochstiftes. Dieser ist bereits ein älterer Herr.« Der Priester nahm Hans den Brief ab, erbrach das Siegel und faltete ihn auseinander.

»Was schreibt Herr Streller?«, fragte Giselas Mutter, die nun nervös die Hände rang.

»Eurer Tochter geht es gut. Sie lebt mit ihrem Gatten auf einer Burg in der Nähe von Eichstätt. Aber leider steht hier nicht, um welche es sich handelt. Sie lässt Euch herzlich grüßen und will Euch auch bald schreiben. Diesmal kam sie jedoch nicht dazu, weil Herr Streller sich bereits zur Abreise fertig gemacht hat, als sie ihm ihre Grüße auftragen konnte.«

»Gott sei Dank! Endlich wissen wir, dass es unserem Kind gut geht.« Magda Güldeners Tränenstrom riss nicht ab, doch weinte sie diesmal vor Freude. Auch ihr Mann atmete sichtlich auf, denn wenn der Priester diese Neuigkeit verbreitete, würden die reichen Bürger und vor allem deren Ehefrauen ihn nicht mehr mit scheelen Blicken mustern. Außerdem erhöhte die Nachricht die Heiratsaussichten seines Sohnes: Wenn Gisela mit ihrer Ehe zufrieden war, gab es keinen Grund mehr, sich über die ungewöhnlich schnelle Heirat zu erregen.

»Jetzt muss sie uns nur noch mit eigener Hand schreiben. Wer weiß, vielleicht schickt sie uns sogar Grüße zum Christfest. Mich würde es freuen.« Güldener rieb sich die Hände.

Der Priester wusste genau, dass Güldener sich weniger für Giselas Wohlergehen interessierte als vielmehr für sein eigenes und das seines Sohnes. Doch er tadelte ihn jetzt nicht, denn er war froh, etwas von seinem einstigen Pfarrkind erfahren zu haben. »Freut

Euch und dankt Gott, dass er alles gut hat werden lassen. Und was Euren Sohn betrifft, so will ich keine Klagen mehr hören! Sonst bleibt ihm bei der Christmette die Tür zum Haus des Herrn versperrt. Und nun Gott befohlen.«

11.

Während Güldener, ohne zu säumen, daranging, seinem Sohn handgreiflich ins Gewissen zu reden, verließ Vater Maternus dessen Haus weitaus zufriedener, als er es betreten hatte. Sollten weitere Nachrichten von Gisela ausbleiben, war es gewiss möglich, sich über den Kaufherrn Streller aus Schwabach nach ihr zu erkundigen.

Sein Ziel war nun sein zweites großes Sorgenkind. Daher bog er von der Straße ab, in der die großen Häuser der Kaufleute standen, und erreichte nach kurzer Zeit ein Gewirr enger Gassen mit kleineren Häusern, in denen die einfachen Bürger lebten, die sich zumeist mehr schlecht als recht als Flickschuster, ähnlich gering angesehene Handwerker oder als Tagelöhner durchschlugen. Von ihnen gehörte keiner den großen Zünften an, und doch waren diese Leute für das Leben in der Stadt ebenso unentbehrlich wie die reichen Familien. Der Pfarrer begegnete zwei Frauen, die die Schultertücher wegen der Kälte eng um sich geschlungen hatten, und hob die Rechte zu einer segnenden Geste. »Gelobt sei Jesus Christus!«

»In Ewigkeit, Amen! Gott zum Gruße, Hochwürden!« Die beiden deuteten einen Knicks an und hasteten weiter, Richtung Markt, wie ihre Körbe verrieten. So spät am Tag waren sie wohl auf billige Reste aus. Vater Maternus kannte die Frauen und ihre kleinen, lässlichen Sünden. Bisher hatte ihm keine von beiden Schwierigkeiten bereitet, und er glaubte auch nicht, dass sich das ändern würde.

Wenn doch alle meine Schäflein so brav wären!, dachte er, als er das letzte Haus in der Reihe erreichte. Es war schmal, kaum breiter, als er mit beiden Armen ausgreifen konnte, und besaß nur zwei Stockwerke. Neben der Tür, zu der mehrere ausgetretene Stufen hinaufführten, befand sich ein kleines Fenster. Der Laden davor war zugezogen, doch durch seine Ritzen schimmerte Licht.

Der Pfarrer verzichtete darauf anzuklopfen und drückte die Klinke nieder. Wie er erwartet hatte, war die Tür nicht versperrt. Er trat in eine kleine Kammer, die Küche, Flur und Arbeitsplatz in einem war. Auf dem gemauerten, unverputzten Herd brannte ein kleines Feuer, das auch den Raum erhellte, und der Topf, der an dem Dreifuß darüber hing, verströmte den Geruch von Gerstensuppe mit ein wenig Fleischeinlage. An der Wand führte eine schmale Stiege ins obere Geschoss, und durch die Bretter, die die Stufen bildeten, war der Durchlass zu einem Raum im hinteren Teil des Hauses zu erkennen. Neben dem Herd, dessen Feuer den Raum kaum erwärmte, saß der Korbmacher Landelin auf seinem Schemel, um den herum Ruten verschiedener Dicke lagen. Etliche fertige und angefangene Körbe hingen an Holzpflöcken ringsum an den Wänden und machten das Gelass noch enger. Derzeit war der Besitzer der Hütte dabei, mit beinahe fadendünn geschliffenen Zweigen einen kleinen Zierkorb mit zwei Henkeln herzustellen. Diese Art fein geflochtener Behälter konnte keiner in der Stadt besser anfertigen als er, und es hieß, dass er selbst im Vollrausch noch besser sei als sein ärgster Konkurrent. Daher kamen auch jene Leute zu ihm, die seinen übermäßigen Weinkonsum verurteilten. Auch jetzt stand die irdene Flasche, ohne die er nie gesehen wurde, dicht neben seinem Schemel.

Beim Anblick des Pfarrers wollte der Korbflechter das Werkstück aus der Hand legen und aufstehen. Vater Maternus hob die Hand und winkte ihm, sitzen zu bleiben.

»Gott zum Gruß, mein Sohn! Ich sehe, deine Hände sind fleißig. Dies ist gut, denn Müßiggang ist aller Laster Anfang.«

Landelin hob lächelnd den Kopf. »Ach, mit Lastern habe ich es nicht so, Hochwürden.«

»Außer mit diesem einen!« Der Pfarrer deutete auf die Flasche.

Der Korbflechter zog schuldbewusst den Kopf ein. »Hochwürden, ich trinke doch nicht aus Spaß an der Freud. Aber wenn ich dasitze und meine Körbe mache, da bleibt mir so viel Zeit zum Nachdenken, und es kommen Gedanken, die nicht gut sind und die nur der Wein erträglich macht. Seit meine Mutter selig gestorben ist, sitze ich hier und ...«

»Es ehrt dich, dass du immer noch um deine Mutter trauerst, mein Sohn. Doch zu viel Trauer ist von Übel. Auch tut dir das Alleinsein nicht gut. Such dir eine Braut! Es gibt genügend junge Mägde, die einen so schmucken Burschen wie dich sofort heiraten würden. Wenn du erst einmal eine Frau im Haus hast, werden deine sonderbaren Grillen und dein Durst auf Wein rasch vergehen. Bei dir steht einer Vermählung doch nichts im Wege. Schließlich besitzt du ein eigenes Haus und das Bürgerrecht.«

»Das ist schon richtig, Hochwürden. Aber ich habe mir die Mädel in der Stadt alle angesehen, und mein Gefühl sagt mir, dass keine zu mir passt. Sie sind alle so anders als meine Mutter.«

»Das sind doch nur Ausflüchte, weil du nicht vom Wein lassen willst. Ich sage dir, du gehst noch zu Grunde, und deine Seele fährt zur Hölle! Halte auf diesem Weg ein, solange es noch möglich ist, denn sonst müsste ich zu anderen Mitteln greifen, um dich zur Vernunft zu bringen!« Der Priester ärgerte sich über den Starrsinn des Korbflechters und verlegte sich nun aufs Drohen. Doch er vermochte dem jungen Mann keine Angst einzujagen.

Landelin sah ihn treuherzig lächelnd an. »Wenn ich das richtige Mädel finde, werde ich es heiraten, Hochwürden. Das verspreche ich Euch.«

»Bei Gott, du bist noch verstockter, als ich es befürchtet habe. Oder ist die Einsamkeit schuld, in die du dich zurückziehst? Du musst wieder unter die Leute, Landelin, und mit den Mädchen sprechen. Ich fordere ja nicht, dass du mit ihnen schäkern sollst, aber von selbst kommt dir keine ins Haus.« Vater Maternus kämpfte mit dem Gefühl, gegen eine Wand zu reden.

Landelin hörte ihm aufmerksam zu und blickte ihn scheinbar zustimmend an, doch seine Worte verrieten seine Unnachgiebigkeit. »Zeigt mir ein Mädel, dass zu mir passt, Hochwürden, und ich werde es mit Freuden freien.«

Vater Maternus gab sich selten geschlagen, hier jedoch kam er nicht weiter. Vergebens durchforstete er sein Gedächtnis nach einer Jungfrau aus armen Verhältnissen, die zu Landelin passen würde. Doch seltsamerweise war das einzige weibliche Wesen, das ihm einfiel, Gisela, und die war bereits verheiratet. Außerdem hätte Otto Güldener selbst zu der Zeit, in der er als ruiniert galt, einer Ehe zwischen den beiden niemals zugestimmt.

»Ich werde mir deine Worte merken. Wenn ich ein Mädchen sehe, das ich mir neben dir vorstellen kann, wirst du sie heiraten, ob du willst oder nicht. Und nun: Gott befohlen!« Mit diesen Worten trat der Pfarrer den Rückzug an. Landelin sandte ihm einen Abschiedsgruß nach. Doch als Vater Maternus die Tür hinter sich schloss und noch einen letzten Blick durch den sich schließenden Spalt warf, sah er, dass der junge Korbflechter zur Flasche griff.

»Ich werde dafür sorgen, dass du eine resolute, kräftige Frau bekommst, die dir zeigt, wie ein frommer Handwerksmann zu leben hat!« Als der Priester weiterging, wurde ihm klar, dass Landelin auf seine Weise nicht weniger ein Sorgenkind für ihn darstellte als Hans Güldener mit seiner Gier nach jungen Mägden oder dessen Schwester Gisela, die in der Ferne weilte und über deren Schicksal er bisher nicht mehr erfahren hatte als das, was aus ein paar Zeilen hervorging, die ein fremder Kaufmann ihren Eltern geschrieben hatte.

Vierter Teil

Teuflische Schliche

1.

Als Dagga unten aufjaulte und wütend zu bellen begann, vergaß Gisela den Zauberspruch, den sie abschreiben sollte, und sprang erschrocken auf. Bis die Köchin nach der Hündin gerufen und ihr einen großen Markknochen versprochen hatte, hatte diese noch friedlich zu ihren Füßen gelegen; dann aber war sie aufgestanden und zur Tür gelaufen. Diese wurde seit einigen Wochen nur angelehnt, damit Dagga kommen und gehen konnte, ohne den Unterricht zu stören. Die Hündin mochte Gaudentius' Ansicht zufolge ein ausgesprochen dummes Tier sein, aber Worte wie ›Knochen‹ oder ›Fleisch‹ verstand sie nur zu gut. Gisela hatte damit gerechnet, ihre vierbeinige Freundin schon bald mit ihrer Beute zurückkehren zu sehen, doch nun drangen Laute zu ihr hoch, die eher dem Rachen eines Ungeheuers zu entstammen schienen als Daggas Maul.

»Ich muss nachsehen, was da los ist!«, sagte Gisela nervös.

Das Gesicht des Magiers war bereits rot angelaufen. »Tu das! Und sorge gefälligst dafür, dass dieses Mistvieh Ruhe gibt. Man versteht ja sein eigenes Wort nicht mehr.«

Gisela drehte sich um und eilte hinaus, da sie befürchtete, dass etwas Schlimmes vorgefallen sein musste. Sonst war Dagga die Ruhe in Person und gab nur selten einen Laut von sich, doch während Gisela die Treppe hinablief, nahm das Gebell noch an Lautstärke zu und wurde einige Male von einem drohenden Knurren unterbrochen. Nun vernahm Gisela eine Männerstimme, deren

Klang ihr in den Ohren schmerzte und tief in ihren Kopf drang. Kaum noch menschlich zu nennende Töne brachen aus Fortunatus' Kehle; es hörte sich an, als würde er aufgespießt. Als Gisela den unteren Flur erreichte, erkannte sie einzelne Worte und begriff, dass er lateinische Formeln oder Gebete ausstieß. Aber der Sinn dessen, was er von sich gab, ging in seinem Brüllen und Kreischen unter. Giselas Abneigung gegen den jungen Kleriker wuchs mit jedem Schritt, und sie wünschte sich nicht zum ersten Mal, Gaudentius hätte den ebenso ungebildeten wie aufgeblasenen Kerl vor die Tür gesetzt und sich einen würdigeren Burgkaplan gesucht.

Nun rief Fortunatus etwas, das Gisela nach Gaudentius' Lehren als »Weiche, du unreiner Geist!« übersetzte. Dann folgte noch eine weitere exorzistische Formel, und gleichzeitig ertönte ein klatschendes Geräusch wie von einer Peitsche. Dagga jaulte auf, und dann erscholl ein vielkehliger Schrei.

Einen Augenblick später platzte Gisela in die Küche. Die Köchin, die ihr bislang im weiten Bogen aus dem Weg gegangen war, stand zitternd in einer Ecke, die Hände vor das Gesicht geschlagen, und jammerte, als hätte man ihr Daumenschrauben angelegt. Zwei Mägde versuchten sich hinter ihrer molligen Gestalt zu verstecken und klammerten sich dabei voller Angst aneinander. Der Pförtner der Burg und zwei Knechte hielten lange Stangen in der Hand, wagten aber nicht, sie gegen Dagga einzusetzen, sondern sahen so aus, als wollten sie durch die Tür verschwinden, die Gisela eben geöffnet hatte.

Diese entdeckte Dagga und sah, dass deren Fell von einem blutigen Striemen gezeichnet war. Die Hündin hatte Fortunatus zu Boden geworfen und sich voller Wut in dessen Priesterornat verbissen, das aus der roten Casula, einer gleichfarbigen, bestickten Stola und einer weißen Dalmatica bestand. In der rechten Hand hielt der junge Pfarrer ein goldbeschlagenes Holzkreuz, und mit der anderen umklammerte er den Griff einer Peitsche, die er nicht mehr einsetzen konnte, da Dagga den Arm gepackt hielt. Blut durchdrang den Ärmel, und Dagga machte gerade eine Bewegung, als wolle sie Fortunatus nun an die Kehle gehen.

Gisela stürzte auf die Hündin zu, schlang die Arme um ihren Hals und versuchte, das schwere Tier zurückzuzerren. »Aus! Lass los! Willst du wohl gehorchen? Kusch!«

»Heilige Maria, Mutter Gottes, erbarme dich unserer Seelen!«, betete eine der Mägde, als spüre sie selbst schon Daggas Zähne an der Kehle.

Gisela wiederholte ihren Befehl und zog die nachgiebig werdende Hündin mit aller Kraft von dem Priester fort. Dagga knurrte zwar noch und fletschte die Zähne in Fortunatus' Richtung, unterwarf sich aber dem Willen der jungen Frau.

Gisela führte sie bis zur Tür und fuhr dann die Köchin an. »Bring den Knochen her, den du Dagga versprochen hast! Es sollte ruhig noch Fleisch daranhängen. Oder willst du, dass sie sich an deine Hinterlist erinnert?«

Die rundliche Frau schauderte sichtlich, eilte dann mit wehenden Röcken in den Vorratskeller und kehrte mit einem riesigen Ochsenknochen zurück, der sofort Daggas Aufmerksamkeit erregte.

»Wirf ihn zu Boden!«, befahl Gisela.

Die Köchin gehorchte, und Dagga schleifte nun Gisela hinter sich her, um an den Knochen zu kommen. Als sie ihn ins Maul genommen, kurz in die Luft geworfen und wieder aufgeschnappt hatte, ließ sie sich Richtung Tür schieben und verschwand dann schwanzwedelnd im Flur. Gisela lauschte einen Augenblick, hörte ihre vierbeinige Freundin die Treppe hinauftapsen und wandte sich dem Priester zu, der bleich wie ein Leintuch auf seinen blutenden Arm starrte.

»Was sollte das?« Giselas Stimme hallte wie ein Hammerschlag durch das Küchengewölbe.

Fortunatus stöhnte schmerzerfüllt und warf der Köchin einen Hilfe suchenden Blick zu. Diese bequemte sich jedoch erst nach seiner auffordernden Geste zu reden. »Der hochwürdige Herr Priester wollte den Geist des Jägers aus der Hündin treiben.«

Gisela kniff die Augen zusammen. »Ein Exorzismus also? Ohne das Wissen oder gar die Erlaubnis des Burgherrn? Bei Gott, das ist wirklich ein starkes Stück!«

»Wir dachten, es wäre das Beste für uns alle«, warf der Pförtner ein.

»Zu Beginn ging ja auch alles gut. Wir konnten Dagga hier hereinlocken, und als seine Hochwürdigkeit mit der Geisteraustreibung begann, war sie noch ruhig und ganz friedlich ...«

»Weil sie auf den versprochenen Knochen gewartet hat!«, unterbrach Gisela die Köchin ärgerlich. Dann wandte sie der Frau den Rücken zu und trat auf Fortunatus zu. »Junker Matthias von Riebelsborn wird gewiss nicht erfreut sein, von Eurer Eigenmächtigkeit zu hören.« Sie verwandte absichtlich Magister Gaudentius' richtigen Namen, um die Bediensteten an ihre Pflichten gegenüber ihrem Herrn zu erinnern.

»Es ist meine Aufgabe als Seelsorger, unreine Geister auszutreiben!«, begehrte der junge Priester auf.

»Dagga ist ebenso wenig von einem Geist befallen wie Ihr oder ich. Sie ist ganz einfach ein großer Hund. Doch sagt: Weshalb ist sie eigentlich auf Euch losgegangen? Ich glaubte, einen Schlag zu hören.«

»Seine Hochwürdigkeit wollte mit diesem Schlag den Geist des Jägers endgültig aus Dagga bannen!«, rief die Köchin, bevor der Priester etwas sagen konnte.

»Dann ist es kein Wunder, dass sie zornig geworden ist. Nur ein Narr schlägt einen Hund, der frei vor ihm steht. Seid glücklich, dass Ihr noch lebt! Wäre ich nur einen Augenblick später gekommen, müsste Euer Oheim Euch jetzt betrauern.« In Giselas

Stimme schwang ein Hauch Verachtung mit, der dem Priester nicht entging.

»Ich glaubte den Geist in der Hündin durch meine Beschwörungen bezwungen«, verteidigte er sich.

Gisela lachte leise auf. »Damit habt Ihr den Beweis, dass Dagga nicht besessen war. Wäre sie es gewesen, hätte sie Eure geistliche Macht und Überlegenheit erkannt und gekuscht. Sie ist also doch nur ein dummes Tier, das geschlagen wurde und sich dafür rächen wollte. Dankt dem Schöpfer und allen Heiligen, dass es nicht zum Äußersten gekommen ist. Ihr habt Herrn Matthias mit Eurer Unvorsichtigkeit beschämt und diese Leute hier in große Gefahr gebracht. Dagga hätte auch sie als Feinde ansehen können, zumal sie Stangen und Stöcke gar nicht mag.«

Bei diesen Worten ließen die Knechte ihre Stangen fallen, als stände Dagga sprungbereit hinter ihnen. Gisela würdigte sie jedoch keinen Blickes, sondern fragte den Priester, wie er auf die Idee gekommen sei, die Hündin könnte besessen sein.

»Die Leute hier haben es gesagt.« Er warf einen ärgerlichen Blick auf die Köchin und die restlichen Dienstboten.

»Ihr hättet mit dem Burgherrn sprechen sollen, anstatt auf das Geschwätz des Gesindes zu hören! Lasst Euch verarzten, bevor Ihr uns verblutet.« Mit diesen Worten wandte Gisela sich ab. Obwohl sie eine gewisse Fertigkeit in der Pflege von Verletzungen besaß, überließ sie es der Köchin und den Mägden, sich um den Priester zu kümmern. An der Tür drehte sie sich noch einmal um und sah Fortunatus' hasserfüllten Blick auf sich gerichtet. Der Mann würde weder Dagga noch ihr die heutige Niederlage verzeihen.

Sie verließ die Küche und traf unterwegs auf Anna, die in den Ställen nach dem Rechten geschaut hatte und ihr eilig entgegenkam. »Ich glaubte Dagga zu hören. Ist etwas geschehen?«

»Unsere Hochwürdigkeit, wie das Gesinde ihn nennt, wollte Dagga den Teufel austreiben, der angeblich in ihr steckt, und hat sie dabei mit der Peitsche geschlagen. Der Kerl kann von Glück sagen, dass er mit dem Leben davongekommen ist. Die Köchin kümmert sich gerade um seine Verletzungen. Vielleicht solltet Ihr schauen, ob sie es richtig macht.«

»Das werde ich tun.« Anna wollte schon weitergehen, drehte sich aber noch einmal zu Gisela um. »Mich wundert, dass unser Kaplan das Geschwätz um Daggas Besessenheit geglaubt hat. Als gelehrter Mann sollte er mehr Verstand besitzen.«

Gisela unterdrückte eine verächtliche Geste, lachte freudlos auf und kehrte wieder ins Studierzimmer zurück, in dem Gaudentius mit beleidigter Miene auf sie wartete.

Alban hatte sich zu ihm gesellt und sah ihr neugierig entgegen. »Was hat Dagga so aufgeregt?«

Die Hündin hatte es sich auf ihrem Lieblingsplatz neben Lavinias Kruzifix bequem gemacht und kaute mit sichtlichem Genuss auf ihrem Knochen herum. Gisela deutete auf die Spur der Peitsche, die immer noch ihr Fell zeichnete, und wiederholte, was sie eben Anna berichtet hatte.

Ihr Mann tippte sich mit dem Zeigefinger seiner behandschuhten Rechten gegen die Stirn. »Gegen Dummheit vermag auch ein Priesterseminar nichts auszurichten. Freund Gaudentius, ich glaube, mit diesem Fortunatus haben wir einen schlechten Fang gemacht.«

»Ich konnte Herrn Heiners Angebot nicht ablehnen, ohne ihn zu beleidigen«, verteidigte Gaudentius sich mit säuerlicher Miene. Er hatte nicht die Absicht, sich lange mit dem jungen Priester oder Dagga aufzuhalten, und deutete auf Giselas Stuhl. »Setz dich endlich! Wir haben schon wieder Zeit verloren! Nun wiederhole die Formel, die ich dir vorhin vorgelesen habe.«

Giselas Gedanken glichen einem Mückenschwarm, und sie wusste selbst nicht, wie es ihr gelang, die schwierige Abfolge lateinischer Worte ohne Fehl und Tadel aufzusagen. Alban nickte beeindruckt und betrachtete sie mit einem gewissen Stolz, der sie ebenso verwirrte wie freute, und sie schöpfte die Hoffnung, sich an einem der nächsten Tage einmal in Ruhe mit ihrem Mann unterhalten zu können. Sie wollte mehr über ihn, Gaudentius und vor allem über ihren Feind erfahren, den Lavinia zufolge auch sie zu fürchten hatte.

Gaudentius schlug mit seinem Stöckchen auf einen alten Folianten und riss sie aus ihren Gedanken. Dagga mochte nach den heutigen Erfahrungen dieses Geräusch ganz und gar nicht und begann zu knurren.

»Sei still, du unverständiges Vieh!«, fuhr Gaudentius das Tier an.

Das regte die Hündin so auf, dass sie sich drohend aufrichtete und die Zähne fletschte. Sie beruhigte sich erst, als Gisela sanft auf sie einredete, und ließ sich dann mit vollem Gewicht auf die Dielen fallen. Der Unterricht hätte nun weitergehen können, aber in dem Augenblick, in dem Gaudentius sich gesammelt hatte und weitersprechen wollte, biss Dagga ihren Knochen durch, und das Krachen und Splittern riss den Magier aus seiner Konzentration. Er zuckte mehrmals zusammen und gab sich sichtlich Mühe, eine Schimpftirade zurückzuhalten, die die Hündin nur wieder als Angriff gegen ihre Herrin aufgefasst hätte. Gisela vermochte kaum, ernst zu bleiben, und als sich ihr Blick mit dem Albans kreuzte, bemerkte sie, dass es ihrem Ehemann nicht anders erging.

2.

Gisela maß dem Zwischenfall in der Küche keine besondere Bedeutung zu, andere jedoch sehr wohl. Schon beim Abendessen zeigten die Knechte deutlich, dass sie Angst vor ihr hatten, und

Fortunatus ließ sich gar nicht erst blicken. Am nächsten Tag berichtete Gundi ihrer Herrin, dass man über sie tuschelte. Dass es Gisela gelungen war, die als unzähmbar geltende Dagga zum Gehorsam zu zwingen, schrieben das Gesinde der Burg und die Bewohner des Meierdorfes besonderen Mächten zu, über die sie verfügen musste. Und man erinnerte sich auch wieder daran, dass Alban und Gaudentius sie hierhergebracht hatten, um den Fluch zu brechen, der über der Burg und ihrem Herrn lag. Hatte man sie bis jetzt noch ein wenig bedauert, war sie den einfachen Leuten nun nicht mehr geheuer.

Einige Zeit hoffte Gisela, das Gerede würde sich totlaufen, zumal es in der Gegend genug andere Ereignisse gab, die die Leute in Atem hielten: Mehrere von Ritter Heiners Bauern hatten sich gegen die ihnen auferlegte Fron zur Wehr gesetzt und dabei einige seiner Reisigen verletzt. Wohl war es dem Ritter gelungen, den Aufruhr rasch niederzuschlagen, indem er die Anführer kurzerhand aufgehängt hatte. Dennoch gärte es in den Dörfern bis weit über Eichstätt hinaus, und auch auf Riebelsborn war der Zwischenfall Tagesgespräch. Doch weder Gaudentius noch dessen Tante nahmen das Gerede von einem möglichen großen Aufstand der Bauern besonders ernst, denn sie waren mit anderen Dingen beschäftigt.

Es ging auf die heilige Zeit des Christfestes zu, und Gaudentius fühlte sich von Tag zu Tag besser. Auch Alban glich langsam mehr einem Menschen als dem Untier, das Gisela vor etlichen Monaten geheiratet hatte. Obwohl sich die beiden Männer darüber im Klaren waren, dass der Fluch noch nicht gebrochen war, fassten sie neuen Lebensmut. Gaudentius' drängende, nörgelnde Art, die für Gisela oft kaum zu ertragen gewesen war, verlor sich, und er vermochte ihren Unterricht sogar mit Scherzen und amüsanten Anekdoten zu würzen. Alban war nun oft zugegen, unterstützte seinen Mentor bei der Ausbildung seiner jungen Frau und sorgte vor allem dafür, dass Gaudentius sie nicht überforderte. Dabei genossen die drei die angenehme Wärme des Studierzimmers und die Abwesenheit von Fortunatus, der seine neugierige Nase bereits in jeden anderen Winkel der Burg gesteckt hatte. Nur in das oberste Geschoss hatte er sich bisher nicht getraut.

Eines Morgens, als die beiden Männer gerade über eine von Giselas schlagfertigen Antworten lachen mussten, klopfte es laut und fordernd. Dagga, die scheinbar geschlafen hatte, hob ruckartig den Kopf und stieß ein tiefes Grollen aus. Fast im selben Augenblick wurde die Tür aufstoßen und Fortunatus trat herein, ohne dazu aufgefordert worden zu sein. Er hatte sich auch heute in seinen Priesterornat gehüllt und trug jenes Kreuz in der Rechten, mit dem er den bösen Geist aus Dagga hatte bannen wollen. Die Hand seines verbundenen Arms war leer – auf die Peitsche hatte er wohlweislich verzichtet.

Gaudentius musterte ihn verärgert. »Was wünscht Ihr, ehrwürdiger Vater? Ihr wisst doch, dass ich nicht gestört werden will.«

Im Gegenzug hob Fortunatus sein Kreuz und murmelte einige lateinische Floskeln, die böse Geister bannen sollten. Dagga, die solche Worte noch in unguter Erinnerung hatte, riss ihr Maul auf und zeigte dem jungen Priester ihr prachtvolles Gebiss. Fortunatus zuckte zusammen und wich der Hündin aus, verschwand allerdings nicht nach draußen, wie Gisela gehofft hatte, sondern begann, im Zimmer herumzugehen, wobei er weitere exorzistische Formeln sprach. Neben der Anrichte, auf der Gaudentius etliche seiner Folianten abgelegt hatte, blieb er mit gerümpfter Nase stehen.

»Was sind das für Bücher?«

»Keine, die Euch etwas angingen!«, antwortete Alban anstelle des Hausherrn und deutete dem Priester mit einer ungeduldigen Geste an, dass dessen Anwesenheit störte.

Fortunatus reckte Alban das Kreuz entgegen, als sei er ein

schrecklicher Dämon. »Ich bin ein Mann des Glaubens und habe die Aufgabe, schlechte Bücher zu finden und dem Feuer zu übergeben!«

»Was soll dieses Gerede? Dies sind meine Bücher, und niemand wird eines davon ohne meine Erlaubnis in die Hand nehmen. Auch Ihr nicht!« Gaudentius trat auf den Kleriker zu und wies unmissverständlich zur Tür. »Kümmert Euch um die Seelen des Gesindes und der Leute im Meierdorf, wie es Eure Aufgabe ist, aber wagt es nicht, mich zu kritisieren oder gar belehren zu wollen. Ich habe bereits Latein gelernt, als Ihr noch am Gängelband Eurer Kindsmagd gegangen seid, und ich weiß, welche Bücher ich lesen darf und welche nicht. Außerdem wurden diese Folianten von großen Alchemisten und weisen Männern geschrieben, von denen nicht wenige die Berater von Bischöfen und sogar von Päpsten gewesen sind!«

Gisela hatte Gaudentius noch nie so zornig gesehen, aber ihr war klar, um was es ging. Die Bücher, die er in langen Jahren zusammengesucht und erworben hatte, waren für den Magister nicht nur ein Hort des Wissens und der Weisheit, sondern er hoffte, in ihnen die Formel zu finden, mit der er den Fluch brechen konnte. Daher war er nicht bereit, einen Fremden auch nur einen Blick in seine geheime Bibliothek werfen zu lassen, mochte dieser auch ein Priester sein und des Lateins mächtig.

Fortunatus verzog bei den harschen Worten sein Gesicht, als wolle er Gaudentius anschreien wie einen Knecht, der einen Auftrag schlecht ausgeführt hatte. Schnell aber besann er sich, dass ihm der Herr dieser Burg gegenüberstand, und trat von der Anrichte zurück. Sein Blick verschlang jedoch alles, was darauf lag.

Doch nicht seine aufdringliche Neugier störte Gisela, sondern etwas, das ihn umgab. Ihr war, als würden die Abbilder der Dinge, die sich im Raum befanden, auf ihn zuschweben und in einen purpurnen, nun aufglühenden Halbedelstein fließen, der den Ring an seiner linken Hand zierte. Gisela wunderte sich, dass Gaudentius und Alban es nicht bemerkten. Als sie sich umsah und einen Blick mit Lavinia wechseln wollte, war die Geisterfrau nirgends zu sehen.

Erst als Fortunatus nach einigen weiteren exorzistischen Formeln den Raum verlassen hatte, löste Lavinia sich wieder aus dem Sockel des Kruzifixes und schwebte auf Gisela zu. »Hast du das auch bemerkt? Da war nichts Heiliges! Nur schreckliche schwarze Kräfte, mit deren Hilfe sich fremde Augen durch alles im Raum gebohrt haben.«

»Cajetans Augen?«

»Was faselst du von Cajetan, meine Liebe?«

Gaudentius' verwunderte Frage weckte Gisela aus ihrer Erstarrung, und sie mahnte sich, in seiner Gegenwart nicht mehr laut mit Lavinia zu sprechen. Mühsam schüttelte sie das ungute Gefühl ab, das Fortunatus' Erscheinen bei ihr ausgelöst hatte, und wandte sich dann dem Magier zu.

»Verzeiht, aber mir war, als hätte ich den Blick unseres Todfeindes auf mir gespürt.«

»Tod und Teufel! Er wird doch nicht unseren Schutzzauber durchbrochen haben.« Gaudentius holte einen besonders abgegriffen aussehenden Folianten heraus, schlug ihn auf und sprach etliche lateinische Sätze. Erst als der letzte verhallt war, ohne dass irgendetwas geschah, atmete der Magier auf.

»Gott sei Dank! Der magische Wall ist so stark wie nie zuvor. Du musst einem Hirngespinst erlegen sein, meine Gute.«

»Das bin ich gewiss nicht! Ich ...«

Gaudentius unterbrach sie mit einer abwertenden Geste. »Lass es dir gesagt sein: Mein Studierzimmer ist so gut abgeschirmt, dass Cajetans Blick es gewiss nicht erreichen kann.«

»Und doch ist es geschehen!« Gisela war nicht bereit nachzugeben, und für etliche Augenblicke hing ein heftiger Streit in der Luft.

Alban trat jedoch dazwischen. »Gemach, mein Freund, und sei auch du friedlich, Gisela. Unser Schutzzauber mag stark sein, aber dennoch hat Cajetan ihn mindestens einmal durchbrochen. Damals jedoch wusste ich die Anzeichen nicht zu deuten, und auch heute vermag ich nicht zu sagen, ob er erneut einen Angriff auf uns unternommen hat, um uns zu belauschen oder gar einen neuen Zauber auf uns zu werfen. Wir sollten uns aber im Klaren darüber sein, dass er immer und immer wieder versuchen wird, zu uns durchzudringen. Es ist also durchaus möglich, dass Gisela etwas gemerkt hat, was uns Männern verborgen geblieben ist. Sprechen nicht die alten Folianten davon, dass die Sinne der begabten Frauen schärfer sein sollen als die eines jeden Mannes?«

»Ach, Unsinn!« Gaudentius winkte verächtlich ab. Doch der nachdenkliche Ausdruck auf seinem Gesicht sprach seiner Geste Hohn. Er bedachte Gisela mit einem fragenden Blick, schüttelte dann aber energisch den Kopf. Nein, es war gewiss nur die Einbildung eines überspannten Weibes gewesen. Laut auszusprechen wagte er diese Ansicht aber nicht, denn er wollte weder den Starrkopf seiner Schülerin reizen noch seinen Freund Alban verärgern.

»Werde jetzt nur nicht schwach!«, sagte er tonlos zu sich selbst. Die beiden anderen hörten es dennoch.

»Geht es dir nicht gut, mein Freund?« Alban musterte Gaudentius so gründlich, als befürchtete er, der Fluch habe nun wieder größere Gewalt über ihn gewonnen.

»Mit mir steht es bestens!«, antwortete Gaudentius schnippisch.

Alban schüttelte seufzend den Kopf. »Ich glaube, dir und Gisela würde eine längere Pause guttun. Du willst einfach das Unmögliche erreichen und schindest Gisela und dich gleichermaßen. Ein paar Tage des Nichtstuns solltest auch du dir gönnen. Gestern haben sich die dicken Wolken verzogen, und es sieht nicht so aus, als würde es in den nächsten Tagen regnen. Daher werde ich Gisela auf die Fahrt nach Eichstätt mitnehmen, wie ich es ihr versprochen habe. Im neuen Jahr, wenn der Frühling dem Winter Platz gemacht hat, möchte ich dann Ingolstadt aufsuchen.«

»Und unser Kampf gegen den Fluch?«, fuhr Gaudentius auf.

»Ein oder zwei Tage, in denen man neue Kräfte sammeln kann, tun Wunder, mein Freund.« Alban hatte gesehen, wie Giselas Gesicht bei seinen Worten aufgeblüht war, und wollte sich allein deswegen nicht mehr von diesem Ausflug abbringen lassen.

Gaudentius schnaubte ärgerlich, gab seinem Freund im Stillen jedoch recht. Sie waren beide auf das Wohlverhalten der jungen Frau angewiesen, und es brachte ihnen nichts, wenn sie Gisela wie eine Gefangene hielten. Irgendwann würde sie so störrisch werden, dass mit ihr nichts mehr anzufangen war. Daher stimmte er unwillig zu. »Also gut! Fahrt in drei Teufels Namen. Aber bleibt nicht zu lange weg. Ich suche unterdessen die Bücher zusammen, die wir als Nächste brauchen.«

»Du solltest dir auch einmal Ruhe gönnen. Komm doch mit uns!« Alban blickte seinen Lehrer auffordernd an, doch der schüttelte nur den Kopf.

»Ich habe zu viel zu tun, als dass ich in der Weltgeschichte herumfahren könnte. Du aber solltest mir in Eichstätt ein paar Bücher besorgen, die ich dringend benötige, und verschiedene Materialien für unsere Experimente. Einiges droht nämlich auszugehen.«

Alban betrachtete seinen Freund nachsichtig. »Also ist es höchst notwendig, dass wir die Nasen zum Burgtor hinausstecken. Wenn du Dinge benötigst, die nur du kennst, solltet du uns begleiten.«

»Ich vertraue dir voll und ganz!«

»Es geht auch um Ludwig: Du weißt, dass kein anderer Knecht mich kutschieren mag, aber ich will dich seiner nicht berauben.« Auch dieser Appell verpuffte.

Gaudentius lachte nur kurz und winkte dann ab. »Nimm Ludwig ruhig mit. Mir geht es so gut, dass ich eine Weile auf ihn verzichten kann. Außerdem habe ich ja auch noch Anna, die mir aufwarten kann.«

»Als wenn ich nichts anderes zu tun hätte!«, kam es von der Tür her. Anna hatte den Priester aus dem oberen Stockwerk herabsteigen sehen und wollte nun wissen, weshalb Fortunatus im Studierzimmer gewesen war. Auf dem Flur hatte sie die letzten Sätze gehört und trat jetzt auf Alban zu.

»Du willst also mit deiner Frau in die Stadt fahren, werter Freund? Du glaubst doch nicht, dass ich auf einen solchen Ausflug verzichte! Ludwig soll sich weiter um meinen Neffen kümmern. Ich glaube nicht, dass ein Knecht, dem ich befehle, uns zu begleiten, sich drücken wird.«

Anna hörte sich so resolut an, dass Gisela sich fragte, welche Strafe die Hausdame für einen Knecht vorsah, der sich weigerte, ihren Befehlen zu gehorchen. Wahrscheinlich würde er die Latrine ausheben müssen. Aber so, wie die Leute in der Burg zu Alban standen, war zu vermuten, dass die meisten von ihnen die Arbeit an den Latrinen einem Ausflug mit Alban und ihr vorziehen würden.

Anna ließ ihr jedoch keine Zeit zu grübeln, sondern fasste nach ihren Händen. »Du weißt gar nicht, wie sehr ich mich auf diese Fahrt freue, meine Liebe! Seit mein nichtsnutziger Neffe mit diesem ekligen Fluch geschlagen ist, bin ich kaum aus diesen Mauern herausgekommen! Ich wäre längst Ritter Eckehards Frau, hätte Matthias nicht diese Riesendummheit begangen. Aber ich kann ihn doch nicht im Stich lassen. Immerhin bin ich seine Tante.«

»Du vergisst, dass wir im selben Jahr geboren wurden und du mehrere Monate jünger bist als ich! Ich glaube, deine Mutter war am meisten überrascht, als sie deinen Vater noch einmal mit einem Kind beschenken konnte. Wir beide sind wie Geschwister aufgewachsen. Also lass dich von Anna nicht ins Bockshorn jagen, Gisela. So tantenhaft, wie sie tut, ist sie nun auch wieder nicht.«

Gaudentius hatte seine gute Laune wiedergefunden und schien nun selbst schönen Erinnerungen nachzuhängen, denn er kicherte vor sich hin.

Anna sah ihn kopfschüttelnd an, verkniff sich aber eine Antwort und zog Gisela mit sich. »Bei Gott, wird das schön! Was nützen einem all die blinkenden Dukaten, wenn man sie nicht ausgeben kann. Es muss so viel für die Burg gekauft werden! Ich weiß gar nicht, wie wir die letzten Monate ausgekommen sind. Komm, wir suchen erst einmal die passende Kleidung für uns aus! Zum Glück sind wir etwa gleich groß, da müssten dir einige warme Sachen von mir passen. Da Alban etliche Besorgungen für meinen Neffen tätigen muss, werden wir genug Zeit haben, uns auf den Märkten und in den Gassen der Händler umzusehen.«

»Weiber!«, stöhnte Gaudentius.

Alban lachte ihn aus. »Gönne den beiden doch die Freude, wieder unter Menschen zu kommen. Was mich betrifft, so bin ich nicht bereit, mich von der Angst vor Cajetan so beherrschen zu lassen, dass ich mich gar nicht mehr vor die Tür wage.«

Gaudentius kniff überrascht die Augenbrauen zusammen. »Das sagst ausgerechnet du? Als wir uns auf die Suche nach Gisela gemacht haben, musste ich dich fast mit Gewalt in die Kutsche schleifen! Bei Gott, findest du dich jetzt vielleicht schön?«

»Ich bin nicht mehr so ganz hässlich wie früher und du nicht mehr so greisenhaft. Dennoch leiden wir beide unter der Macht des Fluches – und das, was wir letztens erfahren haben, lässt mich Schlimmes befürchten. Doch trotz allem dürfen wir nicht vergessen, dass wir Gottes Geschöpfe sind und uns an seiner Welt erfreuen sollten. Anderenfalls wären wir nicht mehr als stumpfe Tiere.«

»Das ist ein Wort! Endlich rückt jemand Matthias den Kopf zurecht.« Anna hatte sich an der Tür umgedreht, nickte Alban anerkennend zu und verließ dann mit Gisela die Kammer.

Gaudentius blickte den beiden mit einem unwirschen Schnauben nach und fuhr mit dem Zeigefinger auf Alban zu. »Mach mir ja keine Dummheiten, mein Junge! Auch wenn Gisela dein Eheweib ist, darfst du sie nicht anrühren, verstanden? Ich will nicht, dass deine männlichen Triebe bei dieser Fahrt überhandnehmen. Die Gefahr besteht durchaus – seit jenem verfluchten Tag hast du schließlich mit keinem einzigen Frauenzimmer mehr verkehrt.«

»Du hättest Priester werden sollen, mein Freund, denn du kannst so wundervoll predigen. Ich weiß, dass eine innige Umarmung meiner Frau, die sie mir in meiner jetzigen Gestalt wohl nur unter Zwang gewähren würde, geradewegs in den Höllenschlund führt! Glaubst du, ich würde meine Seele oder die deine Satan freiwillig in den Rachen werfen? Ganz abgesehen davon müssen wir Gisela besonders sorgsam schützen und hegen, denn sie ist genau so gefährdet wie wir – und das durch unsere Schuld.«

»Richtig! Ich hoffe, du vergisst das unterwegs nicht.« Gaudentius klang ein wenig bärbeißig, aber er schien seinem ehemaligen Schüler nun doch zuzutrauen, vernünftig zu bleiben.

3.

Schon früh am nächsten Tag verließ der Reisewagen Burg Riebelsborn. Auf dem Kutschbock saß Ludwig, der am Abend zuvor mit einem verächtlichen Blick auf die übrigen Knechte erklärt hatte, er werde die Gäste des Herrn und seine Tante gerne fahren, wenn die anderen zu feige seien, sich frischen Wind um die Nase wehen zu lassen. Gaudentius hatte zugestimmt, weil er in seinem jetzigen Zustand nicht mehr so dringend auf die Fürsorge seines Leibdieners angewiesen war. Auch hatte Gundi, die als Magd der Hexe von den meisten Knechten und Mägden gemieden wurde, sich bereit erklärt, den Magier bei Tisch zu bedienen und Dagga ins Freie zu begleiten. Damit war alles zur sichtlichen Zufriedenheit des Burgherrn geregelt worden. Gisela, Anna und Alban waren in dicke Pelze gehüllt und hatten warme Ziegelsteine unter ihren Füßen liegen, während Ludwig in seinem dicken Überwurf auf dem Bock thronte und die Peitsche knallen ließ.

Der Wagen war kaum den Burgberg hinabgerollt, als Fortunatus aus dem Tor trat und ins Tal hinabstieg. Diesmal trug er nicht den Ornat eines geistlichen Herrn, sondern einen weiten Umhang, derbes Schuhwerk und eine gestrickte Mütze, die ihn fast unkenntlich machte. Der Wind pfiff scharf von der Anhöhe herab und ließ den Priester schaudern. Dennoch eilte er weiter, durchquerte das Meierdorf, ohne nach rechts oder links zu schauen, und bog kurz darauf in einen von uralten Eichen und Buchen gesäumten Waldweg ein. Früher hatte Matthias von Riebelsborn diesen Pfad benutzt, um in sein bevorzugtes Jagdrevier zu reiten, doch nun diente er nur noch Pilzsuchern und Holzsammlern. Fortunatus musste sich durch dichtes Gestrüpp kämpfen, das über den Weg gewachsen war, und fluchte in einer Weise, die einen altgedienten Söldner vor Neid hätte erblassen lassen.

Dennoch kam der Burgkaplan gut vorwärts und ließ die Riebelsborner Grenzen nach einem ordentlichen Marsch hinter sich. Der Wald, durch den er jetzt schritt, gehörte zum Land seines Onkels, und bald kam eine aus festen Baumstämmen gefügte Jagdhütte in Sicht, über deren gemauertem Kamin Rauchwolken von einem darin prasselnden Feuer kündeten.

Fortunatus trat ein und schloss schnell die Tür hinter sich. »Bei den Arschbacken der heiligen Barbara, ist das heute kalt! Wenn es dazu noch geregnet hätte, wäre ich gewiss nicht gekommen.«

Ritter Heiner schlug verärgert auf den Tisch. »Mein lieber Neffe, ich habe nun schon drei Mal umsonst auf dich gewartet. Wenn du mich noch einmal versetzt hättest, wäre ich nach Riebelsborn geritten, um dich an deine wahren Pflichten zu erinnern. Wie du weißt, kann ich die schöne Pfründe, auf die du scharf bist, auch einem anderen Verwandten verschaffen. Also solltest du mir fein säuberlich gehorchen!«

Obwohl Fortunatus auf Riebelsborn so auftrat, als hätte seine Heiligkeit, Papst Leo X., ihn höchstpersönlich mit der Seelsorge der dort lebenden Menschen beauftragt, knickte er unter den harschen Worten seines Onkels ein. »Verzeiht, Oheim! Doch leider hat es lange gedauert, bis ich Euren Auftrag zur Gänze erfüllen konnte. Ich bin wirklich so rasch zu Euch geeilt, wie es mir möglich war.«

»Du hättest kommen und mir von deinen Schwierigkeiten berichten können! Aber diesmal will ich noch nachsichtig sein. Dort am Feuer steht ein Krug mit Würzwein. Trink einen Becher oder zwei, damit dir warm wird.« Heiner von Loipfing schien halbwegs versöhnt, denn er schenkte seinem Neffen eigenhändig einen Becher der dampfenden, stark nach Kräutern und Gewürzen duftenden Flüssigkeit ein, füllte auch seinen Becher und stieß mit Fortunatus an.

»Auf dein Wohl, Neffe! Wenn du mir gute Nachricht bringen kannst, wird es dein Schaden nicht sein. Wie du weißt, besitze ich sehr einflussreiche Freunde, und die vermögen durchaus die Stelle eines Hofkaplans oder gar die des Pfarrherrn einer bedeutenden Kirchengemeinde zu vergeben.«

»Eine bedeutendere Pfründe, als Ihr sie bisher für mich vorgesehen hattet?« Fortunatus' Augen leuchteten begehrlich auf. Er verstand zwar nicht, was er für seinen Onkel in Erfahrung hatte bringen sollen und noch weniger den Grund für seinen Auftrag, doch es war sicher im Sinne der heiligen Kirche, Leute wie die auf Riebelsborn im Auge zu behalten. Zudem war er Ritter Heiner als Oberhaupt seiner Sippe zu Gehorsam verpflichtet. Wenn das, was er auszuführen hatte, darüber hinaus noch seinem eigenen Fortkommen im Dienst an Gott förderlich war, sollte ihm dies nur recht und billig sein.

»Eine *weitaus* bedeutendere Pfründe«, beantwortete der Ritter seine Frage. »Doch nun sprich! Was hast du über Ritter Matthias und die anderen herausgefunden?«

»Gaudentius ist ein Mann, der sich mit geheimen Künsten befasst. Es heißt, er habe seine Jugend einem Dämon geopfert, der ihm dafür jeden Tag drei Goldgulden unter sein Kopfkissen steckt, und bei Bedarf auch mehr ...« Fortunatus plapperte all das nach, was er vom Gesinde der Burg und den Leuten aus dem Meierdorf gehört hatte.

Doch sein Onkel kannte diese Gerüchte bereits und winkte unwirsch ab. »Das ist doch nur dummes Geschwätz! Wenn du nicht mehr weißt, frage ich mich, weshalb ich dich überhaupt nach Riebelsborn geschickt habe.«

Fortunatus krümmte sich unter dem herrischen Ton. »Es muss schon etwas Wahres daran sein, denn der Riebelsborner hat Geld genug, seine Tante und diesen Magister Alban samt seinem Weib nach Eichstätt zu schicken, um dort groß einzukaufen. Außerdem habe ich selbst gesehen, dass er am Morgen jünger aufwacht, als er am Abend zu Bett geht. Das mit diesem Dämon muss also stimmen. Auch Albans Weib, auf das ich ja besonders achten sollte, hat sich als grässliche Hexe mit starken Kräften entpuppt. Ich werde so bald wie möglich einen der verantwortlichen Brüder des Ordens des heiligen Dominikus aufsuchen und Anzeige gegen die Satansjüngerin erstatten.« Dem jungen Priester schauderte bei der Erinnerung an die Szene, in der durch den verkappten Dämon Dagga er bereits dem Tod ins Auge geschaut hatte. Er empfand nicht die geringste Dankbarkeit gegenüber Gisela, die ihn gerettet hatte, sondern nur die tiefe Schmach, sich vor dem Hexenweib und dem Gesinde blamiert zu haben.

»Das wirst du nicht tun!«

Ritter Heiners Worte trafen den jungen Priester wie ein Schlag. »Weshalb nicht? Das ist meine Pflicht!«

»Der Herr, der mich gebeten hat, Burg Riebelsborn durch dich überwachen zu lassen, steht weitaus höher im Ansehen als die Dominikanerbrüder von Eichstätt oder Ingolstadt, und er wird selbst die nötigen Schritte unternehmen, um die Welt von dem zauberischen Weib und diesem Dämonendiener Gaudentius zu befreien. Du wirst dich auf die Rolle des Burgkaplans beschränken und zum Schein höchst dankbar sein, dort dein Brot zu verdienen, bis eine bessere Stelle für dich frei wird. Hast du mich verstanden?« Er funkelte seinen Neffen zornig an.

»Ja, Oheim, ich verstehe, was Ihr meint. Doch sagt, wer ist dieser hohe Herr, der bereits sein Auge auf die Umtriebe auf Burg Riebelsborn gerichtet hat?«

»Ein Mann, der noch mächtiger ist als Gabriel von Eyb, welcher als Bischof über das Hochstift Eichstätt herrscht. Er wird mit diesen Umtrieben auf Riebelsborn aufräumen, und das mit eiserner Faust.«

Auch wenn der Ritter keinen Namen genannt hatte, fühlte Fortunatus, dass es nicht gut wäre, weiter nachzuhaken. »Dann bin ich beruhigt. Ich muss ja um die Seelen des Gesindes bangen. Diese schweben in höchster Gefahr, durch die Umtriebe des Burgherrn und der Hexe in den Bann des Satans zu geraten, vor dem Gott der Herr uns behüten möge.«

»Du wirst das deine zur Rettung dieser Seelen tun und deinen verdienten Lohn erhalten. Ach ja, behalte auch die Schwester des Riebelsborners im Auge. Da sie so vertrauten Umgang mit ihrem Neffen und dessen teuflischen Kumpanen pflegt, ist auch sie eine Hexe, die bestraft werden muss. Kommt sie davon, wird sie dieser elende Eckehard heiraten und sich zu seinem Trelling auch noch Riebelsborn einverleiben. Das muss verhindert werden!«

Die Gier in den Augen des Ritters verriet Fortunatus, dass dieser

Riebelsborn für sich gewinnen wollte. Wahrscheinlich würde sein Onkel in weit reicherem Maße belohnt werden als er selbst. Einen Augenblick erwog er, doch nach Eichstätt reisen und mit den für die Bekämpfung des Hexenwesens zuständigen Dominikanern zu sprechen. Ein Blick in das harte Gesicht seines Oheims machte ihm jedoch klar, dass dies keine besonders gute Idee war, denn er konnte es sich nicht leisten, seinen einzigen Gönner zu verlieren.

Diese Erkenntnis öffnete die Schleusen seiner Beredsamkeit, und Fortunatus berichtete seinem begierig lauschenden Onkel alles, was er auf Riebelsborn erfahren hatte, würzte es mit etlichen Gerüchten, die dort im Umlauf waren, und bauschte diese noch gehörig auf. »Ich hoffe, Ihr seid mit mir zufrieden, mein Herr«, schloss er mit einem um Lob bettelnden Blick.

Herrn Heiners Gedanken waren jedoch auf einen anderen Punkt gerichtet. »Hast du dir die Hexenkammer des Riebelsborners ansehen können?«

»Ja, werter Oheim, das ist mir gestern endlich gelungen.«

»Und hattest du deinen Ring am Finger?«

Fortunatus wunderte sich über diese Frage, nickte aber. »Gewiss hatte ich das! Ihr hattet mir doch befohlen, ihn niemals abzulegen.«

»Gib ihn mir!« Ritter Heiner streckte fordernd die Hand aus.

Fortunatus' Rechte fasste nach dem Ring, der an seiner linken Hand saß, und wollte ihn schon abziehen. Dann aber hielt er inne. »Warum wollt Ihr den Ring wiederhaben? Ich dachte, Ihr hättet ihn mir geschenkt!«

So viel Widerborstigkeit war der Ritter von seinem Neffen nicht gewohnt. »Es war kein Geschenk! Du solltest den Ring nur auf Riebelsborn tragen und ihn mir dann zurückgeben.«

»Das habt Ihr aber nicht gesagt!« Fortunatus kämpfte mit den Tränen. »Der Ring ist doch so schön, Oheim. Seht nur die Farbe des Steins: Sie ist wie das dunkle Purpur, welches die hohen Kardinäle tragen. Wenn ich in ihn hineinsehe, ist es mir, als führe mein Weg mich bis in die höchsten Spitzen der Kurie. Ihr habt doch gewiss noch andere, wertvollere Ringe als diesen.«

Um die in seinen Augen unnötige Diskussion zu beenden, packte der Ritter die linke Hand seines Neffen, bog dessen verkrampfte Finger auf und zog ihm den Ring ab. »Du bekommst einen anderen, noch schöneren Ring von mir. Dieser hier ist nicht für dich bestimmt.«

»Für wen dann?«, fragte Fortunatus verblüfft.

Dem Ritter juckte es in den Fingern, den jungen Mann mit einer kräftigen Ohrfeige daran zu erinnern, dass er ihm Gehorsam schuldete. Dann aber zuckte er mit den Schultern. »Zum Teufel noch mal, sei endlich still! Du bekommst einen anderen Ring. Außerdem werde ich zusehen, ob ich bei dem hohen Herrn, der auf deinen Bericht und den Ring wartet, nicht eine kleine Belohnung für dich herausschlagen kann.«

Bei diesen Worten glättete sich Fortunatus' Miene, und er blickte mit erwartungsvoll leuchtenden Augen zu seinem Onkel auf. Heiner verabschiedete seinen Neffen freundlicher, als dieser es in seinen Augen verdient hatte, und schob ihn zur Tür der Jagdhütte hinaus. »Ich muss jetzt eine kleine Reise unternehmen. Du aber erscheinst genau heute in vierzehn Tagen wieder an diesem Ort. Dann erhältst du neue Befehle von mir. Wage jedoch nicht, fernzubleiben. Das würdest du nämlich bis an dein Lebensende bereuen!«

Fortunatus zog ein langes Gesicht, denn die Aufforderung seines Oheims bedeutete für ihn, noch einmal dem Wetter trotzen und im Notfall durch Sturm, Platzregen oder gar ein heftiges Schneegestöber laufen zu müssen. Ein Blick in Richtung seines Onkels ließ es dem jungen Priester jedoch als geraten erscheinen, dem Befehl zu gehorchen. Er verfluchte seine Abhängigkeit von

Ritter Heiner und dessen Launen und stellte sich vor, wie es wäre, eine Macht zu erlangen, die ihn weit über seinen Oheim hinaushöbe. Wäre er ein Bischof oder auch nur der Abt eines großen reichsfreien Klosters, würde er ihm nun die Hand zum Kusse reichen und sich hoch über ihn erhaben fühlen können.

Weder Fortunatus noch der Ritter bemerkten, dass der tiefpurpurne Stein des Ringes während der Szene in einem düsteren Licht aufglühte und sogleich wieder erlosch.

4.

Die Fahrt über die schlechten, vom Regen der letzten Tage aufgeweichten Straßen war kein Vergnügen, aber das beeinträchtigte Giselas Laune nur wenig. Sie konnte sich nicht sattsehen an dem, was sie durch das kleine Seitenfenster des Wagens entdeckte. Zwar forderte Anna sie immer wieder auf, den Ledervorhang zu schließen, der die Kälte und den aufspritzenden Dreck abhielt, und Gisela folgte auch brav ihrer Anweisung. Doch nach kurzer Zeit hob sie das Leder wieder und schaute hinaus.

»Es war wirklich an der Zeit, diesem Küken ein Stück von der Welt zu zeigen«, kommentierte Anna die Faszination der jungen Frau mit einem gewissen Spott.

»Es ist so aufregend zu reisen! Zuhause in Nürnberg bin ich nie weiter als bis zu unserem kleinen Bauerngut gekommen, und auch nur dann, wenn der Bauer uns die Pacht in Fleisch und Korn bezahlt hat, und auf der Fahrt hierher ...« Sie brach ab, um nichts zu sagen, womit sie Alban hätte beleidigen können. »Nun, auf jener Fahrt hatte ich an anderes zu denken. Erst jetzt sehe ich, wie schön es ist zu reisen.«

Anna schüttelte lachend den Kopf. »Links der Straße Wald und Hügel, rechts Hügel und Wald. Was soll daran schön sein?«

»Es tut einfach gut, etwas anderes zu sehen. Zum Beispiel die Burg dort drüben. Wem gehört sie?«

»Welche Burg?« Anna schob Gisela kurz beiseite und blickte in die gewiesene Richtung. »Ach, das ist Loipfing, Herrn Heiners Feste. Wir müssen uns jetzt auf seinem Land befinden.«

»Ist er sehr reich?«, fragte Gisela weiter.

»Auch nicht reicher als die anderen Edelleute in der Gegend. Keinem von denen geht es nur halb so gut wie den Pfeffersäcken in den großen Städten. Damit will ich aber nichts gegen dich gesagt haben, Alban, oder gegen Giselas Familie.«

»Es ginge den Edelleuten gewiss besser, wenn sie auf unsereins nicht herabschauen, sondern sich an uns ein Beispiel nehmen würden. Die Zukunft gehört nun einmal dem Handel, doch davon wollen Herren wie Heiner auf Loipfing und Herr Eckehard auf Trelling nichts wissen. Sie pochen auf ihr Wappenschild und sonnen sich im Glanz ihrer Vorfahren. Dabei vergessen sie, dass jene auch nur Menschen waren und keine Halbgötter.« Albans tiefe Stimme ließ seine Worte bissiger klingen, als sie gemeint sein mochten.

Für Gisela war seine Haltung nicht verwunderlich, denn Ähnliches hatte sie oft genug im Haus ihres Vaters gehört. In seinen Glanzzeiten war Otto Güldener reicher gewesen als der Bestsituierte unter den Burgherren der Gegend. Ihm aber war das Gold schließlich wie Wasser durch die Finger geronnen, während die Edelleute nicht Gefahr liefen, von betrügerischen Konkurrenten um ihren Besitz gebracht zu werden.

»Am besten wäre es wohl, die beiden Lebensformen miteinander zu verbinden, sprich Bauernland und Häuser in der Stadt als Sicherheit zu behalten und mit dem gemünzten Vermögen Handel zu treiben«, erklärte sie nachdenklich.

Alban nickte zustimmend, während Anna lachend abwinkte. »Was du dir nur einbildest! Keiner der Edelleute ist bereit, seine Hände mit Handel oder gar einem Handwerk zu beschmutzen.«

»Ist es besser, im Stolz arm zu sein, als wohlhabend und zufrieden?

»Das verstehst du nicht, Gisela. Die hohen Herren wären nicht zufrieden, weil ihnen ihr Stolz wichtiger ist als jede Behaglichkeit. Wenn ihre Einnahmen nicht mehr zum Leben reichen, spielen sie ritterlicher Schnapphahn und rauben die Handelszüge aus, die über ihr Land ziehen. Auch Heiner von Loipfing hat das schon gemacht und hat dafür beinahe Krach mit der Stadt Donauwörth bekommen. Dank seiner Gönner in Ingolstadt konnte er seinen Kopf aus der Schlinge ziehen, aber er musste den größten Teil seiner Beute wieder hergeben. Jetzt versucht er, die Rechte seiner Bauern zu schmälern, um höhere Abgaben aus ihnen herauszupressen.«

In der nächsten Stunde sprachen sie über das derzeit schwierige Verhältnis zwischen den Land- und Grundherren und den von ihnen abhängigen Bauern. Gisela verstand zu wenig davon, um mitreden zu können, hörte aber aufmerksam der hitzigen Debatte zwischen ihrem Mann und Anna zu. Ihre Meinungen differierten nur wenig, doch wo Alban den Bauern das Recht der freien Verwaltung ihrer Dörfer und auf Sitz und Stimme in den Landständen zusprach, ging seine Einstellung der Edelfrau zu weit. Ihrer Ansicht nach sollten die Bauern ihre alten überlieferten Rechte behalten, aber keine neuen fordern dürfen.

»Das tun sie auch nicht! Den Bauern geht es nur darum, nicht zu verlieren, was sie jetzt besitzen. Edelleute wie Heiner von Loipfing versuchen nämlich, sie zu drücken und auszupressen, wo immer es geht. Gegen jedes Recht verlangen sie Abgaben und Frondienste, die aus freien Bauern Leibeigene und aus Leibeigenen Knechte machen.«

»Was Ritter Heiner angeht, hast du wohl recht«, antwortete Frau Anna nachdenklich. In dem Augenblick durchdrang Giselas halb erstickter Schrei die Kutsche.

»Was ist los?« Alban griff nach dem Breitschwert, das er mitgenommen hatte, um Räuber abzuwehren.

Gisela wies mit zitternden Fingern ins Freie. »Dort hängen tote Männer an einem Baum!«

Alban warf einen kurzen Blick hinaus und zog Gisela dann vom Fenster weg. »Das ist kein Anblick für dich!«

»Was gibt es zu sehen?«, fragte Anna neugierig.

»Die drei Bauern, die Heiner hat aufhängen lassen. Zwei davon habe ich aus der Zeit gekannt, in der ich noch nicht wie ein Untier herumlaufen musste. Es waren ehrliche Männer und – so viel ich weiß – die Sprecher der hiesigen Bauern. Ihr Tod wird böses Blut hervorrufen. Gebe Gott, dass die Bauern sich nicht auch in unserer Gegend unter der Fahne des Bundschuhs zusammenrotten und zu Mordbrennern werden, die selbst das Kind im Mutterleib nicht verschonen.«

»Was ist der Bundschuh?«, fragte Gisela, die unter diesem Namen nur eine Fußbekleidung kannte.

Alban berichtete ihr von den Bauernrevolten, die im vergangenen Jahrhundert und bis in dieses hinein gewütet hatten, und schloss mit der Hoffnung, dass die Herren diesmal Verstand genug besäßen, um die gerechten Forderungen des Landvolks anzuerkennen.

»Angesichts dessen, was wir gerade gesehen haben, zweifle ich daran«, warf Frau Anna in einem Ton ein, der deutlich zeigte, wie wenig sie mit Ritter Heiners Handlungsweise einverstanden war.

Für eine Weile sagten sie nichts, denn die schwarzen Wolken am Horizont der Zukunft verdüsterten die Gemüter. Die Freude, die Gisela zu Beginn der Fahrt empfunden hatte, war ihr durch den Anblick der Toten vergällt worden, und sie haderte mit sich, weil sie darauf bestanden hatte, mit auf diese Reise zu gehen. Nach einer Weile beruhigte sie sich jedoch wieder und nahm die Gelegenheit wahr, ihren Ehemann genauer zu betrachten. Einen gut aussehenden Mann konnte man ihn auch jetzt nicht nennen. Dafür war der Schnitt seines Gesichts zu grob, und der schwere, mit kräftigen Zähnen ausgestattete Kiefer wirkte noch immer bedrohlich. Auch ohne die kleinen rötlichen Augen, die mehr an ein Tier als an einen Menschen erinnerten, hätten die Leute ihn angestarrt und die Gassenjungen ihm Spottverse nachgerufen.

Letzteres wohl nicht, korrigierte sie sich. Allein ein Blick auf die hünenhafte, schier vor Kraft berstende Gestalt hätte den frechsten Bengel zurückscheuen lassen. Dieser Mann war nun ihr Gemahl und hatte das Recht, von ihr zu fordern, was zwischen Eheleuten üblich war. Gisela erinnerte sich daran, wie sie ihren Bruder und Gundi daheim auf dem Speicher überrascht hatte. Die Magd hatte ihr später erzählt, wie viel Angst und welche Schmerzen sie hatte ertragen müssen, wenn Hans sie benutzte. Ihr selbst würde es wohl ebenso wenig zusagen, käme Alban des Nachts zu ihr und verlangte von ihr, dass sie die ehelichen Pflichten erfüllte. Gleichzeitig aber war ihr klar, dass sie diesen Dienst leichter würde erbringen können, als Gundi es getan hatte, denn sie war Albans Weib und hatte ihm daher zu gehorchen.

Mit einem Mal lachte sie über sich selbst. Es lag gar nicht in Albans Interesse, intimere Bekanntschaft mit ihr zu schließen, da sie Jungfrau bleiben musste, um jene mächtige Hexe zu werden, die Cajetan die Stirn bieten konnte. Da wirkte der Gedanke an die eheliche Fleischeslust nur störend.

»Woher diese plötzliche Fröhlichkeit nach dem Augenblick des Schauders vorhin?« Alban musterte Gisela neugierig.

Die junge Frau wand sich vor Verlegenheit. Sie konnte gerade ihm nicht bekennen, wohin ihre Gedanken sich verirrt hatten. »Ich dachte an unseren Feind, und mein Lachen war gewiss nicht fröhlich!«

»Wir sollten außerhalb des Zauberschutzes der Burg nicht einmal an ihn denken, geschweige denn von ihm reden!«, wies Alban sie zurecht.

»Ihr glaubt, er könnte …« Gisela unterbrach sich, als sie die Augen ihres Ehemannes zornig aufglühen sah.

»Ich glaube an gar nichts, außer an Gott den Herrn, seinen Sohn Jesus Christus und den Heiligen Geist sowie an die Auferstehung des Fleisches am jüngsten Tag!« Albans Stimme hatte nichts von ihrer Heftigkeit verloren. Dennoch wagte Anna es zu scherzen.

»Wenn ich dich so predigen höre, bedauere ich direkt, dass nicht du unser neuer Burgkaplan geworden bist, sondern dieses unausgegorene Jüngelchen, das Ritter Heiner uns aufgenötigt hat.«

Gisela fröstelte bei dem Gedanken an den jungen Priester. »Ich mag diesen Fortunatus nicht. Er ist so …, ich weiß nicht, wie ich es ausdrücken soll. Wenn unser Vater Maternus in Nürnberg in der Kirche spricht, hat man das Gefühl, Gott nahe zu sein. Dagegen hören sich Fortunatus' Worte leer und hohl an, und man ist heilfroh, wenn seine Predigt zu Ende ist. Ich wünschte, wir besäßen einen Kaplan mehr nach Vater Maternus' Art.«

»Man kann sich seinen Prediger nicht schnitzen. Sie sind auch nur Menschen, und da ist der eine eben besser und der andere schlechter. Fortunatus' Aufenthalt auf Riebelsborn ist jedoch nötig, damit wir die größten Schreier, die uns Hexenwerk und noch Schlimmeres nachsagen, zum Verstummen bringen.«

Gisela schüttelte erregt den Kopf. »Aber auch nur, wenn er keine Lügen über uns verbreitet! Ich traue diesem Menschen nicht. Erinnert Euch nur daran, wie er gestern in die Studierstube hereingeplatzt ist. Er tat direkt so, als müsse er dort den Teufel austreiben!«

Alban kniff seine borstigen Augenbrauen zusammen, sodass sie wirr nach vorne standen. »Du hast wirklich einen scharfen Blick, Gisela! Auf diese Weise habe ich es noch nicht gesehen. Doch jetzt sollten wir über schönere Dinge reden. Sieh, es ist nicht mehr weit bis Eichstätt. Ich kann bereits die Burg erkennen.«

»Wo denn?« Gisela glitt neben das kleine Fenster und spähte hinaus. »Ihr habt recht! Dort sind auch schon die Türme der Stadt. Die beiden direkt nebeneinander müssen zum Dom gehören, aber es gibt noch weitere.«

»Das sind die Türme der St. Walburgis- und der Kapuzinerkirche«, klärte Anna sie auf.

Gisela starrte auf die Stadt, die im tief eingeschnittenen Tal der Altmühl lag, und hob dann ihren Blick zu der Willibaldsburg, die mit ihren Mauern und Türmen so wehrhaft erschien, als könne keine Macht der Welt sie erstürmen. Obwohl Eichstätt sich von der Größe her nicht mit Giselas Heimatstadt Nürnberg messen konnte, war die junge Frau beeindruckt. Der Fluss, die aufstrebenden Hänge zu beiden Seiten und die darin eingebettete Stadt boten ein malerisches Bild.

Während Gisela wie entrückt schaute, näherten sie sich dem Tor. Einer der Torwächter vertrat ihnen mit erhobener Hellebarde den Weg. »Wer seid ihr, und wo wollt ihr hin?«

Anna schob Gisela zur Seite und öffnete den Schlag. »Jungfer Anna von Riebelsborn, wenn es beliebt. Wir wollen in der Stadt einkaufen.«

Der Wächter kannte Riebelsborn nicht zuletzt wegen der Gerüchte, die darüber im Schwange waren, und wich erbleichend zurück. Trotzdem tat er, was er für seine Pflicht hielt. »Wer ist noch bei Euch, Jungfer?«

»Magister Alban, ein Freund meines Neffen, und dessen Ehefrau.« Anna ärgerte sich, da man sie in früheren Zeiten an den Toren von Eichstätt höflicher behandelt hatte. Daher drehte sie Alban ihr Gesicht zu. »Ich glaube, wir wären besser nach Ingolstadt gefahren. Dort findet man weitaus mehr Gelegenheit, sein Geld für schöne Dinge auszugeben!«

Sie sagte es laut genug, damit der Wächter es hören konnte. Gisela ging sofort auf dieses Spiel ein. »Ich stimme Euch voll und ganz zu, meine Liebe. Ingolstadt wäre die bessere Wahl gewesen. Ich frage mich wirklich, ob wir nicht umdrehen und dorthin fahren sollten.«

Der Wächter hob entschuldigend die Hände. »Jetzt erst mal behutsam mit den jungen Pferden! Es ist meine Pflicht, die Leute zu fragen, die in die Stadt kommen. Immerhin läuft ein Haufen zwielichtiger Gestalten herum und hetzt das Bauerngesindel gegen unseren ehrwürdigen Herrn Bischof auf.«

»Was ich bestimmt nicht tun werde!« Gisela schob sich an Anna vorbei und lächelte den Torwächter an.

Er schnaufte überrascht, als er ihr ebenmäßiges Gesicht mit den großen, ausdrucksvollen Augen erblickte, und schob alle Gerüchte, die die Ehefrau des Magisters als Hexe bezeichneten, weit von sich. »Ihr versteht mich wenigstens, werte Frau! Wisst Ihr, es ist nicht angenehm, hier bei der Kälte am Tor zu stehen und sich – mit Verlaub gesagt – den Arsch abfrieren zu müssen.«

Alban vernahm die unausgesprochene Aufforderung und reichte eine Münze hinaus. Der Wächter starrte auf das gleißende Ding und kam sofort näher. Da die Hand, die das Geldstück hielt, in einem ledernen Handschuh steckte und trotz ihrer Größe wie die eines Menschen wirkte, ergriff er den Groschen im Wert zu zwölf Pfennig und sagte sich, dass dieser für mehr als einen Becher Wein in der Schenke reichen würde. Noch während er die Münze einsteckte, trat er beiseite und winkte Ludwig oben auf dem Bock, in die Stadt einzufahren.

»Wünsche einen angenehmen Aufenthalt!«, rief er noch, als jener die Pferde antrieb und durch das Tor fuhr.

Kurz darauf hielt der Wagen vor einem Gasthof, von dem bekannt war, dass der Wirt gern fremde Reisende aufnahm, und Ludwig rief einen Knecht zu sich. »Die Herrin Anna von Riebelsborn wünscht mit ihrer Begleitung hier für eine oder zwei Nächte unterzukommen.«

»Begleitung!« Der Wirtsknecht versuchte, in das Innere des Wagens zu schauen. Doch das trübe Licht des Wintertages reichte nicht aus, um mehr als Schatten erkennen zu können. »Ist der Herr von Riebelsborn auch dabei – oder dieser fremde Magister?« Dem Knecht war bei dieser Frage nicht wohl. Denn Gaudentius galt hier als großer Zaubermeister, der Menschen, die ihn geärgert hatten, in Frösche oder Mäuse verwandeln konnte; und was man sich über Magister Alban erzählte, reichte aus, um das Blut in den Adern des mutigsten Mannes gefrieren zu lassen.

»Wenn du mich meinst: Ich begleite mein Weib, da es für das heilige Christfest einkaufen muss!«

Albans Stimme klang gereizt, aber sie beruhigte den braven Mann, der sich sagte, dass ein Ungeheuer sich gewiss nicht wie ein Mensch würde ausdrücken können. Außerdem glaubte er, dem Hinweis auf das Christfest entnehmen zu können, dass diese Gäste wirklich nichts Böses im Schilde führten. »Willkommen im Schwarzen Adler, meine Herrschaften! Hier findet Ihr die besten Zimmer und weichsten Betten der ganzen Stadt sowie köstlichen Wein und Braten, wie sie der Leibkoch seiner höchstbischöflichen Eminenz nicht besser zuzubereiten versteht.«

Alban verstand noch etwas anderes: die Hoffnung auf ein gutes Trinkgeld. Erneut wechselte ein Groschen den Besitzer, und der Herbergsknecht wurde devot. Er verbeugte sich vor Anna, die als Erste ausstieg, ebenso wie vor Gisela. Selbst Alban konnte diese ehrerbietige Geste entgegennehmen, obwohl der Knecht angesichts seiner hünenhaften Gestalt doch ein wenig zurückwich.

»Wenn Ihr mir folgen wollt!«, sagte er, winkte ein paar ihm unterstellte Bedienstete zu sich und befahl ihnen, sich der Pferde anzunehmen und den Wagen unter das Vordach zu stellen, damit er nicht weiterhin der Witterung ausgesetzt sei.

»Wer sind diese Leute?«, fragte einer der Burschen leise.

»Das sind die Zauberischen von Riebelsborn. Also hütet deine Zunge, damit du sie nicht verärgerst. Ist man höflich zu ihnen, zahlen sie gut.« Ihr Anführer klopfte auf den kleinen Beutel an seinem Gurt, in den er das Trinkgeld gesteckt hatte, und wies die anderen an, sich zu beeilen.

5.

Der Wirtsknecht hatte nicht übertrieben, denn die Zimmer, in die man Gisela und ihre Begleitung führte, stellten selbst die anspruchsvollsten Gäste zufrieden. Es waren allerdings auch die teuersten des Schwarzen Adlers, der von durchreisenden Gästen lebte und kurz vor dem Christfest weniger besucht war als die übrigen Gasthöfe der Stadt, in denen sich die Edelleute und Grundbesitzer aus der Umgebung einmieteten. Für Gisela und ihre Begleiter war dies von Vorteil, weil sie dadurch weniger im Zentrum neugieriger Blicke standen. Der Wirt hatte außerdem bereits die seltsamsten Gäste beherbergt – darunter sogar eine Gruppe echter Türken, die als Gesandte des Sultans oder eines Paschas nach Eichstätt gekommen waren. Dagegen fiel ein vierschrötiger Hüne mit einem wahren Engel als Ehefrau nicht besonders auf.

Anders als Alban angenommen hatte, mussten sie ihre Mahlzeiten nicht auf ihren Zimmern einnehmen, sondern konnten gemütlich in der Gaststube tafeln. Das Essen war ausgezeichnet, und Gisela fragte sich, wie es sein konnte, dass die Köchin auf Riebelsborn in letzter Zeit aus ebenso guten Zutaten so schlechte Mahlzeiten kochte, begriff aber dann, dass die ewig gleichen Rezepte der Frau sie langweilten und sie die Abwechslung hier genoss. Sie aß mit gutem Appetit und sah, dass es ihren Begleitern ebenfalls schmeckte. Da sie Alban das Fleisch schnitt und ihn sogar spielerisch mit der Gabel fütterte, wies das Essen eine gewisse intime Note auf. Anna beobachtete die beiden dabei und zwinkerte verblüfft mit den Augenlidern, konnte sie doch keinerlei Abscheu auf dem Gesicht der jungen Frau erkennen. Irgendwie war sie darüber erleichtert – allen Erklärungen ihres Neffen zum Trotz waren Gisela und Alban ein verheiratetes Paar, und selbst wenn es gelingen sollte, den Fluch zu brechen, würde sich daran nichts ändern.

»Wollen wir heute noch nach Stoffen schauen, meine Liebe?«, fragte Anna in die Stille hinein, die sich während der Mahlzeit breitgemacht hatte.

Gisela nickte, während Alban das Gesicht verzog. »Verzeiht, aber Stoffe auszusuchen ist wohl eher etwas für Frauen. Ich werde sehen, ob ich die Bücher auftreiben kann, die zu kaufen Gaudentius mir aufgetragen hat.«

»Darf ich mit Euch kommen?«, fragte Gisela hoffnungsvoll. »Wisst Ihr, ich hätte schon immer gerne ein Buch für mich allein besessen. Doch zu Hause durfte ich es nicht, und jetzt ...« Sie brach ab, weil ihr diese Bitte nun doch zu unbillig erschien. Anna sah aus, als wolle sie ihren Wunsch rundheraus abschlagen, denn in ihren Augen hatte eine Frau in Küche und Haushalt genug zu tun und sollte sich von Buchweisheiten fernhalten.

Alban aber nickte heftig. »Es wird mir eine Freude sein, dir ein oder mehrere Bücher zu kaufen. Was wünschst du dir? Eine Bibel, wie sie nach dem Verfahren des Herrn Gensfleisch gedruckt wird? Dein Latein müsste inzwischen gut genug sein, um dem Text folgen zu können, und bei schwierigeren Stellen kannst du mich fragen.«

»Eine Bibel hätte ich wirklich gerne.« Gisela atmete auf. Diese würde ihr gewiss die Kraft geben, das zu ertragen, was vor ihr lag. Sie überlegte, ob sie Alban nicht von Lavinia berichten sollte und von dem, was die Geisterfrau ihr erzählt hatte. Aber da sie ohne deren Erlaubnis nichts verraten wollte, hielt sie den Mund. Sie nahm sich jedoch vor, ihre unsichtbare Freundin nach ihrer Rückkehr zu fragen, ob sie ihr Geheimnis mit ihrem Ehemann teilen dürfte. Gisela seufzte tief, als sie an das dachte, was sie sich wirklich wünschte. Es ging ihr nicht um die Dinge, die Eheleute des Nachts miteinander trieben, sondern um einen Menschen, mit dem sie ihre Sorgen teilen konnte. Doch bislang hatte Alban kein Vertrauensverhältnis zwischen ihnen zugelassen. Vielleicht würde diese Reise eine Wende zum Besseren bringen. Zumindest hoffte Gisela, dass es so kommen würde, und sie lächelte Alban zu.

»Ich hätte auch gerne ein Buch über Kräuter und deren Heilwirkungen, da es nützlich wäre zu wissen, welches Kraut gegen welche Krankheit gewachsen ist.«

»Das halte ich für keine gute Idee. Man würde sofort behaupten, es gäbe einen gewissen Grund, aus dem du dieses Buch haben willst.« Anna neigte ihren Kopf, bis ihr Mund direkt neben Giselas Ohr war. »Du willst doch sicher nicht, dass man dich für eine Hexe hält?«

Gisela erinnerte sich an Lavinias Worte, die Mächte des Bösen würden sich der Hilfe eigentlich gutgesinnter Kirchenleute bedienen, um die Mitglieder der alten Schwesternschaft auszurotten, die das Böse sehen und die Menschen davor warnen konnten. Der Kampf gegen Cajetan würde hart genug werden, und daher durfte sie sich nicht auch noch abergläubische Kleriker und andere einfältige Geister zum Feind machen. So gab sie schweren Herzens ihren Wunsch nach diesem in ihren Augen wertvollen Buch auf und beschloss, sich mit einer Bibel zufriedenzugeben.

»Ich gehe trotzdem in den Tuchladen. Du kannst ja später nachkommen.« Anna ließ keinen Zweifel daran, dass Stoffe und Kleider für sie wichtiger waren als bedrucktes Papier.

»Ludwig kann Euch begleiten, Frau Anna. Ich bringe Gisela zu Euch, sobald wir beim Buchverleger fertig sind.« Alban erhob sich und gab Gisela ein Zeichen, es ihm gleichzutun.

»Du willst Frau Anna doch nicht lange warten lassen!« Er warf sich den Umhang über, zog seine Mütze auf und half Gisela, ihr dickes wollendes Schultertuch umzulegen.

Die unerwartete Fürsorge ließ sie erröten. »Herr, Ihr ...«

»Ich will nicht, dass du frierst oder Frau Anna sich ärgert, weil du nicht erscheinst!« Seine unwirsch klingende Stimme ließ den kurzen Augenblick trauter Zweisamkeit wie eine Seifenblase platzen.

Gisela zuckte zusammen, stapfte mit brennenden Augen hinter ihm her und schalt sich eine dumme Gans. Wie Gaudentius ging es auch Alban nur darum, den Fluch loszuwerden. Sie selbst war Mittel zum Zweck und sonst gar nichts. Genauso hätte sie eine alte, hässliche Vettel sein können oder ein heidnischer Magier, der Cajetan feindlich gesonnen war. Trotzdem ärgerte es sie, dass ausgerechnet ihr Ehemann nicht mehr an ihr fand als an einem beliebigen Gegenstand, den man leider Gottes brauchte, obwohl man lieber ohne ihn ausgekommen wäre.

Während sie neben Alban herrannte, der mit ausgreifenden Schritten durch die Gassen eilte, musste sie urplötzlich an Georg Streller denken, der immer höflich und zuvorkommend zu ihr war und sich bemühte, ihr die Abende, die er auf Riebelsborn verbrachte, so angenehm wie möglich zu machen. Leider erschien er viel zu selten, dachte sie seufzend. Gleichzeitig wusste sie jedoch, dass es gefährlich für sie wäre, käme er öfter. Auch sie war nur ein Weib mit all den heimlichen Wünschen, die eine Frau haben konnte, und würde sich gern von einem liebevollen Mann in die Arme nehmen und küssen lassen. Wenn sie an Georg dachte, fragte sie sich, ob das, was zwischen Mann und Frau vorging, wirklich so schrecklich war, wie sie es sich vorstellte.

Alban brachte sie mit einem Ruck zum Stehen und beendete jäh ihren Gedankengang. »Wir sind angekommen!«

Er trat auf eine schmale Tür zu und klopfte vorsichtig. Eine gehetzt klingende Stimme bat um einen Augenblick Geduld. Nach kurzer Zeit schwang die Tür auf, und ein mageres Männlein in einem braunen Talar und einer eng am Kopf anliegenden Kappe erschien in der Öffnung.

»Was wünschen die Herrschaften?«

»Eine Bibel für mein Weib!« Alban sagte es laut genug, damit einige der vorbeihastenden Passanten es hören konnten. Gewiss kannte der eine oder andere unter ihnen die Gerüchte um das Ungeheuer von Riebelsborn und sein Hexenweib und würde die Begegnung mit ihnen an die Dominikaner in der Stadt oder gar an den engeren Kreis um Fürstbischof Gabriel von Eyb weitertragen. Da war es gut, wenn Gisela als fromme, gottesfürchtige Frau galt. Die speziellen Wünsche seines Freundes Gaudentius würde er dem Buchhändler erst mitteilen, wenn sie vor fremden Ohren sicher waren.

Der Mann bat sie höflich herein und führte sie in einen kleinen holzgetäfelten Raum, in dem als einzige Möbelstücke drei Schemel standen. Da keiner von ihnen Albans Gewicht ausgehalten hätte, blieb er stehen, befahl aber Gisela, sich zu setzen. Diese tat es nur widerwillig, da sie die Bücher, die stapelweise auf dem Boden und auf hölzernen Borden ringsum an den Wänden standen, faszinierten. Am liebsten hätte sie das eine oder andere in die Hand genommen. Doch als sie aufstehen wollte, um nach einem zu greifen, legte Alban ihr die Hand auf die Schulter und hielt sie auf ihrem Platz fest.

»Lass das!«

»Könnt Ihr meine Gedanken lesen?«, fragte sie säuerlich.

»Nein! Der Wunsch, diese Bücher anzusehen, ist ganz natürlich. Aber Meister Jacobi gilt als sehr eigen. Jedes Buch, das man sich ansehen will, gibt er einem mit eigener Hand. Er hat sogar einen der Chorherren des hiesigen Domes seines Ladens verwiesen, weil dieser von sich aus nach einem Buch gegriffen hat.«

»Danke für die Warnung.« Giselas Unmut verflog, und sie amüsierte sich im Stillen ein wenig über den Buchhändler, der seine Kunden in ein wahres Bücherparadies führte, dieses jedoch ebenso eifersüchtig hütete wie Gott die Äpfel im Garten Eden. Inzwischen kehrte Meister Jacobi mit einem Stapel Bücher zurück, die Gisela anhand ihrer Titel als verschiedene Bibelausgaben und religiöse Erbauungsschriften erkannte.

»Da ich nicht weiß, wie viel die Herrschaften für die Heilige Schrift zu zahlen bereit sind, will ich Ihnen verschiedene Bibeln präsentieren. Diese zum Beispiel ist etwas ganz Besonderes! Wenn die Herrschaften bitte schauen wollen?« Der Buchhändler schlug die Bibel auf und zeigte Alban mehrere Miniaturen mit Szenen aus dem Alten Testament.

Etwas verärgert, so missachtet zu werden, blickte Gisela dem Meister über die Schulter. »Das Buch ist wirklich wunderschön. Es wird aber gewiss zu teuer für mich sein.«

Alban hob den Kopf und lachte leise. »Warum sollte es? Es ist ein Geschenk zum Christfest, müsst Ihr wissen, Meister. Zwar wird unser Burgkaplan, der ehrwürdige Vater Fortunatus – der Neffe Herrn Heiners von Loipfing –, es meinem Weib vorlesen müssen, doch werden allein schon diese wundervollen Bilder ihre Seele erbauen.«

Mit diesen Worten versuchte Alban auch hier, die Gerüchte um ihn, seine Ehefrau und Gaudentius etwas zurechtzurücken. Gisela hingegen fühlte sich beleidigt, konnte sie doch Latein inzwischen besser lesen als Ritter Heiners Neffe. Doch bevor sie ihren Unmut äußern konnte, legte ihr Gatte erneut warnend die Hand auf ihre Schulter.

Meister Jacobi nannte einen nicht gerade geringen Preis für das religiöse Kunstwerk, und Alban nahm ihn hin, ohne mit der Wimper zu zucken. »Ich wünsche noch ein paar andere Bücher zu kaufen. Doch lasst mich vorher mein Weib zu den Tuchhändlern bringen. Ihr wisst ja: Neben dem Trost durch den Glauben und die Heilige Schrift steht der Sinn der Frauen auch nach schönen Kleidern und modischem Tand!«

Es fehlte nicht viel, und Gisela hätte ihrem Mann deutlich die Meinung gesagt. Im selben Augenblick war ihr, als riefe ihr jemand zu, sie solle bleiben und unter den Büchern suchen, bis sie ein ganz besonderes fand.

»Lasst mich noch ein wenig hier verweilen, mein Herr. Ich habe noch nie so viele Bücher gesehen und würde gerne in einem blättern, dessen Sprache ich zu lesen vermag.« Ein leichtes Zucken um ihren Mund zeigte Alban, dass sie beleidigt war, weil er sie eben als dummes, eitles Ding hingestellt hatte. Da er den Kauf der Bücher so rasch wie möglich abschließen wollte, gab er nach und nannte Meister Jacobi einige Titel, die Gaudentius ihm aufgetragen hatte. Da es sich bei ihnen um gelehrte Werke handelte, welche die Alchemie und die geheimnisvolle, aber edle Zauberkunst behandelten, die nicht von der Kirche verboten worden war, hatte der Buchhändler nichts dagegen einzuwenden. Er drückte Gisela ein schmales Büchlein in die Hand, das – wie sie empört entdeckte – eine Sammlung besserer Kinderverse enthielt, und entschwand wieder in den Tiefen seiner Ladenräume.

Gisela sah zu ihrem Mann auf. »Ein seltsamer Mensch. Wieso trägt er eigentlich den Talar eines Gelehrten, wo er doch ein Handelsmann ist?«

»Meister Jacobi hat an verschiedenen Universitäten studiert und könnte sich heute Doktor nennen, hätte er nicht ein Jahr zu früh abgebrochen, um sein Leben den Büchern widmen zu können. Sie sind sein Ein und Alles und ersetzen ihm wohl auch Weib und Kind«

Gisela lächelte ihren Mann an. »Er ist wohl mit den Büchern verheiratet. Beinahe könnte er mir leidtun.«

»Weshalb? Wenn es ihn zufrieden stellt, ist es doch gut so!«

»Gott hat die Welt nicht so gestaltet, dass ein Mann nur mit Büchern sein Leben fristen soll. Seine Aufgabe ist es, zu heiraten und Kinder zu zeugen!«

»Soll dies eine Anspielung auf mich sein, weil ich mich Letzterem verweigere? Dabei dachte ich immer, du wärst froh, dass ich dein Bett meide.« Obwohl Albans Antwort spöttisch klang, lag ein scharfer Unterton in ihr. Daher war Gisela froh über die Rückkehr des Buchhändlers, der einen ganzen Korb mit Büchern hereinschleppte.

»Hier, das ist alles, was ich gefunden habe. Bei einigen Büchern werdet Ihr leider alternative Titel nehmen müssen, die das gleiche Thema behandeln.« Meister Jacobi nahm ein Buch aus dem Korb, blickte darauf und runzelte irritiert die Stirn.

»Das habe ich wohl aus Versehen mitgebracht. Es ist keines von denen, die Ihr wünscht.« Er legte es zur Seite und zeigte Alban dafür mehrere Bücher, die dieser sichtlich interessiert durchblätterte. Einige davon stapelte er neben sich auf, während er andere dem Buchhändler mit der Bemerkung zurückreichte, kein Interesse daran zu haben.

Während die beiden Männer beschäftigt waren, wanderte Giselas Blick unwillkürlich zu dem Buch, dass Meister Jacobi vorhin ärgerlich weggelegt hatte. Es war seltsam. Doch sie spürte den Wunsch, es an sich zu nehmen und in ihren Händen zu halten.

»Verzeiht Meister, könntet Ihr mir dieses Buch dort einmal reichen?«

Der Buchhändler funkelte sie ärgerlich an, weil sie ihn bei einem Vortrag über einen Alternativtitel gestört hatte, nahm aber das Buch und drückte es ihr in die Hand. »Damit werdet Ihr wenig Freude haben. Es ist ein uralter Foliant, und dazu noch in griechischer Schrift und Sprache geschrieben. Ich habe dieses Ding vor etlichen Jahren von einem Reisenden eingehandelt, aber leider hielt es nicht, was ich mir von ihm versprochen habe, sonst hätte ich es längst wieder verkaufen können. So aber wird es wohl bis ans Ende meiner Tage als Erinnerung an ein schlechtes Geschäft in meinem Laden liegen bleiben.«

»Wenn das so ist, habt Ihr gewiss nichts dagegen, wenn ich dieses Buch kaufe!« Noch während sie es sagte, wunderte Gisela sich über ihre eigenen Worte. Alban warf ihr einen bitterbösen Blick zu, da das Interesse für ein ominöses griechisches Buch seine Frau nicht gerade als brave und gute Christin erscheinen ließ. An ihrem herausfordernden Blick aber erkannte er, dass sie es sogar auf einen Streit ankommen lassen würde, und gab nach.

»Dann legt dieses Buch dazu, Meister. Mag es auch nichts Besonderes sein, so werde ich damit meine eigenen Griechischstudien weiterführen können.« Seine Miene warnte Gisela, etwas darauf zu sagen, doch lächelte diese so selig, wie er es noch nie gesehen hatte.

Er konnte nicht ahnen, dass seine Frau sich zu ihrer eigenen Verwunderung so zufrieden und entspannt fühlte wie schon lange nicht mehr.

6.

Nach der Unterredung mit seinem Neffen war Ritter Heiner auf Burg Loipfing zurückgekehrt. Er nahm sich jedoch nicht die Zeit, seine schmutzig gewordene Reisekleidung abzulegen, sondern ließ sich eine üppige Mahlzeit servieren und ein frisches Pferd satteln. Dann befahl er sechs seiner Reisigen, ihn zu begleiten. Zu anderen Zeiten hätte er den Ritt allein antreten können, doch seit er die drei Sprecher der Bauernschaft hatte hängen lassen, rechnete er jederzeit damit, in einen Hinterhalt gelockt zu werden. Auch an diesem Tag warfen die Bauern ihm finstere Blicke zu, als er das Meierdorf der Burg durchquerte, und in seinen anderen Dörfern schien tatsächlich nur die Anwesenheit der Reisigen die Männer davon abzuhalten, mit Sensen und Mistforken auf ihren Burgherrn loszugehen. Daher war der Ritter erleichtert, als er fürstbischöflich-eichstättisches Land erreicht hatte.

Der Ritt durch das kühle, von schroffen Anhängen und engen Schluchten gezeichnete Tal vermochte die Laune des Ritters nicht zu heben. Für einen Augenblick überlegte er, ob er nicht in Eichstätt Rast machen und dort in einer Schenke einen Becher trinken sollte. Allerdings befanden sich den Worten seines Neffen zufolge Magister Alban und dessen Hexenweib in der Stadt, und denen wollte er nicht begegnen.

Die Stunden verrannen, und die Reisigen, die an einen solch harten Ritt nicht gewöhnt waren, begannen zu murren. Nach einer Weile wandte der Ritter sich zu ihnen um. »Haltet endlich die Mäuler! Es ist nicht mehr weit, dann könnt ihr euch ausruhen und einen Becher Wein auf meine Kosten trinken.«

»Das hören wir gerne, nicht wahr?«, sagte einer der Männer zu seinen Kameraden. Diese nickten eifrig und ließen den Ritter hochleben. Herr Heiner musterte sie spöttisch und fragte sich, wie Gott die Menschen so unterschiedlich hatte schaffen können: Für die dumpfen Kerle, die mit ihm ritten, stellten ein Becher sauren Weines und eine willige Magd ganz gleich welchen Alters bereits das halbe Himmelreich dar, während er selbst nach ganz anderen Zielen strebte.

So kurz vor dem Christfest währte der Tag nicht lange, und so dämmerte es bereits, als Ritter Heiner mit seinen Männern eine Schenke erreichte, die an einer fast senkrecht aufstrebenden Felswand klebte. Der Ort lag nahe an der Grenze des Bistums Eichstätt zum Herzogtum Bayern, und es war ebenfalls nicht weit bis ins Fürstentum Ansbach und einigen kleineren Herrschaften und Enklaven. Dank seiner Abgeschiedenheit zog dieses Gasthaus daher Leute an, deren Gewerbe nicht in den Ordnungen der Zünfte und

Innungen in den Städten niedergelegt war. Als die Gruppe in den Hof ritt, sah der Ritter mehrere Juden unter einem Vordach sitzen und miteinander reden. Anscheinend ließ man sie nicht in die Schankstube hinein, oder sie trauten sich nicht, die Waren in ihren großen Kiepen allein zu lassen.

Es juckte Herrn Heiner in den Fingern, ihnen ihre Habe wegzunehmen, auch wenn das Zeug nur ein paar lumpige Taler wert sein mochte. Auf sein Land trauten sich die jüdischen Hausierer schon seit Jahren nicht mehr – sehr zum Unwillen der Bauern, die die notwendigen Waren früher billig bei ihnen erstanden hatten und nun darauf angewiesen waren, ihren Bedarf wesentlich teurer auf den Märkten der Loipfinger Herrschaft zu decken. Wer es wagte, sich außerhalb zu versorgen, zog sich den Zorn seines Herrn zu. Denn Herr Heiner verdiente an den Marktsteuern und Zöllen recht gut und war mit harten Strafen schnell bei der Hand.

Einer seiner Reisigen bemerkte den habgierigen Blick seines Herrn und schüttelte innerlich den Kopf. Zwar trug er die Rüstung eines Kriegers und das Loipfinger Wappen, aber im Grunde seines Herzens war er ein Bauer geblieben und litt innerlich mit seinen Verwandten und einstigen Freunden. Seine trübe Stimmung hielt jedoch nicht lange an; seine Kameraden zerrten ihn mit in die Wirtsstube, vertrieben ein paar Fuhrknechte von ihrem Tisch und nahmen selbst dort Platz. Die Tochter des Wirts, ein noch recht junges, aber dralles Ding, brachte ihnen unaufgefordert eine Kanne Wein und sechs Becher und wandte sich dann an Ritter Heiner.

»Ihr beliebt zu wünschen, edler Herr?« Gäste wie er kamen zumeist mit einem ganz speziellen Anliegen, und sie konnte sich erinnern, ihn vor etlichen Wochen hier gesehen zu haben.

»Einen Becher Wein, aber vom besten, und dann will ich wissen, ob der Sekretär seiner Eminenz, des Kardinals Callani, für mich Zeit hat.« Nicht zum ersten Mal wunderte der Ritter sich, weshalb der Vertraute dieses mächtigen Kirchenfürsten ausgerechnet in dieser abgelegenen und nicht gerade vertrauenerweckenden Schenke Quartier bezogen hatte. Er schrieb es aber der Tatsache zu, dass seine Aktion geheim bleiben sollte.

Das Mädchen knickste unbeholfen. »Wartet einen Augenblick, edler Herr. Ich will sehen, ob der ehrwürdige Herr Zeit für Euch hat.« Während die Wirtstochter eilig den Schankraum verließ, setzte Ritter Heiner sich zu seinen Männern, nahm einem von ihnen kurzerhand den vollen Becher ab und leerte ihn in einem Zug.

Die Wirtstochter ließ auf sich warten, bis der Krug beinahe leer war. Dann erschien sie mit roten Wangen und glänzenden Augen, als wäre sie einer anderen Tätigkeit nachgegangen, als einen Kirchenmann aufzusuchen, und brachte den bestellten Wein und einen Zinnbecher für den Ritter. »Der Sekretär seiner Eminenz bittet Euch noch um ein wenig Geduld.«

»Mir wird wohl nichts anderes übrig bleiben, als zu warten, denn ich will nicht umsonst gekommen sein.« Der Ritter versuchte, sich seinen Ärger über Callanis Sekretär nicht anmerken zu lassen. Dieser hatte die Sache so eilig gemacht, als hinge das Schicksal der gesamten Christenheit an seinem Erscheinen, und ließ ihn hier nun sitzen wie einen Bittsteller.

Vier Becher Wein trösteten ihn über diese Brüskierung hinweg, und als er sich gerade den fünften einschenken wollte, trat die Wirtsmaid zu ihm. »Der Sekretär seiner Eminenz ist bereit, Euch zu empfangen, edler Herr.«

»Es wurde auch Zeit!« Ritter Heiner stand auf und stiefelte an mehreren wüst aussehenden Burschen vorbei, die ihn so interessiert beäugten, als hielten sie ihn für einen Mastkapaun, den sie gern schlachten würden. Er bemerkte die abschätzenden Blicke, drehte sich um und klopfte mit der Linken auf seinen Schwertgriff.

»Wenn ihr wollt, könnt ihr gerne meine Klinge spüren!«

»Das ist der Henkersheiner von Loipfing«, raunte ein Mann am Nebentisch den Männern zu. Diese verloren sofort ihr Interesse an dem Ritter und wandten sich ihren Bechern zu.

»Wir sollten doch die Juden nehmen«, hörte Heiner einen der Kerle noch sagen, dann erreichte er die Treppe und stieg hinter der Wirtstochter her. Das Mädchen führte ihn in eine geräumige, gut eingerichtete Kammer, die ein großes Bett, mehrere Truhen und einen Tisch mit zwei dazu passenden Stühlen enthielt. Auf einem davon saß ein zierlich gebauter Mann im dunklen Talar eines geistlichen Gelehrten. Beim Anblick des Ritters erhob er sich und kam seinem Besucher entgegen.

»Willkommen, Herr Heiner. Ich freue mich, Euch bei mir begrüßen zu können! Du kannst derweil gehen, schönes Kind. Ich werde dich rufen, wenn ich deiner bedarf.« Der Kleriker wartete, bis die Wirtstochter die Tür hinter sich geschlossen hatte, und sah den Ritter dann angespannt an.

»Was habt Ihr auf Riebelsborn in Erfahrung gebracht?«

»Also, es war nicht so einfach, überhaupt einen Fuß dort hineinzusetzen«, begann der Ritter in dem Bestreben, seine eigenen Bemühungen und die seines Neffen bedeutender darzustellen, als sie in Wirklichkeit waren.

»Gebt mir den Ring!«, befahl der Sekretär, ohne auf diese Bemerkung einzugehen.

Der Ritter wollte empört auffahren, da ihn so niemand behandeln durfte. Sein Gegenüber aber machte eine knappe Handbewegung, und Heiner sah sich selbst zu, wie er dem Kirchenmann Bericht erstattete, als sei er ein lumpiger Knecht und der andere sein Herr. Irgendwie kam ihm das sogar richtig vor, und er freute sich, dass der Sekretär ihn zuletzt lobte.

»Ihr werdet mich doch gewiss bei seiner hochehrwürdigen Eminenz empfehlen?«, fragte der Ritter wie ein braver Bittsteller.

»Habt keine Sorge! Ihr werdet Euren Lohn erhalten, mein Freund, und er wird nicht zu knapp bemessen sein.«

»Ach, noch etwas: Es geht um meinen Neffen. Dem gefällt dieser Ring so gut. Wenn Ihr vielleicht ...«

Ritter Heiner kam nicht dazu, den Satz zu vollenden, so rasch zog der Sekretär einen seiner eigenen Ringe vom Finger und drückte ihn ihm in die Hand. »Wenn es weiter nichts ist! So eine kleine Gefälligkeit erweise ich einem aufstrebenden jungen Mann gerne. Bringt Fortunatus doch das nächste Mal mit, wenn Ihr kommt.«

Ritter Heiner konnte sich zwar nicht erinnern, je den Namen seines Neffen in Gegenwart von Callanis Sekretär genannt zu haben, doch war er mehr als erfreut. Dieser Ring ersparte es ihm, Fortunatus ein Geschenk auf eigene Kosten geben zu müssen. Doch er vergaß sein eigenes Wohlergehen ebenfalls nicht.

»Seine hochwürdigste Eminenz versprach mir reichen Lohn, wenn ich ihm willfahre.« Er blickte den zierlichen Mann, der in seinen Augen beinahe wie ein Kind wirkte, mit gierig glitzernden Augen an.

Um die Lippen des Sekretärs spielte ein nachsichtiges Lächeln. »Mein Herr und ich vergessen nie jemanden, der uns zu Diensten war, mein Freund.« Er griff hinter sich und hielt dann einen prall gefüllten Beutel in der Hand, den er dem Ritter reichte. Herr Heiner schnürte ihn mit zitternden Händen auf und starrte hinein. Der Inhalt bestand aus frisch geprägten Goldgulden, die mehr wert waren, als der Ritter in einem Jahr aus seinen Bauern herauspressen konnte.

»Wir treffen uns – sagen wir – in genau einem Monat an dieser Stelle wieder, mein Freund.« Callanis Sekretär lächelte dem Ritter so huldvoll zu, als wäre er selbst der Träger des Purpurornates, und er entließ Herrn Heiner dann mit einer segnenden Geste, die etwas seltsam Unziemliches an sich hatte. Der Ritter verneigte sich und bewegte sich unter einer ganzen Reihe von Verbeugungen rückwärts aus dem Raum.

7.

Der angebliche Sekretär des ebenso wenig existenten Kardinals wartete, bis sich die Tür hinter dem Ritter geschlossen hatte, und lachte dann keckernd vor sich hin. Dabei schrumpfte seine Gestalt, und er wurde wieder zu Cajetans Diener Fulvian, der sich für das Gespräch mit dem Ritter mit geringem magischem Aufwand in einen klein gewachsenen Mann verwandelt hatte. Nun trug er statt des langen Talars wieder sein gewohntes Kittelchen. Eigentlich hätte er sofort zu seinem Herrn Cajetan zurückkehren müssen, der voller Spannung auf seinen Bericht wartete. Fulvian dachte jedoch nicht daran, sondern suhlte sich in Zufriedenheit. In seinen Augen war Cajetan ein Narr, wenn auch ein brauchbarer, denn er hatte unzählige magisch Begabte gefangen und den Mächten der Hölle übereignet.

Da der Magier während seiner Experimente die durch die Opfer gewonnene Lebenszeit immer wieder leichtsinnig verschwendete und vorzeitig auffrischen musste, sah Fulvian bereits den Tag kommen, an dem kein Mensch mehr über die Erde wandelte, der die dunklen Mächte erkennen und seine Mitbürger vor ihnen warnen konnte. Seit einigen Jahren waren Cajetan und er imstande, sich für ihre Zwecke auch der heiligen Inquisition zu bedienen, und seit Kurzem vermochten sie auch in der Maske hoher Würdenträger der römischen Kurie aufzutreten, ohne dass jemand Verdacht schöpfte.

Das ist alles mein Verdienst, dachte Fulvian und beschloss, dass er eine Belohnung verdient hatte. Grinsend vollzog er einige Gesten, die auf zauberische Weise mehr Licht in den Raum brachten, ohne dass ein einziger Strahl durch die Ritzen in der Tür und den Fensterläden nach draußen drang. Zugleich verschwand die Welt aus der Kammer – die lauten Geräusche aus der Wirtsstube schienen ebenso erloschen wie das Heulen des Windes und das Rauschen der Bäume.

Zufrieden mit seinen Vorbereitungen trat Fulvian zur Tür und öffnete sie einen Spalt. »Jungfer, bring Wein!«, rief er nach unten. Gleich darauf kam jemand leichten Schrittes die Treppe herauf. Die Tür öffnete sich, und die Wirtstochter trat mit einem vollen Zinnkrug in der Hand herein. Das ungewohnte Licht blendete sie, und sie schloss für einen oder zwei Herzschläge die Augen. Das reichte Fulvian, um die Tür durch einen kleinen Zauber zu schließen und fest zu versperren.

Als das Mädchen die Augen wieder öffnete, stand ein kindliches Geschöpf mit dem Gesicht eines vorzeitig gealterten Säuglings vor ihm. Es hätte harmlos gewirkt, wären da nicht der lauernde Blick und das nur allzu deutliche Zeichen seiner Manneskraft gewesen.

»Leg dich aufs Bett!«, befahl Fulvian.

Die Maid kicherte, während sie ihr Gegenüber mit einer Mischung aus Abscheu und Faszination betrachtete. »Ihr wollt doch nicht etwa sagen, dass Ihr damit eine Frau beschlafen könnt? Bei Gott, das wollte ich sehen!«

Bei der Erwähnung des Wortes »Gott« verzog Fulvian das Gesicht, als schmerzten ihn sämtliche Zähne. Gleichzeitig wurde ihm klar, dass er beinahe einen Fehler begangen hätte. Er war zu sehr daran gewöhnt, mit den beiden Mägden auf der Burg seines Herrn zu verkehren, die ihm völlig verfallen waren, und hatte ganz vergessen, dass er eine fremde Frau erst wieder verführen musste, wenn er ihr zuvor magisch befohlen hatte, das Beilager mit ihm zu vergessen.

Geschmeidig wie eine Schlange glitt er auf die Wirtstochter zu und fasste sie mit beiden Armen. Sein Blick brannte sich tief in ihre Augen, und er spürte ihre Bereitwilligkeit, mit der sie sich anderen Gästen für Geld oder ein hübsches Geschenk hinzugeben pflegte. Daher schwenkte er ein silbernes Schmuckstück vor ihren Augen. »Gefällt dir das? Du bekommst es, wenn du dich aufs Bett legst und mir zu Willen bist.«

»Ihr werdet mich verletzen, Herr.« Im Gesicht des Mädchens spiegelte sich der Kampf zwischen der Gier nach dem Schmuck und der Angst vor Fulvian. Dieser nahm der Wirtstochter die Entscheidung ab, indem er sie mit einer Leichtigkeit aufhob und zum Bett trug, als besäße sie nur das Gewicht einer Feder. Seine Hände waren so flink, dass sie bald nackt vor ihm lag, ohne zu wissen, wie sie ihre Kleider verloren hatte. Auch sonst war sie nun willenlos und nur allzu bereit, sich dem teuflischen Inkubus hinzugeben.

Fulvian betrachtete ihr vor Leidenschaft erhitztes Gesicht und spottete innerlich über die Schwäche der Menschen, die sich so leicht auf den falschen Weg locken ließen. Dabei musste er an die vielen Weiber denken, die er im Auftrag des Satans, seines wahren Herrn, während all der Jahrhunderte verführt hatte, um ihre Seelen zu verderben, und fand es wieder einmal lästig, in dieser lächerlichen Gestalt stecken zu müssen, mit der er Cajetan vortäuschte, sein Kunstgeschöpf zu sein. Es fiel ihm immer schwerer, denn er gehörte bereits zu Luzifers hochrangigen Gefolgsleuten. Doch war der Preis, der ihn erwartete, wenn er Cajetan als dessen angeblicher Diener im Sinne seines Herrn lenkte und die Menschen vernichtete, die das Tun der Hölle störten, so hoch, dass er sich ebenso oft mit seiner jetzigen Gestalt aussöhnte, wie er Abscheu vor ihr empfand. Schließlich hatte seine Aufgabe auch ihre angenehmen Seiten, und in diesem wohligen Bewusstsein fuhr er in seinem Treiben fort, bis die Wirtstochter ihn anflehte aufzuhören, weil sie sonst vor Lust sterben müsse.

»Wenn du mir gehorchst, wirst du diese Wonnen noch oft genießen können!« Er sah ihr an, dass er ihren inneren Widerstand gebrochen und sie zu seiner gehorsamen Sklavin gemacht hatte.

Das Mädchen nickte entrückt. »Was muss ich tun, Herr?«

»Das werde ich dir beizeiten sagen.« Fulvian strich ihr über die Hüfte und sah dann zu, wie sie ihre Röcke anzog und die zerzausten Haare richtete. In seinen Augen war es wichtig, diese Kaschemme noch besser zu überwachen. Oft genug kamen hier Leute vorbei, die sich anderswo nicht mehr blicken lassen durften, und unter denen mochten auch Menschen mit der Gabe sein, die er mit Cajetans Hilfe einfangen und seinem eigentlichen Herrn übergeben konnte. Dennoch wurde es immer dringender, den Kreis ihrer Suche bis an die Grenzen der Christenheit auszudehnen. Um die Länder der Heiden, in denen sein Herr unter vielerlei Namen gefürchtet war, kümmerten sich andere Offiziere der Tiefe, doch war denen bisher weitaus weniger Erfolg beschieden als ihm. Das lag daran, dass ihm ein williger und leicht zu lenkender Helfer zur Seite stand. Aber trotz seines Erfolgs freute Fulvian sich auf den Tag, an dem er den alten Magier nicht mehr benötigte und ihn ebenfalls in die Hölle mitnehmen konnte. Dort, schwor er sich nicht zum ersten Mal, würde er Cajetan für jeden Hieb und jedes böse Wort mit geradezu teuflischen Qualen zahlen lassen.

Doch noch war es nicht so weit. Fulvian zog einen kleinen, dunkel glühenden Stein, der an einem Lederband befestigt war, aus seinem Mantelsack und hing ihn dem Mädchen um den Hals. »Geh jetzt!«, forderte er die Kleine auf.

Die Wirtstochter knickste und verließ das Zimmer. Eine Handbewegung des Homunkulus, und die zuvor durch den Zauber ausgeschlossenen Geräusche der Umwelt fluteten wieder in den Raum. Es schienen neue Gäste gekommen zu sein, denn er hörte laute, fordernde Stimmen.

»Wie weit ist es noch bis zum Haus dieses Astrologen?«, fragte jemand mit fremdländischem Akzent. Damit musste er Cajetan meinen.

Für Fulvian war das die erste Gelegenheit, den Talisman anzuwenden, den er der Wirtstochter geschenkt hatte. Eine kurze Handbewegung ließ die Fremden so deutlich vor seinen Augen auftauchen, als ständen diese ihm direkt gegenüber, und es war sein Mund, der die Worte formte, welche das Mädchen aussprach.

»Verzeiht, edler Herr, doch wenn Ihr Nachricht über den großen Sterndeuter sucht, könnt Ihr sie hier bekommen. Sein Gehilfe befindet sich oben in einer der Kammern. Wenn Ihr wollt, führe ich Euch zu ihm.«

»Ich will es!« Der so schroff klingende Herr war seiner Tracht nach ein Edelmann, denn er trug ein knapp über die Knie reichendes Beinkleid, ein eng anliegendes Wams, einen knielangen Mantel von dunkelblauer Farbe mit silbernen Stickereien und eine pelzverbrämte Mütze. Zwei seiner Begleiter waren ähnlich, wenn auch schlichter gekleidet, schienen also gleichfalls Edelleute zu sein. Der Rest der Gruppe bestand aus einem kleinen Heer von Dienern, Knechten und Trabanten und hätte einem Herzog zur Ehre gereicht.

Noch während Fulvian sich fragte, wer der Fremde sein konnte, erreichte dieser im Gefolge der Wirtstochter das Obergeschoss. Schnell veränderte der Homunkulus seine Gestalt, sodass er wieder wie ein klein gewachsener junger Mann wirkte, und versuchte dabei, seinen Ärger zu verdrängen. Es stand in seiner Macht, sich dem Edelmann in jeglicher Gestalt zu zeigen – selbst als dessen Herr, der dem Schmuck der Kleidung des Gastes nach auf einem Thron im fernen Spanien sitzen musste. Aber wenn er eine solche Unvorsichtigkeit beginge, erführe Cajetan von seinen enormen Kräften, und begabte Wesen wie Albans Weib oder die beiden gefangenen Hexen in Cajetans Keller würden die magische Entladung bemerken und mit der Hölle in Verbindung bringen. Bei diesem Gedanken fauchte Fulvian wie ein Kater, dem jemand auf den Schwanz getreten war. Er hatte sich jedoch gleich wieder in der Gewalt und verbeugte sich vor dem eintretenden Edelmann, der – wie einer seiner Begleiter stolz erklärte – Don Ramón de Mandarés y Cornada hieß.

»Seid mir willkommen, edler Herr.« Fulvian sah den überheblichen Mienen der Besucher an, wie leicht es sein würde, diesen Don Ramón und seine Begleiter zu manipulieren. Was sie von Cajetan wollten, glaubte er bereits zu wissen: Hilfe für ihren König Carlos, der sich als Nachfolger seines Großvaters Maximilian die Krone des Heiligen Römischen Reiches sichern wollte. Diese Würde war eine der beiden höchsten, die die Christenheit zu vergeben hatte. Die andere bestand in der Tiara des Papstes, die Fulvian eines Tages einem seiner eigenen Diener aufzusetzen hoffte. Danach würde der Sieg der höllischen Heerscharen kaum noch zu verhindern sein.

»Ihr seid das Faktotum dieses Gelehrten?« Der überhebliche Klang in der Stimme des Spaniers ließ Fulvian doppelt bedauern, dass er sich verstellen musste.

»Ich bin Herrn Cajetans Diener«, antwortete er mit einem leichten Zischen.

»Wo ist dieser Cajetan? Ich muss ihn sprechen, auch wenn ich nicht glaube, dass es wirklich nötig ist. Was kann ein Sterndeuter aus einer so abgelegenen Gegend wie dieser einem König von Kastilien und Aragón schon raten!«

Fulvian, der sich nun völlig unter Kontrolle hatte, verbeugte sich noch devoter. »Wenn Ihr der Ansicht seid, Eure Zeit zu vergeuden, müsst Ihr meinen Herrn nicht aufsuchen. Meister Cajetan hat genug Arbeit damit, das Horoskop für seine Majestät, König Franz von Frankreich, zu stellen.« Das Lächeln des Homunkulus minderte nicht das Gift, das in dieser Antwort lag.

Don Ramón schluckte den Köder und fuhr auf. »Was will dieser elende Franzose von deinem Herrn?«

»Das entzieht sich meiner Kenntnis.« Fulvian grinste innerlich vor Vergnügen. Jetzt hatte er diesen aufgeblasenen Spanier wie einen Fisch am Haken. Der Hinweis auf François aus dem Haus Angoulême, der erst vor kurzem den Thron Frankreichs bestiegen hatte, brachte Don Ramón schier zur Raserei. Sie ähnelten sich, die Könige von Kastilien-Aragón und Frankreich. Beide waren sie jung, ehrgeizig und einander spinnefeind.

»Bring mich zu deinem Herrn!«, forderte Don Ramón den angeblichen Famulus mit knirschender Stimme auf.

Fulvian wies lächelnd auf die Fenster, deren Läden sich durch einen kleinen Zauber wieder geöffnet hatten, sodass nun die Sterne zu sehen waren. »Jetzt sofort, Herr? Seht doch, die Nacht ist bereits hereingebrochen!«

Trotz seines brennenden Wunsches, den eben noch geschmähten Sterndeuter nach den Plänen des Franzosen zu befragen, sah Don Ramón ein, dass es besser war, auf den neuen Tag zu warten. »Wir brechen auf, sobald es hell wird!«

»So wird es geschehen!« Fulvian verneigte sich erneut und sah zu, wie der andere grußlos die Kammer verließ und seine stumm gebliebenen Begleiter ihm wie Schatten folgten. Kaum war die Tür hinter ihnen ins Schloss gefallen, verzerrte sich das Gesicht des Homunkulus zu einer höhnischen Grimasse.

»Ich werde dich schon auf die dir zustehende Größe zurechtstutzen, du elender Hund!« Er öffnete seine magischen Sinne und ließ sie über das Land streifen, und als er keinen einzigen jener verräterischen Lichtpunkte auf weiter Flur entdeckte, die auf die Anwesenheit eines Menschen mit der Gabe hinwiesen, lächelte er zufrieden und drehte sich einmal im Kreis. Anstelle des Homunkulus stand nun eine junge Frau im Raum. Eine Handbewegung zauberte einen Spiegel herbei, und Fulvian begann, sich herzurichten wie eine eitle Dirne. Als die Geräusche in der Wirtsstube verstummt waren und die Gäste der Schenke ihre Schlafstätten aufgesucht hatten, verließ er seine Kammer durch die geschlossene Tür und drang auf dieselbe Weise in die des Spaniers ein.

Don Ramón schlief tief und fest. Als jedoch kundige Hände die empfindlichsten Stellen seines Körpers berührten und seine Sinne zu hellster Glut entfachten, stöhnte er wohlig auf und öffnete die Augen. Ehe der Spanier vollends zu sich kam, belegte Fulvian ihn mit einem Bann, unter dem er seinen Trieben folgte, ohne sich seines Tuns so recht bewusst zu werden. Während Fulvian als Sukkubus unter Don Ramón lag und spürte, wie dieser in ihm zur Erfüllung kam, verzog er sein Gesicht zu einem zufriedenen Lächeln. Nun war er in der Lage, einer der beiden Mägde in Cajetans Burg oder sogar beiden zu Mutterfreuden zu verhelfen. Wenigstens eine der beiden Frauen würde ein Kind mit der Gabe gebären und Cajetan damit drei weitere Lebensjahrzehnte schenken. Zusammen mit den Opfern, die oben im Kerker der Burg, auf Riebelsborn und in Nürnberg zu finden waren, würde das dem Magier trotz seiner zehrenden Experimente genug Zeit und Kraft geben, sich an lohnenswerterer Stelle zu etablieren und seinem Herrn weitere Opfer zuzutreiben.

Einen Augenblick überlegte Fulvian, ob er tatsächlich so weit gehen sollte, weitere magisch Begabte in die Welt zu setzen, auch wenn deren Seelen ihm sicher waren. Hätte Cajetan sich nicht in kindischen Spielchen wie der Rache an dem Riebelsborner verloren, wäre er längst einer der mächtigen Kirchenfürsten, die wie eine Spinne im Netz der wenig heiligen Inquisition saßen, und könnte die Welt schneller und gründlicher von jenen befreien, die dem wahren Herrn der Welt in die Suppe spucken konnten. Er selbst müsste dann nicht mehr den Hofnarren eines langsam kindisch werdenden Zauberers abgeben. Sofort aber wurde ihm klar, dass er seinem angeblichen Herrn vorerst noch helfen musste, sein

Leben zu verlängern, denn es würde schwierig werden, noch einmal ein so bereitwilliges Werkzeug zu finden.

Seine Überlegungen brachten Fulvian darauf, dass es seinen Zwecken nicht dienlich wäre, wenn Cajetan zu bequem an seine lebensverlängernden Opfer käme, und er beschloss, nur zu versuchen, Lina und Mine zu schwängern. Er wand sich unter dem Spanier hervor, der sofort wieder eingeschlafen war, und sorgte mit einem leichten Zauber dafür, dass dieser die nächtlichen Ereignisse für einen wirren Traum halten würde. Dann kehrte er recht zufrieden in seine Kammer zurück. Für eine Stunde hatte er wieder zu dem werden können, was er vor seinem freiwilligen Dienst bei dem alten Magier gewesen war. In der Einsamkeit von Cajetans Burg hatte er beinahe verlernt, welche Macht er über die Menschen besaß. Da die Zahl der Menschen mit der Gabe nicht zuletzt durch Cajetans Zutun stark geschrumpft war, und die Gefahr, als Dämon erkannt zu werden, nicht mehr im gleichen Maße bestand wie früher, nahm er sich vor, nun häufiger seiner eigenen Wege zu gehen. Mit diesem Entschluss legte Fulvian sich zu Bett und verfiel in eine Starre, die ein Mensch für einen tiefen Schlaf halten musste. Doch war sein Geist in diesem Zustand hellwach, und er schmiedete Pläne, Cajetan in naher Zukunft zu dem zu machen, was ihm seit einer Weile vorschwebte: zum Herrn der Christenheit. Mit dem Papst als Marionette würde es ein Leichtes sein, Macht über alle Seelen in diesen Landen zu gewinnen. Nicht lange aber, da schwelgte Fulvian in der Vorstellung, den von sich selbst eingenommenen Magier nach dem Aufstieg zu den höchsten Ehren in tiefste Finsternis stürzen zu können.

8.

Etwa um dieselbe Zeit, in der der angebliche Homunkulus sich seinen Phantasien hingab, lag Gisela wach und verkrampft in ihrem Bett im Schwarzen Adler von Eichstätt und lauschte den leichten Schnarchgeräuschen, die Alban von sich gab. Da sie vor den Menschen als Mann und Frau galten, mussten sie im gleichen Zimmer und im selben Bett schlafen. Die Leute im Gasthof hätten sich über getrennte Kammern gewundert und dies auch weitergetragen. Inzwischen hatte Gisela erfahren, welche seltsamen Geschichten über die Bewohner Riebelsborns und auch über sie die Runde machten, und verstand nun auch, weshalb Alban vor Meister Jacobi so getan hatte, als wäre sie ein unmündiges Kind, das der Leitung eines Mannes bedurfte. Dennoch ärgerte sie sich darüber, auch ihre ganz normalen Fähigkeiten verstecken zu müssen.

Alban murmelte im Schlaf etwas, das wie ›Gisela‹ klang.

»Was wollt Ihr, Herr?«, fragte Gisela erschrocken, denn sie glaubte, er wäre erwacht und würde nach ihr verlangen. Zwar hatte Albans Desinteresse sie während der letzten Wochen und Monate ein wenig verletzt, doch war sie im Augenblick innerlich nicht zu einer körperlichen Vereinigung mit ihm fähig. Daher war sie froh, dass er sich nach einem kurzen Brummen umdrehte und weiterschlief. Nun aber beanspruchte er den größten Teil des Bettes für sich, und sie lag so knapp an der Kante, dass sie Gefahr lief, hinauszufallen. Um bequemer zu liegen, hätte sie sich enger an ihn kuscheln müssen, doch genau das wollte sie nicht. Daher stand sie auf, schlüpfte in ihr Kleid und setzte sich ans Fenster. Draußen war bis auf die gelegentlichen Rufe des Nachtwächters, der die Bürger beruhigen sollte, alles still. Gisela sah zu den Sternen auf, die wie goldene Funken glitzerten, und fragte sich, wie diese so hoch an den Himmel gekommen sein mochten.

In letzter Zeit hinterfragte sie beinahe alles, was sie erblickte, und bekam dabei Schuldgefühle, denn zuhause hatte man ihr beigebracht, für was sich eine ehrsame Jungfer und spätere Ehefrau interessieren durfte. Eine Frau sollte sich um die Belange des Haushalts kümmern und den Gemahl bei seinen Geschäften unterstützen, indem sie ihm die lästigen Dinge wie das Führen der Bücher und die Aufsicht über die Knechte abnahm. All die geistigen Dinge aber, mit denen sich die Männer beschäftigten, musste sie diesen überlassen. So sagten es die Bürger an ihren Stammtischen, so predigten es die Priester von ihren Kanzeln, und so schrieben es die Gelehrten in ihre Bücher. Doch nachdem sie mehr als ein halbes Jahr unter Gaudentius' Fuchtel gelernt hatte und mittlerweile mehr wusste als die meisten Angehörigen des ach so überlegenen Geschlechts, fragte sie sich, ob es richtig war, Frauen von allem wirklich Interessanten auszuschließen. Sie besaß gewiss mehr Verstand als dieser eingebildete Pfaffe Fortunatus, der mit Mühe und Not seine auswendig gelernten lateinischen Formeln nachplappern konnte.

Da war Vater Maternus ein ganz anderer Mensch gewesen: Er wusste, wie er auf seine Pfarrkinder einwirken konnte, um sie auf dem Pfad der Tugend zu halten, und er kümmerte sich um die Sorgen und Nöte jedes Einzelnen. Gisela spürte plötzlich das Verlangen, nach Nürnberg zu reisen und mit ihrem einstigen Beichtvater zu sprechen. Er würde sie verstehen und ihr einen Rat geben können.

Mit einem leisen Seufzer gab sie diesen Gedanken wieder auf. Sie besaß gar nicht die Möglichkeit, dorthin zu gelangen, denn sie war sowohl auf Riebelsborn wie auch hier in Eichstätt nur eine gut gehaltene Gefangene, eine Sklavin des Gaudentius und die ungewollte Frau eines Mannes, der nur in die Ehe eingewilligt hatte, weil dies die einzige Möglichkeit gewesen war, sich ihrer Kräfte zu versichern.

Dieser Gedanke führte sie zu ihrer Aufgabe zurück und zu den Dingen, die weder Gaudentius noch Alban ahnten. »Ich werde es ihnen nun doch alles erklären müssen! Der Feind ist viel stärker, als sie annehmen, und ich habe keine Chance, ihn allein zu überwinden.« Sie vernahm ihre eigene Stimme und erschrak vor ihr. Waren das wirklich ihre eigenen Gedanken gewesen? War sie tatsächlich zu schwach, um Cajetan Einhalt zu gebieten und die ihm verfallenen Seelen zu retten? Dann wären all das Lernen und die vielen Übungen umsonst gewesen. Sie fühlte Verzweiflung in sich aufsteigen, bleckte dann aber die Zähne in jene Richtung, in der sie weit in der Ferne etwas Dunkles, abgrundtief Böses zu spüren glaubte.

»Ich werde nicht aufgeben, und ich werde nicht versagen!«

»Ihr solltet schlafen und keine Selbstgespräche führen, meine Liebe! Ihr wollt morgen früh doch wieder mit Anna einkaufen gehen. Dafür solltet ihr munter sein.« Alban war wach geworden und stemmte seinen Oberkörper hoch. Dabei bemerkte er, dass er das Bett beinahe ganz für sich in Anspruch genommen hatte. »Habe ich dich etwa aus dem Bett gestoßen?«, fragte er schuldbewusst.

Gisela schüttelte den Kopf, obwohl er es in der Dunkelheit nicht sehen konnte. »Nein, das habt Ihr nicht, denn ich habe es noch rechtzeitig genug verlassen können.«

»Das tut mir leid, ich ...« Alban brach ab, erhob sich und nahm sein Bettzeug. »Ich werde neben dem Bett schlafen, damit du Ruhe findest, meine Liebe. Bevor die Magd morgen früh erscheint, werde ich die Decke wieder dorthin legen, wo sie hingehört. Es wird niemandem etwas auffallen.«

»Das solltet Ihr nicht ...«, begann Gisela, spürte dann aber, wie müde sie war, und schlüpfte wieder aus ihrem Kleid.

Alban sah, wie sie sich schattenhaft gegen die etwas hellere Fensteröffnung bewegte, und war froh, dass die Dunkelheit die Gestalt seiner Frau verhüllte. Seit er wieder menschlicher geworden war, übte ihre Nähe eine Anziehungskraft auf ihn aus, der er sich nur mit Mühe entziehen konnte. Ich werde Gisela in Zukunft noch stärker meiden müssen als bereits bisher, fuhr es ihm durch den Kopf. Vor allem durfte er ihr nicht mehr als Georg Streller begegnen. In seiner wirklichen Gestalt war er für Giselas Schönheit am empfänglichsten und hatte seine Gefühle kaum noch im Griff.

Er hörte, wie sie unter die Decke schlüpfte, und vernahm kurz darauf ihr leises, rhythmisches Atmen, welches ihm verriet, dass sie eingeschlafen war. Er selbst kämpfte lange mit sich und seinen aufgewühlten Sinnen, bis auch ihn die Müdigkeit übermannte. In seinen Träumen aber sah er Cajetan vor sich, der Gisela unsäglich quälte, während er daneben stand und keinen einzigen Finger zu rühren vermochte.

9.

Da Cajetan die Existenz seiner Burg vor fremden Augen verbergen wollte, hatte er sich in der Nähe einen Platz geschaffen, an dem er Gäste empfangen und mit ihnen verhandeln konnte. Fulvians Fähigkeiten hätten ausgereicht, daraus einen Palast zu machen, wie ihn schöner nicht einmal der Kaiser, der Papst oder der Sultan der Osmanen ihr Eigen nannten. Auch an diesem Tag juckte es den Homunkulus in den Fingern, das Anwesen zumindest etwas prächtiger zu gestalten, als er die spöttischen Blicke sah, die Don Ramón de Mandarés y Cornada und dessen adelige Begleiter auf das schlichte Mauergeviert mit dem quadratischen Turm warfen, in dessen Spitze ein Sternenobservatorium eingerichtet war. Aber Cajetan galt vor aller Welt als Sterndeuter und Astronom, und bei einem solchen hätte ein aufwendigeres Bauwerk unerwünschte Aufmerksamkeit erregt.

Die Gruppe ritt auf das Tor zu, das wie von Geisterhand geführt aufschwang, und erreichte einen kleinen Innenhof, der gerade groß genug war, um die Begleitmannschaft des Spaniers aufzunehmen. Während Don Ramón verwirrt auf die Arkadengänge starrte, die den Hof umgaben und eher an Italien oder seine eigene Heimat erinnerten als an den hier üblichen Fachwerkstil oder die plumpen Wehrbauten der Rittersleute, klatschte Fulvian in die Hände.

Der Verwalter des Baus und mehrere Dienstboten kamen eilig herbei und nahmen sich wortlos der Gäste an. Wie die Wachen in der Burg waren sie in Menschen verwandelte Hunde, denen Cajetan mit Fulvians magischer Nachhilfe andressiert hatte, welche Pflichten sie zu erfüllen hatten. Sie waren gehorsamer und treuer als richtige Menschen, mit denen Cajetan in früheren Zeiten eher schlechte Erfahrungen gemacht hatte. In diesen Tagen war die Gefahr gering, dass jemand vorbeikam, der den Zauber durchschauen konnte. Und wenn dies doch einmal der Fall war, dann gehörte derjenige zumeist zu den Heimatlosen oder den Leuten, die um ihres geächteten Gewerbes willen als unehrlich galten, und die konnten Cajetan nicht gefährlich werden.

»Tretet ein! Mein Herr wird bald erscheinen.« Fulvian wandte sich mit einem freundlichen Lächeln an Don Ramón und zeigte dabei auf eine Bogentür, die ins Innere des Hauptgebäudes führte. »Für Eure Leute wird gut gesorgt werden«, setzte er hinzu, als der Spanier zögerte. Das stimmte auch, denn die Hundediener würden die Fremden in eines der Nebengebäude bringen und ihnen Speisen und Wein vorsetzen, nach deren Genuss sie süß und selig schlafen würden, bis Fulvian sie auf seine Weise weckte.

Ein Diener in knielangen Hosen und dunklem Wams empfing Don Ramón und dessen adelige Begleiter in einem dunkel dekorierten Saal, auf dessen Wandteppichen mit Gold- und Silberfäden Sterne, Monde und die Tierkreiszeichen gestickt waren. Bequeme Stühle luden zum Sitzen ein, und auf dem Tisch standen eine Karaffe, in der der Wein im Licht der vielen Kerzen funkelte, und die nötige Zahl an geschliffenen Kristallgläsern.

Fulvian verbeugte sich lächelnd vor Don Ramón. »Wenn Ihr mich nun entschuldigen wollt, hoher Herr. Ich will dem ehrenwerten Cajetan Eure Ankunft melden.«

Der Spanier machte eine Handbewegung, als wolle er ihn verscheuchen. »Tu das, und beeile dich dabei. Ich bin es nicht gewohnt, zu warten!«

Der Homunkulus nahm diese Bemerkung mit einem nachsichtigen Lächeln hin, denn der Wein, der dem Spanier eben kredenzt wurde, würde ihm die Zeit so verkürzen, als hätte er nur ein oder zwei Lidschläge lang gewartet. Mit einem spöttischen Grinsen auf den Lippen verließ Fulvian den Saal, trat durch eine von außen nicht erkennbare Pforte ins Freie und eilte den Berg hoch.

Cajetan wartete bereits am Tor auf ihn. »Was ist los? Warum hast du so lange gebraucht? Und was sind das für Leute im Gästehaus? Die sind mir nicht avisiert worden.« Die Laune des Magiers war denkbar schlecht, weil seine ganze Kunst nicht ausgereicht hatte, um noch einmal einen zauberischen Blick in das Innere von Riebelsborn zu werfen. Daher riss er Fulvian den Ring aus der Hand, den dieser von Ritter Heiner zurückbekommen hatte, und lenkte seine Sinne in den dunklen Stein. Innerhalb weniger Augenblicke vollzog er im Geiste die Schritte nach, für die Fortunatus zwei Wochen benötigt hatte. Dann warf er den Ring mit einem ungehaltenen Fauchen in einen Winkel.

»Wenn man nicht alles selbst macht, ist nichts getan! Ich habe Ritter Heiner doch genau erklärt, worauf sein Neffe achten soll.«

»Das Pfäfflein hat dies gewiss auch getan. Nur gibt es auf Riebelsborn Kräfte, die uns nicht sehen lassen wollen, was dort vor sich geht. Dahinter steckt die junge Hexe, mein Gebieter! Bei allen Dämonen der Finsternis: Wäre sie meine Schülerin oder die Eure, könnte sie jeden König und Kaiser für sich gewinnen und sein ganzes Reich unserem Willen unterwerfen.« Für einen Augenblick vergaß Fulvian ganz, dass er nur als Cajetans künstlich geschaffenes Faktotum galt, und gab sich seinen Phantasien hin.

Cajetan winkte unwirsch ab. »Dafür klammert das Weib sich zu sehr an ihren Christus und dessen Heilige. Man müsste ihr schon den Glauben an Gott austreiben, um sie für uns gewinnen zu können, und selbst dann wäre sie stets eine Gefahr für mich. Wer einmal an der Macht geleckt hat, will sich nicht unterordnen, sondern immer noch mehr erringen.«

Fulvian verbarg sein Grinsen, denn er hatte miterlebt, wie der Magier versucht hatte, sich mit einem ähnlich begabten Weib zusammenzutun. Obwohl er ihr mehrmals die Verlängerung ihres eigenen Lebens zugestanden hatte, war sie hochfahrend und undankbar gewesen, sodass er sie schließlich hatte beseitigen müssen.

Mit einer gewissen Wehmut dachte Cajetan an jene Zeit zurück, in der es auf der Welt noch von übersinnlich begabten Menschen gewimmelt hatte. Heutzutage fand er kaum noch genügend Begabte, um sich zweihundert Lebensjahre zu sichern. Daher überlegte er, ob er Gisela nicht zur Mutter einiger Nachkommen machen sollte, bevor er ihre Seele opferte. Auf diese Weise könnte er sich einen brauchbaren Vorrat an magisch Begabten anlegen, der ihm helfen würde, den drohenden Engpass zu beseitigen.

Der Gedanke brachte den Magier auf eine näherliegende Idee. »Wie wäre es, wenn wir Mine und Lina den Fremden als Bettmägde überließen? Vielleicht wird eine von ihnen schwanger und gebiert ein begabtes Kind.«

Fulvian, der bereits andere Pläne für die beiden Weiber hatte, schüttelte den Kopf. »Verzeiht, Herr, doch das sind alles taube Nüsse. Da Mine und Lina nur schwache Lichter sind, würden sie kaum brauchbare Kinder in die Welt setzen. Damit wäre Euch gewiss nicht gedient.«

»Was sollen wir denn sonst tun?«

»Uns einen Burschen mit der Gabe beschaffen, der dieses Werk übernehmen kann. Ich habe da schon einen im Auge.« Fulvian feixte wie ein Student, dem es gelungen war, seinem Magister eine Teufelsfratze auf das Rückenteil des Talars zu malen.

»Und wen?«, fragte Cajetan scharf.

»Ich denke da an Hans Güldener, Giselas Bruder. Der ist äußerst begierig auf junge Frauen und würde unseren beiden Mägden schnell dicke Bäuche machen. Man könnte ihn vielleicht sogar mit Kezia zusammentun. Die ist ein hübsches Ding, und der junge Güldener würde sie gewiss nicht verschmähen.«

Cajetan, der noch von den Drogen geschwächt war, die er eingenommen hatte, um zu versuchen, den Schutzwall des Riebelsborners zu durchdringen, verlor bereits das Interesse an irgendwelchen Zukunftsplänen. »Wer sind eigentlich die Leute, die du mitgebracht hast? Ich will hoffen, es lohnt sich, mit ihnen zu sprechen.«

»Es wird sich bestimmt auszahlen, Herr. Der Anführer ist ein hochrangiger Spanier in König Carlos' Diensten. Wie Ihr wisst, strebt dieser mit ganzem Herzen danach, seinem Großvater Maximilian auf dem Kaiserthron nachzufolgen. Um dieses Ziel zu erreichen, setzt er H…, Himmel und Hölle in Bewegung, und er hat sich dabei an den Astrologen und Wissenschaftler Cajetan erinnert.« Fulvians Zunge schien sich bei dem Wort »Himmel« zu verknoten.

»Diese Gestalt werde ich bald aufgeben müssen, bevor jemand merkt, dass der angebliche Sterndeuter bereits weit über einhundert Jahre alt sein muss.« Cajetan knurrte leise, denn eine neue Erscheinung bedeutete, dass er sich den Einfluss, den er als Sterndeuter besaß, erst wieder erarbeiten musste.

»Nun, für ein paar Jahre mag es noch reichen. Warte hier, ich ziehe mich um!« Cajetan kehrte in die Burg zurück und erschien kurz darauf als alter Mann mit einem langen grauen Bart, auf dessen weitem nachtblauem Talar Sterne und Sonnen funkelten. Auf dem Kopf saß eine eng anliegende Kappe, um die ein schmales Band mit Sternzeichen geschlungen war, und in der Hand hielt der Magier einen langen Stock, dessen Knauf von einem hühnereigroßen dunklen Edelstein gebildet wurde.

Offensichtlich war er zufrieden mit dem Anblick, den er bot, denn er wandte sich in weit besserer Stimmung an seinen Homunkulus. »Komm, Fulvian, wir wollen diesen hochedlen Señor nicht warten lassen!«

10.

Don Ramón hatte sich die Wartezeit mit einem Becher des feurigen Weines verkürzt und war gerade dabei, eine Anekdote zum Besten zu geben, welche seine beiden hochrangigen Begleiter wenigstens schon ein Dutzend Mal gehört hatten, als die Tür aufsprang und Cajetan eintrat.

Der Magier genoss den Eindruck, den er auf seine Gäste machte – insbesondere die Wandlung, die mit dem Anführer der spanischen Delegation vor sich ging. Don Ramóns hochnäsiger Gesichtsausdruck und das überhebliche Lächeln, das eben noch seine Lippen geziert hatte, wichen einem fast kindhaften Staunen und einer gewissen Angst vor höheren Mächten.

Cajetan grüßte alles andere als höflich. »Meine Herren? Was wünscht Ihr? Ich habe nicht viel Zeit!«

Die offensichtliche Verärgerung des Magiers, der so edle Gäste wie ihn und seine adeligen Begleiter wie lästige Bittsteller behandelte, war nicht unbedingt das, was Don Ramón sich von seinem Besuch erwartet hatte. Er wollte auffahren, aber mit einem Mal erschien es ihm als selbstverständlich, dass ein Mann wie Cajetan, der sich mit den Kräften des Universums beschäftigte, für ihn und seinesgleichen wenig Zeit und noch weniger Verständnis aufbrachte.

»Verzeiht, Herr, aber ...« Er brach ab, um seine Gedanken neu zu sammeln. Immerhin stand er hier als Bote seiner Majestät, Don Carlos von Kastilien und Aragón, dem mächtigsten Herrscher der alten und neuen Welt, und nicht als Bettler. »Ihr seid Gaetano, der Sterndeuter?«

»Ich bin Cajetan, Astrologe von Fürsten und Königen«, klang es selbstbewusst zurück.

Der Spanier versuchte, sich kein zweites Mal einschüchtern zu lassen. »Ihr wollt der Diener so hoher Herrschaften sein und lebt hier in der Wildnis und nicht an den Höfen jener, die Ihr angeblich beraten wollt?«

»Seid Ihr gekommen, um mich zu beleidigen oder Wissen von mir zu erwerben? Ist es Ersteres, solltet Ihr ganz schnell wieder gehen!« Cajetan brachte den Spanier damit in Schwierigkeiten. Don Ramón widerstrebte es, den Astrologen wie einen hohen Herrn behandeln zu müssen, der sogar über ihm stand, doch die Befehle, die er in seiner Heimat erhalten hatte, waren eindeutig.

Daher rang er sich mit verkniffener Miene eine Verbeugung ab, die ehrerbietig genug war, einen Herzog zufrieden zu stellen. »Verzeiht mir, Herr Cajetan, dass ich Eure Zeit in Anspruch nehmen muss. Doch mein Herr, Rey Carlos, wünscht Auskunft von Euch.«

»Sprecht!«

»Es geht um den Thron, auf dem heute noch Kaiser Maximilian sitzt und den mein Herr zu erwerben sucht. Ein Gewährsmann in Deutschland nannte Euch einen Mann, der seine Majestät dabei unterstützen könnte.«

»Ich, ein einfacher Sterndeuter in der Wildnis?« Anders als es der Spott in seinen Worten vermuten ließ, war Cajetan diese Anfrage höchst willkommen, und daher überschlugen sich seine Gedanken. Karl, König der spanischen Länder und Herzog von Burgund, war nur einer von mehreren möglichen Aspiranten auf die Krone des Heiligen Römischen Reiches, und der Letzte, der Sendboten zu ihm geschickt hatte. Das empfand der Magier als Missachtung, und daher wollte er es dem Spanier nicht leicht machen.

»Man sagt, Ihr wüsstet Horoskope zu erstellen, die auf das Genaueste eintreffen. Mein Herr will nun wissen, ob seine Bewerbung um den Thron Erfolg haben wird und mit welchen Mitteln es ihm gelingen könnte, das Schicksal in seinem Sinne zu beeinflussen.«

»Ihr erwartet sehr viel!« Immer noch lag ein Hauch von Spott in Cajetans Stimme. Es gab wohl niemanden, der die Strukturen im Reich besser zu durchschauen wusste als er. Durch die Erfahrung und das Wissen aus dreitausend Jahren vermochte er vorauszusagen, wie jeder Kurfürst reagieren würde und für welche Summe er zu kaufen war.

»Könnt Ihr es, oder könnt Ihr es nicht?« Noch einmal brach der Stolz des Spaniers durch.

Cajetan strich mit der Rechten lächelnd über seinen künstlichen Bart. »Ich kann Eurem Herrn guten Rat zukommen lassen, doch der kostet seinen Preis.«

Der Spanier schluckte. Trotz des vielen Goldes, das Herrn Karls Konquistadoren in der neuen Welt erbeutet hatten, waren seine Schatzhäuser leer, und bares Geld stellte ein rares Gut dar. »Was verlangt Ihr?«

»Für mich nichts, doch könntet Ihr einem Freund von mir, dem hochehrwürdigen Kardinal Callani, einen Gefallen erweisen.« Soeben hatte Cajetan beschlossen, in nächster Zeit öfter als Kirchenmann aufzutreten und den Sterndeuter allmählich sterben zu lassen. Als Kardinal verfügte er über die Macht, die er benötigte, um sich die immer rarer werdenden Menschen mit der Gabe zu sichern. In einer seiner Truhen lag bereits eine Urkunde, die ihn als Mitglied der römischen Kurie auswies. Das Schriftstück hatte ihn nur einen Gefallen gekostet, den er einem echten Kardinal in höchster Stellung hatte erweisen können. Solche Leute besaßen viele Feinde und waren jenen, die sie vor ihnen warnten, von ganzem Herzen dankbar.

»Was wünscht seine hochwürdigste Eminenz von seiner Majestät?«, fragte der Spanier.

»Die Oberaufsicht beim Freikauf christlicher Sklaven sowie das Recht, in Spanien so viele Mauren als Sklaven zu kaufen, wie er es wünscht. Keine Sorge: Es werden nicht mehr als fünfzig oder hundert sein.« Cajetan war eben eingefallen, dass die Gabe nicht nur auf Christenmenschen beschränkt war, sondern dass es auch Heiden mit diesen Fähigkeiten geben musste. Zwar waren in den letzten Jahren viele Mauren aus Spanien vertrieben worden, doch gab es immer noch genug, unter denen er erfolgreich suchen konnte.

»Wenn seine Majestät mit Eurem Horoskop und Eurem Rat zufrieden sind, dürfte sie diesen Wunsch gern erfüllen.« Don Ramón war sichtlich erleichtert, kein Geld oder Landbesitz versprechen zu müssen. Ein Privileg, wie der Sterndeuter es forderte, war rasch gewährt und ebenso schnell widerrufen.

»Seine Majestät wird ganz gewiss zufrieden sein, das kann ich Euch versichern. Wir werden zu einer anderen Stunde über jene Dinge sprechen, mit denen Ihr seiner Majestät mit Rat und Tat beistehen könnt.« Cajetan sah das Gesicht des Spaniers aufleuchten. Wenn Don Ramón das Wissen erlangte, mit dessen Hilfe er seinem König treffliche Vorschläge unterbreiten konnte, würde es seinem eigenen Fortkommen dienlich sein, und Cajetan wollte dafür sorgen, dass der Edelmann ihn dabei nicht vergaß.

»Verzeiht, wenn ich Euch wieder verlasse. Ich muss jedoch alle Vorbereitungen treffen, um in dieser Nacht die Sterne zu beobachten, mit deren Hilfe ich das Horoskop seiner Majestät erstellen kann.« Cajetan nickte Don Ramón kurz zu und verließ die Kammer.

Fulvian folgte ihm sichtlich verwirrt. »Was habt Ihr vor, Herr?«

»Ich werde als Kardinal nach Spanien reisen und mir dort neue Opfer suchen.« Cajetan lachte bei dieser Vorstellung. Wenn er es richtig anstellte, konnte er sogar Fulvians Vorschlag folgen und Menschen mit der Gabe züchten wie andere Leute Vieh.

Fulvian rieb sich innerlich vor Zufriedenheit die Hände, gab sich aber besorgt. »Das ist eine vortreffliche Idee! Aber zuerst müsst Ihr Euch um die junge Hexe auf Riebelsborn kümmern. Sie besitzt die Macht, unsere Pläne zunichtezumachen.«

Cajetan wandte sich mit einem Gesichtsausdruck zu seinem Famulus um, als wäre dieser ein unverständiges Kind. »Dieses kleine Problem werden wir im Handumdrehen lösen, mein Guter. Ist sie erst gefangen, werden Gaudentius und Alban wie Fliegen im Spinnennetz zappeln, bis es mir beliebt, ihrer lächerlichen Existenz ein Ende zu setzen.« Der Magier lachte und klopfte seinem Homunkulus auf die Schulter. »In einem hat dieser Don Ramón recht: Warum sollen wir ewig in dieser Einöde bleiben? In Spanien gibt es gewiss mehr Menschen mit der Gabe als hier, und dann können wir unsere Jagd in der neuen Welt fortsetzen. Unter den Heiden muss es von Talenten wie dieser Gisela nur so wimmeln, und da kein Herrgott sie schützt, kann ich sie abschöpfen wie den Rahm von der Milch. Ich werde König Karl von Spanien, dem baldigen Kaiser Karl V., ein Horoskop stellen müssen, das ihn in seinen Absichten bestärkt. Der Franzose bringt mir nichts ein.«

Für einige Augenblicke fühlte Cajetan sich wie ein Angler, der an einem Weiher steht, in dem nur ein paar jämmerliche Weißfische schwimmen, und der von einem gewaltigen See hinter dem Horizont erfahren hat, in dem es ganze Schwärme herrlichster Karpfen, Felchen und Barben geben soll.

Sein teuflischer Famulus aber dachte an seine eigenen Pläne. »Als Kardinal Callani könntet Ihr bis in die höchsten Spitzen der Inquisition aufsteigen und Euch genügend Opfer sichern.«

Fulvian dachte nicht nur an die magisch Begabten, die es zu fangen und zu vernichten galt, sondern auch an Dutzende, ja Hunderte von Seelen, die er dort in seiner neuen Maske als Kardinalssekretär vergiften und seinem Herren zuführen konnte. Zum einen war nicht jeder Ketzer, der auf dem Scheiterhaufen starb, ein reiner Geist. Zum anderen beschmutzten sich bei jedem Delinquenten, der bei einem Autodafé starb, etliche Leute die Hände, angefangen von den Kardinälen und Bischöfen über die Priester und Mönche, die die Drecksarbeit für sie taten, bis zu den Edelmännern, Soldaten, Schreibern, Henkern und Knechten. Sie alle brachten sich durch ihre Verstrickung in die Verbrennungen Stück für Stück der ewigen Verdammnis näher und würden vielleicht sogar einst die höllischen Heerscharen verstärken.

»Also auf nach Spanien, mein Herr und Gebieter! Wenn Kardinal Callani jetzt, sagen wir einmal, Mitte dreißig ist, kann er noch fünfzig, vielleicht sogar sechzig Jahre wirken. Wer weiß – vielleicht werdet Ihr schließlich noch das Oberhaupt der Christenheit.«

Fulvians schmeichlerische Worte taten dem Magier sichtlich gut, denn er lachte triumphierend auf. »Bei dem gehörnten Gott meiner Ahnen: Welch eine köstliche Idee! Ich werde sie bei all meinen Plänen im Auge behalten. Doch nun geh! Ich muss arbeiten. Sobald die Spanier wieder fort sind, wirst du zu Ritter Heiner nach Loipfing reiten. Er und sein Neffe werden ihre Aufgabe nun zu Ende bringen müssen.«

Cajetan beschäftigte sich so intensiv mit seinen Ideen, dass sie in seiner magischen Aura Gestalt annahmen und der Homunkulus ihr Entstehen und ihre Entwicklung beobachten konnte. Da diese Pläne ganz nach Fulvians Herzen waren, kicherte er boshaft vor sich hin und wäre am liebsten gleich losgegangen, um sie zu verwirklichen. Doch da die Spanier nicht vor dem nächsten oder übernächsten Tag aufbrechen würden, musste er sich zuerst um deren Versorgung kümmern. Daneben würde ihm noch genug Zeit bleiben, sich den beiden Mägden zu widmen und ihnen den

Keim neuen Lebens einzupflanzen, den er Don Ramón geraubt hatte. Einen Augenblick überlegte er, ob er nicht warten sollte, bis er sich Giselas Bruder Hans als Sukkubus genähert und dessen Samen in sich aufgenommen hatte. Damit würde er sicherstellen, dass die Mägde wirklich begabte Kinder zur Welt brachten. Dann aber lachte er über sich selbst.

Das würde nicht mehr nötig sein, denn bald würde er seine Jagd mit Cajetans Hilfe in anderen Gegenden fortsetzen, und dann bekam der Mann, der sich für seinen Herrn hielt, genug Leben, um das seine verlängern zu können. So konnte Fulvian sich ungehemmt der Befriedigung seines eigenen Triebs widmen. Er nahm sich vor, so bald wie möglich auch nach Hetta oder Kezia zu schauen und zu überprüfen, ob diese inzwischen willig waren, ihm zu Diensten zu sein. War das nicht der Fall, musste er ihren Willen bald mit anderen Mitteln brechen, sonst bestand die Gefahr, dass zumindest Hettas Seele Cajetans Ritual überstehen und ihm entschlüpfen würde. Ganz am Anfang seines Wirkens war das einigen hochbegabten und besonders starrsinnigen Weibern gelungen.

12.

Anna und Gisela waren von ihrem Ausflug nach Eichstätt vollbeladen mit Waren und Eindrücken nach Hause gekommen. Neben Albans Einkäufen, die beileibe nicht nur aus Büchern bestanden, hatten sie Stoffe für ein Dutzend Gewänder, Gewürze und Leckereien, die zum Christfest gut schmecken würden, und etliches andere erstanden, das auf der Burg und im Haushalt fehlte. Frau Anna war von Laden zu Laden und von einem Handwerker zum anderen gelaufen, um all das zu erwerben, was sie sich in den Kopf gesetzt hatte. Daher war die Gruppe noch einige Nächte in der Bischofsstadt geblieben. Zu Giselas Enttäuschung hatte Alban sich jedes Mal mit seiner Decke auf dem Fußboden zusammengerollt und war sofort eingeschlafen, sodass es nicht zu den von ihr erhofften Gesprächen gekommen war.

Umso mehr freute Gisela sich auf den letzten Vollmond vor dem Christfest, an dem sie hoffte, Georg Streller wiederzusehen. Sie wurde jedoch bitter enttäuscht, denn es erschienen nur Ritter Eckehard und Fortunatus' Onkel Heiner. Dieser schwang bei Tisch das große Wort, redete von Gott und der Welt und davon, dass man unbedingt den französischen König Franz zum neuen Kaiser machen müsse oder zumindest den Engländer Heinrich. Ein Habsburger sei zu mächtig für das Reich, erklärte er, da diese Sippe mit dem jetzigen Kaiser Maximilian bereits Österreich, Tirol und andere umfangreiche Gebiete besitze.

»... wenn dann auch noch Burgund und die spanischen Königreiche dazukommen, ist es aus mit der Freiheit in unseren deutschen Landen. Unsere Fürsten und Herzöge mit Herrn Wilhelm von Bayern an der Spitze würden einem Karl V. – mit Verlaub gesagt – in den rückwärtigen Eingang kriechen müssen.« Ritter Heiner sah die anderen um Zustimmung heischend an.

Frau Anna schüttelte mit leicht säuerlicher Miene den Kopf. »Ihr sprecht heute ein wenig arg derb, Herr Nachbar!«

»Pah, ich rede, wie mir der Schnabel gewachsen ist, und das sollte jeder aufrechte Deutsche tun! Ich sage Euch, dieser Spanier ist nichts.«

Die Übrigen am Tisch seufzten, denn Ritter Heiner setzte seinen Monolog ohne Rücksicht darauf fort, dass seine ungehobelte Ausdrucksweise dem Hausherrn und seinen Gästen die Stimmung verdarb. Seine Ansichten waren, wie man unschwer vernehmen konnte, rein auf bayerischem Mist gewachsen. Die Herren von Wittelsbach, denen es erst in der letzten Generation gelungen war, den größten Teil der zersplitterten Erblande wieder unter einer Linie zu vereinen, fürchteten die Habsburger Nachbarn im Osten und

Süden, die im Ländersammeln weitaus erfahrener und erfolgreicher waren als sie selbst.

»Für uns kleine Burgherren wird sich nichts ändern«, wies Ritter Eckehard die düsteren Vorhersagen seines Nachbarn zurück.

Herr Heiner hob die Rechte und reckte den Zeigefinger. »Ihr werdet es schon sehen, wenn es so weit sein sollte. Behauptet dann aber nicht, ich hätte Euch nicht gewarnt!«

Gisela interessierte sich kaum für Politik, auch nicht dafür, welcher Herrscher nun als Nächster den Thron des großen Karl einnehmen würde, sondern blickte immer wieder Richtung Tür. Schließlich wandte sie sich an Anna. »Herr Streller scheint heute nicht zu kommen?«

Anna senkte den Kopf, damit Gisela nicht in ihrem Gesicht lesen konnte. »Nein, er wird heute nicht kommen, meine Liebe. Ein Bote hat uns Nachricht von ihm gebracht und auch ausgerichtet, dass Herr Streller deiner Familie einen Brief geschickt hat. Darin hat er ihr mitgeteilt, dass es dir gut ginge und du dich über eine Antwort freuen würdest.«

»Danke! Das war sehr lieb von ihm.« Giselas Stimme klang belegt, und sie versuchte, ihre Tränen zu verbergen. Wie gerne hätte sie mit Georg gesprochen und …, nein, das nicht. Sie war eine verheiratete Frau, und Georg nicht der Mann, von dem sie eine zärtliche Geste oder gar eine Liebkosung annehmen durfte, ganz gleich, wie stark sie sich danach sehnte. Die Gefahr war zu groß, dass sie sich dabei vergaß und Dinge tat, die Magister Alban erzürnen und ihr eigenes Seelenheil aufs Spiel setzen würden. Sie wunderte sich über sich selbst, weil ausgerechnet in dieser Zeit, in der sie wie eine Nonne leben musste, in ihr Gedanken und Sehnsüchte entstanden, die die Entwicklung ihrer Kräfte Gaudentius' Worten zufolge unweigerlich stören und in eine falsche Richtung lenken mussten. Dabei wünschte sie sich mit einem Mal, Georg Streller auch körperlich näherzukommen. Unwillkürlich blickte sie durch eines der Fenster, das man geöffnet hatte, um dem rauchenden Kamin mehr Zug zu geben. Draußen herrschte eine Dunkelheit, die nicht allein durch die Nacht bedingt war, und sie begriff, dass die Verwirrung in ihr durch Cajetans Fluch ausgelöst wurde. Ihr Feind wollte mit allen Mitteln verhindern, dass die von ihm in Bann geschlagenen Seelen gerettet wurden. Bang fragte sie sich, wie es weitergehen sollte. Bewirkte dieser Zauber, dass sie über kurz oder lang zu einer Metze wurde, die sich schamlos jedem Mann anbot? Wenn sie die Sache von dieser Seite aus betrachtete, würde es besser sein, wenn Georg Streller Riebelsborn in Zukunft mied. Aber gegen jede Vernunft schmerzte sie diese Vorstellung.

Tief in ihre Überlegungen versunken, entging Gisela das eigenartige Verhalten des Burgkaplans. Während Ritter Heiner gegen die Habsburger im Allgemeinen und König Karl von Spanien im Besonderen wetterte und Eckehard von Trelling und Gaudentius kräftig dagegenhielten, beteiligte Fortunatus sich nicht an der Diskussion, sondern saß wie geistesabwesend am Tisch. Immer wieder starrte er auf den goldenen Ring mit dem purpurnen Stein, den sein Onkel ihm als Geschenk mitgebracht hatte, und musste daran denken, was dieser ihm über die Wirkung des Schmuckstückes verraten hatte. Der Stein vermöge zu erkennen, wer dem Teufel verfallen sei, hatte Kardinal Callani, ein erfolgreicher Entlarver höllischer Geschöpfe, ihm ausrichten lassen. Der junge Priester hatte den Stein als Erstes auf sich selbst gerichtet und erleichtert festgestellt, dass dessen Farbe sich um keine Nuance veränderte. Auch bei seinem Onkel war sie gleich geblieben, ebenso bei den Leuten des Gesindes, die er seitdem überprüft hatte. Jetzt hielt er den Stein in Frau Annas Richtung und zuckte zusammen, als der Purpurglanz des Steines ein wenig heller wurde. Bei Gaudentius fiel die Veränderung noch viel stärker aus, und als er mit dem Ring im Schutz der vorgehaltenen Hand auf Gisela zeigte, glühte der Stein förmlich auf.

Fortunatus bedauerte, dass er nicht auch Magister Alban prüfen konnte, doch hatte sich dieser bereits am Nachmittag in seine Kammer zurückgezogen und würde Gaudentius' Worten zufolge erst morgen oder übermorgen wieder erscheinen. Der junge Kleriker fand, dass dieses Verhalten den Freund des Hausherrn verdächtig machte, und reihte Alban daher ebenfalls unter die Teufelsknechte ein. Am liebsten hätte er die unreinen Geister auf dieser Burg mittels seiner Gebete und exorzistischer Riten ausgetrieben, doch dafür reichte seine Kraft nicht aus, wie er schon an dieser Bestie Dagga hatte feststellen müssen.

Die Hündin lag auch an diesem Tag unter dem Tisch und hatte ihren wuchtigen Kopf auf Giselas Füße gelegt. Fortunatus war sich vollkommen sicher, dass ein gewaltiger Dämon in dem Viehzeug stecken musste, da das Höllenwesen seinem Versuch, es in der Küche zu vertreiben, sonst nicht so leicht hätte widerstehen können. Noch immer befiel den Priester ein eigenartiges Gefühl, wenn er an die gewaltigen Fänge der Hündin dachte. Die Hexe Gisela hatte ihm zwar damals das Leben gerettet, aber er sah keinen Grund, ihr dafür dankbar zu sein. Hätte er an jenem Tag den Tod gefunden, wäre seine Seele schnurstracks ins Himmelreich aufgefahren. Genau das aber hatte die Satansbraut verhindern wollen, denn sie schien zu planen, seine Seele an sich zu bringen und ihrem teuflischen Herrn als Geschenk zu überreichen. Er fühlte, dass sie bereits versuchte, ihn in ihren Bann zu schlagen, denn er träumte nachts von ihr und trieb Dinge mit der Metze, die für einen gläubigen Christenmenschen eine Sünde, für einen Mann des Glaubens jedoch schiere Blasphemie darstellten.

Als Fortunatus auf der Burg seines Onkels zu Gast gewesen war, hatte er sich überlegt, ob er nicht eine der Mägde dort auffordern sollte, sich ihm hinzugeben, um zu erfahren, wovon die Leute sprachen, wenn ein Gespräch auf fleischliche Lust kam. Auch diese Gedanken schrieb er der Hexe zu, die seine Neugier gespürt hatte und nun versuchte, ihn mit den Ketten der Wollust und der Hurerei zu fesseln und in die Hölle zu schleifen.

»Niemals!« Das Wort brach so stark aus ihm heraus, dass es von der Decke widerhallte.

»Was sagst du, du Lümmel? Der Franzose soll niemals Kaiser werden? Was erlaubst du dir? Ich bin dein Onkel, und du hast zu vertreten, was ich sage!« Ritter Heiner funkelte seinen Neffen zornig an und hob die Hand, als wolle er ihn schlagen.

Fortunatus wich mit einem entsetzten Blick vor ihm zurück. »Das meinte ich doch nicht, Oheim. Es war nur ein Gedanke in meinem Kopf, gegen den mein Wort gerichtet war! Niemals würde ich etwas gegen den allererlauchtesten Herrn François de Angoulême, den König von Frankreich, verlauten lassen.«

Ritter Heiner starrte seinen Neffen misstrauisch an, aber auf dessen Gesicht spiegelte sich nur die hündische Bitte, ihm zu glauben. Daher knurrte er nur ein »Das will ich auch hoffen!« und setzte seinen recht einseitigen Vortrag fort.

Er schien nicht zu bemerken, dass er den Bewohnern von Riebelsborn und Herrn Eckehard, die sonst die Vollmondabende auf der Burg genossen, ihr geselliges Beisammensein vollkommen verdarb. Während die anderen sich in Geduld übten, betete Gisela stumm zur Heiligen Jungfrau, dass der Edelmann sich möglichst selten hier sehen lassen würde. Er war ihr derart zuwider, dass sie ihn nicht anblicken konnte, ohne Übelkeit zu verspüren. Seine Haut und sein Gewand wirkten auf sie, als hätte er beides mit faulendem Schlamm beschmiert. Einen Teil dieses Schmutzes musste er auch auf seinen Neffen übertragen haben, denn die linke Hand des Priesters war für ihre Augen nun schwarz wie eine Teufelsklaue, und sie glaubte sogar, an beiden Männern einen Hauch von Schwefel zu riechen. Daher war sie mehr als froh, als Ritter Heiner seinen Becher austrank und mit dem Boden nach oben auf den Tisch stellte.

»Da ich morgen früh aufbrechen will, ist es wohl besser, wenn wir jetzt zu Bett gehen. Komm, Neffe, ich werde heute in deinem Bett schlafen.«

Frau Anna stand auf und deutete nach oben. »Wir haben genug freie Kammern, Herr Nachbar. Euer Neffe muss die seine nicht mit Euch teilen.«

Ritter Heiner winkte laut lachend ab. »Keine Sorge, wir betreiben gewiss nichts Verbotenes dort. Ich will mit dem Jüngelchen nur noch ein wenig plaudern und ihm Grüße von Freunden ausrichten.«

Gisela spürte, wie es ihr bei den Worten des Edelmannes kalt über den Rücken lief, und sie hielt es nicht mehr in seiner Nähe aus. Sie sprang auf, neigte kurz den Kopf in Richtung Ritter Eckehard und bat Frau Anna, sich zurückziehen zu dürfen.

»Gerne, meine Liebe. Ich werde auch gleich zu Bett gehen«, antwortete diese mit einem leicht verkrampften Lächeln, als könne auch sie es nicht mehr in Ritter Heiners Nähe aushalten.

Gisela nickte ihr zu und verließ fluchtartig den Raum. Als sie ihre Kammer betrat, schlief Gundi schon fest, und neben ihrem eigenen Bett wallte Lavinias Gestalt, als könne sie sich nicht entscheiden, ob sie sich verfestigen oder auflösen wollte.

Das Gesicht der Geisterfrau wirkte höchst besorgt. »Etwas Böses befindet sich ganz in der Nähe der Burg«, erklang ihre Stimme in Giselas Kopf. »Es macht mir Angst!«

Gisela schloss die Augen und spannte ihre inneren Sinne an, die in letzter Zeit immer schärfer geworden waren. Sofort spürte sie eine Kuppel wie aus höllischem Rauch und finsteren Gedanken, welche die Burg umgab, und eine bedrohlich wirkende Präsenz. Als sie jedoch danach greifen wollte, entzog sich das Gebilde ihrem Tasten.

»Gaudentius hätte mir weniger lateinische Zaubersprüche beibringen und stattdessen meine natürlichen Fähigkeiten besser ausbilden sollen«, seufzte sie enttäuscht.

»Du merkst es also auch.«

Gisela schüttelte sich und griff sich an die Kehle, die wie zugeschnürt war. »Glaubst du, unser Feind plant einen neuen Angriff?«

Lavinia hob hilflos die Arme. »Ich kann es dir nicht sagen. Ich weiß nur, dass ich mich fürchte wie selten zuvor.«

»Auch ich spüre die Bedrohung. Etwas schleicht um die Burg herum, als warte es nur darauf, hereinbrechen und Verderben über uns bringen zu können. Beten wir, dass der Zauberschirm, den Gaudentius und Alban zum Schutz der Burg errichtet haben, auch diesem Feind standhält.« Gisela wusste zunächst selbst nicht, weshalb sie sich innerlich vor Angst wand, dann aber wurde ihr klar, dass sie Spuren dieser bedrohlichen Macht an Ritter Heiner und sogar an Fortunatus wahrgenommen hatte. Stand der Nachbar mit dieser abscheulichen Präsenz im Bunde? Oder war er auf dem Weg nach Riebelsborn nur von dem Bösen gestreift worden? Vielleicht hatte das, was da draußen lauerte, ihn absichtlich gezeichnet, um sie und die beiden Magier zu verwirren.

»Wir werden sehr wachsam sein müssen, Lavinia. Ich wünschte, Gaudentius besäße mehr Vertrauen zu mir. Vielleicht sollte ich zu Alban gehen und mit ihm über alles reden.« Gisela wollte schon aufstehen und das Zimmer verlassen.

Da Giselas Ehemann in seiner wirklichen Gestalt als Georg in seinem Bett lag und ihrer Schönheit wohl ebenso wenig würde widerstehen können wie die junge Frau seiner Anziehungskraft, hielt Lavinia dies für keine gute Idee. »Das würde ich an deiner Stelle nicht tun. Magister Alban ist während der Vollmondnächte nicht ganz bei sich und wird dich nicht erkennen. Vielleicht würde er dir sogar ein Leid antun!«

»Ich möchte es trotzdem versuchen! Aber ich bleibe draußen vor der Kammertür – und die ist beinahe so fest wie das Burgtor.« Gisela war so in Sorge, dass sie es nicht fertigbrachte, untätig auf das magische Unwetter zu warten, das sich am Horizont zusammenbraute. Doch als sie an die Tür des Gemachs klopfte, in dem ihr Ehemann hauste, erhielt sie nur ein unwilliges Brummen zur Antwort und mit seltsam dumpfer Stimme den Rat, ins Bett zu gehen.

12.

Gisela hatte die Halle kaum verlassen, als Ritter Heiner sich erhob. »Träum nicht mit offenen Augen, Neffe, sondern komm endlich schlafen!« Er ging ein paar Schritte auf die Tür zu, wandte sich dann aber noch einmal zu Gaudentius und Anna um.

»Habe ich Euch schon gesagt, dass ihr morgen bei mir zu Gast sein sollt? Am besten, ihr kommt gleich in der Früh mit mir. Ich habe noch ein paar andere Freunde eingeladen und möchte mit Euch allen bereden, ob wir das Christfest nicht gemeinsam feiern können. Einige von uns sind nämlich der Ansicht, dass wir uns nicht wie Dachse verkriechen, sondern einander als gute Nachbarn aufsuchen und zur Geburt des Herrn beglückwünschen sollten.«

Gaudentius zog ein Gesicht, als hätte er Zahnschmerzen, denn er hatte Gisela auch während der Feiertage weiter ausbilden wollen. Gleichzeitig wurde ihm klar, dass diese Einladung eine gute Gelegenheit bot, mit seinen Nachbarn zu reden und den Gerüchten entgegenzutreten, die über ihn im Umlauf waren. Da er sich weitaus besser fühlte als noch vor einem Jahr und auch nicht mehr einem zahnlosen Greis glich, kam ihm der Besuch auf der Nachbarburg höchst gelegen. »Ich danke Euch, mein Freund! Natürlich werden meine Schwester und ich der Einladung Folge leisten!«

Ritter Heiner blickte Herrn Eckehard auffordernd an. »Ihr werdet uns doch hoffentlich begleiten.«

»Nein, mich müsst Ihr entschuldigen. Ich muss in aller Frühe zurück nach Trelling!« Ritter Eckehard hatte bisher noch nichts von diesen Plänen gehört und fragte sich, ob die Nachbarn ihn wegen seines engen Kontaktes zu Riebelsborn ebenfalls zu meiden begannen. Doch das konnte er auch auf andere Weise klären, als noch weitere Stunden mit einem Nachbarn zu verbringen, der ihm höchst unsympathisch war.

»Es ist nicht nett von Euch, meine Einladung auszuschlagen! Aber Weihnachten werdet Ihr Euch nicht wie ein Dachs in Eurem Bau verkriechen!« Ritter Heiner schien zufrieden zu sein, als er die zustimmende Geste des Trellingers wahrnahm, und wünschte allen eine gute Nacht. Da sein Neffe keine Anstalten machte, mit ihm zu gehen, packte er ihn an der Schulter und stieß ihn vor sich her. Vor dessen Kammer schickte er den Knecht weg, der die Laterne vor ihnen hergetragen hatte, öffnete die Tür und winkte Fortunatus ungeduldig, hineinzugehen. Der Burgkaplan hatte das Öllicht an sich genommen und stellte es nun neben sein aufgeschlagenes Brevier. Dabei zitterten ihm die Hände, und sein Gesicht wirkte beinahe panikerfüllt.

»Die Bewohner von Riebelsborn sind alles Hexer und Hexen!« Fortunatus' Stimme überschlug sich, als fürchte er, eine weitere Nacht an diesem Ort würde ihn das Seelenheil kosten.

»Nicht so laut! Man darf uns auf keinen Fall hören«, wies der Ritter ihn zurecht. »Du hast also selbst feststellen können, was der ehrwürdige Kardinal schon vermutet hat. Dieses Teufelsnest muss ausgeräuchert werden, und wenn du dich dabei bewährst, ist dir die Protektion des hohen Herrn gewiss. Dann kannst du auf Größeres hoffen als auf eine einfache Landpfarrei.«

Fortunatus ahnte nicht, dass es Ritter Heiner nicht darum ging, ihn gut zu versorgen, sondern darum, seinen Besitz zu mehren. Wenn er seinen Neffen auf diese Weise loswurde, konnte er die Pfründe, über die er verfügte, jemandem geben, der ihm näher stand, nämlich seinem jüngeren Sohn. Der war mit sieben Jahren noch zu klein, um die Pfarrstelle nach dem Tod des schon altersschwachen Inhabers zu übernehmen, und daher würde Ritter Heiner sie einem Vertreter übertragen müssen. Doch die Einnahmen der Pfründe würden zum überwiegenden Teil in die Kassen seines Sohnes fließen, und damit in die seinen. Auch hatte der Sekretär des Kardinals ihm verraten, dass er Riebelsborn als Belohnung für seine treuen Dienste erhalten würde, sobald seine Hexenbewohner ihrer gerechten Strafe zugeführt worden seien.

Ritter Heiner legte seinem Neffen beide Hände auf die Schultern und blickte ihn beschwörend an. »Du weißt, was du zu tun hast?«

Fortunatus schluckte, weil seine Kehle ausgetrocknet war, und nickte. »Ihr habt es mir genau erklärt, Oheim, und ich werde Euch gewiss nicht enttäuschen.«

»Es wäre auch nicht ratsam!« Ritter Heiner reichte Fortunatus einen Gegenstand, den er unter seinem Wams verborgen gehalten hatte.

»Es muss alles sehr schnell gehen, verstanden? Sobald ich mit Matthias und Anna aufgebrochen bin, wirst du handeln. Es ist wichtig, dass die Hexe ganz schnell beseitigt wird, sonst schlägt sie hier alles in ihren Bann – und macht dich zu ihrem willenlosen Sklaven!« Der Ritter wiederholte noch einmal eindringlich, was ihm der angebliche Sekretär des Kardinals Callani erklärt hatte.

Fortunatus nickte mit bleicher Miene. »Ihr könnt Euch auf mich verlassen, Oheim.«

»Dann ist ja alles besprochen.« Herr Heiner zog sein Übergewand aus, setzte sich auf den einzigen Stuhl und befahl dem jungen Mann, ihm die Stiefel aufzuschnüren und von den Füßen zu ziehen. Als dies geschehen war, legte der Ritter sich ins Bett und zog die Decke über sich. Dabei nahm er so viel Platz ein, dass für seinen Neffen nur noch ein schmaler Streifen übrigblieb, auf den kaum eine Maus gepasst hätte. Fortunatus versuchte trotzdem, sich neben seinen Onkel zu zwängen, aber als dieser sich kurz darauf im Schlaf drehte, wurde er über die Bettkante gestoßen und landete hart auf dem Boden.

Der Burgkaplan stand stöhnend auf. Da es in der Kammer keine zweite Schlafgelegenheit gab, hüllte er sich in seinen Umhang und setzte sich auf seinen Stuhl. Zunächst war er so aufgewühlt, dass er sich nicht entspannen konnte, doch nach einer Weile sank ihm der Kopf auf die Brust, und er nickte trotz seiner unbequemen Sitzhaltung ein. Kurz darauf träumte er erstaunlich lebhaft von einer steilen Karriere, die ihn bis hoch an die Spitze der Christenheit führte und ihn zuletzt an einem Konklave teilnehmen ließ, bei dem er als aussichtsreichster Kandidat auf die Nachfolge Petri galt. Er konnte nicht ahnen, dass dieser Traum aus dem Ring, den Ritter Heiner ihm auf Fulvians Geheiß übergeben hatte, in sein Inneres kroch, um ihn Cajetan gefügig zu machen.

13.

Als Fortunatus erwachte, war er fest entschlossen, weder seinen Oheim noch diesen römischen Kardinal zu enttäuschen. Er weckte Ritter Heiner, der den Burgherrn und dessen Schwester aus dem Weg schaffen würde, um ihm seine Aufgabe zu erleichtern, und begab sich dann in die Küche. Dort war es wärmer als im Erkerzimmer oder gar im großen Saal, und die Dienstboten zeigten sich dankbar für seine Anwesenheit. Er ließ sich von der ihn anstrahlenden Köchin den Morgenbrei mit Trockenfrüchten und etwas Hühnerfleisch anreichern, antwortete gönnerhaft auf ihre scheuen Bemerkungen und wies die Mägde darauf hin, dass sie der Messe nicht fernbleiben durften.

»Das tun wir gewiss nicht, Euer Hochwürden!«, versprach die

Köchin und schenkte ihm von dem Würzwein ein, den sie eben erhitzt hatte.

»Wird Magister Alban auch an der Messe teilnehmen?«, fragte der Priester, denn Giselas Mann vermochte sich als Hindernis für seine Pläne erweisen.

Die Köchin winkte verächtlich ab. »Der verlässt zur Vollmondzeit niemals seine Kammer. Ich glaube, man könnte die Riegel an seiner Tür vorschieben und sie einen Tag später wieder öffnen – er würde es nicht einmal merken.«

Fortunatus' Augen blitzten erfreut auf, denn diese Nachricht kam ihm gerade recht. Er löffelte die getrockneten Pflaumen und die gekochten Apfelscheiben aus der Hafergrütze und sann über seine Pläne nach. Als er fertig war, überreichte er der Köchin die leere Schale, sprach ihr seinen Dank aus und verließ mit einer segnenden Geste die Küche. Draußen im Flur öffnete er einen Fensterladen und spähte vorsichtig hinaus. Zufrieden sah er, dass sein Onkel schon im Sattel saß und ungeduldig auf die Kutsche starrte, die gerade angespannt wurde. Eckehard von Trelling verabschiedete sich von dem Riebelsborner und seiner Tante und ritt davon. Nach einer kurzen Überlegung lief Fortunatus in den Hof, scheinbar, um den Reisenden, die ja nicht an der Messe teilnehmen konnten, den Morgensegen zu erteilen, und wechselte dabei einen beredten Blick mit Herrn Heiner.

»Denk daran, was ich dir gesagt habe! Vor der kleinen Nebenpforte warten bereits die beiden Knechte auf dich, die dir helfen werden«, raunte dieser ihm zu.

»Einen guten Ritt wünsche ich Euch, Herr Onkel, und Euch natürlich auch.« Fortunatus schlug bei Ritter Heiner ebenso das Kreuz wie bei Gaudentius und Frau Anna, verabschiedete sich dann mit einer herablassenden Geste und kehrte in den Palas zurück. Als er die Treppe nach oben stieg, fühlte er sich so angespannt wie eine weit ausgezogene Bogensehne. Seine Hand umklammerte das kleine Fläschchen, das sein Onkel ihm gegeben hatte, als hinge sein Leben von ihm ab. Es war versiegelt, trug das Zeichen des Apothekers von Ingolstadt, der es gefüllt hatte, und wies – was Fortunatus nicht wissen konnte – nicht den geringsten Hauch von Zauberei auf. Dafür hatte Fulvian gesorgt, der nichts riskieren wollte. An Albans Tür angekommen, warf Fortunatus noch einmal einen Blick auf das Fläschchen, steckte es in eine Tasche unter seiner Kutte und klopfte an.

»Wer stört?«, klang es unwirsch zurück.

»Ich wollte nur fragen, ob Ihr etwas benötigt«, antwortete der Priester mit verstellter Stimme.

»Meine Ruhe!«, schallte es zurück, und gleichzeitig ertönte ein Geräusch, als legte jemand innen einen Riegel vor.

Fortunatus blickte auf die Riegel an der Außenseite der Tür. Sie waren fest und stark genug, um selbst einem Rammbock widerstehen zu können. Auch ein Koloss wie Alban wird die nicht sprengen können, sagte er zu sich und streckte die Hand nach dem ersten aus. Der Riegel glitt leicht schabend in seiner Führung, und Fortunatus ließ ihn los, als hätte er eine Giftschlange in der Hand. Seine Phantasie gaukelte ihm vor, dass Alban auf der anderen Seite der Tür stand und nur auf ein falsches Geräusch lauerte. Da kam ihm der Zufall zu Hilfe, denn einer der Knechte begann, draußen im Hof Holz zu spalten. Schnell schob Fortunatus die Riegel vor und verließ fluchtartig den Flur. Als er die Treppe hinabstieg, trottete Dagga an ihm vorbei und bleckte knurrend die Zähne.

Dem Priester fiel beinahe das Herz in die Hose – das vierbeinige Ungeheuer hatte er bei seinen Plänen außer Acht gelassen. Dabei wich dieser Dämon in Hundegestalt nur selten von der Seite der Hexe. Wenn es ihm nicht gelang, die Hündin auszuschalten, würde er seinen Auftrag nicht ausführen können. Auf dem Weg nach unten kam er an Daggas Futternapf vorbei, den kein anderer Hund außer ihr zu benutzen wagte, und stieß mit einem Seufzer der Erleichterung den angehaltenen Atem aus. Dann drehte er sich um und eilte in die Küche. Zu seiner nicht geringen Freude war nur eine alte Magd anwesend, deren Aufmerksamkeit sich auf die Töpfe und Kessel über dem Herd beschränkte. Da Fortunatus wusste, in welchen Trog die Köchin die Fleischreste warf, die für die Hunde gedacht waren, konnte er ungesehen eine Hand voll an sich nehmen und die Küche ebenso unauffällig wieder verlassen.

Da das Hundebiest weit und breit nicht zu sehen war und auch vom Gesinde niemand in der Nähe weilte, warf er das Fleisch in Daggas Napf. Dann holte er das kleine Fläschchen heraus, schüttete gut die Hälfte des Inhalts über die Brocken und vermengte diese anschließend mit den Händen. Die Hündin schien das Fressen gerochen zu haben, denn während Fortunatus sich in den Gang zurückzog, der zur Zisterne führte, kam sie angetrabt und steckte die Schnauze in das Futter. Doch sie schnupperte nur und schien das Fleisch unappetitlich zu finden.

In dem Augenblick trat eine Magd mit dem Futtereimer für die Hunde aus der Küche und blieb neben Daggas Napf stehen. »Dir hat ja schon jemand was gegeben. Aber für dich gefräßiges Biest ist das viel zu wenig. Hier hast du noch was!« Die Alte schüttete den größten Teil des Inhaltes ihres Eimers in den Napf und schlurfte dann weiter. Dagga sah ihr kurz nach und begann dann zu fressen.

Fortunatus, der die Szene beobachtet hatte, atmete tief ein und wartete nervös, ob die Bestie tatsächlich auch das mit dem Betäubungsmittel versetzte Fleisch fressen würde. Die Hündin schien gewaltigen Hunger zu haben, denn sie ließ nichts übrig und leckte zuletzt auch noch den Napf sauber. Dann legte sie sich auf ihren gewohnten Platz an der Wand und bettete den Kopf auf die Vorderbeine. Der Priester glaubte schon, sie würde einschlafen, doch da erinnerte sich die Hündin daran, dass sie Gisela an diesem Morgen noch nicht begrüßt hatte, und lief die Treppe hinauf, als spüre sie nichts von dem Mittel, das der Burgkaplan in ihren Napf geschmuggelt hatte.

Fortunatus schlug das Kreuz. War der Inhalt des Fläschchens zu schwach für diese Dämonin? Ritter Heiner zufolge hätte es sowohl für Alban als auch für das Hexenweib ausreichen sollen. Verunsichert eilte er in den Brunnenraum, wusch sich dort die mit Fleischresten beschmutzten Finger und ging dann zur Sakristei neben der Kapelle hinüber, um in seinen Priesterornat zu schlüpfen. Nun war er nicht nur bereit, die heilige Messe zu lesen, sondern auch dazu, das gottgefällige Werk zu vollenden, das sein Oheim ihm aufgetragen hatte. Einen Augenblick fragte er sich, wie Frau Anna und diese Hexe Gisela es fertigbrachten, regelmäßig den Gottesdienst zu besuchen. Auch Gaudentius nahm mehrmals in der Woche daran teil, und Alban hatte er auch schon in der Kapelle gesehen. Normalerweise konnten solche Geschöpfe des Satans die heilige Handlung nicht ertragen. Nach kurzem Nachdenken kam er zu dem Schluss, dass die Dämonen, die in ihnen stecken mochten, einfach zu mächtig und zu dreist waren, um sich von den Worten eines einfachen Priesters verscheuchen zu lassen. Der Gedanke an seine eigene Machtlosigkeit erfüllte ihn mit Zorn. Schon wollte er die Kammer verlassen, als er sich – gerade noch rechtzeitig – daran erinnerte, dass er das Fläschchen noch mit sich herumtrug. Fortunatus legte es samt der Tasche ab und traf seine Vorbereitungen.

Außer dem Gesinde, das die Andachtsstunde sichtlich genoss, nahm nur Gisela am Gottesdienst teil. Sie jedoch musste noch stärker gegen ihr schlechtes Gefühl ankämpfen als bei den Messen, die Fortunatus bisher abgehalten hatte. Das mochte daran liegen, dass er an diesem Tag nicht nur das Bild eines unverständigen Knaben abgab, der sich das Amt eines Priesters fälschlicherweise angemaßt hatte, sondern sich auch beim Sprechen ständig verhaspelte. Es war eine Qual, ihm zuhören zu müssen, und es wollte sich nicht einmal ein Hauch einer andächtigen Stimmung einstellen. Sie sehnte sich danach, wenigstens noch ein einziges Mal einer Predigt von Vater Maternus lauschen zu dürfen, und nahm sich vor, ihren Ehemann zu bitten, sie nach Nürnberg reisen zu lassen oder sie dorthin zu begleiten, ganz gleich, wie Gaudentius darüber schimpfen mochte.

Tief in Gedanken versunken, überhörte sie Fortunatus' letztes Segensgebet und das Amen, das den Gottesdienst beendete. Erst als sie das Getrappel und Getuschel des Gesindes vernahm, welches die Kapelle möglichst langsam verließ, wurde sie sich ihrer Umwelt wieder bewusst und auch des Schattens, den sie schon in der Nacht gespürt hatte und der die Burg trotz des Sonnenscheins noch dichter zu umgeben schien. Da sie mit jemandem darüber reden musste, beschloss sie, Alban aufzusuchen. Sie hoffte, dass er am hellen Tag eher bereit wäre, sie anzuhören.

Als sie die Kapelle verlassen wollte, stellte sich ihr der Burgkaplan in den Weg. »Verzeiht, Frau Gisela, doch ich würde gerne Euren Rat einholen.«

»Um was geht es?« Gisela seufzte. Seit seinem Eindringen in die Studierstube war Fortunatus ihr nicht nur unsympathisch, sondern geradezu widerwärtig geworden.

»Um die Kirche unten im Meierdorf! Sie müsste dringend repariert oder besser noch durch einen Neubau ersetzt werden. Ich habe mir bereits Pläne anderer Kirchen kommen lassen. Sie liegen hinten in der Sakristei. Wenn Ihr so gut sein wolltet, sie Euch anzusehen?«

Gisela gefiel es wenig, mit Fortunatus allein bleiben zu müssen, doch dann entdeckte sie Dagga am Eingang der Kapelle. Die Hündin hatte sich hingelegt und schnarchte vernehmlich. Da das Tier ihrer Erfahrung nach einen leichten Schlaf hatte, fühlte Gisela sich nun sicher und folgte dem Priester in den kleinen Anbau.

Fortunatus trat zu einer kleinen Anrichte, auf der zwei Becher standen. In den linken hatte er bereits vor der heiligen Messe den restlichen Inhalt des Fläschchens gekippt. Jetzt goss er beide Becher mit Wein voll und reichte Gisela den vergifteten.

»Auf Euer Wohlsein, Frau Gisela! Ich muss mich noch bei Euch entschuldigen – immerhin verdanke ich Euch mein Leben. Hättet Ihr Dagga nicht zurückgehalten, wäre ich tot! Ich weiß immer noch nicht, wie ich auf den Gedanken gekommen bin, in ihr würde ein Dämon stecken. Man sollte als Priester nicht auf das Geschwätz der Mägde hören.« Fortunatus schwitzte und wagte es nicht, Gisela bei dieser Rede anzublicken. Fast wie ein Verdurstender ergriff er seinen Becher und leerte ihn in einem Zug.

Gisela trank ebenfalls einen Schluck Wein und spürte, wie die klamme Kälte wich, die sich während der Messe in ihren Gliedern breitgemacht hatte.

»Auf Euer Wohl!« Fortunatus füllte seinen Becher und trank ihr erneut zu.

Während Gisela einen weiteren Schluck Wein die Kehle hinabrinnen ließ, fragte sie sich, ob der Priester sich betrinken wollte. »Wolltet Ihr mir nicht Eure Pläne zeigen, Hochwürden?«, erinnerte sie ihn.

»Pläne? Doch, ja ...« Fortunatus eilte zu einer Truhe und kramte darin herum. Verzweifelt fragte er sich, warum das Gift nicht wirkte. Dagga war doch auch eingeschlafen. Wenn es bei Gisela genauso lange dauerte, würde es ihm allerdings nicht möglich sein, sie so lange in der Sakristei festzuhalten. Zu seiner Erleichterung leerte sie nun ihren Becher und stellte ihn auf die Anrichte zurück.«

»Habt Ihr jetzt Eure Pläne?« Es klang sehr ungeduldig, aber zur Erleichterung des Burgkaplans begann sie zu gähnen und zwinkerte mit den Augen. »Was ist mit mir? Ich fühle mich plötzlich so müde.« Sie drehte sich um, ohne sich zu verabschieden, machte ein paar Schritte in Richtung Tür und streckte die Hand nach der Klinke aus. Bevor sie diese drücken konnte, stöhnte sie auf und sackte wie ein leerer Beutel in sich zusammen.

Fortunatus faltete die Hände und sah zu dem Marienbild hoch, das über der Tür wachte. »Heilige Maria Mutter Gottes, hab Dank für deine Hilfe!«

Dann schüttelte er seine Erstarrung ab, trat zu Gisela und stieß sie mit dem Fuß an. Sie murmelte etwas, reagierte aber nicht mehr auf den nächsten Tritt. So rasch er konnte, fesselte er sie mit einer alten Stola und stopfte ihr einen Lappen als Knebel in den Mund. Da sich niemand in der Kapelle aufhielt, schleifte er die Bewusstlose hinein. An der Tür zum Flur vergewisserte er sich ebenfalls, ob ihn jemand beobachten konnte, aber es drang nur Stimmengewirr aus der Küche hoch. Da Gaudentius und Frau Anna die Burg verlassen hatten, schien das Gesinde den Tag feiern zu wollen. Er stieß einen zufriedenen Seufzer aus und hievte die Frau über seine Schulter. Nur zehn Schritte weiter befand sich eine Pforte, die auf einen abgelegenen Hof hinausführte, auf dem allerlei altes Gerät gelagert wurde. Als Fortunatus an Dagga vorbeikam, hielt er für einen Moment die Luft an, da er fürchtete, das Untier könne seine Betäubung abschütteln und entdecken, dass er seine Herrin wegtrug. Er glaubte schon, die gewaltigen Zähne an seiner Kehle zu spüren, doch die Hündin lag starr wie ein Stein am Boden. Mit einem schadenfrohen Grinsen ging er weiter und bekam in seiner Selbstzufriedenheit nicht mit, dass Dagga sich erhob und so unsicher hinter ihm hertaumelte wie ein Welpe, der gerade laufen lernt.

Fortunatus schlüpfte durch die Pforte, fand den Weg, den sein Onkel ihm beschrieben hatte, ebenfalls menschenleer und traf nach zwei Dutzend Schritten auf das Gebüsch, in dessen Deckung zwei Knechte auf ihn warteten. Diese nahmen ihm Gisela ab, wickelten sie in eine Decke und warfen sie über ein Pferd.

»Kommt Ihr mit uns, Hochwürden?«, fragte einer der beiden.

Fortunatus warf einen kurzen Blick auf die Burg zurück und schüttelte sich. Wenn die anderen Teufelsdiener merkten, dass ihre Oberhexe fort war, würde sich ihr Verdacht sofort auf ihn richten. Daher stieg er kurz entschlossen auf den Wallach, den der Knecht ihm anbot. »Bis Loipfing komme ich mit.«

»Dorthin werdet Ihr zu Fuß weitergehen müssen. Wir wenden uns beim nächsten Kreuzweg nach Osten«, antwortete der Knecht, der den Zügel des Tieres ergriff, auf dem Gisela lag. Um zu verhindern, dass der Priester mit dem zweiten Pferd davonritt, packte der andere Knecht dessen Zügel.

»Nichts für ungut, Hochwürden, doch unser Weg ist weiter als der Eure«, entschuldigte er sich.

Fortunatus beruhigte den Knecht mit einer sanften Geste. Ihm war nur daran gelegen, so schnell wie möglich aus der Nähe von Riebelsborn wegzukommen. Er ärgerte sich nur, dass er sich nicht umgezogen hatte, denn in seinem Ornat fiel er stärker auf als ein Fasan unter seinen Hennen. Dann entdeckte er die Reitumhänge, die die Knechte wegen der Kälte und der unbeständigen Witterung an die Sättel geschnallt hatten. Er griff hinter sich, löste die Lederriemen, die das Kleidungsstück hielten, und zog es zu sich nach vorne. Da er keine Zügel halten musste, konnte er es ausbreiten und sich über die Schultern werfen. Der Besitzer des Umhangs zog zwar ein säuerliches Gesicht, wagte aber nicht, den Neffen seines Herrn durch eine Rückforderung zu verärgern.

Die Entführer fühlten sich so sicher, dass sie kein einziges Mal hinter sich blickten. Hätten sie nach Verfolgern Ausschau gehalten, wäre ihnen aufgefallen, dass Dagga hinter ihnen hertaumelte. Die Hündin war immer noch stark betäubt und wollte nichts anderes, als sich an ihre Herrin kuscheln und sich kraulen lassen. Ihre Beine knickten bei jedem Schritt ein, und sie kroch teilweise auf dem Bauch weiter. Daher wurde der Vorsprung der Entführer größer und größer. Aber sie konnte Giselas Duftspur folgen, die noch lange in der Luft lag und ihr den Weg wies.

Als Fortunatus sich von den Knechten trennte, dämmerte es schon. So stiegen die Männer auf ihre Pferde, von denen eines mit

Gisela und seinem Reiter nun doppelte Last tragen musste, und trieben die Tiere zu schnellerer Gangart an. Dagga hörte das Hufgetrappel in der Ferne und wurde instinktiv schneller. Nun begann die lähmende Müdigkeit aus ihren Knochen zu weichen, und ihre Sinne klärten sich langsam. Zwar hinderte das Gift in ihrem Körper sie daran, die Reiter einzuholen, doch nahm sie den Geruch der Pferde und der Menschen, die ihre Herrin mit sich nahmen, nun deutlicher wahr, und sie folgte ihm beharrlich.

Fünfter Teil

Die Gefangene

1.

Das Erste, dessen Gisela sich beim Erwachen bewusst wurde, war eine Übelkeit, die ihr schier den Magen verknotete. Im nächsten Augenblick spürte sie den Knebel in ihrem Mund und geriet in Panik. Herr im Himmel, hilf! Ich will nicht ersticken!, flehte sie und versuchte, so flach wie möglich zu atmen. Dann fragte sie sich, wie sie in diese Lage hatte geraten können und warum ihr so schlecht war. Hatte sie nicht eben noch mit Fortunatus über einen Kirchenneubau im Meierdorf gesprochen, zu dem sie Gaudentius überreden sollte?

Auf einmal erinnerte sie sich an die zittrige Nervosität des Priesters und den Wein, den er ihr kredenzt hatte. Das Getränk stieg nun sauer aus ihrem Magen auf, und sie spürte den Geschmack von Mohnsaft, Tollkirsche und einigen anderen Zutaten auf der Zunge, die den Verstand eines Menschen ausschalten und seinen Körper lähmen konnten.

Eine Weile war Gisela schockiert und machte sich Vorwürfe, weil sie sich hatte ablenken lassen und nicht darauf geachtet hatte, ob mit dem Wein etwas nicht stimmte. Dennoch wies sie zunächst jeglichen Verdacht gegen den jungen Burgkaplan weit von sich. Aus welchem Grund hätte Fortunatus sie betäuben oder gar vergiften sollen? Sie schüttelte sich innerlich und bemerkte erst jetzt, dass sie gefesselt war und bäuchlings über einem Pferd hing. Nun nahmen auch ihre Ohren beinahe schlagartig ihren Dienst auf, denn sie vernahm Hufschläge und Männerstimmen.

Was die Leute sagten, klang jedoch so undeutlich, dass sie es nicht verstand.

Da ihre Sinne einer nach dem anderen zu erwachen schienen, versuchte sie, die Augen zu öffnen, fand sich aber im Dunkeln wieder. Daher tastete sie mit ihren auf den Rücken gebundenen Händen umher, so weit sie es vermochte. Sie konnte groben Stoff fühlen und begriff, dass man sie in einen Sack gesteckt hatte. Einer der Männer schien hinter ihr auf dem Pferd zu sitzen, denn sie spürte, dass raue Hände nach ihr griffen.

»Wir müssen etwas tun! Die Hexe scheint zu erwachen.«

Diesmal hatte sie die Worte des Mannes verstanden, aber das half ihr nicht weiter. Sie hörte den Laut, mit dem er das Pferd anhielt, und das Knirschen und Scharren, als seine Füße auf der Erde aufkamen. Dann riss jemand sie hoch und ließ sie so hart auf den Boden fallen, dass sie einen Schmerzenslaut ausstieß.

»Ich sagte doch, das Miststück ist wach!« In der Stimme des Mannes schwang schiere Panik. »Warum konnte seine Hochwürdigkeit sie nicht besser betäuben? Was ist, wenn sie jetzt einen Zauber über uns wirft? Wie du weißt, ist sie eine Hexe von ungeheuerlicher Kraft!«

Wenn es so wäre, dachte Gisela, würde ich dich jetzt in einen ekelhaften Wurm verwandeln.

Der zweite Mann schien die Besorgnis seines Kumpans nicht zu teilen. »Jetzt mach dir nicht in die Hose, du Narr! Wir haben doch das Zeug, mit dem diese Hexe klein gehalten werden kann. Außerdem werden wir sie noch vor dem Abend abliefern und können die fünf Gulden, die jedem von uns versprochen sind, in dem besten Wein anlegen, denn wir seit langem gekostet haben.«

»Wenn wir dazu noch kommen! Diese Hexe wartet doch nur darauf, uns in Ratten oder giftiges Getier zu verwandeln.« Ein Tritt ließ Gisela vor Schmerz aufstöhnen. Dann hob jemand den Sack an dem Ende hoch, an dem sich ihr Kopf befand, und schnürte ihn auf.

Für einen Augenblick sah Gisela den Himmel als hellen Fleck über sich, bevor sich jemand über sie beugte. Nun nahm sie nur noch einen schmutzigbraunen Kittel wahr und roch den Gestank eines ungewaschenen Körpers. Der Mann packte sie am Genick, und ein anderer, den sie nur als Schatten wahrnahm, riss ihr den Knebel aus dem Mund. Noch bevor sie ein Wort sagen konnte, ergoss sich ein Schwall einer widerlich schmeckenden Flüssigkeit zwischen ihre Lippen, und sie musste schlucken, wollte sie nicht ersticken. Es handelte sich um ein Betäubungsmittel, und ein starkes dazu, wie sie noch feststellen konnte, während sie wegdämmerte.

2.

Als Gisela zum zweiten Mal erwachte, lag sie auf der harten Pritsche eines Wagens und spürte die Stöße, mit denen die Räder des Gefährts von einem Schlagloch in das nächste fielen. Sie befand sich immer noch in dem Sack, und es fühlte sich an, als hätte jemand zusätzlich eine Plane um sie geschlagen, die so schwer auf ihrer Brust lag, dass sie kaum Luft bekam.

Sie versuchte abzuschätzen, wie lange sie bewusstlos gewesen sein konnte. Gewiss nicht länger als einen Tag, sonst müsste sie hungrig sein. Dafür quälte sie der Durst so stark, dass sie im ersten Augenblick glaubte, daran sterben zu müssen. Das lag wahrscheinlich an dem betäubenden Mittel – ihre Zunge klebte schlimmer am Gaumen als nach jenem Sommerfest in Nürnberg, bei dem Hans sie verleitet hatte, mehr als drei Becher Wein zu trinken. Der Gedanke an ihren Bruder und die Heimat trieb ihr die Tränen in die Augen. Wie schön wäre es, jetzt dort sein zu können und weder Magister Alban noch Gaudentius kennengelernt zu haben. Bei dem Gedanken verspottete sie sich selbst. In der Lage, in der sich ihr Vater befunden hatte, hätte er sie für einen großen Beutel Gold wohl auch an einen Heiden oder gar an diesen entsetzlichen Cajetan verkauft.

Sie zuckte zusammen, als sie sich plötzlich an Gaudentius' Bericht über die junge Magd Kezia erinnerte, die dieser vor ihr hatte ausbilden wollen und die dann spurlos verschwunden war. Konnte es sein, dass das Mädchen Riebelsborn gar nicht freiwillig verlassen hatte, sondern ebenfalls entführt worden war? Die Antwort auf diese Frage war nicht gerade angenehm. Wenn sie sich wirklich in den Händen jenes Ungeheuers befand, das sich Cajetan nannte, schwebten sie und ihre unsterbliche Seele in allerhöchster Gefahr.

Sie kämpfte gegen die Angst an, die sie wie zäher Schleim einzuhüllen und zu ersticken drohte, und versuchte, sich an einen der Zaubersprüche zu erinnern, die Gaudentius ihr beigebracht hatte. Da der Knebel sie am Sprechen hinderte, formte sie die Worte, die ihr durch den Kopf schossen, mit den Lippen und dachte sie dabei so deutlich, wie sie es nur vermochte. Auf diese Weise rezitierte sie nach und nach sämtliche Formeln, die Gaudentius ihr beigebracht hatte, um höllische Mächte abzuwehren. Es erschien zwar kein Engel des Herrn, um sie aus ihrer scheußlichen Lage zu befreien, doch verbesserte sich ihre Konzentration mit jedem Spruch, und die lähmende Wirkung des Giftes, das man ihr eingeflößt hatte, wich spürbar. Anders als bei ihrem letzten Erwachen vernahm sie keine Stimmen, sondern nur das mahlende Geräusch der Wagenräder und das Schnauben eines Pferdes.

Um nicht erneut in Verzweiflung zu fallen, begann Gisela, einige der Lehren, die Gaudentius ihr erteilt hatte, in die Tat umzusetzen. Sie merkte jedoch rasch, dass sie mit diesem andressierten Wissen nicht weiterkam, und richtete all ihre Gedanken auf sich selbst. Zunächst zeigte ihr inneres Auge ihr nur einen hellen Fleck vor einem düsteren Untergrund, aber dann erblickte sie sich selbst, als könnte sie auf sich herabschauen und dabei Stoff und Plane durchdringen. Sie wirkte so bleich, als sei sie bereits tot, und lag mit geschlossenen Augen da. Doch ihre Lider zitterten, und sie trug einen Knebel, den man ihr so rau in den Mund gestopft hatte, dass ihre Unterlippe aufgeplatzt war. Sie wollte den Lappen mit der Zunge herausstoßen, doch er steckte zu tief zwischen ihren Zähnen. Auch der Versuch, sich der Fesseln zu entledigen, scheiterte, denn sie kam mit ihren Fingerspitzen nicht bis an die Enden des Strickes, den man um ihre Handgelenke gewunden hatte.

Zu ihrem nicht geringen Schrecken musste Gisela erkennen, dass sie zu gut verschnürt worden war, um sich selbst befreien zu können. Sie vergaß jedoch ihre Angst und ihre Wut, als sie den hauchdünnen, aber deutlich erkennbaren magischen Faden entdeckte, der von ihrem Körper ausging und sich hinter ihr in der Ferne verlor. Anscheinend hatte sie eine Spur hinterlassen und konnte hoffen, dass Alban in der Lage war, ihr zu folgen. Das machte es ihr leichter, sich in ihre derzeitige Situation zu fügen, und sie stellte sich vor, wie es sein würde, wenn ihr Ehemann mit seinen übermenschlichen Kräften über Cajetans Knechte kam. Vielleicht hatte der grässliche Zauberer mit dem Fluch, der Alban in den Körper eines Ungeheuers gebannt hatte, seinen eigenen Untergang geschaffen. Noch während ihre Gedanken mit dieser Vorstellung spielten, bemerkte sie, dass der Weg, den der Wagen entlangfuhr, plötzlich steil anstieg. Dann schloss sich eine magische Schwärze um sie, die sie vor Furcht bis ins Mark erstarren ließ.

Mit einem Mal hielt der Wagen, und kurz darauf zog jemand die Plane von ihr herab. Gleich darauf spürte Gisela, wie sie von mehreren Händen gepackt und aufgehoben wurde. Man trug sie schweigend eine Treppe oder eine steile Rampe hinab, und dabei hatte sie das Gefühl, immer tiefer in übel riechenden Schmutz getaucht zu werden. Es wurde zuletzt so entsetzlich, dass sie sich in Krämpfen wand und den Händen ihrer Träger zu entgleiten drohte. Diese griffen jedoch fester zu und schleppten sie weiter. Obwohl Gisela noch immer in dem Sack steckte, konnte sie allmählich die Mauern einer

Burg um sich herum erkennen, die etwas kleiner sein musste als Riebelsborn und sich anfühlte, als wäre sie aus Schweinemist errichtet und ihre Wände mit Jauche getüncht worden.

Plötzlich spürte sie mehrere Lichter in ihrer Nähe. Zwei davon waren stark, aber düster wie ein rotes Feuer hinter rauchgeschwärztem Glas, zwei andere, etwas weiter entfernte, glimmten in der Schwärze wie verlöschende Glut. Die beiden stärkeren Lichter richteten sich nun auf sie, und Gisela spürte, wie die kleinere, aber irgendwie intensivere dunkle Flamme sich ihr näherte und nach ihr greifen wollte.

»Lass das, Fulvian!«, sagte in dem Moment eine unangenehm kratzende Stimme. »Ich will sie als Erster sehen!«

Die andere, nicht ganz so dunkle Präsenz schob sich auf sie zu, rupfte an dem Sack herum und zerrte ihn von ihr herunter. Gisela sah nach oben und blickte in ein schmales, bleiches Gesicht mit fast farblosen, unnatürlich starr wirkenden Augen. Ohne dass es ihr jemand erklären musste, wusste sie, dass es sich bei dem Mann um Cajetan handelte. Er steckte in einem weiten Talar aus dunkelblauem Tuch, der über und über mit Sternen und Monden bestickt war, und auf dem Kopf trug er einen hohen, spitz zulaufenden Hut mit schmaler Krempe.

»Du bist also die kleine Hexe, die es in den letzten Wochen gewagt hat, sich mir in den Weg zu stellen.« Cajetan hatte auf den ersten Blick erkannt, dass seine Gefangene voll bei Sinnen war, doch inmitten seiner eigenen Burg und der Schutzzauber, die er mit Fulvians Hilfe errichtet hatte, fühlte er sich völlig sicher. Er betrachtete Giselas Gesicht und knirschte leicht mit den Zähnen, als er erkannte, dass ihre Angst geringer war, als er erwartet hatte. Mit einem heftigen Ruck wandte er sich an seine Knechte.

»Bringt sie in ihre Zelle!« Er trat zurück und sah Fulvian kopfschüttelnd an. »Dieses kleine Ding glaubt immer noch, mir trotzen zu können. Wer weiß, was dieser Narr Gaudentius ihr alles ins

Ohr geblasen hat. Wahrscheinlich bildet sie sich ein, sie müsste nur dreimal an einer Alraune lecken und könne mich dann mit ihrer Spucke vernichten.« Während Cajetan boshaft auflachte, bog Fulvian sich zur Seite, um an seinem Herrn vorbei auf Gisela schauen zu können. Einen Herzschlag lang trafen sich ihre Blicke, und er sah Hass in ihren Augen aufsteigen.

»Sie weiß mehr, als Ihr denkt, Herr. Das wundert mich, denn von Gaudentius könnte sie niemals so viel erfahren haben.«

Cajetan wischte den Einwand seines Homunkulus mit einer ärgerlichen Handbewegung zur Seite. »Narretei! Sie ist eine ungewöhnlich starke Hexe, aber dumm wie Bohnenstroh. Gaudentius hat ihren Kopf nur mit sinnlosem Halbwissen gefüllt. Er konnte ihr gar nicht beibringen, wie sie sich gegen einen Meistermagier wie mich zur Wehr setzen kann, und in meiner Hand ist sie so hilflos wie ein junger Zeisig, der aus dem Nest gefallen ist.«

»Wir sollten sie trotzdem sicher verwahren, Herr. Am besten wäre es, Ihr ließet sie in Eisen schließen und ihr betäubende Drogen einflößen.«

»Vertraust du deinen eigenen Zaubern nicht mehr, du Missgeburt?« Cajetan versetzte Fulvian einen Hieb mit seinem Stock, wies ihn an, die Knechte zu überwachen, die Gisela einsperren sollten, und wandte sich zum Gehen. Dann aber drehte er sich noch einmal zu der jungen Frau um und fasste sie am Kinn. »Du wirst genug Zeit bekommen, darüber nachzudenken, ob es sinnvoll ist, um Gaudentius' willen in kindischem Trotz zu verharren. Wenn du vernünftig bist, erkennst du mich als Herrn an und gehorchst mir! Ich kann dir weitaus mehr bieten als dieser Schwarzkünstler, der seine Zauberei aus hohlen Büchern gelernt hat.«

Eine solche Aufforderung hatte Gisela nicht erwartet. Glaubte Cajetan wirklich, sie würde Alban und Gaudentius verraten und sich ihm anschließen? Sie kannte doch den Preis, den sie dafür zu zahlen hatte, und wenn sie schon sterben musste, wollte sie nicht auch noch ihre ewige Seligkeit aufs Spiel setzen. Vermutlich hatte der Magier nur vor, sie in Sicherheit zu wiegen, bis er einen ähnlich schlimmen Fluch über sie werfen und ihre Seele der Hölle überantworten konnte, wie er es bei Lavinias Freundinnen getan hatte. In diesem Augenblick stieg in Gisela ein Hass auf Cajetan hoch, der sie mehr entsetzte als ihre schlimme Lage. Nie zuvor war sie der Verkörperung des Bösen in leibhaftiger Gestalt begegnet. Die Aura dieses überheblich wirkenden Mannes aber, dessen Augen das Leben und die Erfahrung von mehreren Tausend Jahren spiegelten, verriet ihr, dass er ein Diener Satans war, der seinem höllischen Gebieter schon unzählige Seelen zugetrieben haben musste. Sie wandte den Kopf ab, weil sie den Anblick des Magiers nicht mehr zu ertragen vermochte – und sah nun das zweite Höllengeschöpf vor sich. Das musste Fulvian sein, der ewig weibstolle Homunkulus, dessen einziges Vergnügen es war, die Mägde des Magiers zu bespringen. Zumindest hatte Gaudentius ihr dies berichtet.

Als sie das angebliche Kunstgeschöpf musterte, zerflossen dessen Konturen vor ihren Augen, und hinter der Maske tauchte ein menschenähnliches, haariges Geschöpf auf, das ein schmales, an einen Bockskopf gemahnendes Gesicht besaß und darüber zwei halbmondförmig gebogene Hörner, die aus dem Haaransatz aufragten. Ihr Blick wanderte tiefer, und sie wunderte sich nicht, am Steiß dieses Wesens einen dünnen, sich windenden Schwanz zu sehen, der in einer zerfledderten Quaste auslief. Der gespaltene Huf, den Fulvian anstelle des linken Fußes aufwies, bestätigte nur, was sie ohnehin bereits erkannt hatte. Das Licht, das der Homunkulus ausstrahlte, wirkte auf sie weitaus bedrohlicher als die schwarze Flamme des Magiers, und sie hätte ihre glatte Haut gegen die Runzeln einer alten Frau verwettet, dass von jenem Geschöpf, das Cajetan in seiner Überheblichkeit für seinen Diener hielt, die wirkliche Gefahr für sie und ihre Seele ausging.

»Hier, willst du ihn in dir spüren?« Mit einer eindeutigen Geste stellte Fulvian sich vor ihr in Pose. Gisela widerstand nur mit Mühe dem Drang, ihn anzuspucken. Ihre Abscheu schien sich auf ihrem Gesicht abzuzeichnen, denn der Homunkulus stieß eine leise Verwünschung aus und befahl zwei kräftigen Kerlen in einfachen Kitteln, sie in eine Zelle zu schleppen.

Der Weg führte weiter in die Tiefe, und in dem Licht, das Fulvian vor den Knechten hertrug, konnte Gisela ihn in zwei Erscheinungsformen beobachten: Als Homunkulus wirkte er eher lächerlich, doch auch in dieser Gestalt umwaberte ihn eine Aura abgrundtiefer Bosheit; als Höllendämon aber war er fast genauso groß wie Cajetan.

Dieser schien es sich anders überlegt zu haben. Er stieg hinter den Knechten die Treppe hinab, blieb an der Tür zu dem unterirdischen Verließ stehen und sah zu, wie die beiden vierschrötigen Männer Gisela in eine vergitterte Zelle trugen und mit dem Gesicht nach unten auf eine faulige Unterlage legten.

»Sag dem Weib, was es erwartet, wenn es sich störrisch gibt«, befahl er seinem Homunkulus. Dann drehte er sich um und warf die Tür hinter sich zu.

Für einen Augenblick konnte Gisela noch den Widerhall seiner Schritte vernehmen. Dann vermochte sie ihn nur noch so schemenhaft wahrzunehmen wie den Schein eines verglimmenden Herdfeuers. Für einen Moment war es ihr unmöglich, etwas zu erkennen, denn alles um sie herum war ekelhaft schwarz und stank erbärmlich. Nur die beiden hellen Lichter stachen aus dem schieren Nichts hervor, und sie versuchte zu erkennen, was sie darstellten. Zunächst sah sie nur den hellen Schattenriss einer Frau hinter einem Gitter. Die Konturen der Gestalt wirkten unscharf und verwischten sich immer wieder, als müsse sich ihr Licht gegen die umgebende Schwärze behaupten.

»Lass dir von diesen elenden Schuften keine Angst einjagen!« Die Stimme klang laut und eindringlich. Gisela hörte, wie der

Homunkulus auf die Frau zueilte. Da er sich auch vor ihrem inneren Auge als krüppelhaftes Zerrbild eines Menschen abzeichnete, entging ihr dabei nicht seine Erregung.

»Wenn du noch einmal den Mund aufmachst, lasse ich dich so auf deine Pritsche schnallen, dass du wie ein gut aufgetischtes Mahl für mich bereitliegst, und werde dir deine Renitenz Stoß für Stoß austreiben!«

»Versuche es doch!« Die Lichtgestalt flammte urplötzlich so hell auf, dass sie Funken sprühte. Einer davon traf den monströsen Auswuchs zwischen Fulvians Schenkeln und brachte ihn zum Aufstöhnen.

Das hat weh getan, dachte Gisela mit einer für sie ungewöhnlichen Gehässigkeit. Der Homunkulus fasste sich jedoch rasch wieder und trat nun auf sie zu. »Höre nicht auf das, was dir diese Hexe erzählt! Die ist nicht richtig im Kopf.«

»Hier sind zwei nicht richtig im Kopf, und das sind dein elender Herr und du!« Die Frau erzeugte einen weiteren Funkensturm, der diesmal neben Fulvian auch Gisela traf. Der Homunkulus wich angeekelt zurück, doch auf Gisela wirkten die glimmenden Fünkchen wie das Streicheln einer sanften Hand.

»Vielleicht sollte ich Euch durch Hunger zähmen. So manche Stute lässt sich leichter reiten, wenn ihr der Magen knurrt.«

Gisela spürte, dass Fulvians Drohung trotz des Zorns in seiner Stimme die Kraft fehlte. Hier spielte sich offensichtlich ein Kampf ab, der nicht durch eine oder zwei versagte Mahlzeiten entschieden werden konnte und wohl auch nicht durch Peitsche oder Daumenschrauben. Hier standen sich zwei Mächte wie im Krieg gegenüber, und nur eine von ihnen konnte siegen und damit überleben. Das schien sowohl der Frau als auch dem Homunkulus bewusst zu sein.

3.

Nachdem Fulvian unter wüsten Drohungen den Kerker verlassen hatte, wurde es dort beinahe so still wie in einer Gruft. Nur die Atemzüge verrieten Gisela, dass außer den beiden hellen Gestalten noch drei Wächter anwesend sein mussten. Einer von ihnen brachte die zweite lichterfüllte Person weiter nach vorne und sperrte sie in die Gitterzelle neben Gisela.

Bei ihr handelte es sich ebenfalls um eine Frau, die sich aber im Gegensatz zu der anderen vor Angst schüttelte. »Du solltest Fulvian nicht so reizen, Hetta. Er ist sonst wirklich noch in der Lage, wie ein wildes Tier über dich herzufallen – oder über mich und die neue Gefangene.«

Ihr Tadel kam jedoch schlecht an. »Warum soll ich ein Blatt vor den Mund nehmen?«, antwortete Hetta. »Du weißt genau, dass diese elende Kreatur nur dann Erfolg hat, wenn wir uns ihr freiwillig hingeben, wie es die dummen Mägde oben in der Burg tun.«

»Mine und Lina sind nicht in Zellen eingesperrt und müssen nicht auf verfaulendem Stroh schlafen, in dem es vor Ungeziefer und Ratten nur so wimmelt!«

»Dafür müssen sie einen stinkenden Bock auf sich ertragen, und dazu noch den alten Magier, falls der mal einen hochbringt.«

Bei dieser unverblümten Rede musste Gisela kichern. Nein, ein Blatt nahm diese Hetta gewiss nicht vor den Mund. Sie versuchte, sich zu ihr umzudrehen, doch da sie noch immer an Händen und Füßen gefesselt war, bereitete es ihr Mühe, sich wenigstens auf den Rücken zu wälzen. »Gott zum Gruße. Mein Name ist Gisela«, stellte sie sich vor. »Wie es aussieht, bin ich wie ihr zu einer Gefangenen dieses abscheulichen Cajetan geworden.«

»Das kannst du laut sagen!«, antwortete Hetta. »Ich befinde mich schon etliche Monate in seiner Gewalt – und er und seine Kreatur haben es nicht an Versuchen mangeln lassen, mich zu ihrer gehorsamen Dienerin zu machen. Doch ich sterbe lieber, als mich einem dieser beiden ekelhaften Böcke hinzugeben.«

»Denen geht es auch gar nicht um die Befriedigung ihrer fleischlichen Lust, sondern um etwas ganz anderes«, erklärte Gisela.

»Lass mich raten! Sie wollen unsere Seelen dem Teufel in der Hölle verkaufen?«

Gisela nickte, so gut sie es vermochte. »Genau das ist ihr Ziel! Aber dafür müssen sie unseren Willen brechen. Ach, diese elenden Fesseln! Warum löst man sie nicht? Glauben sie, ich könnte durch die Gitter schlüpfen?«

»Man will dich quälen, um dich schneller kleinzubekommen.« Hetta rüttelte an den Gitterstäben, die die Zellen trennten. Trotz der dicken Rostschicht gaben die Stangen nicht nach. Zwar konnte Hetta zwischen ihnen hindurchgreifen, doch lag Gisela zu weit von ihr entfernt, als dass sie ihr hätte helfen können.

»Ich werde einen Wärter rufen, damit er dich befreit«, mischte sich die ängstliche Frau in das Gespräch.

»Lass das bleiben, Kezia! Die Kerle würden eh nichts tun! Die machen nur, was ihr Herr befiehlt. Die sind nichts weiter als gut dressierte Hunde.

Unwillkürlich drehte Gisela den Kopf so, dass sie den Wärter sehen konnte, der in eine von einem winzigen Öllicht erhellte Nische stapfte, in der zwei ähnliche Gestalten regungslos hockten, und für einen Augenblick hatte sie wirklich das Gefühl, einen großen Hirtenhund zu erblicken. Dann aber verschwamm die Gestalt und wich der Erscheinung eines bulligen Mannes.

Sie versuchte, sich aufzusetzen, sank aber mit einem Schmerzenslaut wieder zurück. »Wie ist es mit euch? Seht ihr die Umgebung auch so seltsam wie ich? Ich erkenne kaum mehr als eure Umrisse und eine Schwärze, die mich beinahe erdrückt.«

Hetta schüttelte den Kopf. »Nein, bei Gott, so schlimm ergeht es uns nicht. Ich sehe feste Mauern um mich, Eisenstangen so dick wie ein Unterarm und unsere Wärter, die man für stumm halten könnte, wenn sie nicht von Zeit zu Zeit auf eine Frage ihres Herrn oder dessen Famulus mit ja oder nein antworten würden.«

Für die Dauer einiger Herzschläge war es Gisela, als sähe sie durch fremde Augen auf altes Mauerwerk und einen Kerker mit etlichen Zellen, von denen derzeit nur drei besetzt waren. Sie erschrak, als sie sich selbst erblickte und sah, dass sie von Fesseln eingeschnürt und gekrümmt wie ein Wurm auf einer Strohschütte lag. In der Zelle hinter ihr entdeckte sie eine noch recht junge Frau mit bleichem Gesicht und wirren Haaren, die in einem stark zerschlissenen Kleid steckte.

Plötzlich hörte sie ein unterdrücktes Stöhnen, sah eine Hand, die abwehrend die Augen bedeckte – und war plötzlich wieder sie selbst.

»Warst du das eben?«, hörte sie Hetta fragen.

Gisela kniff die Augen zusammen und konnte nun eine Frau sehen, die nur wenige Jahre jünger sein mochte als Anna von Riebelsborn und dieser in Haltung und Gesten glich, obwohl sie sonst keine Ähnlichkeit mit Gaudentius' Tante aufwies. Auf jeden Fall war sie weitaus hübscher als Anna und wirkte erfahrener.

»Was soll ich gewesen sein?«, antwortete sie, als Hetta ihre Frage wiederholte.

»Ich hatte mit einem Mal das Gefühl, ein anderer Mensch sei in meinem Kopf und schaue durch meine Augen.« Hetta wirkte fassungslos und schockiert, schüttelte sich dann und lachte leise vor sich hin. »Natürlich warst du es, aber das war dir wohl selbst nicht bewusst. Ich habe etwas Ähnliches schon selbst erlebt, es aber damals leider für einen Albtraum gehalten. Wer hätte auch ahnen können, dass mein bislang ach so zuvorkommender Stiefsohn sich nach dem Tod meines Mannes als Schurke entpuppen und mich an diesen Cajetan verkaufen würde? Er hat gewiss nicht daran geglaubt, dass dieser eine Frau von Adel als Hausdame benötigte.

Ihm ging es rein darum, mir nicht meine restliche Mitgift und das mir zugeschriebene Wittum überlassen zu müssen.«

Ärger und Verachtung schwangen in Hettas Stimme, doch Gisela begriff, dass deren Gefühle für ihren Stiefsohn nur ein schaler Widerhall des Hasses waren, den sie für Cajetan und seinen Diener empfand.

»Wenn es einen Gott im Himmel gibt, wird er uns befreien und unsere Feinde bestrafen!« Eigentlich war die Ermunterung für Hetta und die andere Frau gedacht, doch Gisela begriff, dass sie sich in erster Linie selbst Mut machen wollte. Dabei hatte sie nicht die geringste Ahnung, was sie gegen ein Ungeheuer wie Cajetan ausrichten konnte.

Die junge Frau kniete nieder und schlug das Kreuz. »Gebe die Heilige Jungfrau, dass es bald dazu kommt. Ich halte es hier nicht mehr lange aus. Soll Fulvian sich doch meiner bedienen, wenn ich dafür ein leichteres Leben führen kann.«

Hetta rüttelte wütend an ihren Gitterstäben. »Was soll das, Kezia? Ich habe dir oft genug gesagt, dass es nicht damit getan ist, diesen Kerlen deinen Leib zu überlassen.«

»Sie wollen ihrem Herrn, dem Teufel, deine Seele opfern!«, setzte Gisela leise, aber gut verständlich hinzu.

Beide Frauen erschauderten, und Kezia stimmte mit kindlich klingender Stimme ein Gebet an.

Hetta hingegen bleckte die Zähne. »Du verstehst es wirklich, einem Mut zu machen. Aber ich habe leider das unangenehme Gefühl, dass du recht hast. Wenn wir Cajetan und seinem Knecht unsere Körper ausliefern, geben wir ihnen zugleich unsere unsterblichen Seelen in die Hand, und was diese damit machen werden, hast du eben klar und deutlich ausgedrückt.«

»Du meinst wirklich, sie schicken uns in die Hölle? Dann ist es besser, wir bringen uns selber um.« Kezia kreischte vor Angst, während ihre Freundin mürrisch abwinkte.

»Dummes Zeug! Wenn du hier in diesen dunklen Hallen Hand an dich legst, gibst du ihnen ebenfalls Macht über deine Seele. Selbstmörder kommen nicht in den Himmel, und aus dieser Umgebung führt der Weg nicht ins Fegefeuer, sondern direkt in Luzifers Kochkessel.«

Für einige Augenblicke erstarb das Gespräch. Dann sprach Gisela die jüngere Frau an. »Verzeih, aber bist du wirklich die ehemalige Magd Kezia, die Gaudentius zur Hexe ausbilden wollte? Deine Freundin nannte dich vorhin bei diesem Namen.«

Kezia richtete sich auf und nickte. »Ja, ich bin Kezia aus Riebelsborn. Herr Matthias wollte mich lehren, den Fluch zu brechen, den Cajetan über ihn geworfen hat.«

Gisela musterte die junge Magd und schüttelte den Kopf. »Du hättest es nicht geschafft. Ich traue es mir ebenfalls nicht zu, doch irgendwie muss es mir gelingen, sonst sind Albans und Gaudentius' Seelen den höllischen Mächten verfallen.«

»Warum macht Cajetan das nicht auch mit uns? Es wäre ihm doch gewiss ein Leichtes, einen Fluch über uns auszusprechen.« Hetta schüttelte sich vor Angst, die langen Monate ihres Abwehrkampfes könnten vergebens gewesen sein, weil sie einem Spiel aufgesessen war, das Cajetan eines Tages mit einem Fingerschnippen beenden würde.

Gisela konnte ihr keine schlüssige Antwort geben, da Gaudentius sie nicht so tief in die Kunst der Magie eingeweiht hatte. »Es muss wohl mit unseren besonderen Fähigkeiten zusammenhängen.«

Hetta lachte bitter auf. »Du meinst das, was uns zu dem macht, was andere Hexen nennen? Bei Gott, abgesehen von ein paar Gesichtern, die ich für Tagträume gehalten habe – und eben jenem einen Albtraum – bin ich mir solcher Kräfte nie bewusst gewesen. Ich habe erst hier von Cajetan erfahren, dass ich welche besitzen soll.«

»Er verfügt über Mittel und Wege, es zu erkennen«, erklärte Gisela. »Gaudentius hat einen Stein verwendet, um mich ausfindig zu machen.«

»Ihr seid also auch auf Riebelsborn gewesen?« Kezia beugte sich vor und zeigte, dass sie auf Neuigkeiten hoffte, über denen sie die Trostlosigkeit des Augenblicks eine Weile vergessen konnte.

Gisela interessierte sich jedoch für etwas ganz anderes. »Wie bist du eigentlich in Cajetans Hände geraten? Auf Riebelsborn hieß es, du hättest eine Summe Geldes gestohlen und wärst damit geflohen.«

»Das ist eine infame Lüge!«, fuhr Kezia auf. »Die Köchin, dieses eklige Biest, hat mich gebeten, mit ihr ins Meierdorf zu ihrem Bruder zu gehen, weil dieser krank sei und ich ihm helfen solle. Herr Matthias hatte mir ein wenig von der Kunst des Heilens beigebracht, und das wusste das Weib. Ich war so dumm, ihr zu folgen, und fand den Bruder putzmunter vor. Dafür ist es mir von dem Apfelwein, den er mir aufgetischt hat, speiübel geworden, und ich muss in Ohnmacht gefallen sein. Als ich wieder zu mir kam, war ich Cajetans Gefangene. Seither sitze ich in diesem Loch.«

Gisela fühlte, dass Kezia die Wahrheit sagte, und verfluchte im Stillen die Köchin. Die Frau hatte ihr seit ihrem ersten Tag auf Riebelsborn missfallen, und sie fragte sich, weshalb sich Cajetan dieser Spießgesellin nicht erneut bedient hatte.

Kezia schien ihre Gedanken zu lesen, denn sie beantwortete ihre stumme Frage. »Ich mag belogen worden sein, doch der Bruder der Köchin hat es danach mit der Angst zu tun bekommen, Alban könne herausfinden, was er getan hat, und ihn umbringen. Daher hat er so schnell wie möglich das Land verlassen. Zumindest hat Fulvian das behauptet und sich darüber amüsiert, weil der Mann dabei wohl in sein eigenes Unglück gerannt ist.«

Gisela legte ihre Stirn in nachdenkliche Falten. »Das könnte stimmen, denn von einem Bruder der Köchin habe ich auf Riebelsborn nichts gehört. Doch welchen Grund hätte sie haben sollen, dich an Cajetan zu verraten?«

Jetzt griff Hetta wieder in das Gespräch ein. »Aus Angst vor Hexen und Hexerei, die vom Geschwätz der Pfaffen geschürt wird. Ich bin bei Gott eine gläubige Frau, doch manchmal frage ich mich, wieso unser Herr im Himmel es zulässt, dass solche Leute in seinem Namen predigen.«

»Wieso hat Gaudentius nicht gemerkt, auf welche Weise ihm Kezia verlorengegangen ist? Er hält sich doch sonst für so klug, und auch Alban …« Gisela brach ab, als sie Kezias ängstliche Augen auf sich gerichtet sah.

»Alban ist schrecklich, nicht wahr? Ich bin jedes Mal vor Angst gestorben, wenn er in meine Nähe kam.«

»Er ist mein Ehemann. Man könnte sagen, er hat mich von meinem Vater für einige Tausend Gulden gekauft.« Das Geständnis fiel Gisela nicht schwer, und sie amüsierte sich sogar ein wenig über Kezias entsetztes Gesicht.

»Du bist seine Frau! Hast du denn seine Gegenwart ertragen können, und das, was in der Nacht im Ehebett vorgeht?«

Gisela winkte kopfschüttelnd ab. »Du bist ein Dummchen! Hast du vergessen, dass Gaudentius für seine Zwecke eine Jungfrau benötigt? Er denkt, nur eine solche zur Hexe ausbilden zu können. Deswegen hat Alban meine Nähe und mein Bett stets gemieden.«

»Da bist du aber sehr froh gewesen, nicht wahr?«

Das kurze Gespräch reichte Gisela, Kezia einordnen zu können. Die Magd war ein schlichtes, furchtsames Mädchen, das sich zu allem anderen besser eignen würde als zu einer Hexe. Sie besaß keine großen Kräfte, und ihr Wille würde nicht reichen, Gaudentius und Alban zu retten. Wahrscheinlich war es sogar ein Glück für die beiden Männer gewesen, dass die Magd entführt worden war, weil sie sonst nicht weiter Ausschau gehalten hätten. In ihr, Gisela Güldener, hatten sie eine fähigere Frau gefunden, und sogar

Gaudentius hatte inzwischen – wenn auch widerwillig – bekunden müssen, dass ihr Talent um einiges größer war als das ihrer Vorgängerin.

Noch während diese hochmütigen Gedanken in ihr aufkeimten, lachte Gisela im Stillen über sich selbst. Gerade sie hatte es nötig, sich über Kezia zu erheben! Immerhin saß sie jetzt im selben Kerker wie diese und sah einem Schicksal entgegen, bei dem selbst ein grässlicher Tod noch als angenehm gelten konnte. Für die Dauer zweier Herzschläge dachte sie wirklich an Selbstmord, dann aber schüttelte sie den Kopf. Hier in dieser Umgebung, die nur aus Höllenschleim und finsteren Gedanken zu bestehen schien, wurde jede Seele so mit Bosheit und höllischem Atem getränkt, dass ihr nicht einmal am Jüngsten Tag der Weg ins Himmelreich offenstünde. Also konnte sie nicht mehr tun, als Cajetan und dessen Famulus so lange zu widerstehen, wie sie es vermochte – am besten noch über ihren Tod hinaus.

»Die Aussichten sind wirklich nicht gut«, sagte sie mit einem bitteren Auflachen.

Hetta spürte, dass Gisela mehr über ihren gemeinsamen Feind wusste als sie selbst. »Ich glaube, es gibt etliches zu bereden. Doch vorher sollten wir zusehen, dass du deine Fesseln loswirst. Fulvian ist boshaft genug, dich so lange gebunden zu lassen, bis du dich beschmutzt. Dann wird er grinsend zusehen, wie seine Knechte dich waschen.«

Es klang so harsch, dass Gisela nicht nachzufragen wagte, ob es Hetta so ergangen sei. Außerdem interessierte sie im Augenblick etwas anderes. »Wenn du meine Fesseln wegzaubern könntest, wäre ich dir dankbar. Doch ich fürchte, das liegt außerhalb deiner Macht.«

»Manchmal sind kleine Dinge stärker, als man glaubt. Gerade in diesem Moment kommt etwas, mit dem ich dir helfen kann!« Hetta kicherte leise vor sich hin und griff hinter sich ins Stroh. Als sie ihre Hand ausstreckte, saß eine besonders fette Ratte darauf. Diese Tiere hatte Gisela nie gemocht, und ihre Abscheu zeichnete sich jetzt auch auf ihrem Gesicht ab.

»Keine Sorge, mein Herzog ist ganz brav«, beruhigte Hetta Gisela grinsend.

Diese hob die Augenbrauen. »Herzog?«

»So habe ich den Ratterich genannt, weil sein Kopf mich an einen Herzog erinnert, der einmal auf unserer Burg Rast gemacht hat. Dabei ist mein Freund hier eine weitaus angenehmere Gesellschaft als jener durchlauchtigste Herr, der einem das Gefühl gab, nichts von dem, was man auf den Tisch gebracht hat, sei gut genug für ihn.« Hetta zog bei der Erinnerung an den Mann den Mund schief, entspannte sich dann aber und hielt die Ratte so, dass sie ihr in die Augen sehen konnte. Leise redete sie auf das Tier ein.

»Nun weißt du, was du zu tun hast, mein Freund!«, schloss sie.

Gisela kniff verblüfft die Augen zusammen, denn die Ratte nickte wie ein Mensch. Als Hetta das Tier wieder auf den Boden setzte, trippelte es zwischen den Gitterstäben hindurch, kletterte auf die Strohschütte und begann, an dem Strick zu nagen, mit dem Giselas Hände auf den Rücken gefesselt waren. Kurz darauf konnte Gisela ihre Arme strecken und dehnen, um den Blutfluss wieder in Gang zu bringen. Erleichtert löste sie die Fesseln an ihren Füßen und sah dann Herzogs Augen beinahe enttäuscht auf sich gerichtet.

»Na, habe ich dir zu viel versprochen?« Hettas Stimme vibrierte vor Stolz.

Gisela schüttelte den Kopf. »Nein, das ist wirklich ein erstaunliches Tier«.

»Du solltest dich bei ihm bedanken«, riet Hetta ihr.

Es fiel Gisela nicht leicht, die Rechte auszustrecken und die Ratte in die Hand zu nehmen. Zu ihrer Verwunderung fühlte sich das Fell nicht starr und borstig an, wie sie geglaubt hatte, sondern seidig weich. Herzog schnüffelte ein wenig an ihren Fingern und lief ihr dann den Arm hoch, bis er auf ihrer Schulter saß. Gisela unterdrückte den Impuls, das Tier herabzuschlagen, denn sie empfand Ekel und Angst, die sich noch steigerten, als es mit seiner Schnauze ihr Ohrläppchen berührte.

Herzog biss jedoch nicht hinein, sondern fiepte leise, als wolle er ihr etwas sagen. Zu ihrer Verwunderung entstanden dabei Bilder in ihrem Kopf: Sie sah die Burg, die von höllischen Kräften durchdrungen war, samt ihren Mauern und Türmen, und dann das Innere des Palas. In der Küche konnte sie zwei Frauen erkennen, die beide von einer Art schleimigen Überzugs bedeckt waren, der ihr ursprünglich wohl recht angenehmes Äußere verzerrte und sie wie stinkende Eiterbeulen erscheinen ließ. Sie sah Fulvian hereinkommen, der in seinem freudig erregten Zustand eher skurril als bedrohlich wirkte. Auf seinen Wink rissen die beiden Mägde ihre Röcke hoch und drängten sich an ihn.

»Mehr will ich nicht sehen!« Giselas scharfe Worte erschreckten die Ratte, doch ehe sie sich zur Flucht wenden konnte, strich Gisela ihr über das Fell. »Ich habe doch nicht über dich geschimpft, mein Kleiner«, beruhigte sie das Tier.

Die Ratte legte den Kopf schief und sah sie aus den kleinen Knopfäuglein an, als wolle sie sich vergewissern, ob die Frau etwas Böses vorhatte.

»Wie du siehst, habe ich meine Augen in der ganzen Burg.« Hetta schien vor Stolz von innen zu leuchten.

»Das ist ein Wunder! Wie hast du das geschafft? Man könnte fast glauben, dieses Tierchen wäre so klug wie ein Mensch!«

»Es gibt Menschen, die dümmer sind als eine Ratte! Was meinen Herzog betrifft, so hatte ich hier unten sehr viel Zeit und nichts, mit dem ich mich beschäftigen konnte. Eigentlich hatte ich nur Mitleid mit dem Tierchen, denn die anderen Ratten sind über den armen Kerl hergefallen und hätten ihn gewiss getötet, wenn ich sie nicht vertrieben hätte. Ich habe meine Schuhe nach ihnen geworfen. Dann ist Herzog zu mir gekrochen, und ich habe seine Wunden so gut versorgt, wie ich es vermochte, und ihn mit den Resten des Breies aufgepäppelt, den man uns hier als Essen vorsetzt. Du wirst das Zeug auch noch kennenlernen. Es schmeckt einfach scheußlich. Was Herzog betrifft, so habe ich schon bald bemerkt, dass ich durch ihn Bilder in meinem Kopf sehen kann, die nach dem, was Fulvian so von sich gibt, der Wahrheit entsprechen müssen. Eine Weile habe ich gehofft, mithilfe meines kleinen Freundes einen Weg zu finden, mich und Kezia zu befreien. Dafür reichen Herzogs Kräfte und Fähigkeiten jedoch nicht aus. Aber er hat mir geholfen, ich selbst zu bleiben und zu erkennen, was für eklige Kerle Cajetan und sein allzeit bereiter Geselle in Wirklichkeit sind. Würde ich mich denen hingeben, wäre es dasselbe, als ließe ich mich mit einem Tier ein.«

Hetta schüttelte es bei dieser Vorstellung, und ihr Ekel übertrug sich auf Gisela, die dennoch Hoffnung schöpfte. Zwar bestand diese nur aus dem dünnen magischen Band, welches sich zwischen Hetta und der Ratte spannte und wie ein glitzernder Seidenfaden vor Giselas innerem Auge hing. Nun wusste sie jedoch, dass es jemanden gab, der auf die gleiche Weise zu ihr gehörte. Ähnlich wie die Verbindung zwischen Hetta und Herzog nahm sie nämlich einen viel stärker leuchtenden Faden wahr, der von ihr selbst ausging und sich in der Ferne verlor. Irgendjemand folgte ihr, dessen war sie sich nun sicher, und er würde ihr helfen, den Magier zu überlisten und ihm zu entkommen. Für einen Moment wünschte sie, derjenige wäre so stark, dass er Cajetan vernichten könnte, doch dann seufzte sie. In seinem eigenen Haus war Cajetan geradezu übermächtig, insbesondere, da der Höllendämon Fulvian ihn unterstützte und wahrscheinlich auch schützte.

4.

Während seines Aufenthaltes auf Burg Loipfing fragte Gaudentius sich, was Ritter Heiner in Wahrheit bewogen haben mochte, ihn und Anna einzuladen. Weder waren die angekündigten Nachbarn gekommen, noch gab es ein wichtiges Problem zu besprechen. Ihr Gastgeber redete zwar in einem fort, gab aber nur belangloses Zeug und Angebereien von sich, mit denen er sich und seinen Einfluss auf den bayerischen Herzog hervorheben wollte. Gaudentius' Augenlider wurden schwer vor Langeweile, und er sah, wie seine Tante verstohlen in die hohle Hand hineingähnte. Gegen Heiners Geschwätz waren sogar Ritter Eckehards Erzählungen über seine Jagderlebnisse spannend zu nennen. Gaudentius dachte daran, wie oft er seinem Freund bei dessen langatmigen Beschreibungen am liebsten den Hals umgedreht hätte, doch jetzt wäre er froh gewesen, bei ihm auf Trelling zu sitzen oder ihn als Gast auf Riebelsborn begrüßen zu können. Hier auf Loipfing fühlte er sich so fehl am Platz wie ein heidnischer Sarazene bei der heiligen Messe.

Irgendwann reichte es Gaudentius, und er unterbrach den Redefluss seines Gastgebers. »Wo bleiben eigentlich die Nachbarn, die Ihr uns angekündigt habt?«

Ritter Heiner fuhr sichtlich erschrocken zusammen und griff nach seinem Weinbecher, als wolle er sich daran festhalten. Er trank langsam, um Zeit zu gewinnen, und zuckte dann mit den Schultern. »Weiß ich, warum sie nicht kommen?«

Das war eine Lüge. Gaudentius fühlte dies so deutlich, als hätte ein Engel des Herrn ihm dies ins Ohr geflüstert. »Bei Gott, ich frage mich, warum ich überhaupt erschienen bin. Zumal es mir heute wirklich nicht so gut geht!« Noch während Gaudentius es sagte, spürte er ein Zwicken und Zwacken in seinen Knochen, und seine Hände fühlten sich so kraftlos an, dass er nicht einmal den Weinbecher vom Tisch hochheben konnte.

»Du siehst wirklich nicht gut aus, Neffe.« Frau Annas Stimme klang besorgt. Die letzten Wochen war es Gaudentius von Tag zu Tag besser gegangen, und er hatte die Zahl der Jahre, durch die Cajetans Fluch ihn von seinem wirklichen Lebensalter trennte, auf etwas weniger als zwanzig geschätzt. Doch jetzt wirkte er wieder wie ein Greis an der Schwelle des Grabes.

»Wir sollten nach Hause fahren, damit Ludwig dich richtig versorgen kann!« Anna stand auf und wollte Gaudentius ihren Arm als Stütze reichen, doch da schob Ritter Heiner sie wieder auf den Stuhl zurück.

»Ihr werdet wohl noch bis zum Mahl bleiben können!«

Bei diesen Worten fasste Gaudentius sich an den Mund und erbleichte. »Meine Zähne, die letztens wiedergekommen waren, sind weg. Zudem fühle ich mich, als hätte mein letztes Stündlein geschlagen.«

»Aber wer wird denn so etwas sagen?« Seinen Worten zum Trotz wirkte Ritter Heiner eher zufrieden als besorgt.

Frau Anna bedachte ihn mit einem ärgerlichen Blick und stand wieder auf. »Ich bedauere, aber wir werden Euch jetzt verlassen, Herr Heiner.«

Ohne ihren Gastgeber eines weiteren Blickes zu würdigen, rief sie nach Ludwig, dem vertrauten Diener ihres Neffen. Als dieser erschien, zuckte er beim Anblick seines Herrn zusammen und schlug das Kreuz. »Bei der heiligen Maria Mutter Gottes, was ist mit Euch geschehen, Herr Matthias?«

»Ich weiß es nicht«, antwortete Gaudentius mit zitternder Stimme.

»Wir bringen meinen Neffen heim. Dort muss Gisela sich um ihn kümmern. In ihrer Gegenwart hat er sich immer wohlgefühlt.« Anna fasste ihren Neffen von einer Seite unter, während Ludwig ihn von der anderen stützte, und gemeinsam zogen sie ihn auf die Füße. Da Gaudentius nicht mehr die Kraft besaß, allein gehen zu können, mussten sie ihn in den Hof tragen und in den Wagen setzen.

Ritter Heiner hinderte die drei nicht, sondern blieb im Palas und trat ans Fenster, um der Abreise seiner Gäste zuzusehen. Dabei spielte ein höhnisches Lächeln um seine Lippen. Wie es aussah, hatte Fortunatus seinen Auftrag mit Erfolg ausgeführt: Die Hexe, die seinen Nachbarn mit ihren unheimlichen Kräften wieder verjüngt hatte, musste bereits eine Gefangene des allerehrwürdigsten Kardinals Callani sein. Er atmete tief durch, denn der Sekretär des Kirchenmannes hatte ihm versprochen, ihn höheren Ortes als einen treuen Diener des Glaubens zu empfehlen, und er sah sich bereits zu etwas Besserem berufen als zu einem nachrangigen Gefolgsmann des Bayernherzogs. Zudem stellte diese gottgefällige Tat auch die erste Stufe für den Aufstieg seines Neffen dar. Wenn Fortunatus erst einmal wie versprochen in die Dienste des Kardinals getreten wäre, würde er schon bald in der Lage sein, sich für seine Sippe zu verwenden.

Ritter Heiners Blick zeigte daher keinen Hauch von Mitleid, als Gaudentius von einem Hustenanfall geplagt wurde und sein Keuchen und Röcheln zu ihm hochdrang. »Verrecken sollst du«, war sein wenig frommer Wunsch, und wie es aussah, stand dieses Ereignis kurz bevor.

Gaudentius ahnte nichts von der feindseligen Haltung seines Gastgebers und fühlte sich auch viel zu elend, um sich für Ritter Heiners Wünsche und Pläne zu interessieren. Er zitterte während der ganzen Fahrt, und seine Tante musste ihn festhalten, damit er nicht von seinem Sitz rutschte. Ludwig, der oben auf dem Bock saß, war hin- und hergerissen zwischen dem Drang, rasch nach Hause zu kommen, damit sein Herr seine Arzneien zu sich nehmen konnte, und der Vorsicht, die geboten war, damit der Magister sich in der rüttelnden und springenden Kutsche nicht sämtliche Knochen brach.

So waren alle drei erleichtert, als Riebelsborn vor ihnen auftauchte. Sie mussten nur noch durch ein letztes Dorf fahren, das zu Ritter Heiners Besitzungen zählte. Dort standen die Leute am Weg, starrten auf den Wagen und schwangen drohend die Fäuste.

»Verschwinde, du Hexer!«, schrie ein junger Bursche und hob dabei einen Stein auf, den er auf den Wagen schleuderte. Andere junge Männer, aber auch Kinder und einige Frauen folgten seinem Beispiel und ließen einen Hagel aus Steinen und Erdklumpen auf die Kutsche niederregnen. Frau Anna und Gaudentius waren im Innern halbwegs sicher vor den Geschossen, doch Ludwig schützten nur sein Lodenumhang und die wollene Mütze. Die größeren Steine, die von den Männern geworfen wurden, taten ihm trotz der Kleidung elend weh, und als ihm ein spitzer Kiesel die Stirn blutig ritzte, fuhr Ludwig zornig auf.

»Gesindel! Da soll doch das Wetter dreinschlagen!« Er hob die Peitsche und hieb sie dem Nächststehenden derart um die Ohren, dass dieser aufjaulte. Die geworfenen Steine reichten jedoch weiter als die Peitschenschnur in Ludwigs Hand, und die Dörfler nahmen ihn nun gezielt aufs Korn. Zuletzt blieb dem armen Kerl nichts anderes übrig, als auf die Pferde einzuschlagen und sie zu einem wilden Galopp anzutreiben. Der Loipfinger Ort und seine Bewohner blieben hinter ihnen zurück, doch als sie kurz darauf das Riebelsborner Meierdorf erreichten, waren die Mienen der Leute nicht freundlicher. Nur warfen sie diesmal nicht mit Steinen, sondern murrten lediglich leise vor sich hin.

Nie zuvor war Frau Anna bei ihren eigenen Untergebenen auf einen solchen Hass gestoßen, und sie schlug voller Schrecken das Kreuz. »Das ist gewiss ein neuer Fluch dieses elenden Cajetan«, rief sie, während sie ihren Neffen schützend umfing, um ihn vor allzu harten Stößen zu schützen.

»Es muss wohl so sein, obwohl ich nichts dergleichen gemerkt habe.« Gaudentius' Stimme war kaum mehr verständlich. Sein

Gesicht wirkte wie zu einer knochigen Maske erstarrt, und in seinen Augen stand eine Furcht, die nicht allein mit dem am Horizont wartenden Tod erklärt werden konnte.

Frau Anna war froh, als der Wagen in den Burghof von Riebelsborn einrollte. Doch als Ludwig die Pferde anhielt, eilte keiner der Knechte herbei, obwohl zwei oder drei von ihnen in einer Ecke zusammenstanden und eifrig miteinander redeten.

»He, wollt ihr euch nicht um die Gäule kümmern?«, herrschte Ludwig sie an.

»Tu es doch selbst«, gab einer der Männer zurück und ging demonstrativ in die andere Richtung. Seine Kameraden folgten ihm, auch wenn sie eher wie ängstliche Buben aussahen, die die Rute des Lehrers fürchten.

Es blieb Ludwig nichts anderes übrig, als vom Bock zu steigen und besänftigend auf die unruhig stampfenden Zugtiere einzureden. Frau Anna musste Gaudentius allein aus dem Wagen helfen und auf dem Weg zur Freitreppe mehr tragen als stützen. Dort aber kamen sie ohne Hilfe nicht weiter. Gaudentius' Tante rief nach dem Türwächter, und als der nicht kam, nach einigen Mägden, denen sie bisher immer vertraut hatte. Doch nicht einmal ihre eigene Leibmagd erschien. Dafür kam Gundi, die so verstört aussah, dass Anna das Schlimmste befürchtete.

»Was ist geschehen? Ist dieser von Gott und allen Heiligen verfluchte Cajetan erschienen, dass jeder sich weigert, seine Pflichten zu erfüllen?«

Gundi schüttelte den Kopf. »Frau Gisela ist spurlos verschwunden. Ich habe ihr noch geholfen, sich für die Frühmesse fertig zu machen, doch sie kam nicht aus der Kapelle zurück.«

Frau Anna vermochte sich darauf keinen Reim zu machen. »Sie wird wohl kaum bis jetzt dort geblieben sein. Hast du nicht gefragt, ob jemand sie gesehen hat?«

»Das Gesinde ist zum größten Teil aus der Burg gelaufen, und die wenigen, die ich noch antraf, behaupteten, nicht auf sie getroffen zu sein. Auch der Priester ist fort!«

»Fortunatus?« Frau Anna schüttelte irritiert den Kopf. Das war eine Nachricht, die sie nicht erwartet hätte. »Da muss tatsächlich dieser Cajetan dahinterstecken«, sagte sie zu ihrem Neffen.

Dann suchte ihr Blick wieder Gundi. »Was ist mit Magister Alban? Sag bloß, auch der ist verschwunden.«

»An den Magister habe ich gar nicht gedacht. Wartet, ich sehe nach, ob Frau Gisela bei ihm ist.«

»Halt, hilf mir erst, meinen Neffen in seine Kammer zu bringen!« Frau Annas Ruf kam zu spät, denn Gundi hatte sich schon umgedreht und war davongerannt. Zum Glück hatte Ludwig die Pferde nur an einen der Ringe gebunden, die außen an der Stallwand eingelassen waren, und eilte herbei, um sie zu unterstützen. Gemeinsam schafften sie Gaudentius in den Palas und weiter in seine Kammer. Der Diener wusste aus Erfahrung, welche Medizin seinen Herrn bei dessen Anfällen am besten half, und es gelang ihm, dessen rasendes Herz zu beruhigen und ihn sogar in einen leichten Schlaf zu versetzen.

Gaudentius hatte jedoch kaum die Augen geschlossen, als die Tür aufsprang und Alban hereinschoss. Sowohl Anna als auch Ludwig hatten ihn in seiner schlimmsten Gestalt erlebt. Doch jetzt erschraken beide bei dem Anblick, der sich ihnen bot: An Alban war nichts Menschliches mehr zu erkennen. Er war noch ein Stück gewachsen und besaß Schultern, die nicht mehr durch die recht breiten Türen passten. Sein Gesicht war zu einer tierischen Grimasse entstellt, und als er seinen Mund öffnete, blitzten darin Zähne, die doppelt so groß waren wie die eines ausgewachsenen Bären. Sein gesamter Körper war mit drahtigem Fell bedeckt, und um die Hüften hingen noch die zerfetzten Reste seiner Kleidung.

»Was ist mit Gisela?« Albans Stimme kam so deutlich wie selten aus seinem monströsen Maul.

Frau Anna hob in einer hilflosen Geste die Arme. »Wir wissen nicht mehr als du. Gundi sagte, sie wäre verschwunden, genauso wie Ritter Heiners Neffe.«

»Verschwunden?« Alban klang so entsetzt, dass Anna sich bemüßigt fühlte, ihn zu beruhigen.

»Sie wird gewiss bald wieder auftauchen. Vielleicht hat sie nur einen Spaziergang gemacht.«

»Ich glaube es nicht«, ließ Gundi vernehmen, »denn es sind seltsame Dinge vorgefallen. So waren bei der Tür von Herrn Albans Kammer die Riegel außen vorgeschoben. Und dieser komische Priester hat Frau Gisela heute nicht aus den Augen gelassen und ständig etwas gemurmelt. Leider habe ich kein Wort verstanden, aber die Köchin hat ihm zugehört und eifrig dabei genickt.«

»Die Köchin? Dann hole sie gefälligst!« Frau Anna gab Gundi einen Stoß, der sie zur Tür trieb. Dann sah sie, dass Gaudentius wieder aufgewacht war, füllte neue Medizin in ein Glas und hielt es ihrem Neffen an den Mund.

Während die kleine Magd davonlief, bleckte Alban grollend die Zähne. »Der Fluch ist wieder stärker geworden. Fast würde ich sagen, Gaudentius und ich sehen so aus, als wäre niemals eine Besserung eingetreten.«

»Kannst du meinen Neffen nicht Matthias nennen, wie es jeder normale Christenmensch tun sollte? Die Verrücktheit mit dem Magister und Magier Gaudentius hat uns doch alle ins Unglück gestürzt.« Frau Anna wusste selbst nicht, weshalb sie Alban so über den Mund fuhr. Ihre Nerven lagen jedoch blank, und sie zuckte bei jedem Laut zusammen, der von draußen ins Zimmer drang.

Kurz darauf kehrte Gundi zurück. »Ich habe die Köchin nirgends finden können«, berichtete sie. »Auch vom übrigen Gesinde sind nur noch wenige da, und die sehen aus, als würden sie sich am liebsten ebenfalls in die Büsche schlagen.«

»Hat irgendjemand von ihnen Gisela gesehen?«, fragte Alban scharf.

Gundi schüttelte den Kopf. »Nein, da habe ich schon alle gefragt, die ich finden konnte. Auch den Priester hat seit der Messe niemand mehr gesehen. Die, mit denen ich gesprochen habe, behaupten, Fortunatus habe versucht, meiner Herrin den unreinen Geist auszutreiben, und wäre von ihr dafür in die Hölle verschleppt worden. Daher will keiner mehr in der Burg bleiben. Die, die bis jetzt nicht gegangen sind, wissen nur nicht, wohin sie sich wenden sollen.«

»Oder sie wollen abwarten, was sie plündern können.« Gaudentius war durch die Unruhe im Raum wieder munter geworden und erinnerte sich ein paar hartgesottener Kerle, die er auf dem Hof hatte herumlungern sehen. Zu anderen Zeiten hätte er ihresgleichen nie in seine Dienste genommen, doch der Mangel an gutwilligen Knechten hatte ihn dazu gezwungen.

»Da soll der Teufel dreinschlagen!« Alban sagte es und drehte sich noch im selben Augenblick mit einer erschrockenen Geste um. Doch außer ihm, Anna, Gaudentius und Gundi war niemand zu sehen. Seine Augen drangen nicht in jene Welt vor, in der Lavinia existierte. Die Geisterfrau stand direkt vor ihm und rang verzweifelt die Hände. Sie hatte Giselas Entführung miterleben müssen, doch gab es für sie keine Möglichkeit, sich den anderen mitzuteilen. Sie versuchte, Alban zu berühren, doch sein Körper war für sie wie Luft, und sie fand keinen Widerstand. So durchdrang sie ihn und dachte konzentriert an Gisela, in der Hoffnung, wenigstens ein paar Gedankenfetzen in seinem Kopf entstehen lassen zu können, die ihn auf die richtige Spur brachten.

Alban schien tatsächlich etwas mitzubekommen, denn er zog knurrend die Lefzen hoch. »Mir ist, als wolle mir jemand etwas sagen. Aber ich begreife es nicht.«

»Gisela? Vielleicht ist sie verletzt und braucht Hilfe.« Frau Anna wagte bereits, Hoffnung zu schöpfen. Alban winkte ihr jedoch zu schweigen und tauchte tief in seinen eigenen Geist ein. Obwohl er nur einen Bruchteil der magischen Kräfte besaß, die in Gisela herangewachsen waren, gelang es ihm, Lavinias Nachricht in Ansätzen zu begreifen.

»Ich glaube, der Pfaffe hat Gisela betäubt und entführt. Bei Gott, wenn ich den Kerl finde, wird er sich wünschen, nie geboren worden zu sein!«

Gundi schüttelte verwundert den Kopf. »Fortunatus hat sich doch so heilig gegeben. Überall wollte er die Umtriebe des Bösen erkennen, und er hat während der wenigen Wochen, die er hier war, mehr Weihwasser vergossen als Vater Maternus in Nürnberg in einem ganzen Jahr.«

»Sei still!«, zischte Anna sie an.

Alban hob beschwichtigend die Hand. »Ist schon recht! Ich glaube, ich weiß nun alles, was ich wissen muss. Irgendwie scheint es Cajetan gelungen zu sein, den jungen Narren zu übertölpeln und ihn in seinen Vorurteilen gegen uns zu bestärken. Ich glaube, die Köchin ist ebenfalls in die Sache verstrickt, denn sie muss geholfen haben, Kezia verschwinden zu lassen. Irgendetwas sagt mir, dass das Mädchen damals nicht von selbst davongelaufen ist. Sie wurde ebenso wie Gisela entführt und ist wohl rettungslos verloren. Doch ich werde alles tun, damit Gisela nicht zum Opfer dieses unseligen Dämons wird!«

Gaudentius starrte seinen einstigen Schüler an, als hätte dieser ihm eben eines der verloren geglaubten Wunder dieser Welt gezeigt. »Aber woher weißt du das mit einem Mal?«

»Ich weiß sogar noch mehr: Es waren Giselas unbewusste Kräfte, die dich wieder jünger werden und mich diese entsetzliche Gestalt verlieren ließen. Bei Gott, wir hätten dieses Talent bei ihr ausbilden müssen und ihren Kopf nicht mit all dem sinnlosen lateinischen Gebrumms vollstopfen dürfen!«

»Sag so etwas nicht!« Gaudentius fühlte sich in seiner Magister- und Magierehre gekränkt.

Alban achtete jedoch nicht mehr auf ihn. »Da ich weiß, wo Cajetans Burg liegt, werde ich Gisela finden. Wünscht mir Glück!«

»Ich werde Ludwig sagen, dass er sofort wieder anspannen soll.« Frau Anna wollte schon die Kammer verlassen, doch Alban hielt sie zurück.

»Ich glaube nicht, dass ich noch in den Wagen passen werde. Außerdem dürften die Pferde bei meinem Anblick scheu werden.«

»Du kannst doch nicht am helllichten Tag in dieser Gestalt durch das Land reisen!« Frau Anna schüttelte ablehnend den Kopf, doch Alban war keinem Argument mehr zugänglich. Ohne ein weiteres Wort wandte er den anderen den Rücken zu und zwängte sich durch die Tür nach draußen.

»Glaubt Ihr, Herr Alban könnte Frau Gisela retten?«, fragte Gundi mit kindlicher Stimme.

»Wenn es einer vermag, dann er.« Gaudentius sah jedoch nicht allzu hoffnungsvoll aus. Außerdem kündigten sich unten in der Halle weitere Schwierigkeiten an. Nachdem Alban wie ein Irrwisch zum Tor hinausgestürmt war, sahen die Knechte und die wenigen Mägde, die noch in der Burg verblieben waren, die Gelegenheit gekommen, sich an dem Eigentum ihrer Herrschaft zu bereichern.

Anna, Gaudentius und Gundi hörten, wie Möbel umgestürzt und Truhen erbrochen wurden, und sahen sich ängstlich an. Der Burgherr fasste sich als Erster. »Kommt, ihr müsst mir nach oben in mein Studierzimmer helfen. Dort habe ich die Mittel, uns dieses Gesindel vom Hals zu halten. Hier bringen sie uns noch um.«

Anna und Gundi nickten einander zu und griffen ihm unter die Arme. Obwohl Gaudentius sich so alt und kraftlos fühlte wie nie zuvor, verlieh ihm die Wut unerwartete Kräfte. Er hatte sein

Gesinde immer gut behandelt und bezahlt und wurde jetzt nicht nur verraten und im Stich gelassen, sondern auch noch bedroht. Er trieb seine Tante und Gundi an, schneller zu machen, und verfluchte gleichzeitig die Schwäche seines Leibes, die ihn dazu zwang, die Hilfe der beiden Frauen anzunehmen.

Sie hatten gerade das obere Ende der Stiege erreicht, als die Plünderer auf sie aufmerksam wurden. Mit einem johlenden Schrei zeigte einer von ihnen nach oben und machte die Geste des Halsabschneidens.

»Auf den Tag habe ich mich schon lange gefreut!«, rief er und rannte die Stufen hoch. Seine Kumpane folgten ihm johlend. »Die beiden Weiber lässt du aber in Ruhe!«, schrie einer. »Die gehören mir! Diese Gundi ist ein hübsches Ding, und eine Edeldame wollte ich immer schon unter mir stöhnen hören.«

Frau Anna erkannte mit Entsetzen, dass mit Giselas Verschwinden und der sichtbaren Vergreisung ihres Neffen die Furcht der Leute vor seinen Zauberfähigkeiten geschwunden war. Nun sah sie sich und die junge Magd bereits von den rohen Kerlen gepackt und geschändet.

Gaudentius fühlte jedoch wenig Lust, sich von seinen eigenen Bediensteten umbringen zu lassen. »Vorwärts in die Studierkammer!«, herrschte er seine Helferinnen an und humpelte, so schnell er konnte, mit ihnen. Sie erreichten die Kammer gerade noch vor ihren Verfolgern, doch gelang es ihnen nicht mehr, sie von innen zu verschließen. So rammten die Knechte die Tür auf und drangen mit feixenden Grimassen ein. Es waren insgesamt vier Kerle, die sich nun einen Spaß daraus machten, den Burgherrn zu verspotten, den sie so viele Monate wie die Pest gefürchtet hatten.

»Na, du Höllenknecht, jetzt werden wir dich zu deinem satanischen Herrn schicken!«

Einer der vier ging zur Anrichte und packte ein Bündel beschriebenes Pergament, das darauf lag. »Elender Schwarzkünstler!

Gleich stopfe ich dir deine Almanache und Hexenbücher in den Schlund, dass dir das Atmen vergeht.«

Die übrigen Knechte drohten Gaudentius alle möglichen Martern an, mit denen sie ihn zu Tode bringen wollten. Ihre Blicke glitten dabei immer wieder zu Gundi und Anna, die sich in einer Ecke der Kammer eng aneinanderklammerten.

»Mit euch beiden haben wir auch was vor!«, meinte einer der Schurken grinsend und löste dabei die Schnur, mit der er seinen Hosenlatz hochgebunden hatte. Obszön schob er das Becken vor und zurück.

»Mit welcher von euch zweien soll ich anfangen? Mit der hübschen Kleinen oder doch mit der Älteren? Ihr habt Euch übrigens gut gehalten, Jungfer Anna. Da kann man verstehen, dass ein Mann wie Eckehard begierig darauf war, mit Euch ins Bett zu steigen. Ihr hättet ihn heiraten sollen, als Ihr noch die Zeit dazu hattet. Jetzt ist es zu spät!« In dem Glauben, dass seine Kumpane mit Gaudentius allein fertig würden, trat er auf Anna zu.

Die ließ Gundi los und ergriff ein goldenes Kruzifix, das sie mit einer unbewussten Bewegung aufgedeckt hatte. »Glaubt ja nicht, ihr könntet mich ohne Kampf haben, Gesindel!«

Gundi nickte unwillkürlich und sah sich ebenfalls nach einem Gegenstand um, mit dem sie sich zur Wehr setzen konnte. Es war für sie schon schlimm genug gewesen, Giselas Bruder zu Willen sein zu müssen. Die Mienen der vier Schufte ließen sie jedoch erkennen, dass das, was diese mit ihr und Anna vorhatten, noch viel schrecklicher sein würde.

Die Knechte lachten, als sie die verzweifelten Versuche der Frauen bemerkten. Um aber nicht allein gegen beide zu stehen, rief ihr Anführer einen seiner Kumpane zu sich. »Für dich die Kleine, wenn du mir hilfst, die Dame zu entwaffnen.«

Der Mann griff zum Gürtel und zog sein Messer hervor. »Man kann ein Weib auch benutzen, wenn es verletzt ist.«

Er wollte auf Anna losgehen, diese schlug jedoch mit dem Kruzifix zu und traf ihn so am Arm, dass sie ihm das Messer aus der Hand prellte.

»Verfluchtes Miststück, du hast mir die Hand gebrochen!« Sein Gesicht verzerrte sich schmerzerfüllt, gleichzeitig fluchte er, weil ihn seine eigenen Kameraden verlachten.

»Du willst ein Held sein und wirst nicht einmal mit einem einzelnen Weibsbild fertig«, verspottete ihn der Anführer.

»Dann versuche es doch selbst, du Narr!« Der Mann betastete mit der Linken die Finger seiner Rechten, von denen drei in einem unnatürlichen Winkel abstanden, und stöhnte vor Schmerz. »Dafür bringe ich das Weib um, nachdem ich es genommen habe.«

»Dann wirst du es als Letzter tun müssen. Denn wir wollen doch alle noch ein wenig Spaß haben.« Einer seiner Kameraden schob ihn beiseite und kam großspurig auf Anna zu.

Keiner der Knechte – auch der vierte Mann nicht, der weiter hinten stand – achtete in diesem Augenblick auf Gaudentius, der schwer auf eine Kante seiner Anrichte gestützt neben der Wand stand und aussah, als könnte er jeden Augenblick zusammenbrechen. Seine Lippen murmelten leise Zauberformeln, und er spürte, wie der kleine Stab, den er heimlich ergriffen hatte, unter seinen Fingern zu vibrieren begann. Es war nur der schwächste seiner Zauberstäbe, doch er hatte ihn selbst aus den Wurzeln eines Haselstrauches geschnitzt und mit magischen Zeichen versehen. Jetzt riss er ihn hoch und reckte ihn den Banditen entgegen.

»Mein Feuer soll euch verbrennen!« In seiner Erregung rief er es nicht auf Latein, sondern auf Deutsch. Trotzdem leuchtete die geschraubte Spitze des Stabes auf und sprühte Funken. Die Banditen erschraken im ersten Augenblick fürchterlich, doch als die Funken nur knallend verzischten, ohne Schaden anzurichten, lachten sie auf.

»Ich glaube, Herr Matthias, Ihr seid doch nicht der große Zauberer, für den Ihr Euch haltet«, spottete der Anführer und streckte die Hand aus, um Gaudentius den Stab wegzunehmen. Da packte Gundi den ersten Gegenstand, der ihr unter die Finger kam, und schleuderte ihn auf den Mann. Es handelte sich um das griechische Buch, das Gisela aus einer Laune heraus in Eichstätt gekauft und dann vergessen hatte. Es traf den renitenten Knecht am Ohr und riss es ihm mit einer Kante blutig. Der Kerl stieß einen wütenden Schrei aus und sah dann das Mädchen mit kalten Augen an.

»Das hast du nicht umsonst gemacht, du Biest! Wenn wir mit dir fertig sind, wirst du dir wünschen, nie geboren worden zu sein! Und jetzt seht zu, dass ihr die beiden Weiber bezwingt. Dieser Hampelmann soll ruhig zusehen. Hindern kann er uns gewiss nicht mehr.«

Gaudentius erbleichte angesichts der Verachtung, die ihm entgegenschlug, und er riss noch einmal den Stab hoch. Diesmal kamen die Worte richtig aus seinem Mund, und nun knallte es, als hätte jemand in der Kammer ein Geschütz abgefeuert. Ein Flammenstrahl schoss auf den Anführer zu, hüllte ihn ein und brannte sich durch Kleidung und Haut tief in sein Fleisch. Der Mann warf sich schreiend nieder und wälzte sich am Boden, um die Flammen zu ersticken, doch das magische Feuer ließ sich nicht löschen.

»Helft mir, ich verglühe!«, flehte er seine Kumpane an. Es wagte jedoch keiner, in seine Nähe zu kommen. Als Gaudentius seinen Stab auf den Nächsten richtete, wich dieser zur Tür zurück. Das Feuer war schwächer als vorhin, reichte aber aus, um den Mann vor Schmerzen aufschreien zu lassen. Ohne sich noch einmal umzusehen, rannte er davon, und seine Kumpane folgten ihm auf dem Fuß. Nur der zuerst getroffene Knecht blieb in der Kammer und brüllte seine Qualen hinaus.

Frau Anna drückte sich ganz eng an die Wand und schlug die Hände vors Gesicht, um das Leiden des Schurken nicht länger mitansehen zu müssen. »Kannst du denn gar nichts tun, Matthias?«, fragte sie voller Entsetzen.

Gaudentius keuchte, als hätte er eben sämtliche Treppen seiner Burg im Dauerlauf bewältigt, und ließ sich auf den sonst von Gisela benutzten Stuhl fallen. »Ich bin am Ende!«, stöhnte er.

»Das war wahrlich große Zauberkunst, und Ihr habt uns damit gerettet. Der Mann wird sterben, doch noch verwunderlicher ist, dass hier im Raum nichts anderes in Flammen aufgeht. Nicht einmal das Buch hier.« Gundi bückte sich, um ihr voriges Wurfgeschoss aufzuheben, erkannte dann aber, dass das Buch doch gelitten hatte, allerdings wohl eher durch den Aufprall auf dem Boden als durch das magische Feuer. Der lederne Einband war aufgeplatzt und gab ein gefaltetes Papyrusstück frei, das darunter verborgen gewesen war.

Von einem seltsamen Gefühl getrieben nahm Gaudentius ihr das Blatt aus der Hand und starrte darauf. »Das kann ich nicht lesen! Solche Zeichen habe ich noch nie gesehen«, rief er verwundert. Als er den Papyrus jedoch auseinanderfaltete, gruben sich die Furchen noch tiefer in seine runzelige Stirn.

»Bei Gott, der Text hier ist ebenfalls Griechisch und handelt von unserem Feind. Das muss ich entziffern!«

»Aber nicht jetzt und hier! Erlöse erst diesen Kerl von seinen Qualen und schaffe ihn weg.« Frau Anna stand am Rand der Hysterie. Gaudentius musste jedoch nicht mehr eingreifen. Der Knecht verstummte mit einem letzten wimmernden Laut, und das Zauberfeuer fraß sich weiter, bis nicht mehr als ein Häuflein Asche von dem Mann übrigblieb. Dann erlosch es mit einem durchdringenden Knall.

Es dauerte einige Augenblicke, bis die betäubten Ohren der drei wieder etwas hören konnten. Frau Anna schlug ein ums andere mal das Kreuz, und ihre Lippen sprachen ein lautloses Gebet. Gundi starrte auf die Stelle, an der der Kerl gestorben war, der ihr Schreckliches hatte antun wollen, und dankte Gott, dass er sie und Anna vor den Schurken errettet hatte. Gaudentius selbst besaß für nichts anderes mehr Augen als für den Papyrus, und während er ihn las, formten seine Lippen Worte, deren er sich wohl selbst nicht bewusst wurde.

»Alban hatte recht! Gisela ist ein Wunderwesen. Kein anderer lebender Mensch wäre auch nur auf den Gedanken gekommen, an diesem Buch könnte etwas Besonderes sein. Sie hat es jedoch gespürt, und statt die Sache näher zu untersuchen, habe ich sie wegen dieses Kaufes noch ausgelacht.«

Gundi sah ihn erstaunt an. »Wie meint Ihr das, Herr?«

»Dieser Papyrus enthält den Schlüssel zu unserer Rettung. Wenn wir rasch und weise handeln, werden wir Cajetans Fluch nicht nur brechen, sondern diesen vom Teufel gezeugten Erzmagier auch vernichten können!«

»Kannst du das tun, obwohl Gisela entführt worden ist und Alban ihr folgt?«, fragte seine Tante besorgt.

Gaudentius wurde so grau im Gesicht, als griffe der Tod schon nach ihm. »Bei Gott und allen Heiligen, das habe ich ganz vergessen. Hier steht, es müssten sechs sein, die die Gabe besitzen! Nur als Kreis können sie dem Zauber unseres Feindes widerstehen!«

»Dann bleibt uns wohl nur noch zu beten. Selbst wenn Alban Gisela befreien kann, wärt ihr drei immer noch zu wenig!« Anna war deutlich anzumerken, dass sie nicht mehr an einen Erfolg glaubte.

Gaudentius wollte sie deswegen schon zurechtweisen, doch er ließ es sein, denn im Grunde seines Herzens fühlte er sich so hilflos und unsicher wie nie zuvor. Bis jetzt hatte er immer noch geglaubt, sein Schicksal selbst in der Hand zu halten. Doch die Leichtigkeit, mit der es Cajetan gelungen war, ihn zu übertölpeln, machte ihm Angst. Er verfluchte Fortunatus und Heiner von Loipfing und zählte in Gedanken Dutzende von Zaubern auf, mit denen er sie für ihren Verrat würde bestrafen können. Als seine Phantasie sich zu allzu eigenartigen Vorstellungen verstieg, musste er über sich selbst lachen. Es war ihm gerade einmal gelungen, einen von vier Feinden zu töten, die es auf ihn und die beiden Frauen abgesehen hatten. Wären die anderen drei nicht geflohen, hätte seine Kraft nicht ausgereicht, sich ihrer zu erwehren. Für eine wirksame Bestrafung Ritter Heiners und des jungen Priesters fehlte ihm zwar nicht das Wissen, aber die Kraft.

5.

Alban musste rasch erkennen, dass es tatsächlich nicht ratsam war, in seinem Zustand am hellen Tag durch das Land zu laufen. Als er das Riebelsborner Meierdorf durchquerte, rissen die Leute schreiend vor ihm aus, und mit jedem weiteren Weiler wuchs die Panik unter den Menschen. Er sah Frauen und Kinder rennen – oft auch die Männer –, und in seinen Ohren gellten ihre Rufe »Das Ungeheuer!« oder »Das Riebelsborner Ungeheuer!«. In einem Dorf rotteten sich die Männer zusammen und drohten mit Sensen und Forken. Einer schleuderte sogar einen Stein in seine Richtung und traf ihn an der Schulter. Alban fuhr herum und stieß ein Brüllen aus, welches ausreichte, um die wackeren Bauern das Weite suchen zu lassen.

Während er weiter in die Richtung eilte, in der er Cajetans Burg wusste, zuckte es in seinem durch den Fluch entstellten Gesicht, und mehr als einmal biss er die Zähne so stark zusammen, dass es krachte. Seine Gedanken galten Gisela, die sich in höchster Not befand, und er gab sich allein die Schuld an ihrem Unglück. »Ich hätte Matthias nicht nachgeben und sie nicht heiraten dürfen!«, schrie er voll Zorn. »Sie kann doch nichts für unsere Vermessenheit, eine Macht erringen zu wollen, die weit über jener liegt, die uns Sterblichen gegeben ist!«

Er erhielt keine Antwort auf seine Selbstanklagen, denn die

Menschen flohen bereits, wenn sie ihn nur von Weitem erblickten oder ihn durch das Unterholz brechen hörten. Mit einem Mal aber hatte er das Gefühl, es beobachte ihn jemand. Er blieb stehen und drehte sich um die eigene Achse, doch er nahm nur Bäume, den Fluss und jenseits davon die hoch aufstrebende Uferböschung wahr, die in einen lang gestreckten Hügelzug überging. Nun erst begriff er, dass er unwillkürlich dem Lauf der Altmühl gefolgt war, obwohl er den Weg zu Cajetan über die Hügel hätte abkürzen können. Er überlegte einen Augenblick, ob er jetzt noch hochklettern und sich quer durch das unwegsame Land schlagen sollte, doch ein zweiter Blick auf die an dieser Stelle besonders steil aufstrebenden und mit Gebüsch verfilzten Hänge ließen ihn von der Idee Abstand nehmen.

Als er weiterrannte, kam kurz darauf eine Burg in Sicht, die als Stammsitz eines der vielen Geschlechter bekannt war, welche sich zwischen den fränkischen Reichsstädten und dem Herzogtum Bayern angesiedelt hatten. Auf halber Höhe zum Tor sah Alban einen Mann bergauf stapfen, der unter seinem flatternden Umhang eine Soutane trug. Dieses Kleidungsstück und der stelzende Gang verrieten Giselas Ehemann, dass er es mit Fortunatus zu tun hatte. Ohne nachzudenken, schrie er seine Wut hinaus und verdoppelte seine Geschwindigkeit, um den verräterischen Priester noch vor dem Burgtor abzufangen.

Fortunatus hatte einen raumgreifenden Wanderschritt eingeschlagen, um die Burg eines befreundeten Nachbarn zu erreichen und dort zu übernachten, bevor er sich am nächsten Tag auf den Weg zu jenem Wirtshaus machen würde, in dem er den Worten seines Onkels zufolge auf den Sekretär des Kardinals Callani treffen sollte. Als er Albans bärenähnliches Gebrüll vernahm, drehte er sich nicht um, sondern schürzte seine Soutane und rannte um sein Leben. In diesen Landen gab es nur eine Kehle, aus der solch nervenaufreibende Laute kommen konnten – und das war die des Ungeheuers von Riebelsborn.

In einer Wegkehre entdeckte Fortunatus seinen Verfolger und stellte mit Entsetzen fest, wie sehr sich dieser ihm schon genähert hatte. In diesem Moment bedauerte er, den Knechten das Pferd zurückgegeben zu haben und zu Fuß weitergegangen zu sein. Verzweifelt versuchte er, den Weg abzukürzen, merkte aber bald, dass er das Burgtor nicht mehr rechtzeitig erreichen würde.

Der Wächter war jedoch schon auf ihn aufmerksam geworden und hatte Alarm geblasen, und nun sammelten sich Bewaffnete hinter den Zinnen, die aufgeregt auf ihn und auf seinen Verfolger zeigten.

»Hilfe! Helft mir um der Heiligen Jungfrau willen! Das Ungeheuer von Riebelsborn ist mir auf den Fersen und will mich auffressen!« Um die Bedeutung seiner Worte und seines Standes zu unterstreichen, warf Fortunatus den Umhang ab und ließ die Leute auf der Burg sein Priestergewand sehen.

Das wirkte wie ein Signal. Zornige Stimmen ertönten, und es fanden sich noch mehr Bewaffnete auf den Mauern ein. Unter ihnen war auch der Burgherr, der einen Befehl hinunterbrüllte. Im nächsten Augenblick schwang das Tor auf, und mehr als ein Dutzend Spießträger eilten heraus und reckten die Spitzen der Waffen wie die Stacheln eines Igels nach vorne. Gleichzeitig winkte der Ritter dem Priester zu, sich zu beeilen.

Erste Pfeile flogen über Fortunatus hinweg auf Alban zu. Die meisten verfehlten ihn, und die paar, die trafen, ritzten kaum die dicke Schwarte, zu der Cajetans Fluch ihm verholfen hatte. Alban wusste, dass es gefährlich war, noch näher an die Burg heranzukommen, doch wollte er Fortunatus fangen, um ihn verhören zu können. Da der Priester Gisela betäubt und entführt hatte, würde er auch wissen, welchen Weg Cajetans Schergen mit ihr eingeschlagen hatten. Mit diesem Wissen – so hoffte er – würde es ihm möglich sein, den Trupp abzufangen, bevor er die Burg des Erzmagiers erreichte. Obwohl sein Herz so heftig schlug wie einer der großen Hämmer einer Hammermühle, von denen es an der Altmühl so viele gab, streckte Alban seinen Körper und machte noch raumgreifendere Sätze. Nun holte er so rasch auf, dass er bereits die Pranke ausstreckte, um Fortunatus packen zu können.

In seinem Eifer hatte er jedoch nicht bemerkt, dass der Ritter auf der Mauer einen länglichen Gegenstand in die Hand genommen hatte und nun auf ihn richtete. Dieser bestand aus einem Bronzerohr, das an einem hölzernen Schaft befestigt war, und einem Haken mit einer glimmenden Lunte. Der Ritter stützte die Waffe auf der Mauer ab, zielte sorgfältig und krümmte den Zeigefinger. Der Haken mit der Lunte schnellte nach vorne, und keinen Lidschlag später rollte ein kurzes, donnerartiges Krachen über das Tal, das sich an den gegenüberliegenden Hügelflanken brach.

Alban spürte einen heftigen Schlag gegen die Schulter, der ihn fast zu Boden warf, und sah, dass dunkelrotes Blut aus einem schwärzlichen Loch strömte. Gleichzeitig fühlte er einen heftigen Schmerz und wurde langsamer, obwohl sein Wille noch immer vorwärtsdrängte.

Die Leute auf der Burg sahen Alban bluten und jubelten auf. Ihre Triumphschreie brachten Fortunatus dazu, über die Schulter zu schauen. Der leichte Vorsprung, den er inzwischen gewonnen hatte, ließ ihn auf Rettung hoffen, zumal ein Knappe dem Burgherrn eine zweite Luntenflinte reichte.

Alban sah, wie deren Rohr auf ihn einschwenkte, und heulte vor Wut auf. Pfeile fürchtete er nicht und Armbrustbolzen nur aus nächster Nähe, doch der nächste Treffer dieser lärmenden Waffe konnte ihn töten. Nun sah er sich vor die Wahl gestellt, Fortunatus zu fangen und dabei zu sterben oder feige zu fliehen. Sein Hass auf Fortunatus forderte von ihm, den verräterischen Burgkaplan nicht entkommen zu lassen, doch wenn er Gisela retten wollte, durfte er sein Leben nicht einfach fortwerfen. Mit wutverzerrtem Gesicht bremste er seinen Lauf ab, sandte dem fliehenden Priester eine Verwünschung nach, wandte sich noch halb im Schwung um und rutschte auf losem Geröll den Hang hinunter. Diese Bewegung rettete ihn, denn die Kugel, die der Ritter im gleichen Moment abgeschossen hatte, durchpflügte nun nutzlos die Stelle, an der Alban eben noch gestanden hatte.

Der Ritter verfluchte seinen Fehlschuss, stellte die Flinte mit einer zornigen Bewegung weg und blickte zu Fortunatus hinab, dessen keuchende Stimme zu ihm hochdrang. »Gott zum Gruße, Herr Luitpold! Das war wirklich Rettung in höchster Not.«

Der Ritter beäugte den Priester, als sehe er ihn zum ersten Mal. »Ach, Ihr seid es, Hochwürden! Da freut es mich doppelt, dass ich dieses Höllenvieh vertreiben konnte. Einmal habe ich es ja getroffen, doch der zweite Schuss ging leider daneben.«

»Da hatte gewiss der Teufel seine Hand im Spiel. Der lässt die Seinen nicht im Stich, heißt es, und dafür haben wir gerade die Bestätigung bekommen. Zu schade, dass dieses Untier Euch entkommen konnte. Ich fürchte, es wird noch viel Schaden anrichten.« Fortunatus' Erleichterung über sein Entkommen wich nun der Scham, die Burg als hilfsbedürftiger Flüchtling zu betreten. Seinem Ruf war es gewiss nicht zuträglich, wenn man ihm nachsagte, seinen Gebeten und Beschwörungen würde die Kraft fehlen, höllische Kreaturen zu bannen.

Ritter Luitpold sah es auf Fortunatus' Gesicht arbeiten und nahm an, der Priester würde sich um die Bewohner der Umgebung sorgen. »Noch ist dieses Teufelsgeschöpf uns nicht entkommen, mein Freund. Wir werden es jagen und zur Strecke bringen, das schwöre ich Euch.«

Er befahl seinem Knappen, die beiden Flinten neu zu laden, und wandte sich dann an seinen Kastellan. »Jeder Mann, der eine Waffe zu tragen vermag, kommt mit mir. Außerdem soll das Sturmhorn geblasen werden, um die Dörfer der Umgebung zu alarmieren. All meine Leute sollen Jagd auf das Untier machen, denn es darf nicht lebend davonkommen!«

Die Augen des Burgherrn verrieten weniger Sorge um seine Bauern als die pure Lust an der Jagd und die Gier, ein Wild zu erlegen, wie es in diesen Landen noch keiner erbeutet hatte.

6.

Zunächst blieben die Verfolger so weit hinter Alban zurück, dass er sie nicht einmal bemerkte. Seine Gedanken waren wieder auf Gisela gerichtet, die er aus Cajetans Händen befreien musste, ganz gleich, was der Magier ihm in den Weg stellen würde. Erst als das Auerochsenhorn misstönend hinter ihm aufklang und von allen Seiten aufgenommen wurde, blieb er stehen und sah sich aufmerksam um. In einem Dorf, das seines Wissens noch zu der Burg gehörte, bei der er verletzt worden war, hatten sich die Männer mit Sensen, Gabeln und Dreschflegeln bewaffnet und machten sich nun mit aufmunternden Rufen Mut.

Da sie ihm den direkten Weg versperrten, schlug Alban sich in die Büsche, um den Ort zu umgehen. Er wollte sich auf keinen Kampf einlassen, um sich nicht noch weitere Wunden zuzuziehen, die ihn schwächen und daran hindern konnten, Gisela zu retten. Da er sich den Weg nun durch unwegsames Gelände bahnen musste, kam er jedoch nicht mehr so rasch voran, wie er gehofft hatte, und seine verletzte Schulter machte sich mit einem hässlichen Pochen bemerkbar. Wenn er nicht gefährlich viel Blut verlieren wollte, würde er die Wunde verbinden müssen. Dazu aber fehlten ihm die Zeit und die Mittel. Verbandszeug würde er nur in einem der Dörfer erbeuten können, doch sahen die Bauern und Knechte, die die Gehöfte bewachten, nicht mehr so aus, als würden sie schreiend vor ihm davonlaufen. Er mochte ihnen an Kraft weit überlegen sein, doch zu viele Hunde waren auch des stärksten Bären Tod.

Das Klirren von Metall warnte ihn, noch bevor er die nächste Talsenke erreichte. Als er im Schutz der Bäume stehen blieb und zum Weg hinüberblickte, entdeckte er drei von Fußknechten begleitete Reiter, von denen einer genauso ein Donnerrohr in der Hand hielt, wie das, welches ihm die tiefe Wunde zugefügt hatte. Sie waren offensichtlich dem Alarmhorn auf Ritter Luitpolds Burg gefolgt und willens, der angekündigten Gefahr mit heißem Blei und blanker Klinge zu begegnen.

Da Alban in dieser Richtung kein Weiterkommen fand, zog er sich vorsichtig zurück und versuchte, die Reiter im weiten Bogen zu umgehen. Fast im gleichen Augenblick hörte er das Winseln und Jaulen von Hunden und wusste, dass die Jagd auf ihn von mehreren Seiten eröffnet worden war. Mit einer Verwünschung, die seinen Verfolgern im Allgemeinen und Cajetan im Besonderen galt, beschleunigte er seinen Schritt, doch schon auf dem nächsten Weg, den er kreuzen musste, wurde er von einer Rotte Bauern erwartet. Da er nicht riskieren konnte, mit einem weiteren Umweg Zeit zu verlieren und den schwerer bewaffneten Verfolgern in die Hände zu geraten, stürmte er mit wildem Gebrüll auf die Männer los. Wie erwartet warfen die ängstlicheren ihre Waffen weg und suchten schreiend das Weite. Einige versuchten ihn jedoch aufzuhalten, und er musste sich durch sie hindurchkämpfen. Dabei trafen ihn zwei Forkenstiche, die ihn jedoch nicht nennenswert zu verletzen vermochten.

Das war nicht das letzte Scharmützel, welches Alban an diesem Tag zu bestehen hatte, denn immer wieder gelang es Trupps bewaffneter Männer, ihn zu stellen. Dabei ging es nicht jedes Mal so glimpflich ab wie bei den Rotten, die nur aus Bauern bestanden. Nun standen vielmehr zumeist berittene Anführer an der Spitze der Verfolger, die ihren Bewaffneten Mut einflößten. Hatte Alban zunächst noch versucht, das Leben der einfachen Leute zu schonen, hieß es für ihn schon bald: die anderen oder ich. Dennoch kam er weit vom Weg ab und stürmte schließlich so kopflos dahin wie ein gehetztes Wild. Dabei klammerte er sich verzweifelt an den Gedanken, Gisela doch noch erreichen zu können, doch ihr Bild verblasste in seinem Innern, als sei es von Tränen und Trauerflor bedeckt.

Als er vor Schwäche taumelte und langsamer wurde, stürmten Hunde auf ihn los, die ihre Treiber von der Leine gelassen hatten. Albans Pranken wirbelten wie die Flügel einer Windmühle und zerrissen die Tiere, als beständen sie aus morschen Lumpen, die ihm der Wind in den Weg geweht hatte. Während er die toten Tiere hinter sich ließ, war er froh, dass sich keines von ihnen mit Dagga hatte messen können, denn ein Kampf mit der riesigen Hündin hätte auch beim ihm tiefe Spuren hinterlassen.

Nachdem er die Hunde ausgeschaltet hatte, hoffte Alban, seinen Häschern entkommen zu können, doch da öffnete sich der Wald vor ihm zu einer Rodungsinsel. In deren Mitte lag ein Dorf, und zwischen den Gebäuden und dem Wald hatte sich ein kleines Heer versammelt. Es war beinahe, als hätten die Verfolger ihn an dieser Stelle erwartet, und sie entdeckten ihn fast ebenso schnell wie er sie. Jubel klang auf, und dann gaben die Ritter an der Spitze ihren Pferden die Sporen.

Alban spürte seine Schwäche nun doppelt, und in seinem Inneren breitete sich graues Elend aus: Nun würde er sterben und nicht nur Gisela, sondern auch seinen Freund Matthias von Riebelsborn bitter enttäuschen. Beide würden sein Versagen mit ihrem eigenen Leben und wahrscheinlich auch mit der Verdammnis ihrer Seelen bezahlen müssen. Während er noch ziellos schwankte, klangen hinter ihm Stimmen und Waffengeklirr auf, und er begriff, dass eine weitere Flucht unmöglich war. Er atmete tief durch, um seinen rasenden Puls zu beruhigen, öffnete den Rachen zu einem

Schrei, der fast noch lauter über das Land hallte als die noch immer ertönenden Urhörner, und stürmte mit dem festen Vorsatz vorwärts, die Feinde für seinen Tod so teuer wie möglich bezahlen zu lassen.

7.

»Jetzt sitzt der gute Georg Streller aber schlimm in der Patsche!« Cajetan schnurrte vor Zufriedenheit, als er den Zauberspiegel mit einer Handbewegung zum Erlöschen brachte, und drehte sich zu Fulvian um.

»Dieses kleine Problem ist nun auch aus der Welt geschafft. Ich weiß gar nicht, weshalb du in den letzten Wochen so nervös gewesen bist. Es läuft doch alles bestens!« Cajetan zeigte dabei auf Gaudentius' Lebensuhr, aus deren oberer Hälfte der Sand nun fast völlig geschwunden war, und schob den Gedanken daran, dass der Sand einen Tag früher noch in die Gegenrichtung geflossen war, mit einem ärgerlichen Schulterzucken beiseite. Jetzt, wo er die junge Hexe gefangen hatte und ihre Kräfte seinen Feinden nicht mehr dienen konnten, nahm alles seinen erwarteten Verlauf. Alban wurde in diesen Augenblicken von seinen Verfolgern in Stücke gerissen, und Gaudentius hatte nur noch ein paar Tage zu leben.

Fulvian wusste, was sein Herr dachte, doch er kommentierte es nicht. In seinen Augen war die Gefahr des Scheiterns größer gewesen, als Cajetan es wahrhaben wollte. Die junge Hexe hätte die Waagschale leicht auf die Seite des Riebelsborners neigen und vielleicht sogar Cajetans Existenz bedrohen können. Ihren Erfolg hatten sie Kreaturen wie Fortunatus und dessen Onkel zu verdanken, und darüber hinaus mussten sie sich nun der Burgherren und Bauern im Umkreis bedienen, über deren Gedanken und Gefühle sie mittels magischer Kräfte in einem gewissen Rahmen verfügen konnten. Anders als Cajetan war er sich der Gefahr bewusst, die dieser Aufruhr mit sich brachte, denn bald würden Abgesandte der umliegenden Fürsten und Kirchenmänner in der Gegend erscheinen, um die Angelegenheit gründlich zu untersuchen.

»Wir werden achtgeben müssen, dass niemand hier herumschnüffelt, der die Gabe besitzt und tiefer blickt als die meisten«, gab er zu bedenken.

Der Magier winkte lachend ab. »Pah! Wir werden die Augen der Herrschaften nach Riebelsborn lenken. Dort können sie schauen, so viel sie wollen. Du wirst dafür sorgen, dass Gaudentius' Burg als Zentrum des ganzen Ärgers erkannt wird. Dafür kannst du den jungen Pfaffen benutzen, der auf dem Weg zu der Schmugglertaverne ist, um seine Belohnung einzufordern. Geh und erwarte ihn dort. Der dumme Kerl wird uns noch gute Dienste leisten, ebenso wie sein Oheim und die ganze Bande von Raubrittern, die dieser um sich versammelt hat. Mit deren Hilfe werden wir diesen Pickel, der es für einige Wochen gewagt hat, zu einer Eiterbeule zu werden, endgültig aufstechen und ausbrennen. Geh jetzt und lass dir ja nicht einfallen, vorher noch einmal Mine und Lina aufzusuchen!«

Fulvian zischte leise vor sich hin. In letzter Zeit kam er kaum mehr dazu, sich den angenehmen Dingen des Lebens zuzuwenden, denn Cajetan scheuchte ihn herum wie einen Laufburschen und ließ ihn kaum einen Augenblick zur Ruhe kommen. Nach jener Nacht, in der er als Sukkubus den spanischen Edelmann Ramón de Mandarés y Cornada verführt hatte, war es ihm zwar noch gelungen, sich Mines und Linas zu bedienen und ihnen dabei den geraubten Samen einzupflanzen, aber bisher hatte er nicht kontrollieren können, ob ihm Erfolg beschieden war. Dazu hätte er den Frauen nahe genug kommen müssen, um zu riechen, ob sie schwanger waren. Bis man es sehen konnte, würde noch viel Zeit vergehen.

Ein weiterer, um einiges härterer Hieb beendete die Überlegungen des Homunkulus. Dieser warf dem Erzmagier einen hasserfüllten Blick zu, doch dieser achtete nicht auf seinen Diener, sondern sah zufrieden lächelnd zum Fenster hinaus, als würde er Zeuge von Dingen, die ganz nach seinem Geschmack waren.

»Warum bist du noch nicht verschwunden? Ich habe dir einen Auftrag erteilt!«, schnauzte er Fulvian an, ohne sich zu ihm umzudrehen.

»Ich eile, mein Herr!« Fulvian fletschte die Zähne in Cajetans Richtung und stellte sich seine Rache an dem Mann vor, der ihn immer noch als ein von ihm geschaffenes Kunstwesen ansah, das er nach Belieben misshandeln konnte.

8.

Die Herberge wirkte nicht wie ein Ort, an dem man einen Kardinal mit purpurner Mitra oder auch nur dessen Sekretär erwarten würde. Fortunatus war im ersten Augenblick enttäuscht und fürchtete schon, sein Onkel hätte ihn belogen. Als er von dem Pferd stieg, das sein Gastgeber ihm überlassen hatte, und die Zügel einem Knecht übergab, begann er sogar, um sein Leben zu fürchten, denn der Mann glich eher einem Wegelagerer als einem ehrlichen Menschen. Er war sich sicher, dass er in das Nest einer Räuberbande geraten war, und raffte den Rest an Selbstbeherrschung zusammen.

»Ich bin auf der Suche nach seiner allerehrwürdigsten Eminenz, dem Kardinal Callani, oder nach dessen Sekretär. Befindet sich einer der Herren hier in der Schenke?«

»Wenn Euer Hochwürdigkeit mir folgen wollen.« Ein junges, recht hübsches Mädchen war vor die Tür getreten und verneigte sich vor Fortunatus wie vor einem hohen Herrn.

Als er die Wirtstochter vor sich sah, kniff der Priester verblüfft die Augen zusammen. Sie strahlte etwas aus, das ihm unbekannt war, ihn aber sofort in den Bann schlug. Wie verzaubert folgte er ihr und betrat so selbstverständlich die Schenke, als hätte er seine Bedenken und seine Angst an der Schwelle abgestreift. Einige übel aussehende Kerle saßen um einen der Tische, würfelten und tranken Wein aus hölzernen Bechern. Das Mädchen hieß Fortunatus jedoch nicht im Gastraum Platz zu nehmen, sondern führte ihn die Treppe hinauf in eine Kammer, die erstaunlich groß und für die einfache Taverne viel zu aufwendig eingerichtet war. Am Fenster saß ein Mann, der dem Eintretenden den Rücken zuwandte. Da dieser ebenfalls eine Soutane trug, nahm Fortunatus an, dass er es mit dem Sekretär des Kardinals zu tun hatte, blieb neben der Tür stehen und hüstelte leicht, um den höhergestellten Kirchenmann auf sich aufmerksam zu machen.

Beinahe gemächlich drehte Fulvian sich um und zeigte dem Besucher sein jugendlich wirkendes Gesicht. Er hatte sich diesmal etwas größer gemacht als bei seinen Begegnungen mit Ritter Heiner oder dem Treffen mit Ramón de Mandarés y Cornada – teils aus Ärger über Cajetan, teils aber auch, um Fortunatus zu beeindrucken.

»Ah, du bist der Neffe des lieben Heiner von Loipfing. Tritt näher!« Fulvian winkte den jungen Pfarrer zu sich heran und sah dann die Wirtstochter an. »Lass uns allein. Ich rufe dich, wenn ich deiner bedarf.«

Das Mädchen erinnerte sich an die Wonnen, die der seltsame Kardinalssekretär ihr zuvor bereitet hatte, und erschauerte in Vorfreude. Das entlockte Fulvian ein zufriedenes Grinsen, denn er hatte mit der Kleinen noch etwas vor. Zunächst aber war Ritter Heiners Neffe an der Reihe.

Er wartete, bis die Wirtstochter die Tür von außen geschlossen hatte, und zauberte dabei ein gütig wirkendes Lächeln auf seine Lippen. »Du hast uns und der Heiligen Kirche sehr geholfen, mein Sohn. Man wird sich daran erinnern.«

»Danke, Euer …« Fortunatus stockte, denn er wusste nicht, wie er Fulvian ansprechen sollte.

»Euer Hochwürden genügt«, antwortete dieser. »Ich freue mich, dass du so schnell erschienen bist. Du wirst gewiss ein Glanzlicht in der Hierarchie der heiligen Kurie werden.«

»Heilige Kurie? Das heißt Rom!« Fortunatus platzte beinahe vor Stolz. Rom war das Zentrum der Christenheit, und dorthin berufen zu werden, stellte für jeden Kleriker die Krönung seines Lebens dar.

»Ja, das heißt Rom!« Fulvian streckte seine Hand aus, sodass der junge Priester den im dunklen Purpur schimmernden Stein auf seinem Ring küssen konnte. »Du sollst nach Rom gehen und dort in unserem Sinne wirken, mein Sohn.«

Fulvian lächelte so sanft, als wäre der junge Mann sein Lieblingsneffe, doch in seinen Gedanken mischten sich Vorfreude und höhnisches Gelächter. Noch fühlte Heiners Neffe sich mit sich und seinem Glauben eins, doch in Rom, einer Stadt, in der mehr Bastarde von Kardinälen, Bischöfen und Priestern herumliefen als ehelich geborene Kinder, würde er bald verdorben genug sein, um als Waffe im Kampf um den Stuhl Petris eingesetzt werden zu können. Wer weiß, dachte der Homunkulus, vielleicht setze ich nicht Cajetan, sondern diesem Lümmel eines Tages die Tiara des Papstes aufs Haupt.

»Du wirst dich in wenigen Tagen auf den Weg in die Ewige Stadt machen, mein Sohn. Ich gebe dir ein Schreiben mit, das dich seiner Heiligkeit, Papst Leo X., empfehlen wird.«

Bei diesem Kirchenführer, der mehr für seine Verschwendungssucht und Ausschweifungen bekannt war als für seine Frömmigkeit, würde der junge Mann rasch lernen, was gut für ihn war. Eine Kostprobe davon wollte er ihm jedoch noch hier zu schmecken geben, damit er von vornherein den richtigen Weg einschlug.

Während Fulvian einen Bogen Papier nahm, ihn mit seiner

zierlichen Handschrift füllte und darunter ein Siegel in Purpurwachs drückte, rief er im Geist nach der Tochter des Wirtes. Das Mädchen kam gerade in dem Augenblick herein, als er dem jungen Priester das Empfehlungsschreiben überreichte. Eine kurze Handbewegung sorgte dafür, dass das Innere der Kammer gegen den Rest der Welt abgeschlossen wurde und niemand sie stören konnte, und dann blickte der angebliche Sekretär Fortunatus auffordernd an.

»Du wirst in Rom bald große Macht dein Eigen nennen und über Sünder und Ketzer urteilen müssen. Doch um die Menschen gerecht bewerten zu können, musst du einige Dinge am eigenen Leib erfahren.«

»Ich begreife nicht recht«, antwortete der junge Kleriker verwirrt.

»Das Wichtigste wirst du gleich lernen.« Fulvian gab der Wirtstochter einen Wink.

Ohne zu zögern, streifte das Mädchen Rock und Bluse ab und stand nackt im Raum. Beim diesem Anblick atmete der junge Mann schneller und war froh um seine Priestertracht, denn sonst wäre dem Sekretär unweigerlich seine unziemliche Erregung aufgefallen. Dass Fulvian sie dennoch so deutlich wahrnahm, als stände auch er nackt vor ihm, wusste Fortunatus nicht.

Der Blick des jungen Priesters wanderte unsicher zwischen dem nackten Mädchen, das sich inzwischen auf den lautlosen Befehl des Homunkulus auf dem Bett in Pose gelegt hatte, und dem angeblichen Kardinalssekretär hin und her. Dann gab Fulvian ihm einen verbalen Schubs: »Nimm das Weib und erfahre selbst, was Fleischeslust ist!«

Es lag genug Macht in seiner Stimme, um Fortunatus willenlos zu machen. Dieser stolperte auf das Bett zu und bemerkte kaum, dass ein plötzlicher Windstoß durch die Kammer fuhr und seine Dalmatika hochwirbelte, sodass sie sich um seine Brust wickelte. Gleichzeitig löste sich die Schnur, die die Bruche mit den angehefteten Beinlingen hielt, und das Kleidungsstück rutschte zu Boden.

Fulvian lachte spöttisch auf, als Fortunatus derart entblößt vor ihm stand, sorgte dann aber dafür, dass das Verlangen des jungen Mannes so stark wurde, dass er sich nicht mehr beherrschen konnte und sich wie von Sinnen auf das Mädchen warf. Da der Priester keine Erfahrung mit Frauen besaß, ging er sehr ungeschickt zu Werk und hätte einer weniger erfahrenen Frau als der Wirtstochter gewiss arge Schmerzen bereitet.

Fulvian sah händereibend zu, spürte jedoch, dass Fortunatus' Phantasien noch nicht völlig befriedigt wurden, und bleckte die Zähne. Dem Jungen konnte geholfen werden! Sofort zerfloss seine Soutane in feinen Nebel und er stieg auf das Bett, auf dem das Paar noch immer miteinander beschäftigt war.

Fortunatus erstarrte, als sich die heißen Hände des Kardinalssekretärs auf seinem Rücken legten, und er spürte, wie dessen Leib sich immer enger an den seinen schmiegte. Für einen Augenblick wollte er ihn abwehren, doch im nächsten Augenblick überschwemmte eine Woge des Verlangens seinen Geist, und er gab sich ganz der Führung des Mannes über sich hin, während die junge Frau unter ihm von der doppelten Last in die Polster gedrückt wurde und dennoch ihre Lust so stark hinausschrie, dass es von den Wänden widerhallte.

Fulvians Zauber verhinderte, dass das, was in der Kammer geschah, draußen bemerkt wurde, und er sorgte ebenfalls dafür, dass der Wirt seine Tochter nicht vermisste, sondern klaglos die Becher seiner Gäste füllte, die weiter seelenruhig ihren Wein tranken.

9.

Während Cajetan und sein teuflischer Helfer sich ihres Sieges über Gaudentius und Alban sicher wähnten, dachte Gisela verzweifelt darüber nach, wie sie sich und ihre beiden Schicksalsgefährtinnen befreien konnte. Sie kannte keine Zauberformel, die ihr die Schlösser geöffnet oder die Stangen gebogen hätte. Zum einen war ihre magische Ausbildung nicht auf eine solche Situation ausgerichtet, und zum anderen glaubte sie nicht, dass irgendein Magier den Bann würde brechen können, den Cajetan über seine Burg gelegt hatte – es sei denn, ein Erzengel stünde ihm zur Seite.

»Kennt Herzog wirklich keinen Weg hier heraus?«, fragte sie Hetta in der Hoffnung, nach einem Strohhalm fassen zu können, der sich vielleicht doch als rettendes Seil entpuppte.

Diese verzog das Gesicht. »Leider nein. Meine Ratte ist zwar geschickt und vermag mir vieles zu zeigen, was in der Burg vorgeht, doch sie kann weder die Türen zu unseren Zellen öffnen noch die Wachhunde des Erzmagiers verjagen.«

Gisela schauderte bei der Erwähnung der Wächter, denn sie hatte sich inzwischen mehrfach vergewissern können, dass diese zwar wie Menschen aussahen, in Wirklichkeit aber junge Rüden waren, denen der Erzmagier eine menschliche Gestalt verliehen hatte. Sie dienten ihm so treu, wie es ihre hündische Art gebot, und würden notfalls ihr eigenes Leben einsetzen, um den Willen ihres Herrn zu erfüllen.

»Aber es *muss* irgendeine Möglichkeit geben, diesem Schuft zu entkommen!«

Hetta zuckte mit den Schultern. »Das mag sein, doch ich habe bisher keine gefunden. Cajetan scheint sich unser so sicher zu sein, als hätte er uns mit Eisenketten an sich gefesselt. Zudem ist es müßig, zu dieser späten Stunde noch an Flucht zu denken. Lass uns lieber schlafen. Der Morgen kommt früh genug.«

»Ich möchte auch schlafen«, jammerte Kezia. Sie war die Schwächste der drei, sowohl was ihre magischen Kräfte als auch, was ihre Willensstärke betraf.

Gisela nickte und legte sich seufzend hin. »Schlaft gut! Möge der Morgen einen besseren Tag bringen, als es der letzte war.« Sie hörte das Rascheln, mit dem Herzog sich durch das Stroh wühlte, und dann stupste die weiche Rattenschnauze sie an der Wange.

»Schade, dass du uns nicht helfen kannst«, flüsterte Gisela und streichelte ihn.

Dabei dachte sie, dass wohl nur ein Wesen mit übermenschlichen Kräften in der Lage war, sie hier herauszuholen. Unwillkürlich musste sie an ihren Ehemann denken, und ihr war klar, dass sie ihm selbst in seiner schrecklichsten Gestalt um den Hals fallen würde, wenn er hier auftauchen und ihre Zelle öffnen würde. Lange Zeit hatte sie ihn nur als Ungeheuer angesehen und war bereits bei dem Gedanken an ihn zusammengezuckt. Jetzt aber sehnte sie sich nach seiner rauen Stimme und den haarigen Pranken, die bestimmt nicht nur hart zuschlagen, sondern auch zärtlich streicheln konnten.

»Herzog, wo bist du?«, murmelte Hetta in der Nebenzelle schlaftrunken.

»Er ist hier bei mir«, antwortete Gisela, erhielt jedoch nur einen leisen Schnarchlaut als Antwort, und kurz darauf verkündeten regelmäßige Atemzüge, dass auch Kezia eingeschlafen war. Gisela hingegen fühlte sich hellwach und angespannt, denn ihr war, als ginge etwas mit ihr vor, das sie sich nicht erklären konnte. Für einige Augenblicke sah sie durch die Augen der Ratte auf einen großen dunklen Schatten, auf dem zwei helle Punkte leuchteten. Das Dunkle war ihr Körper, die kleinen Lichter ihre Augen, die von einer Kraft erfüllt waren, die nicht von dieser Welt stammen konnte.

Irgendetwas geschieht mit mir, dachte sie und wand sich unbehaglich, denn sie war nicht mehr ganz sie selbst. Ihr Magen knurrte heftig, obwohl Lina, eine der beiden Mägde des Magiers, ihr am

Abend eine Schale Eintopf gegeben hatte, und nun stieg ihr ein Geruch in die Nase, der bestimmt nicht aus dem Kerkergewölbe stammte. Während ihre Umgebung sich verwandelte, leckte sich Gisela sehnsüchtig die Lippen. Um sie herum stand nun dichter Wald, und es schneite, als wollte das kalte Weiß die gesamte Erde unter sich begraben. Der verführerische Geruch stammte von einem Kaninchen, das nicht weit von ihr entfernt vorbeihoppelte. Das musste sie erwischen, um ihren größten Hunger stillen und sich wieder ihrem eigentlichen Ziel widmen zu können.

Gisela schüttelte verwirrt den Kopf. Was *war* denn ihr Ziel? Bevor sie darüber nachdenken konnte, sprang sie wie von der Sehne geschnellt auf das Kaninchen zu, packte es und biss es durch. Sie schmeckte Fell, Blut und rohes Fleisch, und das in ihr, was noch sie selbst war, ekelte sich. Nun begriff sie, dass nicht sie das Kaninchen heißhungrig verschlang, sondern ein anderes Geschöpf, aber erst eine kräftige, schneeverkrustete Pfote brachte sie auf den richtigen Gedanken.

»Dagga!« Gisela spürte das Band zwischen sich und der Hündin und empfand plötzlich Hoffnung. »Dagga, hörst du mich?« Sie konzentrierte sich auf das Tier, versuchte mit ihm zu sprechen, um es lenken zu können. Doch ihr verzweifeltes Tasten ging ins Leere. Sie konnte zwar wahrnehmen, was die Hündin sah, hörte und schmeckte, doch sie war nicht in der Lage, sie zu beeinflussen. Mit einem heftigen Schluchzen brach ihre Enttäuschung aus ihr heraus. Ihre Mitgefangene Hetta konnte mit Herzog weitaus mehr anstellen, und auch ihr selbst war es gelungen, die Ratte ein wenig zu kontrollieren. Dagga aber entzog sich allem Bestreben, auf sie einzuwirken.

»Stures Biest!«, schimpfte Gisela, als die Hündin die Fellreste des Kaninchens ausspuckte und erst einmal zum Bachufer hinunterkletterte, um den kleinen Imbiss hinabzuspülen. Dann sah sie lange Zeit nur die Bäume, zwischen denen Dagga hindurchlief, ohne dass sie erkennen konnte, wo das Tier sich befand.

10.

Der Schnee störte die Hündin, denn er deckte die Spuren zu, denen sie bisher gefolgt war, und ihre Nase nahm keinerlei Geruch von Pferden oder Menschen wahr, auch nicht den ihrer Freundin. Doch ein innerer Sinn sagte ihr, dass Gisela sich irgendwo vor ihr befand, und diesem Instinkt folgte sie mit dem Selbstverständnis eines Tieres, das keine Zweifel kennt. Nachdem sie ihren ersten Hunger gestillt hatte, trabte sie weiter, ohne sich um das immer stärker werdende Schneetreiben zu kümmern. Nach einer Weile traf sie auf eine Straße, die in ihre Richtung führte, und folgte ihr ein Stück, bis ein großes Gebäude ihr den direkten Weg versperrte. Die Stimmen ausgelassener und enthemmter Menschen drangen zu ihr hinaus, und ihr stach der Geruch jener Getränke in die Nase, die die Leute unberechenbar werden ließen. Gleichzeitig nahm sie noch etwas anderes wahr, etwas, das sie aus dem Zimmer kannte, in dem ihre Freundin sich so oft aufgehalten hatte. Es wirkte blutlos, giftig und auf eine unangenehme Weise lebendig. Unwillkürlich begann sie zu knurren, denn das gesamte Haus war von dem widerwärtigen Geruch umgeben, der ihr Übelkeit bereitete. Da sie dem Wesen, das dort wohl hauste, nicht begegnen wollte, lief sie in einem Bogen an dem Gebäude vorbei, nieste ein paar Mal, um das Beißen in ihrer Nase loszuwerden, und rannte weiter, so schnell der Schnee es zuließ.

Kurz darauf spürte sie, dass sie Gisela ganz nah sein musste, und schnupperte. Tatsächlich hing ein Hauch ihres Duftes an Bäumen und Felsen, und er wurde stärker, je weiter sie nach oben witterte. Unter diesem Eindruck verließ sie die Straße, kämpfte sich durch das dichte Gestrüpp am Waldrand und wühlte sich durch den Schnee den steilen Hügel empor, der über dem Fluss aufragte. Bald kamen Mauern in Sicht, die jenen ihrer Heimat glichen, aber noch scheußlicher rochen als das Haus, an dem sie eben vorbeigekommen war. Nur war der Geruch älter, als sei das Wesen, das ihn verströmt hatte, weitergezogen.

Wo Menschen nur Schutt und verfallene Ruinen sahen, die man nicht betreten konnte, ohne Kopf und Kragen zu riskieren, nahmen Daggas Hundesinne eine nicht besonders große, aber fest gefügte Burg mit einem hohen Torturm wahr. Vor der kleinen Pforte im rechten Torflügel blieb sie stehen und stemmte die Pfote dagegen, wie sie es von Riebelsborn her kannte. Da hier niemand mit Eindringlingen rechnete, war die Tür nur angelehnt und schwang auf.

Eine noch eigenartigere Witterung stieg in Daggas Nase: Es roch hauptsächlich nach Leder, Metall und Hund, aber kaum nach Mensch. Ein paar Leute musste es ihrer Nase nach in der Burg zwar geben, doch hier am Tor hatte sich schon lange keiner mehr aufgehalten, und das irritierte die Hündin. Misstrauisch schnuppernd schlüpfte sie durch die Pforte ins Innere der Burg und blieb stehen, als sie eine Tür knarren hörte. Zwei Bewaffnete traten aus der Wachstube und sahen sich um. Da Dagga mehr auf ihre Nase als auf ihre Augen gab, stellte sie fest, dass es sich um junge Rüden handelte, die so widerwärtig rochen, als hätten sie sich in jenem Gift gewälzt, dessen Gestank allgegenwärtig war. Sie bleckte die Zähne, und als die beiden auf sie zukamen, griff sie ohne Vorwarnung an.

Cajetan mochte den Hunden die Gestalt von Menschen gegeben haben, doch waren sie in ihren Herzen tollpatschige Jungtiere geblieben, die zwar schon groß und wuchtig, aber noch nicht voll ausgewachsen waren. Nun sahen sie eine riesige Hündin vor sich und wichen bebend zurück. In ihnen schwang noch die Erinnerung an ihre Mutter, die sie beim Genick gepackt und gebeutelt oder sie mit schmerzhaften Knuffen in die Flanken zur Ordnung gerufen hatte, und als Dagga knurrend auf sie zusprang, drehten sie sich um, sausten wie der Blitz in ihre Kammer und verkrochen sich im hintersten Winkel.

Dagga wuffte so zufrieden wie auf Riebelsborn, wenn sie die Bracken von ihrer Matte gescheucht hatte, und lief unbehelligt weiter, während ihre Nase die Burg prüfte. Der obere Teil stank noch abscheulicher als die Hundewachen, aber aus der Tiefe stieg jener feine Geruch auf, dem ihre ganze Sehnsucht galt. Sie zwängte die Schnauze in den Spalt einer angelehnten Tür und lief einen abwärts führenden Gang hinunter, der in einem Raum endete, von dem mehrere Wege abzweigten. Die meisten waren mit Türen verschlossen, aber der Geruch, dem sie folgte, drang aus einer Öffnung, hinter der eine steile Treppe begann. Ohne zu zögern, lief Dagga diese hinab, bis ihr eine weitere, diesmal verschlossene Tür den Weg versperrte.

Als sie ärgerlich daran kratzte, näherten sich Schritte. Die Hündin hörte, wie der Riegel zurückgezogen wurde, und warf sich gegen das eisenbeschlagene Holz. Die Tür sprang auf, und sie stürmte hinein. Ein Mann, der ebenfalls wie ein Hund roch, stand vor ihr und machte eine ungeschickte Abwehrbewegung mit seiner Hellebarde. Ohne auf die Waffe zu achten, sprang Dagga ihn an und warf ihn zu Boden. Knochen barsten unter ihren Fängen, und für einen kurzen Augenblick erfüllte das Schmerzensgeheul eines Hundes den Raum. Ein weiterer Biss ließ das sich zurückverwandelnde Tier verstummen. Zwei andere Hunde, die zuerst näher gekommen waren, jaulten beim Tod ihres Kameraden schrill auf, rannten in das Dunkel des Gewölbes und verkrochen sich dort. Dagga beachtete sie nicht weiter, denn sie wand sich wie in Krämpfen und versuchte, das schwefelig stinkende Blut auszuwürgen, das ihr in den Rachen geflossen war.

Hinter ihr erscholl ein fassungsloser, aber auch jubelnder Aufschrei, der sie ihr Elend vergessen ließ. »Dagga! Bei der Himmelskönigin, wie kommst du denn hierher?«

Die Hündin lief schwanzwedelnd auf Gisela zu, streckte ihre Pfote aus und versuchte, sie durch die Gitterstäbe zu erreichen.

Dabei scheuchte sie eine Ratte auf, die in schierer Panik davonrannte. Dagga ließ sich jedoch nicht ablenken. Ihre Nase sog den Duft ihrer großen Freundin ein, und ihr Blick verriet, wie sehr sie die junge Frau liebte.

Gisela gab sich ganz dem unerwarteten Wiedersehen hin und kämpfte mit den Tränen. Hetta aber lockte ihren völlig verängstigten Herzog zu sich und sah den beiden mit hochgezogenen Augenbrauen zu.

»So weit, so gut! Doch damit ist noch nichts gewonnen. Wenn es uns nicht gelingt, an die Schlüssel zu kommen, die unsere Zellen versperren, hilft uns das Auftauchen dieses Riesenbiestes einen Dreck!«

Gisela wollte auffahren, weil Hetta die Hündin mit einer so verächtlichen Bezeichnung belegt hatte, doch ihr Blick flog unwillkürlich zu dem Bund mit den Zellenschlüsseln, der hoch an der Wand zwischen der Eingangstür und der Wachstube hing. Dagga würde ihn auf den Hinterpfoten stehend erreichen und herunterholen können, doch möglicherweise war sie nicht klug genug, um zu begreifen, was sie tun sollte.

»Dagga, schau! Da sind Schlüssel! Lauf, und hol sie mir! Verstehst du? Hol Schlüssel!« Gisela zeigte auf den Bund und schob mit der anderen Hand die Hündin in die Richtung. Doch auf dem Ohr schien Dagga taub zu sein, denn sie drängte sich wieder an das Gitter und forderte ihre Herrin mit einem leisen Winseln auf, sie zu kraulen.

»Bei Gott und allen Heiligen, lass nicht alles umsonst sein!« Kezia weinte vor Enttäuschung, während Hetta Herzog hochhob und ihm den Schlüsselbund zeigte.

»Kannst du ihn vielleicht vom Haken stoßen? Irgendwie werden wir dann schon darankommen.« Sie setzte die Ratte wieder ab. Diese rannte nach einem scheuen Seitenblick auf Dagga los, kletterte am rauen Holz des Türrahmens hoch und sprang von dort auf den Haken. Die Hündin sah das Tier und wollte ihm aus alter

Gewohnheit folgen, um es totzubeißen, doch Gisela krampfte ihre Finger in ihr Fell und hielt sie fest.

»Das ist Herzog, unser Freund, und niemand, den du jagen und fressen darfst!«

Unterdessen machte sich die Ratte am Schlüsselbund zu schaffen, doch es gelang ihr nicht, das schwere Metall über die Spitze des Hakens zu heben. Hetta begann wie ein Fuhrknecht zu fluchen, während Kezia wie ein Säugling greinte. Gisela biss die Zähne zusammen und starrte mit brennenden Augen auf die Schlüssel, die den schmalen Grat zwischen Freiheit und ewiger Sklaverei bedeuteten.

»Dagga, du verdammtes Miststück! Sieh zu, dass du die Schlüssel bringst!«, schrie sie die Hündin an.

Das Tier wich einen Schritt von ihr zurück und hob die Lefzen. Giselas Blick ruhte streng und befehlend auf ihr, und als die Ratte auffordernd fiepte, wandte Dagga sich um, stakste zur Tür und richtete sich an der Wand auf, um ihre Verärgerung über die grobe Behandlung an der Ratte auszulassen. Bisher hatte ihr niemand beigebracht, was Schlüssel waren, doch als sie nach dem zitternden Fellbündel schnappte, sprang dieses zu Boden, und sie hielt den Bund zwischen ihren Zähnen. Unwillig schüttelte sie den Kopf und ließ ihn fallen, doch Giselas lobende und lockende Stimme verriet ihr, dass dies ein besonderes Spiel war, welches ihre Herrin mit ihr spielen wollte. Daher hob sie das klirrende Bündel Metall auf, warf es in die Luft, fing es wieder und trabte auffordernd auf ihre Freundin zu.

Gisela nahm Dagga die Schlüssel aus den Zähnen, bevor diese mit ihr Zerren spielen konnte, und machte sich ans Werk. Sie musste sich halb in die Gitter pressen und ihren Arm verbiegen, bis sie endlich den Schlüssel ins Loch bekam. Zum Glück war das Schloss gut geölt und öffnete sich nach zwei mühelosen Umdrehungen. Als der Riegel aus der Halterung glitt, sprang die Tür auf. Gisela rannte hinaus, als habe sie Angst, das Gitter könne sich, von Cajetans Zauberkräften getrieben, wieder schließen, umarmte Dagga und befreite dann ihre beiden Schicksalsgefährtinnen. Hetta schritt würdevoll aus der Zelle, holte Herzog herab, der sich vor der Hündin auf die ihm sicher erscheinende Höhe des Türbalkens gerettet hatte, und schüttelte sich unter den eisigen Windstößen, die durch die halb offen stehende Kerkertür bis in ihr Gefängnis drangen.

»Hört ihr es heulen? Ich fürchte, da oben tobt ein Unwetter, der Jahreszeit nach wahrscheinlich sogar ein Schneesturm. In dem kommen wir keine Viertelmeile weit.«

»Zumindest nicht so.« Kezia deutete auf die dünnen Fetzen, die sie am Leib trug.

Hetta zuckte mit einem bissigen Lachen mit den Schultern. »Wenn du bleiben willst, nur zu! Ich habe genug von diesem Loch hier! Herzog hat beim Tor eine Kammer entdeckt, die Mäntel und Stiefel für die Wachen enthält. Es wird zwar nicht angenehm sein, das schwefeldurchtränkte Zeug zu tragen, aber wir haben keine andere Wahl.«

»Und die Wachen?«, fragte Kezia ängstlich.

»Du hast gesehen, wie schnell dieses Riesenbiest von einem Hund mit unseren Gefängniswärtern fertig geworden ist. Ich glaube kaum, dass wir die Kerle am Tor zu fürchten haben. Wenn die Probleme machen würden, wäre die Hündin nicht bis zu uns durchgekommen.

Gisela teilte Hettas Optimismus nicht und wollte das Schwert des toten Wächters an sich nehmen, um sich notfalls verteidigen zu können. Doch als sie den Knauf berührte, war ihr, als würde sie in glitschigen Unrat greifen, und sie zuckte zurück.

Hetta drehte sich zu ihr um und sah sie fragend an. »Was ist los?«

»Nichts.« Gisela eilte noch einmal in ihre Zelle und rieb die äußerlich sauber erscheinende Hand an der Strohschütte ab, die ihr als Bett gedient hatte. Dann folgte sie Hetta, die die Treppe hochrannte, als sei sie von neuer Kraft erfüllt. Dagga drängte sich an ihr vorbei, stürmte den Gang hoch, lief quer über den Burghof und blieb vor der Wachkammer stehen. Die Hunde in Menschengestalt, die sich in dem Raum befanden, bemerkten, dass sich draußen Dinge taten, die nicht im Sinne ihres Herrn sein konnten, und schauten hinaus. Doch als sie die gefletschten Fänge der erfahrenen Bärenjägerin vor sich sahen und ihr drohendes Knurren vernahmen, drehten sie sich um und verkrochen sich winselnd in der äußersten Ecke.

Hetta war nur kurz zurückgezuckt, als die volle Wucht des Sturms sie traf und ihr den Schnee unter ihre Lumpen trieb, sodass es wie tausend Nadeln in ihre Haut stach. Mit einem leise gezischten Fluch stemmte sie sich gegen das Unwetter, stolperte zum Torturm und riss die Tür auf, die sie durch Herzogs Augen gesehen hatte. In dem Raum dahinter waren neben Kleidungsstücken auch Vorräte und Futter für die Hundemenschen zu finden. Das meiste stank für ihr Gefühl fürchterlich, und sie wagte nicht, etwas davon zu berühren. Doch ganz zuletzt entdeckte sie ein paar arg verstaubte Mäntel, Decken und Überwürfe, an denen der Schwefelgeruch nicht so stark haftete, dass er einem den Atem verschlug, und daneben auch mehrere Paar Stiefel.

Inzwischen hatten Gisela und Kezia es ebenfalls bis in die Kammer geschafft und halfen Hetta, die brauchbarsten Stücke von Staub und Spinnweben zu befreien. Als sie sich, so gut es ging, gegen die Kälte gewappnet hatten, sahen sie sich vorsichtig um und verließen die Burg durch die kleine Pforte im Haupttor.

11.

Die Pferde seiner Verfolger waren Albans Rettung. Als er brüllend auf sie zustürmte, scheuten sie und warfen teilweise sogar ihre Reiter ab. Ohne die Anführer aber wagte es das Fußvolk nicht, sich ihm in den Weg zu stellen. So brach er durch die Reihen der zurückweichenden Männer und rannte davon. Für einen Augenblick amüsierte er sich über die Flüche der überrumpelten Jäger, doch er wusste, dass ihm ein solcher Streich kein zweites Mal gelingen würde, und er fühlte, wie seine Kräfte mit dem Blut aus ihm herausrannen. Zudem gellten bereits nach wenigen Augenblicken Signalhörner im weiten Rund und riefen seine Verfolger zusammen.

Als er den Lärm vernahm, den der nächste Trupp dicht vor ihm machte, hatten sich die, denen er eben entkommen war, ebenfalls wieder gesammelt und saßen ihm im Nacken. In seiner Verzweiflung hielt er auf den Fluss zu, der dunkel aus dem schneebedeckten Land herausstach, erreichte ihn kurz vor seinen Häschern und stürzte sich in das eisige Wasser.

»Lasst ihn nicht entkommen«, hörte er Ritter Luitpold schreien. Einige Reiter versuchten, Alban auf dem Weg am Ufer zu folgen, doch der Schnee war dort zu Eis gefroren. Das Pferd des vordersten Reiters glitt aus und stürzte. Während es vor Schmerz aufschrie, konnten die Männer hinter dem Anführer ihre Gäule nicht mehr anhalten und rutschten in das liegende Tier hinein. Alban sah Männer und Rösser fallen wie Spielfiguren und begriff, dass der Himmel ihm im Augenblick wohlgesinnt war. Von der Strömung getragen schwamm er weiter, während seine Verfolger hinter ihm zurückblieben und mit ihren Hörnern Signale an andere gaben, ihm flussabwärts den Weg zu verlegen.

Müdigkeit und Schwäche machten es Alban schwer, an der Oberfläche zu bleiben. Plötzlich packte ihn ein Sog und riss ihn nach unten. Er schrammte an Felsen entlang, wurde mehrmals um die eigene Achse geschleudert und kam zuletzt auf einem flachen Felsen zum Liegen. Erst nach einer ganzen Weile bemerkte er, dass er nicht mehr um jeden Atemzug kämpfen musste, sondern auf trockenem Boden lag. Nur seine Beine ragten noch ins Wasser. Als er sich umblickte, konnte er keinerlei Lichtschein wahrnehmen und begriff, dass der Fluss ihn in eine Höhle geschwemmt hatte. Zu müde, um aufzustehen, ließ er den Kopf sinken und schloss die Augen.

»Das ist das Ende. Hier wirst du sterben!« Zuerst dachte er, eine fremde Stimme zu hören. Dann erst merkte er, dass er es selbst gesagt hatte. Nun gut, dachte er. Diese Höhle ist kein schlechtes Grab für einen wie mich. Auf dem Gottesacker würden sie mich wohl eh nicht begraben – eher an ihre Hunde verfüttern. Für eine gewisse Zeit versank er im Nichts, dann aber dachte er an Gisela und fühlte, wie sich seine Augen mit Tränen füllten.

»Gott im Himmel, rette sie, auch wenn meine eigene Seele zur Hölle fahren muss!« Seine Worte taten ihm weh, doch diese Bitte war das Einzige, das er noch für seine Frau tun konnte. Seine Frau? Alban lachte bitter auf. Er hatte sie nie als solche angesehen, sondern immer nur als Mittel zum Zweck. Oder doch nicht?«

Seine Schwäche machte es ihm unmöglich, länger darüber nachzudenken. Er spürte, wie das Leben ihn verließ und er in eine widerwärtige Schwärze eintauchte, die auch den Rest seiner Existenz zu ersticken drohte.

12.

Alban schreckte hoch und riss die Augen auf, ohne jedoch etwas erkennen zu können. Dabei war ihm, als hätte eine kühle Frauenhand nach ihm gegriffen und ihn aus einem von Moder- und Fäulnisgerüchen erfüllten Pfuhl gerissen. Auch schien wenigstens ein Teil seiner Kräfte zurückgekehrt zu sein, und als er nach seiner Schulter tastete, stellte er fest, dass die Wunde sich geschlossen hatte.

Er erhob sich, stieß gegen die Höhlendecke und kroch auf allen vieren in die Richtung, aus der ein frischer Luftstrom auf ihn zuwehte. Vorne gab es kaum mehr als einen schmalen Spalt im Fels, der zu eng wirkte, um ihn durchzulassen. Daher würde ihm wohl nichts anderes übrig bleiben, als in das eisige Wasser zu tauchen und das Loch zu suchen, durch das der Fluss ihn in die Höhle geschwemmt hatte. Aber dem Heulen des Sturms nach zu urteilen, würde er mit nassem Fell draußen in kurzer Zeit erfrieren. In seiner Verzweiflung versuchte er, sich durch den Riss im Fels zu quetschen. In dem Augenblick jedoch, in dem er seinen Kopf hindurchgestreckt hatte, schien der Stein ihn wie durch Zauberkraft auszuspeien wie der Mutterleib das Kind.

Draußen war es Nacht, und doch schimmerte die Landschaft weiß. Der Schnee fiel so dicht vom Himmel herab, als wolle er alles Lebende unter sich begraben, und der Wind heulte wie ein Rudel von tausend Wölfen. Alban zog unwillkürlich den Kopf ein und sehnte sich in die Sicherheit der Höhle zurück, die er eben verlassen hatte. Dann meinte er, durch das Schneegestöber ein Licht zu sehen, und stolperte darauf zu. Nach zwei, drei Schritten musste er sich den Weg durch mannshohe Schneewehen bahnen. Als er bereits glaubte, hilflos in den weißen Massen steckenzubleiben, fiel er bäuchlings auf einen kaum von Schnee bedeckten Fleck Erde und sah drei Gestalten auf sich zukommen, die in Decken und dicke Fellmäntel gehüllt waren und von einem bärenähnlichen Wesen begleitet wurden.

»Gisela!« Alban war sicher, dass sie es sein musste, obwohl er sie nur schattenhaft wahrnehmen konnte.

Ihr Fuß stockte, und sie hob verwundert die Hände. »Alban!«

Ehe er sich versah, war sie bei ihm und vergrub ihre Hände in seinem verklebten Fell. »Wie bin ich froh, dich zu sehen. Aber was ist das? Du bist verwundet!«

Obwohl das Stück Blei in seiner Schulter unangenehm pochte, winkte Alban ab. »Nicht so schlimm. Ich musste mich mit ein paar

Narren auseinandersetzen, die mir den Weg zu Cajetans Burg versperren wollten. Dem Himmel sei Dank, dass ich dich unverletzt und ohne von einem Fluch getroffen vor mir sehe! Wie ist es dir gelungen, dich zu befreien?«

Gisela lachte auf, als könne sie es selbst noch nicht glauben. »Das war Daggas Verdienst! Ohne sie hätte ich es nicht geschafft.« Sie streckte die Hand aus und streichelte die Hündin, die sich an sie drängte und ein leises Bellen hören ließ. »Das hier ist Hetta. Cajetan hat sie gefangen gehalten, ebenso wie Kezia, die von der Riebelsborner Köchin, dieser elenden Kreatur, an den Höllenmagier verraten worden ist.«

Hetta nickte dem ungeschlachten Hünen mit der Miene eines Menschen zu, der alles und jeden als Freund ansah, der ein Feind seines Feindes war. Kezia aber verkroch sich ängstlich in ihrem Überwurf. Auf Riebelsborn hatte sie sich vor Alban gefürchtet, doch als sie ihn jetzt vorsichtig betrachtete, wirkte er bei Weitem nicht mehr so entsetzlich, wie sie ihn in Erinnerung hatte.

Hetta hatte inzwischen Albans Schulterverletzung entdeckt. »Mein Gott, Ihr seid ja ganz voller Blut!«

Gisela tastete nun seine Wunde ab. Er stöhnte bei der Berührung, winkte aber gleichzeitig ab. »Das ist nichts!«

Damit kam er bei Hetta an die Falsche. »Mit so etwas kann man nicht vorsichtig genug sein! Die Unterröcke Eurer Frau müssten noch sauber genug sein, um einen Streifen abreißen zu können. Frieren wird sie nicht, wenn sie Euch ein Stück Stoff abgibt – immerhin hat sie den Mantel. Außerdem sollten wir zusehen, dass Ihr Euch bedecken könnt. Ihr lauft ja ganz nackt herum, und das ist eines Christenmenschen unwürdig.

Erschrocken bedeckte Alban seinen Unterleib mit seinen Händen, aber Hetta lachte nur auf, während sie sich bückte und in Giselas Kleidung nach einem Stück suchte, das sich als Binde verwenden ließe. »Ganz so schamhaft braucht Ihr nun auch wieder nicht zu tun. Gisela hat Euch gewiss schon oft so gesehen, und ich bin Witwe und weiß daher auch, was Männer von uns Frauen unterscheidet. Kezia kann ja inzwischen wegschauen.«

Gisela war dankbar für das sie umgebende Dämmerlicht des eben erst anbrechenden Morgens, denn sie war bei Hettas Worten rot geworden. Auch sie versuchte jetzt, Alban nicht mehr anzusehen, doch ihr Blick wanderte unbewusst zurück zu seinen Hüften. Da er wie ein Untier aussah, hatte sie auch zwischen seinen Beinen etwas Monströses zu sehen erwartet. Doch abgesehen von seinem Fell sah es kaum anders aus als das, was sie an den Badetagen bei den jüngeren Brüdern ihrer Freundinnen gesehen hatte. Dann quoll die Erinnerung an ihren Bruder in ihr auf und daran, wie sie ihn mit der armen Gundi erwischt hatte, und sie begriff, dass sich dieses harmlose Aussehen rasch ändern konnte.

Um ihren unsinnigen Überlegungen zu entkommen, herrschte sie Hetta an. »Mach schnell, wir müssen weiter!«

»Ich bin ja schon dabei!« Mit einem heftigen Ruck riss Hetta einen ihr lang genug erscheinenden Streifen Stoff ab und wickelte ihn fest um Albans Schulter. Obwohl dieser den Schmerz nicht offenbaren wollte, der unter dem Druck in der Wunde tobte, stöhnte er auf.

»Wie es aussieht, muss das besser behandelt werden, als wir es hier auf der Straße tun können. Ich würde Euch gerne zu einem Wundarzt bringen, doch dürften wir dort nicht willkommen sein.«

»Es gibt Männer, die schlimmer aussehen als Alban«, fuhr Gisela auf.

Hetta betrachtete den Mann, so gut es in dem seltsam schimmernden Licht des frisch fallenden Schnees möglich war, und zuckte mit den Schultern. »Da gebe ich dir recht, meine Liebe. Dennoch würde kein Mensch sich freuen, wenn mitten in der Nacht an seine Tür geklopft wird und ein Wesen wie Herr Alban davorsteht.«

»Mein Freund Matthias ist neben seinen übrigen Fertigkeiten auch ein recht gut ausgebildeter Medikus. Er wird mir das Stück Blei schon aus der Schulter holen.« Alban war des Redens müde geworden und wollte nur noch einen Ort aufsuchen, an dem er sich erholen konnte.

Gisela stieß einen leisen Schrei aus. »Blei! Sagt bloß, man hat mit einem Donnerrohr auf Euch geschossen?«

»Eine Freundschaftsbezeugung war es gewiss nicht.« Alban bleckte die Zähne. »Ich nehme an, dass Cajetan die Leute aus den umwohnenden Dörfern auf mich gehetzt hat, um mich daran zu hindern, dich zu befreien, meine Liebe. Er konnte nicht ahnen, dass Dagga eine weitaus bessere Hilfe für dich darstellen würde, als ich es dir je hätte sein können.«

In seinen Worten schwang Eifersucht auf die Hündin mit, die sich Giselas Anhänglichkeit und Freundschaft sicher sein konnte. Dann aber musste Alban lachen. Dagga hatte Gisela aus der Gefangenschaft des Erzmagiers gerettet und sich damit ebenso auf seine Dankbarkeit ein Anrecht erworben wie auf die ihre.

»Hier, bindet Euch das um die Hüften. Dann müssen wir weiter. Ihr erfriert uns sonst noch in der Kälte.« Hetta reichte ihm eine der Pferdedecken, die sie mitgenommen hatten, um sich zusätzlich vor dem heftig fallenden Schnee zu schützen.

Alban wollte ihr schon sagen, dass ihm nicht kalt sei, bemerkte dann aber den warmen, kräftigenden Strom, der von Gisela zu ihm herüberwehte und ihn Schwäche und Schmerzen vergessen ließ. Als sie sich mehrere Schritte von ihm entfernte, begann er sofort zu frieren und bekam vor Schwäche zitternde Knie.

»Du wirst mich ein wenig stützen müssen«, bat er sie, eilte ihr nach und schlang die Decke um beide Schultern. Dann legte er seinen Arm um sie. Es war, als würde er ein kleines Öfchen an sich drücken, das angenehm warm strahlte, ohne ihn zu verbrennen.

Gisela blickte lächelnd zu ihm auf. »Stütze dich ruhig auf mich! Ich bin stark genug.«

»Bei Gott und der Heiligen Jungfrau, das bist du wirklich.« Alban fühlte die Kraft, die ihr innewohnte und die sie, ohne es zu ahnen, mit ihm teilte. Am liebsten hätte er sie auf die Arme genommen und sie getragen, um sie noch enger an seinem Herzen zu halten.

Sie setzten ihren Weg fort, und während die drei Frauen müde und daher einfach froh waren, dass der Wind günstig wehte und ihnen den Schnee vor den Füßen vertrieb, fühlte Alban deutlich, das hier Kräfte am Werk waren, die nicht von dieser Welt stammten, ihnen aber wohlwollten. Die wundersame Macht wirkte offensichtlich nur auf dem kleinen Fleck, auf dem sie sich bewegten, denn hinter ihnen schichtete sich der Schnee zu fast undurchdringlichen Wehen auf, und oben auf den Hügelkuppen tobte ein Sturm, als würde die wilde Jagd sich selbst begegnen.

Als Alban den Blick hob, glaubte er einen Augenblick lang, die überlebensgroße Gestalt einer Frau zu sehen, die ihren weiten, blau schimmernden Mantel über sie hielt und sie vor den Unbilden der Witterung schützte, und sprach ein stilles Gebet. Nun entdeckte er immer wieder Landmarken, die er kannte, und er vermochte kaum zu fassen, wie rasch sie vorwärtskamen. Obwohl sie zu Fuß gingen, bewältigten sie die Meilen so schnell wie ein galoppierendes Pferd. Auch wenn ihm das Ganze ein wenig unheimlich war, freute er sich, dass eine höhere Macht sich zu ihren Gunsten einmischte und sie schützte. In seinen Augen durfte eigentlich kein Mensch über solch gewaltige Kräfte verfügen, auch nicht jene Frau, die er liebte.

»Sei ohne Sorge, mein Freund. Giselas Gabe ist rein und ohne jeden Hauch des Bösen!« Alban hörte die Stimme so deutlich, dass er zusammenzuckte und sich hastig umblickte. Die drei Frauen an seiner Seite gingen jedoch weiter, als wäre nichts geschehen. Als er fragend seinen Blick hob, sah er die Himmelsfrau noch sanft lächeln, dann löste sie sich in einem Schleier auf und verschwand. Gleichzeitig zerriss ein heftiger Windstoß die Wolken, und auf der Höhe vor ihnen lag Riebelsborn, das von der aufgehenden Sonne in goldenes Licht getaucht wurde.

13.

Während Gisela, Alban und ihre beiden Begleiterinnen auf wundersame Weise vorankamen, trieb das Unwetter die Menschen im weiten Umkreis in die Hütten und Häuser und hielt sie darin so wirkungsvoll fest, als seien sämtliche Riegel vorgeschoben und die Schlösser versperrt. Ritter Luitpold und seine Jäger verbrachten den Sturm in der Hütte eines Sauhirten und bekamen nicht einmal mit, dass sich die draußen angebundenen Pferde losrissen und mit sicherem Instinkt zu ihren Ställen zurückliefen. In den Dörfern verkrochen sich die Bauern ängstlich zwischen ihren Decken und beteten mit bleichen Lippen zur Jungfrau Maria, sie vor der wilden Jagd zu bewahren, die so schlimm tobte wie seit Menschengedenken nicht mehr. Die Mönche in den Klöstern versprachen der Himmelskönigin und den Heiligen Fastentage und Gebete, da sie glaubten, im Toben der Elemente nicht heidnische Götter, sondern die Geschöpfe des Teufels zu vernehmen, die Jagd auf die Seelen armer Sünder machten.

Auch Fulvian hielt der Schneesturm in der Schenke fest. Zunächst hatte der Homunkulus den Elementen trotzen und zur Burg seines Herrn zurückkehren wollen. Doch er hasste es, wie ein normaler menschlicher Tölpel durch den Schnee zu stapfen, und hätte daher Kräfte aufbieten müssen, von denen Cajetan nichts wissen sollte. Als dann auch noch ein Wagen vor dem Gasthaus anhielt und eine Gruppe Reisender ausspie, die froh war, ein festes Dach über den Kopf zu bekommen, siegten seine Neugier und seine Lust, üble Späße zu treiben. Unter den Fremden befanden sich auch zwei Frauen, Mutter und Tochter – die Jüngere durchaus schön, die Ältere noch angenehm, und beide, wie Fulvian mit einem alles durchdringenden Blick bemerkte, durchaus anfällig für Schmeicheleien.

Daher verwandelte er sich wieder in den Sekretär des ehrwürdigen Kardinals Callani und stand schon bald im Zentrum des allgemeinen Interesses. Der Wirt und sein Gesinde, die Gäste, aber auch die Schmuggler und Banditen, die sich vor dem Wetter hierher gerettet hatten, sahen in ihm eine Autorität des Glaubens und hingen förmlich an seinen Lippen, als er ihnen einige echte und noch mehr erfundene Anekdoten aus Rom und der Kurie erzählte. Staunte man zu Beginn noch mit großen Augen über einige leicht schlüpfrige Geschichten, sorgten der reichlich ausgeschenkte Wein, aber auch Fulvians Ausstrahlung dafür, dass die Stimmung immer mehr überschwappte. Und als der Homunkulus feixend berichtete, dass seine Heiligkeit, der Papst, angeblich vor einem zu früh nach Hause zurückgekehrten Ehemann durch das Fenster hatte fliehen müssen, bogen sich alle vor Lachen.

Fulvian war gerade dabei, die größte Orgie vorzubereiten, die es in dieser Schenke jemals gegeben hatte, als ihn Cajetans Ruf wie ein Peitschenhieb traf.

14.

Auf der Burg des Erzmagiers hatte der Sturm die Mägde in der warmen Küche festgehalten, während Cajetan in seinem Bett schlief und von seinem steten Aufstieg in Spanien träumte. Am Morgen kochten Lina und Mine zwar den Brei für die drei gefangenen Frauen, doch als eine von ihnen die Tür auch nur einen Spalt öffnete und in das Schneegestöber hinaussah, schüttelte es sie.

»Bei diesem Wetter gehe ich nicht dorthinab. Da holt man sich ja den Tod«, sagte sie, als sie zu ihrer Gefährtin zurückkehrte.

»Die drei Hexen können ruhig einen Tag hungern. Der liebe Fulvian sagt eh immer, dass Fasten ihnen ihre Renitenz austreiben würde.«

Mine schüttelte nachdenklich den Kopf. »Ich weiß nicht. Dieser Hetta haben wir wahrlich oft genug den Brotkorb hochgehängt, doch sie ist stur wie ein Ochse und speit Feuer, wenn sie unseren Herrn oder Fulvian auch nur von Weitem sieht.«

»Uns kann es nur recht sein. Haben wir den guten Fulvian auf diese Weise doch ganz für uns. Ach, wie ich ihn vermisse!« Lina seufzte und zog sich damit den Spott der anderen Magd zu.

»Darf ich fragen, was genau du an ihm vermisst?«

Eigentlich alles, wollte Lina sagen, doch als sie sich das Bild des Homunkulus ins Gedächtnis rufen wollte, blieb es seltsam blass. Nur der stets bereite Beweis seiner Männlichkeit trat deutlich hervor. Mit einem Mal schüttelte es Lina. Zwar hatte sie in Fulvians Gegenwart stets größte Lust verspürt, doch irgendetwas in ihr mahnte sie plötzlich, dass sie dafür schrecklich würde bezahlen müssen.

Plötzlich spürte Lina die Einsamkeit, die sie hier umfing. Mine war im Grunde ein missgünstiges Weib, das sich am Unglück anderer erfreute und sie wie ihre Untergebene behandelte. Vor Cajetan fürchtete sie sich, und bei Fulvian wusste sie, dass sie ihn von diesem Tag an mit anderen Augen sehen würde. Eigentlich fehlte ihr all das, was ihr das Leben früher hatte angenehm erscheinen lassen – Freundinnen, mit denen man reden und lachen konnte, ein Bursche, dessen Augen bei ihrem Anblick aufflammten, ja, selbst die hohen Herren und Damen, die in schönen Kleidern an einem vorbeiritten.

»Bist du eigentlich gerne hier auf der Burg?«, fragte sie Mine.

Diese sah sie mit hochgezogener Oberlippe an, die sie wie eine rossige Stute wirken ließ. »Bei Gott, was für eine Frage! Besser als hier hatte ich es nirgends. Allein unser Freund Fulvian ist es wert, sich hier aufzuhalten!«

Ihre Worte trugen nicht gerade zu Linas Seelenfrieden bei. Denn in diesem Augenblick sah die junge Magd Fulvian als geschwänztes Wesen vor sich, mit Bockshörnern und einem gespaltenen linken Huf.

15.

Cajetan erwachte gegen Mittag aus einem unnatürlich tiefen Schlaf. Noch halb betäubt sprang er auf und wusste sofort, dass etwas Unangenehmes passiert war. »Fulvian!«

Dann erinnerte er sich daran, dass der Homunkulus am letzten Tag nicht wie befohlen aus der Schmugglerschenke zurückgekehrt war. Er konzentrierte sich auf das Geschöpf und entdeckte seinen Famulus inmitten etlicher Leute, die an seinen Lippen hingen. Was Fulvian ihnen erzählte, konnte er sich an drei Fingern abzählen, denn die meisten Männer griffen sich immer wieder in den Schritt, um die eng gewordene Hose zurechtzuzupfen, und eine ältere, aber noch ansehnliche Frau presste ihre Hand gegen den Unterleib.

»Verfluchter Hurenbock! Dafür habe ich dich nicht geschaffen.« Cajetan war außer sich vor Zorn über den Ungehorsam seines Geschöpfes und erwog ernsthaft, es zu entmannen. Mit den Jahrtausenden war sein Verlangen nach Frauen zwar geringer geworden, aber nicht gänzlich erloschen, und er fand es nicht angenehm, es an Mägden stillen zu müssen, die ihn zwar hinnahmen, sich insgeheim aber nach Fulvian sehnten. Mine und Lina waren nur die letzten in einer langen Reihe von Frauen, die ihm sowohl im Leben als auch mit ihrem Tod gedient hatten, und sie waren im

Gegensatz zu den meisten ihrer Vorgängerinnen gewöhnliche, langsam unansehnlich werdende Geschöpfe.

»Fulvian, du elender Hund! Mach, dass du nach Hause kommst!« Den magischen Ruf konnte sein Geschöpf nicht überhören, doch es grinste nur und griff der älteren Frau an den Busen. Mit einem hässlichen Knall erlosch im selben Augenblick das Bild in Cajetans Kopf.

Es dauerte ein wenig, bis der Magier wieder einen Gedanken fassen konnte. Er verfluchte Fulvian und hätte ihn am liebsten auf der Stelle erschlagen. Gleichzeitig aber begriff er, dass er mehr denn je auf ihn angewiesen war, wenn er seine Pläne in die Tat umsetzen wollte. Zum ersten Mal beschlich ihn das Gefühl, nicht er wäre der Herr, sondern jenes Wesen, das vor fast zweitausend Jahren bei einem seiner Experimente entstanden war. Die Gegenwart ließ ihm jedoch nicht die Zeit, länger darüber nachzudenken, denn als seine magischen Sinne den Kerker abtasteten, trafen sie auf eine erschreckende Leere.

Noch bevor er mithilfe seines Zauberspiegels hineingeschaut und den deformierten Leib eines toten Hundes vor der offenen Tür gesehen hatte, war ihm klar, dass die drei Hexen entkommen waren. Cajetan prüfte jede Handbreit Boden in und um seine Burg auf magische Spuren, die auf eine Macht hindeuteten, die stark genug gewesen war, seinen Zauberschirm zu überwinden, konnte jedoch nichts entdecken. Als ihm das bewusst wurde, spürte er, wie die Furcht vor dem Ungreifbaren wie eine Riesenwelle auf ihn zuraste und ihn zu verschlingen drohte. Zu lange hatte er sich mit magischen Dingen befasst, um die Flucht als Ergebnis simpler Ereignisse erkennen zu können. Die Vorstellung, dass eine schlichte Hündin wie Dagga seine kampfstarken Wachen wie Welpen hatte verscheuchen können, lag außerhalb seiner Gedankenwelt.

Zum ersten Mal, seit er sich erinnern konnte, fühlte er eine eisige Hand an seinem Herzen: die Furcht vor einem unsichtbaren

Feind und dem Tod. Er überschlug, wie viele weitere Lebensjahre er mit seinen letzten Opfern an sich gebracht und wie viele er davon allein für den Kampf gegen den Riebelsborner verbraucht hatte, und erschrak heftig, denn seine geborgte Zeit neigte sich dem Ende zu. Nun traf ihn der Gedanke an den Verlust der drei Frauen so schmerzhaft wie ein Dolchstich. Noch schlimmer wurde es, als sein Blick auf Gaudentius' Lebensuhr fiel, und er sah, dass der Sand stärker denn je in die falsche Richtung floss. Voller Wut presste er die Augenlider zusammen und ballte die Fäuste. Nie hätte er erwartet, dass ausgerechnet Matthias von Riebelsborn in der Lage sein würde, ihn auf diese Weise herauszufordern.

»Bei allen sieben- und neungeschwänzten Höllenteufeln, der Kerl wird lästig!« Es war noch ein harmloser Ausdruck, denn in Wirklichkeit spürte Cajetan die Gefahr, die von Riebelsborn ausging, und fürchtete, von ihr überrollt zu werden.

»Ich muss rasch handeln und so hart zuschlagen wie ein Hammer aus geschmiedetem Stahl!« Cajetan eilte in die Kammer, in der er die Relikte seines über Jahrtausende währenden Lebens aufbewahrt hatte, und blickte sich um. Er musste einen Sturm heraufbeschwören, der Riebelsborn und seine Bewohner vernichtete, bevor sie ihm noch einmal in die Quere kommen konnten. Er suchte und fand das alte Zauberhorn, mit dem er einst sein Volk beherrscht hatte. Seit vor fast zweitausend Jahren fremde Stämme das Land überflutet hatten, war es nicht mehr erklungen, denn er hatte es als geschickter erachtet, sich mit den Häuptlingen der Eroberer zu einigen, als gegen sie zu kämpfen. Seit jenen Tagen war er zu einer unfassbaren Macht im Hintergrund geworden. Der Gedanke, nun unmittelbar eingreifen zu müssen, gefiel ihm nicht, denn dadurch würden mit Sicherheit Leute auf diese Gegend aufmerksam werden, die hier nichts verloren hatten.

Nun musste er über sich selbst lachen – da er nach Spanien umsiedeln wollte, konnte es ihm gleichgültig sein, was in Zukunft hier geschah. Das Instrument war kein Auerochsenhorn, wie es nun verwendet wurde, sondern stammte aus einer anderen Zeit. Es war zu einem Ring gebogen, den ein erwachsener Mann nur mit Mühe mit beiden Armen greifen konnte, und aus feinster Bronze gegossen. Trotz seines Alters glänzte es noch immer wie neu. Cajetan strich über die alte Lure und fühlte sich in jene Tage zurückversetzt, in denen er der Einzige gewesen war, der auf diesem ganz besonderen Horn hatte blasen dürfen. Noch einmal sah er die zuckenden Leiber der tanzenden Menge vor sich, die ihn in einer orgiastischen Feier als Verkörperung ihres Gottes angebetet hatte, und fragte sich, ob es falsch gewesen war, sich so weit von den Menschen zurückzuziehen.

Er schüttelte diesen Gedanken rasch wieder ab. Was vergangen war, durfte ihn in diesen Stunden nicht interessieren, denn es galt, die Zukunft zu sichern. Rasch kehrte er in seine Kammer zurück, streckte die rechte Hand über den Zauberspiegel und beschwor die Bilder der Burgen und wichtigsten Häuser des Gaues hinauf. Er sah Ritter Luitpold, der nun nach dem Abflauen des großen Schneesturms sein Heim erreichte, das Gesicht dunkel vor Zorn und Enttäuschung, weil ihm das Riebelsborner Ungeheuer entkommen war. Dann war Ritter Heiner zu sehen, der gerade eine seiner hübscheren Mägde zu sich rief, und noch etliche andere mehr. Sogar Ritter Eckehard war dabei, der sich voller Sorge über die Geschehnisse auf Riebelsborn dorthin auf den Weg machen wollte.

Um Cajetans Lippen spielte ein höhnisches Lachen, als er das Mundstück der Lure an die Lippen setzte und den ersten Ton blies. Wie durch ein Signal hielten alle, die er durch seinen Zauberspiegel sah, in ihren Beschäftigungen inne. Erneut erklang die Lure, und sie hallte fordernd und wild über das Land.

»Zieht nach Riebelsborn! Brennt die Burg nieder, und bringt jeden um, den ihr dort findet!«

16.

Obwohl Gisela das Leben auf Riebelsborn stets als ein wenig trist empfunden hatte, war es ein Schock für sie, die verlassene Burg zu betreten. Dagga und Alban knurrten, als eine der offen stehenden Stalltüren im Wind hin- und herschwang. Auch die Ställe waren leer, denn das geflohene Gesinde hatte alles an Pferden, Kühen, Schafen und Ziegen mitgenommen und auch Hühner und Enten nicht verschmäht. Im Burghof selbst lag der Schnee so hoch, dass sie kaum durchkamen. Alban benötigte seine gesamte Kraft, um ihnen einen Weg bis zur Freitreppe zu bahnen, die zum Eingang des Palas hochführte. Die Tür war verschlossen, doch als Gisela dagegenklopfte, wurde weiter oben ein Fensterladen geöffnet, und Gundi stecke ihren Kopf heraus, um nachzusehen, wer gekommen war. Bei Giselas Anblick quollen ihr fast die Augen aus dem Kopf.

»Seid Ihr das wirklich, Herrin? Bei Gott, welch ein Wunder!« Sie verschwand, ohne den Laden wieder zu schließen, und musste auf Flügeln nach unten geeilt sein, denn beinahe im gleichen Augenblick öffnete sie die Tür und fiel Gisela um den Hals.

»Es ist schon gut, Gundi! Lass uns erst einmal eintreten. Ein Becher Würzwein täte uns gut. Außerdem müssen die Wunden meines Mannes so schnell wie möglich versorgt werden.« Gisela schob Gundi zurück in die Vorhalle und trat ein. Dagga schlüpfte an ihr vorbei und winselte enttäuscht, da hier keine Bracken zu finden waren, die sie von ihrem Platz hätte vertreiben können.

Unterdessen waren auch Frau Anna und Gaudentius auf die Ankömmlinge aufmerksam geworden. Während die Schwester des Burgherrn ihrer Freude und Verwunderung lautstark Ausdruck gab, klopfte Gaudentius Alban auf die nicht verbundene Schulter.

»Bei Gott, du hast es also geschafft, Gisela zu befreien! Ich dachte mir schon so etwas, als meine Kräfte mitten in der Nacht zurückzukehren begannen.«

Alban schüttelte bedauernd den Kopf. »Das war nicht ich, sondern Dagga. Frag mich nicht, wie, aber die Hündin hat Cajetans Wachen übertölpelt. Ich bin nicht einmal bis zu seiner Burg gekommen. Man hat mich gejagt wie ein Wild, und ich werde der Heiligen Jungfrau eine große Kerze stiften, weil sie mir geholfen hat, meinen Verfolgern zu entkommen.«

»Bevor du an so etwas denkst, solltest du deine Verletzungen behandeln lassen. Mein Mann trägt das Geschoss einer Feuerbüchse in seiner Schulter. Seid Ihr fähig, es herauszuholen, oder muss ich es tun?« Gisela wandte sich herausfordernd an Gaudentius, der jedoch nicht auf sie achtete, sondern Alban unterfasste.

»Komm mit nach oben. Dort ist es wärmer. Der Kamin in meiner Kammer ist der einzige, der hier noch brennt. Das Gesinde ist davongelaufen und hat uns im Stich gelassen. Einige der Knechte waren sogar auf Mord aus. Wir drei sind ihnen wie durch ein Wunder entkommen, doch dem armen Ludwig haben sie den Schädel eingeschlagen. Anna hat ihn am Fuß der Treppe gefunden. Er wollte die Kerle daran hindern, zu uns hochzusteigen. Hätte der Narr sich doch in Sicherheit gebracht!«

Gaudentius vergoss ein paar Tränen um seinen treuen Knecht, während er Alban nach oben führte. Anna blieb jedoch stehen und starrte die beiden anderen Frauen an. Bei Kezias Anblick zuckte sie zusammen. »Bist du es wirklich?«

Die Magd nickte. »Ich bin es Herrin, und ich bin gewiss nicht geflohen, wie Ihr vielleicht denken mögt.«

»Alban hat schon den Verdacht geäußert, dass man dich ebenso entführt haben könnte wie Gisela. Gott sei Dank bist du jetzt wieder frei.« Anna umarmte die Magd kurz und wandte sich dann an Hetta. »Du warst wohl ebenfalls eine Gefangene dieses elenden Magiers?«

»Hetta zu Hornberg, wenn es beliebt. Wenn es weiter beliebt, wären Kezia und ich für ein paar bessere Kleider dankbar. Die Lumpen, die wir am Leib haben, mögen sich für einen Kerker eignen, doch in Freiheit will ich sie nicht am Leibe tragen.« Hetta legte ihren wärmenden Pelzüberwurf ab und zeigte auf ihr zerschlissenes Kleid, an dem nichts mehr darauf hindeutete, dass es einmal einer Dame von Stand gehört hatte.

Anna nickte und forderte sie auf, ihr zu folgen. In dem Augenblick klang Gaudentius' Stimme sehr laut und kraftvoll von oben herab.

»Ich brauche jemanden, der mir hilft, zum Donnerwetter!«

Gisela warf ihren Mantel ab und eilte nach oben. Anna überlegte einen kurzen Augenblick und stupste dann Gundi an. »Kümmere du dich um unsere Gäste. Ich muss mit nach oben, für den Fall, dass Giselas Hilfe nicht ausreicht.«

17.

Einige Zeit später versammelten sich alle in Gaudentius' Studierzimmer. Mit Gundi waren sie zu siebt, und Gisela sah noch eine achte Person, nämlich Lavinia, die gestenreich ihre Freude darüber zum Ausdruck brachte, sie gesund wiederzusehen. Alban war inzwischen verarztet und hatte sich, nachdem das Stück Blei aus seiner Schulter entfernt worden war, in wenigen Augenblicken von einem haarigen Untier in einen richtigen Menschen verwandelt. Gisela, die die Rückverwandlung eher erfreut als verwundert miterlebt hatte, jubelte und weinte zugleich, als sie in ihm Georg Streller erkannte. Er schenkte ihr ein verliebtes Lächeln, und sie verstand, dass etwas in ihr schon lange begriffen hatte, wer sich unter dem Fell des Untiers verbarg.

Alban nahm ihre Hand, drückte sie gegen seine Brust und

blickte zu ihr auf. »Bist du mir sehr böse, weil ich dich irregeführt habe?«

»Papperlapapp!«, fuhr ihm Gaudentius über den Mund. »Sie wird froh sein, dass du kein hässlicher Kerl bist. Jetzt, wo der Fluch von uns gewichen ist ...«

»Ist er nicht!«, unterbrach Gisela ihn. »Der Kampf mit Cajetan ist noch nicht gewonnen! Halt, seid einen Augenblick still!« Sie hielt den Kopf schief und schien in die Ferne zu lauschen. Als sie sich wieder den anderen zuwandte, war ihr Gesicht weiß wie frisch gefallener Schnee.

»Ich habe seine Stimme gehört. Er befiehlt allen in unserer Gegend, nach Riebelsborn zu kommen und uns zu vernichten.«

»Wir müssen sofort fliehen. Am besten, wir gehen nach Trelling. Eckehard wird uns gewiss Schutz bieten.« Frau Anna wollte aufspringen, doch da legte Gisela ihr die Hand auf den Arm.

»Auch Trelling ist für uns nicht sicher, denn die Macht des Feindes reicht weit. Erinnere dich, wie leicht es ihm gelungen ist, Kezia und mich zu entführen. Wenn wir fliehen, muss es in ein sehr fernes Land sein, sodass Cajetan unsere Spur verliert.«

»Umso mehr haben wir Grund zur Eile«, drängte Anna.

Ihr Neffe hob abwehrend die Hände. »Gemach, meine Liebe. Wenn wir jetzt kopflos die Burg verlassen, laufen wir Cajetans Gesindel genau in die Arme. Du hast doch Gisela gehört. Sie kommen von allen Seiten auf uns zu. Nein, wir warten, bis sich alles um die Burg versammelt hat, und schlüpfen ihnen dann durch die Finger. Ihr Weiber solltet jetzt die Tore und sämtliche Pforten schließen und das Fallgitter herunterlassen. Das wird unsere Angreifer zwar nicht aufhalten, uns aber Zeit verschaffen.«

»Zeit wofür?«, fragte Anna verständnislos.

»All das einzupacken, was wir mitnehmen sollten: Geld, ein paar magische Dinge, deinen Schmuck, ein paar Kleider. Wir wollen Riebelsborn doch nicht als Bettler verlassen.«

Er hatte es kaum gesagt, als Gisela bereits aufstand, um Lavinias Kruzifix zu holen. Es war in ihren Augen das Wichtigste, das sie mitnehmen mussten. Auf den Rat ihrer Geisterfreundin packte sie auch den Papyrus aus dem griechischen Buch und ein paar andere Dinge ein. Gundi und Kezia halfen ihr und nahmen sich ein Beispiel an ihrer Ruhe. Hetta hingegen benahm sich so nervös wie eine Henne, die man von ihrem Brutnest vertrieben hatte.

»Habt Ihr Euch das auch alles überlegt, Herr Matthias von Riebelsborn? Jetzt könnten wir uns noch durch die Wälder schlagen, doch wenn der Feind erst vor der Burg steht, kommt keine Maus mehr hinaus.«

Gaudentius bedachte sie mit einem überlegenen Blick. »Verehrteste, überlasst das Denken mir, einem Mann, der von Jugend an gewohnt ist, seinen Kopf zu gebrauchen. Wir werden hier warten, bis das Gesindel die Mauern überwindet, und dann durch einen Geheimgang fliehen. Befinden wir uns erst einmal im Rücken unserer Feinde, können wir die Straßen benützen. Bei dem Schnee da draußen durch den Wald zu stapfen, wäre sinnlos. Man würde unsere Spuren finden, uns verfolgen und Cajetan auf einem silbernen Tablett servieren. Ich glaube nicht, dass Ihr seine Gastfreundschaft so rasch wieder genießen wollt.«

Hetta sah ihn an, schürzte die Lippen und warf ihm den noch halb mit Wein gefüllten Lederbecher an den Kopf.

Der Burgherr sah so verdattert aus, dass Alban schallend zu lachen begann. »Bei Gott, darauf habe ich lange gewartet. Ich hatte schon gehofft, Gisela würde dir einmal auf diese Weise die Meinung sagen. Weißt du, mein Freund, manchmal strotzt du vor Überheblichkeit.«

Gaudentius packte den Becher, um ihn auf Alban zu schleudern, doch da griff Hetta resolut ein. »Halt! Magister Alban ist ein kranker Mann. Er hat einen harten Weg zurückgelegt und einen noch härteren vor sich. Da hat er seine Ruhe verdient.«

»Wer hat seine Ruhe verdient?«, fragte Gisela, die eben mit einem vollen Sack auf dem Rücken wieder eintrat.

»Dein Mann. Die Flucht wird uns alle Kräfte abverlangen, wenn wir dem Gesindel entkommen wollen, das Cajetan auf uns hetzt. Da sollte Alban vorher noch ein wenig schlafen, und wir auch.«

Gisela schüttelte bedauernd den Kopf. »Die Zeit haben wir nicht mehr. Der Feind ist schon nahe, und wir sollten uns bereit machen, durch den Geheimgang zu gehen.«

»Woher weißt du denn von diesem Gang? Du warst doch gar nicht im Raum, als ich ihn erwähnt habe!«, rief Gaudentius verdattert.

»Ihr solltet Frauen niemals unterschätzen«, riet Hetta ihm lachend und folgte Gisela nach unten, wo Anna und Gundi bereits Vorräte und Kleidung für die Flucht zusammengetragen hatten. Gaudentius, der ihnen murrend gefolgt war, stieg noch einmal hinauf, um einige ihm wichtige magische Gegenstände und das Geld aus seinem Schlafgemach zu holen. Auch Alban räumte seine Kammer so weit aus, wie er es für vertretbar hielt.

Als sie sich wieder zusammenfanden, war der Himmel voll schwarzer Wolken, und es wurde draußen finster, obwohl es erst früher Nachmittag war. Die Dunkelheit half ihnen jedoch, die Fackeln zu erkennen, die rings um die Burg aufflammten. Es waren beinahe so viele wie Sterne am Himmel, und sie näherten sich aus allen Richtungen. Selbst Gaudentius, der sich bis jetzt als unerschütterlich gegeben hatte, wurde bei diesem Anblick blass.

»Das ist nun wohl das Ende der Herren auf Riebelsborn. Nun gut, dann soll es ein Ende werden, an das man sich erinnert!« Er nahm eine der in einer Nische bereitliegenden Fackeln, entzündete sie mit einem kurzen Zauberspruch und forderte die anderen auf, ihm in den Keller zu folgen. Dort schloss er die Tür hinter sich, rollte ein Fässchen heran und öffnete den Deckel. Ein mehliges, schwarzes Pulver war zu sehen.

»Haltet das Feuer weg«, befahl er. »Das hier ist Schwarzpulver. Eigentlich war es ja für die beiden Geschütze der Burg gedacht, doch wird es uns auch so gute Dienste leisten.«

Alban stöhnte auf, denn der Geruch erinnerte ihn an das Blei, das er viele Meilen in seiner Schulter durch das Land getragen hatte. Gaudentius grinste freudlos und nahm einen Schöpfer, füllte ihn vorsichtig mit Schwarzpulver und zog eine lange Linie hinter sich her. An der Stelle, an der hinter einem alten Fass ein paar lose Bretter zu sehen waren, blieb er stehen.

»Dort ist der Beginn des Geheimgangs. Nehmt die Laternen und geht voraus. Ich will nicht, dass euch die Decke auf den Kopf fällt.«

Die Frauen drängten sich ängstlich aneinander. Erst als Alban die Bretter entfernte und mit seiner Laterne in einen schmalen, feuchten Gang hineinleuchtete, fassten sie Mut und folgten ihm mit so angespannten Gesichtern, als führe er sie geradewegs in die Hölle.

Gaudentius wartete und zählte dabei leise mit. Von oben hörte er die Stimmen der Leute, die über die Mauern gestiegen waren, um für die anderen Tor und Fallgitter zu öffnen. Als der Burgherr sicher war, dass seine Begleiter das andere Ende des Ganges erreicht hatten, steckte er mit seiner Fackel die Pulverspur an und rannte los.

Sechster Teil

Der Hexenring

1.

Sie waren der entfesselten Meute entkommen. Das hielt Gisela im Nachhinein für ein noch größeres Wunder als ihre Befreiung, denn Cajetans Horn hatte Hunderte von Menschen nach Riebelsborn gerufen, um die Burg und ihre Bewohner zu vernichten. Auf der Flucht hatten sie und ihre Gefährten noch lange den Widerschein der brennenden Gebäude am Himmel gesehen, die die entfesselten Horden angesteckt hatten, und sie waren vor Angst halb vergangen, man würde sie verfolgen und töten. Doch dann war etwas geschehen, was nicht in Cajetans Sinn gewesen sein konnte: Die brennende Burg hatte in den zusammengelaufenen Bauern ein noch stärkeres Feuer entfacht. Berauscht davon, den ersten Herrensitz gestürmt und niedergebrannt zu haben, waren sie nach Loipfing marschiert, um sich für die Hinrichtung ihrer dortigen Anführer zu rächen. Trotz heftiger Gegenwehr hatten sie Ritter Heiner am selben Baum aufgehängt, an dem die Sprecher der Bauernschaft ihr Ende gefunden hatten, und seine Burg in Brand gesteckt. Dann war der marodierende Haufen durch das Land gezogen, um weitere Burgen zu stürmen.

Dem Flammenschein am Horizont nach zu urteilen, hatte es auch Trelling getroffen, und Gisela und die anderen fragten sich, ob Ritter Eckehard der wilden Horde zum Opfer gefallen war. Obwohl Gaudentius zu Beginn ihrer Flucht seinen Freund übel verflucht hatte, weil er wie alle anderen Burgherren rund um Riebelsborn zu einem willenlosen Werkzeug ihres Feindes geworden war, trauerte er nun um ihn, und weder er noch die anderen wagten es, Ritter Eckehards Namen vor Anna auszusprechen. Gaudentius' Tante versuchte, die Tränen zu verbergen, die sie aus Sorge um ihren Liebsten weinte. Ihr Gesicht wirkte jedoch bleich und starr, und mehr als einen Tag lang kam kein Wort über ihre Lippen.

Als sie nach Gaudentius' Meinung weit genug von Riebelsborn entfernt waren, kauften er und Alban in den Dörfern, durch die sie kamen, für jeden ein Pferd. Es waren grobknochige Rösser, die normalerweise vor hochbeladene Bauernkarren gespannt wurden, doch sie ließen sich zu einem gemütlichen Trab animieren. Auf ein Fahrzeug verzichteten sie, obwohl Gundi und Kezia Mühe hatten, sich im Sattel ihrer temperamentlosen Reittiere zu halten. Anna und die beiden Männer waren des Reitens kundig und saßen auf ihren Pferden, als seien sie mit ihnen verwachsen, und Gisela hatte schon einige Male auf Riebelsborn im Sattel gesessen. Daher gewöhnte sie sich rasch an diese Art zu reisen, auch wenn ihre Kehrseite wund wurde und sie nach dem ersten Tag die Zähne zusammenbeißen musste, wenn sie auf ihre rundliche, schlafmützige Stute stieg. Ihr ging es jedoch darum, so rasch wie möglich vorwärtszukommen, denn sobald der Erzmagier von ihrer geglückten Flucht erfuhr, würde er sie verfolgen lassen.

Auf dem ersten Teil ihres Weges hatten sich die Gedanken der Flüchtlinge nur auf den nächsten Tag gerichtet und darauf, nicht gefangen zu werden. Als sie jedoch am vierten Abend in einer kleinen Herberge bei Gunzenhausen zusammensaßen, stellte Kezia die Frage, die insgeheim alle bewegte.

»Wohin reisen wir eigentlich?«

Gaudentius legte die Stirn in nachdenkliche Falten. »Es gibt kein direktes Ziel. Wir müssen nur weit genug fortkommen, damit wir in Ruhe unsere Vorbereitungen für den letzten Kampf gegen Cajetan treffen können. Wo genau das der Fall sein wird, fällt meiner Meinung nach nicht ins Gewicht.«

»Ich würde Schwabach vorschlagen. Dank Giselas heimlichen Kräften kann ich mich jetzt wieder bei meinen Eltern sehen lassen. Bei ihnen finden wir gewiss die Unterstützung, die wir brauchen.«

Die anderen hießen Albans Vorschlag gut, doch Gisela krauste die Nase. Natürlich hatte sie ein wenig Angst vor Albans – oder besser gesagt: Georg Strellers – Eltern und dem, was diese zu der so unerwartet auftauchenden Schwiegertochter sagen würden. Aber es war ein tiefer sitzendes Gefühl, das sie warnte.

»Schwabach mag uns zwar ein Obdach bieten, doch es bringt uns nicht weiter. Nach dem Papyrus müssen wir sechs sein, um gegen Cajetan bestehen zu können. Doch wir sind nur fünf.«

Gaudentius machte eine abwertende Handbewegung. »Mit Anna sind wir sechs!«

Gisela schüttelte den Kopf. »Du kannst Anna nicht rechnen. Sie trägt nur einen Hauch der Flamme in sich, und der ist zu klein, um uns von Nutzen sein zu können. Wir benötigen jemanden mit größeren Fähigkeiten.«

Sie bedauerte, dass Lavinia nicht diese sechste Person sein konnte. Doch die Geisterfrau besaß keine besonderen Kräfte, sondern wurde lediglich durch den Fluch ihrer Freundinnen auf dieser Welt gehalten.

Alban nickte unwillkürlich und wandte sich an Gaudentius. »Wo finden wir jemanden, der uns helfen könnte? Du hast doch auf unserer Suche, die uns bis zu Gisela geführt hat, mehrere Talente aufgespürt.«

»Bei den meisten war der Funke zu schwach, sonst hätten wir ja einen von ihnen nach Riebelsborn mitnehmen können. Es gab nur zwei Leute, die sogar noch stärker waren als Kezia, und das waren Giselas Bruder Hans und dieser Töpfer oder was er war ...« Gaudentius versuchte, sich an den Mann zu erinnern.

»Du meinst den Korbmacher Landelin.« Gisela wusste selbst nicht, wieso sie ihrer Sache so sicher war.

»Ja, das war der Name! Der Kerl ist noch stärker als dein Bruder, aber so versoffen, dass er bei einer Zeremonie kein gerades Wort herausbringen würde. Daher wird er uns nichts nützen. Dein Bruder hingegen ...« Gaudentius brach zum zweiten Mal mitten im Satz ab, doch alle wussten jetzt, wo das Ziel lag.

»Also werden wir nach Nürnberg reisen und Hans in unseren Kreis aufnehmen. Zusammen mit ihm sind wir stark genug, Cajetan niederzuwerfen.« Gaudentius atmete erleichtert auf.

Gisela aber wiegte mit bedenklicher Miene den Kopf. »Mir macht Cajetan weniger Angst als sein Homunkulus.«

Hetta lachte spöttisch auf. »Du meinst Fulvian? Stelle ihm ein paar nackte Mädchen in den Weg, und er wird alles andere vergessen.«

Gisela hob abwehrend die Hand. »Fulvian ist nicht der, für den er sich ausgibt. Er besitzt weitaus mehr Macht als sein angeblicher Herr. Ich habe die beiden nur einmal gesehen, doch im Gegensatz zu dem Erzmagier macht sein Famulus mir Angst.«

»Dann sollten wir deine Bedenken ernst nehmen. Bis jetzt haben deine Gefühle noch nie getrogen.« Alban warf Gaudentius, der den Mund zu einer scharfen Antwort hatte öffnen wollen, einen warnenden Blick zu. Daher begnügte sein Freund sich mit einem leisen Grummeln. Doch seiner Miene war anzusehen, wie wenig es ihm passte, dass Giselas Meinung neuerdings mehr galt als die seine.

Das Eintreffen weiterer Gäste machte es ihnen unmöglich, ihre Pläne auszuspinnen. Es handelte sich um eine Gruppe Landsknechte, die wie Heuschrecken in die Herberge einfielen und lautstark nach Wein riefen. Der Wirt und seine beiden Mägde, die sich bislang in der Küche aufgehalten hatten, eilten sofort herbei. Beim Anblick der neuen Gäste erstarrten ihre hoffnungsvollen Mienen jäh: Soldaten waren nicht sonderlich willkommen, denn sie tranken viel und bezahlten selten. Wenn man sie auf die ausstehende Rechnung hinwies, wurden sie oft noch grob und schlugen alles kurz und klein.

Zum Glück schienen diese Männer jedoch guter Laune zu sein, denn sie bezahlten anstandslos die kleine Summe, die der Wirt für den Wein zu fordern wagte.

»Wo kommt ihr her?«, fragte er, mutiger geworden. »Gibt es wieder einmal Krieg?«

»So ein richtiger Italienfeldzug wäre nicht schlecht. Sich ein bisschen mit dem Franzmann prügeln, feurigen Wein trinken und Mädchen umarmen, die inwendig voller Glut sind, wäre ganz nach unserem Sinn. Aber leider ziehen wir nur bis Eichstätt. Dort sind ein paar Bauern rebellisch geworden, und die gilt es, zur Räson zu bringen.« Der Landsknecht seufzte entsagungsvoll, denn dieser Auftrag brachte ihnen keine reiche Beute ein.

»Die Kerle hätten sich eine bessere Zeit für ihren Aufruhr aussuchen können. Mitten im Winter friert man sich den Arsch ab.« Der Sprecher schüttelte sich bei dem Gedanken an die Kälte, in die sie am nächsten Morgen wieder hinausmussten, während sein Kamerad wieder von Italien schwärmte.

Da die Landsknechte sich beim Trinken wenig Maß auferlegten, blickte Gisela ihre Begleiter auffordernd an. »Wir sollten unsere Kammern aufsuchen. Die Kerle sehen nicht so aus, als würden sie es beim Wein belassen.« Da gerade einer der Landsknechte der Wirtsmagd, die einen frisch gefüllten Krug auf den Tisch stellte, lachend unter den Rock langte, nickten die anderen.

Alban stand auf und warf ein paar Münzen für den Wein und das Mahl auf den Tisch. »So wie die Kerle lärmen, werden wir wohl nicht so bald zum Schlafen kommen. Zum Glück besitzen unsere Kammern feste Riegel, und die werden uns die Männer wohl vom Hals halten.«

Als sie nach oben stiegen, kam der Wirt hinter ihnen her. Er rang die Hände und schien nicht so recht zu wissen, was er sagen sollte. »Wenn die Herrschaften mir verzeihen wollen. Ein paar der Offiziere haben Kammern für sich gefordert, und ich habe nicht gewagt, sie ihnen zu verweigern. Ich hoffe, die Herrschaften haben nichts dagegen, gemeinsam in einem Raum zu schlafen. Ich habe meinem Knecht bereits aufgetragen, Strohsäcke hineinzutragen. Seid versichert, dass es meine beste Stube ist, sogar mit einem Kachelofen, der Wärme in einer kalten Nacht verspricht.« Der Mann starrte dabei angstvoll auf Albans Miene, da er ihn als den Anführer der Gruppe ausgemacht zu haben glaubte.

»Du brauchst keine Angst zu haben. Wir sind mit der Kammer zufrieden.« Das stimmte zwar nicht ganz, denn Alban hätte sich ein Zimmer nur für sich und Gisela gewünscht. Er sagte sich jedoch, dass es wohl besser war, jeder Versuchung aus dem Weg zu gehen. Noch war die Zeit nicht reif, Gisela als seine Frau anzusehen, sosehr es ihn auch danach drängte. Dann dachte er mit einem unguten Gefühl daran, wie sie wohl auf seine Annäherung reagieren würde. Wahrscheinlich nicht besonders freundlich, denn er hatte sie nicht aus Liebe geheiratet und auch nicht aus dem Pflichtbewusstsein heraus, seine Sippe weiterführen zu müssen. Doch jetzt sah die Sache anders aus. Er hatte Gisela als kluge und zielstrebige Frau kennengelernt, mit der er gerne den Rest seines Lebens teilen würde. Diese Erkenntnis beglückte und erschreckte ihn gleichermaßen, und er fürchtete den Tag, an dem seine Sehnsucht bitter enttäuscht werden mochte.

Das Zimmer, in das der Wirt sie führte, wies zwei Betten auf. In das eine passte nur eine Person, es wurde für Gisela bestimmt, das zweite, größere für Anna und Hetta. Die beiden Männer legten sich ebenso wie Gundi und Kezia auf die Strohsäcke. Wie erwartet, hinderte das Lärmen der Landsknechte sie noch lange am Schlafen, doch keinem von ihnen war nach Reden zumute. Nur Dagga schien mit sich und der Welt zufrieden zu sein, denn ihr war es trotz des schmalen Bettes gelungen, sich ein Plätzchen neben Gisela zu sichern, und sie kuschelte sich eng an sie.

»Pass doch auf, du haariges Biest«, schalt Gisela sie, als die Hündin ihren wuchtigen Kopf gegen ihr Gesicht drückte. Dagga wuffte kurz, legte sich ein wenig anders und schlief rasch ein. Auch Gisela fielen nun die Augen zu, während Alban noch lange wach lag und mehr über sich und seine Frau nachdachte als über die Gefahr, der sie noch lange nicht entronnen waren.

2.

Fulvian heulte vor Schmerz auf, als der Stock des Magiers ihn traf, und er kämpfte mühsam gegen den Wunsch an, ihn wie eine Laus zu zerknacken. Ein weiterer Schlag folgte und ein nächster.

»Du elende Kreatur! Wegen deiner Geilheit sind uns die Gefangenen entkommen.« Cajetans Blick flog zur Sanduhr. Das untere Glas war fast leer, Gaudentius damit höchstens noch ein oder gar nur ein halbes Jahrzehnt älter, als er es in Wirklichkeit war, und Georg Alban Streller würde in seiner jetzigen Gestalt unbesehen von seiner Mutter an ihr Herz gedrückt werden.

»Verfluchter Hund!« Cajetan wusste nicht, ob er mit dieser Verwünschung Fulvian meinte oder Gaudentius. Noch immer sann er verzweifelt darüber nach, mit welchen Mitteln es seinem Feind gelungen war, ihn zu übertölpeln. Der Homunkulus vermochte ihm nicht weiterzuhelfen, denn auch für ihn stellte das Verschwinden Giselas und ihrer Leidensgefährtinnen ein ungelöstes Rätsel dar. Selbst die Befragung der völlig verängstigten Wachen hatte wenig Aufschluss gebracht. Zum einen waren die in Menschen verwandelten Hunde zu dumm, um sich klar ausdrücken zu können, und zum anderen faselten sie von einem übermächtigen Wesen, das sie angegriffen hätte.

Sowohl in Cajetans wie auch in Fulvians Vorstellungen konnte es sich dabei nur um einen ungeheuer mächtigen Dämonen handeln, den Gaudentius aus einem seiner Bücher beschworen haben musste, und sie fragten sich, wie es einer solchen Wesenheit gelungen sein mochte, den Zauberschirm um ihre Burg zu durchdringen, ohne dass sie es bemerkt hatten.

»Es bringt nichts, sich länger den Kopf darüber zu zerbrechen, mein Herr und Gebieter. Die Lösung dieses Rätsels kann nur Gaudentius uns verraten, und wir sollten zusehen, dass er das so schnell wie möglich tut.«

Fulvians Stimme durchbrach die Hülle aus Verzweiflung und Furcht, die Cajetan umgab, und ließ den Magier aufhorchen. »Was faselst du da? Wie sollen wir Gaudentius befragen können, wenn wir nicht einmal wissen, wo er sich aufhält? Da dieser aufrührerische Bauernhaufen Ritter Heiner aufgeknüpft hat, besitze ich niemanden, den ich ausschicken könnte. Der Loipfinger war der Einzige in dieser Gegend, über den ich genug Gewalt besaß, um ihn bedenkenlos mit der Verfolgung des Riebelsborner Gesindels betrauen zu können. Selbst wenn es noch einen Ritter gäbe, der mir aus der Hand frisst, würde er sich nicht aus seiner Burg hinauswagen, aus Angst, das Niederbrennen von Riebelsborn und den anderen Burgen wäre nur das Vorspiel zu einem weit größeren Bauernaufstand.«

»Schon aus diesem Grund empfiehlt es sich, diese Gegend zu verlassen und nach Spanien zu reisen.« Fulvian fand es an der Zeit, seinen Herrn wieder an ihre Pläne zu erinnern. »Aber wir dürfen Gaudentius und seinen Anhang nicht ungeschoren davonkommen lassen.«

»Und wie stellst du dir das vor? Sie sind längst außerhalb meiner Reichweite. Selbst mit meinen Drogen kann ich nicht spüren, wo sie sich aufhalten.« Cajetan hob erneut den Stock, doch diesmal sprang Fulvian rechtzeitig beiseite.

»Ihr müsst Euren Verstand einsetzen, Herr! Dann werdet Ihr wissen, wo sie sind oder vielmehr, wohin sie sich wenden werden!«

»Noch ein solches Wort, und ich schlage dich zum Krüppel!«

Fulvian konnte die Gedanken des Magiers bereits von seiner Miene ablesen und grinste freudlos. Diesem Mann hatte er bereits zu lange gedient. Doch der Gedanke an Rache durfte ihn nicht dazu verleiten, auf das Einfahren der Ernte zu verzichten. »Verzeiht Herr, doch ich kann Euch sagen, wohin Gaudentius und die Seinen unterwegs sind!«

Cajetan stockte mitten in der Bewegung, mit der er zum Schlag ausholen wollte, und starrte seinen Famulus verwirrt an. »Du? Und woher?«

»Sie werden sich entweder nach Schwabach zu Strellers Eltern begeben oder nach Nürnberg zu Giselas Sippschaft.«

»Und wieso?« Der Magier sah um keinen Deut klüger aus.

»Gaudentius' Gruppe befindet sich auf der Flucht und braucht dringend Unterschlupf. Es ist Winter, mein Herr, und bei dem Wetter da draußen ist das Reisen – zumal für Frauen – alles andere als bequem. Wohin sollen sie gehen, wenn nicht zu einem dieser beiden Orte? Weder Gaudentius noch Georg Streller haben Freunde, denen sie vertrauen können, und sie wissen, dass der Fluch immer noch auf ihnen liegt. Oder glaubt Ihr, sie würden freiwillig zu Hölle fahren? Ich denke, sie werden alles tun, um das zu verhindern.«

»Pah, das wird ihnen nicht gelingen!« Cajetan tat die Äußerungen seines Famulus mit einer verächtlichen Handbewegung ab.

»Es gibt eine Möglichkeit, diesen Fluch zu brechen und seinen Verursacher zu vernichten!« Fulvian genoss die Angst, die sich in diesem Augenblick auf dem Gesicht des Magiers ausbreitete, denn sie entschädigte ihn für einige erlittene Quälereien.

Cajetan packte den Homunkulus am Kragen. »Was hast du da gesagt?«

»Ein weiser Mann hat in Ägypten alles zusammengetragen, was er über Euch in Erfahrung bringen konnte, und die richtigen Schlüsse daraus gezogen. Ein Zauberkreis aus sechs Begabten vermag auch Euch zu besiegen, mein Gebieter. Zu fünft sind sie bereits. Sie brauchen nur noch einen sechsten mit der Gabe, und der Kampf gegen Euch kann beginnen!«

»Verfluchter Hund!« Cajetan schlug zu, doch der Homunkulus sprang blitzschnell zurück.

Der Magier beruhigte sich rasch wieder und winkte ab. »Wo wollen sie denn einen sechsten mit der Gabe finden? Wir haben doch in langen Jahrhunderten dafür gesorgt, dass dieses Gesindel immer weniger wird.«

»Erinnert Euch an Gaudentius' Reise nach Nürnberg! Dort hat er außer Gisela diesen versoffenen Korbflechter entdeckt, der nur noch als Opfer für Euch taugt, und auch Giselas Bruder als begabt erkannt. Gelingt es der Hexe, ihn auf ihre Seite zu bringen, so seid Ihr wirklich in Gefahr. Doch wenn wir rasch handeln, wird Hans Güldener uns dienen, und dann sind Gisela und die anderen verloren.« Fulvian rieb sich die Hände, denn das verhieß weitere spezielle Seelen, die seinen Aufstieg in der höllischen Hierarchie festigen würden.

Der Magier dachte über Fulvians Worte nach und nickte grimmig. »Du könntest recht haben, Missgeburt.«

»Missgeburt, Herr? Ich bin so, wie Ihr mich geschaffen habt.«

Cajetan achtete nicht auf den Spott in Fulvians Stimme, sondern schmiedete bereits Pläne. »Wir müssen umgehend nach Nürnberg reisen. Wenn wir den direkten Weg nehmen, sind wir vielleicht sogar schneller als das Riebelsborner Gesindel und können uns den Bruder der Hexe gefügig machen. Doch was machen wir in der Zwischenzeit mit der Burg und meinem Besitz?«

»Schließt alles ein, damit die beiden Mägde nicht aus Neugier an Eure Bücher und Euer Labor gehen, und nehmt den größten Teil der Wachen mit. In der heutigen Zeit sollte man nicht ohne Begleitschutz reisen.« Fulvian sah den Magier auffordernd an und wurde durch ein zustimmendes Nicken belohnt.

»Zwei der Hunde werden hierbleiben, um das Gesindel fernzuhalten, welches es trotz des Zaubers wagen könnte, zur Burg vorzudringen. Die beiden Weiber können sie versorgen, während wir weg sind.«

»Als was wollt Ihr reisen, mein Herr, als der Sterndeuter Cajetan?«, fragte der Homunkulus.

Der Magier schüttelte energisch den Kopf. »Der ist zu alt und klapprig für so etwas. Nein, als Kardinal Callani! Du wirst als mein Sekretär auftreten. Hol meinen Ornat! Unterwegs befiehlst du den Wachen, sich für den Abmarsch bereitzumachen. Ich hoffe nur, die Kerle fangen nicht gleich an zu bellen, wenn uns unterwegs eine läufige Hündin begegnet.«

»Das werden sie nicht, denn dafür waren sie noch zu jung, als sie dem Veränderungszauber unterworfen wurden. Andernfalls hättet Ihr ein ganzes Rudel geiler Kerle, für die unsere beiden Mägde gewiss nicht ausreichen würden.« Fulvian kicherte bei den Gedanken, die bei dieser Vorstellung in ihm aufstiegen. Doch unterbrach er sie, als er sah, dass Cajetan schon wieder drohend seinen Stock hob.

3.

Alban hatte es nicht übers Herz gebracht, an Schwabach vorbeizureisen, ohne seine Eltern aufzusuchen, die er mehr als zwei Jahre nicht gesehen hatte. Obwohl er ihnen, sooft seine Verwandlung es zuließ, Briefe geschrieben hatte, mussten sie seinetwegen die schlimmsten Ängste ausgestanden haben. Dabei war ihnen nicht einmal bewusst gewesen, was wirklich mit ihm geschehen war, denn er hatte ihnen nur von einer entstellenden Krankheit berichtet, die es ihm unmöglich machte, sich unter Menschen zu begeben.

Als er auf das hoch aufragende Wohnhaus seiner Familie zuritt und das frisch gestrichene Fachwerk, die Fenster aus gelblichen Butzenglas und das steile Dach aus grauem Schiefer vor sich sah, musste er an sich halten, um nicht in Tränen auszubrechen. Dabei war seine eigene Rückkehr nicht einmal die größte Überraschung, die er seinen Eltern bereiten würde. Sein Blick streifte Gisela, die etwas versetzt hinter ihm ritt und in Gedanken versunken war. Sie schien vergessen zu haben, dass sie schon bald ihren Schwiegereltern gegenüberstehen würde.

Das Tor des Anwesens stand offen, und ein Knecht spähte hinaus, als er Hufschläge vernahm. Zunächst starrte er verwundert auf die Gruppe, dann aber erkannte er Georg Streller und schlug das Kreuz. »Heilige Maria Mutter Gottes, der junge Herr! Was für eine Freude, Euch zu sehen.«

»Nicht geringer als meine bei deinem Anblick, Helm. Sag, wie geht es dir, und was machen meine Eltern? Sie sind hoffentlich wohlauf.«

»Also, ich kann nicht klagen, und der Herr Prinzipal auch nicht. Und was die Herrin angeht, so seid Ihr das Einzige, was ihr zu ihrem Glück fehlt.« Es klang so viel Freude aus den Worten des Knechts, dass Alban nicht wagte, ihm zu sagen, dass ihre Anwesenheit nur von kurzer Dauer sein würde.

Helm stand da, als wisse er nicht, was er als Erstes tun sollte: den Begleiterinnen des jungen Herrn aus dem Sattel helfen, Knechte herbeirufen, die sich der Pferde annehmen konnten, oder doch besser gleich ins Haus laufen und Georgs Eltern die frohe Botschaft berichten.

Alban ritt in den Hof ein, schwang sich aus dem Sattel und sah sich um, als müsse er den Anblick seines Elternhauses in sich aufsaugen. Das Anwesen bestand aus vier Gebäuden, die einen Innenhof umschlossen. Das Wohnhaus bildete die Straßenfront und wölbte sich über die breite, hohe Einfahrt zum Hof. Auf der längeren Seite des Rechtecks gab es rechts den Stall und die Remise sowie eine Scheune mit den Futtervorräten für die Pferde und Zugochsen, mit denen Anton Streller seine Waren transportieren ließ. Auf der anderen Seite standen die Speicher für die zwischengelagerten Güter. Das etwas kleinere Haus, das, in der Nähe eines Baches gelegen, den Abschluss des Anwesens bildete, diente hauptsächlich als Wohnhaus für die Knechte.

Alban erinnerte sich daran, dass er in seiner Jugend dort eine Kammer besessen hatte, in der all seine Schätze untergebracht worden waren. Prunkstücke dieser Sammlung waren ein altes Ritterschwert und ein echter Helm mit allerdings schon arg zerfleddertem Federbusch gewesen. Auch ein paar Bücher mussten sich dort befinden, darunter auch jenes über Zauberei, das durch Zufall in seine Hände geraten und durch das er der Faszination der Magie erlegen war.

Nein, korrigierte er sich. Seine eigene Veranlagung hatte ihn auf diesen Weg gedrängt. Hätte er die Gabe nicht besessen und dies nicht unbewusst geahnt, hätten ihn die seltsamen Verse, mit denen man dieses und jenes beschwören konnte, gewiss nicht verlockt, sich näher mit ihnen zu befassen. Schaudernd dachte er daran, dass es ihm damals gelungen war, einige der leichteren Zauber aus dem Buch zu vollbringen.

»So in Gedanken?«

Giselas Stimme schreckte Alban auf. Er drehte sich zu ihr um, sah, dass sie noch immer auf ihrer Stute saß, und streckte die Arme aus, um ihr vom Pferd zu helfen. »Verzeih, aber die Vergangenheit war für einen Augenblick übermächtig.«

»Nicht nur dir geht es so!« Gisela dachte an die Knechte, die im Hof Fässer und Ballen aufstapelten, und die beiden Männer in halblangen Wämsern und schon etwas flatterigen Beinlingen, die sie überwachten. So ähnlich hatte sich in besseren Zeiten das Leben auch auf dem Hof ihres Vaterhauses abgespielt. Sie schob die Erinnerung daran rasch beiseite, um sich nicht von ihr überwältigen zu lassen. Für einen Augenblick hielt sie es für einen Fehler, hierhergekommen zu sein, ohne dieses Gefühl richtig greifen zu können. Jetzt war sie es, die im Nachsinnen versank, während Alban Helm aufforderte, seinen Eltern Bescheid zu geben. Er selbst rief einige der Knechte zu sich, die längst zu arbeiten aufgehört hatten und die Ankömmlinge mit großen Augen betrachteten.

»Kümmert euch um die Gäule, Burschen, und dann sorgt für einen Schluck Wein. Meine Kehle ist wie ausgetrocknet.« Es kam wie von selbst über seine Lippen. Wie oft, dachte er, war er in längst vergangenen Tagen auf diese Weise von einem Ausritt oder einer längeren Reise zurückgekehrt. Fast schien es ihm, als wäre es erst gestern gewesen. Dabei war in der Zwischenzeit viel passiert.

»Verzeiht Herr, aber Eure Krankheit?«, wagte einer der beiden Kommis einzuwenden.

»Ist so gut wie überwunden und gewiss nicht ansteckend.« Ganz schien Albans Antwort die Leute nicht zu beruhigen, denn sie wagten sich nur zögernd näher. Die beiden Hofhunde, die vor ihrer Hütte angekettet waren, waren weniger scheu, allerdings nur so lange, bis sie Dagga vor sich sahen und deren Knurren hörten. Der Ton war klar. Hier konnte es nur eine Herrscherin geben, und das war gewiss keines der hier lebenden Tiere.

»Brav, Dagga!«, Gisela krallte ihre rechte Hand in das Nackenfell der Hündin, als diese den Hunden folgen wollte. Dagga sandte den beiden Tieren einen Blick nach, der zeigte, dass sie in ihren Augen noch unter den Riebelsborner Bracken standen, und begnügte sich damit, einen halb abgenagten Ochsenknochen, der neben der Hütte lag, als ihr Eigentum zu reklamieren.

Unterdessen hatten die Knechte es doch gewagt, den anderen Frauen von den Pferden zu helfen und diese zu übernehmen. Sie wichen dabei allerdings vor Alban zurück, als hätten sie Angst, er könnte sie mit einer unbekannten Seuche anstecken.

Die Frau, die nun aus dem Haus stürmte, tat sich weniger

Zwang an. Es war Dille, die vollschlanke Köchin der Strellers und unumschränkte Herrin über Küche und Vorratsräume. Sie eilte mit fliegenden Röcken auf den Sohn ihrer Herrschaft zu und schloss ihn lachend und weinend in die Arme.

»Welch eine Freude, dich wiederzusehen, mein Lieber! Mein Gott, was habe ich Angst um dich ausgestanden! Ich habe der Heiligen Jungfrau und dem heiligen Rochus je eine große Kerze gestiftet, damit sie dich wieder gesund werden lassen.«

Alban drückte die mollige Frau mit einem Gefühl der Verbundenheit und des Dankes an sich. Dille war immer für ihn da gewesen, und sie hatte oft genug dafür gesorgt, dass die Streiche seiner Kinderzeit nicht an die Ohren seiner Eltern gedrungen waren. Außerdem hatte sie ihn mit all den Leckereien gefüttert, die sie so ausgezeichnet zuzubereiten verstand.

»Was würde ich ohne dich anfangen, meine Gute?« Er ließ sie wieder los und atmete tief durch, denn jetzt stand ihm die Begegnung mit seinen Eltern bevor. Anton Streller und seine Ehefrau Hilda traten eben aus der Tür und waren sichtlich bemüht, einen möglichst gelassenen Eindruck zu vermitteln. Die Art aber, mit der Albans Mutter sich über die Augen strich, bewies, wie aufgewühlt sie war. Sie wollte auf ihren Sohn zueilen, doch ihr Mann hielt sie am Arm fest.

»Gemach, meine Liebe! Hat der Bengel es die ganze Zeit nicht für nötig erachtet zu erscheinen, müssen wir uns auch nicht überschlagen.«

»Aber er war doch krank, und ich konnte ihn nicht pflegen.« Hilda Streller riss sich von ihrem Mann los und kam auf Alban zu. Ein scheuer Blick traf sein Gesicht. Doch als sie keine Spuren einer auszehrenden Krankheit an ihm feststellen konnte, atmete sie sichtlich auf.

»Ich bin so froh, dass du wieder da bist.« Jetzt konnte sie ihre Tränen nicht mehr zurückhalten. Alban schloss sie in die Arme und gab sich für Augenblicke seinen Gefühlen hin. Das Räuspern seines Vaters brachte ihn jedoch bald dazu, sich diesem zuzuwenden.

»Da ist ja unser Zugvogel wieder. Wenn man dich so ansieht, sollte man nicht glauben, dass du angeblich so viele Monate schwer krank auf dem Siechenlager gelegen bist und kein Mensch außer deinen Pflegern dich besuchen durfte. Gib ehrlich zu, du bist in dieser Zeit durch die Lande gestreift, hast dich amüsiert und über deinen alten Vater gelacht, der zuhause in Schwabach hocken und Handel treiben muss. Eines muss ich dir jedoch zugestehen: Du hast dich in diesen zwei Jahren mehr für unsere Geschäfte interessiert als in der ganzen Zeit davor, und du hast ein erstaunlich glückliches Händchen bewiesen. Wir haben bei dem einen oder anderen Handel, zu dem du mir geraten hast, prächtig verdient.« Der alte Streller klopfte seinem Sohn anerkennend auf die Schulter und schien ihm trotz des Verdachts, dieser könnte die Krankheit nur vorgetäuscht haben, um sich der väterlichen Aufsicht zu entziehen, nichts übel zu nehmen.

»Aber Mann, das darfst du nicht sagen. Georg war gewiss schwer krank. Erinnere dich nur an seine Schrift. Sie war manchmal so unleserlich, als hätte er nicht mehr die Kraft besessen, die Feder zu führen.« Hilda Streller sah sich genötigt, ihren Sohn zu verteidigen.

Alban drehte den Kopf weg, damit sie die Röte nicht sehen konnte, die in seine Wangen stieg. Seine Schrift war schlecht gewesen, aber nicht aus Schwäche. Doch mit seinen mächtigen Pranken als Untier hatte er die Buchstaben einfach nicht besser hinbekommen.

»Auf alle Fälle ist der Lümmel wieder da, und das in Gesellschaft. Willst du uns die Leute nicht vorstellen?« Anton Streller sah den Rest der Reisegruppe neugierig an.

Alban atmete tief durch und zeigte dann auf Gaudentius. »Das hier ist Junker Matthias auf Riebelsborn, der so freundlich war, mir in den letzten zwei Jahren ein Obdach in einem abgelegenen Turm seiner Burg zu gewähren, und das hier seine Schwester Anna, die sehr viel Geduld mit mir bewiesen hat.« Albans Zeigefinger blieb kurz auf Gaudentius' Tante gerichtet und wanderte dann zu Hetta weiter. Er konnte jedoch nicht weitersprechen, da seine Mutter zuerst Gaudentius und dann Anna umarmte und ihnen unter Tränen dafür dankte, dass sie sich ihres kranken Sohnes angenommen hatten.

»Dies hier ist Frau Hetta, die uns auf dieser Reise begleitet, dies ihre Leibmagd Kezia, und das ...« Alban schwieg für einen Augenblick und raffte dann allen Mut zusammen, den er noch finden konnte. »Das sind meine Ehefrau Gisela, die Tochter des Kaufherrn Otto Güldener aus Nürnberg, und ihre Leibmagd Gundi.«

Es wurde auf dem Hof so still wie nach dem Verebben eines Donnerschlags. Den Knechten mit Helm an der Spitze quollen schier die Augen aus dem Kopf, Dille trat einen Schritt zurück, stemmte die Fäuste in die Hüften und beäugte Gisela mit einem Blick, als wolle sie diese eher erwürgen als willkommen heißen. Auch Albans Eltern wirkten im ersten Augenblick verwirrt.

»Dein Weib?« Der Vater fasste sich als Erster, sah aber nicht mehr so nachsichtig aus. In seinen Augen hatte sein angeblich so kranker Sohn in der letzten Zeit doch gewaltig über die Stränge geschlagen.

Hilda Streller schien auch nicht so recht zu wissen, was sie zu diesem unerwarteten Familienzuwachs sagen sollte. Sie trat aber dann doch auf Gisela zu und fasste deren Hände. »Du bist also die Ehefrau meines Sohnes.«

»Zumindest wurde ich ihm angetraut.« Gisela hätte sich an jeden anderen Ort der Welt gewünscht, als hier zu sein – vielleicht mit der Ausnahme von Cajetans Kerker. Sie hatte kaum einen Gedanken darauf verschwendet, dass sie hier als Albans Weib gelten würde, und schalt ihn in Gedanken, weil er sie seinen Eltern als Gattin vorgestellt hatte.

Da Gisela einen abwehrenden Eindruck vermittelte, mischte sich ein leichter Misston in die Szene. Albans Mutter schien ratlos, der Vater aber rieb sich mit der rechten Hand über das Kinn und musterte seine Schwiegertochter wie einen Gegenstand, dessen Wert man erst noch in Erfahrung bringen musste.

Dann wandte er sich wieder seinem Sohn zu. »Sie ist eine Tochter von Otto Güldener aus Nürnberg? Mit dem Mann habe ich gute Geschäfte gemacht, bis er den Rat anderer Leute dem meinen vorzog. Inzwischen ist er wieder gescheit geworden und treibt so wie früher ehrlichen Handel. Nun ja, du hättest es schlimmer treffen können.« Es klang nicht gerade begeistert und erinnerte Gisela dadurch an das Versprechen, das ihr Gaudentius nach ihrer Hochzeit gegeben hatte. Wenn es Magister Alban nicht mehr gab, würde sie als Witwe gelten, hatte er gesagt. Vielleicht sollte sie auf diesen Vorschlag eingehen, denn es stand ihr nicht der Sinn danach, als ungeliebte Schwiegertochter in diesem Haus zu leben.

Alban spürte Giselas Verstimmung und ergriff ihre Hand. »Ich hätte es wahrlich weitaus schlimmer treffen können, Vater. Ich erinnerte mich nur an Trude Beckheimer, die Ihr mir vor meiner damaligen Abreise hattet schmackhaft machen wollen. Sie hat inzwischen, wie ich weiß, den jungen Tettenwieser geheiratet. Mag er mit ihr glücklich werden. Ich wäre es gewiss nicht geworden.«

»Und? Bist du jetzt glücklich?«

Die Frage seiner Mutter brachte Alban in gewisse Bedrängnis. Er sah Gisela an, dachte an all die Mühen und Gefahren, die sie seinetwegen ertragen hatte müssen, und nickte. »Ja, Mutter! Gisela ist das einzige Eheweib, das ich mir vorstellen kann. Sie hat mich während meiner Krankheit gepflegt und klaglos alle meine Launen ertragen, und das waren, wie ich zugeben muss, nicht wenige.«

»Aber wie seid ihr in drei Teufels Namen, zusammengekommen?«, platzte der alte Streller heraus.

»Das ist Junker Matthias' Verdienst. Er hat sie mir ausgesucht, als ein Heilkundiger ihm kundgetan hatte, nur ein treu sorgendes Eheweib könne mich von meiner Krankheit heilen.« Es war eine sehr knappe, aber treffende Beschreibung der Vorgänge, die zu der überstürzten Heirat mit Gisela geführt hatten.

»Und Güldener war wohl sehr zufrieden damit, meinen Sohn als Eidam zu gewinnen.« Aus Anton Strellers Worten sprach der Stolz über den eigenen Reichtum und den Einfluss, den er sich geschaffen hatte.

Sein Sohn schüttelte lächelnd den Kopf. »Güldener wusste gar nicht, dass ich der Bräutigam sein sollte. Er glaubte, ich wäre ein Gelehrter und gab mir seine Tochter aus gekränktem Stolz, weil Tettenwieser und Beckheimer ein schlimmes Spiel mit ihm getrieben haben.«

»Und das Mädchen? Hat es da so einfach mitgemacht?« Hilde Streller machte aus ihrem Misstrauen gegen die in ihren Augen seltsame Eheschließung keinen Hehl.

Zu Albans Glück sprang ihm sein Vater bei. »Seit wann hat eine Tochter mitzureden, wenn die Eltern ihr einen Bräutigam bestimmen? Die hat zu gehorchen, und damit basta!« Das letztere Wort stellte einen der wenigen italienischen Begriffe dar, die er auf einer Südfahrt in seiner Jugend gelernt hatte, und gelegentlich überkam ihn die Lust, damit ein wenig anzugeben. Er betrachtete Gisela jetzt freundlicher und sagte sich, dass sein Sohn es wahrlich schlechter hätte treffen können. Die Schwiegertochter, die er ins Haus gebracht hatte, war nicht nur ausnehmend hübsch, sondern strahlte etwas aus, das er nicht beschreiben konnte.

»Kommt doch herein. Hier heraußen ist es saukalt, und ich sehe, dass meine gute Hilda bereits fröstelt.« Dies stimmte zwar, allerdings war auch ihm kalt, und er freute sich auf einen Becher heißen Würzwein, den in der ganzen Nachbarschaft niemand besser anzusetzen vermochte als Dille.

Er sah, dass die Köchin noch immer auf dem Hof stand, und fuhr sie an. »Mach, dass du in die Küche kommst! Siehst du nicht, dass unsere Gäste nach dieser langen Reise durchgefroren sind und deinen Würzwein benötigen? Außerdem muss ein Essen auf den Tisch, dessen wir uns nicht zu schämen brauchen.« Während die Köchin davonstob, klopfte der alte Streller seinem Sohn auf die Schulter.

»Nun lasse ich dich so schnell nicht wieder fort.«

Über Albans Gesicht huschte ein Schatten. Er hatte nur einen oder zwei Tage hier verbringen wollen, doch sein Vater sah nicht so aus, als wolle er ihm die Weiterreise nach so kurzer Zeit erlauben. »Verzeiht, doch werdet Ihr uns gehen lassen müssen, Vater. Mein Weib sehnt sich nach den Ihren, und ich muss Güldener doch bekennen, wer sein Schwiegersohn geworden ist.«

»Papperlapapp!« Sein Vater wischte den Einwand mit einer heftigen Handbewegung beiseite. »Jetzt im Winter ist das Reisen unangenehm genug, zumal für ein Frauenzimmer. Macht euch auf den Weg, wenn der Wonnemond kommt und die Sonne warm vom Himmel lacht. Das ist früh genug.«

Streller klang so resolut, dass Alban einen kurzen Blick mit Gaudentius und Gisela wechselte. Der Riebelsborner Burgherr sah aus, als würde er am liebsten befehlen, die Pferde zurückbringen zu lassen, damit sie weiterreiten konnten. Doch auch er wusste, dass Anton Streller zumindest seinen Sohn und seine Schwiegertochter am Mitkommen hindern würde.

Gisela wäre am liebsten auf der Stelle weitergereist, denn sie wollte gar nicht als Schwiegertochter willkommen geheißen werden. Kaum hatte sie es gedacht, war sie sich ihrer Gefühle nicht mehr sicher. Sie hatte ihre Ehe mit dem ungeschlachten Magister Alban als Pflicht angesehen, die ihr auferlegt worden war und der sie hatte gehorchen müssen. Ihre Gefühle für Georg Streller aber waren an jenen Vollmondabenden auf Riebelsborn gewachsen, in denen er den gelegentlichen Gast des Hausherrn gespielt hatte. Wenn sie in sich hineinhorchte, hatte sie nicht die Absicht, die Witwe des Magisters Alban zu spielen, sondern zog es bei Weitem vor, Georgs Ehefrau zu bleiben. Aber dazu musste der Fluch gebrochen werden.

4.

Albans Eltern dehnten den Aufenthalt ihres Sohnes in Schwabach und damit auch den seiner Begleiter viel weiter aus, als es für Giselas Gefühl gut war. Sie spürte die dunklen Wolken der Gefahr, die am Horizont aufzogen und von Tag zu Tag drohender wurden, doch sie suchte vergebens nach einem Anhaltspunkt, auf welche Weise Cajetan, den sie für die Ursache hielt, wieder Macht über sie zu gewinnen trachtete.

Sie konnte nicht ahnen, dass der Magier die Pläne der Flüchtlinge längst durchschaut hatte. Er trat nun in der Gestalt eines Kirchenmannes auf und flößte mit seiner stattlichen Erscheinung und seinem purpurnen Ornat den einfachen Leuten Ehrfurcht ein. Zwar hatte er sein Äußeres so stark verjüngt, dass seine geistliche Würde nicht ganz glaubhaft wirkte, aber das machte er durch sein herrisches Auftreten wett. Da Fulvian seinen klein gewachsenen Sekretär darstellen musste, überragte der angebliche Kardinal ihn um mehr als Haupteslänge. Widerwillig bewunderte der Homunkulus die Fähigkeit des Magiers, nahtlos in verschiedene Rollen schlüpfen zu können. Einem geringeren Mann als Cajetan wäre es gewiss nicht gelungen, drei Mal tausend Jahre zu überleben und in jeder Maske so viel Einfluss zu erringen, um bis in die

Spitzen der Gesellschaft seine Fäden ziehen zu können. Dabei hatte der Magier nie den Fehler begangen, so hoch zu steigen, dass er selbst das Ziel von Neidern wurde oder gar Gefahr lief, sich starke und allzu neugierige Feinde zu schaffen.

Fulvian hatte das Leben an Cajetans Seite oft als viel zu bescheiden empfunden, denn er wäre lieber groß aufgetreten, um zu prunken und seine Macht besser auszuüben. Aus diesem Grund freute er sich auf Spanien. Dort würde Cajetan von Anfang an einen mächtigen Herrn darstellen müssen, und damit gab es auch für ihn ganz andere Möglichkeiten, sich den Menschen zu nähern.

»Wir werden in dem Gasthof Quartier nehmen, in dem Gaudentius und Alban untergekommen sind, als sie sich Gisela gesichert haben.« Cajetans Worte unterbrachen die Gedankengänge des Homunkulus.

Dieser verschob seine eigenen Pläne auf später und wandte sich mit einer liebedienerischen Miene, der das tückische Blitzen in seinen Augen widersprach, an seinen angeblichen Herrn. »Das würde ich nicht tun, Eure erhabene Eminenz. Man sollte den Stier stets bei den Hörnern packen, denn da hat man ihn am sichersten.«

»Was willst du damit sagen?« Cajetan blickte auf das Stadttor von Nürnberg, das nur noch wenige Hundert Schritt vor ihnen lag. Einige Wachen kamen heraus, um ihn und seine Begleitung zu empfangen. Sonst erschienen hochrangige Kirchenfürsten stets mit einem großen Gefolge, doch der angebliche Kardinal Callani hatte sich mit einem Dutzend seiner hündischen Wachen begnügt. Die Kerle waren groß und so kräftig, dass sie auch mit einer vielköpfigen Räuberbande fertig wurden, und ihre Maulfaulheit würde man der Tatsache zuschreiben, dass sie Ausländer waren und die hier gebräuchliche Sprache nicht verstanden. Um standesgemäß auftreten zu können, hätte Cajetan sich auf dieser Reise am liebsten mit Schreibern, Leibdienern, Pferdeknechten und anderem Gesinde aus umgewandeltem Getier umgeben. Doch es machte zu viel Mühe, die stumpfen Geschöpfe so abzurichten, dass sie unterwegs nicht auffielen, und für tiefsinnige Gespräche, wie Kleriker sie untereinander führten, waren weder Hunde noch andere Tiere geeignet.

»Was willst du damit sagen?«, wiederholte er seine Frage, als Fulvian nicht sofort antwortete.

»Warum erst den Umweg über eine Herberge, wo doch Güldeners Haus groß genug ist, ein Dutzend Purpurträger zu beherbergen? Wir sollten uns sofort zu ihm begeben und erklären, dass er uns von Bekannten aus Italien empfohlen worden sei. Da er gewiss Kontakte in die Lombardei und nach Venedig pflegt, wird er uns das abnehmen.« Fulvian versprach sich im Haus der Güldeners nicht nur einen sichereren Erfolg, sondern auch seinen persönlichen Spaß. Daher lauerte er auf die Reaktion seines Herrn und wurde nicht enttäuscht.

Der Magier nickte und streckte seinen Arm aus, um ihm auf die Schulter zu klopfen. »Du hast recht, mein Guter. Reiten wir gleich zu Güldener und kommen diesem elenden Gaudentius zuvor. Wenn der mit seinem Pack auftaucht, wird es uns ein Leichtes sein, die Gruppe in unsere Gewalt zu bringen. Für ein paar Gulden wird Güldener uns gewiss behilflich sein, und wenn er es nicht ist, dann wird sein Sohn für eine gewisse Entlohnung alles tun, was wir von ihm verlangen.«

Cajetan lachte zufrieden und ritt auf die Torwachen zu. Diese schienen nicht so recht zu wissen, wie sie reagieren sollten, denn trotz des Pelzmantels, den der Reisende über der Schulter trug, waren die Abzeichen seines hohen kirchlichen Amtes deutlich zu erkennen. Der Anführer der Wache hielt es schließlich für geboten, sich vor dem fremden Herrn zu verbeugen.

»Willkommen, Eure durchlauchtigste Eminenz. Erlaubt mir, Euch um Euren Namen zu bitten, damit ich der Obrigkeit berichten kann, welch hoher Gast unsere Stadt beehrt.«

Cajetan gab Fulvian einen knappen Wink. Der Homunkulus ließ sein Pferd ein paar Schritte vorwärtsgehen, sodass dessen Kopf über dem Torwächter schwebte, und blickte mit einem nachsichtigen Lächeln auf diesen hinab.

»Du hast seine hochfürstlichste Eminenz Gioacchino Baldovino Enzio Serafino Arduino di Callani, Kardinal der Kurie, Bischof von Luvenzza, Dimortani, Ingrali und Domolessa, Fürstabt von Rigentina und Abt von St. Giacomo di Milanessa sowie St. Patrizio di Roma vor dir!«

Dem Wächter blieb der Mund offen stehen, als er diese klangvolle Liste vernahm, die er sich im Leben nicht merken konnte. Da er es nicht wagte, den hochwürdigen Herrn länger aufzuhalten oder ihm gar weitere Fragen zu stellen, wies er seine Untergebenen an, den Weg freizugeben. Fulvian zeigte sich freigiebig, indem er Goldmünzen an die Wachen verteilte, und erzeugte in ihnen den Wunsch, das Geld in der nächsten Wirtschaft oder einem Bordell auszugeben. Auf diese Weise konnte er die einfachen Leute den Verlockungen eines sündhaften Lebens aussetzen und den einen oder anderen zur Beute für seinen teuflischen Gebieter werden lassen.

Cajetan war bereits ein ganzes Stück vorausgeeilt, als Fulvian sein Pferd antrieb und ihm folgte. Der Magier drehte sich verärgert zu ihm um. »Was sollte das?«

Fulvian tat erstaunt. »Aber Herr, diese Männer hätten sich sehr gewundert, wenn ein so bedeutender Mann wie Ihr in die Stadt eingeritten wäre, ohne ihnen ein Trinkgeld zu geben.« Um seine Worte zu unterstreichen, warf der Homunkulus mehrere Münzen unter eine Rotte Bettler, die sie entdeckt hatten und flehendlich die Arme ausstreckten. Das friedliche Miteinander der Leute endete jäh, als sie sich um die Goldstücke zu balgen begannen und dabei selbst vor dem Einsatz der Fäuste und Zähne nicht zurückschreckten.

»Gesindel«, schnaubte Fulvian verächtlich, obwohl er selbst es gewesen war, der die schlechten Triebe des Bettelvolkes angestachelt hatte. Auch auf seinem weiteren Weg bis zu Güldeners Haus verteilte er Münzen, die er reichlich mit höllischen Wünschen versehen hatte. Ein Golddukaten flog genau auf eine junge Magd zu, die ihre Herrin begleitete. Das Mädchen fing die Münze auf, kam aber nicht einmal dazu, ein Wort des Dankes zu rufen, denn die Herrin, eine noch junge, stämmig gebaute Frau in einem langen blauen Kleid, über den sie einen Mantel mit Besatz aus Kaninchenfell trug, schnappte nach ihrer Hand und wand ihr das Geldstück aus den Fingern. Da die Magd es nicht freiwillig hergeben wollte, erhielt sie ein paar Ohrfeigen und die Drohung, dass sie in der nächsten Zeit die Öfen würde putzen müssen.

»Trude Beckheimer ist unleidlich wie eh und je«, murmelte eine ältere Frau in Fulvians Nähe, die einen Korb mit getrockneten Kräutern und in Essig eingelegtem Gemüse auf dem Rücken trug. Es handelte sich um Frau Geißblatt, die Gemüsehändlerin. Sie kam eben vom Markt zurück und schüttelte den Kopf, weil eine so reiche Frau wie Trude, die inzwischen den Namen Tettenwieser trug, ihrer angeblichen Lieblingsmagd nicht einmal eine Münze vergönnte.

Fulvian blickte Trude nach und rieb sich voller Vorfreude die Hände. Vielleicht konnte er den Aufenthalt in Nürnberg dazu nutzen, sich der jungen Frau zu nähern und sie auf einen Weg zu bringen, der sie unweigerlich zu seiner Sklavin und damit zu einem willfährigen Opfer seines höllischen Gebieters machen würde. Es musste ein Leichtes sein, Gewalt über dieses stolze und mit höchst unangenehmen Eigenschaften behaftete Weib zu erlangen.

Kurz darauf erreichten sie Güldeners Anwesen. Obwohl es Winter war, herrschte auf dem Hof lebhaftes Treiben: Knechte schleppten unter der Aufsicht eines Kommis Kisten und Säcke hin und her, luden sie auf Wägen oder stapelten sie in den Speichern. Es hätte keiner magischen Fähigkeiten bedurft, um in dem Aufseher Hans Güldener zu erkennen, denn der Bursche sah auf eine männliche

Weise seiner Schwester sehr ähnlich. Jetzt entdeckte er die Ankömmlinge und wunderte sich ebenso über das Purpurgewand, das unter Cajetans Mantel herausragte, wie über das knappe Dutzend kräftig gewachsener Trabanten mit polierten Brustpanzern, mit dunklen Federn verzierten Helmen und langen Schlachtschwertern an den Seiten.

Er trat näher und versuchte nicht einmal, seine Neugier zu verbergen. »Seid gegrüßt, edle Herren. Wen darf ich meinem Vater melden?«

Fulvian wiederholte die lange Liste, die er vorhin dem Torwächter ins Ohr geblasen hatte, und kicherte innerlich, als der junge Mann vor Ehrfurcht schier erstarrte. Hans fasste sich jedoch schnell und wollte ins Haus eilen, um dem Vater von den unerwarteten Gästen zu berichten. Da öffnete sich bereits die Tür, und Otto Güldener trat heraus.

Der Handelsherr wirkte viel wohlhabender als noch vor einem knappen Jahr. Er hatte sich in einen mit Kaninchenfell gefütterten Mantel aus festem Tuch gehüllt und trug eine Wollkappe mit einem schmalen Pelzsaum auf dem Kopf.

»Buongiorno, Signore Güldener. Verzeiht unser Eindringen, doch gute Freunde aus dem Fondaco de Tedeschi in Venezia erteilten uns den Rat, Euch um Quartier zu bitten, wenn wir Nürnberg aufsuchen.« Fulvian stellte den italienischen Kirchenmann vollendet dar und lächelte Otto Güldener so huldvoll zu, als sähe er seinen liebsten Freund vor sich.

Dem Kaufherrn schwoll die Brust. Einen echten Kardinal zu beherbergen war trotz der damit verbundenen Kosten etwas, mit dem ein Tettenwieser und ein Beckheimer nicht aufwarten konnten. Seine Bedeutung in der Stadt und der hiesigen Kaufmannschaft würde erneut steigen und wohl die letzten Schatten vertreiben, die sein einstiger Niedergang und das Schicksal seiner Tochter noch über ihn werfen mochten.

»Seid mir willkommen, meine Herren!« Er verbeugte sich vor Fulvian und küsste dann den Ring an dessen Hand, die dieser ihm vom Pferd herab entgegenstreckte.

Auch Cajetan reckte ihm die behandschuhte Rechte entgegen, auf der ein dunkler, besonders großer Edelstein glühte. »Ich danke Euch für Euer herzliches Willkommen.«

Der Magier konnte seinen gewohnten Dialekt nicht so gut verbergen wie sein Famulus, doch in seiner Glückseligkeit über den hohen Besuch achtete Güldener nicht darauf. Er selbst reichte Cajetan den Arm, um ihm aus dem Sattel zu helfen, und scheuchte dann einige Knechte herum, damit sie sich der Pferde und der Trabanten des Kardinals annahmen.

Fulvian hob begütigend die Hand. »Die Männer werden Euch nicht viel Mühe bereiten. Ein Becher Wein, etwas zu essen und ein Strohsack, auf dem sie schlafen können, reichen ihnen vollkommen. Sie sind der hier gebräuchlichen Sprache nicht mächtig, und ich habe sie nicht zuletzt wegen ihres ruhigen Wesens für diese Reise ausgewählt. Aber wenn es sein muss, können sie kräftig zuschlagen.«

Güldener vermochte nicht zu erkennen, ob dies eine Warnung darstellen sollte, die Krieger nicht zu verärgern. Das war auch nicht seine Absicht, und er hätte auch von sich aus seine Knechte dazu angehalten, Vorsicht walten zu lassen. Als er sah, dass auf dem Hof alles zu seiner Zufriedenheit lief, bat er den Kardinal und dessen Sekretär ins Haus.

5.

Das Essen, das Güldeners Köchin auf den Tisch brachte, konnte sich zwar nicht mit den ausgefeilten Kreationen fürstlicher Leibköche vergleichen, doch es war aus besten Zutaten bereitet und schmeckte daher doppelt so gut. Cajetan aß mit gutem Appetit und fragte sich dabei, weshalb er sich so lange Jahre mit den dilettantischen Künsten Mines und ihrer Vorgängerinnen begnügt hatte. Er lobte das Mahl daher ausgiebig, und auch Fulvian fand anerkennende Worte.

»Ich habe darauf geachtet, dass mein Gesinde höchsten Ansprüchen genügt«, erklärte Güldener in einem Tonfall, als wäre das gute Essen allein sein Verdienst. Er hatte auch beim Wein nicht gespart, sondern eines der Fässchen anstechen lassen, die im hintersten Winkel seines Kellers standen. Der Wein stammte aus Italien, der angeblichen Heimat seiner Gäste, und schmeckte süß und berauschend. Da der Hausherr selbst am meisten trank, geriet er bald in einen Zustand, der ihn für Fulvians Reden empfänglich machte. Auch Hans hatte seine Arbeit auf dem Hof beenden dürfen, um sich zu den Gästen zu gesellen, und hing nun an den Lippen des Kardinalssekretärs, der so wunderbar zu erzählen verstand.

Nur die Mutter wahrte Abstand und streifte die beiden geistlichen Herren immer wieder mit einem nachdenklichen Blick. Ihr gefielen die Besucher nicht. Die Soutane des Kardinals mochte aus bestem Tuch sein, doch war sie schmutzig und stank. Sein Sekretär aber schien sich in seinem ganzen Leben nicht gewaschen zu haben, denn er roch so, als habe er sich in Schwefel gewälzt. Dazu führte er lose Reden, die in ihren Augen aller Sittlichkeit Hohn sprachen und sich bestimmt nicht für einen guten Christenmenschen gehörten. In ihnen verspottete er edel geborene Herren wie auch bekannte Kirchenfürsten, und er vergaß zudem genauso wie sein Herr, die Mahlzeit zu segnen.

Als Magda Güldener Cajetan genauer betrachtete, fiel ihr auf, dass er bei allem Schmuck und Symbolen, mit denen er sich behängt hatte, kein Kreuz trug, und das kam ihr bei einem Mann in seiner Stellung doch mehr als eigenartig vor.

Fulvian ärgerte sich über das reservierte Verhalten der Hausherrin. Bis jetzt war es ihm stets gelungen, die Menschen in seiner Umgebung mit seiner Redekunst zu umgarnen, doch bei ihr verfingen seine Worte nicht. Einen Augenblick überlegte er, ob er versuchen sollte, ihr Widerstreben durch den Einsatz seiner Verführungskraft zu brechen. Doch als er sie genauer musterte, begriff er, dass sie eine zu harte Nuss sein würde, denn sie besaß die magische Flamme. Zwar war diese unter der Asche der Zeit zu einer kaum wahrnehmbaren Glut niedergebrannt, da sie niemals gehegt worden war, doch wenn er an sie rührte, würde sie erwachen und der Frau sein wahres Wesen offenbaren. Also musste er noch vorsichtiger sein, als er es erwartet hatte. Wenn er seine wahre Macht hier einsetzte, würde Magda Güldener es spüren, und ihre Tochter, die sich auf dem Weg hierher befand, erst recht. Da er Gisela jedoch nicht warnen durfte, ließ er die Frau in Ruhe und begnügte sich damit, ihrem Mann und ihrem Sohn mit geringem Aufwand Sand in die Augen zu streuen.

»Euer Freund in Venedig nannte Euren Sohn einen jungen Mann mit Verstand, der es noch weit bringen würde. Ich sehe mit Vergnügen, dass er recht hat«, setzte er seine schmeichlerische Rede fort. »Wisst ihr, wir sind fremd in diesem Land und bräuchten dringend jemanden, der mit den hiesigen Sitten vertraut ist und uns zu raten weiß. Könntet Ihr Hans nicht für ein paar Monate entbehren? Ihr würdet uns damit sehr helfen.«

»Tu es nicht!«, wollte Magda Güldener aus einem ihr unbekannten Grund rufen, doch angesichts der Begeisterung, die ihr Mann für diesen Vorschlag zeigte, hielt sie den Mund.

6.

In dem Augenblick, in dem sie das Stadttor von Nürnberg passierte, spürte Gisela, dass die schwarze Wolke, die sie bisher nur wie einen dünnen Nebel in der Ferne wahrgenommen hatte, genau aus der Richtung auf sie zuquoll, in der ihr Elternhaus stand. Sie brauchte einen Augenblick, bis sie die Erstarrung lösen konnte, in die der Schreck sie versetzt hatte, und da Alban genau dorthin abbiegen wollte, schrie sie auf.

»Halt! Nein! Dorthin dürfen wir uns nicht wenden!«

»Was soll das schon wieder?«, fragte Gaudentius ärgerlich.

Alban winkte ihm zu schweigen. »Gisela weiß, was sie sagt, also müssen wir vorsichtig sein. Wir haben zu viel Zeit verloren und wissen nicht, was der Feind inzwischen unternommen hat.«

Sein Gesicht spiegelte für einen Augenblick den Ärger über die harte Auseinandersetzung mit seinen Eltern wider, die ihn und Gisela nicht hatten weiterreisen lassen wollen. Nun bereute Alban es doppelt, sein Vaterhaus aufgesucht zu haben, und schalt sich einen sentimentalen Narren.

Gaudentius schüttelte abwehrend den Kopf. »Bei Gott, wir können doch keine Herberge aufsuchen. Wie sähe das aus, wenn Otto Güldeners einzige Tochter ihr Vaterhaus meiden würde, als sei dort eine Seuche ausgebrochen!«

Gisela vermochte den Einwand des Magisters nicht von der Hand zu weisen. Dennoch wagte sie nicht, weiter auf den abstoßenden Dunst zuzureiten, der ihr Vaterhaus umgab. Da brach ein Lichtstrahl durch die Wolkendecke und ließ das vergoldete Turmkreuz einer Kirche aufleuchten. Das erschien ihr wie ein Wink des Himmels. Sie zog ihre Stute herum und wies auf das Gotteshaus.

»In unserer Pfarrkirche werden wir erst einmal sicher sein, denn Vater Maternus wird uns gewiss Obdach gewähren.«

»Du willst dich einem Paffen anvertrauen? Bist du ganz verrückt geworden? Der liefert uns doch glatt den Hexenrichtern aus!«, protestierte Hetta. Zum Glück sprach sie leise genug, sodass es niemand außer ihren Freunden hören konnte. Gaudentius nickte zustimmend, doch Gisela hob beschwörend die rechte Hand.

»Das wird er gewiss nicht tun. Ich kenne ihn gut und würde mich niemandem lieber anvertrauen als ihm.«

Gaudentius, dem der Einfluss nicht passte, den seine Schülerin in letzter Zeit auf ihre Begleiter nahm, schnaubte verächtlich. Doch zu seinem Leidwesen schlugen Alban und Anna sich auf Giselas Seite.

»Reiten wir zu diesem Priester. Es macht gewiss keinen schlechten Eindruck, wenn Gisela zuerst ihren Beichtvater aufsucht und dann erst ihre Eltern.« Mit einer Geste, die jeden Widerspruch ersticken sollte, ritt Alban hinter Gisela her. Hetta und die anderen Frauen folgten ihm; Gaudentius brummte mürrisch, bequemte sich schließlich aber doch dazu, hinter der Gruppe herzureiten.

Als Gisela vor dem Tor der Kirche anhielt, schlenderte ein Gassenjunge voller Hoffnung heran, sich einen Kreuzer verdienen zu können. Bei Giselas Anblick aber fiel ihm der Kiefer herab.

»Jungfer Gisela? Aber Ihr seid doch von einem Ungeheuer verschlungen worden!«

»Wie du siehst, bin ich höchst lebendig«, antwortete Gisela und fragte den Burschen, ob er die Pferde halten wolle.

Der Junge war jedoch zu der Überzeugung gekommen, dass es sich für ihn mehr lohnen würde, einigen Leuten von Gisela Güldeners überraschender Rückkehr zu berichten, als sich in der Kälte die Beine in den Leib zu stehen. Daher sauste er ohne Antwort davon, und sie hörten auch gleich sein Rufen.

»Frau Geißblatt, Frau Geißblatt! Ich habe eine Neuigkeit, die Euch gewiss interessieren wird.«

»Der Knabe ist fort. Nun muss wohl einer von uns die Pferde halten«, meinte Alban mit zuckenden Lippen.

Da schwang die Tür des Pfarrhauses auf, und Vater Maternus kam in seine Soutane gehüllt heraus. Er wollte wohl nur kurz durch die Kälte, denn er hatte weder Mantel noch Pelz übergeworfen. Sein Blick streifte die Gruppe auf dem Kirchplatz, da zuckte er plötzlich zusammen.

»Gisela? Bist du es wirklich? Mein Gott, welch eine Freude, dich zu sehen!«

Gisela glitt aus dem Sattel, kam auf dem Boden zu stehen und knickste vor dem Pfarrer. »Hochwürden, die Freude ist ganz meinerseits. Ihr wisst gar nicht, wie ...« Sie brach ab, warf Alban den Zügel ihrer Stute zu und fasste Vater Maternus' Hände. »Ich muss dringend mit Euch sprechen, Hochwürden, doch so, dass kein Fremder es sieht oder uns belauschen kann.«

Der Priester blickte sie erstaunt an. »Ist etwas geschehen? Hast du es bei deinem Mann nicht mehr ausgehalten und bist geflohen?«

Gisela schüttelte den Kopf. »Gott im Himmel sei davor, dass ich so etwas tue. Nein, es geht um etwas anderes, etwas, von dem mein Leben abhängt. Bitte, Hochwürden, Ihr müsst mich anhören.« Sie sank vor ihm auf die Knie.

Vater Maternus zog sie sofort wieder hoch. »Der Boden ist doch schmutzig und voller Matsch. Komm mit ins Pfarrhaus. Dort ist es warm, und belauschen wird uns gewiss keiner.«

Gisela sah sich zu ihren Begleitern um, die sie nicht allein auf der Straße lassen wollte. »Verzeiht, Hochwürden, doch wisst Ihr nicht einen Platz, an dem wir unsere Pferde unterbringen können? Wenn meine Freunde mit in die warme Stube dürften, wäre ich Euch sehr dankbar.«

Vater Maternus musterte die Gruppe nun genauer und rieb sich verwundert über die Stirn, als er zwischen zwei ihm unbekannten Männern und drei anderen Frauen Gundi erkannte. »Du wirst sicher gute Gründe für diese Bitte haben. Warte einen Moment.« Der Priester lief zu einem angrenzenden Häuschen, klopfte gegen die Tür und wies den Mann, der ihm öffnete, an, die Pferde in den Stall der nächsten Herberge zu bringen.

»Ein oder zwei Gäule könnte ich in meinem eigenen Stall unterbringen, doch sieben sind zu viel«, erklärte der Pfarrer.

Alban nickte ihm dankbar zu und steckte dem Mann, dem seine

beiden halbwüchsigen Söhne und eine Tochter gefolgt waren, eine Münze zu. Dieser sah sie fast erschrocken an und verbeugte sich dann vor ihm wie vor einem ganz hohen Herrn.

»Ich hätte die Gäule auch für Gottes Lohn weggebracht. Oder ist das für den Wirt, der sie einstellen soll?«

Alban amüsierte sich über die Art der Fragestellung und schüttelte den Kopf. »Das ist für dich, mein Guter. Dem Wirt gib das hier.« Eine weitere Münze folgte, dann wandte Alban dem Mann den Rücken zu und trat neben Gisela.

Vater Maternus bemerkte den kurzen Blickwechsel zwischen den beiden und blickte Alban misstrauisch an. »Ihr seid gewiss so freundlich, mir zu sagen, wer Ihr seid und in welcher Verbindung ihr zu meinem Pfarrkind steht.«

Gisela atmete tief durch, um Mut zu schöpfen, denn sie fühlte sich so verängstigt wie ein Vögelchen, das aus dem Nest gefallen ist. »Hochwürden, das ist mein Ehemann!«

»Unmöglich, ich habe diesen ..., äh sehr groß gebauten Herrn gesehen!« Es gelang dem Priester im letzten Moment, das Wort Unhold, das ihm bereits auf der Zunge lag, zu verschlucken. Gleichzeitig wurde er auf Gisela zornig, weil sie ihn auf eine solch plumpe Weise zum Narren halten wollte.

Da trat Alban zu Gisela und fasste nach ihrem Arm. »Es stimmt, Hochwürden, und dies ist auch einer der Gründe, weshalb wir dringend mit Euch sprechen müssen.«

7.

Giselas Blick heftete sich besorgt auf das Gesicht des Priesters, auf dem sich neben kindlichem Staunen und Unglauben weitere, schnell wechselnde Gefühle abzeichneten. Gemeinsam mit Alban und Gaudentius hatte sie dem Seelsorger alles berichtet, was sie über Cajetan und dessen unnatürlichen Helfer herausgefunden hatten. Doch im Augenblick sah es so aus, als hielte Vater Maternus die Geschichte für zu unwahrscheinlich, als dass er ihnen hätte Glauben schenken können. Verzweifelt stellte sie den Becher mit dem Würzwein beiseite, der inzwischen kalt geworden war, und ergriff die Hände des Priesters.

»Hochwürdiger Vater, wir haben Euch die reine Wahrheit berichtet. Das schwöre ich bei meiner ewigen Seligkeit!«

Vater Maternus stieß die Luft, die sich in seinen Lungen staute, mit einem scharfen Laut aus. »Ihr erzählt eine wundersame Mär von Teufelskräften und Hexerei, die jeden ehrlichen Christenmenschen entsetzen muss. Ist es wirklich möglich, dass ein Diener des Satans sich seit mehr als tausend Jahren unter uns verbergen und Menschen zu Schaden bringen kann?«

»Nicht nur zu Schaden, hochwürdiger Vater. Er bringt Seelen in seine Gewalt und übergibt sie seinem teuflischen Herrn. Ach, wenn Ihr meine Freundin Lavinia doch sehen könntet! Sie könnte Euch mehr über die Machenschaften unseres Feindes erzählen, als ich es vermag.« Gisela schüttelte sich, sah sich aber gleichzeitig Albans Neugier ausgesetzt.

»Von welcher Freundin sprichst du?«

Gisela deutete auf das Kruzifix, das sie vor sich auf den Tisch gestellt hatte. »In diesem heiligen Gegenstand ist Lavinia seit Jahrhunderten gefangen. Eine Freundin, die sie unwissentlich diesem Cajetan auslieferte, verfluchte sie, so lange als Geist auf der Erde zu weilen, bis deren Seele aus den Fängen des Teufels befreit ist.«

»Wenn ich es doch nur sehen und das Wunder begreifen könnte.« Vater Maternus schlug die Hände vor das Gesicht.

Er wusste, wie er seine Pfarrkinder zu behandeln hatte. Auch wenn es das eine oder andere störrische, gefleckte Schaf unter ihnen gab, so bestand doch für jedes von ihnen Hoffnung auf Erlösung. Es fiel ihm schwer zu begreifen, dass ausgerechnet Giselas Seele in Gefahr sein sollte, denn sie war ein besonders weiß glänzendes Lämmlein in seiner Gemeinde gewesen.

Der Pfarrer griff nach Lavinias Kruzifix. Es war in einer Art, wie es seines Wissens zur Zeit des großen Kaisers Karl üblich gewesen war, und sehr kunstvoll gestaltet. Er öffnete das Reliquienfach an seinem Fuße und entdeckte, dass es einen kleinen, weiß schimmernden Knochen enthielt.

»Stammt dieses Knöchelchen von dieser Frau – wie nanntest du sie?«

»Lavinia. Ja, das ist von ihr. Ein frommer Mann hielt es für einen Teil der Gebeine des heiligen Sebastian und nahm es als Reliquie mit sich, um es in diesem Kunstwerk zu verbergen. Damit hoffte er, den Segen des Heiligen zu erhalten. Stattdessen aber erwarb er den Geist der Traurigsten unter allen Sterblichen.«

Giselas Worte berührten den Priester seltsam. Er spürte, dass dieses Kruzifix nichts Böses ausstrahlte. Gleichzeitig aber überkam ihn eine tiefe Trauer, und er glaubte beinahe, die verzweifelte Lavinia zu sehen, die mit dem Wissen in den Tod gegangen war, ihre liebsten Freundinnen der ewigen Verdammnis ausgeliefert zu haben. Vater Maternus schüttelte es bei diesem Gedanken, und er fragte sich, ob Giselas Bericht, so phantastisch er auch klingen mochte, nicht doch der Wahrheit entsprach. Ganz so leicht wollte er es seinen Gästen jedoch nicht machen.

»Ich werde euch einzeln und nacheinander die heilige Beichte abnehmen. Ihr werdet mir auf das Kreuz und die heiligen Reliquien in meiner Kirche schwören, dass ihr ehrliche Christenmenschen seid!«

Bei insgesamt sieben Leuten und der Tatsache, dass Vater Maternus aussah, als würde er jede Beichte zu einem langen, gnadenlosen Verhör werden lassen, war dies nicht gerade die Antwort, die Gisela sich erhofft hatte. Ihr wäre es lieber gewesen, der Priester wäre zum Haus ihrer Eltern gegangen, um Hans zu holen. Vielleicht hätte er sogar den Grund für die Schwärze erkennen können, die sie dort zu spüren glaubte. Nein, das wohl nicht, dachte sie mit einem unmerklichen Kopfschütteln. Vater Maternus' Fähigkeiten waren die eines Seelsorgers, nicht die eines Magiers, und daher hatte er keine Chance, die Trugbilder zu durchschauen, die Cajetan und sein Knecht so trefflich zu spinnen wussten.

Da Gisela ihren Gedanken nachhing, übernahm es Alban, dem Priester zu antworten. »Wir sind dazu aus vollem Herzen bereit, Hochwürdiger Vater. Jeder von uns ist zu einem Opfer unseres Feindes geworden und weiß daher um die Gefahr, in der unsere unsterblichen Seelen schweben. Ich bin auch bereit, meine eigenen Sünden zu bekennen, von denen nicht die geringste war, eine unschuldige Jungfrau an mich zu binden und ihr ein Wissen zu vermitteln, das einem Weib unangemessen ist.«

Vater Maternus hob die Hand, um Alban zu unterbrechen. »Ich kenne die Ansicht, die viele weise Männer über den angeblich geringen Verstand von Frauen äußern und niedergeschrieben haben, vermag aber aus eigener Erfahrung heraus nicht zu sagen, ob ein Weib von Natur aus dümmer ist als ein Mann. Ich habe Männer erlebt, die mich an dieser Behauptung stark zweifeln lassen.«

»Pah!«, schnaubte Gaudentius und keuchte im nächsten Moment, denn seine Tante hatte ihm von der einen Seite einen Rippenstoß versetzt und Hetta von der anderen.

Vater Maternus hatte die Reaktion der beiden Frauen beobachtet und lächelte nun. Das Gespräch hatte ihn nämlich darüber aufgeklärt, wer der wirkliche Verursacher all der Schwierigkeiten war, denen sich seine Gäste ausgesetzt sahen, und fand diese Reaktion mehr als angemessen.

»Dann wollen wir beginnen!«, befahl er. »Du, Georg Alban Streller, wirst mir als Erster dein Herz öffnen. Die Frauen mögen inzwischen dafür sorgen, dass ein Abendessen auf den Tisch kommt. Die alte Witwe, die mich sonst verköstigt, ist nicht gewohnt, für so viele

Leute zu kochen. Es soll aber keine von euch selbst zum Markt gehen! Schickt den Nachbarn, der eure Pferde übernommen hat. Ich will nicht, dass man euch in der Stadt sieht.«

»Danke, Hochwürdiger Vater!« Gisela spürte, dass sich die Waagschale auf ihre Seite zu neigen begann. Vater Maternus war ein kluger Mann und würde Wahrheit von Lüge unterscheiden können. Sie selbst war erst einmal froh, eine Beschäftigung zu haben, die sie von ihren quälenden Gedanken ablenkte, und sie sah, dass es ihren Begleiterinnen nicht anders erging. Nur Gaudentius blieb missmutig am Tisch sitzen und wartete darauf, dem Priester Rede und Antwort stehen zu müssen. Die Bücher, die er aus Riebelsborn gerettet hatte und mit denen er sich jetzt hätte beschäftigen können, nahm Vater Maternus lächelnd an sich, um sich davon zu überzeugen, dass es sich um Werke handelte, die mit dem Glauben an Gott Vater, den Sohn und den Heiligen Geist im Einklang standen.

8.

Fulvian hatte erwartet, dass Gisela sich ungesäumt ihrem Elternhaus zuwenden würde, sodass die Gruppe Cajetan und ihm wie reife Früchte in die Hände fiel. Doch als die Tage vergingen, ohne dass die Erwarteten erschienen, wurde er unruhig. Es war leicht, Otto Güldener und dessen Sohn Gründe zu nennen, derentwegen sie ihren Aufenthalt in ihrem Haus verlängern mussten. Die Mutter aber ließ sich nicht so einfach überzeugen. Noch immer reizte es den Homunkulus, sich Magda Güldener zu nähern, ihre Lust anzustacheln und sie zu seiner willigen Sklavin zu machen. Doch solange Gisela frei war, musste er davon absehen. Er stellte sich jedoch vor, wie er beide an der Nase herumführen und für sich gewinnen konnte. Er brauchte der Mutter nur zu sagen, dass er die Tochter für ihre Willigkeit verschonen würde, und dann die Tochter mit der Angst um ihre Mutter erpressen. Die Liebe, die die beiden miteinander verband, würde ihre größte Schwäche sein.

Ganz ließ sein teuflisches Gemüt es dann doch nicht zu, passiv auf die Ankunft seiner Feinde zu warten. Er musterte die Mägde im Haus Güldener und suchte sich die beiden aus, die er am leichtesten verführen konnte. Nachdem er sich ihrer ausgiebig bedient hatte, trieb er den Scherz weiter, indem er sich Hans in der Gestalt jener Magd näherte, die dieser am meisten begehrte. Der junge Mann besaß gute Anlagen und hätte ihn daher leicht durchschauen können, doch seine magischen Sinne wurden von der Gier nach Frauen geblendet. So gelang es Fulvian, die beiden Mägde mit Hans' Samen zu schwängern, und er rieb sich voller Schadenfreude die Hände.

Über diesen Machenschaften vergaß der Homunkulus jedoch seine weiteren Pläne nicht. Auch wenn es Cajetan mehr den je nach Spanien zog, wollte er doch ein Standbein in dieser Gegend behalten. Daher trachtete er danach, Hans zu verderben, bis dessen Seele wie ein gefangenes Vögelchen in seinem Käfig flatterte, sodass er als nächster Herr des Hauses Güldener sein ergebener Diener sein würde. Wenn er Hans' Reichtum mehrte und seinen Einfluss stärkte, bis dieser über die Besetzung von Pfarrpfründen in dieser Stadt und in deren Umkreis entscheiden würde, konnte er vielleicht sogar die gesamte Stadt verderben und die Seelen der Bürger seinem Herrn zutreiben. Es gab etliche junge Priester, die sich nicht aus Neigung dem Amt eines Seelsorgers verschrieben hatten, sondern dazu gezwungen worden waren, oder denen die Charakterstärke fehlte, die für dieses Amt nötig war. Fulvian wusste aus Erfahrung, wie leicht solche Männer auf einen Weg zu lenken waren, der ins Verderben führte. Nicht umsonst stellten das Wohlleben, die Völlerei und das unzüchtige Leben vieler Kleriker und Mönche seine besten Verbündeten im Kampf gegen die Kirche dar.

Fulvian war stolz darauf, das Seine dazu beigetragen zu haben, den Erfolg der Himmlischen zu schmälern und den seines eigenen

Herrn zu mehren, und sann darüber nach, welche weiteren höllischen Fischzüge er in die Wege leiten konnte. Zum zweiten Mal innerhalb kurzer Zeit erwies sich Fulvians Hinausgreifen über das ihm am nächsten liegende Ziel als Schwäche. Hatte er nach Giselas Gefangennahme bereits Pläne für Spanien gesponnen und darüber die junge Hexe außer Acht gelassen, so verstrickte er sich nun in seine neuen Machenschaften und übersah ihre Ankunft in Nürnberg. Erst als die alte Trina, die ihr Gnadenbrot bei Güldeners erhielt, völlig aufgelöst von einem Gang zum Markt ins Haus humpelte und rief, dass Gisela in der Stadt sei, schreckte Fulvian auf.

Er schoss aus der Küche heraus, in der er mit der neuen Köchin der Güldeners geschäkert hatte, und hielt die alte Magd fest. »Was hast du gesagt?«

Trina begriff die Erregung nicht, die den Kardinalssekretär gepackt hatte, da ihn die familiären Verhältnisse der Familie ihrer Meinung nach nichts angingen. Auch mochte sie den Mann nicht und fragte sich, was die anderen Mägde an ihm finden mochten. Da sie die überraschende Nachricht so rasch wie möglich Giselas Mutter mitteilen wollte, gab sie nur eine unwirsche Antwort.

Fulvian dachte jedoch nicht daran, die störrische Alte gehen zu lassen. »Was hast du gesagt?«, wiederholte er seine Frage und verlieh seiner Stimme dabei ein wenig seiner geheimen Macht.

Trinas Blick wurde trübe, und aus ihrem Mund sprudelte all das heraus, was sie erfahren hatte. Viel war es nicht, denn Fulvian bekam nur zu hören, dass eine Nachbarin Giselas Reisegruppe durch das Tor hatte reiten sehen. Mehr hatte die Frau Trina nicht mitteilen können, doch das Ziel der jungen Frau war offensichtlich nicht ihr Elternhaus gewesen.

Fulvian knirschte mit den Zähnen, dass es durch das halbe Haus hallte, und rief dann nach Cajetan. Es dauerte einige Augenblicke, bis der Magier seinen Kopf aus der Tür des Zimmers hinaussteckte, das er derzeit bewohnte. In der Hand hielt er einen Folianten, den er hier in Nürnberg erstanden und in dem er wohl eben gelesen hatte.

»Warum störst du mich?« Seine Stimme klang höchst verärgert.

Fulvian zischte einen Fluch, der Trina sichtlich erblassen ließ. Aus dem Mund eines Klerikers hätte sie solche Worte nicht erwartet. Der Homunkulus hatte sich jedoch rasch wieder in der Gewalt. »Unsere Freunde sind gekommen, meiden aber das Haus.«

»Gaudentius und Alban?«

Fulvian nickte, obwohl Trina ihm deren Namen nicht hatte nennen können. »Genau die – und die Haustochter ist bei ihnen. Trotzdem sind sie nicht hierhergekommen, sondern haben irgendwo anders in der Stadt Quartier bezogen.«

Magda Güldener war auf die Unruhe aufmerksam geworden und trat verärgert in den Flur hinaus. »Was ist hier los?«

»Gisela ist in der Stadt! Frau Marlene hat gesehen, wie sie durch das Tor geritten kam«, berichtete Trina aufgeregt.

Die Hausherrin griff sich an die Brust. »Irrst du dich auch nicht? Bei Gott, was wäre das für eine Freude!«

Bei der Erwähnung des Wortes »Gott« verzog Fulvian das Gesicht, als hätte er eine Ohrfeige erhalten. Er zischte wie eine gereizte Schlange und baute sich vor Magda Güldener auf. »Deine Tochter scheint ein pflichtvergessenes Ding zu sein, denn sie kehrt nicht in ihr Elternhaus zurück, wie es sich gehört. Sorge gefälligst dafür, dass sie hier erscheint!« Ein lautloser Befehl des Homunkulus alarmierte die Trabanten, die mit ihrem Verhalten bisher jeder Erfahrung widersprochen hatten, die man im Güldenerhaus mit Soldaten gemacht hatte, denn abgesehen von gelegentlichen Streitereien untereinander waren sie mit einem Platz zum Schlafen und derber Kost zufrieden gewesen. Jetzt sausten sie, die Hände an den Schwertern, herbei und sahen sich mit wuterfüllten Mienen um.

In dem Augenblick begriff Magda Güldener, dass der Besuch

dieses seltsamen Kardinals und seines Gefolges ihrer Tochter und deren Mann gelten musste und die Leute keine guten Absichten hatten. »Seid Ihr von allen guten Geistern verlassen? Die Kerle sollen sich wieder in ihre Kammer scheren! Und lasst gefälligst die alte Trina los! Auch fordere ich von Euch, die jungen Mägde nicht weiter zu belästigen. Oder glaubt Ihr, ich hätte nicht gesehen, wie Ihr ihnen an den Hintern oder den Busen greift? Pfui Teufel, sage ich da nur! So etwas will ein Mann der Kirche sein!«

Fulvian betrachtete die Frau wie ein ekliges Insekt, bei dem man nur überlegt, ob man es gleich mit der Hand zerquetschen oder vorher noch einen Lappen holen soll. Dann wandte er sich mit einer heftigen Bewegung zu den Trabanten um. »Nehmt die Leute im Haus gefangen und sperrt sie ein – aber so, dass sie still bleiben. Ach ja, Hans bringt ihr zu mir in die gute Stube.«

»Was soll das?« Cajetan begriff nicht, weshalb sein Diener auf einmal so offen vorgehen wollte und sich erdreistete, Befehle zu geben.

»Ihr erhaltet Eure Antwort, wenn keine fremden Ohren zuhören können. Jetzt sammelt Euer Zauberzeug. Ich fühle, dass die entscheidende Stunde gekommen ist.«

Cajetan wollte wütend auffahren, doch bevor er sich den Homunkulus vorknöpfen konnte, drehte dieser ihm den Rücken zu und belegte alle in dem Haus mit einem Bann, der sie zu wehrlosen Opfern seines Willens werden ließ. Die Leute einsperren zu lassen, war keine gute Lösung, denn es würde auffallen, wenn niemand im Hof und in den Warenspeichern arbeitete. Nur Magda Güldener und die alte Trina wurden in einem Kellerloch eingeschlossen, aus dem ihre Schreie nicht weit genug dringen konnten, um von jemand Fremden gehört zu werden. Der Hausherr saß derweil in seinem Kontor und führte seine Bücher, als sei nichts geschehen.

Da Fulvian vermeiden wollte, dass ihm die Gesuchten noch einmal entkamen, schickte er mehrere seiner Hundesoldaten aus, um die Tore zu überwachen. Gleichzeitig fragte er sich, wie Gaudentius seine und Cajetans Anwesenheit bemerkt haben konnte. Schnell korrigierte er sich – es war mit Sicherheit die junge Hexe gewesen. Er verfluchte Cajetan, weil dieser seine Warnung vor Gisela nicht ernst genug genommen hatte. Seit Jahrhunderten war keine Hexe mit ähnlichen Kräften mehr geboren worden, und Fulvian hatte eigentlich geglaubt, alle ihrer Art bereits ausgerottet zu haben. Doch wie es aussah, wuchsen auch aus schwach Begabten stärkere heran, und daher war es notwendig, auch dem kleinsten magischen Licht nachzugehen und es zum Erlöschen zu bringen. In dieser Stadt, sagte er sich, würde keines übrig bleiben, wenn sie mit ihren Feinden aufgeräumt hatten – auch Giselas Bruder nicht, mit dem er so große Pläne gehabt hatte.

Mit einem knappen Befehl schickte er Cajetan, das magische Rüstzeug zu holen, welches dieser benötigte, um unschuldige Seelen dem Teufel zu unterwerfen, und dachte mit einiger Sorge an die magische Explosion, die dieser Zauber verursachen würde. Da sie sich nicht mehr in der abgeschirmten Burg, sondern in einer Stadt befanden, in der die Kirchen dicht an dicht standen, würde der Widerhall so stark sein, dass die Geschehnisse von Menschen mit der Gabe bis an die Grenzen des Reiches und darüber hinaus wahrgenommen werden konnten.

Dies würde Cajetan zwar helfen, auch noch die Letzten von ihnen diesseits der Alpen aufzuspüren, andererseits aber geriet er in Gefahr, die falschen Leute auf sich aufmerksam zu machen und vor ein kirchliches Gericht geschleppt zu werden. Gegen eine Übermacht von Ketzerjägern könnte auch Fulvian auf die Dauer nichts ausrichten. Zwar befanden sich unter diesen etliche Untergebene Luzifers, die auf die magisch Begabten aufmerksam werden und sie beseitigen würden, doch von denen hatte Cajetan ebenfalls keine Schonung zu erwarten. Die Kerle würden sich seiner bemächtigen und sich nicht scheuen, einem Kameraden den Raub abzunehmen, den er seit Jahrtausenden zusammengetragen hatte. Da war es besser, sich schleunigst nach Spanien abzusetzen und das beinahe abgeerntete Feld hier anderen Teufeln zu überlassen.

9.

Hans Güldener überlief es gleichermaßen heiß und kalt, als er feststellte, wie der sonst so höfliche und gut aussehende Sekretär des ehrwürdigen Kardinals sich mit einem Mal verändert hatte. Obwohl der Kirchenmann gut einen halben Kopf kleiner war als er selbst, schien dieser ihn nun weit zu überragen, und in seinen Augen glühte ein Feuer, das ihn schier zu verbrennen drohte.

Die Worte des Sekretärs fühlten sich an wie Peitschenhiebe, die ihm unsichtbare Striemen versetzten. »Wo, glaubst du, würde deine Schwester in Nürnberg hingehen, wenn nicht in ihr Elternhaus?«

Der Zwang, auf diese Frage antworten zu müssen, quälte Giselas Bruder, und er hob angsterfüllt die Hände. »Früher hätte ich gesagt: zu Tettenwieser. Dort war sie immer willkommen, bis ihre Verlobung mit dem Haussohn Bruno geplatzt ist. Aber nachdem dieser Trude Beckheimer geheiratet hat, wird sie dieses Haus gewiss meiden.«

»Ich will von dir nicht wissen, in welche Häuser sie nicht geht, sondern, wo sie Zuflucht zu finden glaubt.«

Diesmal war der Schmerz noch stärker, und Hans stieß einen Schrei aus, der Fulvian ein wenig ernüchterte. Der Homunkulus spürte, dass er mit dem jungen Güldener auf diese Weise nicht weiterkam. Er zwang sein Gesicht zu einer scheinbar mitfühlenden Maske und legte Hans die Hand auf die Schulter.

»Mein Sohn, gehe in dich und denke nach. Es ist wichtig, dass du es herausfindest. Auch für dich, denn wenn du mir hilfst, deine Schwester zu finden, werde ich dich reich belohnen.«

Hans Güldener war ein junger Mann mit einem gesunden Appetit auf Frauen, den er bei einer willigen Gattin hätte stillen können. Da sein Vater jedoch gehofft hatte, ihm später, wenn sich der Ruf der Familie gefestigt hatte, eine reiche Braut aus gut angesehenem Haus zu verschaffen, war er noch ledig und konnte seinen Trieb nur heimlich und voller Angst vor Entdeckung ausleben. Fulvian versprach ihm daher Dinge, an die er nicht einmal zu denken gewagt hatte, und deutete ihm unter der Hand an, dass er schon bald reicher sein könnte als die mächtigsten Sippen der Stadt.

»Wenn du mir gehorchst, wirst du noch einen Beutel Gold hinlegen können, wo ein Tucher bereits passen muss, und deine Geldtruhe wird deswegen noch lange nicht leer sein«, lockte der Homunkulus.

Hans starrte ihn verwundert an, denn er konnte den Wechsel im Verhalten des Sekretärs kaum nachvollziehen, und der Mann wurde ihm noch unheimlicher. »Und wie wollt Ihr das schaffen?«, fragte er mit zweifelnder Stimme.

»Wie wäre es damit?« Fulvian zog eine relativ schlaff aussehende Börse aus einer Tasche seines Talars, schnürte sie auf und holte einen Golddukaten heraus. Diesen legte er vor Hans auf den Tisch. Der junge Mann beäugte das Geldstück gierig, denn seit Vater Maternus' Strafpredigt hielt der Vater ihn arg kurz. Dennoch stieß er ein spöttisches Lachen aus. »Einen einzelnen Dukaten könnt Ihr wahrlich keinen Reichtum nennen!«

»Damit hast du vollkommen recht.« Fulvian langte grinsend in die Börse und holte einen zweiten Dukaten heraus, dann einen dritten, einen vierten, bis ein stattliches Häuflein golden glänzender Münzen vor Hans lag.

»Aber das ist Zauberei!«, platzte dieser heraus.

»Ja, aber eine recht einträgliche, und sie ist für dich bestimmt, wenn du tust, was ich dir sage.«

Hans schluckte und musterte die Börse genauer. Sie wirkte alles andere als stattlich und war sogar ein wenig abgeschabt. »Darf ich es auch einmal probieren? Ich fürchte, Ihr macht mir nur etwas vor!«

Ohne zu zögern, reiche Fulvian ihm den Lederbeutel. Hans fuhr mit der rechten Hand hinein und hielt sofort einen Golddukaten zwischen den Fingern, den er neben die anderen legte. Das wiederholte er so lange, bis der von ihm aufgeschichtete Geldhaufen den des Homunkulus übertraf. Da er nicht aufhören wollte, nahm Fulvian ihm die Börse wieder ab.

»Das reicht fürs Erste! Nun liegt mehr Bargeld vor dir, als die meisten Söhne hiesiger Kaufherren besitzen – wahrscheinlich sogar mehr, als die Inhaber kleinerer Handelshäuser in ihren Truhen liegen haben.«

Der junge Güldener nickte beeindruckt und ließ die Münzen so rasch unter seinem Wams verschwinden, als hätte er Angst, der Spender dieses Schatzes könnte das Gold wieder zurückfordern.

»Also, was ist? Wo könnte deine Schwester sein?«

Hans klopfte gegen sein Wams, unter dem es leise klirrte, und dachte angestrengt nach. »Also, wenn ich Gisela wäre, würde ich in den Schwarzen Adler gehen. Dort wird der beste Wein ausgeschenkt. Aber wie ich sie kenne, dürfte sie wohl als Erstes zum Pfaffen laufen. Darauf würde ich sogar das ganze Geld verwetten, das Ihr mir gegeben habt!«

»Ist sie nicht dort, bist du es los!« Fulvians Drohung konnte Hans nicht erschüttern, denn er hatte seine Furcht vor dem Sekretär schon vergessen und kaum etwas anderes im Sinn, als das Gold für sein Vergnügen auszugeben. Er war sich sicher, dass seine Schwester zunächst den Pfarrherrn aufgesucht hatte. Nach Hause würde sie gewiss nur in dessen Begleitung kommen, da sie dem Vater die Umstände ihrer Heirat wohl immer noch übel nahm.

Fulvian ärgerte sich, weil er Hans' Geist nicht einfach ausschalten und in dessen Gedanken lesen konnte wie in einem Buch, doch da der Bursche über die Gabe verfügte, besaß er nicht genug Macht über ihn. Zwänge er ihn auf magischem Weg unter seinen Willen, würde sein Opfer ihm entgleiten.

»Wenn du mir gut dienst, werden die schönsten Frauen und großer Reichtum dein Lohn sein«, versprach er dem Burschen noch einmal, und versank dann ins Grübeln. Er war nicht sicher, welches der beste Weg war, sich der Flüchtlinge zu bemächtigen. Wenn er Vater Maternus' Pfarrkirche stürmte, um Gisela mitsamt ihrer Begleitung dort herauszuholen, ginge er ein nicht unbeträchtliches Risiko ein. Denn wenn er Pech hatte, würde die Kraft der Hexe ausreichen, seine himmlischen Gegenspieler auf den Plan zu rufen, und denen hatten seine Kräfte und Cajetans Zauber zusammen nicht genug entgegenzusetzen, besonders nicht an einem solchen Ort.

Stumm verfluchte er die junge Frau, weil sie ausgerechnet bei einem Priester Zuflucht gesucht hatte, und versetzte Hans einen Stoß. »Du wirst jetzt zu dieser Kirche gehen und deine Schwester suchen. Sag ihr, die Mutter würde nach ihr verlangen und sie müsste umgehend nachhause kommen.«

Hans hinterfragte den Befehl nicht, sondern stand auf und verließ ohne Gruß das Güldenerhaus. In seiner Gier, sich die Gunst des Kirchenmannes zu erhalten, vergaß er ganz, seinen Mantel überzuwerfen, und lief nur mit dem Wams bekleidet in den gerade einsetzenden Schneesturm hinein.

10.

Als Gisela ihren Bruder auf das Pfarrhaus zukommen sah, fiel ihr ein Stein vom Herzen, und sie riss die Tür auf. »Bei Gott und der Heiligen Jungfrau, dich schickt der Himmel!«, rief sie und wollte ihn umarmen. Dann aber stutzte sie, denn der Gestank nach Schwefel stieg ihr in die Nase. Gleichzeitig bemerkte sie die dunklen Flecken an seiner Kleidung, die bis auf die Haut und sogar darunter reichten, und wich vor ihm zurück.

»Was ist mit dir geschehen, Hans? Worauf hast du dich eingelassen?«

Ihr Bruder starrte sie verständnislos an und dachte nur an das Gold, von dem er noch mehr erhalten sollte. »Komm mit mir zu den Eltern! Was ist das für ein Benehmen, hier beim Pfaffen Unterschlupf zu suchen?«

Er wollte Gisela packen und mit sich zerren, doch da schob Alban sich dazwischen. »He, was soll das?«

Hans drehte sich zu ihm um und musterte ihn mit zusammengekniffenen Augenlidern. »Geht es dich was an, was ich mit meiner Schwester mache?«

»Zufällig ja. Ich bin nämlich ihr Ehemann.«

Die Auskunft kam so überraschend, dass Hans im ersten Augenblick die Stimme wegblieb. Dann lachte er schallend auf. »Du und Giselas Ehemann? Nie im Leben! Ich habe den Unhold gesehen, dem sie ins Bett gelegt worden ist. Da fehlen dir etliche Zoll an Größe – und gar an Breite!«

»Es stimmt aber«, mischte Gisela sich ein. »Deswegen bin ich ja so froh, dich zu sehen. Wir brauchen dich. Mein Mann und einige andere Leute wurden von einem bösen Fluch getroffen, der von demselben Hexer stammt, den ich an dir zu riechen glaube.«

»Welcher Hexer? Was redest du da für einen Unsinn?« Obwohl Hans Giselas Worte mit einer verächtlichen Handbewegung abtat, fühlte er, wie ihm mit einem Mal übel wurde. Seine Schwester wurde nämlich von einem strahlend hellen Licht eingehüllt, das ihn zwang, den Blick von ihr abzuwenden. Dennoch brannte die Erscheinung wie Säure auf seiner Haut.

Er wich bis an die Tür zurück. »Du bist selbst ein Hexengeschöpf!« Er würgte und fühlte sich so elend wie sonst nur nach dem Genuss von zu viel schlechtem Wein.

Gisela lief zu ihm hin und fasste seine Hand. »Wir brauchen dich, Bruder, denn wir müssen einer mehr mit der Gabe sein, als eine Hand Finger zählt! Nur dann sind wir in der Lage, Cajetan und seinen teuflischen Knecht zu vernichten.«

Hans' Hand brannte bei der Berührung, als hätte er sie ins Feuer gesteckt. Er stieß Gisela zurück und schüttelte wild den Kopf. »Ich kenne keinen Cajetan! Ich habe es auch nicht mit einem Teufelsknecht zu tun, sondern mit dem ehrwürdigen Kardinal Callani, der seit etlichen Tagen bei uns zu Besuch ist. Komm endlich mit, um ihm deine Ehrerbietung zu erweisen und die Eltern zu begrüßen, wie es sich für eine gehorsame Tochter geziemt.«

Er wagte es nicht mehr, seine Schwester anzufassen, und fragte sich, wie er sie dazu bringen konnte, ihm nach Hause zu folgen. Als er ein paar Schritte Abstand von ihr genommen hatte und an der Tür des Pfarrhauses stand, ging es ihm ein wenig besser. Auch das Brennen hatte aufgehört.

Etwas in Hans flüsterte ihm zu, dass Gisela nicht die Schuldige an seinen Schmerzen gewesen sei, sondern von ihr Rettung vor einem noch viel schrecklicheren Schicksal kommen würde. Die innere Stimme drängte ihn, er solle ihr glauben und gehorchen, um auf diese Weise Heilung zu finden. Schon wollte er nachgeben, wie es seine Art war, und bei Gisela bleiben. Aber da blickte er wie unter Zwang durch das Fenster neben der Tür, durch das seine Schwester sein Kommen bemerkt hatte, und sah den Kardinal und dessen Sekretär mit ihren bewaffneten Begleitern auf den Kirchhof zueilen.

Gisela nahm die Gruppe ebenfalls wahr und stieß einen entsetzten Schrei aus. Dann winkte sie ihrem Bruder auffordernd zu. »Komm, gehen wir zu den anderen, um uns gegen dieses Teufelsgeschöpf zu wappnen.«

Hans starrte noch einmal ins Freie. Das Gesicht des Kardinals konnte er nicht erkennen, ebenso wenig das des Sekretärs. Er fühlte jedoch den Zorn der beiden und bekam es mit der Angst zu tun. Ehe jemand reagieren konnte, riss er die Tür auf und rannte kopflos davon.

»Hans, wir brauchen dich!«, schrie Gisela ihm verzweifelt nach. Ihr Bruder lief jedoch weiter und verschwand hinter der nächsten Hausecke.

Seine Schwester kämpfte mit den Tränen. »Jetzt ist alles verloren! Zu fünft werden wir gegen Cajetan und seinen Knecht niemals bestehen.«

»Gab es da nicht noch einen Menschen mit der Gabe in dieser Stadt?« Alban sah Gaudentius fragend an.

Dieser rieb sich mit der Hand über sein Kinn und sann nach. »Ja, da war dieser Töpfer oder ...«

»Du meinst den Korbmacher Landelin?« Vater Maternus, der dem Gespräch zwischen Bruder und Schwester aufmerksam gefolgt war, konnte sich selbst nicht erklären, woher sein Wissen stammte.

»Genau der! Kommt, wir müssen ihn holen!« Gaudentius wollte das Pfarrhaus verlassen, doch der Priester hielt ihn zurück.

»Das mache ich! Versucht ihr, euch dem Feind zu widersetzen, bis ich mit Landelin zurück bin. Ich weiß zwar nicht, wie euch dieser Suffkopf helfen kann, doch bete ich zur Heiligen Jungfrau, dass seine Anwesenheit euch zum Guten ausschlägt. Die Männer, die dort kommen, flößen mir Angst ein, und zwar mehr, als ich je in meinem Leben empfunden habe.«

»Wir müssen in die Kirche hinüber! Dort finden wir mehr Schutz als hier. Kommt, wir laufen durch die Gärten und Hinterhöfe. Auf diese Weise kommen wir ungesehen zur Tür der Sakristei!« Gisela winkte den anderen resolut, ihr zu folgen, und eilte voraus. Hetta und Kezia rannten sofort hinter ihr her, Gaudentius benötigte jedoch einen heftigen Rippenstoß von Alban, um es ihnen gleichzutun.

»Ich bringe Landelin in die Kirche!« Vater Maternus trat zur vorderen Haustür und legte sämtliche Riegel vor. Sie würden einem energischen Angriff zwar nicht standhalten, doch er hoffte, dass Giselas Feinde es nicht wagen würden, offen gegen ein Pfarrhaus oder gar eine Kirche vorzugehen. Auf dem Weg zum Hintereingang, durch den die anderen das Pfarrhaus bereits verlassen hatten, sah er noch einmal kurz durch ein Fenster, wobei er die kirchlichen Gewänder des angeblichen Kardinals und seines Sekretärs erblickte. Zu anderen Zeiten hätte er sein Knie vor ihnen gebeugt, jetzt aber empfand er eine entsetzliche Furcht, die ihn zwingen wollte, so weit zu laufen, wie seine Füße ihn trugen. Nur mit Mühe erinnerte er sich an sein Versprechen, Landelin zu holen, und schlüpfte durch die Gartentür hinaus, froh, die beiden unheimlichen Besucher hinter sich lassen zu können.

11.

Da Fulvian sich seiner Macht über Hans nicht sicher sein konnte, hatte er schnell einen weiteren Zauberbann über die Bewohner des Güldenerhauses gelegt, um dafür zu sorgen, dass sie für die nächsten Stunden ihr normales Tagewerk verrichten würden. Dann war er ihm zusammen mit Cajetan und den Hundesoldaten gefolgt. Als der Kirchplatz in Sicht gekommen war, hatte er einen weiteren Bann um diesen und den Pfarrhof gelegt, um die Leute fernzuhalten, denn das, was er vorhatte, ging keinen lebenden Menschen etwas an.

Jetzt benutzte Cajetan seinen magischen Ring, um die Verfolgten ausfindig zu machen, und spie einen Fluch aus. »Sie fliehen in die Kirche!«

Fulvian fauchte wie ein Kater, dem jemand auf den Schwanz getreten ist. Kirchen hasste er sogar dann, wenn ein von ihm verderbter Pfaffe dort seine Predigten hielt. Gotteshäuser und auch der Boden, auf dem sie standen, besaßen eine geheime Kraft, die den Zaubern geringerer Geister widerstand und selbst ihm Schwierigkeiten und sogar Schmerzen bereitete.

»Wie viele sind es – fünf oder sechs?« Fulvians große Sorge war, dass es Gisela gelungen sein könnte, ihren Bruder trotz all seiner Versprechungen auf ihre Seite zu bringen. Als Cajetan nur fünf Menschen mit der Gabe feststellen konnte, atmete er erleichtert auf.

»Damit wird es keinen Hexenring geben! Und was die Kirche betrifft, so mögen andere vor ihr zurückschrecken. Ich tue es nicht!« Energisch trat er auf das Kirchentor zu und streckte die Hand danach aus. Als er es berührte, war ihm jedoch, als gebe ihm jemand einen derben Klaps auf die Finger. Er fauchte erneut, begriff aber, dass er sich nur mit einem entsprechenden Zauber Zutritt verschaffen konnte.

»Geh du voran«, forderte er Cajetan auf. Der tat es und schrie unwillkürlich auf, als ihn ebenfalls ein Schlag aus dem Nichts traf. Es gelang ihm jedoch, die Tür so weit aufzustoßen, dass sie eintreten konnten. Das altersdunkle Kirchengestühl war leer, und es brannte keine einzige Kerze. Dennoch erhellte ein seltsames Licht das Kirchenschiff und zwang Fulvian für einen Augenblick, die Lider zusammenzupressen. Er konzentrierte sich auf seine eigenen Kräfte und hatte sich nach ein, zwei Atemzügen so weit in der Gewalt, dass er weitergehen konnte. Auf seine Geste hin schritten die Hundekrieger vor ihnen her.

Sie schienen jedoch verstört zu sein, als wüssten sie, dass Hunden im Allgemeinen der Zutritt zu diesem heiligen Bauwerk verwehrt war. Erst auf einen scharfen Befehl hin zogen sie ihre Waffen und drangen in das Kirchenschiff ein. Cajetan folgte ihnen, und nun wagte auch sein teuflischer Diener den nächsten Schritt. Sofort war ihm, als würde er mit eisigem Wasser übergossen, das das

Feuer in seinem Innern zu ersticken drohte. Doch er fachte seine eigene Flamme an und wehrte den schwächlichen Angriff ab. Das Gefühl der Kälte wich, und er nahm nur noch kahle Mauern und unbelebte Figuren aus Holz und Gips wahr. Kurz darauf entdeckte er die Gesuchten, die sich an den Altar drängten, als suchten sie Schutz bei dem leblosen Stein.

Die fünf magisch Begabten hatten mit den Gesichtern nach außen einen Kreis gebildet und schlossen Anna und Gundi darin ein. Die beiden Frauen sahen aus, als wären sie eben einem ganzen Rudel Gespenster begegnet, doch bekämpften sie ihre Angst und rührten sich nicht. Dagga sprang nach vorne, um sich auf die Hundewachen zu werfen, doch die Ausstrahlung der beiden Männer, die den Rüden folgten, jagte ihr so viel Angst ein, dass sie den Schwanz einzog und winselnd rückwärts ging, bis sie mit dem Hintern gegen die Tür der Sakristei stieß. Dort ließ sie sich fallen, während in ihr ein Kampf zwischen Furcht und Angriffslust tobte, und legte den Kopf auf die Vorderbeine.

»So treffen wir uns also wieder.« Die Kleidung des Klerikers fiel von Fulvian ab, und er nahm wieder die Gestalt des Homunkulus an. Dann wandte er sich an Gisela. »Warum stellst du dich zwischen den Jäger und seine Beute, Weib? Ich lasse dich in Frieden gehen!«

Gisela spürte, dass er sie nur verunsichern und ihre Abwehr schwächen wollte, und bleckte die Zähne. »Wenn du einen von uns haben willst, musst du alle holen, Höllengeschöpf, das du bist!«

Ihre Worte waren stark genug, die Gestalt des Homunkulus zerfließen zu lassen. An seiner Stelle stand nun ein Teufel mit Bockshörnern, Quastenschwanz und einem gespaltenen Huf im Kirchenschiff. Als das Wesen bemerkte, dass seine wahre Natur offenbar geworden war, fluchte es, dass selbst die Heiligenfiguren erbleichten.

Cajetan starrte das Wesen, das er lange Jahrhunderte für das

Ergebnis seiner Experimente angesehen hatte, mit hervorquellenden Augen an. »Das ... das ist unmöglich!«

»Mach den Mund zu, es zieht«, spottete der Teufel. »Glaubst du armseliges Menschlein wirklich, deine geringe Kraft hätte ausgereicht, meinesgleichen zu erschaffen? Nein, mein Guter! Du hättest nicht einmal eine Maus erzeugen können. Sei dankbar, dass ich mich zu dir herabgelassen habe, denn ich habe dich all die Jahrhunderte beschützt und zu dem gemacht, was du heute bist. Bedenke dies wohl, und wage es nie mehr, mich wie einen Knecht zu behandeln!«

Gisela hoffte schon, der Magier und das Teufelsgeschöpf würden sich streiten und ihre Kräfte gegenseitig schwächen, doch Fulvian hatte bereits zu viel Macht über Cajetan gewonnen. Der Magier schüttelte sich wie ein nasser Hund, sah erst den Teufel an und dann die Gruppe um Gisela, und verzog sein Gesicht zu einem grimmigen Lächeln.

»Diese fünf bringen mir 165 Jahre neuen Lebens, und in Spanien werde ich genug Leute mit der Gabe finden, um wahrlich unsterblich zu werden.«

Fulvian nickte dem Magier, der nun ihm ergeben war, gnädig zu. »Ich sehe, du bist ein guter Diener unseres gemeinsamen Gebieters Luzifer, des größten aller Erzengel und Herrn der dunklen Macht. Webe einen Zauberschirm um uns, damit wir diese Maden zertreten können.« In früheren Zeiten hätte Fulvian es nicht gewagt, so offen vorzugehen, doch inzwischen war die Zahl derer, die seinesgleichen erkennen konnten, so klein geworden, dass er sie nicht mehr zu fürchten brauchte. Auch waren die wenigen, die es noch gab, so machtlos wie ein Lamm in den Fängen eines Wolfes. Selbst wenn ein paar Leute auf das Geschehen in der Kirche aufmerksam wurden, würde er behaupten, der allererhabenste Kardinal Callani habe höchstpersönlich einen Teufel ausgetrieben, der sich hier breitgemacht hatte. Der Gedanke brachte

Fulvian zum Lachen, und auf seinen Befehl hob Cajetan seinen Zauberstab. Der Angriff begann.

Ein Schlag aus dem Nichts traf die fünf magisch Begabten im Kreis. Kaum ertragbare Schmerzen tobten in ihren Leibern, und nur mit Mühe gelang es ihnen, einander festzuhalten. »Seid standhaft!«, rief Gisela ihren Freunden zu, doch sie spürte, wie Kezia, deren Rechte sie umklammerte, in die Knie zu brechen drohte. Selbst Alban, der zu ihrer Rechten stand, wankte wie ein betrunkener alter Mann.

»Das halten wir nicht lange durch. Du musst etwas tun!« Es klang wie der Hilferuf eines Jungen, der seinen großen Bruder ruft, um nicht von anderen verprügelt zu werden. Gisela wusste jedoch nicht, was sie unternehmen konnte. Als sie zu Boden sah, erkannte sie mit Grauen, dass ihre Füße bis an die Knöchel in den nun durchscheinend wirkenden Steinplatten versunken waren. Dann blickte sie in eine andere, tief unter der Erde liegenden Welt aus Dunkelheit und Feuer. Flammen züngelten zu ihr hoch und versengten ihre Sohlen. Gleichzeitig kletterten Wesen, die schrecklicher wirkten als eine Unwetternacht, an diesen Flammen hoch, als wären es Seile, und streckten ihre Krallenfinger nach ihr, Alban und den anderen aus.

Der nächste Schlag erfolgte, und Gisela versank bis zu den Knien im Stein. Jetzt spürte sie die heißen Hände, die sich um ihre Knöchel schlossen, um sie in die Dunkelheit zu zerren. Wenn den Dämonen dies gelänge, wären sie und ihre Freunde verloren, und sie vermochten sich dabei nicht einmal zu wehren. Tränen rannen ihr über die Wangen, und sie schlug mit der Hand in die Richtung, in der sich Fulvian befand. Für sie war es nur eine hilflose Geste, doch zu ihrer Verwunderung merkte sie, dass der Teufel wankte, als hätte sie ihn wirklich getroffen.

»Zurück in die Hölle mit dir!«, schrie sie und streckte beide Arme gegen ihn aus.

Fulvian wich einige Schritte zurück, schüttelte sich dann und lachte. »Deine Hexenkunst ist zu schwach, Menschenfrau. Oder besser gesagt: Deine Lehrer waren unfähig, dir die wahre Kunst beizubringen. Hättest du dich mir und Cajetan anvertraut, wärest du eine wahrlich große Hexe geworden, und wir hätten dir Hunderte Leben verliehen. Nun krepierst du hier in dieser lächerlichen kleinen Kirche, und deine Seele ist mein.«

»Niemals!« Gisela schrie vor Angst und schleuderte Fulvian alle lateinischen Formeln entgegen, die sie von Gaudentius gelernt hatte. Ihre Worte schienen etwas zu bewirken, denn die Heiligenfiguren auf ihren Sockeln und Kapitellen regten sich, stiegen herab und gingen mit steifen Schritten auf das Teufelsgeschöpf zu. Dabei schwangen sie ihre jeweiligen Heiligenattribute wie Waffen.

Starr vor Überraschung sah Fulvian die Statuen auf sich zukommen. Eine solche Kraft hätte er Gisela nicht zugetraut. Dann aber hob er sein behuftes Bein und klopfte damit auf den Boden. Die Dämonen, die eben noch nach Gisela und den anderen gegriffen hatten, ließen ihre Opfer los, kletterten weiter nach oben und durchdrangen den steinernen Fußboden, als bestände er aus dunstigem Nebel. Jetzt hielten sie Äxte, Dreizacke und andere Hiebwaffen in den Händen und gingen auf die Heiligenfiguren los.

Als der Kopf der Heiligen Jungfrau abgeschlagen wurde und wie ein Ball über den Boden kollerte, schluchzte Gisela auf, als wäre ihre Mutter ermordet worden. In dem Augenblick aber vernahm sie in ihrem Kopf eine Stimme. »Hilfe naht! Doch der Magier muss ausgeschaltet werden, damit sie hereinkommen kann.«

»Wie kann ich das tun?« Gisela erhielt keine Antwort. Sie blickte zu Cajetan hinüber, der ein ganzes Stück von seinem einstigen Homunkulus entfernt stand und in seinem Kardinalsornat wie eine Perversion der Heiligen Kirche wirkte. Er war ganz in seinem Abschirmzauber aufgegangen und schien nichts von dem zu registrieren, was um ihn herum geschah. Es wäre so einfach, ihn jetzt auszuschalten, doch müsste sie dafür ihre Füße bewegen können. Ein Gedanke ließ Gisela zusammenzucken. Sie drehte den Kopf und sah Anna und Gundi an, die eng aneinandergekauert inmitten des Kreises hockten.

»Lauft und schlagt Cajetan nieder!« War es wirklich ihre Stimme, die dies befahl? Gisela beschloss, nicht darüber nachzudenken, sondern richtete ihre Gedanken auf die beiden Frauen. Lavinia entwich aus ihrem Kruzifix und schwebte auf Cajetan zu. Doch ihre verzweifelten Hiebe verpufften im Nichts. Dann aber raffte Gundi sich auf, packte das Kruzifix und schlüpfte unter Giselas und Albans wieder ineinander verkrallten Händen hindurch. Mit wenigen Schritten war sie bei Cajetan. Fulvian erkannte zwar noch die Gefahr und schrie seinen Kreaturen zu, den Magier zu beschützen. Doch da hob Gundi das Kruzifix und hieb es dem Magier mit aller Kraft auf den Kopf. Cajetan stieß einen erstickten Laut aus und stürzte zu Boden.

»Das wird euch auch nicht retten!«, schrie Fulvian voller Zorn.

Gisela achtete jedoch nicht auf ihn, sondern konzentrierte sich auf den hell leuchtenden Fleck, der sich der Kirche näherte. Das Portal wurde aufgerissen, und dann stolperte der Korbflechter Landelin über die Schwelle. Er war wieder einmal betrunken, das sah sie auf den ersten Blick. Vater Maternus folgte ihm mit einer Miene, als käme er von seiner eigenen Beerdigung, doch trieb er den Mann wie einen Ochsen auf den Fünferkreis zu.

»Hierher, Landelin!«, rief Gisela ihm zu. Als er nahe genug herangetorkelt war, ließ sie Kezia los und schnappte sich die Rechte des Korbflechters. Kezia ergriff dessen andere Hand, und der magische Kreis war wieder geschlossen. Jetzt floss Gisela jene Kraft zu, auf die sie so verzweifelt gehofft hatte. Sie saugte sie in sich ein, richtete sich auf, bis sie ihre Begleiter weit zu überragen schien, und sah den Teufel an.

»Du hast verloren, Fulvian, oder wie du dich auch immer in der

Hölle nennen magst!« Ihren Worten folgte ein Schlag, der den angeblichen Homunkulus gegen eine der Säulen schmetterte. Gleichzeitig verkrochen sich seine höllischen Knechte in die dunkelsten Winkel oder versanken im Fußboden und stürzten, da die Flammensäulen erloschen waren, haltlos in die Tiefe.

Erst jetzt erinnerte Fulvian sich wieder an seine Hundesoldaten. »Tötet die Hexe!« Die Kerle winselten und fiepten wie Welpen, schritten aber mit gezogenen Schwertern auf den Zauberkreis zu.

Gisela stöhnte verzweifelt auf, denn sie konnte nicht auch noch gegen diese neue Gefahr kämpfen. Doch da erhob sich Dagga, die während des Kampfes zwischen den belebten Statuen und den Dämonen rückwärts durch die angelehnte Tür in die Sakristei gekrochen war, und tapste so vorsichtig hinaus, als fürchte sie, der Boden würde sie nicht tragen. Doch die Angst ihrer Herrin und das nur für sie vernehmbare angriffslustige Knurren der jungen Rüden trieb sie vorwärts. Sie würde diesen aufmüpfigen Geschöpfen zeigen, wer hier das Sagen hatte. Mit wütendem Gebell schoss sie auf die Krieger zu und schnappte nach ihnen.

Für einen Augenblick war Fulvian abgelenkt und gab Gisela damit die Chance, ihre Kräfte gegen die verzauberten Hunde zu richten. Die Kerle heulten auf und sanken zu Boden. Als sie sich wieder erheben wollten, fielen Rüstung und Kleidung von ihnen ab, und sie waren auch für menschliche Augen zu jenen noch tapsigen Hunden geworden, die sie einmal gewesen waren.

Dagga fuhr mit Begeisterung unter sie, zwickte und biss sie und trieb sie in die Sakristei, bis sie sich in einer Nische verkrochen hatten. Dann legte die schwere Bärenhündin sich wieder in die Tür, sodass sie das Geschehen in der Kirche wie auch ihre Gefangenen im Auge behalten konnte.

Gisela fühlte sich inzwischen so groß, dass ihr Scheitel das Gewölbe zu berühren schien. Doch der Teufel wuchs ebenfalls. Während er in den Augen der anderen ein haariges Geschöpf mit

Bockshörnern und gespaltenem Huf blieb, sah Gisela ihn so, wie er wohl wirklich war: als ein riesenhaftes Wesen, halb Mensch, halb Tier, von dunklen Flammen umspielt und mit einem Atem, der Stahl zum Schmelzen bringen konnte. In der Rechten schwang der Dämon eine lange, Funken sprühende Peitsche und schlug damit nach ihr. Sie duckte sich unwillkürlich, doch da schob sich aus dem Nichts ein Arm mit einem Schild vor sie und fing den Hieb ab.

Der Teufel heulte wütend auf und wollte erneut zuschlagen. Da legte Gisela die ihr zugewandten Hände Albans und Kezias auf ihre Schultern, um den magischen Kreis nicht noch einmal zu unterbrechen, wie sie es bei ihrem ersten Angriff auf Fulvian getan hatte, und reckte die eigenen Hände gen Himmel, der plötzlich unter der Kirchendecke zu hängen schien.

»Zu lange hast du unter den Söhnen und Töchtern Evas gehaust, du abscheuliches Geschöpf. Fahre zurück in die Hölle, in die du gehörst, und kehre niemals zurück! Vorher jedoch löse jeden Fluch, den du jemals gesprochen hast, und lasse alle Seelen frei, die deinen Taten erlegen sind.«

Fulvian schrie, als würde er am Spieß gebraten. Er versuchte, sich zu wehren, doch gegen die Kräfte, über die Gisela mit einem Mal verfügte, kam er nicht an. Als ein weiterer magischer Hieb ihn zu Boden schleuderte, heulte er auf und wand sich wie ein getretener Wurm.

»Ich löse den Fluch von Alban und Gaudentius, wenn du mich gehen lässt!«

Gisela schüttelte den Kopf und stieß beide Hände in seine Richtung. Goldene und blaue Flammen sprangen von ihren Fingern und brannten sich tief in Fulvians monströsen Leib.

»Du lässt alle frei!«, herrschte Gisela ihn an, und während sie es rief, ging ein weiterer Schauer aus himmlischen Flammen über dem Teufel nieder.

Fulvians Schmerzensgeheul hallte von den Kirchenwänden

wider, doch niemand empfand Mitleid mit ihm. Wahrscheinlich nicht einmal Cajetan, der nun aus seiner Bewusstlosigkeit erwachte und den Teufel zu seinem Entsetzen hilflos über die nun wieder festen Steinplatten kriechen sah.

»Du musst einen aus dem Zauberkreis ausschalten, dann werden wir doch noch siegen.« Fulvian wollte Gleiches mit Gleichem vergelten, doch ehe Cajetan einen Schritt tun konnte, packte Vater Maternus das große Prozessionskreuz, das neben dem Altar an der Wand hing, und schwang es drohend gegen den Magier.

»Versuche es, und du bekommst es mit mir zu tun.« Er wollte sich mit seinen Worten eigentlich nur selbst Mut machen, doch Cajetan duckte sich erschrocken. All die Jahrhunderte war er körperlichen Auseinandersetzungen aus dem Weg gegangen und hatte seine Feinde mit der Kraft seiner Magie vernichtet. Auch jetzt sprach er einen Zauber gegen den Priester aus, doch der hatte nicht mehr Wirkung als ein Flüstern im Wind. Zu einem zweiten Versuch kam er nicht mehr, denn das Kreuz sauste auf ihn herab und schmetterte ihn zu Boden.

Vater Maternus ließ entsetzt über seine Tat das Kreuz fallen und wich vor dem betäubten Magier zurück. »Gott im Himmel, vergib mir diese Tat, doch es galt, deine Kinder zu beschirmen!«

»Es sei dir vergeben!« Es war eine fremde Stimme, die mit Giselas Mund sprach. Eine Handbewegung von ihr fesselte Fulvian mit unsichtbaren Banden, und im gleichen Augenblick schien etwas zu zerspringen. Zu sehen war nichts, aber es gab einen ohrenbetäubenden Knall. Gisela musste nicht einmal Alban und Gaudentius ansehen, um zu wissen, dass der Fluch, der die beiden an den Rand der Hölle gebracht hatte, erloschen war. Eine kleine, durchscheinende Gestalt löste sich aus dem Leib des Teufels, sah sich verwirrt um und eilte dann mit aufleuchtenden Augen auf Gisela zu. Weitere Seelen folgten der ersten. Erst zählte Gisela sie noch, doch dann gab sie auf. Es mochten an die Tausend sein. Vier von ihnen gesellten sich zu Lavinia und umarmten sie unter Tränen, die wie winzige Leuchtpunkte über ihre Wangen liefen. Auch Lavinia weinte und lachte zugleich.

»Das Werk ist getan. Ich bin erlöst!« Sie kam auf Gisela zu, küsste sie und zeigte dann nach oben, wo sich unterhalb des Gewölbes ein flammender Ring aus goldenem Feuer gebildet hatte. »Wir alle sind erlöst«, rief sie und winkte den übrigen Seelen, ihr zu folgen.

Gisela sah ihnen nach und glaubte für einen Augenblick, eine wunderschöne Frau zu erkennen, die in ein weißes Kleid und einen strahlend blauen Mantel gehüllt war und die befreiten Seelen empfing.

Zuletzt spuckte der Teufel auch jene Seelen aus, die Cajetan für seine Langlebigkeit geopfert hatte, bevor das Christentum in diesen Landen heimisch geworden war. Diese wirkten zunächst ratlos, bis ihnen ein aus dem Feuerring ragender Arm den Weg wies und Lavinia sie aufforderte, zu ihr zu kommen.

Während die geretteten Seelen sicheren Gefilden zustrebten, alterte Cajetan immer schneller. Innerhalb weniger Lidschläge wurde seine Haut faltig, riss auf, und man sah sein Fleisch zerfallen, bis nur noch Knochen übrig blieben. Auch die lösten sich schließlich in Staub auf, den der Wind, der ein paar Herzschläge lang durch die sich öffnende und dann wieder schließende Kirchentür strich, mit sich nahm und verwehte.

Auch Fulvian schrumpfte und wurde wieder zu dem haarigen, bockartigen Wesen, das einem erwachsenen Mann gerade einmal bis zur Brust reichte. Der Beweis seiner Männlichkeit, auf den er als Homunkulus stets so stolz gewesen war, hing nun verkümmert zwischen seinen Beinen, und aus seinen Augen schlug nackte Angst, denn er wusste nur allzu gut, welches Schicksal einem Versager in der höllischen Hierarchie drohte.

Gisela hob die Hand über den Kopf, bis sie beinahe den goldenen Flammenkranz berührte. »Jetzt fahre dorthin, wo du hingehörst!« Eine unsichtbare Hand packte den Homunkulus, riss ihn hoch und schlug ihn wie mit einem Hammer durch den Boden. Ein letzter Schlag hallte durch das Kirchenschiff, dann wurde es so still, als wären alle Geräusche auf Befehl verstummt.

Nur langsam kam wieder Leben in die Menschen. Gisela vermochte die Augen nicht von der Stelle zu lösen, an der der Teufel in der Erde versunken war. Die Steinplatte hatte sich dort so schwarz verfärbt wie eine mondlose Nacht und stach unter den anderen Bodenplatten aus hellem Stein hervor. Alban schüttelte sich noch im Nachhall des Grauens, das ihn in seinen Klauen gehalten hatte, und schien sich zu fürchten, Gisela loszulassen. Aber er wagte es auch nicht, sie anzusprechen. Landelin saß auf dem Boden und hielt sich den Kopf. Zwischen seinen Fingern quoll Blut hervor, da ihn ein Splitter getroffen und ihm die Stirn aufgerissen hatte. Die Verletzung und die Kräfte, die durch die Kirche geflutet waren, hatten ihn jäh ernüchtert, aber er begriff dennoch nicht das Geringste.

Kezia kniete neben ihm nieder und riss einen Streifen von ihrem Unterrock ab. »Lass mich deine Wunde sehen. Ich will sie versorgen«, forderte sie den Korbflechter auf. Dieser sah mit einem seltsamen Blick zu ihr auf und ließ sie gewähren.

»Du hast so sanfte Hände wie meine Mutter«, sagte er staunend, als das Werk vollbracht war.

Der Pfarrer hörte es und zog nachdenklich die Stirn kraus. Dann sah er auf die zerschlagenen Heiligenfiguren und die herumliegenden Trümmer und schüttelte den Kopf. »Bei der Heiligen Jungfrau! Es wird viel Zeit brauchen, all das aufzuräumen und zu reparieren. Außerdem wird man uns Fragen stellen, die uns gewiss nicht gefallen werden.«

»Das wird man nicht«, antwortete eine liebliche Stimme aus dem Nichts. Der Goldene Ring unter der Kuppel leuchtete noch einmal auf und blendete für eine kurze Zeit aller Augen. Als sie wieder sehen konnten, standen die Heiligenfiguren in voller Pracht auf ihren Sockeln, die Bilder an den Wänden glänzten wie neu, und durch die Kirche wehte ein Duft, der schier die Herzen öffnete. Nur die Bodenplatte blieb schwarz und strömte ein wenig Schwefelgeruch aus, als wolle sie die Menschen mahnen, dass der Weg ins Paradies nicht ohne Gefahren war.

Vater Maternus kniete nieder und schlug das Kreuz. Für kurze Zeit verharrte er im Gebet, dann erhob er sich und musterte die Gruppe, die sich um Gisela und Alban geschart hatte. Dabei erkannte er, dass es ein weit schwierigeres Problem zu lösen galt als ein paar zerstörte Heiligenfiguren. Er hatte die Kräfte, die Gisela und ihre Freunde hatten entfesseln können, am eigenen Leibe erlebt und hätte sie nun den Lehren der Kirche zufolge, der er mit ganzem Herzen diente, umgehend als Hexen und Hexer anzeigen müssen. Gisela und die ihren hatten jedoch – von diesem falschen Kardinal einmal abgesehen – keinem einzigen Menschen Schaden zugefügt, sondern mitgeholfen, eine Teufelskreatur aus dieser Welt zu vertreiben und viele Seelen aus dem Höllenfeuer zu retten, die Fulvian mit List und Tücke an sich gebracht hatte.

Der Priester fühlte sich seiner Verantwortung nicht gewachsen und hob den Blick zur Decke, auf der immer noch Funken des goldenen Lichtes tanzten. Mit einem Mal glaubte er, erneut die Stimme zu hören, die ihm die Wiederherstellung der Kirche angekündet hatte, und er wusste, was er sagen musste.

»Wir haben ein Wunder erlebt, doch werden wir uns niemals dazu bekennen können. Dankt Gott dem Herrn, seinem Sohn Jesus Christus, dem Heiligen Geist und vor allem der Heiligen Jungfrau Maria, dass ihr noch lebt und eure Seelen nicht ein Opfer der Hölle geworden sind. Ihr habt am eigenen Leib erlebt, was geschehen kann, wenn Menschen nach Dingen streben, die nicht für sie bestimmt sind.«

»Das haben wir fürwahr, hochwürdiger Vater.« Alban atmete tief durch und betrachtete Gisela mit einem bewundernden Blick. Der Priester sah auch das und nickte, als müsse er sich selbst bestätigen.

»Da ihr hier in meiner Pfarrkirche dem Unheil entronnen seid, ist es wohl recht und billig, wenn ich bestimme, was jetzt geschehen soll.« Vater Maternus wartete nicht auf Antwort, sondern deutete auf Gisela und Alban.

»Ihr beide habt euch durch das Sakrament der Ehe miteinander verbunden und werdet diesen Schwur halten, auch wenn ihr bis jetzt noch nicht getan habt, was zwischen Mann und Frau geschehen sollte.«

»Von Herzen gern!«, rief Alban, der sich nun wieder ganz als der Mensch Georg Alban Streller fühlte, setzte aber etwas bang hinzu: »Das heißt, wenn Gisela es will.«

Gisela betrachtete ihn von der Seite und fragte sich, wie sie reagieren sollte. Sie spürte einen sanften Stoß, der sie in Georgs Arme trieb, und jemand sagte. »Du hast ihn aus Pflicht genommen und wirst ihn aus Liebe behalten!« Als sie sich umsah, merkte sie, dass es keine ihrer Begleiterinnen gewesen sein konnte, und sie blickte nun ebenfalls in die Höhe, wo sich das goldene Licht zu einer Brautkrone formte. Diese sank nieder und setzte sich sacht auf Giselas Kopf.

»Das ist wohl Antwort genug«, erklärte der Priester. Sein Blick wurde strenger, als er jetzt Gaudentius ansah. »Du und auch die anderen werden den geheimen Künsten entsagen und ein Leben führen, wie es einem gottesfürchtigen Menschen geziemt.«

Gaudentius schüttelte abwehrend den Kopf. »Die Kräfte, mit denen ich mich beschäftige, sind nicht böse – ganz im Gegenteil. Gisela zum Beispiel besitzt die Macht, Wunden zu heilen und …«

Der Priester unterbrach ihn mit scharfer Stimme. »Es gibt kein Und! Auch kein Wenn und kein Aber! Würde Gisela etwas Ungewöhnliches tun und ein missgünstiger Mensch es beobachten, wäre ihr der Scheiterhaufen gewiss. Selbst im Schutz eines Klosters wäre sie nicht sicher, und für dieses ist sie nicht bestimmt. Schwört einen Eid, dass ihr niemals mehr bewusst Dinge tut, die über das Verständnis eurer Mitmenschen hinausgehen. Die Christenheit hat durch die Umtriebe des Satans und seiner Fulviane verlernt, jenen besonderen Kräften zu vertrauen, und sieht die, welche sie vollbringen können, als Geschöpfe des Teufels an. Und als solche wollt ihr doch wohl kaum gelten!«

»Nein, gewiss nicht, hochwürdiger Vater. Ich bin gerne bereit, diesen Schwur zu leisten.« Georg Streller kniete nieder und hob die rechte Hand. Gisela tat es ihm gleich, ebenso Hetta und Kezia, die Landelin einfach mit sich zog. Gaudentius grummelte noch ein wenig, doch dann beugte auch er sein Knie.

»Wenn es denn sein muss, in drei Teu . . ., äh, im Namen des Vaters, des Sohnes und des heiligen Geistes, Amen!«

Ein Klang wie ferner Gesang durchzog das Kirchenschiff und vertrieb die Schrecken, die sie erlebt hatten, aus ihren Herzen. Vater Maternus atmete tief durch, strich dann Gisela und Georg über das Haar, nickte kurz Landelin und Kezia zu und blieb dann vor Hetta stehen.

»Wenn ich deine Geschichte richtig verstanden habe, so bist du eine schutzlose Witwe, die von ihrem Stiefsohn vertrieben worden ist.«

»Vertrieben ist wohl nicht das richtige Wort, Euer Hochwürden, ich . . .«

»Wir sollten es dabei belassen!«, fiel der Priester ihr ins Wort. »Auf alle Fälle braucht Ihr Schutz, und wer wäre dafür besser geeignet als der wackere Junker Matthias Gaudenz auf Riebelsborn.«

Gaudentius hustete auf einmal, während seine Tante schallend zu lachen begann. Mit einem Mal wurde sie ernst, sah zunächst Hetta und dann ihren Neffen an. Schließlich nickte sie. »Das ist eine ausgezeichnete Idee, Hochwürden. Mein Verwandter braucht von Zeit zu Zeit jemanden, der ihm den Kopf striegelt, und wer wäre dazu besser geeignet als ein Eheweib. Ich habe Hetta als brave und gottesfürchtige Frau kennen- und schätzen gelernt und würde mich freuen, wenn Matthias um sie freien würde.«

»Er wird es tun!«, erklärte der Pfarrer resolut, um sich dann dem Korbflechter und Kezia zuzuwenden. »Landelin, du hast mir einmal versprochen, das Mädchen zu heiraten, das ich dir nennen werde. Hier ist es, und ich glaube, eine Bessere wirst du niemals finden können.«

»Und mich fragt Ihr wohl gar nicht?«, fragte Kezia. Aber es klang alles andere als böse. Nach den langen Monaten in Cajetans Kerker sehnte sie sich nach einem Ort des Friedens und der Geborgenheit, und sie fühlte sich auf seltsame Weise zu dem recht schmucken Burschen hingezogen.

»Damit ist wohl alles in Ordnung. Ihr dürft euch küssen.« Das Letztere galt Georg Streller und Gisela, die immer noch Arm in Arm neben ihm standen.

»Hier, mitten in der Kirche?«, fragte dieser verwirrt.

»Ich erlaube es euch ausnahmsweise.« Der Pfarrer lächelte und kehrte ihnen den Rücken zu.

Georg wusste nicht so recht, ob er Vater Maternus' Rat befolgen sollte oder nicht. Er warf Gisela einen ängstlichen Blick zu und fragte sie dann: »Kannst du mir verzeihen?«

Gisela dachte an die Gefühle, die sie für ihn in seiner wahren Gestalt als Georg Streller empfunden hatte und die sie nun nicht länger würde verbergen müssen.

»Lieben heißt verzeihen!«

Der Priester blickte sie nachdenklich an. »Erinnere dich an diese Worte, wenn du deinem Vater gegenüberstehst. Er mag aus Verzweiflung an dir schuldig geworden sein, doch darfst du ihn deshalb nicht verfluchen!«

Gisela atmete tief durch und lächelte. »Mich mit meinem Mann zu vermählen, war das Beste, was er hätte tun können. Warum also sollte ich ihm böse sein? Komm, Georg, wir wollen zu meinen Eltern gehen.«

12.

Seit den Ereignissen in Vater Maternus' Kirche war ein Jahrzehnt über das Land gezogen. Spaniens König Carlos war auch ohne die Hilfe Cajetans zum Kaiser des Heiligen Römischen Reiches gewählt worden und wurde nun Karl V. genannt. Die von ihren Grundherren gedrückten Bauern hatten sich in weiten Teilen des Reiches erhoben und waren wie schon mehrmals zuvor blutig dafür bestraft worden. Auch in der Gegend um Eichstätt hatten Burgen und Gutshöfe der Herren gebrannt, sodass der Fürstbischof Gabriel von Eyb bayerisches Militär zu Hilfe hatte rufen müssen, um den Aufstand niederschlagen zu können. Nun war wieder Ruhe eingekehrt, und auf der Straße, die an der Altmühl entlangführte, zog ein Warenzug flussabwärts.

Georg Streller, den seit jenem denkwürdigen Tag in Nürnberg niemand mehr Alban nannte, war ein weithin geachteter Handelsherr geworden. Doch die Gegend um jenen Fluss, in der man ihn gejagt hatte wie ein wildes Tier, hatte er seit dem gewonnenen Kampf gegen Cajetan und dessen Höllengeschöpf gemieden. Nun ritt er zum ersten Mal wieder den Weg entlang, der ihm beinahe zum Verhängnis geworden war. Sein Gesicht wirkte starr, obwohl das schöne Wetter der letzten Tage die Straße getrocknet hatte und die Wagen besser vorankamen als erwartet. Gisela, die ihren Mann begleitete, war es ebenfalls, als lebten die Geschehnisse jener Tage in ihr wieder auf.

Sie kamen von Burg Trelling, die von ihrem Herrn, Ritter Eckehard, wieder instand gesetzt worden war, nachdem Cajetans Horden nur die Nebengebäude im äußeren Mauerring in Brand hatten setzen können. Nachdem Herr Eckehard Nachricht erhalten hatte, dass Anna noch lebte, war er zu ihr nach Nürnberg geritten und dort hartnäckig so lange geblieben, bis Vater Maternus ihnen den Trausegen gespendet hatte. Seitdem lebte Gaudentius' Tante als Eckehards Gemahlin auf dessen Burg, die auch den folgenden Bauernaufstand fast unbeschadet überstanden hatte. Sie hatte ihm die Riebelsborner Liegenschaften in die Ehe mitgebracht, da Gaudentius nicht mehr in seine Heimat zurückgekehrt war. Der ehemalige Magier lebte nun als geachteter Gutsherr auf dem Besitz, den seine Ehefrau Hetta bereits in ihre erste Ehe eingebracht hatte und um den ihr Stiefsohn sie hatte bringen wollen. An die Zeit, in der er sich Gaudentius genannt und versucht hatte, schlichtes Blei in edles Gold zu verwandeln, ließ er sich nur ungern erinnern. Das dritte Paar, Kezia und Landelin, lebte ein bescheidenes, aber angenehmes Leben in Nürnberg und stellte die besten Körbe her, die es im weiten Umkreis zu kaufen gab.

»Es ist seltsam, an wie viel man sich erinnert, wenn man alte Dinge wiedersieht«, entfuhr es Georg, ohne dass er es eigentlich gewollt hatte.

Gisela lächelte ihm liebevoll zu. »Man muss sich an schlimme Dinge erinnern, um gegen Versuchungen gewappnet zu sein, und an schöne, um zu wissen, dass das Leben einen liebt.«

»Das hast du gut gesagt.« Ein stolzer Blick traf die Frau, die immer noch viele jüngere an Schönheit übertraf. Dabei hatte sie bereits drei Kinder geboren, ohne dabei so unförmig zu werden wie Trude Tettenwieser.

»Ich gäbe einen Gulden dafür, deine Gedanken lesen zu können.« Gisela beugte sich neugierig zu Georg hin und wäre fast aus dem Sattel ihrer sanften Stute gerutscht.

Georg hielt sie lachend fest und half ihr, sich wieder zurechtzusetzen. »Ich sage sie dir sogar umsonst: Ich dachte mir eben, dass du die schönste Frau bist, die ich kenne. Wenn ich da an den Trampel denke, der dir deinen ersten Bräutigam weggeschnappt hat, bedauere ich Bruno Tettenwieser sogar ein wenig. Der Mann freut sich gewiss nicht so auf die Nacht wie ich.«

»Gott und die Heilige Jungfrau haben es gut gerichtet.« Giselas Worte verrieten, wie zufrieden sie mit ihrem Ehemann war. Georg Streller stimmte ihr fröhlich zu, richtete dann aber seine Gedanken wieder auf ihre Umgebung.

»Gleich erreichen wir die Herberge, in der wir über Mittag rasten wollen. Sie ist zwar recht abgelegen, und man hat mich in Eichstätt schon gewarnt, dass die Gäste zumeist Schmuggler oder gar Räuber sein sollen. Doch wir sind mit Waffen wohl versorgt und brauchen niemanden zu fürchten.« Noch während er es sagte, bogen sie um eine Kurve und sahen das Gasthaus vor sich.

Gisela rümpfte bei seinem Anblick die Nase. Nach Georgs Worten hätte es ein recht schmuckes Anwesen sein sollen, doch in ihren Augen war es nur ein windschiefes und vom Zahn der Zeit angenagtes Gebäude. Es dauerte einen Augenblick, bis sie erkannte, was sie an dem Anwesen störte: Die Herberge strömte noch immer einen Hauch jenes Höllengestanks aus, der Fulvian umgeben hatte, als habe der Dämon sich oft hier aufgehalten und schlimme Dinge getrieben.

»Mir gefällt es hier nicht! Komm, lass uns weiterreiten!«, bat sie ihren Mann

Die Trossknechte stöhnten auf, denn sie hatten sich auf ein Maß Wein und eine Mahlzeit gefreut. Doch als sie die Wirtschaft genauer betrachteten, wirkte diese auch auf sie alles andere als einladend. Gerade als sie daran vorbeizogen, trat eine Frau in einem bekleckerten Rock und einer ebenso schmutzigen Bluse heraus. Einst mochte sie schön gewesen sein, doch ein wüstes Leben hatte Spuren in ihr Gesicht gebrannt und ihre Figur aus der Form gehen lassen. Es war die Wirtstochter, die Fulvian oftmals zu Willen gewesen war. Ihr gehörte nun die Herberge, doch die vornehmen Gäste früherer Zeiten blieben schon seit langer Zeit aus. In den ersten zwei Jahren waren noch Reisende erschienen, um nach dem Sterndeuter Cajetan zu fragen. Doch der hatte die Gegend verlassen, und niemand wusste zu sagen, wo er sich nun aufhielt. Von da an kamen bis auf wenige Ausnahmen nur noch Leute in die Schenke, deren Geschäfte das Tageslicht scheuten, und die waren nicht gerade die angenehmsten Gäste.

»Wollen die Herrschaften nicht einkehren?«, fragte sie in der Hoffnung, den Handelszug zum Halten bewegen zu können.

Deggi, die Enkelin der vor einem Jahr ebenso hochbetagt wie tiefbetrauert in den Hundehimmel eingegangenen Dagga, zog warnend die Lefzen hoch und knurrte, während Gisela starr geradeaus schaute und weiterritt.

Georg tat die Wirtin leid, die wohl von Fulvian und Cajetan für ihre Machenschaften benutzt worden war, doch auch er war nicht bereit, die schmutzige Schenke zu betreten.

Keine halbe Meile weiter entdeckten sie auf der Anhöhe verfallene Ruinen, und als Georg Cajetans Burg erkannte, spürte er, wie sich sein Magen verkrampfte. Er wollte den Ochsentreibern schon zurufen, die Tiere zu schnellerer Gangart anzutreiben, um diese Stätte bald hinter sich lassen zu können. In dem Augenblick aber lenkte Gisela ihre Stute an den Wegrand und bat ihn, ihr beim Absteigen zu helfen.

»Du willst dir das dort oben doch wohl nicht ansehen?«, fragte er erschrocken.

»Der Feind ist besiegt und vertrieben! Was haben wir dort zu fürchten?« Da Georg keine Anstalten machte, sie aus dem Sattel zu heben, stieg Gisela ohne Hilfe ab, band den Zügel der Stute an einen Ast und begann den Aufstieg. Deggi trabte sofort hinter ihr her, und Georg folgte ihnen mit einem leisen Fluch, der Giselas

Dickköpfigkeit galt. Er erreichte sie erst, als sie bereits vor den Mauerresten stand, die einst Cajetans Torturm gewesen waren.

»Vorsicht, die Burg ist verhext«, warnte Georg.

Gisela kniff die Augen zusammen und ließ ihren Blick über die Ruine schweifen. Sie erkannte noch die Reste alter Magie, doch stellten sie keine Gefahr mehr dar. Kurz entschlossen ging sie weiter und stieß eine Tür auf, hinter der sich die Kammer der Wachen befunden hatte. Die Decke war herabgebrochen, doch sie konnte auf dem Boden noch mehrere Rüstungsteile und zwei Helme erkennen. Die Schädel zweier Hunde, die dazwischen lagen, zeigten ihr, dass der Zauber des Erzmagiers und seines Homunkulus bei deren Niederlage erloschen war. Die Burgwachen waren wieder zu Tieren geworden und in diesen Mauern verendet.

»Mehr brauchen wir uns wirklich nicht anzusehen!« Georg winkte Gisela, ihm wieder ins Tal zu folgen, doch seine Frau schritt tiefer in die Ruine hinein. Sie hatte zwei helle Flecken entdeckt, die sich in den Resten des ehemaligen Kerkers befinden mussten, und stieg in die Tiefe. Die einstmals so feste Tür bestand nur noch aus morschen Brettern, die mit Bastschnüren zusammengehalten wurden, und als sie sie öffnete, entdeckte sie den weghuschenden Schatten eines Menschen, der sich vor ihr zu verbergen suchte. Dieser entpuppte sich als eine Frau, die nur noch mit Fetzen bekleidet war. Aus dem Hintergrund starrte ein vielleicht neun Jahre altes Kind sie ängstlich an.

»Wir tun euch nichts«, sagte Gisela mit sanfter Stimme und rief Deggi zurück, die auf die Frau zulaufen wollte. Diese klammerte sich an das Kind und starrte ihr furchtsam entgegen. Bei der Kleinen handelte es sich um ein Mädchen mit dunklen Haaren und braunen Augen, das für diese Gegend seltsam fremd wirkte.

»Ihr seid es!« Lina hatte Gisela nur einmal gesehen, als sie ihr und den beiden anderen Gefangenen das Essen in den Kerker gebracht hatte, aber sie erkannte sie sofort.

Gisela brauchte einen Augenblick, um zu begreifen, dass eine der Mägde des toten Magiers vor ihr stand. Linas abgemagerte Gestalt und ihre aus Lumpen zusammengenähte Kleidung verrieten, dass der Tod des Zauberers sie ins tiefste Elend gestürzt hatte. Ein solches Schicksal hätte Gisela selbst ihrer schlimmsten Feindin nicht gewünscht. Gleichzeitig stellte sie fest, dass weder die Frau noch das Kind Spuren aufwiesen, die verrieten, dass sie der Hölle verfallen waren. Zumindest bei der Mutter wunderte sie das, denn sie wusste von Hetta, wie hörig die Mägde Fulvian gewesen waren.

»Wir tun euch nichts«, wiederholte Gisela. »Vertraut mir.« Es lag ein Hauch der alten Macht in ihrer Stimme, die Lina und dem Kind keine andere Wahl ließ, als ihr zu gehorchen.

»Du bist eine von Cajetans Mägden, nicht wahr?«

Lina nickte. »Ihr wisst es doch, Herrin. Damals nach Eurer Flucht ist er Euch gefolgt und nie wiedergekehrt. Um ehrlich zu sein, mir tut das nicht leid. Ich lebe ein besseres Leben als früher, auch wenn der Wald mich und meine Tochter ernähren muss.«

»Was ist mit der zweiten Magd geschehen?«

»Mine konnte den Verlust des Homunkulus nicht ertragen. Als er nicht zurückkam, ist sie blindlings losgerannt, um ihn zu suchen. Drei Tage später habe ich sie tot im Fluss treiben sehen. Um ihrer unsterblichen Seele willen hoffe ich, dass es ein Unfall war und sie sich nicht selbst ins Wasser gestürzt hat. Der ehrwürdige Eremit, der ein Stück weiter flussabwärts in einer Höhle lebt, hat sie mit seinem Segen versehen und begraben. Wenn Gott gnädig ist, wird er sich Mines Seele annehmen.« Lina brach in Tränen aus, und auch das Kind weinte.

Gisela beugte sich zu beiden nieder und strich ihnen über das strähnige Haar. Im Gegensatz zu der Wirtin, die sie vorhin gesehen hatte, hielten Lina und ihre Tochter sich sauber, und so fasste Gisela einen Entschluss.

»Ihr sollt nicht länger in diesen feuchten Mauern hausen. Mein Mann und ich sind auf dem Weg nach Augsburg, doch wir kehren schon bald nach Schwabach zurück. Wir nehmen euch mit.«

Lina zuckte vor ihr zurück. »Herrin, nein! Ich will nicht wieder unter Menschen kommen.«

»Soll deine Tochter weiter so leben wie jetzt? Hier wird sie von den Menschen wie ein wildes Tier behandelt!« Giselas Stimme klang streng und mahnend.

Lina wand sich wie ein Wurm und nickte zuletzt. »Ihr tut uns aber nichts? Ich meine, weil ich einst Cajetans Magd war und mein Kind wohl seine oder Fulvians Tochter ist.«

»Das ist sie ganz sicherlich nicht.« Gisela strich dem Mädchen noch einmal über den Schopf und drehte sich dann zu Georg um. »Ich hoffe, du hast nichts dagegen?«

Um Georgs Lippen zuckte es leicht. »Nein, gewiss nicht. Das hier ist wirklich kein Leben für einen Menschen. Außerdem hast du schon ganz andere Leute zu ihrem Glück gezwung... äh, gebracht. Ich denke da nur an deinen Bruder und Gundi. Bei denen hätte ich keinen halben Heller darauf gewettet, dass aus ihnen einmal ein Paar wird.«

Seine Stimme drückte immer noch ein gewisses Erstaunen aus. Hans Güldener war damals Hals über Kopf aus der Stadt geflohen, und drei lange Jahre hatte niemand etwas von ihm gehört. In jener Zeit hatten zwei Mägde aus dem Haus Güldener Kinder geboren, und da jedermann Hans für den Vater hielt, hatte ein neuer Skandal das Ansehen der Güldeners beschädigt. Hans' Eltern hatten bereits vor Scham ihre Heimatstadt verlassen wollen, aber Vater Maternus war es nach langem Drängen gelungen, die Wahrheit aus den beiden Frauen herauszuholen. Nicht Hans hatten sie sich hingegeben, sondern jenem Kardinalssekretär, der zur gleichen Zeit wie er verschwunden war. Um zu verhindern, dass sich der Skandal zu einem Ärgernis auswuchs, das die gesamte Kaufmannschaft der Stadt in Aufruhr versetzen würde, hatte der Priester den beiden Mägden Geld gegeben und sie in eine fremde Stadt geschickt, in der sie mittlerweile brave Ehemänner gefunden hatten. Danach hatte er in Nürnberg verbreiten lassen, dass nicht Hans der Vater der Kinder wäre, sondern ein fremder Wanderbursche, dessen Charme die beiden törichten Weiber erlegen wären.

Auf diese Weise hatte er dafür gesorgt, dass die Familie Güldener in Nürnberg bleiben konnte. Mit Hans hatte der Vater trotzdem nichts mehr zu tun haben wollen, und ihn, als er zurückkehrte, von seiner Schwelle gestoßen. Dieser hatte daraufhin Zuflucht bei seinem Schwager gesucht und war von Gundi, die zu einem hübschen und resoluten Mädchen herangewachsen war, gesund gepflegt worden. Als Hans wieder zu Kräften gekommen war, hatte er in Georg Strellers Haus ein neues Leben als Kommis begonnen. Um jedoch zu verhindern, dass er erneut Frauen nachstellte, hatte Gisela kategorisch gefordert, dass er heiraten müsse, und ihm Gundi als Braut empfohlen. Zu aller Überraschung waren die beiden darauf eingegangen, und die Ehe hatte sich harmonischer entwickelt, als zu erwarten gewesen war.

Georg schüttelte die Erinnerung an jene Ereignisse ab und nahm den wenigen Hausrat, den Lina besaß, an sich. Als sie die Burg verlassen wollte, drehte sich Cajetans einstige Magd noch einmal um und hob ratlos die Hände. »Verzeiht, Meister Streller, doch wir können noch nicht gehen. Ich habe den Schatz des Magiers gefunden und versteckt, denn ich möchte nicht, dass er fremden Leuten in die Hände fällt und sie verdirbt. Es sind gewiss etliche schreckliche Dinge dabei.«

»Zeig uns das Zeug.« Ohne sich von Georgs skeptischen Blicken abhalten zu lassen, folgte Gisela der Magd zu einem eingefallenen Turm, in dessen Grundfesten sich ein Kämmerchen mit noch stabiler Decke befand. Den Boden bedeckte eine Schicht aus Reisig und trockenen Blättern, die Lina nun so vorsichtig beiseite schob, als hätte sie Angst, ein Dämon könne daraus hervorbrechen. Darunter kam eine Kiste zum Vorschein. Gisela öffnete sie und sah auf eine Sammlung, die aus Goldmünzen, Schmuck und einigen spitzen Kegeln aus dünn gehämmertem Gold bestand, die über und über mit Symbolen bedeckt waren. Es kamen auch noch einige andere, mehr oder weniger wertvolle Dingen zum Vorschein, denen Gisela nur einen flüchtigen Blick zuwarf.

Georg blickte auf den Reichtum, der hier aufgetürmt lag, und kämpfte einen Augenblick gegen das Verlangen, alles an sich zu nehmen und als Entschädigung für sein eigenes Leiden und das seiner Freunde zu betrachten.

Gisela schien ihm den Gedanken von der Stirn abzulesen, denn sie schüttelte lächelnd den Kopf. »Auf diesem Gold liegt ein Fluch. Wir sollten es für alle Zeiten hier liegen lassen.«

»Aber wenn jemand anderer kommt und es findet?«, fragte Georg.

»Die Mauer des Turmes ist brüchig. Wenn wir sie einstürzen lassen, ist der Schatz für alle Zeiten begraben. In dieser Ruine wird wohl niemand etwas Wertvolles vermuten.«

Es tat Georg leid, so viel Gold nutzlos herumliegen zu lassen, doch er beugte sich dem Willen seiner Frau. So fällte er zwei dünne Bäume und hieb die Äste ab, um ein geeignetes Werkzeug zu bekommen. Dann hebelten er, Gisela und Lina die brüchige Mauer aus und ließen sie so einstürzen, dass der Rest des Turmes den Schatz bedeckte. Als der Staub sich verzogen hatte und sie sehen konnten, dass der Schatz tatsächlich gut verborgen war, kehrten sie Cajetans Burg den Rücken und stiegen ins Tal hinunter. Dort wartete ihr Warenzug bereits auf sie. Die Fuhrleute traten unruhig von einem Fuß auf den anderen, denn bis zur nächsten Herberge lag noch ein halber Tagesmarsch vor ihnen. Auf Georgs Befehl setzten sie Lina und ihre Tochter auf einen der Wagen und fuhren los. Um den beiden die Angst zu nehmen, setzte Gisela sich zu ihnen und streichelte das Kind.

»Ich würde mich gerne von dem ehrwürdigen Eremiten verabschieden«, sagte Lina plötzlich.

Georg seufzte tief, denn sie waren wirklich schon spät dran. Doch wie er seine Frau kannte, würde sie darauf bestehen, dass Linas Wunsch erfüllt wurde.

»Es ist nicht weit weg von der Straße«, drängte die ehemalige Magd.

»Also gut! Aber es muss schnell gehen.« Georg gab sich keine Mühe, seinen Unmut zu verbergen, und musste sich einen vorwurfsvollen Blick seiner Frau gefallen lassen.

»Ich glaube, der Eremit könnte eine Überraschung für uns werden.« Es war nur eine Ahnung, die Gisela diese Worte aussprechen ließ, und sie war selbst gespannt, ob sie sich bewahrheiten würde.

Als sie ein Stück weiter in ein Seitental gelangten, entdeckten sie eine Hütte, die aus Zweigen und Blättern bestand und an die Hügelflanke gebaut war. Dahinter musste sich ein Hohlraum befinden, denn diese Klause wäre selbst für den bedürfnislosesten Eremiten zu klein gewesen. Der fromme Mann kniete, in eine härene Kutte gehüllt, vor einem einfachen Holzkreuz und betete so inbrünstig, dass er die sich nähernde Gruppe zunächst gar nicht wahrnahm.

»Verzeiht, ehrwürdiger Vater! Ich bin es – Lina aus der Ruine. Ich wollte Ihnen Lebewohl sagen. Diese freundlichen Leute hier nehmen mich und mein Kind mit und wollen uns Arbeit geben.«

Linas Stimme ließ den Klausner aufhorchen. Er drehte sich um und zeigte sein von einem dunkelbraun und hellgrau gesprenkelten Bart bedecktes Gesicht. Bei Giselas Anblick kreischte er auf und machte ein Zeichen, als müsse er sich gegen den bösen Blick schützen.

»Fortunatus!« Trotz Kutte und Bart erkannte Gisela den einstigen Prediger von Riebelsborn sofort.

»Hölle und Teufel!« Georg machte einen Schritt auf den Mann

zu, der seine Frau, seinen Freund und auch ihn verraten hatte, und hob die Faust zum Schlag. Auch Deggi fletschte die Zähne, als wolle sie ihm an die Kehle fahren.

Gisela legte ihrem Mann die Hand auf die Schulter. »Auch er war nur ein Opfer des Feindes. Du solltest ihn eher bemitleiden als hassen.«

Ihre Stimme ließ den ehemaligen Priester aufhorchen. »Verzeiht, ich habe Schlimmes getan, aber ...«

»Ihr wurdet vom Teufel verführt! Doch das ist vorbei. Nun könnt ihr Euren Platz im Leben wieder einnehmen. Seid jetzt ein Priester, der die Herzen der Menschen versteht und sich nicht von Äußerlichkeiten leiten lässt.« Gisela wollte dem Mann eine goldene Brücke bauen, doch Fortunatus schüttelte schwermütig den Kopf.

»Ich habe mich an dir und an anderen Menschen versündigt, und mein ganzes Leben wird nicht ausreichen, diese Schuld zu tilgen. Wie sollte ich es wagen, über andere zu richten, wo ich doch selbst versagt habe?« Mit einer müden Bewegung wandte er sich wieder dem Kreuz zu, kniete davor nieder und begann, den Rosenkranz zu beten.

Als Georg ihn mit ein paar deutlichen Worten aufforderte mitzukommen, hob Gisela die Hand. »Lass ihn bleiben. Er hat sich von Fulvian verführen lassen und Dinge getan, die auf seiner Seele brennen. Er muss wohl hier seinen Frieden finden. Komm jetzt, es wird spät.«

Obwohl sie recht hatte, blieb Georg noch einen Augenblick stehen und sah Fortunatus an. Der Mann war innerlich zerbrochen und würde wohl nie mehr einen frohen Gedanken empfinden. Plötzlich tat ihm der Priester leid, und er bedauerte, dass er nichts für ihn tun konnte.

»Möge Gott seiner Seele gnädig sein.« Mit diesen Worten folgte er Gisela, die mit Lina und deren Tochter bereits auf halbem Weg zu dem wartenden Wagenzug war.

»Gott wird ihm gnädig sein, denn Gott ist die Liebe und nicht der Hass!«, antwortete Gisela lächelnd.

Georg zuckte erschrocken zusammen, denn seine Frau hatte seine Worte nicht hören können. Dann erinnerte er sich an ihre Kräfte und lachte leise auf. Auch wenn sie nach außen alles verbergen musste, was andere Menschen als Hexerei bezeichnen konnten, so hatte sie doch nichts von ihren Fähigkeiten verloren.

»Es wird eine Zeit geben, in der die Menschheit sich wieder an uns erinnert und wir ihr dienen können, wie es einst unsere Urmütter und Vorväter taten, bevor Leute wie Cajetan das Wissen um diese Macht zu ihrem Eigennutz verwendet und die Unseren blutig verfolgt haben. Lass also den Kopf nicht hängen, mein Geliebter. Folgte denn nicht auch bei uns auf eine dunkle, stürmische Nacht ein goldener Morgen?«

»Der folgte fürwahr!«, antwortete Georg und begriff, dass der letzte Schatten, den er noch im Herzen gefühlt hatte, gewichen war. Er legte den Arm um seine Frau und zog sie an sich. »Du warst mir ein Licht in dunkler Zeit und bist es auch jetzt in sonnigen Tagen.«

»So wird es immer sein!«, klang es leise und doch voller Macht zurück.

ENDE

»Brillanter Historienroman mit einer ergreifenden Liebesgeschichte.«

BOOKLIST

R. Garcia y Robertson
DER EISERNE THRON
Roman
512 Seiten
ISBN 978-3-404-15759-4

Die mit großer Spannung erwartete Fortsetzung von DER WEISSE RITTER. Die junge Amerikanerin Robyn Stafford hat eine unfreiwillige Zeitreise in das Jahr 1460 verschlagen, das Zeitalter der Rosenkriege. Dort hat sie sich unsterblich in den jungen Ritter Edward verliebt, einen Sohn des Duke of York. Nun muss Lady Robyn beweisen, wie ernst es ihr mit der Liebe zu Edward ist, als dessen Vater Richard nach dem Thron strebt. Sollte er tatsächlich König werden, wäre Edward der rechtmäßige Thronfolger, Robyn eines Tages Königin, und ihre Kinder wären die Erben dieser Macht.